學術的年輪

续编

蒋寅 著

凤凰出版社

图书在版编目（CIP）数据

学术的年轮续编 / 蒋寅著. -- 南京 : 凤凰出版社,
2021.6
ISBN 978-7-5506-3418-3

Ⅰ. ①学… Ⅱ. ①蒋… Ⅲ. ①随笔－作品集－中国－
当代 Ⅳ. ①I267.1

中国版本图书馆CIP数据核字(2021)第087001号

书　　名	学术的年轮续编
著　　者	蒋　寅
责任编辑	李相东
装帧设计	徐　慧
出版发行	凤凰出版社(原江苏古籍出版社) 发行部电话025-83223462
出版社地址	江苏省南京市中央路165号,邮编:210009
出版社网址	http://www.fhcbs.com
照　　排	南京凯建文化发展有限公司
印　　刷	江苏凤凰数码印务有限公司 江苏省南京市栖霞区尧新大道399号,邮编:210038
开　　本	652毫米×960毫米　1/16
印　　张	28.5
字　　数	397千字
版　　次	2021年6月第1版
印　　次	2021年6月第1次印刷
标准书号	ISBN 978-7-5506-3418-3
定　　价	85.00元

(本书凡印装错误可向承印厂调换,电话:025-57718474)

自　序

千禧年伊始，同事兼朋友靳大成兄策划一套“思想·学术·生活”丛书，敦促我将历年所写的随笔编个集子，结果就有了《学术的年轮》。丛书由中国文联出版社印行后，一时颇有影响。《学术的年轮》中有关学术规范、学术体制的议论尤其引发学界的共鸣，台湾地区也有学者在网上说想不到大陆学界竟有这样猛烈批评当下学术体制的。十年后凤凰出版社重版，增加了一半篇幅，仍旧受到读者称赞。毫无疑问，它一定是我的著作中流传最广、阅读量最大的一种。索求的朋友络绎不绝，初版我先后买过 250 本，全都送完。后来出版社库存也清了，责编苏晶女士只好将编辑室留存的 20 册送给了我，又都被友人要光。

这本小册子所以吸引读者，主要是有相当的篇幅谈学风问题，而学风问题又和学术规范、学术体制密切相关。当时正值学风建设备受学界关注之际，书中的议论引起学界普遍的共鸣。很快全书就被扫描为电子文档，传播于网络，《学者何为》《与学术进步相关的几个概念》《古典文学研究三“执”》等文章被一再转发，广为流传。有时遇到其他专业的学者，也会说读过《学术的年轮》，让我颇为惊讶。

除了批评学风和学术体制之外，还有一部分文章涉及学术史研究，这也是上世纪末学界关注的热点，这些文章体现了我们这一辈学者希望通过反思学术史来重建学术规范和学术标准的共同信念。书中《明清之际知识分子的命运与选择》《四代人的学术境遇》《中国诗学的百年历程》《〈谈艺录〉的启示——钱钟书先生的学术品格》诸文对清初到近代以来学风嬗变、知识分子命运的反思，凝聚了一代学人对自身的学术人格和学术环境的切身体验。

二十年过去，这些文章又从网络流入微信，读者颇有称赞它们切中时弊的，却不知道都是二十年前的旧文。由此可见，这二十年间学界的进步是多么缓慢，在有些方面甚或还有退步。而我作为过来之人，后来很少再写这种批评现实的文章。不是和光同尘，随波逐流，而是深知不彻底改变现行的管理模式，只是头痛医头、脚痛医脚地对症用药，是无济于事的。学术和教育的进步，也有赖于社会的整体进步。

但问题是，教育本身就是社会进步的主要动力，没有教育的进步，社会进步岂非愈加河清难俟？近二十年来，互联网和微信的普及，在信息的透明度相对提高的同时，也加速了信息传播的速度，基层的呼声比过去更容易为管理层所闻知，这无形中加快了社会进步的步伐。毕竟我们还处于社会主义初级阶段，体制的优化也不可能一蹴而就。学术和教育领域里那些不适应时代发展的约束，需要我们以理性的态度，提出更专业的建议，通过从业者与管理层双方的沟通、磨合而达成共识。有问题需要敞开讨论，寻求合适的方案和对策。只要是善意的商讨和有建设性的提议，我想有关部门还是会听取的。我前些年写的有关科研经费使用和报销的对话，对有关部门就有所触动，从而放宽了经费使用的限制，提高了间接经费的比例，增加了智力报偿的份额。学术和教育领域的制度建设，确实还有一些可以优化的空间，需要大家出于责任感、根据自己的切身感受提出问题，商量切磋。本集收入的几篇对话和关于学术、教育问题的一些随笔，都是遇到现实问题有感而发，随手写下的。学术和教育是我们共同的家园，也是当代文化建设的重要平台，每个置身其中的人都与有责焉。

川流不息，逝者如斯。后之视今，亦犹今之视昔。《学术的年轮》出版时，我正值不惑之年，如今续集编成，已过花甲。二十年岁月，在作者已是足够漫长的时间，而于学术之树，只不过添一道浅浅的年轮。但即便如此，也毕竟是学术的年轮啊！其中记录着自己学术生命的印迹，也留下了时代的景象，和诸多前贤、后生的光影声息。它们时时回绕在我身边，像缥缈的步虚声伴我前行。在满天星斗下，所有的学术朝圣者，都朝着一个方向前去，许多师长和朋友已在圣殿两庑，而更多的人还在路上。

二十年后的学界，已不复是当年冷寂的荒原，倒毋宁说更像个众神狂欢的道场。往时盲目的抽身下海，已一变为火热的上镜、出圈，或填表、评估、结项。学术仍是那株孤树，在寂寞中默默地生长。而我们，或渐行渐远，或踽踽绕道，都行走在学术的边缘上。

二〇二一年四月十二日

目 次

自 序

吹万集

003 / 钱钟书的道义担当及其他
009 / 有待开掘的古代文论宝库
014 / 清代诗学研究笔谈
021 / 就古代文论的“转换”问题答陈良运先生
028 / 就《清诗话考》回应吴宏一教授
042 / 对《渔洋诗:取于宋而归于唐》的一点回应
048 / 我对文学理论的技术要求
052 / 慎言“国学”一级学科
055 / 中国高等教育需要当代武训
058 / 学术资源的合理配置与有效投入
064 / 使用就是最好的保护
——在台湾第六届古籍保护与流传学术研讨会上的发言

振铎集

071 / 人文、社会科学对于当代中国的意义
——2000年12月20日与人民网网友的对话
083 / 二十年学界目睹之怪现状之一:报销噩梦
091 / 二十年学界目睹之怪现状之二:经费怪谭
099 / 二十年学界目睹之怪现状之三:全民科研
107 / 二十年学界目睹之怪现状之四:劣胜优汰
115 / 探寻现代汉诗书写的另种可能
——关于近现代诗词研究与创作的对话

143 / 中国古代文论的当代价值与意义
155 / 关于“新诗与传统”的专题访谈

边鼓集

165 / 胡大雷《〈文心雕龙〉的批评学》序
169 / 熊飞《张九龄集校注》序
172 / 张静《唐五代两宋诗法著述研究》序
176 / 陶文鹏先生《宋代诗人论》序
180 / 李昌集《文学史的认知与阐释》序
185 / 李思涯《胡应麟文学思想研究》序
188 / 李世琦《申涵光与河朔诗派》序
192 / 马大勇《清初庙堂诗歌集群研究》序
196 / 李雷主编《清代闺阁诗集萃编》序
202 / 肖亚男主编《清代闺秀集丛刊》序
205 / 吕双伟《清代骈文理论研究》序
208 / 王立《武侠文学母题与意象研究》序
211 / 李春阳《白话文运动的危机》序
218 / 刘鹏《中国藏书史研究论集》序
224 / 张正欣《光影梦寻录》序

饮河集

229 / 程千帆先生的学术品格
——读《程千帆选集》札记
236 / 学古诗的门径
——读沈祖棻著《唐人七绝诗浅释》
241 / 文学思想史:视角与方法
——罗宗强先生《隋唐五代文学思想史》的学术意义
248 / 继往开来的学术总结
——陶敏、李一飞《隋唐五代文学史料学》读后

253 / 文献整理与唐代文学的学科建设
——读《唐才子传校笺·补正》札记
258 / 学术史的另一面及其建构
——朱易安《唐诗学史论稿》略评
264 / 在宇文所安之后，如何写唐诗史？
——宇文所安《初唐诗》《盛唐诗》读后
271 / 社会角色：一个考察中唐文化与文学转型的新视角
——评马自力《中唐文人之社会角色与文学活动》
277 / 我们应该向日本学者学习什么？
——《日本学者唐诗研究丛刊》前言
282 / 我所采获的他山之石
——《日本学者中国诗学论集》前言
287 / 一个阁和一群人的元代
——邱江宁《奎章阁文人群体与元代中期文学研究》读后
293 / 成为绝学：朴实与奢华
——扬之水《奢华之色》评介
297 / 一部清代文史研究必备的工具书
——读《清人别集总目》小识
304 / 一部独具特色的清代人物年谱
——读卞僧慧《吕留良年谱长编》
308 / 有待于重新认识的刘师培
——读万仕国编《刘申叔遗书补遗》
312 / 由学术史回眸我们拥有的传统
——评郭英德等《中国古典文学研究史》
317 / 学术史·思想史·批评史
——评张伯伟《中国古代文学批评方法研究》
329 / 游刃于文学史话语和文化政治之间
——陈国球《文学史书写形态与文化政治》读后
337 / 一个中国学者眼中的《剑桥中国文学史》
——略评孙康宜、宇文所安主编《剑桥中国文学史》

346 / 历史也是个人的
——读许结《诗囚》感言

逝波集

353 / 我的第一位学术蒙师
——赵继武老师散忆
358 / 千帆先生手札二三事
371 / 其学百代者，其品量亦百代
——追忆傅璇琮先生
377 / 哭昌平兄
382 / 在著作中永生
——追怀陆林兄
387 / 有声有光的流星
——悼张晖
391 / 批评家孟繁华酒事戏说
397 / 我的高考 1977 · 1978
407 / 回眸学术的青春时代
——《大历诗风》写作记
413 / 我与《文艺研究》的学术因缘
417 / 我的求学、治学与教学
——香港浸会大学《饶宗颐国学院院刊》访谈
431 / 我在文学所的日月

吹万集

如果说民众已经摆脱了一次高尚的愚昧状态，
并且受到表面光彩的迷惑，
那么，正像我所感觉的那样，
道路正在以令人厌恶的更加矫揉造作的形式往回走，
回到愚笨去。

——利希滕贝格

钱钟书的道义担当及其他

钱钟书是永远的话题，也是吸引人的话题。浏览近年发表的钱学文章，感觉也开始出现以前陈寅恪研究曾出现的那种倾向，研究对象逐渐沦为话语符号，论者都借着谈论钱钟书来表达自己的某种观念。这也是很自然的，钱钟书本来就是中国现代文化人的一个典型，无论其政治人格还是学术品格，都代表着二十世纪中国文人的一个类型。深入考察其生平行事和政治命运，不用说有着特别的意义。

钱之俊《钱钟书为什么没有被打成右派》一文在《中华读书报》2013年1月16日刊出后，迅速在网络上反复转帖，显出读书界对这个问题的关注。文章摘引我《在学术的边缘上》一文对钱钟书缺少"知识分子在现实生活中的道义和责任"，"没看到与他地位相称的担当"的批评，认为"这是缺乏历史体验、哗众取宠、标新立异的无知妄语，他们恨不得所有人都像储安平那样，言人所不敢言。钱钟书的不说，在当时的大气候下是大智慧的表现，没有洞悉政治本质的远见，没有坚守个人独立人格的决心，是不可能做到的"。作者对我的批评，我并不在意，对历史每个人都有自己的判断，自己的立场。而且钱文作为历史研究，究明钱钟书幸未划为右派的个人原因，也是有意义的。但作者看问题的出发点及所流露的价值观，却让我感到一股浓烈的犬儒主义气息，而这也正是当今中国学人的普遍倾向，且与中国文人的传统观念相连系，值得认真推考。

首先要解释一下，我的论断有特定的语境，是讨论钱钟书算不算大师的问题。若是个普通读书人，他无论如何选择都无可非议，但作为大师，我认为钱钟书缺乏应有的文化和道义担当。这么说是有众所周知的特指背景的。有无文化和道义担当，不仅是衡量大师的重要标准，也是判定一个文化人是否具有知识分子品格的基本尺度。关于钱钟书的缺乏道义担当，我曾在《对〈如何评价钱钟书〉的几点"声辩"》中有过陈说。"其实这个问题，只要看看胡适日记，看看1921年6月3日警察在新华门前打学生，胡适做了什么；再想想毛泽东让陈寅恪当历史所所长，陈寅恪提的条件是什么，结论就很清楚了。"拙文作于上世纪九十年代初，我们这些无名无望的年轻学人，已做了自己该做的事，但像钱钟书这样孚一时众望、具有重要影响力的人物，却没有做他应该做的事。这绝不是大师应有的品格。

作为研究中国文史的学者，又经历过"文革"以降的岁月，我当然理解他的个人选择及其合理性。我那么说，其实不是针对钱钟书个人，而是针对一种现象，一个现实，一个足以压抑和泯灭文化人的道义担当的严酷现实。如果钱文从"同情之理解"的角度谈论宽容，我当然无话可说，也可以同意。但很遗憾他不是，他说这是钱钟书的大智慧所在，并且说我"恨不得所有人都像储安平那样，言人所不敢言"。这就让我按捺不住自己的愤怒了！若钱钟书是大智慧，那么储安平和所有右派是什么，都是愚蠢么？还有彭德怀，不更是愚不可及么？这无异是在说，在那种政治征候下，大家都应该知道进退，做出头鸟、出头椽子都是愚蠢的。更延伸一步，面对社会的迷乱，我们都不该表达自己的意愿；即便有机会表达，也要审时度势，看看这是不是个陷阱，是不是个阴谋。最好干脆做缩头乌龟，甘于曳尾泥涂，或像鸵鸟将头钻进沙堆。如果钱之俊先生真是这么想，那就不仅是对张志新、林昭、遇罗克等英灵的莫大侮辱，同时也是对知识分子的正义感和道义担当的价值践踏了！"在没有英雄的年代里，我只想做个人"，但在有英雄后，人不可以嘲笑英雄。

时至今日，连许多老一辈革命家都在反省，毛泽东晚年的错误，自己都与有责任：毛被神化自己有份，毛的所作所为自己都曾默认甚至推波助澜；而许多老学者、老作家，面对林昭、张志新等人的事迹，更在内心为自己的愚昧、卑劣或软弱而羞愧。而钱之俊却称颂钱钟书的沉默是大智慧！我不知道钱钟书是如何看待张志新等人的，恐怕哀其不幸之余，还不至于庆幸自己有“智慧”吧？如果真是这样，那就连称作知识分子也不够格，还谈什么大师不大师呢！如果不是那样，钱文的“智慧”之说，就无异于给钱钟书贴了一张并不体面的标签，恐怕钱先生九原之下也不会忻于领受的。他不会不知道龚自珍曾说过：“士不知耻，为国之大耻。”据说他还说过：“‘文革’应该有三种羞耻：一种是受迫害者所感到的羞耻；一种是‘文革’打手所应该感到的羞耻；还有一种是无动于衷的旁观者所应该感到的羞耻。”最后一种羞耻他恐怕也不会自外于是吧？

说白了，钱钟书的处世原则也就是传统处世哲学——明哲保身，高蹈避世；乱邦不入，危邦不居；远离权力中心和政治漩涡，躲进小楼成一统。作为个人生存方式的选择，这无可非议，我甚至曾很欣赏。但这绝不能成为我们放弃道义担当的正当理由和当然选择。如果文化人群体都奉明哲保身为处世原则，默认社会的一切黑暗和不公正，社会就永远不能进步。明哲保身毕竟是很自私的生活态度，人人明哲保身，整个民族就是一盘散沙、一群没有血性的懦夫。抗日战争时期，那么多文化人事敌，那么多军人降敌做伪军，那么多平民面对人数少得多的侵略军毫不反抗，任人屠宰！归结到底，都是明哲保身的文化基因左右着人们的行为。

多年前，学界曾展开一场主题为“中国封建社会为何长期停滞不前”的讨论，学者们从政治制度、经济形态、文化特征、自然环境各方面提出了假说。我不知道是否有人注意到士大夫群体及文化人阶层两种基本人格——与世沉浮或高蹈出世，与封建社会的长期延续有关。尽管对现实有种种不满，只是著书立说，待王者兴，甚而仅仅是“腹诽”（到清朝这也成了罪），而不能挺身而起，拒绝或反抗黑暗的现实。

近代以来，虽然国体政体都已变革，社会经济和文化生活发生了天翻地覆的变化，但文化观念的变革却异常缓慢，现实也一再让文化人体会到传统处世原则的可贵。但这种观念和现实都是不正常的，也是媒体在日益揭开历史令人惊悚的黑幕之后，更强烈地激发人们反思的。钱文在揭示钱钟书幸免沦为右派的偶然因素时，不是抨击现实的残酷，却津津乐道钱钟书的"大智慧"，不经意中流露出作者所秉持的仍是封建文人那种传统的价值观。我所以对此斤斤较真，是因为这并不只是钱之俊个人的偶然议论，它实际上代表着知识界一种根深蒂固的观念。

前年我在台湾客座，读到齐邦媛教授的《巨流河》一书。这是台湾知识界交口称赞的名著，但我读后却有一个强烈的感觉，如骨鲠在喉，非吐不快。与几位学界同道喝酒时，明知他们是齐教授的学生，我仍坦率地指出，此书有一个很大的问题，就是作者的政治立场已明显蒙蔽了她作为知识人的判断力和正义感。写到轮船上押送壮丁的惨景，没有对国民党军队非人道的谴责，只是用反战的态度间接地指斥共产党发动内战，而不想想一个政府要靠抓壮丁来继续战争，这样的政府还有什么正当性可言？更有甚者，闻一多等知识分子追求民主自由的言行和学生运动，都被视为盲目幼稚；对那些留在大陆的学者，言下处处流露出这样的意味：你们跟着共产党跑，最后有什么好下场？她不想，当时留在大陆的学者，虽然对共产党尚不了解、有待观望，但对国民党政府则肯定已失望之极。这还不是问题所在，我最不能理解的是齐教授在谈论那一代知识分子时所流露的一种优越感。在她眼中，所有从事政治活动的知识分子都是幼稚甚至愚蠢的，只有逃离政治和皈依基督教的她最为明智！作为个人选择，她远离政治的人生态度无可非议，但她那么评价闻一多们追求民主的抗争，就未免太轻浮，同时也太自私了。没有许多知识分子献身于抗战和民主斗争，包括台湾知识分子对蒋政府的抗争，齐教授未必能享有今天的民主和和平生活吧？一边享受着仁人志士以生命和鲜血换来的和平生活，一边哂笑别人愚蠢、以自己的高蹈为明智而显摆优越感，我真不知道该如何评价齐教授的正义感和价值观。

回到我们的问题上来，钱文所显示的价值观其实折射了上世纪九十年代以来知识群体放弃道义担当的现实。这一趋向在今天已非常明显，表现在日常生活中，是对社会正义、公民权利的无知与漠视；表现在政治生活中，则是对行政权力侵害社会公正和个人权益的种种现象的默认。许多人口不离民主，羡慕西方国家的选举制度，但对几年一度的人大代表选举却漠不关心，或不参加投票，或随便画个圈，一边还抱怨没有民主选举！现行制度是赋予你选举投票的权利的，你有权利选谁或不选谁，结果你毫不珍视自己的权利。说到底，现实改变与否，社会能否进步，取决于我们是否有道义担当。但今天很少有人意识到这一点，因为我们的道义感已丧失太久，以至于宪法将权利交给个人时，许多人都不知道用了。

更令人悲哀的是，当上海发生农民工的钱被风吹散、遭人当街哄抢时，公安机关对这公然抢劫他人财物的犯罪行为，不立案缉拿罪犯，追究刑事责任，而媒体只是轻描淡写地要市民加强道德修养；北大博导剽窃抄袭，人赃俱在，而学生们竟齐声为老师喊冤；各种问题食品铺天盖地而来，媒体不是问责监管部门，反倒要人们多掌握鉴别商品的知识，变相提高人们的生活成本。知识群体在政治生活与社会生活中的集体失语，已造成当今媒体舆论中社会公正和正义感的普遍缺失。

长久以来，我们习惯于将正义感等同于道德判断，这是很片面的。正义感是与道义担当联系在一起的，更重要的在于实际践行，与观念上的道德判断其实是两个层次的事。能践行必有观念；不能践行，有观念等同于无。我在《明清之际知识分子的命运与选择》（收入《学术的年轮》）一文里，曾针对侯朝宗是否失节的论辩，表明自己的看法："如此不耐寂寞的名士，应不应举，出不出仕，有没有气节，于人于己都是无所谓的。打个绝对的比方，一妇女遭强暴，一君子袖手在旁，以不助纣为虐为节操，可乎哉？为此，我对许多所谓洁身自好而其实无所事事的气节之士一向很鄙视。"明哲保身，在许多场合与洁身自好是一而二、二而一的事，知识分子的道义担当，不在于有没有是非观念和道德判断，根本在于能否付之践行。而公开表明自己的态度，在某种意义上正是践行的第一步。但明哲保身乃至洁身自好都停在了第一步之前。

大家都知道皇帝新衣的故事：谁都清楚皇帝的新衣是个谎言，但结束这一丑态却需要公开表达我们的看法。那个说出真相的孩子是践行者，而能否公开表达对现实的态度，也就是知识分子是否有道义担当的界线。曾有人举出钱钟书的某些诗作，认为他对现实是有自己的看法和立场的。这确是事实，但遗憾的是，他并未公开表达，也就同没有差不多。腹诽等于默许现实，默许现实便是缺乏道义担当。无论用什么理由为钱钟书的“智慧”辩解，都不能改变这一结论。对一个赚稿费混饭吃的小文人，这无须指责，但对一个被尊崇为文化昆仑的大师，我们有理由从这个角度质疑他。不是么？

（原刊于《中华读书报》2013年4月3日）

有待开掘的古代文论宝库

一代有一代的人才，一代有一代的风气，一代有一代的学术，一代有一代的文章。以现时为坐标回顾过往，文学史在人们眼中总是呈现为峰谷的起伏、文体的代兴。元代虞集曾说："一代之兴，必有一代之绝艺足称于后世者：汉之文章，唐之律诗，宋之道学。国朝之今乐府，亦开于气数音律之盛。"（孔齐《至正直记》引）到清代焦循，又说："楚骚、汉赋、魏晋六朝五言、唐律、宋词、元曲、明人八股，都是一代之所胜。"（《易余籥录》卷十五）这种代兴论的观点，虽往往有一个崇古的前提——文体去古愈远愈卑，但毕竟承认每个时代都有值得自豪的创造，因而为不同时代的人们所乐于接受。令人沮丧的是，到清代，论者竟举不出什么可引为骄傲的文学创造！八股文倒是清代最盛，但那绝不是让清人骄傲的东西，或许该说是他们无奈、怨愤甚至仇视的对象。那么，清代果真就没有值得骄傲的文学贡献了吗？

我说是有的，那就是有关文学的理论、批评和研究。

文学理论、文学批评和文学研究，确是文学领域内足以让清人引以为豪的业绩。这么说不只基于《四库全书》在集部创立"诗文评"一类——"诗文评"作为传统图书分类学概念的确立，固然是一个醒目的象征，标志着这一类著述在清代的急剧增长，以至目录学家再不能不正视诗文评著作在文人写作中的位置。但"诗文评"本身仍是一个囿于传统价值观的保守概念，它所对应所涵盖的范围实际是诗文词评，仅为今天“文学理论”或“文学批评”概念外延的一小部分，大量的戏曲小说评论著作并未包括进来——真正促使我将文学批评推崇为有清一代之胜的，是其著作量之巨大，方法之丰富多样，涉及面之广，达到成就之高。像金圣叹、毛宗岗、张竹坡的戏曲小说批评，李渔、李调元、焦循的剧论，王士禛、叶燮、沈德潜、翁方纲的诗学，万树、凌廷堪、方成培的词律研究，最后是梁启超、王国维的文学理论，无不跻攀中国古代文学理论、批评的顶峰，闪耀着夺目的光彩。

中国漫长的古代社会，到有清一朝已是日薄西山。在这古典艺术的夕阳时代，作家们不是没有创作伟大的作品，但总体上，我们已感受不到古代文学曾经勃发的生命力了。一种暮气伴着垂老的时代笼罩在文学的上空，凄清的残夜，惟有文学批评闪烁着冷静而睿智的光彩。

其实，整个人类文学史的经验又何尝不是如此？无论什么文学体裁，都有它的生命周期，由繁荣走向零落，由旺盛步入衰老；只有理论之树常青，伴着岁月的积累，日益健壮，日渐丰硕。这一点早已为前贤所洞见，明代批评家许学夷曾说：“古今诗赋文章，代日益降，而识见议论，则代日益精。诗赋文章代日益降，人自易晓；识见议论代日益精，则人未易知也。试观六朝人论诗，多浮泛迂远，精切肯綮者十得其一，而晚唐宋元则又穿凿浅稚矣。沧浪号为卓识，而其说浑沦，至元美始为详悉。逮乎元瑞，则发窾中窍，十得其七。继元瑞而起者，合古今而一贯之，当必有在也。盖风气日衰，故代日益降，研究日深，故代日益精，亦理势之自然也。”（《诗源辩体》卷三十五）到举世讲求学问，精益求精，学术积累最丰厚的清代，文学理论和批评以及真正意义上的文学研究，同样也取得了最丰裕的收获。

清代文学批评的成就，只从性质上描述，根本无法给人一个恰当的概念，因为它最突出的特点之一就是写作和出版量之巨大。仅以诗学为例，经我十多年的调查，不算诗选和评点类的出版物，仅严格意义的诗话已知有一千四百七十余种，即将由中华书局印行的《清诗话考》，著录见存书 968 种，亡佚待访书 504 种。此外笔记、目录题跋、选集、评点以及诗文集中的序跋、诗作、书信、碑传和诗学专题论文，再加史书、方志中的诗人传记，无不蕴藏着大量的诗学资料。推而广之，清代各体文学的理论、批评文献之丰富可以想见。一个王朝，在二百六十七年间产生如此丰富的文学理论、批评文献，难道还不足以举为一代之胜？

清代文学理论、批评的内容和形式都极为丰富。就我已阅读的四百多种清诗话来看，内容有论古今、论本朝、论专家、论体式、论郡邑、论闺秀之分；形式上有自撰、汇辑、摘句、图谱、诗咏之别。其中不乏清人开创的领域，最引人瞩目的当然是闺秀诗话和图谱两类。朱彝尊《明诗综》所附《静志居诗话》、王昶《湖海诗传》所附《蒲褐山房诗话》、郑杰《国朝全闽诗录》所附《注韩居诗话》，都为后人辑出单行，堪称清诗话的创体。而地方志中的诗话，如吴翰章《双溪杂记》三卷"多记兴山异闻，末卷录近人诗而稍加叙论，则诗话类也"，乃是地域诗学发达的反映。传统的论诗诗到清代也有新的发展，卷帙更为繁富，讨论问题也更为专门。

清人笔记杂著中原有大量的诗文评内容，仅我所见，笔记以诗话为主要内容的，清初有汪琬《说铃》、伍涵芬《读书乐趣》、纳兰性德《渌水亭杂识》，清代中叶有边连宝《病余长语》、朱衣点《竹桃花馆琐语》、江浩然《丛残小语》《溺笑闲谈》，晚清有王培荀《乡园忆旧录》、李佐贤《吾庐笔谈》、金武祥《粟香随笔》、程卓沄《识夷庵随笔》、邹弢《三借庐赘谈》等。至于论学、记事笔记中列有诗话专卷的，则有像方以智《通雅》中"诗说"、傅山《啬庐杂著》卷五"杜还余论"、王渔洋《池北偶谈》中"谈诗"、赵吉士《寄园寄所寄》中"撚须寄"、钱泳《履园丛话》中"谭诗"、梁章钜《退庵随笔》中"学诗"、孙兆溎《片玉山房笺录》中"诗话"、平步青《霞外捃屑》中"眠云舸酿说"等，赵、钱、梁、平四书的诗话也都为人辑出单行。这类著作极大地丰富了诗话的数量，其种类究竟有多少，还有待考查。

书目题跋是藏书风气最浓的清代特有的文学批评文献，与选本、总集附载的诗话、评语，构成清代批评文献中极富参考价值的部分。最著名的，《四库提要》自不必说，王渔洋的书跋中有很多诗文评论，向为论者引重，后来形成一个批评的传统。在上述专书之外，清代别集卷首所载序跋和文集所存诗序，数量也是惊人的，按现存清代别集四万种（据柯遇春《清人诗文集总目提要》）来推算，至少在十万篇以上。

清代文集和尺牍集里保存的论诗书简，是比诗序更真实地反映作者诗歌观念的文献。金圣叹的诗歌理论主要见于尺牍，黄生的《诗麈》卷二是与人论诗书简的辑存，焦袁熹《答钓滩书》则是古代最全面地论述“清”这一重要概念的长篇论文，桑调元《答鲁君论诗经韵书》也是讨论《诗经》问题的专门研究。除了书信外，清人文集中还收有一些诗学专题论文，最著名的当然是翁方纲《神韵论》《格调论》，王崧《乐山集》中的《诗说》三篇在当时也小有名气，至于干建邦《湖山堂集》中《江西诗派论》之类的论文，还有待我们去披阅发掘。这类专题论文是清代学术专门化的产物，也是清代文学批评独有的文献源。

学术界从来没有忽视清代文学理论和批评的成就，从民国初丁福保就着手搜集、整理清诗话的工作。1922 年日本学者铃木虎雄《支那诗论史》的问世，标志着清代文学理论和批评研究的正式发轫。此后从郭绍虞《中国文学批评史》、青木正儿《清代文学评论史》到王镇远、邬国平《清代文学批评史》、黄霖《近代文学批评史》及众多的专题研究著作，都以不同的方式和篇幅对清代文学理论、批评的总体面貌和文论家、文论著作的具体问题作了多层次的论述，清代文学批评的大框架和基本走势已呈现在我们面前，这是应该充分肯定的业绩。

不过，从这些论著中我们也看到一个共同的问题，就是涉及的批评家和文献比较少，讨论的问题和取材都很接近，结论也大同小异，以致批评史在呈现得清晰和有序的同时，也显出一种苍白和单调。原因是多方面的，但文献掌握不足可能是一个较重要的原因。郭绍虞先生曾估计“清人诗话约有三四百种”（《清诗话续编・前言》），吴宏一先生《清代诗学初探》所附“清代诗话知见录”收书 346 种，恰好证实了郭先生的估量。学界对清诗话数量的认知长期停留在这一水平上，被阅读和引用的清诗话大概不到三百种，其他种类的大量文论、批评文献还沉睡在图书馆或私人收藏中，等待我们去发掘。

清代文论资料的进一步调查和发掘，是未来批评史研究的重要任务，也是学术进步的前提条件。这一点应该引起批评史研究者的重视，大家都来关心、发掘和整理有关文献，使罕见资料能尽快得到出版和传播。现存清诗话中，未曾刊刻的稿抄本已知有163种，罕见刊本约40种，不赶紧整理出版，说不定什么时候就失传了，一百年来公私所藏文献的流失亡佚是有目共睹的。鉴于目前编辑、出版清代诗话丛刊的困难，我和张伯伟主编的《中国诗学》(人民文学出版社)计划每辑都刊载一些珍本诗话，以广流传，欢迎同行学者提供资料。

以我们全部的虔诚和热忱，付以不懈的努力，古代文论的宝库会向我们敞开，中国文学理论和批评的丰富积累和多元价值，将日益清楚地呈现那曾经辉耀我们文学历史的伟大传统。

(原刊于《光明日报》2004年2月25日)

清代诗学研究笔谈

明代批评家许学夷曾说："古今诗赋文章，代日益降，而识见议论，则代日益精。诗赋文章代日益降，人自易晓；识见议论代日益精，则人未易知也。试观六朝人论诗，多浮泛迂远，精切肯綮者十得其一，而晚唐宋元则又穿凿浅稚矣。沧浪号为卓识，而其说浑沦，至元美始为详悉。逮乎元瑞，则发窾中窍，十得其七。继元瑞而起者，合古今而一贯之，当必有在也。盖风气日衰，故代日益降，研究日深，故代日益精，亦理势之自然耳。"①这段话提出了一个与文学史的退化论相对的文学理论史的进化论观点，非常深刻。在理论上，我们都懂得"后出转精"的道理，但实际研究中对清代诗学的投入非常之少，清代诗学研究的论著数量远远比不上《文心雕龙》研究。这是很让人难以理解的。

在举世讲求学问，学术积累最丰厚的清代，诗歌理论、批评以及真正意义上的诗学研究，同样也取得了最丰裕的收获。虽然目前还不能得出最终的结论，但据我初步调查，已知清诗话存世书近千种，亡佚书五百余种(《清诗话考》)，清代诗学著述的丰富由此可见。这还只是专书，此外笔记、目录题跋、选集、评点以及诗文集中的序跋、诗作、书信、碑传和诗学专题论文以及史书、方志中的传记，无不蕴藏有大量的诗学资料。仅就序跋而言，清代别集现存四万多种，各书前

① 许学夷《诗源辩体》卷三十五，人民文学出版社 1987 年版，第 348 页。

后序跋和文集中所保存的诗序，总数起码有数万篇乃至数十万篇。这是尚未被开掘的诗学资源。

以前，由于图书收藏分散，阅读困难，清代诗学的大量材料并未得到阅读，以致现有的论著使用的材料、提出的问题都大同小异，长期停留在同一深度上。近年几种四库续书，即《续修四库全书》《四库全书存目丛书》《四库禁毁书丛刊》《四库未收书辑刊》的陆续刊行，使一大批原先很难读到的清代文集尤其是清代前期文集流通于世。国家《清史》工程还计划影印清代别集三千种，更多的清代诗学文献将成为学者们随手可得的第一手资料，为研究提供十分便利的条件。在这种情况下，如何推进清代诗学研究，就成了值得我们思考的问题。

对于清代这么一个研究相对薄弱的时代来说，基本文献的建设无疑是首要问题。相比清代文集的流通情况，清诗话的搜集和整理工作不太理想。张寅彭先生继《民国诗话丛编》之后又编成《清诗话三编》，有功于学林不浅，但未整理的书尚多，当务之急是要将那些稿抄本、珍稀本诗话赶快影印或排印出来，这一方面是基础文献建设，另一方面也是抢救和保护诗学文献。清代迄今虽相去未远，但由于战乱兵燹和“文革”之厄，文献损失严重，有些咸丰、同治乃至民国初刊行的诗话都传本极罕，不抓紧整理，难保不失传。在目前的情况下，要编成全清诗话，难度是相当大的。可以考虑先编纂一些专题性的诗话丛刊，比如郡邑诗话几十种可汇编印行，再如声调谱类、闺秀类诗话汇编都可以做，只要有一定的经费投入，是不太难做的。各类总集和评选也可准此汇印，像河北大学出版社汇印著名的唐诗选本一样。

台湾曾出版吴宏一先生编的《清代文学批评资料》，收了不少序跋，惜篇幅不大。现在可以编选规模较大的资料集，如《清代诗集序跋汇编》之类，以减省研究者的翻检之劳。另外，地方志中存有大量的诗人传记和诗集序跋，尺牍集中存有大量的论诗书简，也都可以搜集，加以汇编。总之清代诗学还有大量的文献工作要做，有志于研究清代诗学的学人首先应该广泛阅读，探明矿藏，然后才能有目的有计划地开采。

当然，四万多种别集，还有数千种总集、选集，任何人也无法全部阅读，为了避免重复劳动，提高信息共享程度，就有必要进行长远的学术规划和横向合作，有计划有步骤地展开研究。从学位论文开始，就有意识地布点，有计划地选题，尤其是利用地方文献和乡土文化的优势，开展清代诗学的专题研究。比如，山东省博物馆、省图书馆和山东师范大学都收藏有高密诗派作家的诗话稿抄本，不曾流通，连最早撰写高密诗派专论的汪辟疆先生也未见过。能将这批资料整理出来，加以深入的探讨，必能深化乾、嘉间诗学的研究。听说山东大学的学者已着手进行这方面的工作。如果各地学者都能根据当地的文献收藏情况，做出一批专题研究，要不了多少年，清代诗学研究就能全面深化。

清代诗学处于中国古代诗学的成熟阶段，具有专门性强、包容性大的特征。研究清代诗学，从某种意义上说就是在研究整个古代诗学，因为清代诗学所谈论的也不外乎是它之前的历代诗学。这就要求我们在研究清代诗学时，不仅要研究清人的创作观念，还要研究清人对前代诗学的接受和研究。一方面，他们的创作观念经常就在对前代诗学的批评中表现出来，另一方面清人对前代诗学传统的整理和研究也达到空前的学术水平。清代诗学与前代诗学最大的不同，就是清人将诗学也作为学问来研究。在学术气氛浓厚、学术精神严肃的清代，人们在诗学方面也像经学一样，一以贯之地运用实证方法探究诗学的专门问题。

纵览古代诗学的流变，从先秦两汉的功用论、南北朝时期的文体论、创作论、品第论，到唐代的诗格、宋代的诗话，关于诗歌本体论、创作论、风格论、修辞学以及诗人、诗史批评的各方面都已有不少积累，从宋代《诗人玉屑》、元代《诗家一指》等汇编诗话、诗格已出现系统化和综合化的倾向。到明代，且不说王世贞《艺苑卮言》、胡应麟《诗薮》等内容全面、结构严谨的诗学专著，即使以“资闲谈”为目的的随笔体诗话也向着以品诗论艺、表达个人诗学见解为主的方向发展。应该说，古代诗学的理论框架到明代已届完成，清人要想整体性突破前代诗学的格局，独创新的体系已不可能了，只能在整合、总结、阐释和深化前代诗学的方面下工夫。事实上，站在今天的角度来看清代诗学，其贡献主要就是在内容的专门化、细节的充实和深描上。

总体来看，清代诗学的成就不是基于一种创造性的冲动，而是基于一种征实的学术精神。清代诗论家不再满足于将自己对诗的理解、期望和判断表达为一种主张，而是努力使之成为可以说明的、可以从诗歌史获得验证的定理。大到一种观念的提出，小到一个修辞的揭示，他们不仅付以多方的论述，而且要在历史的回溯中求得证实，从前人的诗歌文本中获得印验。正如顾炎武诗学"鉴往训今"的方法论所体现的，他们不是将自己对诗歌的认识作为理论来演绎，而是以学术史的方式来呈现，即通过对诗学传统的重新解释，使它成为有历史依据的、有成功经验支持的理论话语。清代诗学著述由此而显出浓厚的学术色彩，由传统的印象性表达向实证性研究过渡。我们研究清代诗学首先应该注意这一点。

梁启超曾将有清一代学术基本精神概括为"以复古为解放"，而"其所以能著著奏解放之效者，则科学的研究精神实启之"①，此所谓科学的研究精神就是重实证的学术品格。在清代严谨的学术风气熏陶下，清代诗学研究也显示出专门性、细致性的特点。诚如郭绍虞先生所指出的，清人"对于文集诗集等等的序跋，决不肯泛述交情以资点缀，或徒贡谀辞作为敷衍，于是必根据理论作为批评的标准，或找寻例证作为说明的材料。尽管他所根据的理论可能是不正确的，所找寻的例证也可能是不全面的，但是他的方法他的态度总是比较切实而着实的"②。正是这种方法和态度，造就了清代诗学浓厚的学术色彩，采集资料和讨论问题涉及时代、人物、地域、性别、体裁各个方面，或主于表微，或偏重考据，或成一家之言，或荟百家之说，专门性极强。这在郭绍虞先生《清诗话·前言》中已有概述，我要进一步指出的是清代诗论家讨论问题的深入细致和实证方法的运用，这在目前的研究中似乎尚未受到应有的关注。

① 梁启超《清代学术概论》，东方出版社 1996 年版，第 7 页。

② 郭绍虞《中国文学批评史》，上海古籍出版社 1979 年版，第 7 页。

在我看来，中国当代学术过于崇尚宏大叙事而鄙薄具体问题的细致探讨，在各类诗学研究中也很少看到对很专门的问题进行探讨。实则研究课题的专门化和细致化是学科发展成熟的标志，也是学术深度的体现。在诗学发展的初期，由于创作经验积累有限，当然谈不上深入的研究，即便是在唐代诗歌取得辉煌成就之后，宋元时代因时间较近，积累尚少，诗学也还来不及大面积地开拓和深化。直到明代格调派对唐诗技法的细致揣摩，才使诗歌艺术研究逐渐深入诗学的内核。遗憾的是明人学风空疏，观念偏狭，于诗独宗盛唐，宋元诗束而不观，因此论及诗史流变，往往浮泛而不着边际，英雄欺人。清代诗论家不像明人那样喜欢大而化之地泛论诗史，他们更多地致力于对专门问题持续进行深入的研究，如诗人传记考证、语词名物训释、声调格律研究、修辞技巧分析。前人研究诗学，目的都是为了提升自己的创作水平，而清人研究诗学，却常出于纯粹的学术兴趣。一些很专门的问题，会引起学界的共同关注，群起而讨论之，并长久地吸引学者投入研究，以评点、笔记乃至诗话专著的形式发表自己的见解。张寅彭先生曾论述在“泛江西诗派”观主导下不断涌现的江西地域诗话[①]，这是清代学术精神在地域诗学研究中的表现。这种执着态度反映在诗学原理研究中，就产生了古近体诗歌的声调学研究。

古诗声调之说启自明代李东阳，康熙间王渔洋、赵秋谷撰《声调谱》，举唐人七古名作示范，尚属举例性质。乾嘉以后，在浓厚的考据风气中，学者们对唐人七古声调的规律做了更细致的推考，最终产生郑先朴《声调谱阐说》一书。郑氏认为七言声调吃紧在下三字，遂以三字尾的变化为基础，借八卦的卦象为标志（—为平，--为仄），将七古句式分为八类，即平平平、仄仄仄、平平仄、仄仄平、平仄仄、仄平平、平仄平、仄平仄。每类除首字外，二三四字可演出八种变化，乃得八八六十四种格式，恰与六十四卦相对应。首字可平可仄，六十四式又多出一倍变化，最终共得一百二十八种句式，列成图表，一一注明

① 张寅彭《略论明清乡邦诗学中的“泛江西诗派”观》，《文学遗产》1996年第4期。

其所属调性为古、律、拗、半律或柏梁体，七古平仄的变化列举无遗。这样一种彻底的量化研究，避免了举例的随意性和结论的不周延性，从而可以检验前人提出的规则是否周延，是否能涵盖平仄变化的各种调式，达到科学的水平①。用如此精确的数学模型来统计、分析一个文学现象，验证一条写作规则，在清代以前绝对是难以想象的，这是清代实证学风在诗学研究领域的反映。

李因笃对杜甫律诗字尾的研究也是个类似的例子。刘濬编《杜诗集评》卷十一引朱彝尊评：

> 富平李天生论少陵自诩"晚节渐于诗律细"，曷言乎细？凡五七言近体，唐贤落韵其一纽者不连用，夫人而然。至于一三五七句用仄字，上去入三声少陵必隔别用之，莫有叠出者。予尚未深信，退与李武曾诵少陵七律，中惟八首与天生所言不符：其一《郑驸马宅宴洞中》诗叠用三入声，其一《江村》诗叠用二入声，其一《秋兴》诗第七首叠用二入声，其一《江上值水》诗叠用三去声，其一《题郑县亭子》诗叠用三去声，其一《至日遣兴》诗叠用二去声，其一《卜居》诗叠用三去声，其一《秋尽》诗叠用三入声。观宋、元旧雕本，暨《文苑英华》证之，则"过江麓"作"出江底"，"江"不当言"麓"，作"底"良是；"多病"句作"但有故人分禄米"，"夜月"作"月夜"，"漫兴"作"漫与"，"大路"作"大道"，"语笑"作"笑语"，"上下"作"下上"，"西日落"作"西日下"。合之天生所云，无一犯者。②

尽管他们的统计或因标准的歧异，与当代学者的研究结果不太一

① 有关清代古诗声调学说的研究，参看蒋寅《古诗声调论的历史发展》，原载《学人》第 11 辑，江苏文艺出版社 1996 年版；收入《中国诗学的思路与实践》，广西师范大学出版社 2001 年版。

② 此说又见于朱彝尊《曝书亭集》卷三十三《与查德伊编修书》，有关探讨详见蒋寅《清初李因笃诗学新论》，《南京师范大学学报》2003 年第 1 期。

致①，但他们讨论问题的方式是实证的，用的是归纳法，将问题涉及的全部材料都一一作了验证。仇兆鳌《杜诗详注》卷一《郑驸马宅宴洞中》也曾引述李因笃的说法，举出具体版本覆验其结论，所举篇目虽较朱彝尊为少，但讨论更为扎实。这番验证和检讨不仅证实李因笃之说确出于精密考究，也更反映了当时诗学研究中实证精神的兴起。这种实证精神后来一直贯穿在清代的诗学研究中。汪师韩《诗学纂闻》针对有人提出五古可通韵，七古不可通，杜甫七古通韵者仅数处，检核杜诗，知杜甫通韵共有十一例；又考唐宋诸大家集，最后得出结论："长篇一韵到底者，多不通韵；而转韵之诗，乃有通韵者。盖转韵用字少，故反不拘；不转韵者用字多，故因难见巧。"②杜甫《铁堂峡》诗"壁色立积铁"，"积"字一作"精"，这个异文涉及古诗是否可有五入声句。陈仪的结论是："作积为是，积字正形容其高峻嶙峋之状，若精字则剩语矣。杜古五入字句，此外尚有'业白出后壁'（《夜听许十诵诗》）、'石壁滑侧足'（《三川观水涨》）、'白日亦寂寞'（《昔游》）、'渴日绝壁出'（《望岳》），共有五句，岂将尽改之耶？"③即使是这样一个细小的论断，也要将有关作品全部加以覆按、统计，这就是清代诗学追求精密的实证态度，它成就了清代诗学的学术性。

清代诗学是民族文学理论的一笔丰厚遗产，也是一座未被充分开掘的宝库。清代是古典诗学的集大成时期，不仅著述繁多，其内容之丰富、学术价值之高，也是以前所有时代都望尘莫及的。可以说，不研究清代诗学，就不能真正领略古典诗学的博大和精深，也不能够深刻地理解古典诗学。我希望治古典诗学的学者都能更多地关注清代诗学，研究清代诗学，共同将清代诗学研究推向新的水平。

（原刊于《苏州大学学报》2005 年第 3 期）

① 据简明勇《杜甫七律研究与笺注》（台湾五洲出版社 1973 年版）统计，杜甫 151 首七律中，上去入三声递用的例子只有 56 首，占总数的三分之一。

② 汪师韩《诗学纂闻》"通韵"条，《清诗话》上册，上海古籍出版社 1978 年版，第 449—450 页。

③ 陈仪《竹林答问》，周维德校注《诗问四种》，齐鲁书社 1985 年版，第 347 页。

就古代文论的"转换"问题答陈良运先生

新时期以来，中国学术界令人欣慰的进步之一，是我们终于可以进行直率的学术批评了。而令人不满足的现状之一，则是这种直率的学术批评还不能尽出于善意和学术理性。本刊今年第一期所刊陈良运先生的文章，同时给我上述两种感受。

陈良运教授是我尊敬的学者，但讨论学术问题与个人情感无关。明知对陈先生的愠怒，简短的答辩决不足以释憾，但我还是想简单回应几句。一则借以进一步阐明自己的看法，同时也显出刊物中立和公正的姿态。毕竟拙文原刊于《粤海风》杂志。

首先我想说，说"转换论"与"失语症"一样，属于对理论前提未加反思就率尔提出的一个虚假命题，是我作为一位古典文学研究者的判断，是标准的学术语言，我有权表达这一判断。陈先生所摘引的我的话，也都是学术语言。如果断言一个命题是虚假的、不能成立，就是"教训"别人，那么我们就不能发表否定性的意见了。事实上，虚假命题和伪问题的流行是当前学术的一个值得忧虑的现象，对此的指摘可参看《博览群书》今年第 2 期邵宏《警惕学术中的伪问题》一文。当然，我知道，陈先生认可的商榷应该是这样表达的："转换论的提出是很重要的，是值得我们深思的重大理论课题，我个人极受启发，但反复思考之余，也产生一点不同的看法，不知道对不对，谨此冒昧提出来，向各位专家请教。"我知道这是很儒雅的言辞，但有点像讨论十六大报告。我的话固然直率，但和“教训”人似乎还很难联系起来，相反陈先生的文章里倒确有不少教训人的话，比如文末的“要收起自己绝对正确、动辄训人的霸道学风，在学术态度上宽容一点，这于己才会有所长进，于事才会有所补益”。这是不是教训人呢，读者自可斟酌。至于陈先生提到的谈“失语症”的拙文，的确不免有调侃和嘲讽，我现在也觉得过分了点。正像美国剧作家玛丽莲·海尔曼说的，“冷嘲热讽是一种不愉快的讲实话的方式”，闻者不怿是可以预料的。但那只是在文化评论刊物《粤海风》发表的杂文，并非学术论文。况且一个人有病（失语症），就要大伙儿跟着吃药，谁能甘之如饴呢？略表异议，就责之“施行语言暴力”，未免言重。想我既不掌握什么学术权力，更不曾迫害什么人，只不过在公开刊物上直率地发表一点意见，怎么就霸道了呢？我很不理解。乃至于说“偏要到处装成行家里手、杰出学者的样子”，更不知所以。一个人可以装得很革命、很现代或很玩世不恭，杰出学者又岂是装得出的？不要说装，就是门生故旧起劲哄炒出来的“大师”，不一样落人笑柄？要论定一个学者如何拙劣，直接举证他的著作如何出错，如何无创见，水平如何低就行了，原不必如此辞费的。

言归正传，还是回到“转换”的问题上来。认为“转换”说不能成立的理由，我在《如何面对古典诗学的遗产》一文已有申述，无须重复。陈先生说我主张的“解释”与“对话”已近乎转换的语义，既然如此，何不用大家都清楚的概念，而要争议一个内涵、外延都不易规定的概念呢？“古代文论的现代转换”——一个命题讨论了几年，含义还是不清楚，是不是该反省一下命题本身有问题？刚巧读到钱钢先生《古今文学批评的断裂》一文①，我觉得他犀利的议论中包含着真正深刻的反思，有兴趣的读者不妨一读。

如果“转换”真近乎解释和对话也就罢了，据我所见各家论说，出发点都是要为建设当代文学理论服务，从中开掘理论资源，甚至以之为基础建立当代中国文学理论。我认为“转换论”不成立，正是针对这一出发点说的。根据现有文学史知识，每个时代的各种文学理论

① 《社会科学报》2003年1月30日第4版。

都是在特定文学经验——不是陈先生理解的创作经验，而是一种特定语言的文学写作实践——上产生的，是对既有文学经验的解释和抽象概括(鼓吹和呼唤新文学的文本，准确地说都是宣言而不是理论)。当新的文学类型和文学经验产生，现有文学理论丧失解释能力时，它的变革时期就到来了。一种文学经验消亡，它所支持的文学理论便也随之枯萎；一种文学经验旺盛，它所支持的文学理论也相应活跃，或被新的理论所吸收。这都是可以由文学史得到印证的。试想将“高大全”、“三突出”转换一下，是否可行？答案很清楚，现在已没人用“样板戏”的模式来写作，于是它们只能作为一个历史名词留在文学理论史上。

陈先生反驳我“兴”到唐代已死亡的结论，论证唐人对“兴”的重视，我认为是缺乏说服力的。他举证的唐人论“兴”的材料，都是谈论创作冲动，即托名贾岛《二南密旨》所谓“感物曰兴”，杨万里《答建康府大军库监门徐达书》所谓“触先焉，感随焉，而是诗出焉，我何与焉，天也。斯之谓兴”(《诚斋集》卷六十七)。这也就是清初俞玚说的“少陵咏物多用赋比兴。兴者，因物感人也”(顾嗣立《寒厅诗话》引)，明显不同于《诗经》“先言他物以引起所咏之词”(朱熹《诗集传》)的“兴”，读者覆按原文即知。葛立方《韵语阳秋》卷二曾说：“自古工诗者，未尝无兴也。观物有感焉，则有兴。今之作诗者，以兴近乎讪也，故不敢作，而诗之一义废矣。”这里说的“兴”还偏重于讽的意味，清初诗论家叶矫然谈到“兴”的废弃，就完全着眼于感兴了，他说：“近人作诗，率多赋体，比者亦少，至兴体则绝不一见。不知兴体之妙，在于触物成声，冲喉成韵，如花未发而香先动，月欲上而影初来，不可以意义求者，国风、古乐府多有之。徐文长谓今之南北东西虽殊方，而妇女、儿童、耕夫、舟子塞曲征吟，市歌巷引，无不皆然，默会自有妙处，知言哉！”(叶矫然《龙性堂诗话》初集)他的说法是符合事实的，赋比兴的“兴”后来大约只存在于民歌中，文人偶一为之多属摹仿。陈先生说“比兴死了”是奇谈，似乎未深考诗史。至于毛主席的说法，只能姑妄听之。谓予不信，可以将《毛泽东诗词》背一遍，看他老人家哪一首用了兴？艾青的话与“兴”更无关系，姑置不论。

我还是坚持认为，古代文论的概念、命题及其中包含的理论内容，活着的自然活着，像“意象”、“传神”、“气势”等，不存在转换的问题；死了的就死了，诸如“比兴”、“温柔敦厚”以及八股文技法之类，想转换也转换不了。试想试帖诗已死亡，下述诗歌章法论还有什么可转换的呢？

> 作诗犹作文也。首句如起讲，须笼罩有势，次句如入题，须轻逸有情，项联作承，须确切；腹联作转，须推开；末二句作收，须挽足；通篇且有余味，其间虚实相生，情景相关，在作者神而明之耳。（黄中坚《诗学问津自序》引虞道岩语）

所以我说，“古代文论的现代转换”实际上是一个毫无意义的命题，无意义的命题当然就是伪命题。有一种“中医理论”，可以附带讨论一下。中医对病理的解释、诊断方式完全不同于西医，不如西医那么透明和量化，也不如西医那么善于解释自己，但却有神奇的疗效。中国古代文论是不是也有类似的属性和理论价值，可以和西方文论形成互补呢？我曾从一位前辈学者那儿听到这样的想法，相信是有一定代表性的。我的看法是两者不可类比，中医面对的人，古今中外变化不大；而文学理论面对的不同语言的创作，差异却极大。且不说外国，就是现当代文学，因为用白话文写作，表现力和技巧之丰富已远胜文言文。若用古代文论来讨论，舒婷婉而多讽，食指颇有风骨，顾城长于比兴，于坚有味外之味，能行吗？有什么样的艺术特征，就有什么样的理论形态。为什么西洋文论中没有戏曲理论，画论中没有气势、骨力、笔法理论（印象派以后有了）？道理很简单，这是词曲宾白和程式化、毛笔和水墨艺术的问题。中国书法、绘画理论所以维持着古典理论体系，讲笔墨气韵骨法，就因为艺术实践延续着古典传统。什么时候，我们的书法和国画变成米罗那样，传统书论、画论就要退而与古代文论为伍了，取而代之的将是康定斯基或别的什么人。

陈先生说我“对讨论的对象所知不多，知识上颇多破绽”，这当然是不错的，我深知自己学问浅薄。但让人不理解的是，像他这样一位多年研究古典诗论，著述颇丰的专家，为何得出中国诗学“缺少全面的、系统的诗学专著，诗人和诗评家关于诗的发展史及诗的创作与鉴赏等方面的见解与阐述，多属个人经验式和感悟式的，尚未自觉地进行理论建构和实现整体把握”的结论①，并且对我指出的说中国诗学“缺少真正科学意义上的理论范畴，没有严格的意义上的理论命题，更不能严格地论证自己的结论，它更喜欢以比喻性的策略展示独特的内在感悟。这是一种典型的东方式诗学，不是西方意义上的理论，它展示出来的是东方式智慧而不是西方式的智力”②这样一种明显出于西方中心主义、缺乏中国诗学知识的偏见不加讨论，反而谴责我“施行语言暴力”呢？我的结论基于我对古代诗学文献的掌握，我说古代文论研究还处于很浅的层次、很低的水平，也是基于此而发的。这么说绝不是要抹杀现有著作的成就——相反无论对这些著作还是它们的作者我都是深怀敬意的，正像我们说人类对自然的了解还很少，并不意味着林奈、法布尔或爱因斯坦的著作不好一样。我要说的是，文学理论后出转精，最丰富、最深刻、最成熟的理论积累是在清代，可迄今批评史对清代的研究却最为薄弱。原因之一是资料繁多而难以搜集，1980年郭绍虞先生在《清诗话续编序》中推断清诗话约有三四百种，1986年吴宏一先生《清代诗学初探》修订版问世时，附录“清代诗话知见录”收书346种。我从1990年开始调查清代诗学文献，几年后编成《清代诗学著作简目》③，收传世书800多种（包括少量民国间著作），又辑得亡佚书目260多种，目前人们阅读、使用的大概不超过200种。我十多年到处访求阅读，以此为专攻，至今尚未寓目一半。我相信，上面两位学者若看过这些书，大概不会作出那样的结论。比如，大家常说中国文学批评是随意性的、印象式的、片断的，但是我们知道徐增《说唐诗》，每首诗都说一千多字，而骆宾王《帝京篇》

① 陈良运《论中国诗学发展规律、体系建构与当代效应》，《文学理论：迈向新世纪》，山东人民出版社1997年版，第483页。

② 季广茂《比喻：理论语体的诗化倾向》，《文学理论：迈向新世纪》，第572页。

③ 载《中国诗学》第四辑，南京大学出版社1995年版。

竟说了七千多字！我还见过一种蒙古人撰写的杜诗评，一首诗也说两三千字。这不堪与新批评派的细读媲美吗？这不是在此可展开的问题，我希望能在以后的著作中尽可能展示清代诗学的丰富和深刻。

尽管我不是学文学理论出身，也不以文学理论为专攻，但不管我愿意不愿意，我已无所逃于古代文论界了。作为多年从事有关研究的学者，当然会对研究现状形成自己的判断，同时我也对中国当代文学理论的现状感到忧虑。无论说浅也好，说低也好，当然都是包括我自己在内的。杞人之忧虽不足道，较之齐王的自美，总不会更糟。我不能不遗憾地指出，陈先生虽用“摘句褒贬”的方式再三引用我对当代文学理论的若干评语，却不引用我结论的前提。我对中国当代文学理论有这样一个判断：“由于没有解决哲学基础的问题，又脱离中国当下文学经验，一味稗贩西方现代文论，而缺乏对文学的基本理解和言说立场，当代中国文学理论始终没有形成自己的理论体系和知识结构，更不具有对当代文学创作的解释能力。”他本来可以驳斥这些更不好听的话，不审何以未置一辞？顺便说一句，《遗产》一文是将由中华书局出版的拙著《古典诗学的现代诠释》的前言，该书“后记”还有一段话：“我一直在思考，中国文学理论自近代以来所以较少建树，最根本的原因就在于没有确立一套稳定可靠、能说明问题的基本范畴和概念系统。一些内涵不明确、经不起推敲的名词泛滥于我们的文学理论教科书和学术论著中，学者们运用时歧义纷出，遇到严肃的学术问题无法指望有建设性的讨论，而许多不必要的纷争却不断产生。更致命的是，由于许多概念紧密附着于政治话语，政治路线和意识形态方面的任何变化都会造成文学理论的地震和概念系统的雪崩。每经历一次思想、政治的变革，文学理论体系就要重新‘格式化’……”这也是我的判断，是否妥当自可批评。但我是有权利表达我的判断的，一如别人也可以批评我的研究，或整个古代文学研究如何毫无建树，什么什么说法都是虚假命题。这不用说也是存在的。

陈先生文章的最后提到“宽容”一词，我认为很好，学术讨论的确需要宽容的态度和氛围。只是我不知道他的“宽容”，是否包括平静地听一种不同的声音？文论界大家都在谈论转换，我的意见只是一个异端，陈先生在批评别人霸道时，是否也应容忍一种异己的见解呢？不必重温《异端的权利》，《粤海风》同期黄波《“思想受难者”的曾经“施难”》有一段文字，也可以让我们共省：

> 因为人类认识的有限性，今天的“异端”很可能就是明天的真理，今天的某些“真理”也可能是明天的异端。判断一个人是否真的热爱真理，我们只要看看他对所谓“异端”的态度就够了。中国知识分子要扭转那种固有的观念和思维方式，除了摈弃那种智珠在手真理在握的道德优越感，摈弃那种“反对我就是反对真理就是反对人民”的特殊心态，还必须对宽容原则重新认识。作为对理性的信念和对人的本质的尊重的宽容原则，并不仅仅是——如我们惯常理解的一种气度和胸怀的表现，如前所述，只有容纳异端才能通向真理。同时，一个思想家对思想之敌的容忍为自己的理论预留了退身之阶。

作者附白：

讨论学术问题，本无须牵扯文外的瓜葛。但陈文提到了文章发表前后的一些事，尤其是提到“下稿时忽接某位领导同志指示：要保护文学所的学者……临时撤下”，容易造成本所领导党同伐异的印象，这里不能不略作说明。事实是，陈先生的文章寄来后，多数编辑不赞成发，理由是陈文所商榷的拙作并非《文学评论》发表，而《文评》是国家级刊物，发表陈文易造成一种倾向，故应建议改投《粤海风》；或即使要发，也要同时刊发我的答辩，以示刊物中立，为此编辑部嘱我写了答辩文章。及至看了我的答辩，编辑部就更明确不发陈文的立场了。我的答辩存在电脑中，没有打印第二份。陈文提到的某领导同志的话，我认为是无可厚非的，比起以“学霸作风”指斥一种否定意见，起码不失为保护学术民主和自由的善意。不知陈先生是否能理解这一点？

（原刊于《粤海风》2003 年第 3 期）

就《清诗话考》回应吴宏一教授

拙著《清诗话考》2005年初由中华书局出版后，学界薄有好评，书也很快售罄，即将重印。像这样一部涉及千余种诗话、数千种清代文献的清诗话目录及提要，以个人之力积十多年之功完成，舛误和疏漏肯定难免，师友同道也不断有所教益，这都是正常的，也是我欢迎的。其中吴宏一教授的批评比较特别，含有较多的非学术因素，且不尽符合事实，需要作一些回应。

虽然友人早已告诉我，吴宏一教授在华东师大讲演，对我参加他项目撰写的清诗话提要及拙著《清诗话考》多有苛责，但我看到他发表在《九州学林》2006年春季号上的《从清代诗学的研究到清代诗话的整理——写在〈清代诗话考索〉出版之前》一文，还是很惊讶。文中对拙著的批评，如指出李邺嗣《集世说诗》不是诗话，黄河清《朴学堂诗话》既见于见存书目，又见于待访书目，都是中肯的；《贞一斋诗说》提要"李取袁说殆无其理"，虽只是笔误（"李取袁说"应作"李斥袁说"），并非论证问题，也是应该改正的，我很感谢吴先生的指教。还有，我说吴先生"所录各书又未注明版本及收藏，使人无从考究"，是因《清代诗学初探》系十多年前所读，偶记忆不确，需要向吴先生致歉。但通观吴先生的批评，终觉有些吹求到让人难以理解的程度，且言下时有我剽掠他成果的意思，以吴先生这样有名望的前辈学者，如此批评他的同行、同行的著作，当然会有影响，作为当事人，我不能不略加解释，用吴先生的话说就是要“以正视听”。

有关吴先生对《清诗话考》的批评，后面再说，先说一下我为吴先生主持的《清诗话考索》撰稿的经过，这是吴先生非难的起点，也是首先让我很不理解的地方。吴先生在文章里说：

> 研究计划刚开始执行时，我就邀请了蔡镇楚、蒋寅、张寅彭三人参加，请他们就近撰写当地所收藏的诗话提要各四十种。蔡镇楚和蒋寅都曾经表示愿意负责所有大陆收藏资料的提要撰写工作，但我以为这非一人之力所宜为，所以婉拒了他们的好意。

这里的叙述，涉及我的部分与事实有点出入，看来是吴先生的记忆有误。首先，承包所有大陆收藏诗话的提要撰写工作，是吴先生提出的，并不是我主动要求。当时他试探我的意思，问我是否能将大陆这边的诗话提要都承包下来，估算需要多少经费。起初我不敢应承，因为只有两年时间，目录中不少书我还不知藏所，哪敢立这样的军令状？只因做清诗话提要是我的长远计划，一直决心读完所有的书，这才想借这个机会来实现梦想。我请吴先生给我一个考虑的时间，回去经过核算，我向吴先生提出40万港币（原误记为50万，据何继文先生文所引本人信件改正）的工作预算，理由是清诗话主要收藏在大陆，计八百种书，每种书阅读加撰写提要平均按两个工作日算，每个工作日的劳务费按200元计算，差旅费和复制善本费5万，剩下3万用于图书藏所偏僻找不到人帮忙时，我自己去出差。凭我多年的经验，这是难度很高的工作，不仅需要大量的时间投入，还要具备高度的专门知识。撰写人必须找对清代诗学有相当研究的学者才行，这样的人在大陆我敢说找不出二十个人。试想，让一个教授跑很远的路，坐在图书馆看两天书，再回来翻阅各种文献，最后写出千字上下的提要，一天200元，除了真有志于研究清代诗学的人，谁能乐意做？

可是吴先生回信，表示经费有限——不是像他文章中说的“获得相当优渥的资助”，所有大陆收藏诗话提要的撰写，承担不了这么大的开支。而我在寄出信后，也越想越觉得心里没底，既得如此答复，乘势就坡下驴，如卸重负。因为吴先生是前辈，我不好断然推辞此事，于是表示如果吴先生的工作遇到什么困难，比如有些书不好找，我可以提供线索；文学所收藏的善本，如果需要，我可以作为朋友帮忙，撰写一部分提要。1999年11月，我在日本京都收到吴先生来信，邀我参加“清诗话考索”项目，我回信同意。他寄来约写三十种清诗话提要的合同，不用说，都是文学所收藏的珍稀善本，我当然都看过，而且早就写了提要。但根据吴先生要求的体例，我又重新阅读原书，不断补充材料，直到规定交稿日期，才定稿交付。我问过吴先生，每条提要后是否署撰写者姓名，答复是港府规定不能署名，涉及版权，我也没说什么。2001年5月13日，吴先生在云腾宾馆约见我（这次见面的时间我记错了，据何继文先生的文章改正），谈话间吴先生曾重提探讨合作的方式，此时我已彻底想清楚这件事绝无把握，便说明自己承担社科院的研究项目，时间已很紧张，没有精力再承担别的课题。此后与吴先生再无联系。偶尔开会遇到，他说有些书还不知下落，我仍表示若需要找什么书，我可以帮忙找。

时间不觉过去，后来就逐渐从师友处隐约闻说吴先生对我很不满意，大概是说我狮子大开口。我感到很意外，俗话说“生意不成仁义在”，项目的委托和预算本是双方协商、自由选择的，我的预算是不是太高，结果明摆在这里：吴先生已做了六年，花费估计也少不了，到现在还没成书。后来他支付稿费的标准，相信是参照我的估算制定的，然而这样的条件仍不能不说是很苛刻的，因为不能署名。后来我问过香港的教授，被告知副教授以上职衔的学者参与合作项目，是应该署名的。那么吴先生是依据什么规定，我就不知道了。说实在的，无论是为学术还是为朋友帮忙，这都算不了什么，前后经过也都光明磊落。不知吴先生何以要闪烁其词，仿佛我汲汲于此事，而他是很客气地“婉拒”？这虽不是什么大不了的问题，但涉及我的处事态度和处事方式，所以想澄清一下。

吴先生在文章中，对张寅彭出版《新订清人诗学书目》很是不满，说:“有知情的朋友购书相赠,并且说对这样的人,这样的行为,可以按所签合同状告他。但我觉得他自己应该知所羞愧,何必与他对簿公堂,所以一直隐忍未发。”这虽不是说我,但随后就提到我出版《清诗话考》的事,自然也就有一石二鸟的味道在里面。我有点不理解,吴先生支付的三十种(不是他文章中说的四十种)诗话提要的稿费,究竟是对我为他撰稿的酬劳呢,还是买断我对三十种清诗话的发言权呢?难道我交稿以后就再不能涉及这些书,更不能出版我对其他诗话的叙录吗?如果不是,那么我在导言中已说得很清楚:“下编的叙录,部分条目与《中国古籍总目提要》、吴宏一先生主编《清代诗话考述》撰写的条目重复。吴书在内容和格式上都有严格要求,撰稿时削足适履,其内容和体例固不同于叙录;……当然,经过若干年的订补,内容已有不少补充,主要是作者生平、版本、前人评论等方面。”有了这样的改动,我的稿子已不同于原稿,出版当然就不受合约限制了。吴先生大概也自知理由不充足,没有正面提出质问,只是借他人之口泄其愠怒,但他何以会有这种情绪,我仍无法理解。

吴先生文章对《清诗话考》的正面评价只有“翻阅之后,觉得此书比张寅彭的所谓‘新订’,要具体、详细,有些内容提要,写得不错,对读者颇有参考价值。比其他为我们研究计划所写的稿子,也要翔实许多”几句,然后用了四千多字的篇幅来批评《清诗话考》的缺陷,估计比其他人书评中的所有批评文字加起来字数还多。但他所涉及的内容,很有些我看不懂的地方,这里略拈几点请教吴先生。其一,吴先生说:

> 台湾师大郑静若教授的《清代诗话叙录》一书,虽然是一九七五年即由台北学生书局出版,但书后的“参考书目”中,却仍列有我的博士论文《清代诗学研究》。足证她看过我的论文打印本。蒋寅后来所以会误将郑静若该书著成年代列于拙著之前,或即一时失察之故。

我之所以将郑静若的著作列在前面,主要是它正式出版先于吴书,虽然它提到参考了吴先生两年前的博士论文，但郑教授的工作始于什么时候我并不清楚，根据正式出版年月首先提到，似乎也不算过谬。实际上吴先生自己在《清代诗话的整理与考述（提要）》（《古代文论研究的回顾与前瞻——复旦大学 2000 年国际学术会议论文集》，复旦大学出版社 2002 年 8 月版）一文中也说过："继郭绍虞之后，较为全面整理清代诗话文献的，有郑静若的《清代诗话叙录》（1975 年由学生书局出版），可惜所收者仅为常见的五十七种，用力不多，参考价值不大。其次则为（寅按：《清代诗话知见录·前言》改为"同时有"）笔者的《清代诗学研究》。"（第 133 页）可见他本人也承认郑静若是在他之前起码是同时作清诗话叙录的，那么我将郑著列在前面又有多少失察呢？像这样的问题，即便属于疏忽，也不是什么大不了的事，但吴先生下的判词很重。他接着说：

> 像张寅彭后来发表他的《清代诗学书目辑考》时，就在前言中说，他的辑考"承教于师友前辈之处亦复不少"，说如郭绍虞《清诗话·前言》之版本考索，和宋隆发的《中国历代诗话总目汇编·清朝》等等，而且还特别加一注明，说笔者的《知见录》，与宋隆发所汇编者"同，似出一手"，真的令人啼笑皆非。宋隆发明明说他只是"汇编"，还在"编辑说明"中交代参考了我的著作，张寅彭竟然还如此下结论，实在不能不令人怀疑他的治学态度与学术能力。

即使我看到宋氏参考的话，对二目如出一手也会感到诧异，因为"参考"和"汇编"毕竟不等于转抄，见到二目太相似总不免疑惑，提出来也是正常的。吴先生在《清代诗话知见录·前言》中也对"蒋寅和张寅彭二人所收书目较为相近，而他们和蔡镇楚之间则似乎不相通讯，也互不称引对方"感到奇怪，实则张寅彭书目的导言中明白说是参考过我的目录的，我们两人的著录比较接近又有什么奇怪呢？可见读别人文章忽略凡例对细节的说明和交代，吴先生本人也是不免的。而且这在吴先生的文章里还不止一次出现，他列举自己博士论文的

内容,有这么一段话:

其次,从清人编的诗选集,也可以看出他们的宗尚所在。例如:沈德潜标举格调,主张诗要关系人伦日用,所以编《明诗别裁》不选钟惺、谭元春诗;编《国朝诗别裁》(今或易名《清诗别裁》)不选袁枚诗;依我们看,这绝非偶然,而且与其论诗主张实有息息相关处。所以,清人编的诗选集,我们也需要注意。

这里提出的看法不错,但所举例证有问题。他将《国朝诗别裁》不选袁枚归结于论诗主张,不知沈氏“凡例”里明白说:

人必论定于身后,盖其人已为古人,则品量与学殖俱定,否则或行或藏,或醇或驳,未能遽定也。集中采取,虽前后不同,均属以往之人。

袁枚当然不是以往之人,根本就不在可录之列,还有什么偶然不偶然可言呢?类似这样的疏忽,盖贤者所不免,说明解释一下也就可以了,过分夸大,提到治学态度与能力的高度来讨论,未免过分。如果有人举出这一疏忽来怀疑吴先生的治学态度与学术能力,别说吴先生本人不会服气,就是我也不同意的。

吴先生对《清诗话考》的另一个批评是采纳他的研究成果而不说明。首先是著录方面,他说:

例如李其永的《漫翁诗话》、郭兆麟的《梅崖诗话》、陈元辅的《枕山楼课儿诗话》等等,都是参考了我的旧目,以及《清代诗话知见录》中中国台湾、日本部分林耀椿、李庆的著录以后,才补入或改订的。蒋寅对这些都略去不提,既不注明,也不交代,实非学者所宜有的态度。

说实话,尽管吴先生《清代诗话知见录》所著录的大多为常见书,且版本、卷数或有或无，标注存佚屡有武断，但只要是不常见书，或我不知道出处的，如焦循《雕菰楼诗话》、鲍桂星《唐诗品》、沈元沧《今雨轩诗话》、王兰修《国朝诗品》之类，我在1994年发表的《清代诗学著作简目》中即已注明本自吴录。《挹翠楼诗话》作者，吴先生《知见录》作潘清撰，是对的，我却据其他图书馆藏目作潘清，直到看到原书才知道错误。有趣的是，吴先生新编的《清代诗话知见录》却以潘清标目，而且估计还会将错误算到我的头上，就像其中阑入非诗话著作一样，说是承袭我们的错。人做的工作不同，判断问题会有很大的差异。我做的是采铜于山的工作，时刻在更新自己的资料；吴先生做的乃是化旧铜铸钱的工作，所以不知道，清代文献浩繁，只要勤于阅读，每天都会有新资料发现。他凡看到《清诗话考》对《简目》有所订正处，都以为是参考他的成果。如李其永的《漫翁诗话》、郭兆麟的《梅崖诗话》、陈元辅的《枕山楼课儿诗话》三书，吴先生就说是根据2002年出版的《清诗话知见录》增补、改订，而有意隐匿出处。殊不知，郭兆麟《梅崖诗话》，《简目》已著录，何以要参考《知见录》林耀椿著录的台湾藏书？如果指姓名麟和麒的歧异，我引的有关资料俱在，读者可覆按。《枕山楼课儿诗话》，《简目》作者姓名沿《静嘉堂文库汉籍分类目录》之误作戴其昌，但1997年我在京都大学任教时已考究此书的不同版本，予以订正，1999年又标点全文刊载于《中国诗学》第六辑，绝不至于要等到2002年以后参考李庆先生的著录而改正。吴先生著录《漫翁诗话》，称李氏年里生平俱不详，因书中尝称王士祯，姑附于乾隆间刊的《渔洋诗则》后；《清诗话考》则将李书排在周乐清《静远草堂诗话》后，列于嘉庆间作者中，因为我大体知道李氏的生平。实际上清样出来时，我已写出该书的提要，因怕动版面太大才未增入罢了。

我开始调查清诗话是在1990年，读吴先生的《清代诗学初探》是1991年底（有文学所藏本的卡片为证）。听吴先生的口气，仿佛没有他的旧目，我不会知道这些书，这未免太低估了我的目录学能力。方起英《古今诗麈》稿本，吴先生是根据《贩书偶记》著录的，但我的《简目》却著录此本藏台湾“中央图书馆”，我读此书更早在1986—1987年求学于南京大学时，是看的张伯伟藏书中的广文书局影印本。《清诗话考》"见存书目"注明据蔡镇楚、张寅彭两家目录补的书，后来我几乎都找到了原始著录，据蔡目补的一些待访诗话，甚至找到了更早的出处，但因最初是据两位的目录补入的，就都保留了引用两人的记录。我可以很负责地说，我是充分尊重他人的劳动，并引用了吴先生的成果的。问题是要弄清，在这种编目录的工作中，什么是成果，什么是常识。成果需要尊重，而常识是可以共享的吧？吴先生说《漫翁诗话》是他发现的，我当然不能说台大教授知道本校图书馆藏有一部《漫翁诗话》不算发现，但我要是说中国社会科学院文学所藏的十几种稀见清诗话是我发现的，一定会被同事笑话的——书天天放在这里，目录到处流通，这叫什么意义上的发现呢？正因为吴先生对成果和常识之分，与我的理解不一样，所以他对我说我和张、蔡两位的目录成为《清诗话知见录》的骨干很不满，说"明明是他们利用我二三十年前的旧作，作为书目的骨干，怎么反而颠倒来说。他们三人的各自七百多种诗话中，各有三百四十六种，采自我的旧目"。姑且不论我们的目录是否全采取了他的旧目，即使是这样，彼此的工作难度也是差别很大的，就像跳高跳一米和跳两米一样。要知道，仅翻翻《丛书综录》，清诗话就著录了一百六十多种啊！再翻翻台湾公私藏书目录，三百四十六种不是一个很难达到的数字。吴先生说大陆书看不到，那是事实，但能看到又怎么样？那么多的图书馆目录，是需要一种一种翻检的；许多图书馆只有卡片，需要一家一家去跑。我们的目录都是以这样的工夫积累而成的，经过这几年的编纂，吴先生应该能理解其艰难程度了吧？可以说，没有他的目录，我们一样能编出八百种的目录，但要是没有我们的目录，就不会有收书 1100 种的《清诗话知见录》，这不是显而易见的吗？

吴先生还指责我在提要中引用他的评论资料、考证成果而不加注明，我认为这也与他对成果和常识的理解不同有关。他说：

> 例如该书页二六五论徐增的《而庵诗话》，页二九九论赵执信的《谈龙录》，页四二一论袁枚的《随园诗话》等等，在论述作者生平及诗学历程时，都曾利用拙作《清初诗学中的形式批评》《赵

执信谈龙录研究》《随园诗话考辨》等等文中的一些意见，但一概不注明。举例来说：该书页二九九说赵执信“自康熙三十五年（一六九六）后，秋谷与渔洋交恶……”，页四二一说袁枚《随园诗话》“正编成书于乾隆五十五年（一七九〇），补遗迄病故未止”、“盖补遗随成随刻，故传世之本为四卷、八卷、十卷不等……”，这些都是我个人二三十年前的研究心得，为前人所未曾道的一些见解，读者比对资料，即可明白。可是蒋寅在书中加以引用时，却不交代一言半语。对一个从事古典文献的研究者而言，这种治学态度是亟须改进的。如果蒋寅不承认，那么请他举出实证，在我之前，谁做过这样的考据和推论？

这里举出的三个例子，涉及吴先生的三篇大作，我只记得《赵执信谈龙录研究》一文是拜读过的。我在撰写《王渔洋与康熙诗坛》（中国社会科学出版社 2001 年版）中“王渔洋与赵秋谷”一章时曾引用。王、赵交恶是清代文学史上的一段著名公案，李森文先生《赵执信年谱》在康熙三十六年下已引诸多材料说明两人关系的恶化，只是未强调这一点而已。吴先生的论文并未发掘新材料，只是据李谱所采录的资料坐实了这一点。我的论文搜集了更多的资料，对王、赵交恶的原委作了更细致的考证。可以说，在王、赵的关系问题上，我是有足够的发言权的，根本没有必要利用吴先生的成果。即使从征引的规范说，要征引的也是李森文先生的《年谱》，而非吴先生的意见。所以没有征引，是因为提要的体例不同于专著，受篇幅所限，只要不是涉及诗话本身的考证（比如像邬国平先生对《梅村诗话》的考证），我都没有引据。如果像“自康熙三十五年后秋谷与渔洋交恶”这样一句话都要注明前人是否有研究，那么全书的篇幅将膨胀无比。顺便提到，吴先生说我和张寅彭的著作过于强调诗话的重要，在讨论各家诗学的主张时，往往只把目光集中在诗话上，这也与我们对提要的理解有关。我的叙录本不限于诗话本身，作者的其他著作我都尽可能阅读过，诗话以外的论诗材料也必提到。但著述有体例，提要毕竟是提要，如果都评述作者的诗学观念，那岂不成了清代诗论家评传么？且不说书的篇幅难以承担，要认真看完许多作者的所有著作，也不是此生所能办到的。

《清初诗学中的形式批评》一文我不曾拜读，当然也就不存在暗袭的问题，至多是巧合罢。虽然我应当为孤陋寡闻而惭愧，但吴先生似也应该容许英雄所见略同吧。至于袁枚《随园诗话》的版本问题，众所周知，诗话乃至诗集、笔记一再追刻，踵事增帙，乃是明清人著述出版的常识，我在一些诗话的提要中也一再说明。袁枚《随园诗话》在清代之流行，版刻之众多，稍有点常识的人都知道。《清诗话考》著录《随园诗话》62 种版本，我先后寓目的近三十种，目录列出的补遗版本有一卷、二卷、四卷、六卷、七卷、八卷、十卷，难道我非要看吴先生的论文才知道随成随刻的问题？我说正编成书于乾隆五十五年，明明和吴先生说正编在乾隆五十四年开雕付梓有所不同，为什么他会认为我是依据他的研究立论呢？无法理解。如果这样的常识问题也不能直接叙述，非要引用吴先生的成果，那么清诗话版本在我之前，从来没有人著录得如此齐全过，吴先生主编的《清代诗话考索》是否都要一一说明哪些版本是蒋寅发现的呢？如果吴先生真的认为像他举出的那种考证成果都要征引，那么《清诗话考》的每一则提要都有若干条类似的成果，全书不下几千条，都属于从来没有人“做过这样的考据和推论”，吴先生的大编是否打算都征引呢？

说到底，还是吴先生对自己的成果看得太重。像他这样一年研究一位清代诗学大家的大学者，自然很难理解他的成果对我这种鲁钝的、十几年才能研究一个大家的学者是什么分量，所以看到别人偶有类似意见，都觉得只能是从他那里窃得。最典型的莫过于，张寅彭提到郭绍虞先生晚年披露一个清诗话有三四百种的数字，但未及整理成书目，吴先生便指责他“没有交代郭绍虞究竟在何时何地披露‘三四百种’的数字，也没有交代郭绍虞《清诗话续编·序》的写作年代，故意含糊其辞。而且他怎么会知道郭氏‘未及整理成书目’？以郭绍虞在学界的声望地位，如确实有这些资料，还会消失于无形？这对郭氏的家人及门生，都是莫大的侮辱”。我想对郭先生这一辈的学者来说，像清诗话目录这种事，是不会将它当作学问，也不会自居为独到发现的，更不要说争夺发表权了。郭先生是近代以来用力搜集古代文学批评资料的第一人，自上世纪二十年代就做宋诗话辑佚和考索工作，他的见闻和收藏之富不是我们所能猜测的。张寅彭曾赴郭宅看书，见到著录有清诗话的簿册，其中有些书名我们都没听说过。当然，郭先生当年使用图书断不如今天方便，况且年事已高，也不胜奔走之劳，他只掌握一个三四百种的数字是很自然的。而听吴先生的口气，竟隐然是说，若拿不出有力凭据，《清诗话续编序》说"清人诗话约有三四百种"，就只能是看了他的《清诗话知见录》才知道的了。这真叫人说什么好呢！

浏览吴先生对拙著的批评，真正有纠谬补阙价值的不一二数，而吹求之甚，有些地方到了令人奇怪的地步。就像《清诗话考》的书名，我自序已说明是袭用郭绍虞《宋诗话考》，而吴先生偏要说"书名似乎袭用本人研究计划名称"（这也是吴先生忽略别人体例说明的又一例）。吴先生还批评我体例不严，说《我法集》《诗文秘要》"这些论试帖、八股，甚至是论文法而非诗艺的著作，都可以说是清'诗话'，那么诗话的范围就太广泛了"。请问吴先生，试帖诗难道不是诗中一体吗？《唐人试律说》算诗话，《我法集》当然就是诗话；《诗文秘要》也含有部分论诗内容，和《论学三说》《骚坛八略》是类似性质的书，怎么能说滥收呢？吴先生又说："蒋寅的《清诗话考》，对于'见存书目'中的很多清诗话，不知什么原因，有不少没有撰写提要或作进一步的说明。上文提到的《唐风怀诗话》，即是一例。现在再举个例子来说，像张元的《谭艺一得》，从《清代诗学著作简目》到《清诗话考》，蒋寅都只是著录书名，说是'一卷，乾隆十三年刊本'而已，其他一概付之阙如。蒋寅应该交代根据什么资料著录为'乾隆十三年刊本'，如果有些提示，对读者而言，才是负责任的表现。否则真如他自己所说，'未注明版本及收藏，使人无从考究'了。即使一时找不到原书，也不妨查查张元的《绿筠轩诗集》等等著作，看看有没有可以提供给读者参考的资料，不应该只著录书名、卷数等寥寥三言两语，其他一概略而不提。"吴先生大概忘了，他的《清代诗话知见录》一部分书连卷数都没有，像金张《学诚斋诗话》、夏敬渠《唐诗臆解》等，仅有书名，既无卷数也无版本，那还不是限于所知的缘故？我在自序中已说得很清楚，《清诗话考》不是所有诗话的提要，只是阅读所及，无论是著录或提要都留有许多未及考察的问题。《谭艺一得》至今未获寓目，只能根据图书馆藏目著录，实属无奈，吴先生以此求全责备，似乎没什么道理吧？至于指责我著录原良《韵林随笔》为《三山存业十编》本，只据孙殿起《贩书偶记》，未曾查勘版本异同，则又像俗语所谓站着说话不腰疼。吴先生《知见录》著录的就是《三山存业》本，我至今都不知道哪儿有这部书。吴先生知道它又名《听潮居存业》，是因为已收入《四库全书存目丛编》；我编这些目录时，《丛编》尚未问世，又何从得知？凡此等等，足见吴先生临文吹求过甚，已失常态。

说到底，我们不像吴先生，可以拿港府的资助动员海内外学者共襄其事。我们都是自耕农，长年累月，一点一点地爬梳资料，一部书一部书地看。尤其是像我这样的，既无“优渥”的资助，又因家累重，难得有外出的机会专门访书，只能利用开会，每到一处便跑图书馆访求，可以说成之甚艰。即如湖北省图书馆，我每出差，必去看书，最近的一次是看徐增的《九诰堂集》抄本。粗粗浏览，用时一天半，阅览费加车费恰好 200 元，这还只是看诗话作者的集子，不是看诗话本身。这样的辛劳，非亲历过类似工作，绝对无法体会。我不敢承应负责大陆所藏全部诗话的提要，也是知难而退，宁愿自己慢慢地做。只因终局茫然无期，同时也因手边做的清代诗学研究难以结项，这才将《清诗话考》付梓，以塞本院业绩考核之责。就像自序所说的：“鉴于清诗话收藏星散，访求困难，自己十多年造次于斯，颠沛于斯，不过寓目半数，所余半数愈非唾手可及，什么时候能尽数毕览，竟茫茫无期。今年春夏之交，因‘非典’蛰居不出，将历年所积资料整理一过，编成这部《清诗话考》……毕竟是十多年奔走爬梳之劳，虽非完璧，但能尽早为学界提供一些清代诗学文献的线索，贡献一些初步研究成果，在作者还是感到莫大的快慰和振奋。”学术乃天下之公器，不管是谁做出的成果，总有助于学术。本来，从编纂《清代诗话考索》的角度说，有局部的阶段性成果出版，尤其是像我和张寅彭这样摸索十多年的著作，包含大量的独创性成果，足资参考、完善集成性的《考索》，如果是我会感到庆幸的。但吴先生的态度不是这样，他丝毫不提《清诗话考》在资料考订上的大量成果，毛举一二疏忽不周之处大做文章。甚至连索引中可能是工作疲劳中误入的《本事诗》作者孟棨的名字，都要用惊叹号来强调，仿佛我这个研究唐诗起家的人竟然连孟棨是唐人也不知道。这除了显出吴先生对同行成果的敌视，必欲骂倒而后快，还能说明什么呢？

清代学者杨岘《藐叟年谱》跋有云："金坛段茂堂先生《说文解字注》，竭数十年心力而为之，大而礼仪制度，小而杂物奇怪、草木虫鱼，罔不包举。今人动以一字之失訾段氏，余不忍效也。"这才是学者的襟怀。前辈学者余嘉锡先生著《四库提要辨证》，自序说："余治此有年，每读一书，未尝不小心以玩其辞意，平情以察其是非，至于搜集证据，推勘事实，虽细如牛毛，密若秋荼，所不敢忽。必权衡审慎而后笔之于书，一得之愚，或有足为纪氏诤友者。然而纪氏之为《提要》也难，而余之辨证也易。何者？无期限之促迫，无考成之顾忌故也。且纪氏于其所未读不能置之不言，而余则惟吾之所趋避。譬之射然，纪氏控弦引满，下云中之飞鸟，余则树之鹄而后放矢耳。易地以处，纪氏必优于作《辨证》，而余之不能为《提要》决也。"我不敢说，我与吴先生易地而处，也会有同样的结果。但这却是任何一个学人对他人著作、对批评应有的胸襟和气量。吴先生主编的《清代诗话知见录》也有不少可议处，比如香港地区藏书部，按大陆藏书全部列出书名，再在香港有藏本的书下添注香港藏本，以致香港藏书的篇幅几与大陆相埒，这岂非很滑稽？王尔铭《云史日记》我们三个人的书目都收入，我和张寅彭都看过该书，而吴先生却加个按语："此书是否诗话，待考。"这是不是又有自作聪明之嫌？若让我罗织其中的问题，光是编纂方面的，随便也可以举个若干条。确实也有人发现问题，并约我写书评。我回答："你说是有这部书好，还是没这部书好？"他说当然还是有这部书方便，我说"那不就得了"。

庄子有言："两喜必多溢美之言，两怒必多溢恶之言。"想必是我提到吴先生《知见录》时，个别结论因记忆不确，致吴先生见愠，以至文中不无溢恶之言，我也不敢说自己没有怒语，毕竟我们都不是息以踵而不息以喉的圣人。但本文的目的只有一个，想澄清一点事实，还学术一个公正。因为吴先生的批评已涉及对一个学者基本的学术品格和胸襟的判断，尽管吴先生谊属前辈，我还是觉得有必要作出回应。本文如有开罪吴先生之处，我也不辞其咎。既然学术是天下之公器，时间和学术本身自然会有公论的。

（原刊于《博览群书》2007 年第 1 期）

对《渔洋诗:取于宋而归于唐》的一点回应

今夏上海书展期间,我出席一场以“品牌·坚守·创新——中国人文社科期刊的发展之路”为主题的座谈会,发言主旨是当今国内的学术期刊在装帧、印刷及注释规范各方面都已不亚于国外,唯一逊色的是学术批评。国外的学术期刊,书评是重要内容,每期都占很大篇幅,总页码甚至超过论文。不难理解,书评是推动学术进步的重要力量。一部新著问世,书评若能揭示和确认其中的独创性内容,从研究方法、资料运用和结论等方面指出其前沿性,同时洞见所存在的不足,就一下子提升了原著所达到的学术高度,推进了相关问题的研究。为此,我每有新著出版,都很希望得到同行专家有深度的批评,更希望得到持不同观点、不同研究方法的学者的批评。老友张寅彭教授是国内治清代诗学有数的专家,他能为拙撰《清代诗学史》第一卷撰写书评,当然是我非常期待的。

寅彭兄的书评《渔洋诗:取于宋而归于唐》刊于《上海书评》今年 9 月 14 日,虽然得知原稿被删去千余字的正面评价,我还是很高兴学界能看到他的批评意见。毕竟,一位寝馈于清代诗学多年的专家,他对清初诗学一些基本问题的看法,相信代表着部分学界同道的认识,值得重视。不过,我拜读受教之余,也有一些不敢苟同的看法,在此提出,向寅彭兄暨学界同道求正。

由于书评只涉及王渔洋诗学的部分,我的商榷仍将围绕王渔洋展开。讨论的都属于具体的论断,可分歧却在于学术观念的差异。

首先是对诗学现象的解释问题。张文对拙著关于王渔洋由倡导宋诗而回归唐音这一转向的论述,先肯定"这段历史叙述材料充足,过程完整,几乎无懈可击,也是本书所尝试的所谓观念历史化的精彩段落之一",然后又指出:"也就在此处,作者揭示的渔洋的尊唐之立场与前述的宗宋之意义也出现了落差。这一次作者未作解释。"他认为王渔洋之回归唐诗,除了考虑君主的意旨外,还要"跳出具体的历史场景,回到纯粹的诗学立场来作观察"。"康熙前半期唐宋诗风的转换虽然与政治不无关系,却也自有其诗学内在发展的逻辑性,而渔洋个人出于学艺的必然需要,因而主动尝试出唐入宋以求全面的经历之阶段性,恰与之吻合,这应该才是这段历史的真相吧。"这里提出一个现象的解释问题。历史研究最吸引人、同时也是最困难的就是对历史现象的解释。解释通常有两种方式,实证的说明和学理的推断,张文使用的是后者。如果是在文献不足征的唐宋以前,或是沿袭过去以论带史的研究模式,当然也不妨这么推论。事实上我们经常也是根据某个文学史结果来推论其原因的。但面对资料异常丰富的清代诗学史,我们就可以用清楚的史料来说明问题,而不需要借助于推论了。拙著已引述一系列资料,说明圣祖对宋诗风的不满如何通过冯溥万柳堂这个当时最大的文艺沙龙传播于台阁,在朝臣中引起震动,徐乾学又如何在一次小型的诗友聚会上劝王渔洋赶紧编纂一些唐诗选本,以表达自己的唐诗立场,一年后这些选本便陆续编成,流传于诗友间。这是可以用充分的文献来证实的过程,是一个具体的历史事件。诗学史研究不抓住这样的具体问题,却诉之以学理的推论,岂不将一个具体的历史事件还原为一般理论问题了吗?当然,张文的解释不是没有道理,只是作为结果,它可以五年后发生,也可以二十年后发生。谁能断定王渔洋的宋诗兴趣会持续多少年呢?我主张的"进入过程的文学史研究",就是要用充分利用文献,尽可能以接近原始过程的方式重构文学史,从而取代过去那种两点成一线、主观色彩浓厚的简单勾勒。而这在明清文学史研究中是有可能做到的。

其次我想谈一谈清初诗学的地域命名问题。寅彭兄说“蒋著关于渔洋还有一个‘身份认同’方面的问题，即他究竟是一位‘山东诗人’，还是全国性的诗人？这个问题主要是由章节设定未能尽善造成的”。他认为拙著将渔洋置于山东诗学名下，但渔洋一生主要是以朝官的身份在京师发挥影响的，更关键的是他在京城的数十年间有一个以他为中心的诗人群体存在，其成员虽流动不居，可他的领袖地位却稳居不动。所以清初诗坛的中心，就是由前期钱谦益所在的江南向后期王士禛所在的京师转移。寅按，以地域命名诗学，着眼于承传的传统，而不是传播的地理疆域。如果以后者言，那么王渔洋长久在京为官就称京师诗学，官扬州时就称扬州诗学吗？这显然是不可取的。诗学传统就像人的籍贯，山东人在北京仍是山东人，东北人在三亚仍是东北人，他自己和别人都这么看，这就是文化认同。将王渔洋诗学命名为山东诗学，是鉴于神韵诗学的立足点正是山东承传的格调诗学。另外，拙著没提到而现在可以补充的是，王渔洋在清初首倡黄庭坚诗，也是出于山东诗学的独特趣味。江南从钱谦益到冯班，都不喜欢黄山谷，而德州卢世㴶《尊水园集略》卷七《钞书杂序》“山谷集”一条，却记载着他对黄庭坚的倾倒：“余生三十年未知宇宙有山谷也，因同社友马远之劝余读山谷书始求而阅之，一阅即有入处，手钞两册间有评点，举以赠友人，王潜夫亦如远之之劝余读也。顾所见止南都坊刻三十卷，闻山谷集中不止此，从而博访之不得。嗣于燕市中获豫章集一部，大略如南都本。（中略）卢子喟然叹曰：‘余生三十年不知有山谷！’遂周旋二十五年不舍。”正因为以王渔洋为主导的山东诗学以神韵论及对宋诗的推崇竖起了清代诗学自己的旗帜，我才断言它是“清代诗学的发轫”。相比山东诗学，其他地域的诗学都停留在对明代诗学的清算中，没有提出有建设性的诗学纲领。这么说来，认为“清代诗学是由山东诗学发展出来的”，又怎么能说是“无异于离题”呢？

一种诗学的历史评价应着眼于是否具有独到而系统的理论见解并对后世产生影响，这一点我想是谁也不会否定的。以此衡量，王渔洋的神韵诗学不仅笼罩整个康熙朝，对清代中后期诗学也产生了深远的影响。乾隆诗学首先就是在对神韵的批判中展开的，这需要通盘把握清代诗学的走向。《清代诗学史》第一卷的论述范围虽只限于顺康雍三朝，但对清初诗学格局的理解及相应的章节设计，出于对清代诗学流变的整体把握，也预伏着乾隆后诗学的“下回分解”。以山东诗学为清初诗学的殿军，以赵执信为第一卷的尾声，都出于长时段的考虑。

我不认为王渔洋包含在山东诗学中就显得不如王夫之分量重。当今的文学史习惯以标题级次来区分作家或流派的重要程度，这未必是最好的叙述方式。章节的划分应该体现文学史的格局，王夫之无论是否像我们评价的那么重要，都需要独立设章，因为他是一个无可归附的诗学家。他是诗坛孤立的存在，与诗坛没有交流，直到晚清才被发现，进入学人的视野，他对清代中后期诗坛毫无影响。而王渔洋则不同，他诞生于山东诗学的传统并且是由山东诗人群体——这是清初京师最庞大的诗人集团——托举起来的。不妨设想一下，王渔洋如果出生在扬州，或苏州，他还可不可能成为康熙诗学的领袖？历史是不可以假设的，但历史环境可以分析。最简单的一个结论就是，出生在扬州或苏州的王渔洋，到康熙十八年很可能还未出应科举。而山东却是清朝前两科进士最多的省份，魏斐德《洪业——清朝开国史》已指出，“1644 年投降的‘贰臣’中，有 1/4 来自山东”。这就是山东人要占据清初诗坛主流的潜在因素。

寅彭兄显然没能理解我对清初诗学的整体把握，说拙著“因为限于山东诗学的框架，只能由被定位为与渔洋‘意气之争’的赵执信来收束全书，不免令人稍觉气馁。蒋寅兄或是因为写过了渔洋的专著而想变换一下新鲜感吧，遂才不觉有此失手”。我们知道，历史是叙述和话语建构，具体结论可以商榷，可以提出不同见解，但这里“失手”的判断预设了一种常规性和正当性。从一般的意义上说，应该做到而未做到，就叫失手，比如像体操运动员从器械上掉下来。但历史建构是否存在这种常规性和正当性呢？从海登·怀特以后，大概很少人还会持这种信念了。事实上任何历史建构，都像怀特海说的，“历史学家在描述过去的时候依赖于他对于何者构成人类生活的重要部分的判断”(《观念的历险》,上海译文出版社 2013 年版,第 4 页)。以赵执信为康熙诗学的终结,绝不是不加思索的草率安排,它是我二十多年考察清代诗学史历史进程的深思熟虑的结果。不只顾及其诗论形成的时间,更着眼于清代诗学的历史进程。赵执信是王渔洋以后山东最重要的诗人,即便是不太赞同他对王士禛的非议的卢见曾,在编《国朝山左诗钞》时仍选了他 172 首诗,数量仅次于王渔洋,位居第二。拙著业已说明,乾隆三十二年(1767)刘执玉编刊《国朝六家诗钞》,以查慎行和赵执信与顺治间南施北宋、康熙间南朱北王并列为六大家,已奠定了赵执信清初诗坛殿军的地位。王渔洋诗学成型于康熙中叶,而赵执信对渔洋诗学的批评出现于康熙后期,并一直延续到乾隆初。更为重要的是,他的批评正是乾隆诗学以清算神韵论流弊为发端(详见蒋寅《“神韵”与“性灵”的消长》,《北京大学学报》2012 年第 3 期)的序幕。从山东诗学本身的发展看,后来高密诗派对王渔洋的批评,也直接渊源于赵执信。然则以赵执信为清初诗学的终结,同时也是连接乾隆诗学的桥梁,又有什么不合适呢?说到底,历史认知的深度取决于学者秉持的观念与掌握的文献史料。面对浩瀚的清代文学文献,谈论清代诗学难免都有盲人摸象的感觉,因此我们更需要一种开放的态度和长时段的眼光,来看待过去和未来的诗学史建构,不拘限于一时得失来看某些人物、事件和群体对于诗学史的参与作用。这是我在阅读前辈和时贤论著随时提醒自己的。

寅彭兄的原稿被删削千余字肯定评价,这本也无所谓,只不过有些地方文字一改,意思就变了。比如,关于王渔洋提倡宋诗与钱谦益着眼点的不同,原稿肯定“作者更值得关注的,是他对于清人所宗的宋诗尚有所谓‘软宋诗’与‘硬宋诗’的进一步深入的辩说。以我管见,这是前人未及论述的蒋寅兄的新见识。有此见识,他便能极清晰地区别了同宗宋诗的钱谦益与王士禛的不同,前者宗陆游即所谓‘软宋’,后者宗苏、黄才是‘硬宋’亦即真宋”。现在对我论断评语改为“这个大判断虽不必是创见……”,就变成不认为是创见了。我对前出的论著曾尽量浏览,对他人的创见必予征引,全书征引近代以来的相关专著一百三十余种，论文一百余篇，对前人先出之说都会说明。对王渔洋出唐入宋的经过，在《王渔洋与清初宋诗风的兴替》(《文学遗产》1999 年第 3 期)发表十多年后，我又形成了全新的看法，整个叙述框架、解释和结论都有了很大的不同。特别是曾困扰我的问题，即为什么在程孟阳、钱谦益提倡宋元诗不多年之后，王渔洋又要重新提倡宋诗？我最终解悟，程、钱所提倡的是陆游一路的软宋诗，王渔洋提倡的则是江西派的硬宋诗，黄庭坚正是王渔洋最初予以推崇的。这一结论不仅涉及前后两次宋诗风潮内质的异同，更涉及黄庭坚的经典化过程，而这于清代诗歌史又是一个绝大的问题。因为清代中叶以后的诗歌史，大体就是在杜、韩、黄融合的师法观念主导下展开的。我在行文中对这一心得交代得很清楚，书评既改为“不必是创见”，就应该将前人已有的研究列举出来，说明谁在何处表达过类似的见解。否则一个多年思考所得、对于诗学史鞭辟入里的诠释，就被顺便提到的一句“不必是创见”轻谩地抹杀了。这从学术批评来说是应该避免的。因为书评除了批评之外，同时也是对学术创见的揭示和确认，这将为后来的研究划出起跑线。

（原刊于《东方早报·上海书评》2014 年 12 月 21 日）

我对文学理论的技术要求

自上世纪末开始，国内文学理论界明显流露出一股焦虑情绪。与八十年代的理论热情不同，九十年代以"失语症"为代表的种种言说，都给人一种劳而无获的失落感和悲观色彩。虽然出版了上百种文学原理和概论式著作，但行业中人仍普遍对现有的业绩感到不满。十年前，我曾对国内的文学理论研究下过一个不免狂妄的结论："由于没有解决哲学基础的问题，又脱离中国当下文学经验，一味稗贩西方现代文论，而缺乏对文学的基本理解和言说立场，当代中国文学理论始终没有形成自己的理论体系和知识结构，更不具有对当代文学创作的解释能力。"（蒋寅《如何面对古典诗学的遗产》，《粤海风》2002年第1期）十年过去，情况怎么样呢，南帆和陶东风主编的两种文学理论教材是我看到的较新颖的代表性著作，确实已摆脱了旧模式，有一种现代感，但除了让人联想到伊格尔顿的著作外，也看不出有什么独特的地方。也许本体论的或原理式的文学理论研究真的已走到山穷水尽的地步？这我们无法断言，但我的确想对当下的文学理论研究提出另外的要求，一种技术性的要求。

我觉得，文学理论目前的困惑与学科自我定位有关。先师程千帆先生常说："过去文学理论不是一个专业，只是一门课，都是教文学的人上。现在文学理论被当作一门学问，有了文学理论教研室，教文论的人只研究理论，不研究文学本身，讲起文学来往往很隔膜。"的确，晚近较有特点的文学理论著作都出自作家或文学研究者之手，如刘永济、郁达夫、老舍。如今中文系的文学理论专业，是新中国成立后仿苏联体制设置的。美国大学的文学系没有文学理论专业，研究文学理论的学者归于比较文学系；日本大学也没有文学理论专业，只有美学专业，属于艺术史系。正像美国作曲家和指挥家瓦雷兹（1885—1965）说的，“在有植物学之前就有花朵和蔬菜了”。文学理论作为学科的基础理论，只是特定文学经验的反映和概括，它的作用只有一个，就是帮助我们理解过去和今天的文学。这种功用，作家不需要——用文学理论指导创作只不过是理论家自视过高的幻觉，作家肯定都嗤之以鼻，读者也不需要——没有人先学习文学理论再去读小说，只有对我们这些搞文学研究和批评的人才是必需的。所以我认为，文学理论很大程度上是一种工具性的知识，为文学研究提供阐释文学的学理依据、批评技术及相应的专业术语。只有解决了这一学科的自我定位问题，我们才能对文学理论的发展提出明确的要求。

与当今中国文学理论原创性的缺乏相应，中国文学研究存在的明显问题是技术水平的低下。古代文学研究方法和技术发展缓慢就不说了，中国现当代文学批评也呈现偏重思想、文化分析而轻忽文学分析的倾向。文学文本成为思想、文化批评的对象，文学成为什么人都可以发言的领域，文学批评显示不出专业水准，是当今文学批评最令人气馁的现状，反映出我们文学研究技术水平的低下。由于历史的影响，二十世纪西方文学研究的“向内转”没有在中国生根开花，“近三十年的文化封闭，使我们错过了许多东西：首先是带来文学理论革命的雅各布森语言学诗学，然后是极大地改变人文科学学术方式的结构主义和符号学，再就是代表着现代文学批评技术水平的‘新批评’，还有使我们对文学本质的理解产生根本转变的现象学美学、接受美学和解释学，让我们重新看待和理解文学作品的深度及独创性的神话—原型批评；甚至连产生于本世纪初，很快就被介绍进来的精神分析也快被忘却，更不要说方兴未艾的德里达和福柯了。二十世纪文学观念几个最大的变革——取消本文的自主性，提升语言的审美构成机制，意向性的本文阐释结构，结构的符号化描述，都被我们错过了。于是中国文学理论剥去马列文论教条的外衣，就只剩古代文论那一点家底”（蒋寅《对“失语症”的一点反思》，《文学评论》2005 年第 2 期）。八十年代以后，西方文学思潮和学说迅速涌进，本足以刺激、提高文学研究的兴趣和水平，但不幸的是学界尚未很好地消化和吸收这些理论成果，文化批评的浪潮就席卷而来，压伏了文学研究的苗头。要说文学的艺术性研究在中国始终未能正常地发育、生长，是毫不夸张的，相比欧美、日本对本国文学的研究，国内文学研究和批评确实停留在较低的技术水平上。

这一现状不能全怪文学理论学者，文学史研究者和文学批评家也要承担一部分责任。理论创造的基础奠定于文学研究本身的知识积累，没有丰厚的文学史知识和创作经验的积累，文学理论就是无源之水、无本之木，绝无理论创造的可能。在这方面，法国文学理论的成就可以给我们一些启示。

或许不是每个人都能同意，说对二十世纪文学理论贡献最大、影响最大的是法国。但我个人读法国的文学理论著作获益最多，相比其他欧美国家，法国的文学理论更注重文本构成和阅读关系的研究，从技术角度给文学研究带来诸多启示。比如勒热讷的《自传的契约》（三联书店 2001 年版）不仅指出自传的叙事基于一种将内心回忆加以组织、使之成为一部作者个性历史的努力，“试图从整体上、在一种对自我进行总结的概括活动中把握自己”（第 6 页），而且强调“自传是一种建立在信任基础上的体裁，如果可以这样说的话，是一种‘信用’体裁。因此，自传作者在文本伊始便努力用辩白、解释、先决条件、意图声明来建立一种‘自传契约’，这一套惯例目的就是为了建立一种直接的交流”（第 14 页）。这一结论不只为我们理解和把握自传的文体特性提供了有价值的观点，还启发我们就文体对作者写作的约束、对读者阅读的提示展开更广泛的思考，研究不同作家和不同文体如何建立起文本和读者的契约关系，进而将这一研究扩大到编集和评选、出版、批评各个环节。这一问题又往往与热奈特提出的“副文本”概念发生关系，标题、题记、自注、序跋、附记、出版说明等“副文本”常会在不同程度上发明或改变作者建立的文体契约，最终影响读者的阅读和理解。再如,萨莫瓦约《互文性研究》(天津人民出版社2003年版)一书对互文性理论的梳理和总结,也启示我们重新审视中国传统文学中大量的用典、用事、用语现象,研究意象与语汇的语义生成方式,使古典诗歌创作与注释对"无一字无来历"的追求获得全新的认识。

法国文学理论就是这样建立在对文学本文的深入钻研上,对文学研究而言有很强的专门性和技术性。我每读一种法国的文学理论著作,都会学到一些属于文学研究技术层面的知识,改变自己看文学的眼光和深度。文学研究无疑是需要这样的专业眼光和技术的。相比之下,读中国学者撰写的文学理论著作,觉得还是较多地纠缠于元理论和本体论问题,缺少文学研究技术层面的内容;而文学批评论著则多往诸如"现代性"、"后殖民"等一些时髦文化概念上靠,缺乏文学研究的热情,更缺乏技术层面的钻研和开掘。要之,两者作为文学研究来说都缺乏理论的专门性和批评的可操作性,换句话说就是不能满足文学研究的技术要求。作为文学研究者,我们学习文学理论,当然是为了提高自己的文学研究、批评能力,这就要求文学理论必须具备相应的实践品格。为此,我对文学理论的技术要求,就不只针对文学理论研究者,也包括文学批评家和文学史研究者。文学研究者在学习文学理论的同时,也要以自己的研究成果充实文学理论;文学理论研究者也要多研究古今文学和文学史,在不断丰富的文学知识中提取属于中国自己的文学经验,从中概括和创建新的理论学说。只有确立这样的意识,文学研究的技术水平的提高和文学理论的本土创新才可以预期乃至实现。

(原刊于《中华读书报》2010年10月14日)

慎言“国学”一级学科

自从中国人民大学创立国学院，学界就不断有“国学”学科能否成立的争议，《中国社会科学报》也连续发表正反两方面的意见。我对人大创设国学院是很赞同的，这是运用传统学问方式培养现代人才的一个尝试，可以起到传统教育理念、模式同现代教育制度相竞争，通过竞争推动当今教育制度改革的作用。但对报端所见将“国学”立为一级学科的动议，我不太认可。理由很简单，增设“国学”为一级学科只会带来学科分类的混乱。这本来不是什么值得讨论的问题，但最近收到国务院学位委员会办公室为修订《学位授予和人才培养学科目录》而寄来的调查问卷，征询对新增“国学”一级学科的意见，顿时感到兹事体大，必须认真回应了。

“国学”作为近代对应“西学”而提出的概念，其基本含义是中国传统学问，它对应的知识体系是图书分类学意义上的经史子集四部古籍，其中既有可与现代学科分类对接的知识门类，如史学；也有现代学科分类所无法容纳的知识门类，如经学、诸子学。它本身就是一个古典的知识体系，有着自己独特的学科分类方式。顾颉刚先生曾说，“中国的学问是向来只有一尊观念而没有分科观念的”，“旧时士大夫之学，动辄称经史词章，此其所谓统系乃经籍之统系，非科学之统系也”（《古史辨》第1册第81页）。这是不符合事实的。即便是经史词章，古代也自有分科。萧绎《金楼子・立言》云：“古人之学者有二，今人之学者有四。夫子门徒，转相师受，通圣人之经者，谓之儒。屈原、宋玉、枚乘、长卿之徒，止于辞赋，则谓之文。今之儒，博穷子史，但能识其事，不能通其理者，谓之学。至如不便为诗如阎纂，善为章奏如伯松，若此之流泛谓之笔。吟咏风谣，流连哀思者，谓之文。”鲁曾煜《穆堂别稿序》举程子之说，曰：“古之学者出于一，今之学者出于三，曰道学也，经学也，词学也。”这是宋代理学家的学问分科。宋濂《傅幼学字说》论后世之学，说：“士有以理财为学者矣，有以听讼为学者矣，有以治兵为学者矣，有以文章为学者矣，有以训诂为学者矣。”这是明人的学问分科。王棻《柔桥文钞》卷四《论学》则说：“尝观古今天下之学术，大概有三，而其别有四，举业不与焉。曰性理之学，经济之学，训诂之学，词章之学。”曾国藩也有义理之学、词章之学、经济之学、考据之学四科的划分（《求阙斋日记》），分别对应于孔门德行、言语、政事、文学四科。这都是古代正统观念主导下的学科分类。如果切合社会实际而进行学科划分，那包括的知识面还要广得多。应㧑谦《应潜斋文集》卷四《万子充宗仪礼解序》云：“今之世有经济之学，有禅玄之学，有诗赋之学，有四六之学，有刑名之学，有举业之学，而性命之学则未之见也。”其对应当今的学科分类，含政治、经济、宗教、文学（文秘）、法学、逻辑、哲学、伦理八科。方以智《物理小识》总论引乃父孔炤《潜草》曰：“言义理，言经济，言文章，言律历，言性命，言物理，各各专科，然物理在一切中，而《易》以象数端几格通之，即性命、生死、鬼神，只一大物理也。”这又相当于今天的哲学、政治、经济、文学、天文、数学、哲学、心理学、自然科学九科，这大体就是中国古代传统学问的学科分类。

中国古代没有自然科学的概念，现代学科分类中的物理、化学、生物学等都以“物理”之名概之。与近代学科分类相比较，又没有工、商、医、农诸科。大体说来，传统观念中的学问体系，以性理之学、经史之学、辞章之学为正统学问，词曲之学、书画之学、物理之学、天文历算之学、医药之学、兵法律令之学为杂学，奇门遁甲、星象堪舆、卜筮相占、释道修炼之学为旁门左道。说它不同于近代的学科体系，甚至说是前现代的知识体系都可以，但要说没有分科观念，则显然是不对的。所谓国学，就是这些知识门类的综合体，它本身就包含一个学科分类模式。

既然国学本身是一个由古典的学科分类支撑的知识体系，而不是一个知识门类，将它纳入当今的现代学科分类中，就必然方枘圆凿，抵牾难合。据国务院学位委员会办公室印发的增设“国学”一级学科说明材料，“国学”学科拟设立经学、子学、国史、国文、小学、中国少数民族和边疆文化、国艺七个二级学科。我觉得这样的设置会带来不少问题，且不说缺了天文、地理、历算、医药之学，“国学”的内涵、外延还算不算完整。就说七个二级学科中，除了经学和子学外，国文和国史、国艺本身就是一级学科，小学（古代汉语）和中国少数民族和边疆文化起码也是二级学科吧？尤其是“国学”在学科门类上将归入历史学，历史学下面原有一个中国史一级学科，现在“国学”学科下面又设一个“国史”二级学科，彼大国于此忽成附庸。如此叠床架屋的结构，如此逻辑层次不清楚的二级学科设置，将来如何处理它们与中国文学、中国史、中国艺术等一级学科的关系，以保证“国学”周密地确立起自己的学科边界和知识类型，我们不能不替它担忧。

要传承和推广国学，设立国学院未尝不可取，采取特定的课程设置和教学方式可以获得国学修习的实效。其实，国学的教育理念就是通才通识教育，从周代的“六艺”开始，直到清代乾嘉学者的博学多才，无不体现了国学的精神。但教育理念和基于知识体系的学科分类是两码事，在现代学科分类中硬插入一个包含古典学科分类的知识体系，是很难解决其间的学科雷同、交叉问题的。据我看，国学的知识门类中，难以融入当今学科分类的主要就是经学和诸子学，因为二者正像国学一样，本身就是包含上古学科分类的古典知识体系，它们在很大程度上也是国学的精粹，负载着我们对国学的联想。如果我们希望经学和诸子学不仅是国学院的核心课程，还能在现有学科分类中占有一席位置，那么也可以考虑在“思想史”学科下增设“经典学”或“古典学”，这总比增设“国学”一级学科要顺理成章得多罢。

（原刊于《中国社会科学报》2010 年 6 月 15 日）

中国高等教育需要当代武训

儿时看供批判的“毒草”影片《武训传》，看到武训为集资办学，以挨打换取一个一个铜板，我难过得直流泪，也不懂这么好的人为什么要批判。时隔多年，想到影片的那一幕幕，还不禁要黯然伤怀，一个胸怀淑世理想的人，为了自己的信念，竟能忍受那样的屈辱！尽管武训后来在乡里被敬奉为圣贤，但后来却得不到肯定和理解。这究竟是为什么？无论人们有多少种解释，我认为有一个原因大概是不可否认的，那就是执政者对民办教育的排斥和否定。

而今距批《武训传》的年代又过去了许多年，社会已发生很大变革，但武训办学的理想依然是镜花水月。君不见，最近地方政府办的南方科技大学开始不就得不到承认吗？面对这种压力，现代武训朱清时打算自主招生、自发文凭，表现出极大的勇气，令人钦佩。最终的结果固然不错，有关部门给了个说法。但我曾很担心，如果南方科技大学得不到承认，其前途会平坦吗？而且，今后会不会再出现类似的情况呢？是否都有善果，能得善终？谁也不知道，只有拭目以待。多年来，政府对教育的垄断已成了天经地义的事，教育部不批准，谁也甭想办大学！武训若活在今天，就是攒够了辛酸钱，也办不了学啊！

听到南方科技大学的新闻，我不由得怀念起古代中国的教育来，那是多么丰富和多元的形态！公有太学、国子监、州府县学，私有乡校、书院、私塾、家塾。大思想家、教育家孔夫子不就是私立学校的创办人么？有贤人七十、弟子三千，正是现在一个小型学院的规模。后来著名的思想家从朱熹、陆九渊到颜元、黄宗羲都主讲于书院，为社会造就多少人才。民间和地方政府办学可以说一直是中国古代培养人才的重要形式，也是形成中国古代教育多元化传统的制度基础。可是到今天，传统被抛弃了，民办大学不仅得不到政府支持，还备受压抑，受到各种不公正的待遇：没有经费支持，没有公平竞争生源的机会，办学条件差，学历得不到承认……相比中国古代教育体制的多元化，这应该说是极大的倒退！

自古以来，多元的教育体制不仅为社会培养了众多的人才，它本身形成的不同教育方式的竞争也推动了人才成长环境的不断完善。进入近代以来，公私立教育的并行发展，更造就了清末民国间数十年教育的辉煌，大师辈出、人才蔚兴，流风余韵让人追怀不已。近年，政府和主管部门虽然也不断提出各种发展高等教育的口号，无奈僵化的意识形态要求及相应的体制非但不足以促进教育进步，反似盲人瞎马、拔苗助长，将高校变成最大的泡沫制造场，以致美国某大学校长哂言中国的高等教育是人类历史上最大的笑话！

没有行政自主权，没有自己的办学方针，没有有效的培养模式，没有合理的课程设置，没有充分的经费投入，没有世界一流人才，却一味好大喜功、盲目追求数量，使得国内高校的现状变成：研究生教育本科化，本科生教育中学化——以这种低能的教育水平，还幻想创建世界一流大学，不啻痴人说梦！谁不知道，世界一流大学最主要的特征，是拥有最优秀的学者，最宽松自由的思想和学术环境，有充足的经费，还有低师生比和高淘汰率。而在目前的中国，高校教师收入过低，根本网罗不到世界一流人才；思想和言论自由得不到制度保障，限制了广大师生创造力的发挥；普遍经费不足，难以开展优质的教学和高层次研究；过量的扩招导致师生比日益扩大，教学质量和教学水平不断滑坡。这是任何一个从事高等教育的人都能切身感受到的现实！

在这种状况下，大力发展民办高校本是遏止公立大学臃肿膨胀趋势的必要举措，不仅顺应社会急剧增长的高等教育需求，减轻高校招生的压力，同时给社会带来大量就业机会，还可以打破公立大学的垄断局面，形成公立、民办大学之间的公平竞争，以竞争促进高等教育体制的改革和教学质量的提高。说实话，看到南方科技大学的办校宗旨及其设想，我是很振奋的，觉得代表了中国高等院校发展的正确方向；朱清时先生也是个有魄力的校长，110万年薪应该能网罗到国内一流人才，但世界一流人才还很难说，因为一流人才不只需要生活待遇好，还更看重科研环境的优越。我先后在日本、韩国以及中国香港和台湾地区、境内多所大学任客座教授，其中既有世界名牌大学，也有不太出名的私立大学，深知国内大学的教学体制、教学质量与海外大学的差距，绝不是靠引进几个人就能马上改观的。

但只要有了人才，有了改革目标，进步就有希望。民办大学在我看来正是中国高等教育改革的希望所在。政府和教育主管部门果真有创建世界一流大学的决心，就应该大力支持民办高等学校，发挥其体制的自主性和灵活性，探索出一条有中国特色的高等教育之路来。我更希望有更多的像朱清时校长这样的现代武训站出来，以敢于为天下先的勇气，为中国民办教育走出困境、走向坦途而努力，而坚持。民办教育的潮流是不可阻扼的，它光辉前途也是可以眺望的。和武训同时代的大臣、宰相，甚至皇帝，人们都不知道了，但武训永远被人铭记。在今天，中国高等教育更需要当代的武训。

（原刊于《光明日报》2011年1月20日）

学术资源的合理配置与有效投入

像在许多方面的评价一样，在科学技术方面，中国也可以说是个大国，而不是强国。中国拥有世界上人数最多的科学技术工作者、教育者、学者，但科技成果却进入不了世界前列。进入21世纪以来，中国学术界最热闹的话题都是关于学术本身的，先是学术失范，然后是学术腐败，再后是学术不端。随着反思和讨论的深入，大家在认识上日趋一致：所有这些学术环境恶化的现象都植根于学术体制，是制度不健全带来的问题。改革学术体制，提高学术的自治程度，一时成为最有力的呼声。

然而，当前的学术弊端真能由学术自身来解决吗？改变现有的从申报、评审、立项、发表、评价、出版到奖励这一整套学术运作模式，就能改变学术的现状吗？完善了学术制度，相信能够减少一些学术腐败和学术不端行为，但是否就能保证中国学术向良性的方向发展，还很让人怀疑。因为，目前最致命的问题还不在于失范、不端和腐败，而在于全面的平庸和缺乏创造性。

学术研究是一项对资金、时间和人才都有很高要求的复杂活动，无论在哪个国家，从事科学研究的人都是很小的一群，他们凭借社会提供的优越条件，承担起发现问题、解决问题、发明理论和更新知识，扩大人类视野，提升人类理解力的重任。能胜任这些工作的人，有可能取得成绩的人，都是少而又少的。

然而在中国，科学研究却仿佛是尽人皆可为之的事。名目繁多的研究机构、层次不一的各类院校，还有政府机构的研究室……科研人口之庞大，足以到令人吃惊的地步。这庞大的科研人口都在夜以继日地产出数量更庞大的成果，让世界瞠目结舌。近年，教育系统过多的政府行为，名目繁多的“基地”、“中心”和“重点学科”、博士点评审，更加剧了高校之间的竞争，将中国学术界驱赶到一条“学术大跃进”的路子上去。繁荣发展社会科学，演变为一场立项、写作、出版、评奖的竞赛，各单位都拨出重款鼓励和支持成果出版，书店里忽然满架是新书。这些印刷品都在制造“学术成果”直观上的量感，并通过抽象的数字统计描绘出“学术繁荣”的曲线。

这种学术泡沫的泛滥，结果是可怕的。首先，这种低水平的重复，造成学术资源的极大浪费，重复立项，重复投入，重复出版，消耗了大量的人力物力；其次，无规则的学术活动，带来普遍的不正当竞争，造成劣币驱逐良币的结果，不仅扰乱了学术秩序，也伤害到中国学术的国际形象；复次，大量学术泡沫的堆积，增加了信息处理的难度，同时败坏读者和学者的阅读兴趣，最终使有限的有价值的成果湮没在无穷的废纸中。事实上，经过几年来的“学术规范”呼吁，现在的学术出版物，形式上已颇有“规范”了——注释格式很标准，有参考文献，前面有关于研究现状的说明。但最终有没有独创性见解，只有天知道。经常可以看到，权威期刊发表一篇略有新意的论文，三四流的期刊就会跟进一批同一题目的通俗版和稀释版。照搬照抄不加说明，还都是厚道的，不厚道的照抄了主要观点和材料，还要挑个无关痛痒的细节商榷一下，说起来也参考了你的论文。

大面积的平庸和重复发表，才是目前中国学术最大的问题，它使少数有价值的成果难以探头冒尖，最终大家一起窒息。这种后果大家都已看得很清楚，但没有人开出对症的良方。也许社科院系统的学者，置身于竞争之外，旁观者清，能一针见血地扎到病根。一直关注学术体制问题的青岛市社科院杨曾宪研究员，最近在《首先要“裁军”》(《社会科学报》2005 年 1 月 13 日)一文中指出学术队伍的超员问题。这其实也是大家有目共睹的弊端，近年大家对学术滑坡的议论，往往都集中到“学术大跃进”的话题上来，只不过没有直接提出“裁军”建议而已。

话要从高校的晋升制度说起。大概只有中国的高等学校，晋升职称以学术著作及其数量为惟一标准。不管什么大学，哪怕是专科学校；不管什么系科，哪怕是公共课教研室；不管藏书条件如何，不管上多少课，晋升职称都唯“学术专著”是论。有些城市，有些学校，根本不具备科研条件。有些普通院校，教师课程繁重，根本没有时间和精力做研究，到评职称时一律看专著。于是高校就形成全民搞科研的奇怪现象，而所谓科研，也就是写书。过去曾听说，有自费买书号，只印十几本申报职称的，现在大概不用这么做了，大学正恨不得将每个老师敲出的字符都码成书！

与高校全民搞科研的热潮形成反差的是，最应该搞科研的社科院系统却很不景气，办公和科研经费严重不足，科研人员福利待遇低，人才流失，不务正业。据省级社科院的朋友说，由于经费短缺，研究人员收入低，待遇差，全都人心浮动，提不起做研究的劲头。中国社会科学院虽然研究条件较好，但因收入、住房和其他福利与高校差距较大，也产生人才流失、军心涣散的情形，科研人员看似都在忙碌写作，却不能将精力投入到有价值的课题上去。为弥补收入的不足，不得不去编书、讲课，将时间用到学问以外的地方。1988 年我进文学所工作的时候，全所 250 人在编，如今只有 170 人；古代室当时是 40 人，现在只有 20 人。一个国家直属的社会科学研究机构，到底需要多少人合适，这是另一个问题，但事实是社科院系统已在裁军了。我们不禁要问，相比高校的学术大跃进来，这军裁得合理吗？

社科院系统原是国家直接掌握的人文、社会科学研究的专职队伍，建国以来在人文、社会科学领域做出了重要的贡献。中国社会科学院作为国务院直属的研究机构，集中了大量的研究人才，在文学、史学、哲学、语言学、经济学、考古学等领域，为国家赢得了崇高的学术声誉。尽管近年由于人才流失和在各种学术竞争中所处的不利位置，社科院的学术实力不免有所减损，但全院每年出版的论文、专著数量仍超过国内任何一所大学。2004 年全院共出版学术专著 333

部，论文 4263 篇，研究报告 940 份，这还不包括古籍整理、教材、译著、论文集、资料、工具书、软件等成果。

社科院的重要，关键并不在于成果数量，而在于它承担的众多基础课题和前沿性的社会调查、对策研究，这是需要投入大量人力、物力的，高校教师因有教学任务，往往很难胜任同类的课题和研究。从这个意义上说，社科院是学术领域里一支能打攻坚战、持久战的生力军，同时也是一支随时可以调遣的快速反应部队，有它不可替代的作用。

近年中央再三强调大力发展人文、社会科学的重要性，对人文、社会科学给予了前所未有的高度重视，社科院系统应该说也面临新的机遇，但由于体制上的行政机构属性，在科研经费、人才竞争、福利待遇、学术交流等方面仍受到很多限制。在计划经济时代拥有的一些长处，到市场经济时代却成了短处。一个规模庞大的智力资源，令人遗憾地未获得充分的生长和开发。这在中央政府的投资是个损失，对国民经济的发展则不能不说是个浪费。

放眼世界各国，科学制度各有不同，设置国立研究院的国家并不太多，即便有也往往不是实体的，而是通讯式的。但有一点可以肯定，人文、社会科学的研究院尤其是前者，都是由国家设立，如法国的高等社会科学研究院、日本的国际日本文化研究中心、韩国的精神学院等等。日本东京大学东洋文化研究所和京都大学人文科学所，也等于是国立的。这不只因为人文学科作为基础研究的重要，也因为在商业社会中，“只有国家才有能力维持一种没有市场的文化”（布尔迪厄、哈克《自由交流》中译本第 68 页）。国家对这种文化研究的支持不是无偿的支出，更不是一种高雅的装饰。雄厚的基础研究可以培养强大的技术实力，而人文、社会科学对国家实力的影响，只要看看法国、德国的成功就可以明白。如果说美国人靠地大物博和移民政策，日本人靠国民的勤勉和善于学习赢得成功，那么德国人和法国人或许就是靠思想文化领域的无限创造力自立于强国之林吧？我想大多数人都会同意说，法兰西和德意志是二十世纪对人类思想文化贡献最大的两个民族。

就我国目前的科学水平和国力而言，集中人力、物力攻克高精尖和规模、难度大的课题，是很有必要的，因而有必要装备一支国家直属的精锐部队，中国科学院、中国社会科学院就是这样一支特殊部队。对过于庞大的学术队伍，裁军是不可避免的，关键在于裁哪部分人马。精锐部队非但不能裁，还应该加强。所以，裁军命题的真正含义实际是学术资源的重新配置，而其配置的原则应是合理和高效。不能拿装备导弹部队的费用去武装民兵。

就目前学术资源的配置来看，正好像是在压缩导弹部队的预算以装备民兵。为什么这么说呢？高校的全民科研和不切实际的数量要求，正在将一个发展中国家的有限预算投入到大片毫无希望的学术荒原中去。学术研究是一种高级精神劳动，对学者的精神素质和体力都有很高的要求。正像不是每个物理教授都能成为科学史上的发明家，也不是每个哲学教授或经济教授都能提出新的学说，生产新的知识，学者也需要天分和才能，尤其需要大量的时间，许多优秀的教师不能成为学者，反之亦然，很多杰出学者也不是好教师。老辈学者中，比如汪辟疆、王易、郭绍虞、唐圭璋、谭佛雏等先生都不善于讲课。有人适合作研究，有人擅长讲演，应该发挥各自的才能，各尽其才。现在不管学校条件如何，不管人的禀赋如何，一律要求做研究，难免赶鸭子上架，结果大量的所谓成果只不过是在浪费资金和纸张。

放眼国外的高校，也不是什么大学、什么专业都要求科研的，只有名校和有实力的重点学科才有科研要求，一般教师主要靠年资晋升。这样，科研就只是一小部分人的事，资金也得到集中的使用，保证成果的有效产出。目前国内高校的全民科研，既无谓地消耗了有限的学术资源，又迫使教师不得不制造学术泡沫，形成种种学术不端行为。

为此，我们在思考学术体制改革时，首先应在观念上解决学术资源的优化配置问题，通过将高校分类，使教学与科研分流；改革研究院的体制，将经费主要用于提高教师和研究人员的工资，鼓励个性化的研究；严格控制项目，使学术资源得到集中有效的使用。一句话，就是使学术成为一小部分人的工作，改变目前该做研究的人不能全力做研究，不该做研究或不能做研究的人却勉为其难的局面。

学术研究是需要大量资金支持的，对我国这样一个发展中国家来说，学术研究应该说是一个很奢侈的事业，但这方面的投入是必要的，也是值得的。在现在的条件下，让政府来全力维持科学研究，不用说有相当的困难。我们应该学习其他国家的经验，呼吁全社会来支持基础研究，以立法或税收为杠杆鼓励民间资金投向学术，设立支持学术的基金会。只要全社会形成重视学术的观念，愿意支持学术，而不是只愿在办晚会上烧钱，我们就不难拥有一个光明的学术前景，拥有一个民族文化的光辉未来。

（原刊于《社会科学报》2005 年 7 月 14 日）

使用就是最好的保护

——在台湾第六届古籍保护与流传学术研讨会上的发言

面对线装古籍这一先贤精神财富的物质载体，我们负有承传和保护的双重责任。虽然这只是一个问题的两面，但在现实中却常常表现为使用与保护的冲突。出席本次会议的代表，显然以负责古籍收藏、保护工作的领导和专家居多，而我虽担任文化部国家古籍保护专家委员会的委员，平时主要还是个读者和古籍使用者。从八十年代初至今，我切身经历了公共图书馆和单位图书馆古籍阅览规定日益严格的过程。先是古籍普查，然后是提善、放宽善本书的尺度，限制复印和拍摄，提高善本拍摄和复制的底本费，等等。不可否认，随着计算机技术的发展和普及，古籍影印出版已有长足的进展。《四库全书》系列和《四部丛刊》系列都影印了大量古籍，使许多传本稀少、以前很难看到的珍本流通于世，大大方便了文史研究者，给予海内外中国文史研究很大的推动。不过，与此同时，阅览线装古籍的门槛也在日益加高：凡有影印本的线装书不再提供阅览，善本古籍阅览的规定和手续更加严苛，且不允许拍摄。很多时候让我感觉，对线装书阅览的限制已不只是古籍保护的需要，更是出于资料封锁和垄断的动机，或更直接地说是出于经济效益的追求。我到各地图书馆访书，一些较珍贵的书被以各种理由拒绝阅览，如天气潮湿、书库在整理、书籍在修补、书找不到，等等，即便是一些非善本书，有时也要托熟人介绍才能看到。这里姑且不论在全民所有制下，公共图书馆或公立大学、国家机构的图书馆是否有义务为纳税人提供服务的问题，仅从保护古籍的角度说，使用也是让古籍真正获得最佳保护的前提。

我想从三个方面来说明这一点。

第一，只有使用才能实现古籍文献保存的意义。我们知道，陶渊明虽然在南朝即被萧统推为“古今隐逸诗人之宗”，但如果他的诗集没有保存下来，或仅密藏于皇家图书馆而没有流通、被世人阅读，那么诗人陶渊明就只是个没有内涵的空洞概念。是苏东坡的阅读、评论和拟作，塑造了陶渊明的诗人形象，成就了陶诗的经典地位。至今还有多少陶渊明这样的诗人被尘封在图书馆中，我们并不知道。那些传世稀少的刊本和钞本、孤本，在被人阅读之前，就如同未被演奏的乐谱，只是一堆无意义的符号而已。当代文学理论所以用“文本”来补充“作品”的概念，正是逐渐认清了这一简单的事实：没有进入阅读视野的书写或印刷产品，只能说是一个符号载体，还不是一个完成的艺术作品。从这个意义上说，使古代流传下来的文本进入当代阅读，是实现其生命价值、赋予其意义的首要前提，否则古人和古代文本就不是亡于往昔，而是亡于今日了。因此，图书馆里任何造成阅读和研究障碍的规定，在我看来都是不可取的。如果图书馆的管理者仅仅抱着保存文献的信念，以为这是对后代负责，那就只能说是观念的迷误——一种古书，一份文献，现在有人要研究都不行，却想着留给后人研究，这是多么奇怪的想法！

也许有人会说，现在减少使用，避免损坏，等日后影印出来，即可保古书无虞。我觉得这也是很天真的想法。中国古籍迄今没有一部完整的目录，明代以前书籍都有限，清代典籍则浩瀚无边。据李灵年等和柯遇春所编两种清人别集目录的著录，清代留存的别集便在四万种以上。二十多年来，为《清代诗文集汇编》和《清代诗文集珍本丛刊》所影印的只有几千种，那还是利用北京大学、中国人民大学和国家图书馆较为集中的资源，凭借有利条件完成的。以后再印，条件会艰难许多，什么时间能印完，实在是河清难俟。况且，出版资源有限而古籍甚夥，先印什么后印什么，也有个别择。那些钞本、稿本、孤本都不是寻常所能阅览，一旦筹划影印，就茫然不知哪些书历史、文献价值高，值得先印。《清代诗文集汇编》收有徐增《九诰堂集》钞本一种，这是我在受嘱审核拟收书目时建议增补的。我在评议报告中特别强调，该书对于清初文学、文献研究具有极高的价值。本以为说说而已，未必果能收录，因为据《清人别集总目》，该书仅湖北图书馆藏有抄本 40 册，未见其他著录。最初是复旦大学邬国平先生去看过，后来南京师范大学陆林和上海大学张寅彭教授也去看过，到我去看时，馆方已知奇货可居，阅览一册要收费 10 元，这在当时是很高的价格。因为时间有限，我舍弃有关佛教的内容，阅览了 22 册。徐增少有才名，崇祯八年(1635)秋谒钱谦益，以少作《芳草诗》三十首见赏，牧斋先后两次为其诗作序。不幸年甫及壮即患风痹，足不能行。我原以为他只编了一部《而庵说唐诗》，影响有限，没想到湖北图书馆藏《九诰堂全集》钞本，卷首载当时名流序跋多达 26 篇，还有一整册赠诗，足见作者交游甚广，作为诗人和批评家的声望非同一般。历来提到徐增，都缘于《而庵说唐诗》与金圣叹的渊源关系，但承传之迹不可致详。而一览《九诰堂集》，即可明了徐增对金圣叹由排斥、戒备到后来顶礼膜拜的详细经过。其诗作也为我们提供了验证其诗学观念与创作的丰富素材，集中关涉佛教的大量文字则是研究清初文人与佛教关系的重要文献。徐增的作品就这样通过使用获得了被研究的机会，同时实现了最好的保护。这就是我要说的第二点，只有使用才能使古籍文献获得全面的研究，进而实现保护和保存的目的。

第三，只有使用才能使古籍获得最完整的保护。众所周知，宋元以前的典籍是比较容易搜罗编集的，所以宋元两代的诗文词总集很快就编成了。明清两代则不然，是故《全明诗》和《全明文》的编纂都步履维艰，《全清词》历经两代学人递主其事，劳作多年，竣工之期尚难确定，《全清诗》一直停留在口号上，《全清文》则想都无人敢想。明清两代虽然印刷业发达，文献浩繁，但版本却不入收藏家之眼，鲜有人搜罗庋藏，直到晚清才有陈田、刘承幹、张寿镛、邓之诚等人留意搜求明清别集。历经兵燹、“文革”之劫后，两代古籍的保有量锐减，单种书籍的传世数量反不及前代书籍，访求、阅览甚为不易。现行目录多据公私书志辗转传述，著录难臻齐备。同一种书，不同版本的卷数、作品数量、序跋常有出入；甚至同一版本，因收藏者不同，内容也不一样。比如《国朝诗话》的作者杨际昌，著有《澹宁斋集》，汤纪尚《槃薖文甲集》有其传记，但不载生卒年月。中国社会科学院文学所藏乾隆刊本《澹宁斋集》，后附杨氏后人手跋，详述先祖生平著述，且载杨氏生于康熙五十八年(1719)，卒于嘉庆九年(1804)。这就是作者家藏本的特殊价值。又如顾图河《雄雉斋选集》，通行为康熙间刊六卷本，中国社会科学院文学藏康熙刊本配有续集钞本一册，后有乾隆三十三年(1768)十二月张四教手跋，云："花田太史为教王母之从父兄，又母之世父也。昔舅氏授以此册，藏之二十余年，偶于友人家得见太史改抹手迹，盖晚年意有未安，再加审定者。借归敬临一过。太史尚有续集未梓，当合此中所收者，重锓一本。教有志焉，而未能也。"考《清人别集总目》，《雄雉斋选集》并无续集流传，此本所附续集应是未刊稿抄本，属于特殊来源的孤本。似这类特殊的版本信息，若非恰好看到，是很难知晓的。我 1988 年进入中国社会科学院文学所工作时，古籍线装书可以借回家，一函等于一册平装书。按规定每人可借 50 册图书，线装书最多也可以借 50 函。我每周上班都借大包线装书用自行车驮回去。因为书可以放在手边仔细看，也不用复印，只须将有用的资料录入电脑。我早年出版的《王渔洋事迹征略》《清诗话考》等偏重于文献研究的著作，主要是靠文学所及 1997 年在京都大学任客座教授时使用线装典籍的便利条件完成的，否则很难在短时间搜集到那么多资料。文学所的线装书常有同一种书收有不同版本或同一版本收有多部复本的情形，我在借阅时一般都先比较一下不同的本子，再决定借哪一套。某本多出序跋或附有前人批语的情况时时遇到。善本书库的藏书不能出借，只能阅览，但本所人员可进入书库自由翻阅，我因此过目许多珍贵典籍。收入国家第一批珍贵古籍图录的王宠手书《庄子》内七篇和毛钞本《石林奏议》，就是我推荐申报而被收录的。王宠手书《庄子》历经诸多名家递藏，珍贵自不待言；毛钞本《石林奏议》书写工整，纸白于绵，墨光如漆，也自名贵。后来看前人书志记载，才知道此书乃是毛钞中最为名贵的一种。如今两书都已入藏中国社科院珍贵书库，以樟木箱收纳，贮藏于恒温恒湿的房间内，得到最好的保藏。

让人遗憾的是，后来文学所也执行院里的规定，对使用线装书规定得越来越严，表面上看线装书会减少损坏，但很多书籍也可能从此就不见天日了。查卡片找书，与在书库里自由取阅，结果是很不一样的，以致研究人员熟悉古籍的程度也是不可同日而语的。1997 年我在京都大学客座，除了人文科学研究所，文学部图书馆和大学附属图书馆都是可以自由进出书库的，线装书包括明刊本（珍贵的古钞本除外）都可以借回研究室使用。到大阪大学怀德堂文库、立命馆大学图书馆访书，也曾在书库中阅读线装中国古籍，并将发现的著录错误告诉工作人员。这在图书馆并没有什么损失，但给研究者却提供了莫大的便利。这种便利对于学术增长将是很大的推动，而图书馆也必将在这种贡献中获得回报，更多地了解本馆藏书的价值，使有价值的书籍早日数字化或以其他形式复制，获得永久性的保护。

我知道，站在图书收藏单位的立场，上面的看法不会是他们乐于采取的态度和方式，但我相信，对古代典籍来说，最好的、真正的保护就是使用。从根本上说，使用的意义也高于保藏。

（原刊于《光明日报》2018 年 9 月 3 日）

振铎集

恒久的智慧啊，
你写就未来，
而绝不相信那使人丧失勇气的负重，
愿它在身躯中感到远游之电奔腾。

——勒内·夏尔

人文、社会科学对于当代中国的意义

——2000年12月20日与人民网网友的对话

各位朋友，昨天很高兴能在人民网与大家交谈。这是我头一回在网上出场，层出不穷的问题，难以招架，根本没有思考的时间。我的感觉就像是参加六十秒钟智力竞赛，连说俏皮话的工夫都没有。口述也是干巴的，如果自己打字会好些。反正回头看看，很不满意，有些回答是不准确的，现略作订补，希望能将我的想法表达得更清楚一点。二〇〇〇年十二月二十一日蒋寅记。

1. 完美：蒋教授，请您先谈一谈人文科学研究和“三个有利于”的关系。十五大报告中要求一切工作都要从“三个有利于”出发，可对于科学研究尤其是人文科学研究这样无法对社会生产力的发展产生直接影响的工作，也要从三个有利于出发，是否会陷于功利主义？

蒋寅：科学技术是第一生产力，社会科学就是保证这种生产力能正常发挥和实现的前提。中国在基础科学方面与国外相比固然落后，但差距还是可以看得见的。而社会科学的差距简直看都看不见。正因为中国社会科学太落后，社会体制和运转中问题太多，所以中国的基础研究的成果很难转化为技术推动社会的发展。我曾看到美国科协主席访华的一席谈，提到中国的科学水平和美国相比当然有差距，但并不像人们想象得那么大。中国最大的问题是，科学研究的成果很难转化为技术并得到应用。我觉得，要解决这一问题，就需要社会科学来研究。我的看法，阻力来自两个方面，一是没有解决社会公正问题，分配制度太不合理；二是经济的自由度不高。

2. 本无君：人文科学，比如说文学，为什么一定要和现实政治扯上关系？

蒋寅：“扯上关系”的说法比较含糊。如果在贬义上理解，那么搞文学的人自己并不想和现实政治扯上关系。但是掌握政治的人总会要求文学为现实的政治服务，这在任何一个国家都是如此。但是如何使这种要求变得宽容和眼光长远，是需要认真对待的。

3. 本无君：蒋教授，对于新世纪的第一个诺贝尔文学奖被华人获得，您感到兴奋吗？

蒋寅：我感到很高兴，任何一种成就为华人所获得我都很高兴。不管他现在是中国籍或是其他国籍。

4. 网友：科学是野马，人文是缰绳……

蒋寅：好比喻。科学本身是没有目的的，或者说它以认知为目的。但是它的成果的使用却有各种各样的目的。如何使这些成果被最好地使用，就是人文科学和社会科学的问题。

5. 本无君：蒋教授，我认为，大的理论家必然是大的考据家，比如鲁迅和胡适，以及陈寅恪等，您认为如何？

蒋寅：这个提法我不太同意。每个人对“理论家”的理解是不一样的，在各个学科也不一样。在文史研究的领域，理论家和考据家很少集于一身。胡适、陈寅恪和鲁迅严格地说都不是考据家，只是为研究做了一部分考据工作而已。

6. 爱你一万年：教授，你不是名牌大学毕业的，你可否说一下，这对你搞研究有什么影响？

蒋寅：是否名牌大学毕业与搞研究没有关系，但与是否受教于好老师大有关系。我读本科的扬州师范学院和读硕士的广西师范大学虽不能说是一流大学，但这不意味着那里没有好老师，这两所大学的中文系都是很不错的，有不少学养深厚的好老师，我的基础是在那儿打下的。读博士的南京大学是国内最好的大学之一，我的导师程千帆先生更是公认的好老师。一般来说，一个人在学习的初级阶段，学校和老师不是最重要的，所以读本科、硕士是不是好大学没有关系。但读博士，进入高级的学习，一定要有好老师，好学校则有较好的研究条件。这就像艺术和体育人才培养的情况一样。

7. 明敏：当今人们深切忧虑的伦理道德、人权、环保问题是否属于人文范畴，您怎样看？

蒋寅：前两个问题无疑属于人文科学研究的范畴，后者是社会科学和自然科学的共同问题。

8. 本无君：您是否经常看海外一些学者或者网友的作品？我个人感觉是非常天马行空，缺少事实根据。

蒋寅：我较少看网上的作品。网络由于没有发表的限制，内容的随意性肯定比较大。但这也有一个好处，它使批评变得非常自由。目前我们的批评显然是更活跃了。

9. 本无君：蒋教授，能否用简单的话概括人人都看得到的这种学科的微妙处境？王小波曾在他的自述中说他的父亲不允许子女从事人文学科，因为他自己吃了很大的苦头。

蒋寅：我高考时，父亲也不同意我考文科。经过"文革"以后，大家对文科都有不好的看法。现在人文科学的微秒处境是商业化的冲击造成的。其实在发达的国家，人文科学在社会上也是处于很边缘的位置。但是人文科学的成果，会被政府和社会所重视，对社会进步产生良好的影响。在目前的中国，人文、社会科学的成果不太被关注，缘于中国社会的意识水平还停留在一个比较低的层次。这反过来也是中国社会发展缓慢的一个原因。

10. 明敏：人文是不是个新鲜名词？我国传统文化是否包含它？如果有，那么我们该怎样继承和发扬？

蒋寅：人文是个非常古老的名词，在《周易》中就有"观乎人文以化成天下"的说法。文史哲一直是中国传统学问的主要内容，这一传统甚至一直影响到现代，产生负面的影响。这是个复杂的问题，难以展开。在今天应该大力发展社会科学，至于人文的传统如何继承和发扬，只有学习，再学习。

11. 网友：如果不能起到实质性的作用的话，那么，这样的所谓人文、社会科学，又有多大的实际意义呢？

蒋寅：能不能起到实质性的作用，关键在于当政者，而不在于学者。知识转化为动力，必须要有一些制度的保障。

12. 北风行：请问蒋教授：关于文学和政治的关系。我很欣赏宏才大略的曹操，他是个大政治家，但又可称为一个非常好的诗人，正是他的大政治家的胸襟，给了他从文的与众不同的境界。您说不是吗？难道文学非要脱离政治才是好的？文学又何必要脱离政治？是不是政治的正确与否受时空限制太多，而文学总是企图超越这种时空，因而出现矛盾？文学仿佛总是受到政治的制约？有些文人以为是政治限制了自己的才华，我特别希望有政治头脑的大文学家出现，有这种可能吗？

蒋寅：伟大的作家一定是有政治抱负和政治眼光的。但这不是我们刚才讨论的文学和政治的关系的问题。曹操这个人很复杂。要了解他最好看《三国志》的裴松之注，从中可以看见曹操阴险和残忍的一面。

13. 说你行就行：这么说，学者可以不关心政治，也可以不管新制度，也可以什么都不关心，只要做好学问就可以了？

蒋寅：作为现代社会的公民，每个人都应该关心政治，这是关心我们的生活本身。但是否要参与政治，是另一回事。学问本身包括政治学在内，研究政治最好由政治学专家来做。目前中国学术界的一个非常奇怪的事就是许多政治、经济、社会问题，都是由一些研究文史哲的人站在第一线发言。而且谈来谈去都是一些空洞的概念，而不是国情本身。这对理论建设和社会发展不是好事。

14. 华生：蒋教授，请问：一般认为宗教在社会道德规范中具有举足轻重的制衡作用。但是我们国家的教育中宗教被描绘成封建主或资本家愚民统治的主要工具。您如何评价宗教在人类社会中的作用？

蒋寅：这也许与马克思说宗教是麻痹人民精神的鸦片有关。最近已有学者指出，马克思喻为鸦片的意思是指医学上的镇静作用，因为当时鸦片在西方主要被用于医学。一般来说，宗教是调节人的心态，培养社会道德和习俗的一种意识形态，一定程度上会对社会观念产生积极的影响，比如基督教在对生命的尊重，对人的基本权利的尊重，确立平等观念等方面，就对西方社会产生了好的影响。但宗教的类型很多，信仰也不一样，具体到某一种宗教是否适合现代中国，则需要具体研究。当今中国的传统宗教已经衰落而且完全世俗化，而一些以别的形态出现的准宗教又缺乏一种真正的宗教精神支柱，它们是否能在社会上产生良好影响，实在难说。

15. 完美：教授，还是想请您谈谈人文、社会科学对于当代中国发展有哪些意义？——这是正题。

蒋寅：人文、社会科学对当代中国首先有这样几方面意义：树立公正的价值观，培养良好的社会道德和习俗，提升人的自我意识水平，使政治、商业和整个社会的运作向着一个符合人类最终发展目标的方向前进。

16. 天目：蒋教授，请教一个词语的来历，或者说请您训诂一下，这个词就是：信用——您见到的最早“信用”一词，是那部典籍文献？最早的含义是什么？

蒋寅：现在我说不出这个词语的准确出处。大概《左传》中已用“信用”一词，最初的含义是“信任地使用”，后来才名词化，引申出守信的意思。一般使用的含义等于守信、讲信誉。

17. 天目：大学生应聘外企，暴露了耐人寻味的一个倾向——蒋教授，您认为汉语是否正走向“现代”呢？

蒋寅：汉语是世界上最古老的活的语言之一。汉语的丰富和精致不输于任何一种语言。对中国人来说，如果不能很好地掌握汉语，他的外语水平也不会高的。至于是否走向“现代”，这个问题提得不明白，“现代”是相对古典而言的，现代汉语当然是“现代”的。除了古典的参照系，它还有什么标准呢？

18. 华生：关于社会道德，再问蒋教授：从八十年代以来，中国社会道德开始沦落，一般认为是十年的文化浩劫造成的社会创伤，关于十年浩劫的来由，不必探讨了。九十年代以来，社会道德的沦落速度更加剧了，包括环境保护一类的问题都应该认为是社会道德规范的范畴。您认为这些变化的主要原因是什么？怎样才能扭转？

蒋寅：社会道德的内容包含很多方面。你提到的环保的方面我认为不止是个道德问题。这是一个发展初级阶段的一个经济问题。在资本原始积累阶段都有这样的问题。从某种意义上说，这是一种换取成功的代价。别人已经付出了，我们现在看到的是别人成功的结果。对比之下，就感到那些破坏环境的现象特别触目惊心。我相信世界上没那种好事，能不付出代价就赢得成功。我是个准备付出代价的人，关键是如何使这种代价付出得最少。这不是道德所能解决的问题。对许多地方来说，这不是个多点赚钱还是少赚点钱的问题，而是是否生存的问题。

19. 是否：市场经济社会里，世风日下。教授，请您给青年人一个忠告！

蒋寅：做你想做的事并且做得最好，但是不损害别人和社会。能对社会有益更好。

20. 天目：做"好事"的竟是偷儿——蒋教授，您认为现在的文学风气和社会风气，有什么必然联系吗？

蒋寅：现在的文学风气和社会风气都不好。这是相关的。所以我认为，要改良社会风气，首先要改良文化人自己。我曾经提出过知识分子的文化改造首先应该从改造学风做起。

21. 华生：关于雷锋的一个问题，请教蒋教授：雷锋是一个乐于助人的青年，作为一个榜样，一方面是他是毛主席的好学生，忠于革命忠于党，还有一个是做好事不留名。有人认为，通过政治力量发动学习雷锋的运动，不但没有起到净化社会的效果，反而使道德概念政治化、功利化了。您的观点如何？

蒋寅：我们都记得，虽然年年学雷锋，不同时期学的内容却很不一样。英雄形象的内涵一直随着当前的政治需要而规定，这使人们对道德的理解变得非常功利。所以，新中国成立以来，我们几乎丢掉了伦理学，用一种随着政治不断变化内容的政治教育将它取代了。我们应该把各种英雄模范还原为一些基本的伦理道德，使它们变成我们日常生活中的一些准则，比如守法、诚实等等。这样，我们才可以在社会上建立一种稳定的有继承性的价值标准和行为规范。

22. 曾点:刚看到介绍您学术经历的文章,您感到做学问很辛苦吗?

蒋寅:学术研究有它艰苦的一面,但也有愉快的一面。学者是一种特殊的人,是一种对求知有极大兴趣的人,和各种各样的发烧友一样。

23. 刁鸣:(接蒋寅关于社会道德的回答)是道德问题!我们可能会制定很好的制度,没有很好的道德水准也是空纸一张。比如说乱扔烟头等等。

蒋寅:中国的传统是人治社会,它基于一种对人性之善的信任。西方的传统是法治社会,它是基于对人性的恶的假设。不管人性是恶是善,首先应该在制度上杜绝恶和腐败发生的可能,然后再谈人的素质问题。

24. 语文:蒋老师,社科学者同政府应该保持怎样的关系?是不是只有服从?如果不方便,可以不回答。

蒋寅:学者应该是个独立的群体,对政治对社会具有一种批判能力。这在目前的中国还不能做到,因为缺乏保证学者的独立立场的经济基础。现实地说,学者还只是一个智力资源,它提供各种知识供社会选择,明智的政府应该善于利用这一资源,使自己的决策得到最佳结果。

25. 天目:蒋教授,您对台湾地区人文社会科学怎么看?

蒋寅:我接触的台湾地区学者不多。看过不少他们的著作。印象是优秀学者和大陆一样少。台湾地区比大陆更早进入商业社会,也更早开放,所以他们观念更新,可能受商业的伤害也更重一点。

26. 本无君:蒋教授,我觉得"好"宗教和"坏"宗教的区别在于宽容和强制,用宗教裁判所维持的宗教一定是我们反对的。

蒋寅:我觉得宗教很难用好坏来区分。也许可以用真假来区分。只要是真正的宗教,必然具有淑世的情怀、自我克制和牺牲的精神,克制欲望而追求一种精神上的完善和平和。在中国,宗教问题一直没有得到很好的解决,比如传教和发展教徒、登记新教等等,以后也许会有麻烦，但愿这是我的杞人忧天。

27. 本无君：我看先秦的书，发现中华民族腐败问题从春秋就有了（贡、赂），您是否认为民族文化决定了我们是一个腐败的民族？

蒋寅：有欲望就有腐败。一个健康的社会通常有有力的制度将人的欲望限制在一个适度的范围内，同时能让他在适当的方式下获得满足。

28. 语文：蒋先生能为我们推荐几个您认可的中国问题专家吗？

蒋寅：您要找的人是稀有物种。中国的问题到底有多少人清楚，很难说。我们的统计和研究差得太远。中国最缺的是真正意义上的社会学研究。所以要找中国问题专家，还是试着到一些研究具体问题的学者中去找。

29. 钉子：蒋博士，如何把你的观点传播给更多的人？你的一般渠道是……请回答。

蒋寅：我在此回答的内容都是非常一般的非常浅显的随想。是否有传播的价值很难说，我自己的研究是通过出版论著传播的。那只是一些非常专门的古典诗学的论著。今天应邀在此与各位对谈，只能是姑妄言之，见笑大方。

30. 钉子：请问在中国，做人文社会科学研究或相关工作，如果不掺和政治，就发挥不了作用，对吗？

蒋寅：我不这么看。随着经济的多元发展，对社会科学的需求会来自不同的方向。学者参与政治体制中，固然能更直接地影响政治，但身处权力旋涡之中，他能否保有独立性是个问题。

31. 野猪问：把这些东西（指您的著作）搞到手的最简单的方式是什么？（卖房子卖地也要达到目的！）

蒋寅：有些东西已经很难弄到了。除非你悬赏出版社加印。

32. 天目：蒋教授，网友中有不少真人，不信您问几个问题试试？

蒋寅：网外有网，人外有人。我希望有机会我们可以换一个位置。

33. 网友：我想问您的问题是，对一个作家来说是生存重要还是作品内在价值重要？

蒋寅：当然是生存重要，没有生存就创造不了内在价值，这是很显然的。关键在于社会包括各位读者如何能让作家在创造价值的同时也能生存。这对社会和读者提出了一个要求：我们如何支持有价值的创造？

34. 钉子：蒋先生，就今天的主题，能否用简单的一两句话表白自己的观点？都说学问是相通的，是难度相通吧。蒋先生斗车学问，有何感慨？就今天的主题“人文社会科学于当今中国的意义”，能否用简单的一两句话表白自己的主张？

蒋寅：中国现在还很落后，这种落后与人文科学和社会科学的落后有关。事情就是这样，像俏皮话说的：“不结婚就不能分房子，但没有房子又不能结婚。”人文、社会科学落后，社会就不能发达，而社会不发达，又不能认识到人文科学的重要。也许全民文化素质的提高能逐渐消解这个怪圈。

35. 语文：蒋先生，像《红楼梦》那种当时没市场，后来成经典的故事，是不是在现代社会特别是市场经济条件下很难重现了？

蒋寅：经典的确立是需要时间的。我们只能推测一部分作品可能会成为经典，但不知道还有什么会成为经典。古代信息传播不发达，阻碍了作品流通；如今传播过于发达，信息过剩，淹没了有价值的东西，后人进行知识考古更困难。你说的那种情形也许可以从这个角度去理解。《红楼梦》在当时是有市场的，在读书人中流传挺广，也许不适合举例。

36. 百姓一员：蒋先生，您如何看待“韩寒现象”？您肯定喜欢韩寒吧？

蒋寅：人对文艺的接受是分年龄段的，我适合看韩寒的时候没有他。现在我喜欢的是另一类的流行音乐。而且我非常喜欢人声本身的美。所以我搜集的唱片许多是“辫子女”（CRYSTAL GAYLE）那样的好声音。

按：上面的答复把韩寒错当作了“韩流”，所以扯到了流行音乐，但基本意思还是可以成立。

37. 钉子：请问秦汉时期的人情民风与现在差别大否？我没有看

过那时候的书，教授博览群书，一定对当时的社会环境有认识。

蒋寅：一定很大。想想八十年代和现在的差别即可。古人说天道十年一变，但古代的变化肯定比现在慢得多，网络会使社会的速度更快。

> 按：上面的回答的确不能让人满意，不过请注意，网友提的是一般疑问句，我只要回答“大”即可。如果问有什么样的差别，就需要仔细条列了。但这问题仍然没什么意义，还不如问秦汉与六朝比，有什么大差别。

38. 天目：《元旦试笔》，猜猜这是谁的作品？

蒋寅：没读过这个作品。在我随意读书的年龄，正是新中国成立前的东西最少的时候。后来读的是二十世纪以前的书多。

39. 钉子：建议小学生课程本应加一门关于“社会公益”、“礼仪”、“行为规范”之类的，如交通安全、基本礼仪与基本社会道德……人本主义、自然主义的一些内容。

蒋寅：现在小学生已经有礼仪课了。但是他们根本就没有时间练习这些礼仪。我儿子刚上小学，我的印象是老师只希望他们学会课本上那点东西，不想给他们一点时间看其他东西。

40. 语文：蒋先生，可以谈高行健吗？为了避免麻烦，咱们纯就文艺论，您认为他的作品的艺术质量到底如何？我小时候看过他的《有只鸽子叫红唇》，很纯情，我认为是当时不错的小说了。

蒋寅：我没有资格谈高行健，我还是很早看他的戏，没看过他后来的小说。

41. 华生：请教蒋教授，新华社北京11月22日电，最高人民法院近日作出规定，严格禁止本院庭（局）级以上领导干部的配偶、子女从事有偿法律服务活动和商务活动。这个规定可能是高法反腐败的决心使然，但确是官本位的社会文化的延伸。作为高法领导干部的配偶、子女是否受到了不公平的对待呢？举一个例子。如果一个法官的子女立志成为一名出色的律师，却会因为这个规定无法拥有选择职业的权利。封建社会有株连的制度，这也是一种株连。您基于对社会人文的研究，如何看待这个规定？

蒋寅:这是一个很专门的问题,不是学文学的人所能回答的。

按:上面的谨慎回答主要是因为没有时间仔细看问题,现在我同意您的看法。司法的公正取决于程序和执法者态度的严肃,做不到这一点,什么都是假的。中国的事习惯于一刀切,这也是个过于简单化的规定。

42. 是否:教授,你喜欢哪些文艺类别:音乐,绘画,戏曲?

蒋寅:我喜欢读新诗,喜欢古典音乐,凡是艺术我都喜欢。

43. woody:社会的开放与人文思想的多元化是否成正比?如是,今日中国学者接受新思想的能力如何?

蒋寅:是的。目前学术界都在努力接受新的思想、新的知识。能力不太好说。不同的地区,不同的条件,不同的人,差别很大。现在的学术环境和言论环境相对已宽松了很多,思想的多元化已是现实,言论的多元化则还让人期待。

44. 语文:蒋先生,您认为80年后谁的诗写得比较好?以北岛为首的朦胧诗是不是一个重要时代?这几年又是什么最占上风?

蒋寅:问谁写得最好是很难回答的,不同的类型有不同的评判标准。就像问鲁迅和金庸谁写得好,不好比。一个是网球,一个是篮球。八十年代以来的新诗,风格已有几变,我也不是这方面的专家。我个人比较喜欢朦胧诗人群,而且认为他们的成就很难超越,因为那个时代心灵的蕴积很多很沉重。这是一个容易产生深刻的文学的时代。现在这个时代,什么都太轻了。

45. 存在与虚无:请问蒋教授,您怎样看待李泽厚的"西体中用"?

蒋寅:我很少考虑这种比较本源性的问题。每个人的性格和思想方式不一样,我更关心的是我们现在要做什么,下一步怎么走。

我倾向于多研究问题,少谈点主义。同时不喜欢用"西体中用"之类的命题来讨论问题,我们可以用更精确的表述。中国传统学术的概念含义比较宽泛,各人理解很不一样,用来讨论当下问题,常会带来不必要的麻烦。这四个字,深究起来,"西"指哪个西?"体"的外延如何?"中"是孔孟之中,还是孙中山之中?"用"的内涵如何?每个字都有歧义。

46. 野猪：最后再问一个问题：过去说数学可以带动什么，又说生物可以带动什么，而我认为，应该是人文才可以什么；那么，人文是否真的能够带动其他什么学科呢？是哪些？

蒋寅：我觉得不是人文带动其他学科，倒是人文科学总以其他科学为基础。也总是其他学科的新成果刺激人文科学思考新的问题。网友的订正很好，的确是双方互动的。

47. 钉子：蒋博士的《请还钱钟书以本来面目》，电子版有吗？

蒋寅：有的，在“国学”网站 www. guoxue. com 的《学术的年轮》中。

蒋寅：预定时间已到，网友的提问很多，我想说的也很多。天下没有不散的筵席，希望以后有机会让我来听各位的高论。说不定哪天在网上撞到，不知道是否认得出。再见！

二十年学界目睹之怪现状之一:报销噩梦

燕都客:《文汇学人》12 月 5 日刊登的《表格恶梦》,据说在学界引起不小的反响,看来触及当今科研管理体制中的焦点问题,不知你是怎么看的?

金陵生:很正常,大家早就怨声载道了。在我看来,填表比起报销来只是小巫见大巫。报销那才是恶梦!

燕都客:有这种事?

金陵生:我们所规定周二返所,过去叫返所日,现在叫报销日。以前上班,除了开学术论坛外,大家都忙着去图书馆查资料、借书,没事的就在研究室谈学问,交流学术心得。现在倒好,全埋头贴发票,不知道的,以为进了手工作坊。

燕都客:有这么夸张吗?

金陵生:您去我们会计室看看就知道了。现在会计成了最辛苦的人,从早到晚不得歇口气。

燕都客:报销不是一直就有的制度吗,现在和过去比有多大差别?

金陵生:过去科研管理看成果,你只要成果做好了,不太管你钱怎么花,花钱也没有时间限制和严格的比例分配。现在花钱变成一个难题。好像有关部门将科研经费视为贪污腐败之源了,订下各种严格的规定,而麻烦也就随之而来。

燕都客：具体说说都有什么麻烦。

金陵生：就拿中国社科院的"中国社会科学创新工程"来说吧，花钱有时间限制，院里随时会来一个通知，说财政部门要求到几月经费必须花掉百分之多少。一到这时候，花钱和报销就紧张了。买书吧，制度有规定，每天在一家书店买书超过 800 元，要作为国有资产登记。替单位做搬运工还不说，复印封面、登记造册也不是省心的事，于己于人都很烦。而且将来还给单位，哪有地方给你放啊？为了少给公家添麻烦，只好自己多辛苦，隔三岔五地就上网买书，光是在家等送书的快递就是一桩劳神事，像我这种不会在网上买书的就要多跑书店了。您不妨算算，每天 800 元，三万多元购书款，要跑多少次才能花完？四十多次，还要不要看书啦？

燕都客：那是你们社科院的特殊情况吧，国家社科基金没有时间限制的。

金陵生：但国家社科基金也有比例呀，得算着差旅费花多少，买书多少，过与不及，结项都会有麻烦的。差派费更是烦人，要求车票、住宿费齐全，住朋友家里不行，半路有人约讲演，接送少了一段车程，往返地点对不上不行。至于办公用品，没有人能说清楚它的范围，只知道什么不算。纸、笔、文件夹算，但书架不算，台灯不算，眼镜不算——这对我来说是最重要的办公用品。所以，怎么把钱花出去，就成了很劳神的事。

燕都客：不是还可以开会吗？

金陵生：您千万别提开会，提到开会更窝心！各单位的经费不好花，只好开会，从年初到年尾，会议不绝。我这两年，曾一年开过 17 个会，半数以上是提交论文的，还有不交论文的务虚会、侃会。教育部制造的大学竞争，造成空前的文山会海，申请项目之前有论证会，申请到手有开题会，中期有评议会，完工有结项会，加上各种学科高端论坛、峰会、学会例会，古典文学界每年有多少会，只有天知道。甚至殃及外国学者，面对如此多的国际会议，应接不暇。过去国际会议起码半打以上的洋人到会，最近两年常只有两三人，其中还有一二假洋鬼子。学术期刊也不甘示弱，什么周年纪念会、编委会、座谈会，好不热闹，被请不去，人家还要说你摆谱。君不见，国外越是名牌大学名牌教授越是少开会，埋头在学校做研究写论文。中国有名无名的教授全在会上、路上，过去难得见一面的老朋友，如今一年在会上要见好几次。

燕都客：多开会不是可以促进学术交流，活跃学术空气吗？

金陵生：话是这么说，但学问毕竟是读书读出来，写书写出来，不是开会开出来的。看看我们所每月的简报，从领导到年轻学者全在路上，开会、演讲、参加各种评奖、项目评审会。学问越来越流为口耳之间的东西，古人叫“四寸学”，就是口耳之学。现在这种经费管理方式，要把学界折腾死，要让学术泡沫化。一次某重大课题开题会上，主持人长喟：“你要他的钱，他要你的命啊！”

燕都客：话题有点扯远了，还是回到报销的问题上来吧。加强科研经费管理，不是为了堵住虚假报销的缺口嘛，不严格怎么行呢？

金陵生：防虚假报销是为了节制不当开支，最终目的是要避免浪费，尤其是国有资产流失，损公肥私。但是，人力不也是一种资产吗？现在，消费要刷公务卡，而许多商店、邮局、打印店、私营书店等等，都无法刷卡。为了刷卡，就要耗费许多时间和精力。再者，明明在家门口就能买的东西，比如纸笔、文具什么的，因为没有正式发票，只得去大商场。东西贵不说，要多跑路吧？另外，大到电脑，小到打印纸、墨盒，都要走政府采购渠道。然而这政府采购可不是随时等着你的，一年两次。难道你为了买一包打印纸，要等半年么？即使正好赶上政府采购申报，一看目录和价格，那是一个滞销品大卖场啊！型号老旧不说，价格还高于市面不少。没办法，只得通过复杂的申报、采购程序，再多花些冤枉钱。本是为了杜绝腐败的措施，却明显成了新的腐败途径。这就是合理不合法，合法不合理。结果则是学人精力和时间的极大浪费——在中国似乎很少将人力资源的浪费当回事儿，就好像不将噪音计入环境质量一样。

燕都客：你说的都是个人费点事，但这么做可以保证国家利益不受损失啊！

金陵生：照您这么说，为了国家利益不受损失，就可以牺牲个人利益？那好吧，我再举个例子，看国家利益是否会受损失。一次出差河北，在超市买办公用品，开发票时被告知要报上单位税务登记号。更绝的是在邮局寄东西，开发票被告知要交一张单位税务登记号复印件，据说这规定很快要普及。闻说此言，我一惊非小！个人麻烦一点犹是小事，替国家算算这笔账，问题就大了。按一周平均刷卡两次计，两张复印件就要花4毛钱，一个月要一块六。中国社科院四千多人，一个月就是六千上下。类似这等规模的学术单位或大学，北京起码一百多家吧，一个月就要100万上下，全国就是两三千万，一年下来就是一个多亿了。一个多亿啊，就为这么一纸税务登记证复印件！这还仅仅是单纯的经济成本，还没算上人们为复印这张证明所耗费的时间成本。按此来推，全国公家报销要浪费多少钱，难以想象。

燕都客：你这么一说，还真是挺可怕的，难怪古人说"治大国如烹小鲜"，随便一折腾，后果就不堪想象。但这只是事情的一个方面，照你的说法，就不该杜绝虚开发票的路么？

金陵生：我不是这个意思。凡制定措施，必指望发挥实际效用。一张税务登记证复印件，能在多大程度上减少虚开发票、防止报销的漏洞，还是个疑问——发票漏洞的关键全在于开发票的人，现在责任的约束却落到消费者头上，这本身就是很可笑的思维错乱。我不清楚这规定是什么人，通过什么程序制定的，但它属于未经科学论证和考量的拍脑袋政策，则是毫无疑问的。

燕都客：但公务卡的推广是对杜绝虚假消费还是有制约力的，我相信。

金陵生：我却不太相信。中国有多少靠开发票为生为业的人，您只消到北京站转一圈，就不难估摸。邮箱里哪天不收到几封代开发票的垃圾邮件？只要公务卡一推广，我相信马上那些邮件里就会多一句：在本公司开发票可刷公务卡。

燕都客：那你说该怎么杜绝虚假发票呢，总不能不报销让你随便花钱吧？

金陵生：还真让您说着了，我的看法就是要减少报销项目和环节。前些年美国驻华大使骆家辉乘经济舱赴任，成为网上的热闹话题，甚至被指为作秀。其实，若知道美国的出差制度，就很容易理解。人家是把经费按标准算给你的，随你怎么花，节余就是自己的，超支也自己负责。据说骆大使三个孩子上学，家累不轻，坐个经济舱省点钱也很自然。如果我们也这么做，就可以省去多少报销的麻烦，减少多少虚报的花费。毕竟现在什么发票买不到，掌权者多报点用度，又有谁能控制呢?

燕都客:你这么说还真有点道理。记得以前我也听父亲讲过一个故事，说一次出差去武汉，来回乘江轮，返程买不到四等舱的票，三等舱不能报销，只好多住两天。两天的住宿费比舱位差价不知贵了多少，但可以报销。真是合理不合法，合法不合理呀!

金陵生:可不是么。这还是不可抗力，现在人为的虚冒支出，又有多少?就因为发票报销是个无底洞，就滋生了卖发票这个有特色的行业。据说国外红灯区的流莺招呼中国客官都会说:"可以开发票!"简单地改变一下规则，按级别、待遇支付差旅费，报销虚冒开支的问题就简单解决了。有能节省用度的，还避免了不必要的奢侈。

燕都客:这么说起来很简单，但站在管理者的立场，当然要清楚所有的经费是怎么花出去的。毕竟都是纳税人的钱，我们要对纳税人有所交代。你们花纳税人的钱，拿着国家公款去做研究，总得对纳税人、对国家有个交代吧?怎么能随心所欲地花钱呢?

金陵生:我们看问题的根本差异就在这里。我不认为科研经费是公款，而做研究就是拿着公款替国家干活。科研经费本质上是对研究者的劳动及其成果的合理补偿。研究者花钱做完了研究，他的成果就是对纳税人、对国家的交代。

燕都客:你这么说毫无道理，科研经费怎么不是公款呢，你们的研究不是国家的一种投资行为吗?

金陵生:您的看法显然反映了政府及社会上相当一部分人的观念，但这是值得商榷的。在今天，对绝大部分做研究的人来说，研究都不是他们必须要做的事。当今学者的主体是大学教师，他们的本职是教学，工资则是授课的报偿。他们本无做研究的义务，做研究是教学之外的额外劳动，科研经费则是对这部分劳动的补偿。我们社科院的学者虽是专职研究人员，但按院里规定，我们的工作量以 3 万字学术论文为合格限度。可是，我院绝大部分学者每年发表的成果都超过了 3 万字，我个人通常是 13 万字上下。3 万字，每天工作 8 小时即可轻松完成；但 13 万字，就必须焚膏继晷，分秒必争。我只要不外出，工作时间一般总在 12 小时以上的。我相信大多数学者也都是如此工作的，因为学无止境，求知欲驱使我们刻苦用功，不稍松懈。

燕都客：我理解，科研经费是国家对文化建设的投资，与其他类型的建设投资没有两样，你考虑过这个问题吗？

金陵生：科研经费怎么能等同于一般的建设项目投资呢？项目投资是根据计划消耗支付的，没有消耗而冒领就是贪污公款。而科研经费作为超额劳动的补偿，则意味对成果的收购。学术成果像任何商品一样体现了社会必要劳动时间。不管消耗了多少成本，以什么方式消耗，都应该获得相应的报酬。我们能设想，只要一支笔在纸上计算的陈景润，就只能报销纸吗？或者什么也不消耗，只待在家里空想的哲学家，就不能获得科研经费吗？

燕都客：目前的规定，在科研经费中不是已含有智力补偿吗？有了智力补偿，再将消耗品所占的比例用虚假支出发票套现，这该说是违法了吧？

金陵生：在现有的报销制度下，各行各业所有涉及报销行为的人，大概没有可能不违法，除非他放弃报销。可是您想过没有，一个制度如果迫使大多数人违法，那它本身肯定就有问题，因为它与大多数人的观念和行为相对立。人文社会科学乃至理科的基础研究，不能用工科的方式去管理。有许多研究不需要多买书，不需要四处访求资料，只需要时间安心思考。这些学者将如何使用科研经费呢？他们消耗的是精力和智力，这在课题经费中又如何分配其比例呢？所以，对基础研究来说，科研经费的管理需要有更大的灵活性。即便站在投资的立场看，科研经费管理也应该关心产出，而不是具体的生产过程。生产过程只要正当，即遵守学术规范，就没必要严管。宽松的管理方式会更有利学术的发展。

燕都客：你的意思是要我们只问收获，少管耕耘过程？

金陵生:也不妨这么理解吧。李零说中国的大学是养鸡场,一时传为名言。可是,即便是养鸡场,投资人也只会数蛋,不会整天盯着鸡怎么吃饲料,每天吃多少,更不会限制它到什么时间必须吃完,不然就收走,明天再减量。现在的经费管理,让学者还比不上养鸡场里的鸡。为了那种抽风似的经费管理通知,今天凑发票,明天突击花钱,为报销一点经费,弄得上下蝇营狗苟,一点尊严都没有。我真不理解,为什么科研经费管理要弄得如此让人厌恶不堪?

燕都客:这么说未免太情绪化了吧?当今的管理制度就真的如此不堪吗?

金陵生:谓予不信,你们可以到学校和科研机构听听大家的意见嘛。有些管理措施,已到了匪夷所思的地步。比如众所周知,经费分配有比例,书费多少,差旅费多少,“小三票”多少。但谁又能计划得清楚呢?费尽心思做了个预算,到年中就对不上号,只好让大家调整,重算一份;到下半年又对不上号,只得再让大家调整,花费许多精力。既然比例可以调整,那还有什么规定的必要,直接让大家按需花费不就行了吗?管理部门为什么非这么折腾人,真让人不可思议。唯一的可推测的原因,就是他们太闲了,实在没有什么事可干。

燕都客:说了半天,我终于明白你的想法。国家只要把钱拨给你们,一人一张卡,随你们怎么花,科研就能做好啦?

金陵生:极端一点说,正是这样。结果会节省很多人力物力,产出的成果起码不会比现在更坏。学人事务减轻了,心态正常了,学问就会良性滋长。为什么日本学者的成果赢得全世界尊重,欧美学者研究东方学首先要学日语?就因为日本大学评职称主要是熬年资,成果不占主导地位,所以大家不急不忙地做研究;再加上工资又高,不在乎额外补偿,不用申请课题,学术就得以自由生长。许多学者是退休以后才陆续出版著作的,最典型的就是白川静。目前为中国学术计,上策是提高教授的工资水平,不要让科研经费成为菲薄收入的重要补充,这就可以避免学者搞短平快;如果这一点做不到,那么就放宽经费使用的限制。既然国家不会吝啬替刘翔买双好跑鞋,又为什么不能让我们买副好眼镜呢?

燕都客：只怕花钱自由了，许多人更不好好干活了。

金陵生：我话还没说完，花钱自由是有前提的，先得把活儿干好，拿出有分量的东西。管理部门应该在成果审核、验收上加大力度，重要课题的成果甚至可以请海外学者匿名评审。只要把好成果验收关，就没有人敢掉以轻心地花钱。现在成果验收马马虎虎，只在经费管理上用劲，在我看来不啻是本末倒置，其功效值得怀疑。

燕都客：你的看法或许能代表一部分学者的看法，但多数学者和管理机构肯定是不会认可的。那么一来，岂不会导致科研经费使用的无政府状态？

金陵生：绝不会的，你们管理部门是代表国家和纳税人的买主，货不好可以不要，可以责成研究者退款，甚至可以先货后款。要想让鸡多生蛋，生好蛋，办法有很多，但最不好的办法只有一种，就是苛刻地限制它的饮食方式，让生蛋变成复杂而麻烦，需要早晚劳神不已的事。

（原刊于《文汇学人》2014 年 12 月 19 日）

二十年学界目睹之怪现状之二:经费怪谭

燕都客:《文汇学人》12月19日刊登的《报销恶梦》,在社会各界都引起广泛的关注,看来触及了当今科研管理体制中的焦点问题啊。

金陵生:的确,这几天同事、朋友一见面,都说你这篇对话在网上都转疯了,说出了大家的心里话。这绝不是某个单位的问题,生活在当下学术体制中的学人,无不感受深切。过去是没钱花,现在是有钱难花,于是就滋生了很多花钱的烦恼。没办法,只好多开会,邀请演讲,让学者们都运动起来,不运动就没有消耗嘛!

燕都客:听你这么说,好像学术界就是在无谓地消耗钱,变着法儿把钱花掉,而且,花钱反给学术带来不好影响。既然没必要花钱,那么国家要投入这么多科研经费干什么,白白浪费么?

金陵生:我当然不是这个意思,作为重要的文化建设事业,学术研究当然是要花钱的。只不过理工科的成本看得比较清楚,人文社会科学看起来不太清楚。所以,这钱就要看怎么个花法,花得好,国家投入少,获得收益多;花得不好,国家投入大,实际收益却少。

燕都客:那你认为怎么才叫花得好呢?

金陵生:俗话说好钢用在刀刃上,科研活动中什么最重要?

燕都客:那还用说,当然人最重要啦!

金陵生:是啊,所以投入应该主要用在人身上。让科研人员生活轻松,无后顾之忧,同时辅之以相应的考核制度,就一定能获得较高的成果收益。但现在大学和科研单位的经费主要不是用于提高学者的工资，而是造大楼，装潢办公室和研究室，全都用在硬件设施上。现在，国内大学和科研机构的硬件设施和国外相比已经没多少差距，但对人力的投资呢？差距依然是那么大。因为工资上涨的水平远不敌物价指数，尤其是房价。在居高不下的房价面前，有限的工资涨幅足以让人气馁。

燕都客：国家近年不断增加科研经费的投入，国家社科基金一般项目已由十几年前的几万增加到二十万，这对学者的研究和生活条件的改善没有意义吗？

金陵生：我上次已说过，不提高基本工资，用科研经费来提高学者的收入，这种思路本身就是有问题的。当科研经费成为学者收入的重要补充时，利益就会驱使他们去做短平快的研究，而不愿潜心从事高、精、尖的研究。更何况，现在科研经费管理的宗旨，并不指向改善学者的科研条件，而是指向经费的使用方式，又缺乏不同学科性质的区别，结果就造成经费的机械消耗，学者的研究条件没得到改善，反而要为许多不必要的开会、购书、调研耗费大量的时间和精力。

燕都客：为什么有许多不必要的开会、购书、调研呢？预算不都是你们自己根据需要制订的吗？没有需要，就不需要做预算，甚至不申请研究项目呀。

金陵生：话是这么说，我也确实听到有些朋友声称不愿受项目束缚、给自己找报销的麻烦。但这样的人毕竟是少数，且不说目前学者的收入水平整体偏低，一个教授的薪水还不如卖手机的；更何况，对于当今的房价，没有人会认为仅凭工资就能够买房子吧？所以，超额劳动也是学者无法避免的。如果我在国外当教授，当然不用申请课题。日本学者为了参加一个自发的读书会，可以自费从东京乘两小时新干线到京都，半天往返车费两千多人民币，约占月薪 1/35；我如果也这么到济南走一趟，则可能花费月薪的 1/20。无论与国外同行还是国内其他行业相比，中国学者的薪水都是偏低的。

燕都客：目前大学教授的收入，在国内应该算中上等了吧？

金陵生：看你怎么比法。和工人、农民比，当然算是高收入了，但如果与其他行业同等资历者相比,还能说高吗?这你懂的。况且,即使你愿意过清贫的日子,你也得设法应付考核啊!现在大学都将有无课题、什么级别的课题列为考核、晋升的重要标准,没有人可以优哉游哉地不申请课题。

燕都客:有这样的事吗?考核不是主要看科研成果吗,你只要有成果,还怕通不过考核,评不了职称?

金陵生:过去是这样的,考核只看成果,现在倒过来了,首先看课题。我的学生博士毕业好几年,或博士后出站,有著作有论文,按过去的条件早就够格,现在却因为没有课题,不能晋升副教授。

燕都客:没申请课题,不花钱就做出成果了,应该鼓励呀,怎么反倒压抑呢?

金陵生:这就是当今科研管理的荒唐之处,不是一两所学校这样,很多大学都有这样的规定。因为教育部将课题作为大学等级评估的重要指标,所以学校就用这种规定逼迫老师申报各种课题。过去老辈学者不花国家的钱,做出优秀成果,这应该是最值得尊敬的,放在今天却将通不过考核,评不了职称。许多学者不知道写过什么好书,却有一大串课题,好像一个学者的能力和水平,全体现在承担什么课题。简直是本末倒置了!

燕都客:这大概是出于自然科学管理的思维模式吧?自然科学的研究课题有时没有结果,有时以失败告终,许多物理学家、数学家,研究一辈子也没什么发明创造,衡量他们的工作能力,当然就只能看承担多少课题,能获得多少经费了。人文社会科学当然可以用研究成果来衡量学者的能力,能少花钱多办事,甚至不花钱而做出优秀成果,更应该提倡和鼓励。

金陵生:这下你明白申请课题的无奈了吧?不是你想清静就清静得了的。而你只要申请课题,麻烦就来了。预算就是那几项,不外乎调研、图书资料、器材购置、会议、办公用品。我上次说的买副眼镜,只不过是打个比方,意谓科研经费的使用应该以改善科研条件为目的,如果钱只能用于研究直接需要的地方,那我就不知道陈景润若活到今天,将怎么申报课题:购买稿纸一吨,铅笔百箱?也不知道钱钟书会怎么申报课题：他从来都是借书看的，如今线装书不让借了，买又没处买。天天到图书馆看书，乘公交花不了几块钱，打的报销则有限额，不能多打。想出国查资料更不行，境外差旅费不能报销。唉，他们将怎么花钱呢？

燕都客：出国查资料不能报销吗？为什么会有这样的规定？

金陵生：凡出境差旅费都不能报销，大概是为了杜绝假公济私出国旅游吧？但问题是，这一来就限制了我们的国际交流机会。以前经费少，付不起国际旅费，出国访学、开会还容易点，现在经费多了，反倒更不容易出去。

燕都客：此话怎讲？

金陵生：以前谁都知道我们穷，邀请我们短期访问，或做访问学者，都能给我们提供经费，于是多少有些国际交流的机会。现在中国瞧着比谁都好，没人再愿意给你资助，自己又不能报销出境差旅费，无形中就断绝访学的机会了。

燕都客：那么出国开会也不行吗？总有会议邀请为凭，无法凭虚杜撰的。

金陵生：开会也不能报销。过去因为没钱，别人邀请我们开会，都资助机票和住宿。如今外国甚至港台地区都不愿再资助我们的学者机票了，课题经费又不让报销，总不能自费去吧？只好作罢。所以，现在有了钱，反而不容易出去开会了。三十年河东，三十年河西。如今我们请外国学者来开会，可以给他们支付机票和旅馆费了，自己却不能报销国际会议旅费，真匪夷所思啊！

燕都客：控制公费出国是国家遏制腐败的一贯措施，不是只针对学术界的。

金陵生：但直接受到影响的却是学术界。现在课题申请表上虽有国际交流经费一栏，却被告知不用填，填了也不能用。其实，过去由对方资助出国访问，学者的感觉是很不好的，一则受别人施舍的滋味谁都知道不会舒服，更别说有些资助是带有条件的。某些国家科研机构多年积累的资料或研究成果，就成了个别学者受邀访问的代价，最后成了别人名下或合作研究的成果。

燕都客：研究中国学问，有必要去国外访学、做研究吗？

金陵生：一个没见过世面，不清楚外面世界的学者，是很难成为优秀学者的。这只要历数上世纪以来的学界人物就可以明白，最典型的莫过于清华四大导师。国外许多著名大学或科研机构，要想获得资助去访问，非常困难；如果自己支付费用，就比较容易。国外或者台湾地区的学者所以能经常到不同国家访问、做研究，就因为自己有经费，不用仰人鼻息。现在我们有经费了，却不让报销，就限制了学者出国访问的机会。

燕都客：你说的只是人文学科或理科那些基础研究的情况，工科或社会科学还是需要大量实验、调研经费的，应该有所区别。

金陵生：我正是这个意思，课题申请时可以有经费使用的项目预算，但不必管得太严，尤其不必强求实际花费必须符合预算，只要立项时核定课题确实需要多少钱就可以了，结项只要经过评审，验收合格，节省的经费就归个人。这样可以免掉为花钱而花钱的麻烦，学者可以增加收入，同时免除不必要的时间、精力消耗，甚至无谓的浪费。

燕都客：问题是你不列出实际需要的开支，我怎么清楚你这项研究需要多少钱呢？

金陵生：您说得有理。但人文社会科学与自然科学有很大的不同，它的成本不像科学实验那样有清楚的消耗可以计算，再则有些开支性质很模糊，按现在的规定也无法报销。

燕都客：你都具体说说看。

金陵生：比如调研对研究文史的学者来说是很重要的，古人说读万卷书，行万里路，研究杜甫的，成都杜甫草堂该去看看吧？研究古文字的，安阳小屯殷墟遗址不能不去考察吧？但门票不能报销，因为有旅游观光之嫌。现在考察古迹遗址，一天下来门票比旅馆费多得多，无法报销。有些地方公共交通不方便，需要自己开车去，租车不能报销；找朋友开车，汽油票不能报销；至于那些做民族研究的学者，深入民族地区调研，经常连可以报销的项目都无法开发票，更不要说刷公务卡了。还有一些规定也莫名其妙，音像资料 DVD 可报销，音乐 CD 不可报销，文件夹算办公用品，书架就不算，书包更不算。有限的几个开支项目怎么能覆盖实际花费的范围呢?

燕都客:这的确有问题。主要是你说的这些开支,界限都很模糊,不严格规定,很容易变成旅游和日常生活用品的消费。

金陵生:更大的问题还不在这里。随着办公自动化程度的提高,网络资源的日益丰富,可以预见,以后科学研究对图书购买的需要会越来越小,而且一般学者家庭也放不下那么多的书,图书资料这部分的预算会大幅度减少的。相应地,许多珍贵古籍都影印出来了,跑图书馆调研的需要也少了,科研经费的预算该怎么做呢?

燕都客:这显然是值得考虑的问题。对科研来讲,将来的趋势肯定是物质形式的消耗越来越少,人的智力方面的消耗越来越多。可智力的消耗又怎么计量呢,也很难做清楚的预算啊?

金陵生:问题就在这里,我们还是只能回到总量的控制,按课题的价值支付经费。就目前的社科基金而言,一个哲学的课题和一个考古的课题相比,物质形式的消耗乃至人力的消耗都是很不相同的,但为什么能获得同样的经费,不就是评审专家认为它们同样值这么多钱吗?

燕都客:这我同意,目前国家科研经费的支出确实是根据科研成果的价值来决定投入数额的。

金陵生:这就是我前回说的,科研经费的本质是对获得研究成果所需的社会必要劳动时间的报偿,其中既含有物质消耗品的成本,也含有研究人员的智力成本,其比例和实际耗费的数额都是很难预算的。如果每一分钱都要为科研直接花完,变成书堆在家里,变成复印纸,变成乘飞机火车奔波的时间,那就没有计算智力成本。

燕都客:现在课题经费里面不是包含了劳务费吗? 这就是智力补偿。

金陵生:也许我理解得不准确,劳务费只是作为必要的自由开支列出的,而且不能给本单位的人。我是用作给学生帮我查找资料和处理其他文案工作的辛苦费。即便如阁下所说,视为智力补偿,即加班费,未免也忒低了点。目前各种课题费所定的劳务费比例是多少,我不太清楚。最近看到一些国家社科基金一般课题的申请书,在总数二十万元中只占七八千，一个课题做三四年，每年只合两千元，就是说，除了自己掏腰包的钱不说，平均一天加班费是六元。

燕都客：如果作为智力成本来计算的话，那的确是太低了。

金陵生：我上次说过，目前我们所做的科研大部分是职务之外的超额劳动，科研经费当然应该体现对这部分劳动的补偿。现在的科研经费管理，好比是让你加班，你需要锹，给你买把锹的钱；你要用锄头，给你买把锄头。完了你就干活吧！就是农民工也要问一句：我的加班费呢？如果研究书法的看博物馆要自己掏钱，研究文学的看历史遗迹要自己掏钱，搞戏曲的听戏要自己买票，那我问你，我干吗要做研究呢？我有这个时间不会自己去旅游，去自己想去的地方，为什么非去杜甫草堂，非去安阳小屯，或开半天车人影子都见不到的罗布泊？别人搓麻将、看电视的时候，我为什么非要在灯下熬夜工作？

燕都客：……

金陵生：既然经费使用上有些模糊地带，为什么就不能使用模糊的管理方式，控制总额而放松细节呢？既然科研经费中同时包含着物质消耗的成本和智力消耗的成本，而其比例又难以预算，为什么不以实际开支为据，而非人为地机械地划定其比例，迫使研究者去做不必要的消费呢？既然科研经费包含智力消耗的报偿，为什么不让这种报偿支付得更直接、更简单、更人性化，让研究者使用得更自然、更有尊严呢？

燕都客：你这么说，就将科研活动庸俗化了，将国家与学者的关系变成老板和雇工的关系，科研成果变成商品买卖了，这还成什么话？

金陵生：那依您看，国家和学者和科研成果是个什么关系呢？难道我们不都是研究机构或大学聘用的合同制雇员吗？明确了这种隶属关系，恰恰让学者意识到自己的责任和义务，让自己拿出的成果对得起给你的科研经费。凡真正的学者，固然都有学术理想有抱负，愿意尽自己的绵薄之力，为国家为人民多做贡献。但从国家一方说，也不能又要马儿跑，又要马儿不吃草吧。即便马儿愿意不吃草，它又跑得了几天哪！

燕都客：但将国家与学者的关系定位为雇佣关系，科研成果具有商品属性，这便涉及生产和销售活动中不可回避的收入与税收的问题了。你考虑过没有？

金陵生：这不用考虑，事实已摆在那里。劳务费支出属于收入，按规定必须纳税，我们报销的劳务费都按规定扣税了。如果学者在课题实施中，只需要支出智力成本，而不需要其他方面的支出，那国家就应该用劳务费的方式支付智力报偿。同时，学者的劳务费作为收入自然也需要纳税。这样，问题就有了一个简单而明晰的解决方式。据说现在横向课题已可用这一方式报销，我觉得应该推广到所有的课题，这对人文学科和自然科学的基础研究是有利的。而那些要花费巨额实验成本的自然科学项目，是否适用则还可以讨论。

燕都客：看来问题的核心就在于理解科研经费的本质和科研活动的关系，关系理顺了，很多问题就好解决。

金陵生：是的，科研经费管理是为促进学术良性发展这一目的服务的，明确了这一点，就可以制订出较人性化且合理合法的管理办法，既保证了国家的成果收益，又调动了学者的科研积极性。毕竟中国的产业经济正处在一个重要的转型期，为避免重蹈南美国家停滞于加工型产业的覆辙，党中央早就提出了建设创新型国家的战略方针，各个科研领域的学术创新是当前迫切的要务。科研经费作为调节科研活动的一个杠杆，适当地发挥其调节功能，就能对激励科研创新、增强综合国力起到很大的推动作用。

（原刊于《文汇学人》2014 年 12 月 26 日）

二十年学界目睹之怪现状之三:全民科研

燕都客:前次谈的报销话题,核心其实是科研经费的投入和管理方式问题,光改革报销制度大概是解决不了根本问题的。

金陵生:您说得很对,报销制度只是个浅表的问题,但目前与学者的关系却最直接。严格的报销制度如果能带来研究成果的良性增长、学术水准的快速提升,那倒也罢了。但结果显然不是这样。我们的对话见报后,网上的跟帖和我收到的读者来信,补充了许多难以想象的细节——各单位报销的种种苛刻规定和复杂程序,手续之繁琐和耗费心力之巨,到了让人哭笑不得的地步,而学者身心受到的折磨更是难以名状,一条条都是无泪的控诉。

燕都客:我看到一些文章的描述,也觉得作者心理好像都有点失常了。

金陵生:就是就是,我已见过几位同行,对我描述报销的遭遇,感觉他们心理都很压抑。这且不说,最要命的是这严格的报销制度不仅没有杜绝腐败,反而恰好在催生腐败,迫使学者们不能不削足适履地适应它,网上形容为逼良为娼,一点也不过分。

燕都客:但从国家这方面说,也不能坐视投入巨额的财政支出,却没有相应的成果回报这种结果啊!根据全国政协的统计材料,2013 年全国公共财政科技支出已超过 5000 亿元,相比 1978 年的同类支出,不到 40 年增长了近 100 倍。可是相形之下,真正达到世界级水平的科研成果和大师级的科学家却略无可陈。学者觉得报销制度管得太死，但国家又觉得钱花得冤枉，双方的感觉和要求明显有着巨大的落差，你怎么看这个问题呢？

金陵生：首先，我认为科研资金投入与回报的失衡，与报销制度并没有太直接的关系。要问巨额资金到底流向了何处？我的回答是流到了盐碱地里。

燕都客：不太明白你的意思。

金陵生：我是说大量资金都投到了毫无意义的地方，就好像将种子撒到盐碱地里，能长出庄稼么？

燕都客：为什么这么说？

金陵生：有关科研经费的议论，其实在去年七月就有过一个小高潮。当时大学爆出一些非法转移、贪污科研经费的案子，于是科研经费该怎么分配、怎么使用、怎么管理，主管部门和学术界都发表了不同的意见。当时议论的一个焦点问题，就是国家近年投入的科研经费高达三万亿元，可结果是，别说中国科学家与诺贝尔奖等国际重要科研奖项无缘，即便是号称数量居世界之首的科研论文，质量也不容乐观。据中国科学技术信息研究所统计，我国每篇国际科技论文平均被引用 6.92 次，而世界平均值为 10.69 次。至于人文社科类的论文，垃圾可能更多，有些时政、法律、思想研究类的论文基本就是政治学习辅导材料。

燕都客：这些和我们谈的问题有什么关系呢？

金陵生：当然有关系，因为讨论到最后，结论归于学者拿了钱没有好好做研究，都贪污腐败了。媒体曝光的浙江大学陈英旭、北京邮电大学宋茂强等案，恰好成为有力的证据，说明巨额经费都在学术腐败中流失了。

燕都客：最近确实一再爆出这类案例。虽然人数不多，但影响极坏，也引起社会对学者、大学教授品德的质疑。

金陵生：这是不可避免的，一颗老鼠屎坏一锅粥嘛！但这里我还是要问，陈英旭不是每年都搞走 900 万，宋茂强也不是每年搞掉 68 万；即便他们年年如此，一年 5000 亿，也要 50000 个学者这么腐败才能消耗得了呐！中国的学术人口总共有多少？这么简单的算术，小孩子也算得过来。科研经费的投入和产出不成比例，原因绝不在于学者的腐败，而在于投入的盲目无效。

燕都客：你的意思是国家的钱投的都不是地方？

金陵生：不是“不是地方”，而是“不是其人”。玩股票的要买实力股，投资房地产要买旺地，但国家对科研经费的投入好像没这种意识，不管什么人，不管什么单位，不问有无研究能力，都给钱让做研究。这就像不问什么地随便撒种子，最后能收到什么呢？

燕都客：我不同意你的说法，科研经费是经过严格的评审、立项程序拨付的，绝不是像你说的那样随地撒种子。

金陵生：是的，程序看似都很严格，但最后的结果是，什么人都有课题。因为各级课题太多了，小到院系的、学校的，再高一点省里的、教育部的，然后是国家社科基金的。此外还有名目繁多的重点学科、研究中心、学术基地、各地政府的文化发展、创新项目，各种横向的委托……东边不亮西边亮，今年没有明年上，轮也轮到了。且不说研究者能力如何，就目前三年（一般课题）五载（重大课题）的期限，最后能弄出什么样的成果，只有天知道。

燕都客：做研究的人多，集思广益，学术发展速度不是更快吗？课题多有什么不好？

金陵生：是啊，俗话说众人拾柴火焰高嘛。可是这个道理却不适用于学术研究。学术研究，可与竞技体育有一比：第一，只认绝对水平，什么“国内领先”之类是毫无意义的；第二，水平高低和普及性无关，这只要看我国的自行车和篮球水平就知道了，世界上哪个国家有中国骑自行车和打篮球的人多？

燕都客：照你这么说，倒是少点人做研究，科研水平才会提高？

金陵生：不是要少，而是要精。学术研究是一种对智力甚至体力都有极高要求的特殊劳动，也可以说做研究需要特殊的才能，就像从事体育和艺术一样，不是什么人都可以胜任的。所以国外的研究机构工作人员都很少，聘用新人非常谨慎，大学则清楚地分为研究型和教学型两类，在大学内部岗位又分为研究型和教学性两种，只有研究型岗位才要求科研，教学型岗位是不要求做研究的。当然，你喜欢研究也不会限制你。

燕都客：现在我们的大学不也是区分为研究型和教学型两类吗？

金陵生：区分是区分了，可是并没有要求不要求做研究的区别。教学型大学同样以科研成果为评估标准，您见过哪所大学仅凭讲课好就可以晋升教授的？

燕都客：这倒也是实情，现在大学根本就不把教学当回事儿，校领导和管理层两眼全都盯着项目、科研、成果。

金陵生：这就叫上有所好，下必甚焉。既然主管部门用项目和成果作为大学等级评估的主要指标，大学当然就会以此要求教师啦。我上次说过，课题成为评职称的门槛，正是大学将评估的压力转加给教师的结果。这一来就逼得没什么研究兴趣、没什么研究能力的老师，也必须硬着头皮申报项目。

燕都客：这我倒有疑问了，科研与教学不是相辅相成的吗？不从事科研又怎么能教得好书，况且现在大学老师都必须有博士学位，他们不都是受过学术训练、写过博士论文的吗？怎么会做不了研究？

金陵生：在理论上这么说是不错的，但现实中研究和教学确实是两种能力，而且不能兼擅的人很多。我从先师程千帆先生那里就听过不少前辈著名学者不善于讲课的趣事；至于讲课精彩而不能做研究的，百家讲坛里有的是。许多人读博士，做教授，只是为了找一份工作。何况博士论文仅仅是研究的起步阶段，好比进了体工队，虽然有点基础，但离优秀运动员还差得远哩。一个人即便已获得博士学位，若无强烈的研究兴趣和必要的素质，仍难成为好学者的，只能做个传道解惑的好老师；如果再缺乏口才或表现欲，就连好老师也成不了。

燕都客：难道做做一般的研究也不行吗？

金陵生：学术研究是只讲质量的，数量毫无意义。比好跳高和举重，当纪录是两米三或二百公斤时，你能跳过多少次两米二五，举起多少次一百九十公斤，都是没有意义的。人文社会科学，虽不像自然科学那么界线清楚，但只有少数人能达到很高水准，则是不用怀疑的。就拿唐代文学文献的考证来说，真正经得起检验的成果只出于十、二十人之手，其他的人或许微有小补，但更多的工作是在将不靠谱的东西言之凿凿，或与前面那些人商榷，然后经过多年论争，证明还是前面那些人的成果可靠。相对实在的考据犹然如此，更为主观、难以把捉的理论批评就更不用说了。

燕都客：这样的话，那些勉强申报课题的人岂不等于给自己套了根索子，不嫌压抑得慌？

金陵生：正是啊，没有课题着急，课题到手更着急。三年结项时间本就很紧，还必须先发表核心期刊论文，否则结不了项。

燕都客：是啊，我也知道发C刊很难的，我家亲戚时不时就有人来找我，要我帮他们推荐文章。我也没法应付啊，哪有那么容易的。

金陵生：如果真这么难，就没人干这一行、没有人申请项目了。办法总是有的，找个论文网不就什么都解决了？

燕都客：论文网？

金陵生：您真像是不食人间烟火的，不知道有很多专替人发表论文的网站吗？你上百度打"论文发表"四个字，看有多少网页，大约上亿吧？好几年前新华记者就报道过，并以自己联系的经过曝光其内幕。若干年过去，数量更多了，可见生意兴旺得很。有什么论文发表不了？一个邮件就谈妥，甚至可以命题代写，按时见刊，一条龙服务。

燕都客：竟然有这种事？

金陵生：这有什么新鲜的，都存在多少年了。没有这些网站，中国每年论文发表数量能位居世界第一？它们对中国学术GDP的增长还是很有贡献的！

燕都客：这对中国学术界来说不是耻辱吗？

金陵生：我看未必，这些论文都在形成"学术成果"直观上的量感，并通过抽象的数字统计呈现出"学术繁荣"的曲线。学术繁荣了，主管部门不就成绩斐然吗，国家脸上不是有光彩吗？可以自豪地宣告，中国科研经费投入世界第一，高等学校科研立项世界第一，在校学生人数世界第一，教师数量世界第一，学术期刊数量世界第一，学术专著出版量世界第一，论文发表量世界第一，这可都是千真万确、不容置疑的数字，很有说服力的。

燕都客：唉，这就更使中国学术的质量相形见绌了。光数量有什么用？连我也有点认同李零的说法，中国的大学就是养鸡场。只有养鸡场才以规模夸耀于人，它也只有规模可以夸耀，蛋是无可夸耀的——谁能说它们比放养鸡生的蛋好？所以说，项目课题出来的成果，也绝对没有自由研究出产的成果好，这是一个道理。

金陵生：是的，刚才我说不是要少，而是要精。现在您应该能同意，在不精的情况下，与其多还不如少。多，增加的只是分母，让一点点优秀成果显得更为可怜，乃至湮没得看不见。和日本学者交流，向他们介绍其论文中未提到的新成果，他们会无奈地苦笑，说中国学者的成果太多了，看也看不过来，只好不看了。言下之意很清楚。

燕都客：这确实是多不如少的道理。少而精，别人不满之余还有期待；多而滥，就只有让人厌倦了。

金陵生：这只是就学术方面说的；从国家方面说，就落得个投资得不到回报的结果。现在不光是大学教师要申报课题，大专、中专、技术学院、干部管理学院的老师也都要搞科研，报课题，这些学校是否有科研条件，老师是否有研究能力，我不敢断言。但这么庞大的科研人口，再多的科研经费投入也像是毛毛雨落到沙漠上，见不到一点湿。

燕都客：所以你的意思就是科研经费集中投放，或者说提高准入的门槛？

金陵生：是的。早在十年前，各行各业都搞科研，连中、小学老师也要发论文的“全民科研”就已引起学界的警觉，一直关注学术体制问题的青岛市社科院杨曾宪研究员，曾发表《首先要“裁军”》（《社会科学报》2005 年 1 月 13 日）一文，指出学术队伍的超员问题。我又针对当时国家对科研的投入较少，科研院所普遍经费不足、人员减少的现实，跟着写了一篇《论学术资源的合理配置与有效投入》，发表时题目被改为《这“军”裁得合理吗？》（《社会科学报》2005 年 7 月 14 日），我的基本看法是：“对过于庞大的学术队伍，裁军是不可避免的，关键在于裁哪部分人马。精锐部队非但不能裁，还应该加强。所以，裁军命题的真正含义实际是学术资源的重新配置，而其配置的原则应是合理和高效。不能拿装备导弹部队的费用去武装民兵。”十年过去，国家对科研的投入已明显加大，但“全民科研”的情况仍未改变，科研经费的相当一部分仍在装备民兵。结果自然是长年歉收，钱用的不是地方嘛。

燕都客：你这么说明显流露出一种优越感，好像只有你们这些人可以做研究，别人就不行，就不用做。

金陵生：每一个拥有专业技能的人都会有职业的优越感，这是他的安身立命之本。如果刘翔看过你跨栏后，建议你不要练跨栏了，你能说他的优越感是毫无道理的吗？做研究是每个人的自由，你无权限制他；但不做研究也是每个人的自由，你不能赶鸭子上架，非勉强别人做研究，尤其是在那些根本不具备研究条件的单位。在今天，过度的不具有学术价值的“研究”和课题，已造成人力、物力的极大浪费。许多低层次的学刊、学报，基本是在浪费纸张，同时产生大量的学术垃圾。

燕都客：依你之见，许多人就不要做研究了，不要申请课题了？不做怎么知道不行呢？

金陵生：可以做，但先不要申请课题，成果完成后，经评审合格，用后期资助的方式来补偿付出。对不需要很多前期投入的基础研究项目，后期资助的方式是比较可取的。这样一来，没有能力和信心的人，可能就不愿去冒劳而无功的风险了。而有出色成果的则能获得更与它的必要劳动相称的回报。以我自己为例吧，我自认为最有学术价值的著作《古典诗学的现代诠释》没有得到过研究资助，因为它是多年积累而成的；前期投入最大的《清诗话考》，也没有得到过资助，因为也是十多年积累而成的，没有什么项目可以允许做这么长时间；写作时间最长、篇幅最大的《清代诗学史》第一卷（85 万字）曾得到 4 万元资助，托本所课题管理宽松的福，得以一再延期最终用 10 年完成。按质按量，它起码可抵三个 4 万元的项目。

燕都客：现在国家社会科学基金已越来越向后期资助倾斜了，可见制度也是在不断革新的，许多问题有待于研究和摸索。

金陵生：您说得很对，我也注意到自然科学基金委员会鉴于以往的规定存在着“项目经费不能用于支付在职人员的绩效，只能有极少部分用来支付非项目人员如研究生的劳务费”而“见物不见人”的缺陷，不利于激发研究人员的创新热情，于年底出台了新的改革方案，主旨是突出人在科研中的核心作用，以加强基础研究和科学前沿探索、积极培育科技人才和团队、大力支持交叉学科发展，作为科学基金的主要职能，不断完善资助格局，以便于我国基础研究水平的提升。人文社会科学主要属于基础研究领域，可以参照行事。但管理部门首先应该广泛征求学术界的意见，不能什么人一拍脑袋就定个方案来。

（原刊于《文汇学人》2015 年 2 月 6 日）

二十年学界目睹之怪现状之四:劣胜优汰

燕都客:好久不见,一向可好?

金陵生:还是老样子,填表、开会、报销,整天在路上。日常见的最多的不是家人,是空姐和列车员!

燕都客:怎么还是这样啊?

金陵生:功夫在学外嘛!当今学界就是这个现状!

燕都客:最近清华大学颜宁教授受聘普林斯顿大学讲席教授一事,在网络上议论很多啊!《光明日报》这么说的:"世界顶尖结构生物学家、清华大学生命科学院教授颜宁近日受聘美国普林斯顿大学分子生物学系雪莉·蒂尔曼终身讲席教授。"一时网上议论蜂起,有同情颜宁遭受不公正待遇的,有惋惜人才流失的,有批评当前科研体制问题的,总之是吐槽之辞居多。你怎么看呢?

金陵生:这也是典型的"关心在学外",科学家工作的辛勤没有人关心,收入低下没有人关心,科研管理体制僵化没人关心,科研取得的成就也没人关心,一个科学家接受美国大学聘任倒议论纷纷了!我很不解,不就是一个教授调任,正常的人才流动吗?

燕都客:不,这是中国顶尖大学和美国顶尖大学之间的流动,就带有某种象征意味,难免引发各种猜测和解读。

金陵生:我觉得很正常嘛!从积极意义上说,是中国学者学术水平高了,连普林斯顿这样的名校都聘请中国学者出任讲座教授,我们应该感到骄傲！

燕都客：听说这个职位非常重要！

金陵生：当然啦！普林斯顿近两年排名都超过了哈佛、耶鲁，名列美国大学第一。雪莉·蒂尔曼是国际著名的分子生物学家，又是普林斯顿大学建校二百多年来首位女校长，以她名字命名的讲座，想来是不一般的。

燕都客：这样啊！如此说来，这是不是也意味着美国学界缺乏这方面的人才了？

金陵生：前些年金融投资行业炙手可热，最优秀的人才都跑到华尔街去了，让美国的基础研究受到不少影响。某些领域人才不足是可以预料的。

燕都客：这倒让我联想起，最近中国人民大学成立古代文本文化国际研究中心，聘请普林斯顿大学东亚系柯马丁教授出任中心主任，这也意味着人大没有这方面的专家可以胜任主任一职吧？

金陵生：这方面的情况我不清楚，但人大显然是这么认为的，认为本校已无人胜任这个职位。你瞧，有来有往，不是很正常嘛！那么多体操、跳水、乒乓球、羽毛球教练到外国执教，也没见人说什么；王治郅、姚明、易建联打到NBA，国人还很感觉自豪哩！为什么一个生物学家受聘于外国大学，就有这么多议论呢？真让人不解啊！

燕都客：这是从积极意义上说的，那从消极意义上说呢？

金陵生：学者和大学的关系是双向选择的，大学根据学术能力聘用你；你根据大学提供的条件和待遇接受聘任。不用说的，科学家都会选择最有利于自己学术发展，能够最大限度发挥自己创造性的工作单位。科学研究的黄金岁月是不长的，必须珍惜有限的时间。媒体一提到颜宁，都说是年轻的生物学家。谁都知道，在自然科学领域，40岁绝不能说年轻了。她若珍惜自己的学术生命，就一定要选择最好的工作环境！

燕都客：有这么急迫么？

金陵生：想想李政道、杨振宁都在什么年龄取得最高成就？只有在中国，才把七八十岁的院士当作学术权威！我相信，他们十有八九都看不懂自己学生的论文了！我读博士时，每周去程先生宅，汇报读书情况。同宿舍的地质系博士生，做放射性物质的，很好奇，问你们同老师谈话有收获吗？我说总有许多教益啊！他苦笑，说我们到老师家去，基本是陪老师闲聊，我们做的东西老师根本不懂！

燕都客：清华不是也给颜宁提供了很好的平台，十年间她也取得很优秀的成果，三十岁就当教授，当博导，获得中国青年女科学家奖，2014年还入选教育部“长江学者”特聘教授，可以说发展很顺利呀！

金陵生：但对研究环境的要求和实际感受是很个人化的，所谓冷暖自知，旁人很难体会。颜宁在博客里确实说过，向国家自然科学基金申请“葡萄糖转运蛋白的结构与机理”，连续两年不获立项。像她那样站在结构生物学领域前沿的科学家，申请一个有可能做出世界前沿成果的课题，以为水到渠成的事，竟一再铩羽，连面试答辩的机会也没有，难免很失望。在一个科学家自己感觉正处在创造力旺盛的时期，连续两年申请不到课题，焦虑可想而知！

燕都客：这件事在网上传开后，颜宁表示她接受普林斯顿的聘请，是生怕自己在一个环境里待久了，可能故步自封而不自知；换一个环境，可以给自己一些新的压力，刺激自己获得灵感，能够取得新的成就。

金陵生：即便没有其他原因，这种解释也是可以理解的。优秀的科学家都需要在不同的研究机构，与各种优秀学者一起工作，这对个人能力的提升是很有必要的。但我看到颜宁博客所说的情况，还是觉得自然科学基金的评审结果及方式很不利于优秀科学家的成长。自然科学研究不像我们人文学科，有一屋子藏书，跑跑图书馆，上网看看期刊网，就能做一些研究。生物学研究，没有经费支持，购买试验用品，便是巧妇，又焉能做无米之炊呢！范成大诗说“惊心岁月东流水，过眼人情一哄尘。”温瑞安书中说：“岁月的惊心，不遇的伤心。”不做学者，你也懂的！

燕都客：自然科学家其实很多瞧不起你们这些人文学者的，不知道你们做的学问有什么用？

金陵生：这我知道。但我们做的学问，最起码能让人们更明白和理解自然科学的意义，如果社会能遵从人文学者的建议，自然科学一定能获得更好的发展环境及相关成果的迅速技术转化，并保证它们付于合目的性的使用范围。

燕都客：回到颜宁受聘的事情上来，普林斯顿的研究条件和经费就一定超过清华吗？就我所知，现在国家对科研的投入年年增加，10年间科研经费增长了6倍，我们大学的硬件与发达国家的差距已越来越小，有些尖端前沿领域甚至有超过外国的。

金陵生：您说得不错。但您提到的只是硬件方面，资金、实验室不会自动产生成果，科学研究的核心或者说主体是人，人是最重要的：用什么人，怎么用人，怎么用钱，说白了就是用什么观念、方式来运行、管理科研活动，这些可以说是软件，这方面也是很重要的，有时甚至是起决定性作用的。美国固然是科研经费投入很高的国家，但更重要的是科研体制最合理、给学者提供最适宜创造力发挥的国家。就我所知，美国的大学为个人才能的发展提供了最公平、有效的平台，这是举世公认的。

燕都客：那么你认为软件方面，我们和国外的差距在哪里呢？

金陵生：就我多年的经历而言，深感现行的学术体制是不鼓励做真正有价值的研究，不可能造就伟大科学家和学者的，其实著名的“钱学森之问”早已断言了这个结论。

燕都客：钱学森之问？恕我孤陋寡闻，我还不知道内容是什么。

金陵生：2005年，温家宝总理去探望物理学前辈专家钱学森时，钱先生很感慨地说：“这么多年培养的学生，还没有哪一个的学术成就，能够跟民国时期培养的大师相比。”接着，钱老又说：“为什么我们的学校总是培养不出杰出的人才？”这就是社会上广泛流传的“钱学森之问”，他向中国社会主要是向主政者提出了一个发人深省的问题。

燕都客：的确，想想建国近七十年来，除了屠呦呦，我还真不知道中国有哪些科学家或学者是举世公认的伟大科学家、伟大学者，为人类文明做出了巨大贡献，就是像钱钟书这样赢得国际声誉的学者也是很少的。最近经常在微信上看到，很多有发展前途的天才科学家都在“文革”中受迫害惨死……

金陵生：历史问题无法在此一一反思。就学界的现状而言，我以三十年的学者经历深刻感觉，在中国做个学者太不容易了，要做个优秀的学者更难。生活条件差、工资待遇低不说了，职称评定难，申请课题也难，本身研究条件简陋，再加上各种政治活动对研究时间的挤压，经费使用受制于规定烦苛而效率极低的管理体制，缺乏公平的竞争环境，知识产权得不到保护……种种压力和束缚，使中国学者在研究工作之余，必须付出大量无谓的时间精力去应对。同样的研究成果，中国学者要比别人多付出许多时间和精力，付出更高的人力成本。谈到我们一些研究成果在什么样的条件下获得，外国学者听得目瞪口呆！

燕都客：难怪我一些海归的学者朋友也说，在国内做研究，应付体制和人事关系所耗费的精力，远比研究本身要多，就像你说的“功夫在学外”。

金陵生：这是很多海归或有过国外工作经历学人的切身感受。我在国外工作时，遇到一些留学生或已就职的学人，对国内的学术环境，最大的畏惧就是体制和人事的问题。

燕都客：您能不能具体谈谈呢？

金陵生：科学研究是一种对智力和体力都要求很高的复杂劳动，需要保证智力和体力处于很高的水平。这首先需要有一个很好的物理环境和心理环境。就像体育竞技一样，只有在好的身体状态和心理状态下才有希望取得好成绩。

燕都客：这谁都知道啊！

金陵生：我看不见得。学术研究是对自然和精神世界奥秘的探索，探索一定会有错误和失败。因此，社会就需要为研究提供一个宽松的环境，支持有风险的探索，允许错误和失败。从颜宁的博客看，她的课题申请多半因为风险而遭否决，她特地用红色标出这段话：“难道重点基金不正该支持有风险但重要的课题么？一定要四平八稳、完全预测得到结果、只许成功不能失败的项目才值得支持？这是创新之道么？”众所周知，人类最重要的研究成果都是不预期而至，甚至是偶然获得的。因此,看到国内某些大学或研究机构宣称自己的某项研究课题目标是获得诺贝尔奖时,我第一反应就是瞎忽悠。凡能预期研究成果,并确信能成功的研究成果,一定是创新度有限,不可能有重大突破的成果!

燕都客:是啊,我也看到颜宁感谢 HHMI,说:“三年前在我连 XylE 都还没做出来,一丁点前期结果都没有,就大放厥词说要做 GLUT1—4 时,他们还是选择相信我。”正是靠了 HHML 的课题资助,她完成了包括 GLUTI 在内的重大突破,荣获赛克勒国际生物物理奖。

金陵生:的确,创新向来就是有风险的投资,没有许多人的失败记录,就不可能有一个最终的成功。

燕都客:我同意您的说法,但觉得这还涉及一个更前提性的问题,宽松的学术环境需要宽松的思想环境来保证,不仅要允许有风险的探索,允许失败,还要尊重异端的权利,允许与社会共识、现行主流观念有出入的思想探索存在。真正的理论创新,一定是不同于现行理论认知的。哥白尼、布鲁诺、爱因斯坦、钱德拉·塞卡、玻尔的思想都有悖于传统观念,在当时被视为异端邪说或荒诞不经,但历史最终证明这些思想是正确的。如果不允许多元化的探索,唯传统、主流观念是从,还谈什么科学创新呢?

金陵生:您说得太好了!若能肯定这个原则,中国学界的软件问题就解决了一半,剩下的就是科研体制和学术风气的问题了!网友对此事的评论,不少人提到自然科学基金申请中的潜规则问题,在申请过程中拉关系、通关节成了不可少的环节,其中的猫腻和潜规则折射出科学研究创新之难和有抱负的学者做研究的不容易。

燕都客:这是圈子里人所共知的事,我的一些做科研的朋友,主要精力都不在研究上,要去拉帮结伙、搞关系,跑门路。

金陵生:自然科学基金评审我不清楚,我多年参与国家社会科学基金通讯评议,朋友发个短信通报自己的课题希望支持,偶尔是有的,但一个选题要过五个通讯评审的关,显然很难通过搞关系达到目的。我反而觉得现行的评审方式,容易出现外行评审内行的情况,致使有价值的课题落选，这才是个问题。评审专家据说都是电脑随机抽选的，我经常收到的并不是自己熟悉领域的申报书，个人知识范围有限，对不熟悉的课题判断一定不得分寸。有关部门应该考虑按学术专攻来分派需要评议的选题。

燕都客：可是专业一旦确定，又很容易碰到师友、熟人、学生等有学术渊源的人，亲疏关系不是会影响评审结果吗？

金陵生：这个问题触及学术共同体的良知，和对这种良知的信任。一个好的体制当然需要建立在制度的合理而不单纯是对学者良知的信任上，但完全不信任学者的良知，而单纯追求制度的严密，也可能导致体制僵化，规章严苛，使科研人员陷于繁琐的填表、报销中，以致效率低下、极大浪费人力物力。最终劣币驱逐良币，踏踏实实做研究的优秀学者不愿申请课题，或根本申请不到课题，而那些善于钻营、投机取巧的伪学者、差学者却如鱼得水，左右逢源。

燕都客：从20世纪90年代以来，学术体制的问题就一直为学界热议，我知道您当年也写过若干文章谈论学科建设问题，但至今也看不到良性发展的势头。您认为根本问题出在哪里呢？

金陵生：我一些旧文，诸如《与学术进步相关的几个概念》之类，最近又被转发到微信里，年轻学者纷纷点赞，以为触及时弊，却不知道都是二十多年前的老文章，可见我们的学术环境根本就没有改善。

燕都客：这二十多年间，中国发生了多大变化！学术界怎么可能没有变化呢？

金陵生：变化当然是有的，不是变好了，可能是更变坏了。当年，一桩抄袭案会引起学界的公愤，群起而声讨。现在可好，涉及校长、院长的抄袭案都数不胜数了，最近爆出的一百多篇医学论文被国外期刊撤稿事件，大家也就是一声叹息，早见怪不怪了！所以，我听到颜宁受聘普林斯顿教职，就像听到屠呦呦获得诺奖，真难为她们，为中国医学界挽回一点面子！

燕都客：我觉得，中国学术界并不缺乏优秀的科学家和学者，但我们很少知道，媒体上看到的都是丑闻，某某校长抄袭，某某研究人员贪污科研经费，某某教授弄虚作假……

金陵生:这就是现实！价值观全都混乱了！像上世纪80年代那样以数学家陈景润为青年楷模，举世崇尚科学、学术的时代，早已成为历史。君不见，刚过去的五四青年节，共青团中央向大型女子偶像演唱组合SNH48颁发五四优秀青年荣誉称号！这算是什么导向？连共青团中央都迎合当今这个比富拜金的社会、全民娱乐的时代，更不要说普通民众了！除了屠呦呦获奖这样的特大事件，在公共媒体上你能看到多少向科学家、学者致敬的节目？网络上更多的是负面丑闻，甚至是以讹传讹的流言，以至于网络上流言蜚起，将科学家说成是侵吞、浪费国家资产的骗子，将人文学者说成是消耗纳税人财富的寄生虫，仿佛只有那些偶像明星才是最光辉的形象，最值得关注的人杰！

燕都客:我同意您说的情况是事实，国人很少意识到，一个国家的强大，是靠科学研究的丰富成果支撑的；一个国家的荣耀，是靠精神文化的深厚积累赢得的。为什么从团中央到大众传媒，都那么青睐偶像、明星？或许今天真的到了全民娱乐、拼颜值的时代，连颜宁的新闻卖点也离不开“美女教授”四个字哩！

金陵生:这也总比王宝强离婚、周杰伦妻怀二胎、某明星撞车、某偶像的宠物秀照片充斥媒体强吧？呵呵。

燕都客:哈哈！

探寻现代汉诗书写的另种可能

——关于近现代诗词研究与创作的对话

陈 斐 蒋 寅

一、“一代文学”视域下的诗词处境

陈斐:王静安《宋元戏曲史序》曾说:“凡一代有一代之文学:楚之骚,汉之赋,六代之骈语,唐之诗,宋之词,元之曲,皆所谓一代之文学,而后世莫能继焉者也。”这个著名论断应该怎样理解?意义何在?如果接着往下说,您认为我们时代之文学是什么?

蒋寅:王静安的论断是基于元代以来论者的一种共识,即一种新文体在它形成的时代就达到艺术成就的顶峰,我曾在《一代有一代之文学——关于文学繁荣问题的思考》(载《文学遗产》1994 年第 5 期)一文中阐释过这一命题蕴含的理论价值,即文学繁荣的内、外机制:内在机制是新文体提供了最丰富的文体资源,给作家带来最大限度地使用新艺术素材的可能;外在机制是指新文体满足了一个时代艺术意志的表达欲求,因而成为最杰出人才的竞争场域。从这个角度说,21 世纪的文艺形式中最具有“一代之艺术”可能性的应该是电影,试看当今哪种艺术的发展可以和电影相比拟?各艺术门类中哪方面的成就可以和电影相媲美?

陈斐:的确,这是一个“读图时代”,电影艺术立体而又丰富地满足了人们的读图需求。不过,我们还是接着聊诗吧。“五四”以来,新

诗从诞生到壮大，逐渐登上诗坛正统地位。“传统诗词处于被忽视、被排挤的境遇。然而，诗词以其顽强的生命力，一直绵延不绝地发展着，于某些特殊的历史情境（如抗日战争、“四五”运动）还会在社会上放射出绚丽的光焰。”①不少新文学健将或著名作家也在晚年做起了诗词，如闻一多即沉痛地反省道：“六载观摩傍九夷，吟成鴂舌总猜疑。唐贤读破三千纸，勒马回缰作旧诗。”（《废旧诗六年矣。复理铅椠，纪以绝句》）一百多年来，汉语诗歌发展史上新诗和传统诗词明暗并行，对此应该如何解释、看待？从历史审视当下、展望未来，我们又该怎样评估诗词在当下的生存境遇和发展前景呢？

蒋寅：传统艺术形式，只要有合适的土壤——不管是有意的保护（如日本对传统演艺形式的保护）还是自然的延续（如戏曲在中国的绵延），都是不会很快消亡的。社会形态的变革，并不会立即改变文化的形态，更不会根本杜绝传统艺术形式的发展之路。民国以来的古典文体写作，正像国画、书法、民乐、戏曲的承传一样，是很自然的事。老辈文人自幼受古典诗文熏陶，习惯用旧体诗词抒情写意；年轻一代从小学就读古诗文，背诵的名篇可能比我们这一代人还多，只要喜欢并认真学，写作诗词是不难的。诗词写作会像书法、国画、民乐、戏曲一样承传下去，也是可以预期的。但是，这并不意味着它就是有前途的艺术形式，有朝一日能重现唐音宋韵的辉煌，甚至超越往古，开辟新境。你想，当今最优秀的人才会投身诗词创作吗？他们能获得李白、杜甫式的教养，过着唐朝的自由生活吗？这样想想，我们就很难对今天的诗词写作感到乐观了。不光是诗词，国画、书法、民乐、戏曲……一切传统形式的前景都是不乐观的。即使梅兰芳再出，还能出现万人空巷的场面吗？时代不同了，文化语境不同了，人的教养和趣味都不同了。这不只是中国的问题，它是世界性的问题。日本的能乐、狂言，意大利歌剧，奥地利的音乐会……观众都是白发苍苍，等这些观众不在了，这些古典形式就会逐渐成为艺术博物馆中的资

① 陈斐：《当代诗词研究的反思与前瞻》，载《中国艺术报》2014 年 8 月 18 日。

料或作为文化遗产保护的东西。

陈斐:对此我深有同感！虽然自己学习诗词写作已有十多年了，但根本不敢指望诗词能再度兴盛、辉煌起来，适宜诗词生长的环境、土壤毕竟一去不复返了。诗词在今天，能像古琴那样别灭绝、成绝响就很不错了。当然，不排除个别人经过艰苦卓绝的努力，再加上后天遭际的成全，成为聂绀弩这样的大家。正是基于为创作寻求借鉴的视角，我对近代以来的诗词也非常关注，因为感觉近代距离我们最近，近代诗词读起来更加亲切。

二、“重写文学史”需发扬“通史”精神

陈斐:据我观察，对于近代以来诗词创作的实绩，受古今文学分疆而治之限制，没有得到仔细清理和客观评价，这就放弃了当下诗歌创作可资借鉴的最切近的重要资源。古代、近代文学的研究对象往往截止于民国肇始或“五四”运动，且受革命史和新文学叙事的影响，基本是站在后者的立场上，以论证后者的合法性为价值目标。现当代文学研究者则出于某种狭隘、封闭的文学史观，有意在研究中“压迫”或“屏蔽”诗词创作。近年来，虽然也有学者（如王德威）强调晚清、“五四”之间的关联，但依然没有摆脱“逆向回溯”的研究路径，依然是以新文学甚至现代西方文学的某些值得肯定的特点为标准去端详近代文学，将近代文学看作这些特点生成、完善的“过渡”阶段，而对具有数千年深厚传统的中国文学在近代这一阶段发展演变的自身价值、特点和规律重视不够。这样，就将充满了多种发展可能的、丰富多彩的近代文学狭窄化、片面化了，因此也就丧失了反省当下文学发展道路的重要契机和参照系。也许，我们对近代以来文学的研究，更需要强调传统史学“通古今之变”的“通史”精神①，将古代和近代打通，将近代和现当代打通，在博通古今、融会中西的“通观”视域中坚守民族文化本位立场。站在这样的立场，您可否对近代以来传统诗词创作的特点和价值做一阐说、评估？

---

① 刘家和：《论通史》，载《史学史研究》2002年第4期。

蒋寅:你说得很对,我很赞同! 中国20世纪文学的研究,因受“现代文学”“新文学”视野的局限,始终没有认真对待与白话文学并存的传统文学形式的创作,这无形中割断了民国以来的诗词写作传统与当代诗词的血脉关系。这种偏颇近年已有所纠正,刘梦芙、陈友康、胡迎建、刘士林、马大勇、曹辛华等学者致力于20世纪旧体诗词研究,已取得很可观的成果。如何在更开阔的历史视野中审视民国以来的文学生态,深入理解新、旧文学的分合及其博弈关系,并将它纳入新的文学史叙述中,是我非常期待的。

近代以来的诗词,我虽略有阅读,但从来没有研究过。如果凭印象谈点简单的评价,应该说内容方面的更新多于形式方面的创新吧?像陈三立、聂绀弩那样在艺术表现上有所突破的诗人不是没有,总是较少。王国维以现代哲学观念入诗,陈寅恪抒写当代知识人的失落感,毛泽东用诗词表达雄视古今的气概,都属于以一种新的文化内涵取胜。当代有些诗词作者以新观念入诗自诩,其实那些内容在白话诗中早已写滥了,他们再写入诗词,和王国维相比,很难说有什么创新的意义。

陈斐:近年来,在“重写文学史”思潮的影响和“国学热”的大背景下,曾经出现过现当代诗词可否“入史”(进入现当代文学史书写)的讨论,持反对态度的往往是新文学研究者,支持者则大多具有古典文学研究背景,正反双方辩论的焦点在于现当代诗词是否具有“现代性”。我虽然没写过专题论文,但对这场讨论亦有关注。在我看来,这个焦点实际上可以梳理为以下几个小问题。首先,“现代性”是否可以成为现当代一切文学作品价值衡定或“入史”的判断标准? 如果我们将“现代性”从广义的角度理解为一个“依他起”的概念,那么,每个时代都曾经是“现代”,都有与其他时代不同的“现代性”,以此为标准书写文学史,势必缺乏统一的线索和标准,难以呈现文学发展、演变的脉络,甚至可能陷入相对主义的迷津。即使我们将“现代性”(modernity)按照通常的理解(下面我们的讨论姑且限定在这个范围之内),狭义地定义为现代社会特有的一种与传统分裂的现时性,一些在文艺、哲学、社会生活等方面呈现的现代特征。这种狭义的现代性能不能作为判定现当代时间段里产生的文学作品之价值、书写现当代文学史的标准，似乎也是可以斟酌的，能谈谈您的看法吗？

蒋寅：现当代诗词既然出自今人之手，当然就有现代性。但如何判断其现代性，有一些问题还有待于澄清。当今的“现代性”研究，很少就文学自身的艺术问题来考察，而是用文学以外的因素即文学中反映的观念内容来谈论。这将文学当成了现代性的载体，而文学自身的现代性在哪里呢？我以前看到谈现代性的论文就烦，好像离了现代性就无法研究文学了。可是前几年我写一篇论韩愈诗风变革的美学意义的论文，最后竟也牵涉到现代性问题了。这才体会到，研究近现代文学、文化，现代性是个绕不过去的问题。文学研究只能说明文学自身的构成和变化，要理解这些结构和变化的发生，只能通过文学所置身的文化。近代文学里发生的所有变化，都与现代性的过程相联系。我现在认识到，要理解韩愈，必须理解叶燮对他的评价；而要理解叶燮的评价，又必须理解中国文化的现代性进程。由于现代性是个尚未终结的过程，你提到的判定现当代文学作品的价值、书写现当代文学史的标准，就仍和现代性脱离不了关系。但即使如此，我也想强调，现代性只是一个视角，它不能包揽文学的所有问题，无论探讨什么层面的问题都和现代性扯在一起，恐怕也会大而无当的。

陈斐：在现代性与文学的关系问题上，我发现某些新文学研究者的立场有点模糊、矛盾。他们对新文学作品的评论及文学史的书写显然远远越出了现代性范畴，迄今为止，没有一部现代文学史是完全严格、单纯地遵照现代性标准写成的；但对现当代诗词，却又要坚持和重申这一标准。任何体式的文学作品写作，都是继承与创新的统一，对其进行的评论以及由之延展而来的文学史书写，也应该两者兼顾，如此，才是合理的，也是现实的。但近代以来，随着自然科学和技术在整个社会生活中居于主导地位，人们也习惯于用衡量科技的标准（如“创新”）、模式（如“量化”）去评价人文学术，从而造成了整个人文学术研究的“技术化”①。某些研究者对创新、现代性的强调与膜

① 陈斐：《警惕人文学术研究的“技术化”》，载《读书》2016年第4期。

拜，即是受科技思维统摄、影响的结果。殊不知，人文、艺术的发展，需要滚雪球式地前进。“原创性本身不能保证一件艺术作品的杰出性……在艺术领域里，有许多相当原创的作品却并非特别优秀，也有原创性有限的作品却获得了相当高的艺术品质……艺术作品和人类其他行为的杰出性，通常并不是仅仅归功于创造性，而是归功于原创性和传统的结合。”[1]我们对文学、艺术的研究，如果单纯剥离性地强调创新、强调现代性，既片面又不现实。以新诗为例，不论进入文学史或作品选的名篇，还是脍炙人口的佳作，就书写内容和形式而言，并非全部具有现代性，有不少更是让我们感到似曾相识般的熟悉。我们的研究不能仅仅看到变革，而无视继承。近年来，有不少学者对新诗与诗词传统的关系进行了研究，如李怡《中国现代新诗与古典诗歌传统》（西南师范大学出版社1994年初版）、杨景龙《中国古典诗学与新诗名家》（人民文学出版社2012年版）等。您亦对古典诗歌传统和新诗之间的“啼笑因缘”以及现代诗歌的传统因子做过研究，可否展开谈谈？

蒋寅：现代文学史和新文学史不涉及同时代的旧体诗词，最初与“现代性”概念无关，只是着眼于语体的白话和文言，因为“五四”新文学运动是建立在白话文基础之上的，其历史视野自然只限于白话作品。但随着近代文学研究的深入，“五四”作为白话文学开端的看法逐渐受到质疑。据范伯群等先生的研究，晚清时期若干领域白话的通行已开启白话文学的源头。十多年前我写《中国现代诗歌的传统因子》一文，是有感于现代文学研究者讲新诗，除孙玉石先生外，很少注意新诗与古典诗歌传统的关系，2002年在韩国客座，与研究中国现代文学的学者闲聊时谈到这个问题，他们觉得很新鲜，非要我写篇论文在学会上发表。我推辞不掉，只好根据自己的阅读经验及对民国间诗学的了解，从几个方面谈了谈现代诗歌与古典传统的深刻关系，举出众多代表性诗人的作品中清晰可见的传统因子，包括徐志摩的

① ［美］保罗·奥斯卡·克里斯特勒：《“创造性”与“传统”》，邵宏译，载《诗书画》2017年第1期。

《再别康桥》,我用细致的分析说明"这一袭洋装是用古典的针线缝起来的"。当时我还不知道李怡的著作出版,这篇论文先发表在韩国,2006 年又刊登在《文艺理论研究》第 3 期上,做现代文学的学者似乎没有注意,倒是已不做现代文学的赵园先生提到过。

陈斐:在《中国现代诗歌的传统因子》一文的末尾,您谈道:"传统对当代的意义和功用,向来就是很复杂的,在不同的语境中会有不同的结果。就中国现代诗歌而言,对古典诗歌具有良好的修养、同时也有意识地发挥这方面长处的诗人,像俞平伯、沈祖棻等,并没有取得太大的成就,而恰恰是强烈排斥古典传统的诗人,从'九叶诗人'到'今天'派,取得了二十世纪中国诗歌的最高成就,达到迄今为止现代汉语诗歌的艺术顶峰。"我对此很感兴趣,您思考过个中缘由吗?另外,您对"九叶派"和"今天派"评价如此高的理由何在?您所谓的"二十世纪中国诗歌",是否也包括了 20 世纪的旧体诗词创作?在您看来,不同体式的诗歌创作,比如宋诗和宋词、20 世纪的新诗和旧体诗词,有没有某种共同的评价、衡量标准?其文学价值有没有可比性?撰写一个朝代的诗歌史、文学史,有没有可能、或者说应该如何将这些不同体式的诗歌创作、文学创作统摄在一起?

蒋寅:你提到的传统对当代的意义和功用问题,以及对"九叶诗人"和"今天派"的具体评价,是根据我个人的阅读得出的,大概与研究新诗的学者们的看法有一定差距,因而也容易引人好奇。《儒风大家》杂志曾繁田先生做访谈时也就此让我再展开谈一谈。准确地说,我只是按我的评价标准指出一个现象,新诗研究者是否同意还不好说,更谈不上思考其中的道理了,说说我得出上述结论的理由倒是可以的。我论文里说的 20 世纪诗歌,肯定是不包括旧体诗词的,我认为"九叶诗人"和"今天"派取得 20 世纪中国诗歌最高成就,达到"现代汉语诗歌艺术顶峰"的着眼点,是诗歌语言的精炼和表现力。"九叶诗人"的语言比"新月派"更简洁而有意义深度,"今天派"的语言又比"九叶"更有张力和思想深度。"九叶"还较多个人化的内容,"今天派"则代表了一个时代年轻人的精神取向和思想深度。艺术以独特性而成立,但伟大的艺术必与某种普遍性相连。舒婷那首写"渤海二号"之难的《风暴过去之后》，我曾读过很多遍，不知道这样的诗现在还多吗？如果很少，那未免是诗歌的贫血。20世纪的旧体诗词我读得不多，超出研究范围，我只是个普通读者，任何一个普通读者都不会将时间花在一般作品上。在我有限的阅读范围内，还没看到旧体诗词的成就能和新诗相媲美的，即便是像沈祖棻先生这样有"当代易安"之誉的词人，成就恐怕也难和一流的新诗作品相比。虽然批评有绝对和相对两个尺度，但论成就是取权重的，而独创性又在成就中占了最大的权重。这就像奥运金牌的分量一样，不是所有金牌都是一样重的。所以，我认为在旧体诗词和新诗之间还是有共同评价标准的，其文学价值还是有可比性的。至于能否将它们统摄在一部文学史或诗歌史中，理论上应该没有问题，20世纪的中国音乐史肯定不会单写民乐或西乐，道理是一样的。

陈斐：您刚才谈到，"独创性"是衡量文学成就时的重要权重。这我非常赞成！但如何判定、评估"独创性"又成了问题。就近代以来的新诗和传统诗词创作而言，如果将视域局囿于中国国内，似乎新诗在独创性上要胜出一筹；但如果将新诗和它所赖以取法、借鉴的外国诗，如艾略特、里尔克等人的作品放在一起看，则其独创性又要大打折扣。"九叶派"诗人郑敏先生说"中国新诗到现在还没有形成自己的传统"①，认为新时期以来的新诗浪潮，"不是特别新的东西，基本是西方20世纪70年代的东西在这儿的一个回声，在中国的一个变种"②，是因为她在纵、横交织的广袤时空中审视、"苛求"新诗。不管愿意不愿意，近代以来，中国已被纳入一个全球体系之中了，这是事实。因此，周有光先生反复强调要"从世界看中国"。我们研究近、现代文学，书写这段时期文学发展的历史，讨论以后中国文学（比如汉语诗歌）应如何书写、应向何处去等等，似乎都应像班固著《汉书》那

① 《新诗究竟有没有传统？——与吴思敬先生谈诗》，《郑敏文集·文论卷》，北京师范大学出版社2012年版，第768页。

② 《郑敏先生访谈录》（对话者：郑敏、林莽），《郑敏文集·文论卷》，北京师范大学出版社2012年版，第779页。

样，渗透、贯穿着“通史”精神[①]，具备历史意识和国际视野，打通古今、中西、新旧（体）。就此，能谈谈您的看法吗？

蒋寅：我很赞同你的看法。无论怎么看待新诗的成就和传统，新诗是在一个中西文学、文化冲突和交融的语境中形成的，它受到外来文学、文化的影响要远多于吸收传统的资源，这一点无可怀疑。新诗评价由此产生一个标准的分化，在和诗歌传统进行纵向比较的时候又有必要同外国诗歌做横向的比较，这就造成你说的判断它独创性的一个悖反结果。因此，今天的诗歌写作，无论新体、旧体都离不开世界眼光，那种标榜“民族的就是世界的”口号，就像科技产品标榜“国内领先”一样，无非是自欺欺人的说法。

三、 诗词有“现代性”吗？

陈斐：老师所言甚是！我们接着聊“现代性”话题：在现代社会里，诗歌是否只有用现代产生的体式和技法表达了现代性的体验，才具有存在的合法性？现代性范畴是否足以囊括今日人们所有的诗意表达冲动和欣赏期待？古今中外的诗心、诗艺有没有相通之处？那些古人抒写过千百遍的主题（如相思别离、感物登览、怀古咏史、爱情亲情、忧国忧民等等）、频繁采用过的体式和技法，今天还可不可以继续书写、使用？

蒋寅：人类的情感是相通的，在人性或者说基本价值观方面会有共同的标准，如对真善美的追求，相信是超越时代、种族的人类共同的理想。古人抒写过的主题，像男女情爱、家国情怀、咏史怀古、亲情友情等等，都是文学永不会枯竭的源泉，古人使用过的体式和技法在今天也完全可以继续书写、使用，但一定会有不同的结果，也一定会有不满足的地方。

陈斐：文学体式、技法的演进确实有某种“穷则思变”的意味。随着社会生活的变迁，人们情感抒写的内容、重心在保持某种继承性和

---

① 刘家和：《论断代史〈汉书〉中的通史精神》，载《北京师范大学学报》2012年第3期。

稳定性的同时，也会发生一定的位移、变化，这必然会对体式、技法造成影响，使其亦同步演化。词、曲的产生、发展就是例证。如果把诗歌比作酒，则不同时代的诗人可以根据时代风会和个性等等的不同，酿造、调制出不同种类、不同口味的佳酿。您在《一代有一代之文学——关于文学繁荣问题的思考》一文中所说的“时代的艺术意志”和“新文体样式”之间的关系，是不是从这个意义上讲的？所谓“时代的艺术意志”应该不是“全称”，而是倾向于“新变”一面吧？

蒋寅：我同意你的看法。所谓时代意志，就是一个时代力图在艺术中展现的文化精神，能把握住这一点的艺术家就“预流”（借陈寅恪论学的术语），否则就不入流。时代精神发生了变化，诗歌也会随之而变。小幅度的变化发生在风格、修辞的层面，大幅度的就会发生在体式、体裁的层面。从汉赋、魏晋玄言、六朝骈文到唐诗、宋词、元曲的代兴，便是这么发生的。

陈斐：问题的关键是，伴随历史演化而形成的不同体式、技法之间，有没有价值高低之分？一定是后来出现的、新的更有价值吗？衡定文学作品的价值高低，一定要看其采用的体式、技法吗？一定要以预先设置的体式、技法的价值序列为重要参照系吗？叶嘉莹先生在《从比较现代的观点看几首中国旧诗》一文中，举例分析了陶渊明、杜甫、李商隐三位诗人在意象、章法、句法等方面的差异，最后总结道：“从渊明的以心托物的意象表现，及其任真自得的章法与平顺直叙的句法，到杜甫的以情入物的意象表现，及其转折呼应周至的章法与颠倒浓缩的句法，再转为义山的有心使用的意象表现，及其虽以理性提挈然而全为意象之综合的章法与本质上全属于感性的句法，我以为我们不仅可以从此看出三家的风格之不同，而且在他们的不同间，似乎还有着某些属于文学表现方式的历史的演进的意味。”[①]这是否意味着陶、杜、李之后的人写诗，必须在体式、意象、章法、句法上有进一步的开拓才值得称道？如果有人觉得自己性情和他们三人中的某个人接近，愿意学习、模仿他们的写法，借以表现自己真实的情感，是不

① 叶嘉莹：《迦陵论诗丛稿》，北京大学出版社 2014 年版，第 185—186 页。

是也可以肯定？

蒋寅：文体的代兴不是越往后越高级，也未必是越往后就越复杂，那是艺术史研究早已放弃的生物进化论观念。只能说新文体比较适应新的生活内容，其间不存在进化甚至进步的必然性。谁能说自己比巴赫的音乐更高级，更先进？谁能说自己的音乐比贝多芬更伟大？文学和艺术只有变化，没有进化；只有发展，没有进步的矢量。

陈斐：由现当代诗词可否"入史"的讨论，我还想到这样一个问题：传统诗歌体式是否具有表达现代性体验、消化现代性技法的能力？中国汉字和传统诗词对庞德、艾略特等西方现代诗人的影响不言而喻，这似乎说明传统诗词蕴含着现代性的发育潜能。叶嘉莹先生对杜甫七律、吴文英词、陈宝琛《落花》诗的现代性做过研究，比如，她认为杜甫七律具有"'句法之突破传统'与'意象之超越现实'两点现代的表现手法"①。江弱水先生《古典诗的现代性》一书，对中国古典诗词的现代性传统进行了尝试性梳理、建构，并通过对新诗创作实践的考察指出："三十年代是中国新诗写作极富于现代性的时刻。诗人们一边向西方现代主义学习，一边也有意接通中国古典诗的传统，尤其是其中我们称之为现代性写作的传统。"②另外，窃以为，前面我们谈到的"九叶派""今天派"诗人，毕竟是中国人，而人是无法完全脱离传统影响的，或许正是因为他们无意识间从本土获得的文学修养、审美感觉、生命体验等等，本来具有现代性的因子，所以他们才能接受并认同西方现代性的诗歌表达。

蒋寅：时代越往后，人可选择的生活模式就越多样，即使在现代仍有人喜欢按古典的模式生存，创作或欣赏古典形式的艺术。但多数人肯定是按当代模式生活的，因为这种模式本身就是多数人选择的结果。艺术的基本功能是为人提供一个超越世俗或曰日常生活的方式，但不是任何方式都有效，多数人的选择就是时代潮流，有能力

① 叶嘉莹：《迦陵论诗丛稿》，北京大学出版社 2014 年版，第 379 页。

② 江弱水：《古典诗的现代性》，生活・读书・新知三联书店 2010 年版，第 292 页。

引导潮流的就是时尚趣味。古典形式所以成为古典，是在选择中被放弃的结果。“九叶诗人”和“今天”派是自觉放弃传统的，所以才有后来郑敏的反思。放弃也可以成为一种选择，也有它的理由。我们不能想象歌剧能搬演《莫斯科保卫战》，木偶戏能表演《地心引力》，戏曲在今天仍能绵延，我以为部分得益于三十年前的全民大唱样板戏。古典诗歌形式，再有多大的承载力，也难以表现现代人复杂的内心和外部世界。我曾举过美国意象派诗人庞德“这些面庞从人群中涌现，湿漉漉的黑树干上花瓣朵朵”，不过是西洋人初次接触到东方艺术所产生的震惊和肤浅理解的结果，纯粹是白居易《长恨歌》“玉容寂寞泪阑干，梨花一枝春带雨”的翻版。现代汉语诗歌有比古代汉语诗歌远为复杂的修辞，如郑愁予的《错误》，“那等候在季节里的容颜，如莲花的开落”，就比白居易的修辞复杂得多，古典诗歌的体式承载不了如此复杂的修辞。所以古典诗词，就像民乐，表现一些粗线条的类型化的情感，比如欢快、忧伤之类是可以的，若要表达《教父》电影里那种温柔、眷怀、悲怆欲绝的情感，就捉襟见肘了。这是民乐的曲式、音阶决定的。“老干部体”所以不堪卒读，是作者误以为所有新名词都可以让古典诗词旧貌变新颜。

陈斐：您对韩愈诗歌的研究，涉及了现代性问题。您指出，韩愈是宋诗的鼻祖，韩愈与宋诗的经典化过程，与中国诗歌的现代性进程密切地联系在一起。这非常精辟！日本学者曾提出过唐宋变革论，认为宋代是近世的开始。我也觉得，晚清宋诗风之所以那么流行，从根本上说，是因为宋诗的风格、句法、节奏等等，更吻合诗人在近代——这一千古未有之巨劫奇变下的生命体验和审美感觉，而不单纯是一种诗学取向。陈三立等“同光体”诗人的诗，就抒写了很多现代性的体验。我自己也尝试诗词创作，很喜欢唐诗，但只要一染翰操觚，就不自觉地滑入宋诗的路子去了，觉得还是这种诗美范式更切合自己当下的体验，真是风会移人，盖有不得不然者。不过，现代性体验的内涵是什么，或者说诗歌应该抒写什么样的现代性体验，也是值得考虑的。叶嘉莹先生曾说，她以《秋兴》诸诗为例证，是想说明句法之突破传统与意象之超越现实“两种所谓‘现代的’表现手法，在中国古典诗歌中原来不仅是早已有之，而且也可以用之来表现健康博大正常的内容，而不必一定要模仿西方现代诗之虚无与病态”①。我想叶先生应该是从传统诗教对诗“兴观群怨”“持人性情”的期待出发看问题的，对此，您怎么看待？

蒋寅：叶先生的说法当然触及现代性的一部分问题，但我觉得还不能在完整意义上阐明古典诗歌的现代性问题。我的理解是，文学的现代性最终必落实到审美意识的现代性。目前文学研究中谈的现代性，主要是根据文学负载的内容来展开的，很少追问文学自身的现代性何在。文学或艺术的现代性首先是和传统、古典两个概念互文的，现代性就是反古典、反传统的审美趋向。韩愈诗歌在反古典和反传统的方向走到了极致，不仅在他之前没有，就是在他身后到现代以前也没有。他的诗歌彻底颠覆了传统的审美秩序，成为怪异而难以接受的典型。因此直到明代，对他的评价都是毁誉参半，直到清初叶燮《原诗》中，才突然变成完美的诗人，与杜甫、苏轼并列为古今三大诗人。其间的浮沉，实质就是文化语境的变迁。正像梵高的遭际一样，生前卖不出一幅画，而今身价千万！我发现韩愈的经典化恰好与宋诗同步，这不意味着接受主体在观念上的变化吗？唐代社会是比较简单的，人的精神世界也是比较简单的，宋代则要复杂得多，宋诗和唐诗的差异一如中年和少年，宋诗在表达更深刻的人生体验上明显胜出，所以时代越往后越容易得到认同。你的体会是对的。

陈斐：我学习诗词研究、创作十多年了。因为喜欢诗词，长期以来，我不相信现代性体验的诗意表达只有新诗自由体一途，一直尝试着用诗词表达现代性体验。尽管我取得的成绩微不足道，但我对此充满了信心，总觉得是自己诗艺不高，如果苏东坡活到今天，他应该“无意不可入，无事不可言”（刘熙载《艺概·词曲概》），轻而易举地用诗词表达现代性体验。但是，今年春天，我在一个阳光明媚的午后，读到穆旦《春》“推开窗子，看这满园的欲望多么美丽”，当时就有一种被“电”击中的感觉，觉得古典诗词或许真是到穷途末路了，像这样现

① 叶嘉莹：《迦陵论诗丛稿》，北京大学出版社2014年版，第379页。

代性的体验，确实难以用诗词表达啊！据说穆旦也曾尝试过诗词创作，但后来以失败告终，因为他觉得自己欲书写的情思欲念，无法用古典体式表达。意识到这一点，我非常泄气！后来，在一次学术会议上，有学者说不能用新文学的现代性审视、判定、评估近、现代旧体文学的现代性，我顿时豁然开朗，联想到：就像李攀龙说"唐无五言古诗而有其古诗"（《唐诗选序》）一样，古典诗体虽然难以表达新诗擅长表达的现代性，但亦有其擅长表达的现代性。聂绀弩旧体诗的某些现代性体验及表达效果，如"文章信口雌黄易，思想锥心坦白难"（《归途》二首之二）、"丈夫白死花岗石，天下苍生风马牛"（《挽毕高士》）、"刀头猎色人寒胆，虎口谈兵鬼耸肩"（《闻某诗人他调》）、"看我一匡天下土，与君九合塞边泥"（《脱坯同林义》）等等，似乎也是新诗难以表达、取得的呵。中国的现代化道路难以照搬外来模式、经验，而只能在"原有版本"基础上"升级"，这决定了我们自身现代性体验的独特性和丰富性，所以，我们应该以开放、包容的眼光看待现代性及其诗意表达方式。姑且不论古今中外的诗心诗艺有相通的一面，就是在现代性体验的表达上，新、旧诗体似乎也各有所长，共同构成了中国诗歌的现代性景观。对于新、旧诗体及其现代性的关系，您怎么看？

蒋寅：这么说也未尝不可。这意味着要重新定义现代性的体验方式及其表现形式，似乎已关涉后现代的问题了，呵呵。不过也很自然，它正是所谓现代性的悖论之一。如果我们承认聂绀弩的创作是成功的——这大概无人会否认，那么就可以相信旧体诗词仍有表达现代性体验的能力，正像没有人会否认钱钟书《谈艺录》的成就。他用传统诗话形式同样对古典诗歌做了成功的批评，同样对诗歌理论做了深刻的表达。对于他们那一辈人的思想表达来说，语体真不是什么大不了的问题。

四、诗歌书写应发挥母语特长

陈斐：随着工作经验的丰富和人生阅历的加深，我恍然明白：一个民族、国家文学、文化方面的决策，往往服从于或受制于其为应对特定时期生存境遇中面临的紧迫、首要问题而制定的总方针；这种决策的合理性需要根据形势的变化重新评估。在“救亡图存”的时代旋律制约下，“五四”新文学肩负着启蒙大众、改良社会的使命，社会功利性很强，其倡导“言文一致”、用白话写诗、“打倒孔家店”等语言观、诗论和文化主张，很难说主要是出于发展诗歌、文学乃至文化自身的目的。文学、诗歌虽然有宣传、启蒙的功效，但就其本质而言，还有审美性和诗性，这是不能用宣传、启蒙抹杀、代替的。“九叶派”老诗人郑敏先生就曾敏锐地指出：“‘五四’运动的走向是对汉语的母语本质进行绝对的否定。”胡适、陈独秀等人采取矫枉必须过正、“拥护—打倒”的二元对抗思维方式，“纯由理论设想打先锋”，“只重视‘言语’(parole)而对‘语言’(language)不曾仔细考虑，只认识到共时性而忽略历时性，只考虑口语忽视文学语，成为口语中心论者。”“这种从零度开始用汉字白话文写诗的论调，为白话文的发展带来很大的障碍。使它虽是一次成功的政治运动，在文化上却因拒绝古典文学传统，使白话与古典文学相对抗，而自我饥饿，自我贫乏……由于这种人为的心理障碍，胡、陈以及不少其他同时代作家养成双重、分裂的文学人格，他们当需要强烈的表达自己的情感和思想时就用旧体①，而当他们履行文学斗士的责任时就写白话诗，每当写白话诗时，力求明白易懂而放弃诗的艺术……诗的艺术因为求‘白’而完全被置于不顾。”②江弱水先生亦认为，胡适等人忽视了文学话语和社会话语的区别、混淆了诗与文的界限③。

今天，中国的经济总量已跃居世界第二，政治、军事实力不断增强，民众的文化素养也获得了很大提升。倒是伴随着改革开放的深

① 胡先骕曾批评胡适：“曾几何时，又改作旧诗，且谓惟旧体诗为能有风韵。”(胡先骕：《论批评家之责任》，《胡先骕诗文集》，黄山书社 2013 年版，第 341 页)

② 郑敏：《世纪末的回顾：汉语语言变革与中国新诗创作》，载《文学评论》1993 年第 3 期。

③ 江弱水：《古典诗的现代性》，生活·读书·新知三联书店 2010 年版，第 263—293 页。

入，全球化、信息化进程的加快，西方文化借助其在政治、经济方面的优势大肆涌入，“中外文化传播很不对等”①，确认自身文化身份、维护民族文化独特性问题前所未有地凸显出来。20 世纪 90 年代以来持续兴盛的“国学热”，深层动因便是对维护国家文化安全的焦虑②。为此，近年来国家出台了“文化自觉”“文化自信”等文化发展战略。十八大以来，党和政府更是从“文化基因”的高度肯定中华优秀传统文化的价值。在崭新的语境下，我们似乎有必要对“五四”新文化运动采取的语言观、诗论和文化主张等，进行新的审视、评价。如果回归诗歌作为一种与母语密切相关的审美性语言艺术的本位立场，采用中华民族审视历史与当下时惯用的“承百代之流，而会乎当今之变”的基本思路③，您可否对今日诗歌书写应该营建的生态（比如语言、题材、内容、体式、技巧等等）提点建议？

蒋寅：文学作为意识形态，其主流总是依附于社会文化发展的潮流，服从于当下最高的社会需要的。在民族存亡的紧急关头，文学也不能放弃伦理责任。正像面对侵略者，医生也会拿起枪。在新文化建设中，文学更是经常充当先锋的角色。但时过境迁，从后设的角度看，现时政治的短期目标相对于民族文化建设的长期目标而言，可能会显得偏颇和功利，而某些一时显得迂阔的主张，却会凸显其超越现实功利的前瞻性。你谈到的“五四”新文学运动因拒绝古典文学传

① 黄会林：《坚守民族文化本性，创造不可替代的“第三极文化”——关于中国文化国际传播力的思考》，贾磊磊、杨朝明主编《第六届世界儒学大会学术论文集》，文化艺术出版社 2014 年版，第 34 页。

② 参见陈斐《“国学热”与“国家文化安全”》，贾磊磊、黄大同主编《守望文化江山：中国国家文化安全研究》，中国广播电视出版社 2012 年版。

③ 刘家和曾经指出，郭象“承百代之流，而会乎当今之变”一语，道出了中华民族审视历史与当下的基本思路或观点，并就此阐释道：“按照这种思路或观点，历史上的每一当今之变皆非一朝一夕之故，而是源于百代之流；且百代之史亦非一不变之实质（像古代希腊人所习惯于的那种思路一样），而是一条汇集了一切当今之变的流。你想要了解当今之变吗？请考百代之流。你想了解百代之流吗？那就请看历来的当今之变。”（参见刘家和《史学在中国传统学术中的地位》，《史学、经学与思想：在世界史背景下对于中国古代历史文化的思考》，北京师范大学出版社 2005 年版，第 88 页）

统，使白话与古典文学相对抗，而造成现代文学自我饥饿、自我贫乏的结果，的确是值得反思的。我也曾注意到"学衡派"学者、选学大师李审言对白话文学的态度，他认为创新不一定非以牺牲传统为代价，在传统的骈俪文辞上也能走出一条成功之路。这种声音在当时不可能被听取，于是新文学就失去了一个实验的机会、一种可能性。骈俪文辞是汉语形式美的结晶，放弃了这一部分优美品质，现代汉语就成了相对贫瘠的语言。好比中国菜，去掉炒、炖、氽、蒸、醉、糟、腊各种特色烹饪之法，那就只能做炸鸡和汉堡了。幸好新诗的早期作者都有一定的旧文学根底，这才避免新文学的起点降得太低。

陈斐：现实是历史的延伸。一切对当下的看法、态度，皆难以摆脱特定史观的制约。"五四"以来，一些研究者在现当代文学史书写及当下诗歌生态建构中对于新、旧诗关系的种种迷执，归根结底，皆源于偏狭的进化论文学史观。前面，您已经提到过这个话题，这里，我们详细谈一谈。据我调查，"进化"原是一个西方生物学术语，指物种由低级到高级、由简单到复杂的演变。19世纪末开始传入我国，因为因应了"救亡图存""保种"的时代旋律，在新文化运动的播扬下，开始风靡全国，成为一个"新的全能式世界观"①，对后来的文学史研究以及文学生态营建产生了重大影响。尽管有研究者提醒，新文化运动健将胡适的文学进化观存在复杂性，不宜"将文学进化论的发生史，视为一种线性历史并予以进化论式的论述"②，然而，通观历史全局，不难看出：出于为新文学争取合法性的辩护策略，胡适等新文化运动者的论说重心及对后世的影响，主要还在于预设了某种决定论或必然性的线性、进步、取代式的发展观以及二元对立的思维模式，"反传统"逐渐内化并积淀为新文学的传统。此后文学史书写中的"阶级性""现代性""人性"叙事等等，不过是"进化论"的变种或延展罢了。一百多年来，"文言—白话""新—旧""进步—落后""传统—现

① 参见王中江《进化主义在中国的兴起：一个新的全能式世界观》，中国人民大学出版社2010年版。

② 李思清：《胡适文学进化观内涵之再探讨》，载《文学评论》2011年第1期。

代”等非此即彼的争执不绝于耳。

改革开放以来，由于科学技术在整个社会生活和文化系统中占据中心位置[①]，“创新”成为衡量一切成果的至上标准，而“进化论”恰恰又源于并迎合了科技思维，加上论证种种合法性的需要，长期以来，对于其在人文社科领域的适用性和局限性，一直没有得到全面、系统的反思和清算。人类学术文化，总的来说是从简单到复杂、从混沌不分到分门别类演化，但是不是大至宏观小至微观、任意时间段中的任意现象都可以用进化论分析、说明，却是值得推敲的。对此，一些学者已从各自特定的角度提出了质疑。冯友兰曾将“道体之日新”概括为循环底日新、进退底日新、损益底日新、变通底日新[②]，无疑更加契合事物发展过程的复杂性和多样性。鲁迅《论“旧形式的采用”》指出：有了新思想，“由此而在探求新形式，首先提出的是旧形式的采取，这采取的主张，正是新形式的发端，也就是旧形式的蜕变”，说的正是新体往往在旧胎中孕育而成。钱钟书亦云：“夫文体递变，非必如物体之有新陈代谢，后继则须前仆。”[③]指出了新、旧体之间并非你死我活的对立关系。请以诗词为例，在对进化论文学史观的评析中谈谈您的文学史观？

蒋寅：你讲得对，关于文学史的进化论史观的确是值得深入反思的问题，现代文学界一直都有学者谈这个问题。据我所知，进化论思维在国外的艺术史研究中早就被放弃，因为艺术最直观地告诉我们，后出的人物和作品，尽管也不乏某种独创性和新颖之处，但这和艺术的伟大是两码事。且不说希腊、罗马艺术这被马克思誉为在人类的童年即达到顶峰的成就，就是巴洛克音乐、古典主义绘画，现代音乐或绘画就能说超过它们，比它们更伟大？毕加索一辈子都在寻求变化，创造出多种新异的风格，但那种立体画很多人难以接受。20 世纪的音乐更成问题，除了从上世纪过来的一批大师像拉威尔、埃尔加、

① 参见陈斐《警惕人文学术研究的“技术化”！》，载《读书》2016 年第 4 期。

② 冯友兰：《新理学》，刘梦溪主编《中国现代学术经典·冯友兰卷》，河北教育出版社 1996 年版，第 76—78 页。

③ 钱钟书：《谈艺录》，中华书局 1984 年版，第 27 页。

德彪西及俄苏作曲家之外，真正的现代作曲家，我只觉得梅西安、格雷茨基的音乐是比较入耳的，连马勒也在争议之间，就不要说里盖蒂之类的了。用电脑做的音乐，可能结构更复杂，但听起来鲜有感官愉悦可言。要说他们进化得比巴赫更高级，他们自己大概也不敢想。正像你提到的，社会学意义上的进化论是科技进步思维主导的结果，电脑下围棋淘汰人类，可以视为围棋的进化；但诗词艺术，甚至推广到书法、绘画，今人能胜出古人者几希。我在微信上看到2016年《诗刊》评出的诗歌TOP10，竟有一首词，是蔡世平《水调歌头·黄河》："兰州何所忆，最忆是黄河。遥望皋兰山下，一带似绫罗。谁锻千钧铜板，叠叠层层直下，雄唱大流歌。黄土高原血，红入海潮波。

三十年，情未老，任蹉跎。幸得黄河铸造，意志未消磨。脚踏山川大地，事做平凡细小，有梦不南柯。人在沧桑里，苦乐又如何?"你觉得和苏、辛比比怎么样?

五、新旧诗体能向对方学习什么

陈斐：近年来，随着全社会对传统文化以及文化发展规律认识的深入、客观，现、当代诗词的研究和创作逐渐引起了重视，一些现当代文学史开始书写诗词，国家最高文学奖"鲁迅文学奖"正式关注诗词。在此背景下，不少人倡导新、旧诗之间彼此和解、"一笑泯恩仇"，共同推动当下诗歌创作的繁荣。这符合文学史"各体互兴，分镳并驱"（萧统《文选序》）的规律，应该说是大势所趋、人心所向。不过，新、旧诗之间的和解，不应限于认可彼此地位和价值的层次，而要进一步考虑能够向对方学习什么。不同文体之间的借鉴、交融是文学史别开生面的重要动因，韩愈等"以文为诗"、苏辛等"以诗为词"，皆大大拓展了诗境、词境。我们不妨从当下新、旧诗创作各自存在的困境或问题入手，看能够从对方那里获得什么启示。先谈新诗的形式和公共性问题。

一般而言，在传统中凝结而成的诗歌形式不仅直接决定了我们对诗的感觉，使诗的写作、阅读和交流具有一定公共性，某种意义上也是从琐碎的日常生活中捕捉、形塑、升华诗意的"模具"。凡有诗词创作经验的人，大概都领略过“因难见巧”的意外惊喜——克服形式障碍的同时使诗意得到了升华。新诗的功臣郭沫若即曾坦言：“进入中年以后，我每每做一些旧体诗。这倒不是出于‘骸骨的迷恋’，而是当诗的浪潮在我心中袭击的时候，我苦于找不到合适的形式把意境表现出来。诗的灵魂在空中激荡着，迫不得已只好寄居在畸形的‘铁拐李’的躯壳里。”①

脱离了传统诗歌体式的约束之后，一百多年来，新诗的形式建设虽然不乏探索者，但一直没有取得大的进展。也许，对新诗而言，一方面要以白话为基础、要自由，一方面要建设形式，这本身就是个悖论。而没有形式或者形式自由，亦是一种“形式”。就像近体诗、词、曲一样，新诗自由体也有其他传统诗体不能替代的表现特长。不过，写作新诗，更易出现诗味淡薄、诗意浅显的毛病。近年来，新诗创作更是越来越“私人化”，越来越缺乏公共性，甚至出现了阿多诺所说的“非交流”，即全然看不懂。这些，都与新诗形式的自由、随意有很大关系。相比之下，传统诗词，即使有些很难懂的诗，如李商隐《无题》，令人读起来有“临渊窥鱼，意为魴鲤；中宵惊电，罔识东西”（周济《宋四家词选目录序论》）之感，但总还有“渊”可“临”、有“电”可“惊”，而这“渊”和“电”便是与形式密切相关的公共性。由此着眼，您觉得新诗有没有必要重建形式？若有必要，可否就此谈谈？另外，请对新诗锤炼诗意（以与“文”区别开来）、重建公共性等提点建议？

蒋寅：这个问题，我没什么补充的。从写作的角度说，新诗和旧体诗所面临的困难是差不多的。新诗因缺少外在的规定性（句子长短和平仄格律），重建形式更为困难。需要对汉语的美感——文字和声音有深刻的体会。至于重建公共性的问题，涉及符号学的一些基本理论，完全陌生化的符号是无法交流的。古典诗学讲生、熟的辩证法，其实就是着眼于文本作为交流媒介的公共性。

陈斐：当下传统诗词的创作也存在着很多问题。我们先接着刚才的话题，谈谈新诗体的创构。人们的社会生活、感受情感发生了变

① 陈明远：《追念郭老师》，载《新文学史料》1982 年第 2 期。

化，诗歌形式也会相应地变化。我国诗歌的形式一直在演化、拓展之中，承传旧体、创构新体同时并进，由此形成了“一条流量愈来愈大、流域愈来愈广的三千年来从未枯竭的”①诗歌长河。比如词，与原先的诗相比，叶嘉莹先生认为具有“弱德之美”，“更适于表达人类心灵中一种深隐幽微之品质”②。李鸿章、陈寅恪等人都曾指出，近代以来的变革，乃数千年未有之巨劫奇变。这种变革似乎在召唤着新诗体的宁馨儿。虽然新诗体的诞生需要经历漫长的演化过程，但作为推动历史的主体，我们似乎也可以做些自觉的尝试。除“乞诸其邻，从零起步”③的新诗自由体之外，汉语新诗体的创构还有没有其他可能？探索新体，有哪些需要注意的事项或原则？

蒋寅：我觉得这不是一个可以规划或预设的问题，就像我们的服装，谁能预计若干年后的流行趋势是什么样的呢？古典诗歌的五、七言句式和民歌调，肯定是不适合现代社会那种沉思的、内省的诗歌写作的。我大学时代也曾着迷于写诗，因为读古典诗歌较多，一下笔自然是传统诗歌那样的句调居多，一位写诗的同学说，你的诗像下水船，快得停不住。我自己也感觉那种句调的确过于浮滑，不如当时流行的多转行、不流畅的语言更深沉，更能令人玩味。深刻的思想和复杂的感觉，需要一波三折的句法和节奏，促使你慢下来，咀嚼玩味。

陈斐：诗乐分离以后形成的诗律、词谱、曲谱等传统诗歌形式，除了形塑情感、赋予诗歌某种表达交流的公共性外，也可看作是造成诗歌本身音乐美的法度、规范。既然是法度、规范，就是有限的，就带有一定的束缚性，而创作实践却是无限的，更有灵感涌现、意随笔生的一面。“在丰富生动的创作实践中，任何‘法’都会有失灵的时候；面对浩如烟海的作品，任何‘法’都会有反例存在。”④这恐怕是古代杜

---

① 陈邦炎：《从新诗运动上探我国诗体演化的轨迹》，《临浦楼论诗词存稿》，上海古籍出版社2008年版，第16页。

② 叶嘉莹：《词学新诠》，北京大学出版社2014年版，第166页。

③ 陈邦炎：《对当代诗歌的几点浅见》，《临浦楼论诗词存稿》，上海古籍出版社2008年版，第33页。

④ 陈斐：《南宋唐诗选本与诗学考论》，大象出版社2013年版，第208页。

甫、黄庭坚等精于诗律的诗人为了追求特定的声情效果而大量创作拗体,今天有些人也倡导"求正容变"①的根本原因。从古人的"自度曲"获得启发,有时我想:今天我们写诗,是不是可以从数千年汉语诗歌长期演化形成的多种诗体中,提炼、总结出一些与汉语语音、文字密切相关的诗形构成原则(这些原则虽然也是法度,也是有限的,但比某种固定的诗体形式要灵活得多),然后在创作实践中根据书写内容灵活运用这些原则,以使内在的情感旋律和外在的文字声律相协调,从而赋予诗歌某种灵活、机动的音乐美。这样创作出来的每一首诗都有唯一、独特的形式,而这种形式又更好地切合特定内容表达的需要。返观诗歌史,与诗律的单调相比,词谱、曲谱更为多样,每一个词牌或曲牌都可以看作一个独特的形式。民国期间,龙榆生等人曾经设想并尝试过"新体乐歌",似乎也有这个意味,可惜这种由传统出发的探索没有延续下来。

蒋寅:你的想法可能是许多作者希望尝试的,新诗史上也确实有闻一多、朱湘那样的探索者,虽然他们只是以创作实践去尝试,还没归纳出一些规则和可重复的形式。对于现代汉语来说,这种可能性肯定比古代汉语要少,要更有难度,但还是值得去尝试。

陈斐:今人创作的诗词有时我也读,但对照阅读古人作品的感受,总觉得不地道,尽管它们在格律上没有问题。因为自己也学诗,我就在读书过程中反复琢磨其中的原因。有一天突然明白,尽管诗词也化用口语(如某些词汇、句法等等),但其语言从总体上说,是一种奠基于文言语法之上的更为精粹、凝练的语言,而且因为押韵、平仄、字数等限制,又形成了一些特殊的句式。而诗词中的"口语",一般来说,是经过了文言"规训"的。这是因为,在古代,诗词体式的定型与创作,主要是由精英士大夫主导的。他们以文言为基础,发扬汉语的母语特性,在千百年的语用实践中,建构起一套颇为独特的"诗语"。"五四"以来,在"救亡图存""启蒙"的时代旋律鼓动下,整个中国文化从精英文化向大众文化转型,文学语言从文言向白话转型。

① 马凯:《再谈格律诗的"求正容变"》,载《中国文化》2011年春季号。

发展至今日，人们已不熟悉文言，特别缺乏文言写作的训练（诗题或用白话或不通就是很好的说明），写的诗词，虚词、及物动词、不及物动词、某些特殊的搭配等等，都有问题，这是令他们的作品不地道、不顺口的主要原因。基于这种认识，数年来，我阅读了不少古代汉语、修辞学、诗词句式、典故、常用语词等方面的著作、辞典，反复吟诵经典作品，力争把每个字的意思都弄明白，并且遵从数年前南怀瑾先生对我的指教——“少写、多读、多改”。慢慢地，虽然产量减少了，有时一年不过数首，但作品却慢慢地顺口起来，水平也有了较大提升。从我的学诗经历看，在文言废弃、白话流行的环境中，要传承、弘扬诗词，确实很难！对此，您有没有不同看法或更好的建议？

蒋寅：传承、弘扬古典诗歌艺术乃至形式，并不只有写作旧体诗词一种方式，阅读、背诵、赏玩也是很好的方式。在今天，旧体诗词之所以难写得好，主要不是白话流行、文言废弃的问题。试想，即便是晚清的高手，生活到今天，是不是还能用旧体式写好新内容呢？我认为是很难的。与晚清相比，今天的自然景观、城市风貌和社会生活已变得面目全非，人们的情感、意识也变得复杂无比，旧体诗词很难承载如此复杂的内容。这与戏曲的情况是一样的。复杂的思想、感情一定要求复杂的表现形式。为什么现代诗歌句法多散文化，多句中转行？就是要让阅读停顿，让你去思索。

六、 今日吟坛现状与可能出路

陈斐：也许正因为不熟悉文言，今天有很多人尝试着用口语、白话写作诗词。然而，不少作品直白、粗显，缺乏诗词应有的凝练、紧凑，有些甚至弥漫着“口水”。一些网络作品，从语言、意象到表达技法、诗意生成机制等等，全部模仿新诗；如果掩去词牌，分行排列，不过蹩脚的新诗罢了，完全没有诗词的韵味和节奏，让人不禁怀疑，还有穿靴戴帽——加词牌、调平仄、押韵的必要吗？干脆去写新诗好了。就是这样的作品，竟有著名教授站出来甚赞，誉为千古未有，真是不可思议。用口语、白话创作诗词的现象，在诗词的黄金时代唐、宋时期即有。不过，口语、白话进入诗词，成为诗词语言，是不是要经过某种提炼、加工？是不是要符合诗词的某些规则、特点（不仅仅是平仄、押韵、对仗等）？诗词向新诗借鉴、学习是必要的，但是不是也有个限度？“辨体”和“破体”之间的张力与分寸，需要认真考虑。一百多年前，梁启超反思“诗界革命”之流弊，提出“以旧风格含新意境”“熔铸新理想以入旧风格”（《饮冰室诗话》第六三条、第四条）。如果我们把“旧风格”理解为具有深厚传统的诗词长期演化形成的文体特性，则此言在今天好像还有现实意义。可否就此谈一谈？

蒋寅：诗词凝练的形式迫使作者用最精炼的语言去表达丰富的含义，如果用大白话去写，又何必做诗词呢？写新诗岂不更好！胡适当年力挺古代的白话诗，真正符合标准的除了明清民歌，就是像王梵志那样的偈语顺口溜，不是作警世通言来读，谁又会说那是好诗呢？当今的“老干部体”就更等而下之了。老大妈跳广场舞，自娱自乐就行了，非要说那是艺术，我们只好去颍水边洗耳朵！

陈斐：今天，诗词创作的作者队伍和作品数量都非常庞大，但很多确属于“广场舞”层次，水平和质量亟待提升。就书写内容和情感指向而言，不外乎两种不良倾向：一种就是你说的“老干部体”，以逢年过节的应景唱和、谀颂赞美为主，肤廓浮滥，什么都可以入诗，但内容空洞，缺乏真情实感，称为押韵化或平仄化的报纸评论、新闻通讯更为恰当。另一种是所谓“伪古体”，从语词、意象到内容、情感，皆陈陈相因，既看不到作者的个性，也嗅不到时代气息，难以动人。古代有游戏用的诗牌，现在有人开发出了诗词软件，这种“伪古体”比诗牌随机粘缀成的作品或输入关键词后软件拼凑出的产品好不了多少。黄遵宪晚年所作《与梁任公书》强调：“务使诗中有人，诗外有事，不能施之于他日、移之于他人，而其用以感人为主。”陈邦炎先生亦指出：“就旧体诗歌的作者而言，限制、束缚其诗思的，主要不是旧的形式，而是在风风雨雨中形成的思想禁锢以及本身的生活情趣的局限。”①这些主张，今日听来，仍不啻为苦口良药。当代诗词创作要出新意、

① 陈邦炎：《对当代诗歌的几点浅见》，《临浦楼论诗词存稿》，上海古籍出版社 2008 年版，第 38 页。

出精品，你认为需要从哪些方面努力，或注意什么问题？

蒋寅：首先还是多读古代文学作品，有良好的综合修养，具备很好的语言表达能力，这样，有什么感受，能用很纯熟的诗歌语言表达出来，这起码就像个诗了。如同唱卡拉 OK，虽不是原创歌曲，能唱到婉转可听，不烦人，即可自乐、乐人。至于要写出有新意的诗，那就不是可学而能了，需要具备过人的才华。所谓才华，我理解就是敏锐的感受能力和出色的表达能力。两者缺一，都不能说有才华。

陈斐：有了"诗界革命"的前车之鉴，我们写作诗词，应该怎样处理新语词、新意象乃至外国典故？现在不少新名词是多音节的，本身不合平仄（如"社会主义"），要直接写入格律诗词就有困难。对此，陈邦炎说，诗歌自有诗歌的语言，将这些多音节词汇"原封不动地搬入诗篇，未必符合对它的审美要求"，如写"文化大革命"，未必要在诗词中出现"文化大革命"几个字①。请谈谈您的看法。

蒋寅：我同意陈先生的意见。且不说诗歌格律很难容纳"五讲四美""一带一路"这样的专有名词，就是"改革开放""保驾护航"之类今音自然合律的词语，充斥于诗中也煞风景。古人作诗，也不用"安史之乱""戊戌维新"这样的词，或用典故，或用借代，或用比兴，有很多种表达方式。多读点古代作品自然就熟悉了，信手拈来，便成文章。毛泽东感到有人反党，要发动"反右""文革"，只说"今日欢呼孙大圣，只缘妖雾又重来"就行了；也不必写"炮打司令部"，只说"金猴奋起千钧棒，玉宇澄清万里埃"就行了。老干部们学多年毛泽东思想，偏偏没学好毛泽东诗词！

陈斐：明清以来，人们写诗一般用"平水韵"。平水韵非一时、一地真实存在过的韵系，乃金人王文郁在隋代《切韵》的基础上，总结唐、宋诗用韵的实际归纳而成，将其看作"想象的共同体"或"最大公约数"或许更为妥当，它为不同时空、操不同方言的诗人同台竞技、交流提供了最基本的条件。戈载《词林正韵》与此类似。然而，发展至今

---

① 陈邦炎：《对当代诗歌的几点浅见》，《临浦楼论诗词存稿》，上海古籍出版社 2008 年版，第 37 页。

天，汉语语音又有不少变化，平水韵中同韵的字，有些普通话中已不同韵了，有些不同韵的又变得同韵了。比如，我曾经和过陈散原的“门存”韵诗，韵字依次为“门、村、喧、魂、存”，在普通话中分列三个韵部。方言虽保留了一些古音，但毕竟是很少的一部分，各地方言差异又很大。且在国家的大力提倡和学校教育的普及、推广下，普通话已成为今人最熟悉、使用最频繁的语言，方言面临逐渐消失的危险。若从“言为心声”——人们总是习惯用自己最熟悉的语音表达内心情感的冲动、为诗人提供交流平台、便于今人吟诵等视角着眼，我们今天写诗似乎更应该采用普通话韵系，这好像也和数千年来诗歌韵系不断与时更新的规律一致。但普通话没有入声，如何接续传统又成了问题。对此，您有没有好的建议？有没有可能由音韵学家出面，在平水韵或词林正韵等韵系的基础上，重新制定一套与时俱进的、保留了入声的新韵系，为之定音、注国际音标或拼音，以为当今诗词、戏曲等传统艺术的传承、创作和推广服务？

蒋寅：今古语音演变造成的异读，从宋代就成为让学者棘手的问题。宋人用今音读《诗经》，感到不押韵，不知道是古今语音发生了变化，却误解为古人读书时，某些字音临时可变通。有个吴才老依照这种想法写了一部《韵补》，主张叶（音协）音说，其实就是用古音来替代今音的做法。如今既然大家都受普通话教育，懂入声的人自不妨读入声，不明入声的按普通话读也没关系。写作也是如此，说明一下自己按平水韵还是十三辙押韵就可以了。将入声引入普通话音系编一部韵书，恐怕是行不通的。就像将国学列为一级学科，纳入现代知识体系，必定方枘圆凿。

陈斐：汉字音节由声母、韵母、声调三者构成。传统诗词的平仄、押韵等讲究，皆与韵母、声调有关。唯独对于声母，除了双声、清浊外，关注不多，没有形成自觉的规律。联系创作经验看，声母对于声情和谐效果的营造，其实也很重要。有些字词完全符合平仄、押韵要求，但读起来仍然拗口，换个不同声母的字就好多了。我们有没有可能借鉴现代语音学对于发音部位、发音方法等等的精细分析，联系前人成功的创作范例，总结出类似于平仄率的声母搭配规则，进而深化传统诗词的格律呢?

蒋寅:看来你在声调运用上已有很深的体会,积累了丰富经验!这也就是古人所谓“格调”的“调”,也是唐代殷璠在《河岳英灵集》里主张的“词有刚柔,调有高下,但令词与调合,首末相称,中间不败,便是知音”,是近体诗格律形成后人们提出的关于声律和谐的更高要求。除了你说的声母外,还有声调的问题。同样是仄声,上去入的选择也很有讲究。明代格调派在这方面揣摩得很深,所以他们的诗读起来韵律都很好。古人对此认为没有规则可言,只有自己在熟读中体会。这和戏曲文辞一样,内行所作唱起来上口,外行写的唱起来就别扭、拗口。

陈斐:中国自古以来就有“诗教”传统。现代家长对孩子的传统文化教育很重视,中小学也加大了诗词教学比重。关于诗词教育,古代有哪些值得借鉴的理念、作法呢?

蒋寅:古人读书提倡背诵,认为从小古诗背得朗朗上口,长大作诗肯定容易,所谓“熟读《唐诗三百首》,不会做诗也会吟”。有什么感想,很容易套个现成的句子,搬些熟悉的词藻填进去,做成一首诗。古人从小学对对子,善于对对子,写律诗也不会觉得难。

陈斐:您多年从事中国古代诗学研究,业余也进行创作。在您看来,诗词对于中华民族意味着什么?对您个人又意味着什么?与您的人生乃至生命存在之间是一种怎样的关系?回顾自己与诗词打交道的人生,您有没有特别的感触或憾恨?最后,请您对同样喜欢诗词的晚辈说些寄语。

蒋寅:如果从大学二年级决定考研开始,我学习古典文学也近四十年了!年轻时也时常作诗填词,年纪越大写得越少,一则是太忙,少有闲情逸致——写诗一定要有闲情的,袁枚曾说读一段时间经书,诗都不会写了;二则觉得写出来也没什么价值,超不过前人,因而舍不得花时间在这方面。但对学生们的写作,我还是很支持的。古典诗词和书法是中国艺术中成就最辉煌的门类,唐诗、宋词自幼熏陶着我们的伦理情感和审美趣味,在很大程度上参与了我们的审美能力和文化教养的形成。在我接受中小学教育的年代,教材里并没有古典诗词，毛泽东和老一代革命家的诗词是我们这一代人的诗词启蒙读物。我读的第一部古典诗歌是《李白诗选》，那已经是高中毕业、进工厂工作的时候了。它在我面前展开了一个新奇的世界，日益将我吸引进去。多年来，从唐诗到古代诗论到清代诗学史，我一直在采掘古典诗学的宝藏。难以穷尽的文献，带给我许多阅读的愉悦、发现的兴奋和写作的热情，兀兀穷年，像孔子说的不知老之将至。无比丰富的古典诗词，是值得也是足够我们倾注毕生精力去穷究的艺术宝库，寝馈于其中的人生是充实而快乐的。如果说这么多年的学习、研究留下什么憾恨的话，那就是一直没有深入研究一些伟大诗人的作品。现在深感，吃透一百篇名作，比泛读几千首一般作品会更有收获。这是我的一点体会，聊作对喜欢诗词的年轻朋友的寄语。多谢你费心，为我们带来如此愉快的一个对话！

（原刊于《诗书画》2018 年第 2 期）

中国古代文论的当代价值与意义

孟繁华　蒋　寅

中国古代文论的当代价值与意义,一直是当代文学批评家和研究者普遍关心和焦虑的问题之一。特别是在西方构建的文学理论之塔倒塌之后,文学批评和研究的理论支撑和依据从哪里获得,也是近些年来当代文学迷惑的所在。这时,很多朋友希望回过头来,从中国传统文化和文学中寻找本土资源,通过对本土资源的整合和提炼,进行"现代转换",然后应用于当代文学批评和研究。这一想法的提出有多年,但从效果看并不显著。那么,是什么原因导致了这种情况?从本土寻找新的资源的可能性是否存在?这是困惑我们多年的问题。我们当然希望能够实现理论突围,在吸纳世界优秀的文学理论的同时,更关注本土的文学理论传统。通过文学各学科的努力,寻找出一条符合中国文学经验的批评话语,在解决我们文学理论困扰的同时,也能够同西方文学批评构成真正的对话关系。蒋寅先生和我在社科院文学所多年共事,也是好朋友。他在古代文学、特别是古代诗学研究方面成就卓著。他对学问的态度和治学的严谨,多为学界赞佩。我们也曾多有交流,我受益良多。现在,我提出几个当代文学批评和研究共同遇到的几个问题,与蒋寅先生作一个对谈。

孟繁华:蒋寅兄,你一直从事中国古代文学研究,特别是诗学研究。我有限的关于古代文学的一些知识基本是来自我们的聊天,从你那里学到了一些我特别需要的古代文学研究的前沿知识。现在,我想和你聊聊如下这些问题:中国当代文学的批评理论,基本来自西方。在八九十年代,操持这些理论从事当代文学批评的评论家气若长虹如日中天。但是,进入新世纪之后,西方20世纪构建的文学理论之塔几乎轰毁了,文学理论的总体性不存在了。这一情势,使中国当代批评家感到了焦虑甚至恐慌。于是,从本土文学理论寻找资源的说法,在当代文学批评界有热烈的回响。据我所知,这种观点早已有之,但为什么一直难以诉诸当代文学批评实践?是中国古代文论失去了当代价值,已经成为"博物馆学问",还是我们没有找到合适的方法?

蒋寅:孟哥,您上面这些问题涉及对当今文学理论、批评现实多方面的估量。首先是对当代西方文学理论的总体判断,认为西方20世纪构建的文学理论之塔几乎轰毁,文学理论的总体性不存在了,我相信这代表了许多文学理论研究者的看法。但这只能作为对文学理论结构形态的一种认识,而不能等同于对其价值和有效性的判断。相比古典文学理论,当代文学理论放弃了本质主义立场,不再试图以一个理论体系阐释文学的所有问题。这确实是学界的一种共识,但它并不意味着理论的失败,而只是我们认识到不同时代、不同类型的文学有着不同的本质,没有一种理论可以说明文学所有的问题,因而理论家放低了身姿,只求解决前人忽略的问题,或补充前人欠缺的阐释,而不再试图构建新的体系。就好像新批评派的文本中心论和封闭阅读,带来孤立看待文学问题的局限,于是就出现了互文性理论、原型批评和文化批评,从文本与其他文本、与文学传统、与社会环境的关系等不同角度来补充说明文学写作的复杂性。这些理论非但不能纳入一个系统,甚至彼此的立场都是对立的,但它们都能诠释文学的一部分问题。于是二十世纪的文学理论就成了一种堆积式或叠加式的互补知识,将现有的各种学说综合起来,就构成文学概论的整体。伊格尔顿的文学理论是这样写法,近年国内较有代表性的陶东风、南帆主编的两种文学概论也是这种写法。我不觉得这是理论的崩塌,相反认为是理性的重构,是认识到文学的复杂性而采取的最贴近文学经验的理论建构。前几年在扬州大学出席《文学评论》编委会，感到文学理论片的学者发言中弥漫着浓重的失落感，都觉得国内学界这么多年没积累下什么有价值的成果，让我颇感意外。

曹顺庆教授对中国文论“失语症”的诊断似乎更加重了文论界的整体悲观感觉。于是有些学者主张回到传统，从本土文学理论寻找资源，连童庆炳先生这样的老辈专家也不断发表研究古代文论的著述，并视之为建构当代中国文论的三个途径之一——另两个途径是吸收西方文论的精华和回到当下中国文学经验。这听起来像是很妥当、很周到，但多年过去，似乎也没结出什么引人瞩目的理论果实。我觉得，问题出在对古代文论的价值还没确立必要的认识。

我曾在多个场合讲过，我们将传统文学理论命名为古代文论，本身就意味这是出于“现代”立场的判断，意识到它是与我们有距离的、不属于我们这个时代的东西。20 世纪初的学者们放弃诗文评的理论框架而接受四分法的文学概论模式，不是对强势理论的屈服，而只是选择了适应当下文学经验的言说方式，因为他们面对的文学已不再是诗文集，而是诗歌、散文、戏曲、小说。从这个意义上说，文学理论的中、西问题，实质上是个古今的问题，是 20 世纪文学理论和 19 世纪以前文学理论的阶段性差异问题。照我的理解，古代文论确实就近似于博物馆的学问，但问题是博物馆的学问也自有它的价值啊！就像它所展示的艺术品，标志着特定时代的审美意识和工艺水平，除了给我们艺术史的知识，还能给我们许多智慧和美感的启迪。

孟繁华：你对目前文学理论的乐观估计确实超出了我的想象，这方面我们的认识还是有不小的距离。但你的提醒很重要，就是包括我在内的从事当代文学研究的学者，要注意你的这种观点和意见的存在，这个参照很重要。我的看法是，你的表达在理论上没有问题，但文学批评更是一种实践活动，有些理论上的阐释没有问题，但进入批评实践问题就出来了。还有，我也注意到陶东风、南帆编写的文学理论教材。特别是他们的批评实践，比如东风用“文化记忆”对《晚霞消失的时候》和梁晓声的批评，南帆文学批评对“中国经验”的强调，在批评家内部都引起过广泛的注意。但是，这时的他们“身份”都是“文学批评家”而不是文学理论家。现在是没有文学理论家的时代。

包括西方的"耶鲁四人帮"、杰姆逊等，他们离开了电影、建筑或文学，也很难发出声音。旧的"总体性"已经坍塌，新的"总体性"还没有构建起来。我们正处在这样一个理论背景之下。这是我们遇到的困难。

我要继续问你的是，记得你曾经提到，程千帆先生说过，中国古代文论是有系统的，只不过不是以系统的方式表达的。这句话给我深刻的印象。我们从事当代文学研究的人，大多是西方——特别是欧美文学理论培养、训练出来的，不大了解古代文论。你能具体阐释一下程先生的观点吗？

蒋寅：先师晚年的日记中的确提到过，"古典文学批评的特征"是"体系自有，而不用体系的架构来体现，系统性的意见潜在于个别论述之中，有待读者之发现与理解"。在1979年3月的日记中，他还记下了比较中西文艺理论得出的认识，以为中国文论"科学性、逻辑性不强，随感式的，灵感的，来源于封建社会悠闲生活"。这也是许多老辈学者和海外华裔学者的共识。这就目前存世的唐宋以前诗文评文献来看，倒也大体符合事实，但如果将明清以来的文论著作收入视野，那样的结论就不能不说是一种偏见了。它们在说明一部分事实的同时遮蔽了另一部分事实——也未必是刻意遮蔽，只不过是不了解而已。

在很长时间内，学界对明清两代的文论资料存世数量都不清楚。我在1994年编成的《清代诗学著作简目》，已收传世诗论、诗评书籍七百多种，失传待访书籍近五百种，二十多年过去，两类的数量合计已达1790种。再加上众多的文话、赋话、词话、曲(剧)话、小说评论，清代文学理论和批评著作将达两千余种。我不清楚整个欧洲在这近二百七十年间是否出版过如此众多的文学理论、批评著作？欧洲学者若忽视同一时期的书籍，就不可能产生韦勒克《近代文学批评史》这样的巨著。那么我们在忽略清代文献的情况下谈论古代文学理论、批评的传统，又能在多大程度上认清中国文学理论和批评的传统呢？最近我在《文艺研究》发表一篇论文，题目叫《在中国发现批评史》，针对历来认为中国文学批评属于感悟式、印象式的，没有成系统的理论著作，缺少真正科学意义上的理论范畴，没有严格的意义上的理论命题等等论断，以清代诗学所积蓄的历史经验和实践成果一一作了驳议，说明在清代严谨的实证学风熏陶下，文学研究也显示出学术性、专门性、细致性的特点，成为一门真正意义上的学问。具体内容无法在这里展开。有兴趣的读者可以浏览我已出版的《清代诗学史》第一卷及即将问世的第二卷。尽管如此，仍必须指出，古代文论只是古代文学的理论，不一定都适用于20世纪以后的文学。

孟繁华：现在学科的壁垒真是过于严明了。我们这么近的朋友都不了解你《在中国发现批评史》的文章。文章的内容对我们来说非常重要，我也会向我的同行和朋友推荐。接下来的问题是，1997年，当时我还在文学所文艺理论研究室。研究室联合全国三十余所院校，召开了“中国古代文论的现代转换”的学术研讨会。但是二十余年过去之后，这方面的研究成果似乎并不多见。以你的研究的体会看，是什么原因导致了这种状况？

蒋寅：“古代文论的现代转换”口号的提出，确实在学界产生很大反响，老中青各代学者都发表过不少论文，认为这是激活古代文论的生命力，甚至是建构当代中国文论的必要手段。但我对此不敢苟同，认为它是个伪命题，持同样看法的还有胡明、郭英德等先生。我们都知道，文学乃至艺术理论，都是同一定的创作经验相关的（对某种理想的鼓吹只是主张，不是理论），传统的文学、艺术理论，只要创作维持着传统形态，诸如书画、戏曲等，其理论就自然存活着，毋需转换；创作早已枯萎的，像试帖诗、律赋及许多应用文体，其理论也便死亡，转换也激活不了。所以我认为“中国古代文论的现代转换”是个没有意义的命题，而且“转换”一词更是个缺乏规定性、无法讨论的词语，根本就不适合用作学术概念。所以“转换”了二十年，既不清楚该怎么转换，也不知道转换了什么。我把自己研究古代诗学的系列论文命名为《古典诗学的现代诠释》，试图以今天我们对文学的理解来检视古代文论，阐明古人的诗学言说，理解古代文论中概念和命题的一般含义和特定语境下的所指，使古代文论成为可以理解和价值估量的理论遗产，向我们开放，和我们对话。马克思说，只有明白了人体解剖，才能懂得猴体解剖，古代文论也要经过“现代诠释”才能真正被理解。所以我不同意那种反对用西方文论来阐释、衡量中国古代文论或者说西方文学理论不适合中国文学经验的看法。还是老话，中—西不是地域的问题而是古今的问题，如果硬要说当代文学理论中不包含中国文学经验的话，那就要问20世纪以来的中国文学有没有自己的独特经验，我们有没有尝试对此加以理论的总结和提炼？

孟繁华：如果是这样的话，我完全同意你的看法。读你的《古典诗学的现代诠释》，非常受启发，但不了解其中还隐含着你对“转换”的“对话关系”。“现代诠释”要比“现代转换”准确多了。如果说“转换”不可能的话，“诠释”是完全可能的。中国的学术史，某种意义上就是对中国学术元话语的不断诠释的历史，或者是中国学术元话语的阐述史。在这个意义上，也就是克罗齐意义上的“一切历史都是当代史”。历史也是叙事之一种。历史只有在当代发生回响，才是有价值和意义的；这个回响，就是当代人对历史做出的新的诠释。古代文论同理，我们如果有能力对其做出新的诠释，有新解和新意，那么，它应用于当代中国文学批评的可能性就会更大。另一个问题是：杜书瀛先生曾是我们过去在社科院文学所的资深专家，他年届八十了还不断有新作问世，令人非常钦佩。他曾经提出“文艺美学诞生在中国”。张晶教授进一步强调：文艺美学在中国被提出，在中国的文化根基中生长，在某种意义上是瓜熟蒂落、水到渠成的结果。文艺美学介于美学和文学艺术之间，研究各门类之间一些共同的审美规律。文艺美学在框架上固然有足够的哲学美学的笼罩，但又有明显的经验层面作为学科基础。中国古代文论（我这里将传统意义上的文论即文学理论，扩展为文艺理论，将画论、书论、乐论等纳入其中）留下了那么多的论著、范畴和命题，在文艺美学的学科内涵中是难以取代的，它的当代价值、现实意义用不着我们外加给它，也用不着我们挂在嘴上，耳提面命，它是内在于文艺美学这个具有强健生命力的新兴学科的。或者直接地说，如果不是在中国文化的土壤里，不是在中国的文学艺术氛围中，不是在中国的文论传统的助动下，文艺美学的产生是难以想象的。你认为事情是这样的吗?

蒋寅:杜书瀛先生是所里我最尊敬的前辈学者之一,他的老学不倦、勤奋著述是给予后辈学者极大激励的榜样;张晶教授则是同辈学人中少见的思想锐利、善于发现和提炼理论问题的学者。他们两位的著作我都经常拜读,但您提到的"文艺美学诞生在中国"的命题,我没有思考过,也不清楚"文艺美学"的定义如何,英文怎么对译。照您上面的介绍,以"研究各门类之间一些共同的审美规律"为宗旨,那么和西方的美学好像也没太大的差别——美学不也经常被等同于艺术哲学,不也以研究各艺术门类之间共同的审美规律为指归吗?如果说文艺美学意在强调"有明显的经验层面作为学科基础",那美学或艺术哲学也莫不如此。在西方的许多大学中,美学讲席是设在艺术史系的,日本京都大学也是。众所周知,许多美学家比如丹纳、克罗齐、贡布里奇等,首先是艺术史家。连尼采也是个音乐家呢!真正的美学大概是无法纯粹以逻辑演绎来建构的,即便是黑格尔,也是熟悉艺术史的,只不过像那个时代的学者一样,都有知识的局限,对东方艺术殊乏了解而已。尽管如此,我觉得能从立足于经验的立场来确立对文艺美学的理论构建,不失为值得重视的思路。程千帆先生曾对我说过:"文学理论过去是一门课,谁都可以教。现在成了一门学问,培养的学生专门研究理论,反而不研究文学,讲起文学来就很隔膜。"我本人从研究诗歌史逐渐转向研究古典诗学,很大程度上也是有感于许多诗学研究论著,只是拿文学概论的框框来套问题,解读资料和分析论断都很平面化,离我理解的古典诗学差距很远。从上世纪九十年代初我开始研究古代诗学,深感古代文论研究的艰难:需要熟悉思想史,以了解古人的思维和言说方式;需要熟悉文化史,知晓古代文论概念和命题的来源;需要熟悉文学史,知道文论与特定写作经验的关系,理解某些理论言说蕴含的经验内容;需要熟悉批评史,明白某种理论倾向和批评话语在特定语境下的现实指向。这需要采取一种我称之为"进入过程"的历史研究,将理论问题历史化。总之,经验是理论的土壤,理论的生命力取决于解释力和有效性。如果将文艺美学作为一门理论学科来建设,它必须植根于中国文学、艺术的丰富经验，书法、绘画和诗文、戏曲在现代中国的不同命运，决定了相关部门艺术理论的价值消长和生命力，决定了我们仍须面对古—今即中—西的问题。

孟繁华：在当代文学研究中，有一种显而易见的“怀旧病”，在传统与现代之间，很多作家都选择了前者，批评家也摇旗呐喊推波助澜。这样的趋向给我的印象是：美产生在前现代，美学产生在现代。现代美学总结的是前现代的“美”，是现代摧毁了前现代的美。如果是这样的话，现代美学与“现代”就是一个悖谬关系。它如何应用于当代文学批评实践？

蒋寅：如果将“美”简单地定义为能让我们产生愉悦的形式，那么美就不能被前现代独占。和前现代相联系的“美”，只能说是古典美。事实就是这样，所谓“现代”很大程度上是与“古典”相对立的，现代艺术精神就成立于对古典美——崇尚宁静、和谐、均衡、对称的形式美的颠覆和破坏之上。在中国文学中，我将这现代性的源头追溯到韩愈，他正是被晚清杰出批评家刘熙载判定为“以丑为美”的诗人。我们都知道，现代性从它发生起就伴随着对其自身价值的怀疑和否定，这就是您说的现代美学与“现代”的悖谬关系。“怀旧病”不过是它表象化的呈现：享受着都市生活的繁华却怀念田园牧歌的乡村生活，搬进宽敞舒适的高层公寓反过来留恋胡同小院的嘈杂……这是人类情感之自然，我们通常会认为那种朴素自然的生活样式更符合人的本性。这其实缘于一种被美化的幻觉，理性地说，现代性毕竟极大地拓展、丰富了人们的意识空间，也给艺术创造带来更多的可能性。如果我们承认人类社会的发展动力就植根于提升自身能力的渴望，那么艺术的功能很大程度上就在于提升我们的感受力、想象力和表达能力，这可以成为当代文艺批评的一个基本标准。这一标准有着开放和多元的取向，与当代生活的多样化相一致。古典名画、歌剧虽精美，但不可能成天看；杜桑的《泉》虽被视为现代艺术经典，但不会有人愿意摆在客厅里。经典和时尚，高雅和通俗，在日常生活和艺术活动中分别占有不同的位置，满足人们的不同需求。清代诗人袁枚论诗“有工拙而古今”，对于今天的文学批评仍有启发意义。

孟繁华：旅美学者陈世骧关于中国文学的抒情传统提出后，在学界有广泛的讨论。中国文学的抒情传统与西方文学的叙事传统恰好形成了比较，我们与西方文学的差异性在这一表述中得到了确证。对这一结论你认为准确吗？

蒋寅：陈世骧先生有关中国文学抒情传统的论说，在港台学者间一直持续地产生反响，但大陆古代文学界似乎较少关注，也没有产生深入的讨论。我想这是因为陈先生对中国文学抒情传统的概括，是在跨文明比较的语境中提出的，是讲给外国人听的，放到中国文学内部来看，就因失去参照系而显得有点缺乏规定性。近年董乃斌先生针锋相对地提出中国文学也有强大的叙事传统，出版两种专著展开讨论，同样也理据充足，对抒情传统的论说构成重要的补充。我对这个问题考虑不多，如果非要我评价陈先生的结论的话，我可能只好说这是无法证伪的问题。

孟繁华：2018 年 11 月，王德威教授在北大做了"再论'启蒙''革命'——与'抒情'"的讲座。关于"再论'启蒙''革命'——与'抒情'"的讲题，王德威教授自述其旨要是"延续 2011 年在北大演讲的命题，提议纳'抒情'为一种参数，对中国现代'启蒙'与'革命'两大范式重做检讨；亦即将二元论述三角化，关注'革命''启蒙''抒情'三者的联动关系。此处所谓'情'意指感情、人情、世情；是人性的七情六欲，也是历史的情境状态；是本然真实的存在，也是审时度势的能力。'启蒙'无论如何诉诸理性，需要想象力的无中生有；'革命'如果没有撼人心弦的诗情，无以让千万人生死相与。更要强调的是，二十世纪的'抒情'话语总已扣紧时代的幽暗意识。对王德威的这一观点，你有怎样的评论？

蒋寅：我对现代文学没有研究，但对王德威教授的论著一直比较关注，看过他的《想像中国的方法——历史、小说、叙事》、《被压抑的现代性——晚清小说新论》。"没有晚清，何来五四"的诘问，将中国文学现代性的发掘上溯到晚清小说，在国内学界产生很大反响，给学人带来启迪的同时也引发一些质疑和论辩。我对这个问题没有考虑过，倒是看过一篇北大李杨教授的论文《现代性视域中的晚清小说研究》(《人文中国学报》第 17 辑),觉得他对王德威教授的评价比较中肯。他认为王德威的现代性观照仍落在冲击—回应式中国近代史观的思维模式中,未必吻合中国文学的语境,以致于他的“晚清现代性”给人主体和身份不够明确、“空洞而游移”的印象。李杨说这又与长期困扰人文知识界的总体性范畴“中国现代性”的悖论性处境有关。我因为讨论韩愈诗风变革的美学意义,发现韩愈是历史上第一个反古典反传统的作家,对他诗歌的评价由唐宋时期的毁誉参半到清初以来的全面肯定,正好与宋诗的经典化同步,显示出背后文化语境的转换。这样就必须与中国文学的现代性问题联系起来考虑了,为此我曾浏览近年出版的有关现代性研究的论著,一个强烈的感觉是,论者都以现代性概念与工业社会相伴而生为讨论前提,于是便不得不从“思想和行为则以科学的规律为指南”来把握现代性,使文学现代性的辨认总以社会、政治、科学等观念的确立为依据,就像王德威所做的工作那样。据一些学者说,“将线性时间——历史观的形成视为现代小说产生的前提已成为学界共识”,那么诗歌又以什么作为现代的标志呢?如果像小说一样,以表达的内容或观念作为现代性的依据,那么诗歌也同样只是我们想象历史的文本,它本身的现代性又在哪里呢?这么看来,文学自身的现代性好像还游离在文学的视域之外,不是么?

照我看来,诗歌的现代性就是诗性的现代性,说白了就是审美经验的现代性,而反传统和反古典应是题中基本之义。您提到的王德威教授在北大做的“再论‘启蒙’‘革命’——与‘抒情’”的讲座,应该就是阐发他在《抒情传统与中国现代性》一书中提出的“在革命、启蒙之外,抒情代表中国文学现代性”的命题吧?这个提法多少让我有点感到困惑:抒情是中国文学源远流长的传统,也是中国古典文学最基本的美学品格,为什么相对于革命、启蒙这些反传统、反古典的意识,它倒成了现代性的标志?或许他这里说的“抒情”有着特殊的定义,我尚不清楚,只是感觉革命·启蒙·抒情好像不是一个层次上的问题。但您既然提到这个问题,就促使我思考:文学的现代性,究竟应该从什么方面,用什么方式来把握?

或许在德里达之后，谈论现代性的人都生怕陷入传统—现代二元对立的理窟中。但我觉得这是绕不开的问题，现代性概念本身就隐含着与古典或传统的互文关系。一旦我们使用现代性概念，就意味着是在谈论某种非古典、非传统的东西。所以我理解的文学的现代性，就是反古典、反传统的特征或倾向。无论东方西方，古典和传统向来都是思想文化、道德伦理、文学艺术的最高价值所在，以古为尚的中国更是如此，没有人敢于公然地反传统，反古典。只有韩愈的“惟陈言之务去”，拒绝重复已有的东西，同时抛弃形式、技巧的所有规范，更不理会一切病犯和禁忌，这才构成文学史上第一次彻头彻尾的反传统、反古典思潮。这是不是可以看作诗歌的现代性追求呢？想想看，胡适们开始尝试的现代诗歌，不就是要抛弃一切传统和古典的规范、要素，同时废除一切禁忌吗？中国现代诗的别名——自由诗，早已坦露了现代性的实质。不受传统束缚的自由，正是一切现代艺术的核心。参照中国现代诗歌对自由的追求，我们有理由将韩愈诗歌的变革视为中国文学的现代性萌动。

孟繁华：最后我想请你谈谈，中国文学从古代到当代的研究，如何能够做到贯通？既有连续性、有呼应关系，又有时代性和中国性？

蒋寅：这个问题也是古典文学界经常在倡导、呼吁的“打通”的问题，我觉得只能作为理想的境界来追求，实际上很难付之实践。上世纪七十年代以来，知识积累的速度呈指数增长，以个人精力已很难穷尽一个学科的学问，于是专业分工日益细化。这不免带来学者知识面狭窄、视野不开阔的局限，大家普遍感到一种贯通的需要。但我想，贯通也只能是知识基础的贯通，而不是学术研究的贯通。要求一个学者从古代一直做到当代，肯定是不现实的，硬要这么做，一定很难在某一方面达到专精的境地。但关注不同领域的研究，尽量掌握多方面的知识，加强不同专业领域之间的对话，还是可以做到的，也是需要开展的。现在国内学界，文学理论和文学批评，外国文学和中国文学，现当代文学和古代文学，甚至诗歌散文和戏曲小说的研究者之间都很少交流，彼此不熟悉各方的研究。这种情况不加以改变，可能就很难整体提升文学学科的研究水准。

孟繁华:好！谢谢蒋寅兄。你古代诗学的知识背景,以及你对现代西学的了解,我非常敬佩。结合这两种知识背景对我提出问题的理解和回答也有很多启发。再次感谢!

(原刊于《中国当代文学研究》2019 年第 1 期创刊号)

关于“新诗与传统”的专题访谈

曾繁田　蒋　寅

曾繁田：现当代文学史通常认为，中国新诗并非接着古典诗歌继续写，而是放下古典诗歌另外写。首先请教蒋先生关于此问题的见解。

蒋寅：这个说法在我看来起码是片面的，可能只看到五四时期那些反传统的激烈言说而先入为主形成偏见，如果广泛阅读现代文学史上的作家作品，就会知道并不是那么回事。我十多年前所以写那篇《中国现代诗歌的传统因子》，就是想说明这个问题，现代诗歌在很大程度上保留了传统诗歌的基因。即便是看上去很洋化的徐志摩，我也举出他的名作《再别康桥》来说明，他的洋装是用古典针线缝制出来的。我全用古典诗歌的艺术表现手法来说明，那是一首地地道道用传统诗歌表现手法写成的作品，无论徐志摩是否意识到了。古典艺术对他们那一代人已经深入灵魂，想摆脱也摆脱不掉。这一看法在十年前可能还有点新鲜，现在已是常识，相关专著就有好几种。

曾繁田：后来从九叶派、今天派至今，大体上能否说是放下古典诗歌另外写？

蒋寅：如果从诗人主观方面说，大概可以这么认为。我曾在一次座谈会上听九叶派诗人郑敏谈到他们对传统的离弃，并为此感到懊悔。她晚年了解外国现代诗的意象化潮流之后，反过来关注古典诗歌的传统。至于今天派，大概可以说是放下传统另外写吧。以后的诗歌发展我不清楚了。

曾繁田：历史上的中外文化交融，给诗歌带来怎样的变革？

蒋寅：实际说来，中国历史上有三次变革，广泛吸收外来文化，并在冲撞中杂交融合，开出璀璨的思想花朵和艺术花朵。这三个时期分别是南北朝、唐代、五四，如果加上新时期就应该说是四次。诗歌经历这四次中外交融，产生新的面貌，可以说是诗歌史上四次美学风貌的大变革。

这四次变革，基本都是本土文化在外来文化冲击下，经历一系列过程，拒斥、冲突、吸收、融合、蜕变，最后焕发出新的面貌。不同之处在于，四次变革中起主导作用（或者说外来文化中构成主要冲击力量）的核心要素不一样。

六朝时期主要是佛教文化，以思想和语言为主导；唐代主要是西域即中亚文化，以生活习俗和艺术为主；五四主要是欧美资本主义文化和经日本转输的左翼文化，主要是政治制度、现代科学知识和价值观念；新时期则是外部世界观念和影像的全方位涌入，多元的观念和生活方式像压缩饼干一样杂糅、浓缩起来，让人难以消化。结果，六朝文学带来新的思想意识和关注点，唐代文学出现丰富多彩的生活内容，五四文学表现为思想和语言的变革，新时期集中于形式探求以适应思想内容的表现。这只是很粗浅的概括，贻笑大方。

曾繁田：语言的变革从五四开始，而五四新文化运动的主导力量是科学与民主。是否可以说，文学以外的力量从根本上影响了诗歌语言？

蒋寅：语言的变革不是从五四开始的，文学语言的变革也并非始于五四，这个问题可参看范伯群先生的有关论文。五四的意义，就是使新文学成为一个“运动”。一般来说，文学的变化虽发生在文学本身，但促使这些变化发生的力量，通常都来自外部。五四新文学运动乃是特别典型的案例。

曾繁田：五四运动光芒万丈，可是文学变革似乎成了社会变革的副产品。这是否具有文学史自身的合理性？

蒋寅：白话诗运动肯定有其适应时代发展的正当性，但在今天看来，五四运动彻底的反传统立场显然有过激之处。它将诗歌之发展限定于口语一路，甚至以抛弃上千年积累的语言修辞技巧、牺牲中国语言固有的美感要素为代价，无形中就限制了现代汉语诗歌发展的空间，扼杀了诗歌发展的多样可能性，使诗歌的技术水准退回到较低的起点上。幸好民国间的诗人自幼熟读古诗文，像郭沫若、徐志摩、何其芳等，对古典诗歌都有很好的修养，才不至于白手起家，将新诗的水准降得太低。

曾繁田：作为诗歌语言，现代汉语和古代汉语最根本的区别是什么？

蒋寅：现代汉语同古代汉语的区别，主要是文语和口语的不同。我们今天说的话，大概和五六百年前的口语差别不大，但清人写的古文却与一千年前甚至两千年前的文章一样。现代汉语同古代汉语的差别，如果从翻译的角度说，一定大过中文和英文的差别。罗伯特·彭斯的诗可以直接对译成现代汉语，但唐诗不可以。就诗歌语言来说，现代汉语以双音节词为主，古代汉语以单音节词为主，单位不同，音步不同，感觉就完全不一样。

曾繁田：不同时期，某些变革方向截然相反，例如唐代确立律诗，而新时期盛行自由诗，是什么原因造成的？

蒋寅：艺术的本质就是一个寻找形式的过程。特定时代的艺术意志，都要为自己找到一个合适的形式，能找到这金羊毛，就成为一个时代的代表作家。但同时存在一个悖论，艺术的生命在于创新，在于否定，形式的完成也就等于死亡。唐代近体诗确立是完成的标志，同时也是死亡的开始。正像人在青年期到达生命力的顶峰，随后开始衰老。

唐代近体格律形成后，杜甫、韩愈等作家就开始了古体诗的自觉创新。在近体格律形成前，人们没有古体诗的体制意识，此后反而有了。从近体到古体，是一个新的寻找形式的过程。表面看上去是规则从收到放，其实质是相同的，在寻找新的规则。从格律诗到自由诗，也是如此，又是新的寻找形式的过程，看上去也是从收到放。但不要忘了，其间也有人尝试建立新格律诗，比如闻一多、朱湘等人，这就是从放到收。无论是放是收，本质上都是在寻找一种适应表现需要的形式。

自由诗作为诗体，并不比格律诗更好驾驭。同时擅长两种诗体的人都深谙这点，郭沫若是典型的代表，他认为旧体诗反而更好写。只要押韵合平仄就像是诗，自由诗不经过深思熟虑，没有很好的立意和形式感，写出来根本就不像诗。

曾繁田：仅就现代诗歌的语言来说，蒋先生对其总体成就作何评价？您比较认可哪些现当代诗人的语言？

蒋寅：上世纪九十年代以后的诗我读得很少，只看过于坚、同事周瓒的诗集，还有一些诗人零星的作品。此前的诗我还是比较喜欢“九叶”和“今天”两个群体的语言。其实现在年轻一辈作家，少年时代已经有很好的古诗文修养，像《万物生长》的作者冯唐，一看就知道古典诗文根基很好。但偶看当今的小说，总体感觉是文学语言普遍没什么“文学”味了。最近看了一本法国作家乔治・莫尔的《我的死了的生活的回忆》，觉得像他这样的语言才叫文学。

曾繁田：九十年代以后为什么读得少了？先生读过于坚的诗，作何评价？

蒋寅：自己的研究转向清代诗学，要阅读大量文献，加上学术界在教育管理部门的各种诱导下变得越来越忙，连我们这些不属于教育系统的人也疲于应付各种事务，再也没有闲暇读新诗。于坚的诗是研究当代诗歌的朋友推荐给我读的。当时阅读的感觉还是不错的，在表现力方面，确实有不同于前人甚至超过前人之处。那是十多年以前了，具体已记不清。

曾繁田：蒋先生曾专门写文章，以“意中之象”辨明“意象”概念。美国意象派诗人庞德笔下“这些面庞从人群中涌现，湿漉漉的黑树干上花瓣朵朵”享有盛名，先生对这首诗作何评价？

蒋寅：庞德这首诗只不过是白居易《长恨歌》“玉容寂寞泪阑干，梨花一枝春带雨”的翻版，古典诗歌省略了一些语法成分，造成本体和喻体的意象叠加，让外国人看起来很新鲜。其实现代汉语诗歌有比古代汉语诗歌远为复杂的修辞，如郑愁予《错误》“那等候在季节里的容颜，如莲花的开落”，就比白居易的修辞复杂得多，古典诗歌的体式承载不了如此复杂的修辞。

曾繁田：庞德把《地铁站上》这首诗删得只剩下两行才满意，并且说是“一刹那思想和感情的复合体”，蒋先生对此作何评价？

蒋寅：我觉得这只是西洋人初次接触到东方艺术所产生的震惊和肤浅理解的结果，以至于形成像是日本俳句似的艺术表现。庞德的诗显然更近于俳句，以中国古典诗歌来衡量，只能算是一联，如同上举白居易两句，没有中国人会认为这是完整的诗。日本的俳句，按中国人对诗歌的感觉和要求来说，大概也只能算是个片断，离完整的诗还有距离。

比如俳圣松尾芭蕉的名句“古池や　蛙飞び込む 水の音”，共十七音，用假名写作“ふるいけや　かわずとびこむ　みずのおと”，网上有翻译为：“闲寂古池旁，青蛙跃进水中央，水声扑通响。”若直译，就是“古池塘，青蛙跳入，水之音”，可以约作中国古诗七言一句“古池蛙跳水波鸣”，这自然不能视为完整的诗。另一首“この道や 行く人なしに 秋の暮れ”，就更典型了，直译是“古道无行人，秋之黄昏”，明显是套唐代诗人耿沣《秋日》的“古道无人行，秋风动禾黍”一联，还少了风拂禾黍的内容。

曾繁田：“意中之象”的得来，与体认、顿悟、情识、觉解这样一种思想方式是否有所关联？

蒋寅：这个问题比较复杂，很难简单做一个结论。我的理解是，“类比”在中国人的思维方式中占有突出位置，与道家的自然观相结合，就很容易形成以象征性为骨干的意象思维。所谓“意中之象”，也就是苏珊·朗格所说的“艺术幻象”，唐代诗人已经有了明确的认识和表达，戴叔伦说的，“诗家之景，如蓝田日暖、良玉生烟，可望而不可置于眉睫之前也”。

曾繁田：“艺术幻象”这个说法真好，一下就说清楚了。譬如我有个思想不直接说，而是转换成物象说出来，再由读者转换回去，了解那个思想，“多义性”和“模糊性”往往随之增加。对于作者来说那并不是幻象，对于读者来说则有可能是幻象，这种由修辞产生的幻象，是不是“意中之象”？“意中之象”并不一定是浑然兴发、和盘托出，也可以是“造象”吗？

蒋寅：我们一般使用的意象概念，可以这么理解。所谓意象，指的是一个文本的既成事实，并不管它是为文造情，还是为情造文。

曾繁田：蒋先生指出，从九叶派开始，精神内容、语言风格、艺术表现都远离古典而走向现代，先生谓之“中国现代诗歌成熟的标志”。当我们说，九叶派比新月派成熟一些，今天派比现代派成熟一些，成熟的标准是什么？

蒋寅：我的理解是，诗歌语言的精炼和有表现力。九叶派的语言比新月派更简洁而有意义深度，今天派的语言又比九叶派更有张力和思想深度。九叶派还较多个人化的内容，今天派则表达了一个时代年轻人的精神取向。艺术以独特性而成立，但伟大的艺术必与某种普遍性相连。舒婷那首写渤海二号之难的《风暴过去之后》，我曾读过很多遍，不知道像这样的诗现在还有没有？如果很少，那未免是诗歌的贫血。

曾繁田：蒋先生论及，随着新诗写作经验的积累和白话文的成熟，诗人们逐渐远离传统。白话新诗成熟与诗人远离传统，这两个现象是偶然并存，还是有某种逻辑关系？

蒋寅：我想可能是偶然的现象，没有必然的逻辑关系。我相信，创新不一定要以牺牲传统为代价。晚近有人（比如李审言）坚信在传统的骈俪文辞上能走出一条成功之路，但这种声音不被听取，失去了一个实验的机会、一种可能性。骈俪文辞是汉语形式美的结晶，放弃了这一部分优美品质，现代汉语会是很贫瘠的语言。好比中国菜，去掉炒、炖、氽、蒸、醉、糟、腊各种特色烹饪之法，那就只能做炸鸡和汉堡了。

曾繁田：胡适说，我们不是要“全盘西化”，而是要“充分现代化”。对于中国新诗来说，无论是“西化”，还是“现代化”，都必须背离传统吗？

蒋寅：当然不是，但这个问题无法笼统回答。西化是空间维度，现代化是时间维度，我想胡适的话只能是就思想意识而言，若就诗歌语言而言，又有什么西化和现代化可言？我不喜欢用中、西这样的地域概念来讨论问题，西化和现代化也不是一个维度上的概念。

曾繁田：蒋先生说过，“一个民族文学的古今差异远甚于同一时代文学的民族差异”。可否这样理解，“现代诗歌”是第一位的，“汉语诗歌”是第二位的？

蒋寅：我原话是就文学理论建设而言的：古代文论只适用于古代文学，难以解释和批评现代文学。从创作来说，恐怕语言永远是第一位的，首先是汉语诗歌，然后才是现代诗歌。我不知道有超越民族语言的现代诗歌。

曾繁田：就新诗而言，蒋先生喜欢徐志摩、何其芳两人的诗作，并著文分析，从新月派到现代派都不乏传统因子。同时您又指出，强烈排斥传统的诗人，从九叶派到今天派取得了最高成就。似乎蒋先生偏爱浸润传统的诗人，又推崇排斥传统的诗人？

蒋寅：我们说自己喜欢什么，通常是表达个人趣味，这与评价是两回事。我喜欢肖邦，绝不意味着我认为肖邦比巴赫伟大。我喜欢徐志摩和何其芳，也只是个人趣味，而且是青年时代的趣味。我读现代诗歌主要是在三十岁之前，上世纪八十年代在南京大学读博士，曾将中文系资料室所有的现代诗集都借来读过。我认为今天派成就更高，是就总体成就来说的。或许应该将我的结论限制在九十年代以前。

我确实从现代诗歌的发展中感觉到一个吊诡：从理论上说，传统是民族艺术的源泉，汲取其营养一定比彻底抛弃它更可能成功。然而中国现代诗歌的实践表明，对古典诗歌具有良好的修养同时也有意识地发挥这方面长处的诗人，像俞平伯、沈祖棻等，并没有取得很高的成就，而恰恰是强烈排斥古典传统的诗人，从“九叶”到“今天”，取得了二十世纪中国诗歌的最高成就，达到迄今为止现代汉语诗歌的艺术顶峰。这只是我个人的判断，学界未必同意。

曾繁田：回顾新诗百年的历史，通常认为中西结合的成绩平平，彻底西化的斐然有成。面对这种状况，先生对“融会古今、贯通中西”这样一种诗学主张有何看法？

蒋寅：语言既是民族感觉和思维方式的结晶，同时又决定了我们感觉和思维的方式。意大利语适合演唱，是因为元音多；日语具有较大的模糊性，是因为语法结构松散；汉语习惯用对偶表现，首先是因为它是单音节的语言。现代汉语已经有相当多的欧化成分，古典的成分当然也保留了不少。融会古今、贯通中西，在语言上是自然的结果，诗歌也不例外。

冯至《伽利树》用商籁体写传统范式的咏物诗，卞之琳用自由体表达《老子》的哲学理念，李金发用文言色彩浓厚的诗歌语言营造象征主义诗风……对任何时代、任何国度的艺术家来说，民族传统和外来文化都是一种资源。

古代中国人崇尚传统，就不用说了。另一方面，除了闭关锁国的时期，中国人从来都乐于接受外来文明。唐代社会流行西域文化，现在看来，唐诗绚丽多姿，很大程度上得益于文化上的开放交融。对今天的艺术家来说，古和洋更是不同的资源，得到多种文化的滋润，一定比自我封闭更好。东海西海，心理攸同。人类情感是相通的，不同的只是表达方式。了解外国文化和文学，能开拓和丰富我们的艺术表现。

曾繁田：现代派以来，新诗背离传统而达到了艺术高峰。达到高峰之后，新诗还需要传统吗？部分当代诗人有意识地回归传统，新诗的水准会不会因此而下滑？

蒋寅：我想一定不会的，传统是一种资源，就看怎么用。知道古人怎么做菜，只会让我们的烹调技术和滋味更丰富，而不会让饭菜变得更难吃。

曾繁田：粗略说来，现当代诗歌有三种变化并行：承接古典诗歌传统逐渐薄弱，学习西方现代文学逐渐深入，新白话整体上逐渐成熟。蒋先生感觉到的悖论能否这样解释，过去一百年里，新诗的成就主要取决于新白话的成熟。

蒋寅：我觉得这么看是符合实际情况的，白话文学尝试了一个世纪，理应由幼稚走向成熟。但作为学术化的表述，似乎应该说“取决于白话文学语言的成熟”比较恰当。

（原刊于《儒风大家》2015年第2辑）

边鼓集

拥有一切的人，
人们将把一切留给他；
一无所有的人，
人们将剥夺他的一无所有。

——让·波德里亚

胡大雷《〈文心雕龙〉的批评学》序

批评之成为学问，似乎到九十年代才为国内学术界意识到，若干批评学概论著作继踵问世，但较文学原理著作已太晚而且太少了。究其原因，难道是中国缺乏文学批评的传统吗？倒也不然。在中国古代，对文学批评的重视、批评成果的积累和实际成就远过于文学理论。最初问世的几种研究古代文论史的著作都命名为“批评史”，正是这种历史的反映。然而即便如此，我们的古代文论研究主要还是集中于理论分析，对批评较少关注。像谭帆《中国小说评点研究》、张伯伟《中国古代文学批评方法研究》这样专门并有深度的研究，并不多见。我隐隐感到，学者们对批评之为学，还是不免轻看。研究古代文论的人固然都盯着理论，而研究古代文学即做古代文学批评的人也很少对批评本身进行反思。结果，不仅对古代作品的艺术批评在技术水平上总不能有较快提升，对批评学的总结和反思较现当代文学界更是明显地滞后，迟迟不能上达。为此，当几年前大雷兄告知他要做《文心雕龙》的批评学研究时，我极为赞同，以为这是一个很有学术眼光的选题，而且非大雷兄不能做好这个题目。

依我的理解，文学理论乃是一门经验学科，其认识框架和基本结论建立在对文学创作实践的丰富知识和深入研究之上。历观古今中外杰出的理论家，无不兼为优秀批评家，精通文学史，对某种文体、某些作家有深入的研究。可以断言，一个杰出的理论家必定是优秀的批评家，而一个卓越的批评家也必定具有出色的理论见解。远的不说，只要看看二十世纪的大家，像爱略特、克罗齐、本雅明、巴特尔、韦勒克、弗莱、布罗姆，就可以知道此言是否有理。当代中国的文学理论，所以鲜有建树，根源也不外乎理论家很少研究文学创作，对文学不具有深刻的理解，因而他们写出来的文学理论，不是照搬别人的就是错的。新时期二十年向西方学习的结果，只学会了像别人那样谈论文学，却没学会像别人那样研究文学。更糟的是邯郸学步，非但未得其美，连自己的故步也忘却了。中国古代文学理论的传统，恰恰是与批评紧密结合，所有杰出的理论家首先是出色的批评家，许多人同时也是不错的作家，他们的理论来自于对他人作品的细致揣摩、研究，印证以本人的创作经验，所以往往有独到的造诣。他们的理论总是依托于丰富的创作经验，有强有力的批评实践支持，在很多情况下，理论见解正是在批评中不经意流露和表达出来的。即使是《文心雕龙》这样体系井然的文章学理论著作，其间也包含着大量的作家作品评论和文学史论，让人感到作者的所有结论都是由具体的文学批评和文学史研究中自然生发的。如果我们不能理解这一点，又怎么能理解《文心雕龙》呢？

问题的确就是这样，不深入研究文学，就谈不上研究文学理论；而不研究古代文学呢，当然也就谈不上研究古代文论。对古代作家作品的批评是古代文论的基石，也是我们接近、进入古代文论的台阶。批评，成为我们和古代理论家交流的通道，成为古今人迈向理论境域的共同的桥梁。从这个意义上说，只有具备古代文学批评的知识和实践，今人才具备理解古代文论的能力，才拥有与古代理论家沟通、交流的资格。记得我们刚入学不久，先师程千帆先生就给每人发了一套《文心雕龙》所涉及的古代作品汇编，那是先师平生最服膺的刘永济先生编纂的读本。前辈学者就是这样研读《文心雕龙》的，同时要研究刘勰研究的对象。正因为如此，我才感到，《文心雕龙》批评学这个题目，非大雷兄不能做得好。因为他潜心攻治中古文学已二十年，刘勰主要批评的汉魏六朝文学，也是他专攻的领域。从《中古文学集团》《鸿沟与超越鸿沟的里程》(中国古代文言小说史)、《文选诗研究》到《诗人·文体·批评》，我分明看到大雷兄从文学史研究、文体史研究走向文学批评研究的稳健的脚步。根据我自己的体会，这种学术视点的转移，大约与学术史的意识，与批评经验的升华有关。在对一个对象有深入研究之后，就比较容易理解前人的立场和看法，而对后人不免隔膜的见解不以为然，进而萌发自己重作阐释和评价的冲动。我自己就是这样从唐诗研究走向诗学史的，不知道大雷兄是否有同感。

千帆先生曾在《古典诗歌描写与结构中的一与多》一文中指出："从理论角度去研究古代文学，应当用两条腿走路。一是研究'古代的文学理论'，二是研究'古代文学的理论'。前者已有不少人从事，后者则似乎被忽略了。实则直接从古代文学作品中抽象出理论的方法，是传统的做法，注意这样的研究，可以从古代理论、方法中获得更多的借鉴和营养，并根据今天的条件和要求，加以发展。"从古代文学作品中抽象出理论的方法，当然是通过批评来实现的。文学批评是文学理论的生命所在，由文学批评入手探讨文学理论，是触摸文学理论生命之本的努力。一切有成就的学者都是由此努力而获得成功的，包括大雷兄师从的詹锳先生。

詹锳先生是古代文学领域少数有多方面成就的杰出学者之一，尤以《文心雕龙》和李白研究享誉学林。大雷兄承先生专家之学，多年来成就洗练、通侻的学术品格。这部《〈文心雕龙〉批评学》探讨的问题，涉及刘勰文学批评的各个方面。第一章论刘勰对待批评对象材料来源的重征求验，第七章论刘勰对历代批评家的批评，第九章论"见异"的方法论原则，第十章论刘勰的批评观，都显出作者对文学批评原理本身的重视，陈义相当之高。第四、五、六三章分别从作家风格、个性和政治的角度分析《才略》《体性》《程器》，第八章论批评的戒忌，也剔抉得极为细致，有作者一以贯之的思考周密的特点。文章具在，毋须枚举评说。值得指出的是，书中各章都是在论文的基础上形成的，写得很结实，不像时下许多书，一把小米煮一锅粥，学术含量稀薄。大雷兄这部著作，我相信是经得起时间销磨，有生命力的。

昔大雷兄《文选诗研究》杀青之日，驰书征序，倏忽竟已四载，不觉岁月去人之速，悚然心惊。无以自慰，无以自解。学者的生涯岂非就是如此往来于文字——毕生精力消磨于青灯故纸，一腔心血化作三两卷书？往者不可追，来者不可待，惟有读之思之奋笔而书之的至乐，让生命变得生动而充盈。惟此之故，每见友人有新书授梓，都内心溶溶如有新生命诞生的欣喜。书稿读毕，思如潮涨，乘兴落笔，以为小引。时二〇〇三年六月二十一日，同学弟　蒋寅并记。

（原刊于《书品》2005 年第 1 期）

熊飞《张九龄集校注》序

张九龄是盛唐前期的著名作家，也是继张说之后主持风雅的文坛盟主，他在唐代文学史上地位之重要是不言而喻的。但奇怪的是，他的创作似乎一直未受到应有的重视，他的著作既没有得到完善的整理，研究论著也远不及盛唐其他名家之多。在熊飞先生的《张九龄集校注》授梓之前，学界还没有一部张九龄集的全注本。正因为如此，当熊飞先生告知《张九龄集校注》完稿，准备付印时，我说不出的欣慰。毕竟从最初听到他谈整理《曲江集》的计划，到如今成书，又是几年过去了。人生有几个几年呢？几年又能做多少事呢？“青春谁解看花去，白发真成秉烛游”，人过中年，对此体会得越来越深。

熊飞先生是唐代文史专家，长年从事唐代文史研究，尤其致力于文献考证，积久功深，多所创获。这部《张九龄集校注》是他潜心研究、厚积薄发的成果，也是深入研究张九龄的心得的结晶。在此之前，他先完成了《张九龄年谱新编》（香港教育出版社，2005），将张九龄的生平经历和创作活动作了详尽的系年，这项工作为他校注全部《曲江集》奠定了基础，也使他的整理和注释工作超出现有成果，达到新的水平。

《曲江集》的整理和注释本目前已有两种，一是刘斯翰先生校注的《曲江集》（广东人民出版社，1986），一是李玉宏先生校注的《曲江集》（当代中国出版社，2004），两者都不是全注本，只校注了全集二十卷中的四卷诗。熊飞先生的《张九龄集校注》对全部二十卷作品都作了校注，其难度和工作量首先就超过了前人。当然，熊飞先生的贡献绝不只是这一点，他的校注在使用版本和校勘的完善上更令人瞩目。刘、李两种整理本，对底本并未郑重推敲，参校的版本和文献也只寥寥三数种，而熊飞先生则是在比勘《曲江集》存世的近 20 个善本后，才选择了《四部丛刊》本二十卷为底本的，这从校勘学的角度来说首先就值得称赞。他除了参校唐代文献整理必用的《文苑英华》《唐文粹》《全唐诗》《全唐文》等权威性总集外，还选择二十卷本和十二卷本中七个有代表性的版本加以对校，择善而从，同时尽可能地将各本异文保存在校勘记中。这使他的校勘具有总结性的意义，为学界提供了丰富的参考资料。

熊飞先生的注释也较前人有不少进展。他凭借多年考索唐代文史的积累，尽可能地吸收近二十年新出的成果，更济之以自己近年治《曲江集》的独到心得，为张九龄全部诗文做了详赡的注解，同时也澄清、纠正了张九龄研究中的一些问题和错误，使《张九龄集校注》成为一部体现当代研究水准的完备注本。值得注意的是，作者还对张九龄作品进行了补辑。这项工作以前《全唐诗》《全唐文》及温汝适整理本也做过，但受条件限制，辑录作品还不够齐全。熊飞先生这次又补辑了《谢公楼》《游洞门题陈氏丹台诗》诗及《故中散大夫并州盂县令崔府君夫人源氏墓志铭并序》《（唐赠）陇西县君牛氏像龛碑》等诗文，为研究者提供了新材料。本集所收的一些诏敕类文章，原为节录，这次熊飞先生也据《册府元龟》《唐大诏令集》《文苑英华》等总集辑出完整的文本，如《籍田赦书》据《文苑英华》补足大段佚文，《后土赦书》也据《唐大诏令集》补足大段佚文。对温汝适等人辑自史籍、未注明出处的篇章，都据最佳原始文献重新过录，注明出处，同时还删除了《全唐文》误收的白居易《敕新罗王金重熙书》一文及四库馆臣误窜入《曲江集》的《百煞经》等论断及歌诀十八篇。这一番精细的考订，保证了《张九龄集校注》的学术价值和学术水准，同时也显示出熊飞先生严谨求实的学风。

我和熊飞先生相识是在上世纪九十年代初，对唐代诗人戴叔伦的共同兴趣将我们联系到一起。当时他在咸宁师专学报工作，也留意戴叔伦事迹和作品的考证。我的论文发表后，他来信同我切磋，又撰文对我的作品辨伪和生平考证加以补充，我拜读他的论文，很佩服他读书之细和思理的缜密。我给他投了《戴叔伦两居江西辨证》一稿，刊登于《咸宁师专学报》11 卷 2 期(1991)。从此以后，我们既是作者与编辑，又是切磋学问的同道和朋友。虽天各一方，难得晤面，但始终保持联系，我从心底一直视他为兄长和诤友。

2000 年，熊飞先生移席韶关大学，获得更好的发展空间，我很为他高兴。后承他惠寄新著《张九龄年谱新编》，知道他因执教于张九龄故乡而发愿整理张九龄全集，又暗自为他叫好。张九龄不仅是韶关人的骄傲，也是广东的文学始祖。清代诗论家溯源广东的诗歌传统，总是奉张曲江为开宗初祖。翁方纲《石洲诗话》卷一云："明顺德薛冈生序南海陈乔生诗，谓粤中自孙典籍以降，代有哲匠，未改曲江流风，庶几才术化为性情，无愧作者。然有明一代，岭南作者虽众，而性情才气，自成一格，谓其仰企曲江则可，谓曲江仅开粤中流风则不然也。曲江在唐初，浑然复古，不得以方隅论。"又云："曲江公委婉深秀，远出燕、许诸公之上，阮、陈而后，实推一人，不得以初唐论。"他一方面肯定张九龄作为岭南诗歌初祖的地位，同时更强调了张九龄作为初盛唐之交文坛盟主的超地域、超时代意义。身为韶关当地的学者，整理张九龄诗文集，表彰张九龄的文学业绩，自是义不容辞的职责。翁方纲曾遗憾地提到"近时粤中所刻曲江公集，颇未精校"，现在有了熊飞先生的校注，足以告慰覃溪于九泉。

熊飞先生以书稿杀青，行将上梓，驰书嘱我写个序。回想当年往来论学之乐，计仰交于先生忽已二十年，披览先生新著，欣抃之情不啻如自己的笔墨，因略述作者平素用功之勤及成书体例之善，以告读者，并志二十年交谊云尔。金陵生蒋寅谨撰，二〇〇七年清和之月于中国社会科学院文学研究所。

（原刊于《人民政协报》2007 年 12 月 17 日）

张静《唐五代两宋诗法著述研究》序

这已是张静的第三部专著了！虽然我从来不以数量来评价学术，但是也很看重数量，不断有著作出版，起码说明作者很努力，写作很勤奋。写作勤奋对于提升学术水平和能力都是很有帮助的。因为在我看来，写作绝不是想法的简单表达，它本身就是思想形成、丰富和深化的过程。我自己常有这样的体会，一篇论文在动笔写作时往往只有一个粗略的想法，写作中仔细品读文献，不断激发出新的想法，产生新的问题，有困惑难解的苦恼，也有思路大开的兴奋。等到论文杀青，所有内容和想法已和动笔之初相去甚远，不可以道里计了。写作是能增长学问，提升能力的，我深信这一点，平时总是要求学生多写作。

张静在北师大读博士的时候，就显示出很强的写作能力，写文章极快。这是才思敏捷的表现，我甚至觉得她的思维比笔还要快很多。每见年轻学人，聪明的不用功，用功的又不聪明，而张静却是聪明而又能下笨功夫的。我还很少见到女生这么勤奋读书、写作，她在上海大学读硕士时，由特聘教授王兆鹏兄指导。我当时正任北师大“京师学者”特聘教授，她来投考时，兆鹏兄的推荐信用学习狂来形容她，给我印象很深，我想象不出现在的研究生学习能狂到什么程度。事实上三年下来我也没看到她狂到哪里，只是作业都完成得毫不费力，还参加兆鹏兄的项目，写了不少字数。凭借硕士阶段的积累，她的博士论文以《北宋书序文研究》为选题，这方面我没有研究，论文内容都是她自己构思、写作的。旁人忙到五六月要答辩了，还在突击，张静好整以暇的，寒假过年后返校，没多久就完稿了，写了 35 万字。我也提不出什么意见，只有一些小地方略作调整。以至于答辩时坐在导师的位置上，听她陈述论文，就好像在听别人指导的论文，自己没教过她什么。

博士毕业后，张静到北京语言大学随韩经太教授做博士后研究，选择诗法作为研究对象，两年写成出站报告《中国古典诗法研究》，后来成为她的第二本专著。我还在为她这一成果感到欣慰，不料她第三部书稿又已杀青。最让我惊异的是，若非眼看着这些专著一本一本出来，根本就不会感到她在用功。张静性情开朗，爱热闹，喜爱影视，又热心环保公益活动，救助流浪猫狗等，微信上的她经常出现在学校的各种活动中。平时在群里也很活跃，常用极尽夸张的方式称赞别人。在群里赞扬老师，每让我有一种日月神教教主的感觉，明知是玩笑，也很有喜剧感很开心。所以我想，她的用功不是一般意义上的那种焚膏继晷、矻矻不休式的用功，而是做研究时能非常专注和投入，一种拼命三郎式的全身心投入。这样，她的颖悟就总能源源不断地给学术注入活力。

张静从宋代文章学研究跨界到诗学的田野里耕作，虽然与在韩经太教授门下做博士后研究有关，但她以诗法名目研究作为出站报告的选题，直接动因可能出自精读《文镜秘府论》。有若干年头，我苦于学术活动较多，不能每周按时上课，就在七月初集中十几天带研究生们读书。有一年读《文镜秘府论》，其中讲到一种“生杀回薄势”，讨论时张静马上就想到一个诗例，大家都觉得很有意思，我说可以再找一些例子，写成一篇文章。当时只是随便一说，没想到她不久就写成一篇短文交来，我觉得很适合于《古典文学知识》，就推荐到该刊发表。或许就是这篇短文引发了她的兴趣，后来说想申请个课题，专门考究古代诗论中有关诗法的各种名目。这倒确实是一个挺有意思的课题，而且还没有人涉猎，我甚是赞同。

很快她的博士后出站报告顺利写成，并以《器中有道：历代诗法著作中的诗法名目研究》为题出版。这项工作需要爬梳大量的诗学文献，而类似的集中翻阅文献的工作最容易激发理论思考，产生独特的理论问题。张静在整理诗法资料时，又发觉目前的古代文论研究较多关注形而上的理论命题，对诗法这类形而下的诗学问题缺乏研究，于是萌生继续写作《唐五代两宋诗法著述研究》的念头。这就应验了聪明人下笨功夫的效应。诗法在古典诗学体系中属于文本范畴的内容，大概到唐代诗学中才开始讨论。张伯伟教授曾将唐代诗学界定为规范诗学，这就初唐到晚唐诗格的主流而言，当然是符合事实的。但从《文镜秘府论》保留的王昌龄诗论来看，盛唐时期诗学的着眼点已开始由讲格式病犯的诗格向讲文本内部构成的境象论和意指关系的意象论过渡，到中晚唐发展为阐明心物关系从而总结取象立意原则的中级诗学，到宋代进一步在造句、用典及修辞学的层面拓展，形成古典诗学中属于诗法范畴的丰富内容。这是古典诗学历史上理论体系和言说方式变化、发展、丰富程度最剧烈的时期，不仅古典诗学体系的理论框架基本奠定，古典诗学在技术层面上的丰富内容也基本得到充实。张静这部专著，在严格辨析“诗法”概念的前提下，取唐代诗法著述35种、五代诗法著述12种、宋代诗法著述21种，在充分吸收前人成果的基础上做了更细致的研究，逐一讨论了各书涉及的诗法内容，并对失传的22种诗法作了钩沉、发掘性的论述，使我们对唐宋间诗法的著述和流传有了较完整而细致的认识。在这番工作之上，张静最后对诗法著述的编纂特征和体系建构提出了一些总结式的论断，并通过前人对诗法著述的正面肯定和负面批评揭示了诗法著述的理论、批评价值和不可避免的缺陷。这些从扎实的文献研究中获得的结论，对于我们辩证地认识诗法著述的独特价值，理解它们对于古典诗学体系建构的参与意义，无疑是很有帮助的。这是我读书稿的一点印象，随手写在这里。

先师程千帆先生不给自己指导的学位论文写序，只有曹虹师姐的《阳湖文派研究》是个例外，因为只有她一个女弟子。我秉承师门遗规，也不给自己指导的学位论文写序，现在女弟子多了，更连女弟子也没有例外。张静的诗法研究非我指导，做得如此有成绩，忝为一日之师，当然非常欣慰，也很引以为骄傲。千帆先生在我们读书期间基本上不表扬学生，我们都习惯了；我自己指导学生也很少表扬，以至于学生们常以为自己不副老师的期望，而不免自愧自责。面对这种情形，我不得不反思，学生们是不是太缺乏表扬了？张静大概也是表扬匮乏症的患者之一吧？现在我很想追补一剂表扬，为她的优秀和努力，以及对诗法研究的贡献。相信学界终会意识到，她的工作是对中国诗学研究的一个重要补充。对诗法的关注，将与近年学界对诗学辅助书籍如韵藻、典故、类书的关注一道，将古典诗学研究推向一个新的层面。这方面的研究是大有可为的。

（原刊于《中华读书报》2020 年 8 月 26 日）

陶文鹏先生《宋代诗人论》序

在漫长的古代，文学批评不过是文人士大夫茶余饭后的谈资，一如我们今天谈论足球和超女，近代以来的学科分类和专业化趋势使文学研究和批评成了拥有专业技能的行业。对文学史的专门知识、对文学之美的感受和分析能力，成为区别文学研究专家和业余读者的重要标志。当我们提到文学研究者或批评家时，总是伴随着对敏锐的审美感受、犀利的理论分析和出色的语言表达的联想。这的确是我们从中外许多文学研究杰作中感受到的共同素质。

时至今日，文学的观念已几经颠覆，虽然文学即抒情美文的观念还不至于被否定，但文学不再被简单地理解为文本，而是被视为写作—文本—阅读—影响的社会活动过程，确已成为学界的共识。文学研究也顺理成章地被纳入文化学的视野和思路中，结果文学研究和批评的视阈得到拓展，研究思路和方法也得到更新，一种以社会—历史—文化视角为主导的批评范式自上世纪八十年代以来日渐突起，成为当今文学研究和批评的主流。但是，在为一大批社会—历史—文化研究的优秀著作涌现而鼓舞的同时，我暗自也有一种隐忧，那就是文学自身的研究正在被日益疏远。文学研究越来越像是社会史、文化史的一个分支，学者们关注的问题和获得的结论越来越接近社会史、文化史研究，而不是文学研究的成果。难道真像文学理论界日益强烈地感受到的，文学学科的边界正在模糊和消失，越来越不清楚吗？

我不敢也不能预言文学研究未来的趋势，只是确信自己面对的文学领域曾经是一个边界清晰的学科，起码作家们对此都有清晰的意识和自觉的追求，我们可以根据他们的理想去考察和验证其艺术实践是否成功。我所有的研究都指向文学自身，我相信这也是许多古典文学研究者的出发点。但在我熟悉的学者中，让我最早也是最强烈地感受到这一点的，是陶文鹏先生。我们应该都记得，在《文学遗产》的一次次论坛或别的学术会议上，陶先生反复强调过，文学研究应关注文学本身的问题，任何研究思路和研究方法都要归结于解决文学本身的问题。最近他又发妙语："搞文学的不应该为别人打工。"我非常赞同这一口号。我也认为，就个人兴趣而言，什么样的学术取向都无可非议；但作为学科的基本理念，我们应该确立文学本位的意识，只有这样才能确认我们学科的边界和发展目标。再说了，文学研究者都研究文化、社会乃至其他问题，那么谁来研究文学呢？

回顾近代以来的中国文学研究，有一点需要指出：相对于欧美经历新批评的文本中心、文化人类学的结构主义、布拉格学派的语言学转型的洗礼，文本细读长久占据文学研究的中心，中国的文学批评一直未在文本研究上认真地展开。民国时代的社会动荡，使文学研究更多地关注社会思想内容，而轻忽对艺术本身的探讨；建国后政治标准第一、艺术标准第二的机械态度以及对形式主义的抨击，使文学研究离文学性越来越远；新时期以来，虽然各种文学理论纷纷引进，研究方法日趋多元化，但文本和艺术研究尚未成气候，就被文化研究的思潮所席卷，文学研究的势头又被压抑，留滞在萌芽状态。检阅当代的古典文学研究成果，我们常遗憾地感到，无论是专门性或技术水平都还有很大的欠缺，这不能不说是投入不足的结果。要改变这积重难返的状况，需要重新确立文学研究的本位立场，激发文学研究的热情。

身为《文学遗产》主编的陶先生，不仅一直以发言影响学界，他自己在文学研究上也身体力行，示人以坚持文学本位立场的信念。凡读过他《苏轼诗词艺术论》（上海古籍出版社，2001）、《唐宋诗美学与艺术论》(南开大学出版社,2003)两部论集的人,相信都会对他执着于古典文学之美的探寻留下深刻印象。举凡论唐诗对当时人物画的借鉴,论宋代山水诗的绘画意趣,论孟浩然的诗歌美学观,论王维对自然音响的表现和常建诗的音乐境界,论李贺诗色彩的运用和李商隐诗的幻象幻境,无不选题独到而新颖,分析邃密而深微,大大丰富了我们对唐宋诗艺术美的认识。《苏轼诗词艺术论》对苏轼艺术论和诗词艺术的多方拓掘,也在深度、广度上超越前人,让我们更深刻地感知东坡作为艺术家的伟大。这部论集的价值尚未得到应有的重视——起码新出的论著没有让我们看到这一点(我自己写《对王维"诗中有画"的质疑》一文也没注意到陶先生《论苏轼的"诗画同异"说》的精彩见解),这使很多后出的论著像"日月出矣而爝火不息"似的显得多余。

在目下方兴未艾的学术写作竞赛中,陶先生不是成绩突出的选手。他出版的著作不算多,但我相信都是可以传之久远的精品。在人类知识的历史长河中,真正有价值的成果本来就是有限的,也是成之艰难的。陶先生的论文都出自独到的发现,成于深思熟虑之际,即便是为《古典文学知识》撰写的"名句掇英",也是殚精竭虑、厚积薄发的结果,看似通俗的鉴赏中沉积着深厚的诗学造诣。唯其如此,它才能成为《古典文学知识》的著名专栏。多年积累而成的《古诗名句掇英》(江苏古籍出版社,2000)一编,窃以为可媲美周振甫先生的名著《诗词例话》。而其间灵动的审美感悟、犀利的语言穿透力及随处洋溢的对美的热爱,则更让人联想到宗白华先生的著作。和宗老一样,陶先生也是一位乐于享受审美人生的智者、学者、诗人。早在大学时代他就以写新诗出名,近年又喜作旧体诗词,以思致新奇为学界所赞赏。他平日对音乐、影视兴趣浓厚,他的男高音绝不亚于写诗的水平,学界早已饫闻;而他对当代影视的知识,更足以在研究生院文学系新增一个博士招生方向——这是戏言。丰富的阅历带给他乐天豁达的生活态度,对文学、艺术的热爱让他醉心于对伟大诗人艺术奥秘的探索,而抑制不住的诗人气质更使他的精神始终充溢着对生活的热情和新鲜感。这正是一个文学研究者常葆学术青春和批评活力的奥秘所在。

认识陶先生近二十年，我们几乎感觉不到他年龄的增长，眼前的陶先生似乎还是二十年前那个说话激动、随时迸发诗意的陶先生。他的率真和热情还在杯酒间洋溢。最近陶先生将他论宋代诗人的近作编为一集，嘱我写个序。我惶恐之余，辞不获已，只得聊陈以上的感言，不足为序，只想藉以谈谈我知道的陶先生，虽然明知这绝非两三千字的小文所能畅言。至于这部论集的价值和特点，还是留给读者自己领略吧。对放在读者面前的文字而言，任何评论都是多余的。

流逝不尽的是岁月，写满岁月的是人生，而充实人生的是学术。忝为文学研究的同道、同事和朋友，我衷心祈愿陶先生永葆学术青春，让我们有长久的追随。我相信这也是许多同道的心愿。后学蒋寅沐手谨撰，时二〇〇六年十一月十三日。

（原刊于《人民政协报》2007年2月26日）

李昌集《文学史的认知与阐释》序

常看到学界这个也称才子，那个也称才子，才子一何多！但那多半是存心恭维罢？究竟有多少真才子很难说。我心目中的才子，必具过人的感受力、判断力和表现力。而表现力又是有决定意义的。灵秀蕴于内而光华发于外，拥有过人的表现能力，挥洒之间令人由衷倾倒其不凡的造诣。这才是我心目中的才子！放眼学界，这样的人并不多。在我熟悉的朋友中，李昌集学长乃是其中一位。这不是我今天才有的看法，放在心里起码已四十年了。

四十年前，我就读于扬州师范学院中文系，与昌集兄同窗受学。彼时全年级近二百名同学，分为四个班，第一班都是28岁以上的老大哥老大姐，其余三个班是27岁以下的小弟妹。彼此年纪相差最大的有20岁，知识、能力和阅历都不可同日而语。一班同学中甚至有发表过一些作品、在当地小有名气的作者，另三个班则尚有像我这样不知道散文和评论为何物的吴下阿蒙。那时昌集兄在同学中就很引人瞩目，除了读书多之外，还有两项才艺无人可及。一是书法，获得第一届全国大学生书法比赛二等奖，后来他的书艺更是名满天下，出任扬州市书法家协会主席；二是演唱，专业的美声唱法，曾报考音乐学院的声乐专业。仅此两项同学中已无人可及，更何况他后来治散曲有大成，名列学界有数的几位词曲专家之中。

所以，无论从哪方面看，昌集兄都可以说是真才子，实打实的才子。他的才情,只要听他聊天或即兴发言,随时都能感觉得到。他的热情、机敏,和随时相伴的诙谐、幽默,无不在释放他满溢的才华和学养。

昌集兄毕业后以成绩优异留校任教。当时系里怕人才流失,不允许年轻老师考外校的研究生,昌集兄没有考研,而是就读于华东师大助教进修班,受教于万云骏、苏渊雷、蒋星煜、郭豫适、陈伯海等老一辈专家,得窥学术门径,并涉足于词曲、小说研究。八十年代末发表的《北宋文人俗词论》(《文学遗产》1987 年第 3 期)、《情感结节与戏剧高潮——元杂剧结构方式的研究》(《艺术百家》1987 年第 3 期)、《戏剧性及其发生机制——元杂剧结构研究之二》(《艺术百家》1988 年第 4 期)、《中国早期小说观的历史衍变》(《文学遗产》1988 年第 3 期)、《论宋代诗词异同之争》(《扬州师院学报》1989 年第 2 期)、《历史的渊源与时代的新意——〈红楼梦〉哲理内蕴分析》(《红楼梦学刊》1990 年第 4 期)等论文,便是助教班的学习成果。后来他考取任二北先生的博士生,从任先生治词曲。博士论文以《中国散曲史》为题,撰写了中国第一部散曲通史。

昌集兄的才学正像苏东坡说自己的文章,如万斛泉涌,不择地而出,他的学术兴趣也像他的学识一样广泛。我们这一代学人登上学术舞台,正值学界大力引进新理论、新方法,热衷于文学史宏观研究和学术史反思之际,无意中都成了那股浪潮中的弄潮儿。印象中和昌集兄聚首都是在那种新方法讨论和文学史规律反思之类的论坛上,他的发言从来不在概念上兜圈子,总能敏锐地触及问题的核心,让我心有戚戚之余更为他的雄辩和说服力所折服。经过二十世纪末的方法论鼓吹、文学史宏观研究、文学史规律论争热潮,进入新世纪,学界逐渐从抽象、空洞而不接地气的玄思中冷静下来,开始尝试脚踏实地、进入过程的实证性研究。正是在这一背景下,昌集兄凭着前期诸多个案研究的积累,对以词曲为主的音乐文学研究展开了新一轮富有历史洞见的理论思索。

在 2005 年发表的《文学史中的主流、非主流与"文学史"建构——兼论"书写文学史"与"事实文学史"的对应》(《文学遗产》2005

年第2期)一文中,昌集兄在关注当时"非主流文学"研究走热趋势之余,也注意到存在的问题:

> 在研究对象上,多寻觅边边角角孤立研究,并没有自觉地置于文学的"全社会图景"中加以考察和阐述;在研究方式上,则仍以解说"主流文学"的模式来解析,缺乏对"非主流"自身特性的说明,从而并不能整合到"文学史"的总体研究中去。

为此他由"事实文学史"和"话语文学史"的不对应关系入手,将文学史上"主流"与"非主流"间复杂的动态关系作了透彻的厘析。最后提出:"在当今的文学史研究中,对任何一种文学现象和'文学史流'的考察和阐述,都应当有一个明确的'话语限定':文化空间的、历史时段的、文化内涵的、艺术风格的、传播方式的、创作群体与接受群落的等等,尤其需要将'主流'与'非主流'作一整体的、联系的深层把握和理解。"这与当代文学理论放弃简单化的本质主义思维的学术倾向是相一致的,同时也是符合文学史自身发展的复杂态势的,显示了深刻的理论洞察力。

很显然,昌集兄的这些见解酝酿于他探究早期小说观和唐宋俗词历史衍变那两篇论文的学术积累,是从具体的个案研究生发出来的理论思考,故而言之有物,见解独深。他的一些宏观论述和理论反思都建立在这种历史过程的深入发掘上,每每能由点到面,由具体上升为抽象,无论是案例还是论断都给人耳目一新的感觉。而思理的清晰和语言的隽快,更让读者随处感受到作者的卓荦才情。我们读他考论词体起源问题的《华乐、胡乐与词:词体发生再论》《词之起源:一个千年学案的当代反思》这两篇力作,同样也感到扑面而来的雄辩气势,这是昌集兄论文特有的魅力。记得有一次会议间隙,听他兴致勃勃地畅述自己的想法,至今历历在目。当时我就觉得他把这个歧见纷陈的历史难题梳理得格外清楚,把相关研究大大推进了一步。

可能是我们都成长于上世纪末那个热衷于讨论文学史问题的学术氛围中吧,读昌集兄的论文我时有会心不远的感觉。我去年出版的论文集题作《视角与方法:中国文学史探索》,自觉与昌集兄很相似的一点是,即便研究一些具体问题,也都秉持一种力图上升到文学史高度去认识和解决问题的立场和态度,即总有一个文学史的意识盘踞在脑海中。昌集兄在2005年发表的《中国古代文学研究缺失什么》(《文艺报》2005年6月30日)虽是作为会议综述发表的,但在他整理的各种言说中,始终贯穿着他的评论和判断,最后针对会上热议的文学史编纂体例问题,他提出如下总结性的意见:

> 所谓"动态"的文学史,重要的一条就是把文学置于人们的社会活动中去展示,以寻求我们过去文学史书写所建立的文学史链中的空缺,努力寻找那些文学史书写中失落的历史环节。比如"诗三百"从先秦隶属于礼乐文化到汉代成为官方确定的经学,在文学史上有何重要意义?文学在古代的童蒙教育中具有怎样的意义,对文学家幼年的成长具有怎样的影响?在上层文化圈与下层文化圈,文学的生成和运行机制有何差异?文学传播的渠道和方式的历史变迁对文学演进具有怎样的影响?清代"花部"的形态远远不如杂剧和传奇"高级",却为什么能上下风靡?如此等等,还有许多问题需要探究。做这样的研究有一点要注意,就是把我们所习惯的那种总是盯着大传统的"整体叙述"改变为对小传统的细致考察,先不忙总结某种"规律",把一个个历史细节先搞清楚,然后再看看"宏观叙事"是否有可能。所以,我们今天讨论文学史的书写,只是一种方法上和书写原则的探讨,不必匆忙地定出什么"体例"。

他的看法深得我心。我也觉得,相比作家作品研究,二十世纪的文学史研究在历史过程的考察上显得较为薄弱,以致我们一谈到更广大的长时段问题或理论命题,就觉得缺乏坚实的基础研究可支撑,缺乏清晰而可靠的文学史知识可依据。这使我迫切感受到,中观研究(相对宏观而言)即文学史过程的研究实乃当务之急。而文学史研究的视角一旦框定于文学史过程,就必与特定的文化语境发生交集。昌集兄列论的若干引人深思的课题，正体现了他敏锐的问题意识。多年后他在《中国古代文学研究“现代化”的点滴思考》（《文学遗产》2014 年第 2 期）一文中，又从生态、功能和行为三个方面扩展文体学的容涵，提出“文化文体学”的构想，将传统的文体形态学拓展为文体文化学。随后在《中国社会科学》第 7 期发表《周诗体式生成论：文化文体学的视角》一文，就诗体在周代定形为四言背后的文化机制提出新的阐说，再度以生态、功能和行为三方面的分析成功地尝试了文化文体学的实践。

时光荏苒，回首当年同窗共读犹如昨日，而弹指间已四十年过去。昌集兄虽倜傥如昔，风采依旧，却也届悬车之年。为了在人生和学术的这一站做个总结，他从历年撰写的论文中选编了这部《文学史的认知与阐释》。全书内容包括五个方面：（一）关于文学史研究方法论问题的思考；（二）唐宋音乐与乐府、词体关系研究；（三）散曲历史考论及学术史反思；（四）元杂剧艺术及戏曲史研究；（五）书法艺术史论及有关书画关系的理论思考。这些论文整体显示了昌集兄在文学史的整体思考下，就词曲为主体的音乐文学所做的深入探索和反思。其中，除了上面提到的几篇论文外，词曲研究是主体，也是昌集兄的专家之学，为全书菁华所在。另外几篇阐述书画理论的文章，则是只有他这样博学多能的行家才能横逸旁出的绝学。昌集兄在这方面的成就，学界有目共睹，无须赘言。

昌集兄文稿杀青，以我多年同学，且同治古典文学，相知独深，嘱我写个前言以为纪念。集中所收论文，相当一部分曾经拜读，此刻重温这些才情洋溢的文字，历历回想四十年交谊，钦敬之情、亲切之感并集胸臆。又得知他倾力撰写多年的《先秦诗歌源流史：口头与文本、文化与文体、发生与流变》也将杀青，不觉鼓舞踊跃，欣然驰笔，更不计文辞之工拙。江湖有尽，明月无边。书不尽言，言不竭意。奈何奈何！谨集古诗四句，与昌集兄共勉：

努力崇明德，随时爱景光。生年不满百，欢乐殊未央。

（原刊于《人民政协报》2019 年 10 月 21 日）

李思涯《胡应麟文学思想研究》序

千帆先生不给学生的博士论文作序，只有曹虹师姐的《阳湖文派研究》是个例外。我也不给自己指导的博士论文撰序。导师与有学术责任，王婆卖瓜，说甜是自夸，好坏还是由学界公断罢。思涯的博士论文不是我指导，不在程限之内，可以写几句感言。不只谈研究的内容，也聊记师生之缘之谊。

2002 年，文学所各专业硕士生考试成绩都不理想，及格者很少，研究生院转来一批调剂试卷，系里嘱我负责筛选，我挑出若干考分高、年纪轻的考生复试。笔试是一段涉及清初唐宋诗之争的文字和卞之琳《断章》的分析，各专业通用。原分别投考现代文学、文学理论专业的李思涯和张广绍，最终被我录取，研究方向是中国诗学。面试时，思涯独立思考的习惯和真率的性格给我留下深刻印象。后来，在课堂上他也是发言最踊跃的，总能提供出于自己思考的不同看法，我很欣赏。这是做学者必须具备的素质，在任何时候都坚持独立思考，不轻易接受成说。

我指导硕士生，通常都选一两种书带他们读，一周半天，诸生轮流讲读。那些年我还不像现在这么忙，师生的接触比较频繁，关系也很亲密，三年下来，亦师亦友。思涯给我的印象是为人正直，性格爽朗，反应敏捷，思维清晰，同时有很好的文字表达能力。

考虑到他夙有志于研究现代文学，硕士论文就建议他研究中国诗学言说方式的现代转型。这是个涉及近代文化史、文学史、翻译史、出版史和中外学术交流史多个学术领域的课题，很难下手。他多方搜集资料，最后写出一篇六万多字的论文，虽还不能说很全面、深入，但已从多个角度对问题做了有见地的阐述。通过论文写作，也掌握了处理文献的方法，培养了初步的研究能力。随后他考入香港科技大学人文学部，攻读文学博士学位。其间修习不同学科的课程，受到多位名师的熏陶。陈国球教授细致绵密的工作作风、陈建华教授古今贯通的学术视野，都给他很大的影响。他寄给我看的几篇课程作业，无不有见解有新意，足见理论思维和解决问题的能力都有较大的提升。士别三日，真当刮目相看，我深为他的成长和进步而欣慰。

这部《胡应麟文学思想研究》是思涯的博士论文，在陈国球教授指导下完成。国球先生是胡应麟研究的开拓者，在1986年就出版了《胡应麟诗学研究》，对胡应麟与明代格调派的诗学作了很好的阐释。但胡应麟作为继杨慎、王世贞、焦竑之后明代最渊博的文人，从思想史和文学史的角度看，仍有不少值得探讨的问题。比如，作为学者，胡应麟如何看待经术与文学、博学与辞章的关系？作为正统文人，胡应麟如何对待戏曲、小说等通俗文艺？作为诗人，胡应麟如何认识文章写作？作为格调派的一员，胡应麟如何理解和把握“格调”概念？身兼学者、作家和批评家，胡应麟在思维方式和研究方法上有什么特点？出现于明代晚期的胡应麟的文学思想，在文学史上有什么样的意义和影响？这些问题，正是需要思涯研究并思考的。在这部论著中，他不仅一一回答了上述问题，而且回答得非常好。精致的梳理和分析，显出良好的学术训练和研究能力。更重要的是，他抓住了明代中期以降士大夫群体在经术和辞章上的分化及由此产生的一系列学术思想、文学思想问题，从明代学术与文学的互动来阐述胡应麟文学思想的渊源、特征和丰富内涵，提纲挈领，立意广大。不仅于胡应麟研究发覆良多，对文学史上的一些传统命题也有独到的剖析和开掘。其思考的穿透性及所带来理论启示，意义已远远超出胡应麟研究的范围。

但思涯并不以此为满足，在做博士后研究期间，继续扩充修订这部论文。经过几年的磨砻，思路更加完密，细节也有所充实。摆在我们面前的这部《胡应麟文学思想研究》,已是一部论述详赡、新见迭出的学术专著。书中提出的明代中叶学术与文学的分途,我认为是文化史上的一个重要问题,对我们把握和理解明代思想、文学的发展,有着不可忽视的意义。书中各章节的论述也足以充实文学思想史、批评史和学术史的论述,为学术界所采信。

胡应麟是明代后期学术史、文学史上一个十分重要的人物,他的《少室山房笔丛》是明代少有的内容丰富、学识渊博的笔记;而《诗薮》更是明代数一数二的淹贯古今、见识不凡的诗话。近年有关胡应麟研究的专著已出版了两种,但对胡应麟诗歌史论、诗歌批评方面的研究仍不多见。我一向觉得,《诗薮》是格调派诗学的集大成著作,明前后七子辈对古、唐诗的用心揣摩,成果主要凝聚在《诗薮》中。胡应麟见识的通达,使他并不像同时代许多诗家那样,囿于唐诗一途,他也留意宋元及当代诗歌,上下古今,不乏心得。他的许多论断都影响到后人的看法,首当其冲的便是许学夷《诗源辩体》。

当年我带思涯他们读《诗源辩体》,曾提到这一点,并深以《诗薮》无人笺注为憾。后来思涯告诉我,他跟从陈国球教授做《诗薮》笺注,让我很高兴。这项工作将为研究胡应麟的诗歌批评提供很大的便利。事实上,思涯在笺注过程中,广泛参阅明代诗学文献,已对胡应麟与明代唐诗学不断形成新的认识,陆续写出《王维七律的历史论述》《高于盛唐的尴尬——明代复古派对杜诗的态度》等论文。看得出他的学术视野在不断扩展,对古典诗学的见识在逐渐深化。一个学者的知识和判断力正是这样形成的。任何一个具体问题的专精,都涉及许多相关知识,对相关知识的了解又引发新的问题,新的研究,就像投石于水,波纹一圈圈扩大。

庄子有言,吾生有涯,而学也无涯,以有涯追无涯,岂不殆哉?然而孔子又有言,学而不思则罔,思而不学则殆。一个学者,苟能以学启其思,更以思运其学,则有涯即是无涯,无涯亦可有涯。偶读袁枚《与杨生书》:"仆如生年时,绝不如生;然则生如仆年时,岂止胜仆也?"大概古今为师者,深心无不存此冀望。值思涯第一部专著行将授梓,欣悦之余,走笔为述所感。思涯其勉旃。

李世琦《申涵光与河朔诗派》序

上世纪九十年代初我开始考察清代诗学文献时，有关清代文学的研究还很少，可以参考的论著有限，无论遇到什么问题都要自己去摸索。二十多年过去，清代文学研究的面貌已大为改观，最明显的就是基于地域、家族、性别等视角展开的专题研究日益丰富，积累了一大批有价值的成果，极大地充实了相对显得模糊和粗略的清代文学史，使清代文学的版图日益鲜明、丰富起来。尤其是关于北方文学的研究，多有填补空白的成果，非常令人鼓舞。

我们知道，文学发展到明清之际，北地相比南方已有明显的落差。除了山东之外，北方广大地区的文学创作都无法与江南抗衡。不算京师，河北一带产生全国影响的诗派只有永年申涵光开创的“河朔诗派”。当时申涵光与同邑张盖、鸡泽殷岳并称“畿南三才子”、“广平三君”，名动朝野。邓汉仪序申涵光诗，甚至说“今天下之诗，莫盛于河朔”；后来王渔洋也有申涵光“称诗广平，开河朔诗派”的说法，足见申涵光及其诗派在北方诗坛独树一帜，并产生广泛的影响。

然而令人遗憾的是，近代以来对申涵光及其文学活动的关注和研究非常之少，河朔诗派的创作也很少进入清代文学研究者的视野。现有的三种清诗史，朱则杰《清史诗》没有提到河朔诗派，严迪昌《清诗史》第一编第四章仅在第三节“傅山及秦晋诗群”后以五页半的篇幅附论“河朔诗群”，只能说是简单提一提而已，刘世南《清诗流派史》

倒是开卷第一章便论述河朔诗派，且较严书详细，但终因写作年代所限，今天看来持论略嫌狭隘。无论从哪方面看，河朔诗派都有待于全面而深入的研究，这不仅是河北地域文学的重要课题，也是清代诗歌史不可轻忽的开幕。

上世纪九十年代初，我因开始研究清初诗学，读过申涵光《聪山集》；更因负责编纂《中国古典文学名著分类集成》清代卷，浏览并遴选了河朔诗派的作品，对这批诗人狂歌痛哭的诗作留下深刻印象。这批作家的生活作风和诗风，在清初似乎很普遍，又似乎很独特。即以申涵光(1620—1677)而言，生于簪缨之家，却不热衷于科举，"以贵介公子甘为盛世之巢、由"。二十六岁值明亡，益发专意于诗学，"上下今古，无不穷究"(《聪山诗集》自序)。在精神上认同陶渊明，风格上追摹杜甫，而又博采盛唐大家，崇尚真趣，直摅性情，终得自成一家之言。这从明清之交文学史的角度看具有特别的意义。一则当时诗坛虽鄙弃明代复古派的模拟剿袭之风，也不满于公安、竟陵的流于俚俗、幽僻，希望挣脱明人的窠臼，但却没有新的艺术目标和路径。在这种形势下，申涵光主张学古而得其神，入而能化，所谓"服古既深，直行胸臆，无不与古合"(《屿舫诗序》)，就成为王渔洋着眼于深度师古、要从精神上体得唐人真髓的神韵诗学的先声。这一点一直未为研究者所注意。二则申涵光虽反复陈说"直行胸臆"的诗歌主张，但同时也尊崇"温柔敦厚"的诗教，以平和中正为旨归，明显看得出其背后世家子弟明哲保身、全身远害的处世原则。这种艺术观念上的两重性在中国古代作家身上很常见，申涵光的诗歌创作正是在两者间取得平衡的一个范例。他的作品能直面现实，描述易代之际的战乱景象，但并不直斥清朝，多以咏古、拟古的形式曲折地寄托自己的感怀，是以声情颇为平和，与当时以归庄等为代表的悲歌慷慨的遗民诗有着很大的差别，也与河朔诗派的其他诗人多有不同。这种个人的复杂性及其所造成的群体差异是值得我们研究清代诗歌流派予以特别注意的。

鉴于申涵光诗文的重要价值长期被忽视的现实，李世琦先生与邓子平先生合作，将申涵光现存诗文编为《聪山诗文集》，并作了认真的校勘；同时又将《永年申氏遗书》加以影印，一并由河北人民出版社推出，给研究清初文史带来很大的便利。李世琦先生贾其余勇，再接再厉，又撰写成二十余万字的《申涵光与河朔诗派》一书，总结了他在整理申氏著述的基础上深入研究河朔诗派的心得。

本书最大的特点是考论细密，对申涵光毕生的学行、创作、交游都做了全面的论述。仅交游方面，我们就看到，举凡顾炎武、傅山、孙奇逢、魏裔介、魏象枢、杨思圣、王士禛、朱彝尊等重要文士，书中都有专节考论其往来之迹，很有参考价值。在创作方面，对张盖等六子的生平和诗歌艺术也一一作了有见识的论述。这是以往的研究所未涉及的新内容，不仅具有添补空白的意义，对清代畿辅文学研究也是个有力的推动。在全书最后一章"河朔诗派的精神遗产"中，作者指出"河朔诗派的出现是中国古代文化在河北逐步发展的自然结果。中国文化的狂者精神，中国文人的隐逸情怀，加上雄健朴质的燕赵地方文化，成为河朔诗派诗人的三个精神来源"。由此出发，对河朔诗派的理论纲领、文学理论和创作成就做了全面的总结，所列举的诗派成员多达四十余人，令人惊讶。这些论述提醒我们，河朔诗派的确是清初为我们忽略了的一个创作群体，其思想倾向和文学成就值得我们进一步深入研究。

读李世琦先生这部著作，我有一个特别的感受，就是语言活泼，可读性强，不像时下许多研究著作，尤其是前辈所讥的"博士体"，结构雷同，千人一面；堆砌概念，枯燥乏味。本书的论述文字明快畅达，要言不烦，虽章节划分略嫌过细，但一事一议，读来爽豁，也不失为有一种有个性的写法。比之饮馔，如精洁小皿，一品入口，意犹未尽，而新品复至，直到终席而不厌。我读本书，正有这种感觉，看着看着不觉终卷，不嫌其多，只恨其少。

李世琦先生从事出版工作三十年，繁忙的行政工作之余，一直不懈地坚持写作和批评，同时研究文史不辍，出版有《批评的风骨》《倾听灵魂》《中国古代十大公子》《巴斯德》《平津战役实录》《颜氏家训校注》等著述，涉及多个领域。阅读本书，随处可见作者知识积累之深厚，见解之独到，更兼有对河北史地文化的谙熟，不能不说是厚积薄发之作。

读罢本书，我不由得想到，清代文学留下的文献实在太浩繁了，靠有限的专业工作者从事研究，许多作家和书籍不知何时才有人触及。如果各地文史工作者都能热心于地方文献的搜集和整理，利用地方资源的优势，开展有地方特色的研究，比如像山东桓台王超先生的王渔洋研究，陈汝洁先生的赵执信研究，高密李丹平先生的高密诗派研究，四川遂宁胡传淮先生的张氏家族研究，河北任丘马合意先生的边连宝研究，我第二故乡江苏仪征万仕国先生的刘师培研究，都是很有成绩，有功于学界的。希望李世琦先生的著作也能引发永平学人对申氏家族和河朔诗派的进一步研究。各地从事乡邦文学史研究的人多了，清代文学史的全面拓展和深入就不难在较短的时间内实现。这是我读李世琦先生大著所引发的一点感想，顺便写在这里。

（原刊于《光明日报》2013 年 11 月 24 日）

马大勇《清初庙堂诗歌集群研究》序

在古龙的小说中，人能否成为朋友，并不需要很多时间。只消看一眼就清楚，那是不是自己的同类。人的缘分是一种发现。在他人身上找到与己相似之处，就是投缘。相似之处也不用很多，只需接近本质的一点就够了。有人认识了二十年，仍然是点头之交；有人只见过一面，已知是今生的朋友。

我和大勇只在2003年10月山东师大举办的古代文论年会上见过一次，一起游览趵突泉，多有交谈。大勇外表沉静，比我同年龄时肯定更显得老成，但我能感觉到他的血气方刚。他的导师严迪昌先生，是我在南大读书时敬重的师长，严先生的《清词史》和《清诗史》也是我熟读的著作。大勇身上似乎有着和老师相通的气质，只是更内敛一点罢。古人论画，有作家，有士气，严先生正是那种有士气的学者，大勇于此颇能仿佛老师。在趵突泉边散漫的闲谈中，我立刻感觉到这一点。听他谈起严先生的学问，我觉得他是得师门真传的。自此浮云一别，鱼雁往还，不时读到他的文章，也觉深得严先生的学问真髓、笔墨灵性，不仅治学秉承师教之多而已。

学者的学术品格通常取决于人的气质，无论是从事于考据还是理论研究，气质都决定了我们处理资料和思考问题的方式。如果将“作家”和“士气”移用于学术，那么有士气的学术必出于血气方刚的学人，必出于孔子所谓不忮不求、所谓上达、所谓弘毅乃至狂狷的气质。如今学界通将“士”理解为知识分子，“士气”也就可以说是决定知识分子品格的人文精神。大勇的学术路径，是在传统的社会—历史批评上冠以“人文”二字，成为人文化的社会—历史批评，仅这一点已豁然坦露他的士气。

《清初庙堂诗歌集群研究》是大勇的博士论文，是对清初台阁诗人群体的系统研究，大概也是第一部涉及这一课题的专著。庙堂原是个带有堂皇气象的政治空间概念，在历史上也称台阁或馆阁。从感觉上说，“馆阁”一词更接近文史职司，而“台阁”则泛指朝廷中枢机构的官职。虽然上至宰辅下迄吏曹，品级悬若云泥，但毕竟出入中禁，密迩清要，相比奔走风尘的郡邑官僚，自有一种清望之感；较之山林方外之士，则更以《庄子》所谓魏阙和江海为象征，构成两个对立的想象空间。而由此产生的诗歌也被标签为两种诗体，那就是周镐《鹿峰先生诗序》所说的：“诗之体有二，曰馆阁体，曰山林体。馆阁体昉于《雅》《颂》，其语和而庄，其义宽而密，其作者为周公、召公、尹吉甫之徒；山林体则昉于《风》，吟啸乎禽鱼而流连乎月露，聊以适己意焉，劳人思妇、衡门考槃之流所为作也。故居山林而慕馆阁为俗为谄，处馆阁而效山林为伪为矫。”（《犊山类稿》）由于馆（台）阁体总让人联想到封闭的作家圈子和内容贫乏、形式单调的酬唱，文学史上的台阁作家像大历才子、西昆体、明初三杨之类，都不曾博得好评，当然也引不起人们的研究兴趣。然而作为文学史的重要现象，台阁文学是没有理由被忽视的，清初的台阁文学更有特别值得重视的地方。因为明代以来的官僚制度，使科举成为出仕的唯一途径，而科举成功的杰出文人又主要成为台阁官僚，这使得台阁成为文学家的集散地，台阁官僚中出现的重要作家要远富于山人逸民。虽然明清之交的遗民文学一直是文学史重点评述的对象，但回到当时的文学语境，台阁作家仍应该说更多地代表了当时的艺术成就。更何况置身于那样一个特殊的时代，纠缠于夷夏、满汉、新旧、朝野等多重文化、民族、政治的冲突中，台阁作家的立场和心态之复杂多样，情感体验之深刻莫测，在历史上都是没有先例的。大勇的博士论文以这么一个重要而夙为学界忽视的群体为研究课题，学术意义自不待言。

台阁作家都是前朝旧僚和本朝新贵，其中“贰臣”的历史定论长久以来左右着今人的意识和评价，以致遮蔽了当时士大夫真正的价值自居之所在，以前我在《明清之际知识分子的命运和选择》(《学术的年轮》)一文中曾专门辨析这个问题。现在我很高兴地看到，本书人文化的社会—历史批评的两个要点，更进一步明确：(1) 它是指向对活动主体“人”的终极关怀，更加珍视人的生命、尊严，尊重人生价值的多元选择，因此“宽容”成为首要主题；(2) 在具体操作中，优先引入人文本位的价值标准，淡化政治、道德评价标准的话语霸权，同时也不排斥其合理元素，以谋求总体观照的中正与平衡。这向上一路的见识，使作者更深刻地认识和阐述了台阁诗人的切身处境与文学活动，他努力发抉和彰显的当时台阁诗人那种特有的疏离于权力中心的冷寂心态，让我们看到一个与一般对台阁诗人的想象和理解不一样的诗人群像。

我至今以为，清初的遗民不宜作为一个特定群体来看待，因为当时的社会和政治环境太复杂，人也太复杂，形形色色的人物难以大而化之地归类，只能一个一个地区别对待。大勇用他的研究告诉我们，台阁诗人群体也是复杂的，他所做的工作就是以具体个案的具体分析取代以往笼而统之的狭隘判断，将这些人物一个一个地从“燕台七子”、“金台十子”等历史名称中离析出来，将历史上的抽象名词还原为一个个活生生的人。唐宋以前的文学史研究没有可能做到这一点，稀少的史料只能勾画出粗线条的史迹。明清文学的丰富史料却像是满地露出矿苗的富矿，向学者释放着探索的诱惑。清代文学是异常丰富的，又是十分复杂的，清代文学的复杂性首先在于资料的繁富，资料的繁富带来难以穷尽的可能性。

仅就诗歌而言，大勇在“绪言”中曾按人均 10 卷 400 首计算，推量清诗的总量应在 400 万首以上，为《全唐诗》的 80 倍。这应该说是个很保守的估算，根据新校定的唐诗数量是约 100 倍。还有一种更直观的计算法，即现知清代别集有 4 万余种，将《全唐诗》的每一首诗扩充为一部诗集(其中乾隆皇帝的诗集甚至比《全唐诗》的篇幅一倍还多)，那就是清诗的总量！浩瀚的文献为细致梳理文学现象提供了可能，同时也增加了处理资料的规模和难度。大勇这部著作在读书上是下了工夫的，且不说涉猎文献之富，它所揭示的现象和问题也很多。我做清初诗学研究，写到顺康雍三朝诗学的演进时，曾据薛所蕴别集中的材料，提到刘正宗、薛所蕴在顺治间京城诗坛产生的影响，以为前人没注意到。及读大勇的书稿，才知道他已有专门论述，并引彭志古《桴庵诗》，说明刘、薛与王铎在当时有“三大家”之目，不禁自愧孤陋。

如此丰厚的清代文学史料，靠个人的力量是难以穷尽的，只有凭借学界群体共同努力，而且需要相应的学术规划和组织实施，不断开拓新的视阈，尽量避免重复劳动。在目前，多做一些范围适当的专题研究，不失为扎实推进清代文学研究的有效策略。事实上，近几年完成的一批博士论文，如曹虹《阳湖文派研究》、李玫《明清之际苏州作家群研究》、张仲谋《清代文化与浙派诗》、潘承玉《清初诗坛：卓尔堪与〈遗民诗〉研究》、罗时进《清初虞山派诗歌研究》、王达敏《桐城派的建立与乾嘉学派关系研究》、沙先一《清代吴中词派研究》、占骁勇《清代志怪传奇小说集研究》等等，都让我们对清代文学的某个领域、某个时期或某个问题有了更清楚的认识。只要保持一定的学术投入，持续地进行发掘，用不了多久，清代文学研究的广度和深度就会全面改观。看到大勇《清初庙堂诗歌集群研究》这样的课题和细致的工作，我由衷地感到鼓舞，欣慰之情不亚于自己写出新的论著。正是这种心情，驱使我贾连日译校《终南山的变容》的余勇，写下这篇文字。

我一向觉得，请人作序和为人作序都不是件容易的事，并曾在《金陵生小言》里举前人的议论申说这一点。大勇知道我的想法，仍旧驰书征序，不外乎是以为我近年也从事清初诗学研究，有资格评价他的工作。实则清初诗坛，诗家和诗集都极为繁富，我所涉猎的只是若干于诗学有贡献的人物，本书研究的对象我并不很熟悉。况且依我看，对于读者即将阅读的著作来说，无论序言有多少评论，都好似佛头著粪，全无必要费此雌黄。因此我就不赘举本书的内容和价值了，只记下一点阅读原稿的随感，以志欣喜之情，并申祝贺之忱。二〇〇六年二月金陵蒋寅谨序。

（原刊于《博览群书》2006 年第 6 期）

李雷主编《清代闺阁诗集萃编》序

在中国文学漫长的历史上，向来就不缺乏女性的角色。不过在很长时间内，她们都是作为题材、作为表现的对象而存在的，除了涂山之女、许穆夫人这类传说中的作者，女性与诗歌写作发生关系只能追溯到汉代，而有诗集流传的女诗人则更晚到唐代才出现。当我们面对唐宋以前的诗歌史，还只能为仅拥有蔡琰、薛涛、鱼玄机、李清照、朱淑贞等有数的几位女诗人而感到遗憾时，那么到明、清两代，我们却要为女诗人多得难以一一写入诗歌史而发愁！

尤其是到清代，从事诗歌写作的女性，已多到难以计数的地步。嘉庆间王豫编《江苏诗征》，所搜集到的本省闺秀诗集已不下千家。徐世昌辑《晚晴簃诗汇》，连皇帝在内共收清代诗人6091家，其中女性为532家，约占9.6%。而据日本学者合山究统计，胡文楷《历代妇女著作考》共收女作者4199人，清代占3671位，比例高达87%。近年杜珣先生编纂的《闺海吟——中国古、近代八千才女及其代表作》一书，录存有作品传世的历代女作家计8600余人，清代作者占6209人。前人论文学说“一代有一代之胜”，数到清代似乎就没有所胜可举了。如果考虑到女性诗歌繁荣的事实，我们不妨将女性诗歌举为清代文学之胜吧。

清代女性文学的繁荣，奠基于社会观念的变革。中国自古有“女子无才便是德”之说，尽管历代都有许多文藻不让须眉的才女，但都埋没于深闺，或飘零于烟花柳巷。门第高贵的女子，公开展示才华，仿佛就意味着对品德的亵渎。这种情形直到明清时代，才发生变化。士大夫对女性的期望，不仅公然着眼于美貌，而且更要求才华。就像徐增《许夫人吴冰仙诗序》说的："今人称风流胜韵，辄曰佳人才子。其所谓佳人者，大率是珠翠班头；其所谓才子者，大率是文坛领袖。如是则佳人才子离而为二矣。殊不知才子不佳，不得为才；佳人无才，亦不得为佳也。必佳如潘安，殆为才子；才如道蕴，方是佳人，断断然也。"正因为当世士大夫有如此念想，方始有"海内闺阁人才于今为盛"（陈文述《汪端传》）的局面。

风气所被，宦绅之家无不重视女子才华的培养，以文化教养为资本来提升女子在婚姻市场上的价值。清初学者毛奇龄指点徐昭华学诗，首开名士招收女弟子之例。乾隆以后，女子师从男诗人学诗渐成风气，沈大成有女弟子徐映玉、陈如璋、方婉仪，黄子云有女弟子丁愫、程屺纶，潘榕皋有女弟子七人，任兆麟则不仅有多名女弟子列名"吴中十子"中，还有汪玉轸、金逸、马素贞为一时翘楚。黄培芳也有收女弟子的记载。最著名的当然是袁枚，曾先后在南京、苏州及原籍杭州等地招收女弟子达五十余人之多，并选刻《随园女弟子诗选》，首开成批培养女诗人的创例。后来其乡后辈陈文述也招收了至少三十多位女弟子，并同样刻有《碧城仙馆女弟子诗》。

任兆麟序尤淡仙《晓春阁诗集》写道："近世闺阁中不少亲师取友之辈，若昭华（徐昭华）之于西河（毛奇龄），素公（吴绡）之于定远（冯班），采于（张蘩）之于西堂（尤侗），若冰（徐映玉）之于松崖（惠栋）、沃田（沈大成），芷斋（方芳佩）之于霁堂（翁照）、堇浦（杭世骏），其尤焯著者。"发达的女性文学教育，在书香门第造就了许多女性文学家族，如吴江沈（自晋）氏、叶（绍袁）氏，山阴祁（彪佳）氏，归安叶（佩荪）氏，建安郑（方坤）氏，长乐梁（章巨）氏，太原张（佚）氏，遂宁张（问陶）氏，一代或累代诗媛辈出。最引人瞩目的则是常州庄氏一门，包括媳妇，共出了22位女诗人（徐珂《清稗类钞》卷七十），这在中外诗坛都是罕见的奇迹。

孙衣言《梅神吟馆诗序》称："今世士大夫不学甚矣，而妇人女子乃往往好言学问，为辞章。”清中叶后，当男性诗人的创作萎弱不振时，闺阁诗人却十分活跃，名家辈出。当时女性间的文学交往非常密切，不止在家庭内部唱和，还每以亲族或师门关系举行社集。最著名的是嘉庆间清溪吟社十子，都工于词赋骈文，以姐妹相称，互相唱和，与康熙间的蕉园诗社七子前后辉映。女诗人在她们的唱和、社集活动变得社会化后，也更积极地介入男性诗坛。在阅读男诗人的诗集之余，赓和其作品或品题其诗集，以诗作投贽于名诗人，甚至参与男诗人的诗会，在当时都是常见的。而男诗人也很乐意奖掖、表彰女诗人，像王士禛、袁枚、黄任、郑方坤、陈文述、梁章巨一辈风流自赏的文坛宗师，无不由衷地欣赏女性的创作，热心于赞美女性的才华，沾其齿及而成名的女诗人决不在少数。袁枚《随园诗话》尤其喜欢表彰闺秀之作，甚至成了他为人称道的两大品性之一：“惯说名流皆捧贽，喜谈才媛为开筵。”（宁楷《喜晤简斋先生话旧》）乾隆五十九年(1794)，女诗人马素贞序王琼《爱兰书屋诗钞》，特别提道：“我朝文化之盛，无以复加，不特文人学士为能踊跃向风，即闺阁奇才，往往究心诗学。此虽山川灵秀所钟，要亦赖有人焉提倡之耳。”清代女性诗歌创作的空前兴盛，与两性文学交往的普遍及男性社会对女性才华的赏识、珍视，显然是分不开的。

近年自从女性主义文学批评兴起，女性的文学活动及其历史就被从性别的角度重新审视，女性在历史上遭受性别压迫的认识也自然地投射到文学领域中来。女性文学研究者受西方女权主义观念的影响，以“阁楼上的疯女人”的成见衡量中国文学史，认为“在中国，那些确曾存在过的女性文学天才，每每被既定文学史封杀在青楼和闺阁里，成为永远的无名氏。李清照、朱淑贞的成就，就是妇女文学能力的一种强烈表达，但李清照和朱淑贞只是也只能作为奇观而为文学社会与文学史所认可，她们是男权秩序一道不慎的裂隙（断不是宽容的见证），由于历史之手的涂抹而使之在距离之下产生花纹般的装饰效果”（王侃《“女性文学”的内涵和视野》，《文学评论》1998年第6期）。对于这样一种指控，我很能理解作者的心情，但很难同意他对事实的指认。

历史上女性的文学活动，各国情形不一，很难一概而论。就中国古代而言，尽管先贤业已指出："古今女士，必赴流蹈火，若曹娥、宋姬之为者，然后可传哉。终身庸行，内抱至德，多名不出于家也。"(应㧑谦《沈母陆孺人传》)但在文学才能和文学创作方面，女性似乎并未遭到轻视和被遮蔽，左芬、鲍令晖、上官婉儿那样的才女一直是文士赞美的偶像、倾慕的好逑。而到清代，才子们对女性才华的欣赏和珍视，甚至到了猎奇的地步。郭麐《樗园销夏录》曾写道：

> 刘景叔(祁)云，"贤人君子得志可以养天下，不得志天下当共养之"，其言甚大。诗人闺秀亦天地间所当珍重爱惜之物，其有坎坷，亦宜相共存之，无所于让。宜秋贫至绝食，竹溪诸子敛金周之，风义甚高。宜秋以二律为谢，读之凄人心脾，然弥见风骨。词云："惠比指囷赠，情同挟纩温。感深惟有泪，欲报恐无门。得食诸雏长，衰宗一线存。应知姑与舅，泉下亦衔恩。""回头语儿辈，汝勿太憨痴。不有诸君子，何堪卒岁时。可怜饥冻久，未敢再三辞。他日如成立，生生尸祝之。"余去岁入都，留别故园诸君卒章云："金源刘氏祁，一语足深思。天下有贤者，世人当养之。况于闺阁内，值此困穷时。周急须公等，临行申以诗。"盖为宜秋作也。

宜秋女士即任兆麟与袁枚女弟子汪玉轸，在当时还不算太著名，而吴江士大夫已护惜如此，著名闺秀的宠遇可想而知。只不过闺秀受教育和社会交往的机会终究有限，如张云璈所说的，"天之生一才人也不易，生一闺阁之才更不易；闺阁有才而又得全家之多才以张其才，则尤不易"(《自然好学斋诗钞序》)，以致于不能都获得最好的待遇而已。

我们完全有理由说，清代社会是鼓励女性写作的，诗坛是乐于接受女性的诗歌成就的。许多女诗人的传记和闺秀诗话都表明，她们的才华没有被埋没，她们的诗歌成就没有被忽视。正是在男性社会和诗坛的娇宠呵护下，无数闺秀作者写出了超越往古的杰作。而同时，评论界也给予女性的创作以充满自信的评价。清人论诗每以唐人为不可及，独于女性之作，则极肯定地断言本朝非唐人可比。如刘履恂《秋槎杂记》曾说：“闺秀诗以《国朝别裁集》为正宗，非唐人所能望其项背也。”清代女性的诗歌，摅写了她们生命的悲欢，记录了她们花朝月夕的吟哦，也替自古沉默的女性群体表达了对幸福的渴求，吐露她们心底深沉的忧伤。这是一笔珍贵的精神遗产，也是一批价值尚难估量的艺术财富。但清社既屋，百年多难，多少宋椠元板、名公墨宝都遭毁弃，还有谁顾惜这些闺阁才人的文帙吟卷、零纨断素，唯有任其如沧海遗珠散落在天壤间，与草木同腐而已！

自上世纪末女性主义文学批评的风潮波及国内学界，古代女性的文学创作开始受到关注，古代女性文学作品的整理、编纂也提上议事日程。2005年初，北京工业大学李雷教授主持的《清代闺阁诗集萃编》，在国家《清史》纂修工程文献类作为基础项目立项，成为迄今最具规模的古代女性文学作品丛编。这无疑是很有意义的工作，同时也是难度极大的古籍整理工程，乍闻之下我简直不知道如此浩大的工程将从何处下手。

首先，确定收录的作者人选就不是个简单的事，现在收录的这80位女诗人，是项目主持人在全面掌握清代女性诗歌文献的基础上，从八百多种闺秀诗集中遴选出来的，全都是清代最著名、最有成就和最有特色的女诗人，可以说都是清代女性诗歌的代表作家，因此这套丛编也集中体现了清代女性诗歌创作的成就。其次，女诗人的集子虽然版本不复杂，但流传都很稀少，难得一见；有些著名诗人如黄媛介、吴山的诗集早已散佚，作品散见于各种选本和他人的别集中。经过几年的不懈努力，这80位女诗人的集子都得到完备的搜辑和整理，无论哪个集子都是迄今为止收录作品最多的全集。最后，各集除收录作者的全部诗作外，还辑录其词作及所有序、跋、传略、墓志、行实、题识等文字，提供了较为完整的参考文献，这无论对于普通读者还是研究者都是很有帮助的。总字数达650万字的这套《清代闺阁诗集萃编》，堪称集清代女性文学创作之大成，也是迄今为止规模最大的古代女作家别集汇刊，为今后的女性文学研究奠定了坚实的文献基础。

古籍文献整理是一项寂寞而艰苦的事业，每一个辉煌的成功背后都有着难以为常人体会的艰辛。在编纂《萃编》的前后四年间，李雷教授和课题组成员在日常教学工作之余，奔波于各地图书馆，查阅、抄录资料，付出了大量的时间和精力。许多稿钞本不允许复制，只能一个字一个字地抄录。有些图书馆还不给看原本，只能对着胶片机过录。没做过这种工作的人，是绝对难以体会其疲劳感的。由于我也参与了《清史》的编纂工作，并且有几位学生为《萃编》校点了部分诗集，我对李雷教授的工作略有了解，对她精益求精、追求完美的责任心更是钦佩异常。比如，归懋仪的集子是她自己编校的，据说用了中国社科院文学所、国家图书馆、天津图书馆、上海图书馆、南京图书馆、常熟图书馆藏七种不同的刊本和稿本、抄本合校，才编成一部最完备的归懋仪诗全集。全部文字不过 16 万多字，但前后耗费的时间和精力却是难以想象的。我不知道有什么名利能够回报这种投入。不懈的毅力和热情纯然发自一种夙愿，要使二百七十年间闺阁才媛的慧心灵性得到彰显、光大，使她们呕心沥血写就的锦绣诗章不至湮没于尘土之中，或灭裂于蠹鱼之口！

自古以来，不知有多少才华绝世的女子被岁月遗忘，没有留下名姓，更没留下作品。清代闺秀是比较幸运的，丰富的传世文献记载了她们的才华，无数诗集和诗篇证实了她们的创造力。而《萃编》所收的 80 位女诗人，在天有灵，尤其要感到欣慰，从此她们毕生心血所凝注的诗篇，再无水火兵燹之虞，将永垂于斯世，与三光并曜，共日月同辉。《清代闺阁诗集萃编》的出版，意义是不言而喻的；李雷教授主编这套丛编，更是功德无量。以后人们在阅读这一卷卷诗集时，无疑也会像铭记编《名媛诗纬》的王端淑、编《闺秀正始集》的恽珠一样，记住李雷的名字。

肖亚男主编《清代闺秀集丛刊》序

在世界范围内看，无论从哪方面说，中国古典文学都是一个独特的存在，不熟悉中国历史的人绝对难以想象其浩瀚程度。就女性文学而言，《阁楼上的疯女人》的作者，绝不可能想得到在二百七十年历史的清代竟涌现出有诗集的女诗人数千家。乾隆末陶元藻编《全浙诗话》，论及浙江历代诗人 1885 人，其中闺秀 154 人，而清代(顺治至乾隆)占 81 位，超过前代之和。到嘉庆间王豫编《江苏诗征》，所搜集到的本省闺秀诗集已不下千家。徐世昌辑《晚晴簃诗汇》，连皇帝在内共收清代诗人 6091 家，其中女性为 532 家，约占 9.6%。而据日本学者合山究教授统计，胡文楷《历代妇女著作考》共收女作者 4199 人，清代占 3671 位，比例高达 87%。近年杜珣先生编纂的《闺海吟——中国古、近代八千才女及其代表作》一书，录存有作品传世的历代女作家计 8600 余人，清代作者占 6209 人，这不能不说是一个令人惊讶的数目。在它的背后，是一个灿烂如夏夜繁星的女性诗坛，世界上没有哪个国家可以比拟。

令人无限惋惜的是，时至今日，这些灿烂群星中只有少数最明亮的被我们知道，多数已陨落在时间的荒漠。而即便是那些依旧闪耀着光彩的名字，我们要找寻她们的踪迹，也变得困难重重。近代以来的天灾人祸，销毁了无数历史文献，其中也包括众多女性的作品。幸存于天壤间的闺秀诗文，星散在海内外图书馆和藏书家手中，研究者要想搜集和阅读，成为极其艰难的事。鉴于这一现状，自上世纪末以来，一些有识之士开始有计划地搜集、整理清代女性诗文别集，提供给学术界使用。首先是以方秀洁教授为主的北美学者于2005年建成麦吉尔—哈佛明清妇女文学数据库，收录晚明至民国初年妇女著作90种，主要为闺秀文集；后又编成《美国哈佛大学哈佛燕京图书馆藏明清妇女著述》五册，作为《中国历代妇女著述丛刊》系列的第一部，由广西师范大学出版社于2009年影印出版，收录了哈佛大学燕京图书馆所藏的明清妇女著述61种。其次是华东师范大学胡晓明教授主持的《江南女性别集》，已将出版第四编，收环太湖流域清代女作家别集一百多种，其中相当一部分是稀见版本。江南是清代女性文学的核心地域，抓住了江南就抓住了清代女性文学的主体。其三是北京工业大学李雷教授主持的国家《清史》工程子课题项目《清代闺阁诗集萃编》，收录清代最重要的女诗人80家的诗词全集，以作家遴选严格、收录作品完备见长，即将由中华书局出版。这些文献的整理，虽旨趣各异，但都将对清代文学研究产生有力的推动，则是无可怀疑的。

好消息还不止于此，最近又接肖亚男信告，她主编的《清代闺秀集丛刊》，将由国家图书馆出版社印行，愈加令我鼓舞欣抃。这部《清代闺秀集丛刊》将收录清代女作家别集400余种，比前三种丛刊的总和还多！从目录看，不仅各个时期的著名女作家收录较完备，而且不少别集是罕见的稿抄本，光胡文楷钞本就有十七种之多，无疑是清代别集的一次集成性的汇集影印，其意义之重大自不待言。相比前几种丛刊，此编的价值首先在于作者数量丰富，有代表性；其次则是覆盖南北各省，地域广泛。据美国学者曼素恩的统计，清代十大区域的女性作者人数，长三角地区所占比例高达70.9%，其次是约占6.7%的华北地区，再次为东南沿海地区的6.0%，其余长江中游地区为5.7%，岭南地区为3.9%，赣—长江地区为2.5%，长江上游地区、西北地区、云贵地区、东北地区合起来仅占4.1%。这部《清代闺秀集丛刊》收录的作家作品大体反映了类似的状况，再次证明地域与清代女性文学创作的对应关系，较为完整地展现了清代女性诗文创作的面貌。

肖亚男读研究生时做中唐文学研究，毕业后留在校图书馆古籍部工作，一直致力于古籍文献整理，不辍所学。北京师范大学历史悠久，图书馆古籍收藏颇为丰富，古籍部主任杨健先生又很有专业眼光，锐意搜求清人别集，形成自己的收藏特色。多年前已将馆藏清人别集汇印为一编，嘉惠学人不少。此度他们又在馆藏清代闺秀别集的基础上，多方采辑资料，续编成此辑，为清代女性文学研究再添一部丰厚的基础文献，令人称赞。虽说全书系影印，省却了校点的麻烦，但编纂这四百多种女性诗集，也绝不是什么轻松的事。更何况他们还为每位女作家撰写一篇可靠的小传，简介其家世背景、生平概况，“不求详细，但求确切”(凡例)，提升了全书的学术价值。要知道，尽管清代距今天较近，但女作家的传记资料也不能同男作家相提并论。他们的小传，广泛取材于各种家传、墓志铭、序跋，为查阅清代闺秀作家的传记资料提供了线索，极具参考价值。有些女诗人原先连生卒年都不清楚，有些甚至连生活时代都难以判断，他们凭借自己的考证，大体弄清了其中二百多位作家的生卒年。

不做清代文学研究的人，是很难体会阅读原始文献之艰难的。研究唐宋以前的文学，买几套总集在家里，便可以足不出户，安心读书了。做清代文学研究，读原始文献是首先遇到的最大问题，许多别集不知道是否存世，知道存世也不知道哪里有，知道哪里有也很难一部一部地上门阅读。所以清代文学基本文献的编纂和出版，对于学术研究来说是尤为迫切、尤为令人鼓舞的事。是故肖亚男及其同事黾勉数载，克臧其事，以书来征序时，我很乐意写上一点感想，一以志欣喜，二也聊表敬意。清代文学文献浩繁无比，穷个人毕生之力也难以尽览。只有靠学界共同努力，将有关文献一部分一部分地汇集、整理出来，清代文学研究才有望高效、快速地推进。2014 年 6 月 4 日蒋寅谨序。

吕双伟《清代骈文理论研究》序

郭绍虞先生在《中国文学批评史》绪论中指出:“清代学术有一特殊的现象,即是没有它自己一代的特点,而能兼有以前各代的特点。”清代文学也是如此,很难举出什么属于它自己的特点,而前代文学的所有特点却都能在清代文学中看到。的确,清代的文学也像学术一样,具有一种包融、综合的特征,虽然未必有多少独创性,但却可以说是整个古典文学的总结,无论诗文词曲或是戏剧小说都有不俗的成绩。至于要举清代文学的“一代之胜”,则文学批评必当之无愧。无论是文献数量之丰富,还是理论、技术水准之高,前代都无可俦比。如果说在《中国古代文学通论》七卷中,清代只能占到一卷的话,那么若编纂《中国古代文学批评通论》,我觉得清代起码要占四分之一的篇幅。

治经学的人都知道,若无清儒的研究成果,许多经书都读不通;文学研究也同样,没有清代的诗文评著作,中国古代文学理论和批评就会停留在很肤浅的水平上。事实上,不了解清代的文学理论和批评,就不能真正理解中国传统文学理论、批评的丰富内涵和不朽价值。我们常听到有人说,中国古代文论都是零星的、印象式的、缺乏理论系统的,如果这些学者能多读一些清代的诗文评著作,就会知道自己的结论是很武断和片面的。学界所以会有这种似是而非的判断,与清代文论始终未得到重视有关;而清代文论之未受重视,又与

"一代有一代之文学"的传统观念分不开。近代以来,除了戏剧、小说较为学界关注,清代诗文及相应的理论、批评多年来一直都不在学者的研究视野之中。这种情形直到上世纪八十年代以来才有所改观,不仅诗歌和古文日渐受到研究者的关注,就是一向不为人注意的词和骈文也逐渐成为学术热点,而骈文的受重视更是有着特殊意义的。

正如袁枚《胡稚威骈体文序》所说:"骈体者,修词之尤工者也。"骈文同时具备诗、文、赋三大文体的文体特征,凝聚着汉语特有的形式美,是集中体现了汉语修辞艺术的一种文学体裁,对作者的才情和学养都有异乎寻常的要求,或许可以说需要具备最全面的艺术才能。一个擅长骈文的作家,做其他各类文章都会得心应手,不成问题,而反之则未必然。这就是朱彝尊、尤侗、陈维崧、吴绮、袁枚、胡天游、杭世骏、洪亮吉、汪中、孙星衍、吴锡麒、王昙等清代作家都兼擅诗词曲赋,而许多诗古文辞名家却不能作骈文的道理。能否作骈文,确实是衡量作家才能的一个重要标尺。擅长骈文的作家,全多才情洋溢、腹笥丰实,娴于偶俪、事类,且对语言的声韵之美有敏锐的感觉——身怀如此异禀的作家历来都是很少的。

清代在整体以学术文化为主导的社会背景下,文学家普遍地享有优于前代的教育机会,读书多,学问好,更兼国家富足,朝廷右文,社会对文学的需求空前剧增,骈文创作也适应这种需求而形成前所未有的繁荣局面。骈文毕竟是一种应用性非常强的文体,文学作品(尤其是戏曲小说及女性诗词)的序跋、游宴饯送的序记、婚庆寿诞的序祝等,大多内容空洞而流于形式,于是辞藻华美的骈文就成了最适合于这类应酬的文体。这使得清代骈文在经历元、明的中衰之后,进入一个复兴的时期。名家辈出,作品繁多,各种通代、断代、地域的骈文总集、选本层出不穷,现知各种骈文别集、总集、选集,据昝亮《清代骈文文献综录》统计,有558种。骈文批评和理论总结相比前代也有长足的进步,正如陈用光《方彦闻俪体文序》所说:"本朝之为俪体文者至众,而讨论之精,则后来者往往轶出前人之上。"如孙梅《四六丛话》便是最有名的骈文论著。但令人遗憾的是,有关清代骈文的研究一直很薄弱,理论和批评研究就更是缺乏了。大量的骈文总集、选本，孙梅《四六丛话》之类的专著，序跋、书信、笔记杂著里的许多评论，都还沉睡在图书馆中，有待学者去发掘、整理和研究。这无疑是清代文学和文论研究亟需措手的工作。

2006 年 3 月，吕双伟以《清代骈文理论研究》为题完成了他的博士论文，成为迄今研究清代骈文理论的首部专著。有关清代骈文理论的论文一向鲜见，双伟发表于《文学遗产》的《清代骈文理论中的风格论》一文，就给我留下鲜明的印象。后来他申请来文学所做博士后研究，我才知道他在我母校广西师范大学获得读硕士学位，师从于莫道才教授，又私淑于同门于景祥兄。这两位都是当今不多见的治骈文有成的专家，莫教授的《骈文通论》、景祥兄的《中国骈文通史》都用了相当的篇幅评述清代骈文，代表着当今清代骈文研究的水平。双伟从两位专家治清代骈文，尤其关注理论和批评的方面，读博士期间在韩泉欣教授指导下，终于完成这部全面研究清代骈文理论的专著。经过近五年的修订，书稿更为充实，大体展现了清代近三百年间人们对骈文的文体特征、价值、地位的认识及其变化。我感觉他的研究是在大量的阅读上展开的，所使用的文献、涉及的问题都比较广泛，作为一部研究清代骈文理论的专著，既有较好的理论意识，也有对文学史的现实感，对我们认识和理解清代骈文的历史发展很有参考价值。

清代骈文理论是古代骈文写作经验的全面总结，同时也反映了本朝骈文写作的基本观念，是古代文学理论和批评史的重要内容。浏览现有的古代文论和批评史著作，这方面的内容若有若无，都很薄弱。双伟这部专著，无论对今后的古代文论研究还是批评史撰写，相信都将会是很好的参考文献。当然，清代文献无比浩繁，以个人的力量是难以穷尽的，更丰富的骈文理论资料还有待于发掘，更多的骈文研究课题还有待于我们发现和深入探讨。双伟春秋正富，如何不断拓宽学术视野，在深化清代骈文研究的同时丰富自己的学识，增强自己的洞察力，是今后将面临的问题。以双伟对学问的笃好和学风的扎实，我相信他会一步一个脚印地前行，日进不已。我对骈文夙无研究，忝为合作教授，其实在学术上提供不了什么帮助。值《清代骈文理论研究》行将授梓，略摅所感，以致祝贺之意，并与双伟共勉。

王立《武侠文学母题与意象研究》序

以赛亚·柏林(Isaiah Berlin)在他的著名论文《刺猬与狐狸》中，根据古希腊的一首诗："狐狸知道很多小事，而刺猬只知道一件大事。"将人分成狐狸和刺猬两种类型。狐狸型的人，总是同时追求很多目标，把世界看得很复杂；而刺猬型的人则把复杂的世界简化成单个有组织性的观点，一个基本原则或一个基本理念，发挥统帅和指导作用。学者也可以分作两种类型，狐狸型的学者兴趣广泛，能同时对多方面的问题抱有关心，对知识本身有浓厚的兴趣；而刺猬型的学者则执着于理论思辨，可以长时间集中思考一个问题，无穷地追溯问题的原点。一个刺猬型的学者，你很容易对他的学术作一个预期，多少年后大致不会相差太远。但狐狸型的学者，你是无从捉摸的，他常跟着感觉走，兴之所至，广泛涉猎，多少年后，他对课题的选择和成果会让你瞠目结舌。

王立兄似乎是一个狐狸型的学者，而且是一只永不知疲倦，永不停歇地搜寻目标的狐狸。他一部部接连问世的大著，每令我瞠乎其后，不敢向风。

上世纪九十年代初，关于新方法的讨论逐渐冷落，人们热切盼望的新方法的成功实践似有似无，并没出现什么让人印象深刻的成果。当时也算是新方法之一的主题学研究，虽有零星论文发表，终不成气候。直到 1995 年王立兄在中州古籍出版社一举推出《中国文学主题学》四卷,分论“意象的主题史”、“母题与心态史”、“悼祭文学与丧悼文化”、“江湖侠踪与侠文学”,才在这一学术领域掀起波澜。

《中国文学主题学》四卷,包含着不少崭新的课题和有价值的思路,只因篇幅所限,未能充分展开。从日后王立兄学术的发展来看,这四卷的内容基本成了他整个研究的导论,许多课题和想法后来都被发展、充实为一个个扎实而有深度的专题研究,像宗教民俗、女性情爱、祭悼、复仇、游侠等等。在我的印象中,复仇和游侠这两个既有关联、交叉,又各自独立发展的母题,似乎是王立兄用功最勤的课题,他就此所撰写的论文,仅书后附目录所列即多至四十多篇。从《主题学》中的初步开掘到《伟大的同情——侠文学的主题史研究》(学林出版社,1999)的全面拓展,再到这部《武侠文学母题与意象研究》的深入探索,作者经由点、线、面的反复研讨,在这一课题上收获了丰硕的成果。

武侠文学自上世纪八十年代以来成为全民阅读的热点,像我这种远不能算武侠迷的一般读者竟也读过金庸全部的小说——这是我阅读经历中的一个纪录,迄今为止,金庸是唯一一位我读过他全部小说的小说家。在举世风靡的武侠热中,武侠文学也逐渐成为文学研究中的一个热门课题,《中国游侠史》《武侠小说史》之类的著作已出版了若干种,著名文学研究家涉猎武侠文学的更是不乏其人。当王立兄以新著来索序时,我诚惶诚恐之余,也不乏好奇之心,很想知道他那辆“主题学+母题学”的水陆两栖坦克,此度又推进到了哪一块阵地。

武侠小说读者既众,议论纷纭,未被谈论的东西似乎已很少了。但我浏览王立兄的大著,发现他讨论的问题竟多是很新颖的。比如第一编“武侠文学与武侠文化”论唐诗中的胡人形象与射箭技艺描写,元代的向猛兽复仇故事,还有反面人物形象金兀术。其中蕴含的豪侠文化精神,一经他揭示,各各呈现出不同寻常的意味。就拿比武招亲来说吧,原是武侠小说中俗而又俗的老套,或许正因为太平常了,研究者反而很少注意。王立兄独专辟一章来探讨古代叙事文学中这一带有世界性意义的人类学母题,从仪式的程式、规则及旁观者反应入手，分析比武招亲带来的团伙内部重新整合效益，附带论及对这特定情境中女性性别意趣的描写，从这个俗套情节中引出了诸多不俗的话题。第二编“中外比较”将武侠文学的视野推广到不同国别、不同民族的文学，研究了汗血马、忍痛自伤、复仇动机、骑士精神等中西共通的文学意象、母题之间的影响和对照关系，其视角和选材之新颖自不待言。第三编“金庸小说母题意象”所探讨的问题，相信金庸研究者和普通读者都会有兴趣。这是“金学”热中罕闻的古典文学研究者的声音，作者不仅有说服力地阐明金庸武侠小说这朵奇葩植根于传统文化和传统文学，还具体考证了金庸小说中动物求医报恩母题的佛教文献来源和冰蚕意象的文本来源，这都是很有价值的实证考察，同时也是读起来饶有趣味的文字。

我与王立兄相识已有不少年头，虽见面机会不多，所操术业有异，但一直保持联系，交流研究成果。王立兄视我为知音，我视王立兄为畏友，他的著作常给我多方面的启发。这部新著给我的印象是，一以贯之地运用了作者擅长的主题学方法，不只注重武侠题材史上的作品流程研究，还不时地根据主题意脉进行跨文体的探索。他在进行主题学研究时，往往辅以“意象”这一抒情文学概念，试图通过叙事文学、或叙事与抒情文学共同关注的某些特定意象，揭示武侠文学写作中的继承和因袭现象。这种工作将武侠文学研究推进到一个更深层的历史考察中，意味着武侠文学研究正在由印象式批评向专门化和学术性的方向迈进。与此相关的，以跨文化比较的视点观察问题，也是本书值得注意的特点。除了以“平行研究”探索中西方正义观念的文学表现、复仇文学中的复仇动机、范围表现的差异之外，作者特别重视从影响研究的角度考察武侠文学在精神和表现方式上所受到的佛经文学及印度文学的影响，非常具体地寻绎许多母题、套路的由来。这些材料和问题被作者熟练地运用民俗学和文化人类学理论加以解释，形成不同程度的独创性见解，相信这些见解会有力地推进和深化新世纪的武侠文学研究。

李春阳《白话文运动的危机》序

本书是对二十世纪白话文运动及其影响的一个全面反思，是对这一重大学术课题的再度深入考察。我们都知道，对白话文运动的评价是与运动相伴而生的一个老问题，一个世纪来论者之多，如过江之鲫。但篇幅如此庞大、视野如此开阔的论著似乎尚未出现过。作者的观点很清楚：白话文运动初衷是提倡白话文，但结果却导致文言文被废弃。作者在今天为文言申冤，不是反对白话，而是要重新确立文言在语文教育中的地位，弥补白话的不足，有益于白话的成长。一句话，白话的发达、成熟、伟大，不必以文言的废弃为前提。无论从哪个角度看，这应该说是很理性的看法，是涉及民族语言发展方向的重要观念。

这些观点在作者李春阳 2009 年完成的博士论文中即已表达。论文答辩时，蒙刘梦溪先生错爱，以同行专家评审相嘱，实则我对新文化运动和语言学夙无研究。但接到论文，阅读之下深获我心，觉得郁积多年的骨鲠，都快然一吐，不由得为之振奋。

关于白话文运动的兴起，近年的研究较以往已有较大突破，愈益注意到晚清社会生活的变革及其影响，这对理解白话文运动的社会基础无疑是很有帮助的。但白话文运动的理论核心——言文一致的假说，是无论如何绕不过去的石头，本书作者用了很大的篇幅来讨论这一问题。就我所知，言文一致大概从来就是个神话，在语言史上得不到证实，就是拼音文字也绝不等于言文一致。问题的关键还不在这里，即便有过言文一致的情形，又能怎样？

海纳川《冷禅室诗话》载傅山与其子眉一札云：“老人家是甚不待动，书是两三行，眵如胶矣。倒是那里有唱三倒腔的，和村老汉都坐在板凳上，听甚么飞龙闹栏，消遣时光倒还使得。姚大哥说十九日请看唱，割肉二斤，烧饼煮茄，仅足受用。不知真个请不请。若到跟前无动静，便过红土沟，吃两碗大锅粥也好。”这是清代初年的家常书札，一如父子对面，娓娓道来，最近口语，足见当时口语已与今天相去不远。如果这便是言文一致，又能说明什么问题呢？白话文运动的目标不是要记录口语，而是要创造一种用口语写作的文学。单纯口语的记录，是不足以成为文学的。这原本是个常识，但在那一味思变的年代，人们似乎忘忽了这一点，以为文言改作口语便是进步。三十年代官方刊发一则何应钦的消息，指定题目为《何省长昨日去岳麓山扫其母之墓》，第二天被报人改作《何省长昨日去岳麓山扫他妈的墓》！

如果说这不属于文学的范围，那么民初陈景寔《观尘因室诗话》还有一个有趣的例子。陈氏举杜甫《咏怀古迹》“群山万壑赴荆门，生长明妃尚有村”一联，说写成新诗必作：“这一大些山头和那些山涧沟子一齐都对荆门，路旁边有一个小村子里头有一位美貌的佳人。”白话倒是白话了，但能否被视为文学呢，还要打个问号。当然，今天谁也不会将如此幼稚的白话视为文学语言变革的成功。经过几十年，现代汉语写作早已度越童稚年代，具有相对成熟的品格。但是，要确定白话文学的评价标准，判定其得失，恐怕还为时过早。正像现代性是个未完成的过程，在一个时期被视为惊天动地的变革，随着过程的推移，其权重会逐渐变轻。语言也同样如此，改革之初，难以预计未来的发展。相比当今“新新人类”的火星语言，清末民初的文白之变，似乎又不算很大的诧异了。然而无论如何，弃置数千年累积的语言艺术和文化传统的沃土，徒手白战，想在贫瘠而日常的白话荒原上创辟一种伟大的新文学，肯定不能说是一种明智的想法。

不是没有人意识到这个问题，《学衡》杂志的简章中有“体裁及办法”一项，出自吴宓手笔。其辞曰：“本杂志行文，则力求明畅雅洁，既不敢堆积饾饤，古字连篇，甘为学究，尤不敢故尚奇诡，妄矜创造。总期以吾国文字，表西来之思想，既达且雅，以见文学之效用，实系于作者之才力，苟能运用得宜，则吾国文字，自可适时达意，故无须更张其一定之文法，摧残其优美之形质也。”这样的态度，即便在今天看来，仍然可以说是睿智而不失自信的。文学不同于日常说话，即与学术论文相比，它也是一种更讲究修辞的雅言。汉语文学绝不可能以放弃甚至牺牲汉语固有的优美形质为代价而获得成功。哪怕这种盲目的勇气可能成为流行的症候，哪怕其幼稚的实验成果可能风靡一时，但历经时间的淘汰，终究会在闪耀着汉语优美形质的古典作品面前黯然失色。

一百多年前，阮元在《文言说》中写道：“为文章者，不务协音以成韵，修词以达远，使人易诵易记，而惟以单行之语，纵横恣肆，动辄千言万字，不知此乃古人所谓直言之言、论难之语，非言之有文者也。”[①] 这通常被视为替骈文辩护之辞，不知它实际上是近代社会来临前夕，一种坚守汉语形质之美的文学态度，也可以说是文学史上保守主义的前驱。余英时认为中国没有保守主义，因为没有可以保和守的东西。他似乎未注意到晚近以来一部分文化人的想法。

事实上，面对白话文学的兴起，也曾有人用另一种思路来设想文学的未来。比如未被划入学衡派而实为派中人的李审言，就对阮元的《文言说》“尤所心醉”[②]，在“白话诗出，为大革命”[③]的形势下，思量着要走出一条能发挥汉语形质之美的路，并自信坚守阮元自命的“子派杂家”[④]之学，据以为诗文，未尝不能有所成就。他对古文辞偶俪传统的张扬，实在是出于现实中对传统文学审美特质沦丧的恐惧。诚如曾任云南大学校长的袁嘉谷跋其师许印芳《律髓辑要》所云：“余惟

① 阮元《研经室三集》卷二，中华书局 1993 年版，下册第 605 页。

② 李审言《与钱基博》其二，《李审言文集》，江苏古籍出版社 1989 年版，下册第 1050 页。

③ 李审言《与陈石遗》其一，《李审言文集》，下册第 1041 页。

④ 阮元《书梁昭明太子文选序后》，《研经室三集》卷二，下册第 609 页。

中国诗教，以声韵为发言之音节，以对偶为文章之光华，实于各国文字之外另辟一天。今将沦矣，得先生是编而昌之，庶几古学不绝，国粹保存，岂仅关于方氏、纪氏书哉！”①这不明白是立足于保守主义的立场么？他们的信念至今仍是值得我们尊敬和加以反省的。然而，“此情可待成追忆，只是当时已惘然”。在那个时代，没有人会将李审言们的想法认真掂量一下，他们微弱的声音最终淹没在白话文运动的强势洪流中。如今看来，白话文运动最根本的问题，不在于放弃文言本身，而在于它同时断绝了其他的可能性。从这个意义上说，反思白话文运动的得失，确实是关涉现代文学、文化转型与中国未来文学、文化发展方向的重大问题。

当然，受语言学知识的局限，尤其是在计算机汉字处理技术发明之前，白话文运动的鼓吹者和实践者们对汉字和文言的悲观是可以理解的。但到今天，还有人出于语言的自卑，而导致董乐山说的“汉语的自我殖民地化”，那就肯定与汉语教育的失误有关了。从决定一种语言诸多基本特征的音节数量说，汉语在所有语言中居中等水平，学习难度大致也是中等，并不比学习许多其他语言更困难。这一点当年文廷式与李提摩太辩论中文的繁简问题，即已阐述得很明白：

> 西人李提摩太，尝谓中国文繁，余应之曰：中国文不繁。李提摩太请其说，余告之曰：西人拼音，凡数万音。而中国所用之音，不过数千。此简一也。西人字典不下十万字，其常用之字亦将近万。而中国所有之字，除别体讹体外，不过一万；所常用之字不过四千。其简二也。且数千之音，大半分以四声，道之语言，则平、上、去三音不甚分别，是音尤简矣。各国语言凡衬字余音皆著之笔画。中国则以数虚字形似之，而一切起音、收音概置不用，此所以简而足用也。问曰：然则中国学童每至七八年、十年，犹有文理不通者，其故何欤？余曰：此求工求雅之过，非文字之咎也。中国文法，大半沿之周、秦、汉者十七八，沿之唐、宋者

① 许印芳《律髓辑要》袁嘉谷后序，云南丛书本。

> 十二三。若近千年之名物则不登于文字,近五百年之语言则不书之简牍。是学者读古书,通文理,其中已兼两次翻译之功,安得不迂缓乎?且闾里之女子,乡井之细民,但能阅戏文、看小说,不一二年,便可亲笔写家信。若谓非十年不可,岂此等人之聪明转过于在塾肄业者乎?故但令识字能书之后,即改学化学、算学等艺,度其用文字之功,虽至愚之人,三年,无不能操笔记事者矣。以是言之,不必再造简便文字也。①

若从数千年不断的历史和强大的构词能力来说,则汉语毫无疑问是世界上最伟大的语言之一。不仅拥有数量最丰富的词汇,而且它强大的构词能力足以消化任何外来语,这只消看看汉语可以不用音译法来吸收任何外来语就知道了。很多语言都做不到这一点,最为我们熟悉的例子是日语。

因为有了比较语言学,让我们知道,汉语是世界上最简洁的语言。联合国使用的文件,汉语本是最薄的,若用文言还会薄许多。当年黄季刚先生讲课,盛赞文言的简洁,因胡适提倡白话文,便举例说:"如胡适的太太死了,他家人电报必云,'你的太太死了,赶快回来啊!'需要十一个字。文言只需'妻丧速归'四字,电报费就可省三分之二。"在白话文牺牲掉这种简洁性后,我看到日本店铺"年中无休"的牌子,竟不觉有礼失求诸野的感慨,国内通常写的是"节假日照常营业"。

读完春阳这部书稿,觉得她许多想法都与我不谋而合。比如她说:"就掌握白话、文言的一般情况而言,前者易而后者难,国家的教育政策当应先易后难而循序渐进,决不可舍难就易而自甘浅陋。"我也认为,一个人要想学好汉语,写好语体文,首先必须学好古汉语。林琴南说"非读破万卷,不能为古文,亦并不能为白话",确为至理名言。我甚至认为,中学语文课就可以不教白话作品,只读文言。白话自幼使用,到了中学就不用再学,自己阅读文学作品即可;而文言则

① 汪叔子编《文廷式集》,中华书局1993年版,下册第804页。

需要花时间来学习，一旦学好，自然提升语文水平。看港、台电视节目，日常措辞明显比大陆文雅。台湾电子通讯产品的广告会说“无远弗届”，警察调查交通事故现场，面对电视镜头，会说“事主已往生”。想想我们一般会怎么说？

读春阳还在修订中的书稿，的确给我很多触动，很多启发。对一个涉学未深的年轻学者来说，驾驭如此重大的课题，是需要极大的勇气和胆识的，更需要具备相当的学养、才能。我觉得春阳不仅表达了自己的想法，还表达得很有力。第一章对《中国大百科全书》“白话文运动”词条的逐句解读和评点，便颇见功力，澄清不少似是而非的不确论断。众所周知，《大百科全书》的编纂曾集合了各学术领域的专家，但受当时观念和学术积累的局限，论述中还是存在不少问题。经春阳一番分疏，其失实和不严密之处一一暴露出来。第二章逐个剖析白话文运动中的五位重要人物，让我们看到周作人、废名、李长之他们对文言、白话与新文学关系的认识，其实都是很通达而妥帖的。随后她又梳理了现代白话文运动涉及的“大众语”、“民族形式”、“整风”、“文革语言”、“帮八股”、“ 言文一致”、“欧化”、“翻译的白话”等一系列概念，并将这些时尚话语背后的文化焦虑和意识形态背景作了详尽的剖析。贯穿于其中的历时性眼光，不仅有文化批评的视野，也不乏历史反思的深度。

当然，我同时也感觉到，作者对白话文运动乃至文学语言变异的合理性，似乎估计不足。文学本质上就是一种语言的游戏，故而决不肯屈从于日常语言。贾平凹的小说语言就是商洛方言吗？不是，是商洛方言和《水浒传》式的明清白话的混杂体。网络文学更充斥着改造日常语言习惯的缩略、错位、双关等各种语言花招。这本是后现代写作的一种常态，也是网络挣脱意识形态束缚后的自然反应，但春阳似乎出于对语言纯洁性的理想，而明显持否定态度。这或许与个人趣味有很大的关系。她说鲁迅、周作人而外，几乎所有白话作家的创作，都不能令她满意。周作人我从来不喜欢，读得很少，无法评论。但鲁迅我还是熟悉的，并不觉得鲁迅的白话怎么好，非但文白夹杂，还带有浓厚的日语语法痕迹（这也是当时留日文人的通病），现在看来仍是现代汉语初期较为幼稚的白话。我的判断也可能比较主观，难得专家首肯。但文学评价原本与批评者的知识背景有关，许多人称赞金庸的语言好，文史知识渊博，而在我这个古典文学研究者看来，金庸小说的语言有点粗糙，文史知识也一般，他真正的本领乃在奇幻的想象力、驾驭复杂情节的魄力和刻画人物的功力。

这些问题都容有讨论，但有一点似乎值得作者注意。我在阅读中不时感觉到，作者才气横溢，而且急于表达平时积累的有关历史人物和文化问题的许多想法，写着写着就跟随史料议论开去。胡适、鲁迅等五位先贤，本来只需讨论他们与白话文运动的关系，最终都写得近似作家论。这可能是作者需要斟酌的问题，但在我们读者，固不妨将这部著作当作中国 20 世纪的语言文化史来读。语言原是文化最基本的载体，在语言中发生的一切都密切关系着我们的生活。这一点，对经历“史无前例”的语言洗礼的我辈来说，再容易理解不过。

转眄三年过去，春阳的书稿经反复修订，行将授梓。因为我毕业于南京大学，春阳认作学长，遂嘱我为新稿写个序。本来我既无能力评价她的研究，也不足为她的大作增重，既承重嘱，只好聊陈管见以塞责，不想一气写了四千多字，大概也是有感而发罢。春阳和读者们觉有不妥，自可一笑置之，不值得指正的。

（原刊于《博览群书》2017 年第 4 期）

刘鹏《中国藏书史研究论集》序

“书籍是人类进步的阶梯。”高尔基这句名言，再形象不过地说明了书籍与文明的关系。如果说人类与动物的本质区别就在于使用符号的能力，那么书籍正是使人类得以高踞于生物链顶端的必要条件，它使文明变成可以较快积累和习得的有形物质，而不必依赖于缓慢的基因遗传。华夏民族引以自豪的四大发明，就有两项与书籍相关。造纸术和雕版印刷技术的领先，让我们的文化生产和积累在中古时代走在世界前列。如果不拘泥于书籍的物质形式，那么书籍在古代中国有着更悠久的历史，大思想家老聃的图书馆长身份（柱下史）已然预示了藏书与思想、文化的直接关系。稍后的改朝换代，除了地理疆域，真正有实质意义的只是图籍占有权的变更。

随着社会形态的更迭，文化权力垄断的崩溃和文化资源的扩散，插架缥缃成为社会风雅的标志景观。史文所见，唐代士大夫间已有藏书风气，讫两宋而极盛，而一代的学术风气和文学作风也因此大异于前世。照先贤的看法，南方文化在元代就整体超过北方。其表征除了城乡经济的高度发展外，江、浙、闽三地发达的图书业也是最为显豁的标志。书籍传播、滋养了文化，同时也是文化最好的装饰。钱谦益曾说：“自元季殆国初，博雅好古之儒，总萃于中吴，南园俞氏、笠泽虞氏、庐山陈氏，书籍金石之富，甲于海内。景天以后，俊民秀才，汲古多藏，继杜东原、邢蠢斋之后者，则性甫、尧民两朱先生，其尤也。

其他则又有邢量用文、钱同爱孔周、阎起山秀卿、戴冠章甫、赵同鲁与哲之流，皆专勤绩学，与沈南启、文征仲诸公相颉颃，吴中文献，于斯为盛。”（《列朝诗集小传》丙集朱存理传）我们很难断言，究竟是文化发达带动了经济发展，还是经济发达催生了文化的繁荣。可以确信的只是，文献最盛的吴中，也是天下最富庶的地方。

说到吴中文献之盛，不能不提到乾隆三十七年（1772）清廷编纂《四库全书》，这是中国文化史上的一件大事。当今学者过于计较它对古书的禁毁（其实与编书没有必然联系）和篡改，而忽视了它对书籍流通状况的改善。《四库全书》钞为七部，分贮于内廷及扬州、镇江、杭州等地，文汇阁、文宗阁和文澜阁所藏即所谓“南三阁”本，听凭士人登阁阅览，这不就是中国公共图书馆的雏形么？在此之前，民间阅读主要依赖私人藏书。而那些藏书之家，书多秘不示人，世间流通的图书不出厂肆所售。《四库》馆既开，广征天下之书，故家多出珍本秘笈以献，纂修之官又借机钞出，遂使一大批珍稀古书流通于世，刺激了私人藏书的发展，同时带来学者、藏书家的交流互动和乾、嘉之际学术的繁荣。

乾隆间著名的文化沙龙，如孙星衍的平津馆、翁方纲的小石帆亭，王昶的兰泉书屋、蒲褐山房，朱筠的椒花吟舫，阮元的定香亭、研经室、琅環仙馆，都是著名的收藏之府。而这类主持或赞助文化事业的沙龙，由达官贵人的府邸下移到各地富商的宅第，也是乾隆时代的一个醒目现象。诚如袁枚所说，“升平日久，海内殷富。商人士大夫，慕古人顾阿瑛、徐良夫之风，蓄积书史，广开坛坫”（《随园诗话》卷三）。比较著名的当属扬州马氏兄弟小玲珑山馆，天津查为仁水西庄，杭州赵公千小山堂和吴焯瓶花斋。马曰琯、曰璐昆季以业盐拥巨赀，雅好文艺，收得传是楼、曝书亭旧藏，礼致四方文人，长年寄居其第，从事经史考订、诗文著述。厉鹗的《宋诗纪事》一百卷便是居停马氏多年，利用其丰富藏书而编成的。考究乾隆时代文学、学术的盛况，不能不顾及那个书香飘溢的历史氛围。

的确，乾、嘉两朝也许是中国藏书史上最辉煌的时代，社会整体的安定和富庶培育了浓厚的藏书风气，藏书家队伍和收藏规模都达到空前的水平，历来流传有自的宋元名椠逐渐集中到一批财力雄厚又见识精到的藏书家手中，成就了一个众星璀璨的藏书时代。而以“藏书四友”著名的周锡瓒、顾之逵、黄丕烈、袁廷梼四人，正是其最突出的代表。当时有一位学者洪亮吉曾将藏书家分为五等：

> 藏书家有数等：得一书必推求本原，是正缺失，是谓考订家，如钱少詹大昕、戴吉士震诸人是也；次则辨其版片，注其错讹，是谓校雠家，如卢学士文弨、翁阁学方纲诸人是也；次则搜采异本，上则补石室金匮之遗亡，下可备通人博士之浏览，是谓收藏家，如鄞县范氏之天一阁、钱塘吴氏之瓶花斋、昆山徐氏之传是楼诸家是也；次则第求精本，独嗜宋刻，作者之旨意纵未尽窥，而刻书之年月最所深悉，是谓赏鉴家，如吴门黄主事丕烈、乌镇鲍处士廷博诸人是也；又次则于旧家中落者贱售其所藏，富室嗜书者要求其善价，眼别真赝，心知古今，闽本蜀本，一不得欺，宋椠元椠，见而即识，是谓掠贩家，如吴门之钱景开、陶五柳、湖州之施汉英诸书估是也。(《北江诗话》卷二)

“藏书四友”大抵可归于赏鉴家一类，力求宋椠名刻，精于版本考究，是其共同特点。尤其留意递藏源流，每得一书必识其由来甚至所费几何，总之是几类藏书家中最专注于收藏活动本身的。他们的藏本不仅版本价值高，而且多留有手跋，记载其书流传之迹与版本异同，对于考察古代书籍的集散最有参考价值。缪荃孙和王欣夫分别辑录黄丕烈的题跋，编为《黄荛圃藏书题跋》及续集，成为治文献者必读之书。至今我们要研究古书在清代的流传，《荛圃题跋》仍是最重要的史料。

不过，“藏书四友”当时虽齐名并称，身后的显晦却不同。黄丕烈备受文献学者的关注，而周锡瓒、顾之逵、袁廷梼三人很少被人提到。为此，早几年刘鹏说打算做四友研究时，我觉得是个很有价值的课题。文献学自晚近列入大学课程，一直分为版本、目录、校勘三个板块。将典藏收入文献学的视野，始于先师程千帆先生与徐有富学长合著的《校雠广义》。该书“叙录”首次在文献学的视野中阐明了典藏的地位与意义:“盖由版本而校勘,由校勘而目录,由目录而典藏,条理始终,囊括珠贯,斯乃向、歆以来治书之通例,足为吾辈今兹研讨之准绳。”书中首先发明“典藏学的建立与典藏的功用”,然后以典藏单位、图书收集、书籍亡佚、图书保管、图书流通五章论述图书典藏学的基本内容,其核心内容与图书集散的历史多有交集。众所周知,先师之学托基于文献校雠,最初发表的论文都涉及文献考证,中年倡为考据与批评相结合的文学研究法,晚年接引后学更以文献学加文艺学揭橥宗旨,是故及门诸子莫不以文献学为治学门径,薄有著述,多出入于文献、文学之间。

刘鹏初考入中国社科院研究生院,随我攻读硕士学位,也驯闻此旨。他本来文献基础扎实,与同届李桃合纂《毗陵集校注》,完成得很好。到攻读博士阶段,仍能踏踏实实地阅读基本典籍,将前四史一部一部读完,写下不少札记,让我感觉很难得。正是鉴于他文献基础好,我反而常提命多读理论书籍,培养理论思维的能力。博士论文以初盛唐诗与《文选》的关系为题,将初盛唐诗中因袭、脱化《文选》的例子一一摘出加以分析,用一个看似笨拙而其实很直观的方式展现了初盛唐诗歌深受《文选》影响的事实。全文字数达到五十多万,清楚地显示出独立从事古典文学研究的能力。

毕业后刘鹏就职于国家图书馆发展研究院,我为他得到一份好工作而高兴,同时也为他难以致力于诗学研究而惋惜。毕竟学术研究也须根据环境提供的条件来选择课题和研究类型,身处国家图书馆这一文献重镇,能从事有关版本、目录的研究不用说是最好的选择。得知他参加詹福瑞先生主持的“大陆藏汉文古籍藏书题跋整理与研究”课题,辑录国图善本书中的手书题跋,并对藏书史发生兴趣,我很欣慰,并相信以他的天分和努力,可望成为一名优秀的版本、目录学者。

转瞬八年过去,刘鹏在版本、目录学方面已有相当的积累,藏书史研究也按部就班地进行。重新辑校荛圃书跋之余,他对“藏书四友”的生平事迹及往来售让、切磋之迹作了细密的考证,发表了一系列研究成果。最近他将相关论文裒为一集交付出版，请我作个序。我向来不为自己指导的学位论文作序，这部《清代藏书史研究论稿》不是我指导的研究，不在此限，欣然命笔。

所谓藏书史研究，不外乎人和书两个要素，前者涉及藏书家的收藏兴趣和范围、经济能力和交易经历、保藏方式和研究活动等内容，后者涉及书籍的流传、递藏、分合及归宿等内容。刘鹏此稿上编论人，中编论书，下编则介乎人和书之间。作为绪论的《清代藏书史研究的内容、方法与愿景》一文，表达了自己对清代藏书史研究的一整套想法，是具有学科建设意义的纲领性文字。正文各篇考论，也都出于自己的研讨和发现。尤其是涉及“藏书四友”的篇章，发学界所未发，对清代中叶的藏书史研究饶有贡献。《士礼居善本书志稿》(一)虽只是重辑荛圃题跋的部分成果，一斑窥豹，也足见用功之深。其他论文，或辨析版本，或考释题跋，都能理清书籍递藏的源流，发覆良多。浏览全稿，可以看出刘鹏这些年来沉潜典籍、精进不已的学术印迹。

先师当年在南京大学同时指导古典文献学和唐宋诗研究两个专业的研究生，如今我在华南师范大学文学院忝为古典文学和古典文献两个专业的导师，说实话我不知道该怎么给文献学专业的学生上课。尽管我在广西师范大学读硕士生时，也从胡光舟老师学过版本学和目录学，但后来发觉除了一些粗浅概念，脑子里基本没留下什么系统的知识。多年摸索古籍，让我越来越感觉到，文献学是一门实践性很强的学问，其中许多知识不是教科书或讲义能教给你的。尤其是目录和版本的知识，勤翻书查书，自然就懂得，反之若不接触古籍，只看前人论著，最终还是门外汉。这就意味着，文献学是从事文史研究的一门基础学问，熟练掌握版本、目录学知识，只是进入古代历史、文化研究的门票。我高兴地看到，尽管守着天禄琳琅的庋藏，刘鹏没有自限于版本、目录研究，而是将目光投向了藏书史。这是较版本、目录学视野更为广阔的学术领域，它从一个侧面反映同时塑造了中国古代文化发展的状态。尤其是到了明清两代，乡绅阶层在很大程度上充当了地方文化事业的主持者或赞助者，那些书籍富甲一方的藏书家往往成为四方瞩目的文化英雄，其荣替也成为地方文化盛衰的象征。这就使藏书史研究很自然地成为文化史研究的一个重要分支。在这个意义上，谁能说藏书史研究不是一门值得重视的大学问呢？我期待着本书绪论所表达的学术愿景，能在不远的将来成为现实。

（原刊于《中国社会科学报》2018年7月5日）

张正欣《光影梦寻录》序

有光照着你的时候
你与我　如影随形
现在，你要随光去了
且让我赶紧留住你的
最后一点幻影

——张正欣《光影寻梦录》题记

这是一部关于童年关于人生，关于一个城市的历史，关于他乡生活的点滴散记，也是一个朋友最后留给我们的心声。

生长于斯又回归于斯的老友张正欣，将他久居镇江后重新认识扬州的感悟，用珍贵的照片和隽永的文字编织起来，结构成一部隔江相望的两座历史名城的记忆史，给我们品味这两座城市，顺便了解他个人的雪泥鸿迹，留下一个特异的文本。

“自然稍纵即逝，唯艺术持久永恒。”话虽这么说，实际上只是有心人使瞬间变成了永恒。我们都有第一次看到日出，第一次发现幽秀的古道，或偶然看到特别美的彩虹之类的经验，但通常很快就遗落在忘川，“只有傻傻如我，呆呆地一辈子记住这样可有可无的事情”。这正好说明了他异于常人的、“总是习惯于把生活艺术化”的天性。

正欣几代定居扬州，是地道的扬州人，而我则因父母工作调动，在邻近的仪征生活了八年，然后和正欣一起经历扬州师院的四年本科学习，对扬州也不算陌生。但我，即便在回忆中，也没有重现如此美丽的景致。这是只有善于积攒诗意的人，才可能享有的收获和回报。

我和正欣是大学时代的室友，我一直视他为最亲密的朋友。虽然他很少提及家庭情况，但我约略知道他负担很重，从双亲病故后抚养两个未成年的妹妹，到成家后支撑家庭生计。拼命三郎式的勤奋工作、钻研学问，为他的教师生涯赢得了最高的评价，同时也过早地损耗了他的精力和健康。他在江苏大学十多年的工作量，经常是超出规定数倍，有一次他提到当年上课超过1100节！拿出第24章的自叙，应该足以平复世间所有对大学老师的非议和责难。

我们学生时代最深刻的记忆，是一次次骑车到郊外漫游，一次次在暗房冲印照片，还有一次次去新华书店买书。在他家简朴的寝室，竟有一个让任何学生都会羡慕的书架，排满了牛皮纸精心包裹的名著。这是他多年省吃俭用的积攒。教授外国文学多年，他不仅编纂了27万字的教材，还在《外国文学研究》《文学遗产》这样的权威学刊发表过论文。调入江苏大学后，他开始关注赛珍珠研究，十多年来撰写了多篇论文，有关赛珍珠《大地》的论述多为后来的硕博士学位论文引用。2015年出版合著《寻绎赛珍珠的中国故乡》，更赢得学界好评，获得科研奖项。今年抱病中他写出最后一篇万字长文，论述赛珍珠小说的圣经文体、人道主义思想和中国农民画廊。他的研究，既不盲目趋新，也不故弄玄虚，秉承传统但绝不保守，有着特有的悟性和穿透力。

尽管生活、教学负担很重，正欣始终生活在诗意中，一如他读康德《宇宙发展史观》，最会心于“仰望星空的不可言说只可意会的愉悦”。他很早就养成摄影的爱好，我还随他去什么单位的工作室冲印放大过照片。后来他在江苏大学竟为文秘专业开设摄影课程，前后拍摄了数万张照片。偶尔寄我欣赏，那已远不是一般的造诣。一些照片配以文字，谈论地方文化景观的变迁，发表在媒体上，受到地方文化部门的重视。其中部分照片就收入了这本《光影寻梦录》中。

《光影寻梦录》是正欣诗意心灵、诗意人生的几片散页，是他灵动的文字和独到的镜头捕捉、记录下的历史与人生幻影。其中流淌着宁静的岁月，燃烧着对美的不熄向往。掩卷遐思，形留神往，最遗憾的是没有趁他在镇江时同游文中提到的那些地方，丹徒古道、西津渡、伯先纪念园，甚至信步梦溪园……

在我的印象中，正欣是个生活得很仔细的人，对人生的点滴都有记录。入学不久就得知他写过自传，即文中提到的《往事与追思》，这让我十分惊讶并深受影响，一度我也开始写自传，不过只写几千字就停笔了，感觉没什么值得写的内容。其实，自传的意义从来都是为自己而不是为别人的，只因经验的独特而优美才被别人视为一种价值。正欣这部带有自传色彩的散记，没有悲哀，没有遗憾，只有平静的回忆，满足的感恩。他是可以满足的，一个以美，以诗意为生的人，他留下的这一线光影也必将成为美的永恒时刻。

“我总困惑于，不远处或远远处，有一个注视着自己或爱着自己的幻象”。这是他心灵深处的上帝。对正欣来说，“上帝，也许就是我们一起有意无意追求的道德完美的至高圣地”。因而他确信，上帝教给他“一生信仰不与恶沾边，一生理性不与假相干，一生定数不与丑为伴”。他为人的谦和至善，对文学和教育事业的倾力，无不让他确证这一点。人生一世，还有什么比确知有这神圣的光辉的美存在更为幸福的事呢！我为自己能率先分享这份美与幸福的结晶而深感幸福。

人到中年，多伤于哀乐。每有知交友朋别去，我想为他们祈祷，却不知道该祈祷什么。没有神的灵光庇祐，我们的灵魂都是没有归宿的孤儿。但正欣你不是，于是我可以为你祈祷：

> 日间，耶和华在云柱中领他们的路；夜间，在火柱中光照他们，使他们日夜都可以行走。（《旧约·出埃及记》）

2018年11月18日同学弟蒋寅于广州

追记：张正欣先生已于2018年11月27日病逝于扬州，谨以此文代哭临。

饮河集

鹪鹩巢于深林，不过一枝；
偃鼠饮河，不过满腹。

——庄子

程千帆先生的学术品格

——读《程千帆选集》札记

由于众所周知的原因，我们的学术事业在1957到1976的二十年间曾屡屡陷于停滞状态，无聊的政治运动消耗了两代学者最宝贵的学术青春。以致许多学者到晚年总结自己的学术历程，想编一部体现毕生成就的论文集或著作集时，只能拿出不多的几篇论文或民国间的旧著。这样的事已不是一次出现在著名专家的文集中，很令人叹惋痛惜。然而当我们看到辽宁古籍出版社新近出版的《程千帆选集》时，却不禁在同样的感慨之余又生出许多钦敬。程千帆教授也历经了从“反右”到“文革”的二十年磨难，离开书卷，离开亲人，在广阔天地里干着各种繁重的体力劳动。正值学问走向成熟的年龄，却未能留下本该是最深的学术印迹。不过令人欣慰的是，千帆先生终究以渊深的学养与过人的睿智以及对新知识的热切关注，使自己的学术活动在八十年代以后焕发出蓬勃的活力，达到成就的顶峰。一百三十万字的《程千帆选集》，尽管不包括《两宋文学史》(与吴新雷合著)、《校雠广义》(与徐有富合著)两部晚年的重要著作，仍然呈现了作者毕生的学术成就，尤其是八十年代以来对学术的新贡献。所收《史通笺记》《文论十笺》《唐代进士行卷与文学》《被开拓的诗世界》《古诗考索》《闲堂诗存》及附编(自传及他人评论)诸书，除诗外，前两种作于四十年代，次两种撰于“文革”以后，而《古诗考索》则汇集了作者几个时期的诗学论文。通览全卷，作者在古代文史和古典诗歌研究方面的业绩与学术历程清晰在目。诸书单行本脱销已久,《选集》的刊行无疑将给读者带来许多便利,希望了解程千帆教授学术全貌的人也由此获得一份较为完整的文献。

程千帆先生幼秉家学,少年时代便系统地阅读了四部典籍,打下传统学问的根基。1932年考入金陵大学中文系,师从于黄季刚、吴瞿安、胡翔冬、胡小石、汪辟疆、刘衡如诸先生,在前辈大师的陶冶下,在小学、史学、文献学、诗学、文学史等方面培养起广泛的兴趣和相应的研究能力。他最初的论著是关于文献学的,从三十年代后期到四十年代初,陆续发表《校雠目录辨》《别录、七略、汉志源流异同考》《杂家名实辨正》《汉志诗赋略首三种分类遗意说》(收入《闲堂文薮》,齐鲁书社1984)、《杜诗伪书考》(《古诗考索》)等论文,不仅为日后的校雠学研究奠定基石,也为自己的全部学术开辟了广阔的途径。此后的史学著作《史通笺记》及文学史通论《汉魏六朝文学散论》三篇(《闲堂文薮》),正是在此基础上进行深入的专门化研究的力作。1936年,陈寅恪先生用英文发表《韩愈与唐代小说》一文,千帆先生敏锐地觉察到文中提出的"行卷"现象对唐代文学的重要意义,于是将此文译成中文,并在日后的研究中不断搜集材料,进一步丰富、深化寅恪先生的观点,终于在三十年后完成《唐代进士行卷与文学》一书,对这一关乎唐代科举制度、社会风气和文学创作的重大问题,作了深入的阐述。该书1980年由上海古籍出版社刊行后,很快就被译成日文,在海内外产生广泛影响。这部写得极为凝练的著作,集中地体现了中国学术文史结合的传统。

进入八十年代,程千帆教授不仅在学术机构和团体中担任重要职务,还指导硕士、博士研究生,日常事务分外繁忙。尽管年事已高,健康不如从前,他依然孜孜不倦地治学,在倾其所学指授学生的同时,自己也勤奋地写作了一批高质量的诗学论文,使他毕生颠沛以之、造次以之的诗学研究在晚年爆发出辉煌的创造力,结出丰硕的果实。只要通览一下《选集》中《古诗考索》《被开拓的诗世界》二书所收的论文,我们就能窥见作者在这个学术领域的造诣及其不断深厚的历程。这在周勋初教授为《古诗考索》写的"读后记"及张伯伟君所编

《程千帆诗论选》(山西人民出版社,1990)的"编后记"里已有详致的论述,无须复赘。我在此只想就浏览《选集》所及,略谈点对千帆先生学术品格的认识。

通观千帆先生的著作,我格外感觉到受陈寅恪学风影响之深,这也是世所公认的。作为前辈大师,寅恪先生将钱牧斋注杜以诗证史、以史证诗的方法推广到整个唐代文史研究,实开一代风气。程、陈两家本是世交,千帆先生谊属晚辈,又夙钦佩寅恪先生的学问,学风受其影响是很自然的。其实,在三四十年代,寅恪先生渊博的学问举世仰止,受他沾溉的学人指不胜屈。但至今,又有多少人能继踵前修,以突出的学术贡献立于学林呢?看来,学风并不是决定学术造诣和成就的一切,还须辅以有效的研究方式和思想的智慧。以我看,开放的胸襟和强烈的理论意识乃是程千帆教授治学的基本品格。从早期著作《文论十笺》和《史通笺记》就可以看出,千帆先生从青年时代就对理论怀有热情。这两部书虽以朴学的方式著成,但其指归却是文学理论与史学理论。整个工作不是要完成一个朴学的成果,而是要藉朴学形式的深入钻研达到对文史理论经典著作的深刻理解,从而为文史研究积累下丰厚的理论素养。值得提出的是,《文论十笺》是较早用当代眼光来处理古代文论资料,按中国传统文论的框架来建构理论体系的尝试。就我所知,这项工作发轫于刘永济先生的《文学论》(1913),刘先生用传统文论素材编撰了中国第一部现代形态的文学理论。此后虽不断有各种文学概论出版,但大抵稗贩西说,因缺乏本土的创作实践而与中国传统文学脱节。《文论十笺》总结并建立起中国文论特有的理论结构和修辞学说,非但在当时有针砭时弊的意义,在今日"本土化"思潮下回顾之更具有某种超前的意义。

应当承认,理论意识是作为一个优秀学者所必须具备的基本素质。但在不同学者的研究中,其具体体现的方式是不太一样的。程千帆教授的理论意识,体现为研究活动中理论的运用与方法的自觉。考据与批评是我国传统的文史研究的基本方式,无论古代还是今天,都有无数学者运用这两种方式获得了丰硕的成果。千帆先生自己在早年的研究中,也分别运用两种方式取得了可喜的成绩,但他不满足于此。他有感于清代学者将两种方式分开,“使考据陷入繁琐,批评流为空洞”的流弊,试图探索一种新的方式,开辟一条将二者有机结合起来的新途径。1954年,沈祖棻先生在他们夫妇合著的《古典诗歌论丛》(上海文艺联合出版社,1954)的后记中曾说,千帆先生在他的论文中“尝试着从各种不同的方面提出问题,并且企图用各种不同的方法加以解决。因为在过去的古代文学史研究当中,我们感到有一个普遍的和比较重要的缺点,那就是没有将考证和批评密切地结合起来”。抱着这样的愿望,他们有目的地“尝试着一种将批评建立在考据基础上的方法。”这清楚地反映在千帆先生当时写的一些论文中。如《陶诗“少无适俗韵”韵字说》《郭景纯曹尧宾〈游仙诗〉辨异》、二文,通过对“韵”字“仙”字在六朝、唐代的独特含义,揭示出其中包含的社会风习,从而对作品作出令人信服的分析和论断。《王摩诘〈送綦毋潜落第还乡〉诗跋》一文,从详细考察唐代科举制度入手,发抉诗中包含的社会内容,使唐代习见的送人落第诗的深刻内涵通过个案分析得到了深刻的揭示。这些论文,都显示出陈寅恪先生论著中的以史证诗的特点。但《韩诗〈李花赠张十一署〉篇发微》《与徐哲东先生论昌黎〈南山〉诗记》二文则有些不同,它们运用近代物理学知识,引证登山运动者的视觉经验,用以解释韩愈诗中特殊的视觉描写,并说明韩诗艺术表现上的一些特点及对后人的影响,非常新颖,不仅显示出作者热心关注学科以外知识、乐于接受新知识的开放态度,同时也体现了沈先生所说的从不同角度提出问题,并用不同方法加以解决的尝试。读《古诗考索》中的论文,我们能欣赏到一种方法的智慧——每一篇文章都出自独特的角度,采取独特的解决方法,具有独特的构思和论析形式,给人以策略的启示。这种方法的智慧决不同于前些年学界热谈的“方法论”,因为它们既不是作者一贯标举或奉行的理论,也不是具有普适性的原则,而只是一种智慧——找到解决问题的最佳方式的智慧。除上引沈先生那段话外,千帆先生自己似乎没有谈过“方法论”,只是通过具体的研究实践表明,解决问题是有多种角度、多种方法的,而每个问题的提出方式将决定解决的方法,或者说问题本身会构成对方法的选择。所以对所谓“新方法”,千帆先生的看法是：

> 应用新方法，有一个前提，就是一定要使结论比用旧方法得出的结论更深刻，新的方法要能发掘出新的内容。至少要对旧方法有所补充，否则又何必要新方法？新奇要落实到对作品的深入理解与开拓上，不然它就代替不了旧的。同时，不能因为提倡新的就排斥旧的，传统方法仍要保留。（见《访程千帆先生》，《文学研究参考》1987年第1期）

不难看出，千帆先生的态度是非常通达的，因为它基于科学方法论的首要原则——有效性原则。他论文中体现出的那种讲究方法却不执着于既定之法的态度，同样也是基于上述原则的。实质上，这正是中国古代工具论的最高原则“至法无法”的具体体现。

应该特别指出的是，理论意识在程千帆教授的研究中，并非仅体现于研究过程及具体手段，更重要的是还贯彻到研究结果中去，表现为超越具体认识的对理论升华的追求。学界普遍认为，千帆先生的论文是比较有理论眼光的。我想这不光与他乐于学习新知识，了解新理论有关，也与他追求认识深度的学术观念有关。千帆先生曾在《古典诗歌描写与结构中的一与多》一文中申述了如下的主张：

> 从理论角度去研究古代文学，应当用两条腿走路。一是研究“古代的文学理论”，二是研究“古代文学的理论”。前者已有不少人从事，后者则似乎被忽略了。实则直接从古代文学作品中抽象出理论的方法，是传统的做法，注意这样的研究，可以从古代理论、方法中获得更多的借鉴和营养，并根据今天的条件和要求，加以发展。

他的学生张宏生认为：“程千帆教授的治学，资料考证与艺术分析并重，背景探索与作品本身并重。研究问题时，往往从某些具体对象入手，然后从中抽象出一些规律来。”（张宏生《江湖诗派研究》后记，中华书局，1995）张伯伟则将老师对理论的态度归纳为“以作品来印证理论”与“从作品中抽象理论”（《程千帆诗论选集》编后记）。前者如《读诗举例》一文，从古代作品丰富的艺术经验出发，考察了批评史上“形与神”、“曲与直”、“物与我”、“同与异”、“小与大”五对审美范畴，以创作实践发明了理论；后者则如《古典诗歌描写与结构中的一与多》一文，由描写、时间、声律、章法多方面揭示出古典诗歌写作中整一与错综的辩证关系，从古代诗歌丰富的艺术现象中提炼出一对未经理论家总结的美学范畴，抽象出一带有普遍意义的艺术规律。这样一种主张及其实践，在理论上的意义是巨大的。从研究对象上说，它“不啻为古代文论研究界提供了已发现一个新矿藏的重要信息。而且这一矿藏，犹如古代传说中的‘息壤’，是生生不息，没有穷尽的”（张伯伟语）。而从研究主体来说，它要求学者在研究古代文学时不应满足于对具体事实的认识，停留在艺术现象的表面，而应该去发现纷纭的艺术现象背后那深刻、永恒的结构性存在。这实质上是对文学研究提出了超越现象，深入内核的哲学要求。这一要求无疑是非常之高的，也许就是在将来也很少有人能企及。但这志在高远的期待与黾勉不息的努力，已足以使千帆先生的诗学研究与时代的脉搏共振，以新颖的角度和独造的深度，给学术界以耳目一新的感觉。我们还记得，十年前《张若虚〈春江花月夜〉的被理解和被误解》《一个醒的和八个醉的》等论文发表时，带给学界的是一个什么样的惊喜。博得一致称赞的《一个醒的和八个醉的》，虽只是杜甫一首诗《饮中八仙歌》的阐释，可是千帆先生的阐释不仅角度新颖，分析透辟，而且通过一个个案的剖析，令人信服地作出一个论断：伟大的作家在他们创作出伟大作品之前都有个心理和艺术上的准备过程，并在一些作品中留下标志其自我觉醒之转折点的印迹。这是“从作品中抽象出理论”的一次成功的尝试，其宏观着眼、微观入手的方式，也突破“三段论”的八股气，给人一种新的感受。

作为后辈学者，我经常惊异，程千帆教授的学术研究在七十高龄还保持着旺盛的活力，保持着敏锐的思维。显然，强烈的求知欲和勤奋的思考能使人变得年轻。八十年代以来，西方学术思潮急剧涌入。

当学术界非议蜂起，许多更年轻的学者都在抱怨“看不懂”，怀疑甚至拒斥它时，千帆先生却在冷静地理解、接受。以他的年龄，自然不可能去读原著，但他仍通过各种途径吸取新的知识，并以丰厚的艺术修养和通达的见识包容、消化它们。事实上，人类的心灵是相通的，对世界的认识本质上也是相通的。当人的学养与见识达到一定的深广度时，就会在世界上发现愈益多的相似。1980 年千帆先生写作《相同的题材与不相同的主题、形象、风格——四篇桃源诗的比较研究》时，尚未接触原型批评的理论，只是受清代金德瑛的启发；而 1982 年写作《张若虚〈春江花月夜〉的被理解和被误解》时，也尚未读到关于接受美学及解释学的学说，可是这两篇论文的出发点、意旨与方法却完全与上述两种理论相融通。这不仅启示我们，传统的研究方法中也包含有现代批评的因素，理论需要学习和借鉴；更重要的是说明了：理论最根本的源泉是创作与研究的实践。从具体的实践中抽象出理论，才是学术研究的根本任务和最终目的。因为这才意味着认识的深化。由此我们可以看到千帆先生开放的胸襟和强烈的理论意识，以及建立在此之上的追求认识的超越和深化的学术品格。

读完《选集》，钦佩之余又不免有点惋惜：如果不虚耗那二十年的光阴，这部选集又将会增添多少内容？“十有八年真露电，剩将白首仰苍旻”，“未答涓埃伤老悖，极知祸福自乘除”，“无成素业劳湔祓，不辨遗书孰在亡”。一诵《闲堂诗存》中的零余之作，俯仰今昔，令人悲欣交集。千帆先生是个诗人，大学时代就曾与常任侠、汪铭竹、孙望等结土星笔会，出版《诗帆》。但他写作更多的还是旧体诗词，前后累积有数百首，不幸毁于浩劫。劫后就记忆所及并近作编为《闲堂诗存》，约二百首，附刊于《被开拓的诗世界》，赢得广泛好评。千帆先生一直强调：“从事文学批评研究的人不能自己没有一点创作经验。”（《答人问治诗》）他自己身体力行，我们要了解他的诗学也不能不读一下这些含蕴深沉的诗作。

（原刊于《中国典籍与文化》1995 年第 3 期）

学古诗的门径

——读沈祖棻著《唐人七绝诗浅释》

自古诗推唐朝为首，唐诗对我们来说不仅是欣赏的艺术，更是门学问，其间有各种各样的知识，学懂了不仅有助于鉴赏，也必有助于诗歌的写作。但初学者拿到诗往往不知怎么读它，也不易领略到其中的妙处，那么劝君不妨读一读已故著名女学者沈祖棻著的《唐人七绝诗浅释》一书。

顾名思义，这部书是谈唐人七绝诗的。七绝是唐代十分流行、雅俗共赏的一种诗体，在唐人留存的五万余首诗中，据施子愉先生以《全唐诗》中存诗一卷以上的诗人的作品统计，七绝的数量占第二位，仅次于有唐一代作为"试帖诗"的基础的五律，可见其创作之盛。而后世在人们口中传诵得最多最广的，恐怕也要算是七绝了。这不单是因为它们短小易诵，我看更主要的还是唐人七绝含蓄蕴藉，意味醇浓，"语半于近体（按即五七言律诗），而意味深长过之；节促于歌行，而咏叹悠永倍之"（胡应麟《诗薮》内编卷六）。读之余香满口，回味无穷。并且唐七绝的作者遍及各个社会阶层，取材广泛，内容丰富，诚如清代诗人宋荦所说的："诗至唐人七绝，尽善尽美，自帝王、公卿、名流、方外以及妇人女子，佳作累累。取而讽之，往令人移情，回环合咀，不能自已，此真风骚之遗响也。"（《漫堂说诗》）

最近几年来，随着唐诗研究的深入发展，对唐代绝句的研究和介绍也多了起来，就笔者所见，已有数种欣赏分析介绍唐代绝句的书出版。就选本而言，刘永济先生的《唐人绝句精华》是较杰出的，注释评析均要言不烦，确实能得其精华，但初学最好还是读些较详的讲解。在讲析唐诗的书中，平心而论，沈先生的《唐人七绝诗浅释》乃是最令人赏心的一部。限于自己学识的浅陋，我这里不可能全面地深刻地评论这部书的价值，只想就自己的心得，与朋友们谈点管蠡之见。

沈先生此书名为“浅释”，只能说讲解得浅显明白而已，内容和水平实则不浅。我觉得它不单单是一本向普通读者介绍赏析唐代七绝的通俗读物，同时也是一部很有学术价值的研究著作。它是先生多年讲授唐七绝诗课的讲稿，屡经增订修改，既吸收了前人的研究成果，又充之以个人多年的涵泳所得，可以说内容详赅，识见高超。其体会之深，分析之细，尤其显出女性的细腻来，而文字之浅显而优美，足以使雅俗共赏。

《浅释》一书的价值，首先表现在富有独创性的科学的编写体例上。应该说，这本书的重点并不在“释”，而在赏析，它是一位引导读者漫游诗歌天国的贝阿特丽采。古典诗歌的艺术成就无比丰富，怎样最有效地揭示其中的美学价值，使读者充分汲取并逐步培养起自己的鉴赏能力，是个重要的问题。沈先生抓住了结构这一环（这里说的结构，包括构思和章法两方面的含义），无疑是棋高一着的，也与我国传统的评点方法一脉相承。更可贵的是，书中并未局限于此，它又进了更重要的一步：“把入选的诗篇分成正文和附录两类，挑出了若干首作为正文，按时代先后排列，而把另外一些在某一个或几个方面可以与正文进行比较的作为附录，在分析时先正后附，连类而及。”（引言）沈先生说：“这原是前人诗话中常用的老办法。不过，他们都是兴之所至，随手记下自己的一些看法，不免零碎。此书则是有意识地广泛使用这个办法而已。”我们说这就是个飞跃。借鉴古人但又不为旧框框束缚，独运匠心，故而能达独诣之境。绝句这种形式体裁短小，要求用最经济的文字来表达尽可能丰富的内容，这就决定了它的特点是婉转曲折，开阖有度，而决不能铺陈直叙。铺陈则捉襟见肘，直叙则浅露无味，前人说的“意当含蓄，语务舂容”，是颇能抓住要害的。沈先生正是把握了绝句的这个特点，从解剖结构入手，带修辞炼字着色等而说之。书中选取了唐代七绝中各种题材各种内容具有典型意义的作品，充分展现了唐七绝琳琅满目的内容；在每一种题材中又选择不同写法的作品，进行比较分析，显出唐代七绝诗艺术的绮丽多姿，足见著者用心之深。这里且举一例。原书是一首一首分析的，为方便起见我合起来讲。

越王勾践破吴归，战士还家尽锦衣。宫女如花满春殿，只今惟有鹧鸪飞。——李白《越中览古》

旧苑荒台杨柳新，菱歌清唱不胜春。只今惟有西江月，曾照吴王宫里人。——李白《苏台览古》

伤心欲问前朝事，惟见江流去不回。日暮东风春草绿，鹧鸪飞上越王台。——窦巩《南游感兴》

沈先生先从构思上分析，第一首是先写越中"过去曾经存在过的胜利、威武、富贵、荣华"，再一转以今日的凄凉作对照。第二首则先描绘当今苏台的荒芜，然后回溯昔日的繁华。第三首却似乎根本不写昔日，只渲染今日的颓残的眼前景。其次，三诗的章法用笔也是各自异趣的，第一首用了三句重笔实写，渲染当年的繁华兴盛，越王、战士、宫女，到最后一句才猛一转，把读者的眼光拉回到现实中来。第二首前二句明写今日的荒凉，暗衬往昔楼台笙歌的热闹，后二句仍写今日之月，但用月带过去，用的是虚笔，似未转而实已转。第三首只一句虚笔溯古，转而用三句实笔写今，和第一首恰好相反，前者是三实一虚，后者却是一虚三实。通过这样的一剖析一比较，我们对怀古诗的几种写法有了体会，有了一定认识。在分析《越中览古》时，沈先生还指出七绝的转折在第三句较多，而此诗在第四句转，今昔对比极为强烈，前面写得愈着力，后面转得就愈有力。为了使读者对这种结构有更深的印象，她又举了韩愈的《同张水部籍游曲江，寄白二十二舍人》、元稹《刘阮妻》二诗来参照，具有发明之妙。

比较是本书的特色，不仅表现在分析结构上，也表现在其他方面。比如通过王昌龄《长信秋词》与孟迟《长信宫》的比较，说明诗人立意取譬的不同见出深浅隐显高下优劣之分：

> 两诗都用深入一层的写法，不说己不如人，而叹人不如物，这是相同的。但燕子轻盈美丽，与美人相近，而寒鸦则丑陋粗俗，与玉颜相反，因而王诗的比喻显得更为深刻和富于创造性，这是一。其次，说明自恨不如燕子之能飞绕御帘，含意一览无余；而写寒鸦犹带日影，即是实写景色，又以日影暗喻君恩。多一层曲折，含义就更为丰富。前者是比喻本身的因袭和创造的问题，后者是比喻的含意深浅或厚薄的问题。

通过这样精辟的分析，二诗孰优孰劣昭然自见了。这对帮助读者欣赏，尤其是提高鉴赏能力，作用是很大的。书中通过比较讲析，深入浅出地讲一些诗歌创作中的规律性问题，由于先生本人是造诣很深的优秀诗人，深得诗家三昧，故而所讲的都很切实。如通过"劝君更尽一杯酒，西出阳关无故人"、"莫愁前路无知己，天下谁人不识君"、"出门即有碍，谁谓天地宽"三诗的比较揭示了诗人的胸襟对其诗境界创造的决定作用，通过白居易等人一组王昭君诗的比较，说明诗人对社会认识的深度决定其诗对社会现象的本质揭示的深浅程度；通过对王维《九月九日忆山东兄弟》等诗的比较，介绍了一种"用以对面设想和着笔的方法以深化主题"的手法；而通过对白居易和张仲素的《燕子楼》倡和诗的分析，则介绍了关于倡和的一般原则。这些由分析具体的诗作引申出的文学知识，既通俗易懂又富有说服力，没有一点说教和灌输的味道，却让读者从现象中得到理论的升华。这对普通读者是很有启发的，也是其它同类著作所不具备的优点。

《浅释》既然是引导读者欣赏的，对每首诗的讲析就成了最基本的组成部分。沈先生的分析精细入微、毫发悉辨，我初读此书，甚至觉得不少诗过去自以为读懂的实际上并没懂。读了她的分析，不仅能使我们对那些诗理解得更深入，而且还能学会怎样去分析欣赏。比如她分析韩翃的《寒食》，说此诗首句点时令地点，是泛写；次句是特写，二句一大景一小景状柳絮漫天飞舞的景象，"'御柳'、'飞花'、

‘寒食’、‘东风’都从‘春’字生出，而‘飞花’与‘柳斜’则由‘东风’贯穿起来，‘御柳’引出‘汉宫’，‘寒食’又是‘传蜡烛’的根据，从这些地方，可以看出诗人的苦心经营，细针密线”。寥寥数语便中肯綮。再如分析白乐天《邯郸至除夜思家》，说前二句写冬至佳节邯郸十分热闹而不出游赏，暗示因思家闷闷不乐而毫无兴致，“影伴身”写孤独无伴。后二句写思念家中亲人，但不直说，却说家中人定在念叨自己；家中人想念自己的情形是设想的，这正是诗人在想念家中人。而家中人尚能团坐“说着远行人”，自己却只能“抱膝灯前影伴身”，更显出自己的凄苦不堪，更曲折地透露出思家情切。这样细致的体会真可称是白乐天的知音，指示读者也可谓善以金针度人。

总之，《浅释》一书的优点很多，此不能一一胪列。书前达三十页的《引言》是很全面地介绍绝句的产生和唐七绝的发展概况的文字，其中有许多精辟的见解，如对杜甫七绝的评价问题，很可以供我们参考。正文对诗的分析都很精审，间有考证，无论对一般读者还是专业研究人员都有参考价值。且七绝是一种较有代表性的诗体，虽短小却具有各种诗体的特点，对它的研究可以要我们因小见大，举一反三，学会对其他诗体的分析。尤其是多年来由于种种原因，我们青年一代对古典艺术了解甚少，古典诗歌的修养贫乏，极需要学习，《唐人七绝诗浅释》一书正是学古诗的门径。我热心地向朋友们推荐它，相信它是一定能引你入门的。

（原刊于《古典文学知识》1986年第3期）

文学思想史：视角与方法

——罗宗强先生《隋唐五代文学思想史》的学术意义

一部优秀学术著作的价值，不仅在于提供新的知识，更重要的是提出一整套思想方法和认知模式，在知识更新的同时给人以思维方式的启发。一部学术著作的生命力很大程度上取决于后者而不是前者。罗宗强先生的《隋唐五代文学思想史》（下简称《思想史》）自1986年由上海古籍出版社刊行以来，十多年过去，仍历久弥新，不减光彩，就因为其中贯穿着极富启发性的视角与方法。

罗宗强先生为人正直而富于道义感，热切关注现实生活，对当前的文化和学术问题敏于发表自己的看法。这种胸襟决定了他的学术研究具有开阔的视野、闳通的见识和看问题的穿透力。在当今学界的第二代学者中，罗先生是不多见的感受性和思辨性俱强的学者之一。他的古典文学研究既有丰富的感性认知，又有深刻的理性分析，可以说是情理兼长。作为主要是研究古代文学理论的学者，他与一般古代文论研究者最大的不同在于他首先是一位优秀的古代文学研究者。在写作《思想史》之前，已著有《李杜论略》《唐诗小史》等著作，后来又写出《魏晋玄学和士人心态》《魏晋南北朝文学思想史》。丰富的文学史知识和文学研究经验，使他总是能将古代文学理论放到特定的文学背景中去理解，从而对历史上的文学思想作出合理的解释和说明。

《思想史》是集中体现罗宗强先生的学术特点，同时奠定他的学术地位的一部力作，也是二十世纪八十年代以来中国古代文学研究值得重视的成果之一。十多年后重读，仍让人不能不为其思想方法、具体结论的独创性和洞察力所折服。这里略谈一点粗浅的认识。

一、《隋唐五代文学思想史》的方法论意义

首先需要指出，古代文学理论研究这门学科，最早是以批评史命名的，后来又有文学理论史、文学理论批评史等名目，自诞生之日起，它就被从理论和批评的角度来把握。那么罗先生将他的著作命名为“文学思想史”，其内涵、外延又有什么不同呢?

关于文学思想史研究，书中并没有明确给“文学思想史”下定义，只是在“引言”中强调：

> 文学思想不仅仅反映在文学批评和文学理论著作里，它还大量反映在文学创作中。作家对于文学的思考，例如，他对于文学的社会功能和它的艺术特质的认识，他的审美理想，他对文学遗产的态度和取舍，他对艺术技巧的追求，对艺术形式的探索，都可以在他的创作中反映出来。某种重要的文学思想的代表人物，有时可能并不是文学批评家或文学理论家，有时甚至很少或竟至于没有理论上的明确表达，他的文学思想，仅仅在他的创作倾向里反映出来。一个文学流派的文学思想，就常常反映在他们共同的创作倾向里，而一个时代的文学思潮的发展与演变，大量的是在创作中反映出来的。因此，研究文学思想史，除了研究文学批评的发展史和文学理论的发展史之外，很重要的一个内容，便是研究文学创作中反映出来的文学思想倾向。离开了对文学创作中所反映的文学思想倾向的研究，仅只研究文学批评和文学理论的发展史，对于文学思想史来说，至少是不完全的。

熟悉古代文论学术史的读者应能体会，这段话包含了一种全新的历史认知方式，即作者关注的中心不在于一个时代的人们如何谈论文学，而在于他们实际如何理解和对待文学，其核心是对特定时代文学

观念及其历史语境的全面把握。这种观念在上世纪八十年代中叶提出来,是具有划时代意义的,它在方法论上的启发性至今为人称道。多年后,罗先生为学生张毅的《宋代文学思想史》作序,始对文学思想研究的具体内容和方法作了较明确而全面的阐述。将此序与《隋唐五代文学思想史》引言参看,可以得到他对文学思想史研究的完整见解。罗先生强调"文学思想就是人们对于文学的看法",具体内容包括:

> 文学的特质是什么?它是功利的还是非功利的?它在社会生活中应占有什么样的位置,扮演什么样的角色?它应该是个什么样的面貌(体裁的探索、风格韵味情趣的追求等等),应该如何构成这个面貌(方法与技巧的选择、修辞与声律的运用,等等)?它的承传关系是什么(应该接受哪些和摒弃或者改造哪些传统,文学传统上的是是非非等等)?它应该如何发展?历史上人们对上述问题的看法都属于文学思想史研究的内容,而从文学思想的结构层次来说,则包括个人的文学思想、流派的文学思想、地域的文学思想、时代的文学思潮。

基于上述前提,他指出文学思想史研究与传统的文学理论史、批评史研究的主要区别,在于它与文学创作的关系更为密切。这可以从三个方面来理解:

首先,文学思想直接体现于创作中。罗先生认为"文学思想史的研究对象显然比文学理论批评史更为广泛。文学理论与批评当然反映了文学思想,是文学思想史研究的主要对象。但是,文学思想除了反映在文学批评与文学理论中之外,它大量的是反映在文学创作里。有的时期,理论与批评可能相对沉寂,而文学思想的新潮流却是异常活跃的。如果只研究文学批评与理论。而不从文学创作的发展趋向研究文学思想,我们可能就会把极其重要的文学思想的发展段落忽略了。同样的道理,有的文学家可能没有或很少文学理论的表述。而他的创作所反映的文学思想却是异常重要的"。"如果我们忽视文学创作实际所反映出来的文学思想，那么我们便会把文学思想史重要方面忽略了，就会写出一部不完整的文学思想史”。这一论断无疑是发人深省的，它对后来的古代文学理论研究产生很大影响。

其次，文学创作更真实地反映了作家实际的文学思想。罗先生说：“由于汉中叶以后，儒家思想一直是中国社会的基本行为规范，是各个朝代的统治思想，违反了它，个人无论在仕途上还是立身处世上，便都可能遇到麻烦。因此，在公开场合，言行符合于儒家规范，便常常是大多数入仕的士人所共同遵守的准则。对于文的种种言论，同样受着这一观念的深刻影响。在公开的场合，说一些冠冕堂皇的话，而自己的真实爱好，却流露在创作里。我们常常看到一种奇异的现象：有的人在文论和文学批评里阐述的文学观，在自己的文学创作里却并不实行；他在创作里反映出的文学思想，是与他的言论完全相左的另一种倾向。究竟哪一种倾向更代表着他的文学观，这就需要将他的言论与他的创作实际加以比对，作一番认真的研究。如果我们不去考察他的文学创作倾向，而只根据他的言论作出判断，那么我们对于他的文学思想的描述，便很有可能是片面的甚至是错误的。”这虽是很容易理解的道理，但过去在我们的古代文论研究中却很大程度上被忽略了，《思想史》的实践唤起人们对这一问题的重视。

复次，文学理论和批评只有与创作相印证才能真正地把握和理解，罗先生在《隋唐五代文学思想史》引言中曾以“风骨”概念为例来说明这一点。“风骨”作为一个完整的文学理论概念被提出来，始自刘勰。刘勰释风骨，更多地带着纯粹理论的意义，力图在理论上说明风是什么，骨是什么，风骨作为一个完整的概念，又指什么。但在理论阐释之外，他对于什么才是理想的风骨，却表现出明显的倾向，那便是“梗概而多气”的建安风骨。到唐代，从“四杰”、陈子昂到盛唐诗人都提倡风骨，在理论主张上也崇尚建安，然而其创作实践所反映的对风骨的追求，虽有魏晋人那浓烈壮大的感情、磅礴的气势，却已变梗概悲凉而为明朗昂扬。刘勰的风骨概念，兼指诗文，既包含对情感的要求，也包含对义理的要求。后人所谓风骨往往偏指诗歌，重心在“情”而不在理。他们所说的风骨，实偏指风；所谓骨气，则偏指气。

类似这样的情形，如果离开创作倾向的考察，便不能确切地把握“风骨”概念在不同诗学语境下的所指。罗先生强调，只有“把在文学创作中反映出来的文学思想倾向，与文学批评、文学理论相印证，结合起来研究，我们才有可能写出一部完整的文学思想史”。由此也可以看出，文学思想史研究之强调理论、批评与创作的相互关系，从某种意义上说具有涵摄文学理论和批评的意义。

《思想史》在方法论上的另一个贡献，是在历史分期上打破朝代框框，以文学思想史自身发展的阶段性特征划分时段。除隋、五代起始两章外，唐代文学思想史被划分为如下七段九章：

第二章　初唐（高祖武德初至睿宗景云中）文学思想

第三章　盛唐（睿宗景云中至玄宗天宝初）文学思想

第四章　转折时期（玄宗天宝中至代宗大历中）文学思想（上）

第五章　转折时期（代宗大历中至德宗贞元中）文学思想（下）

第六章　中唐文学思想（德宗贞元中至穆宗长庆末）

上篇：文体文风改革的思潮和理论建树

第七章　中唐文学思想

中篇：尚实、尚俗、务尽的诗歌思想

第八章　中唐文学思想

下篇：尚怪奇、重主观的诗歌思想

第九章　晚唐（敬宗宝历初至宣宗大中末）文学思想（上）

第十章　晚唐（懿宗咸通初至昭宣帝天祐末）文学思想（下）

这一分期与古来流行的四唐说有很大不同，缩短了初、盛唐的时间跨度，增加了转折期，中唐一分为三，晚唐再分为二，四百年间文学思想的历史发展以前所未有的崭新面貌和阐释深度更清楚地呈现在我们面前。这是与作者对唐代文学史本身的深入研究分不开的。对文学创作的重视，不仅为理解和说明文学思想的发展提供了丰富的背景知识，同时也使它本身成为一部优秀的隋唐五代文学研究著作。读这部著作，常常给我们文学思想研究和文学创作研究两方面的启发。

二、《隋唐五代文学思想史》的独到见解

《思想史》作为一部断代的文学思想研究著作，不仅在整体把握一个时代的文学思想上显出闳通的理论眼光，对作家、作品的具体论述也不乏独到的认识和见解，书中除了对前人或流行观点的驳正外，有些与作者的学术观念密切相关的见解也是值得注意的。

第一，罗先生的研究力求在对文学创作的总体把握上讲文学思想。这一点看似寻常，真正做到的人却很少。就拿隋代来说，学界一向关注较少，批评史往往只提一下李谔的《上隋高祖革文华书》。而罗先生在《思想史》中却有较细致的论述，他认为隋代是文学史上的一个过渡时代，其基本特点表现为：(1) 文学创作相对沉寂；(2) 南北文学互相吸收，但并未融合为一个统一的文学进程；(3) 创作中表现了一点真实质朴、刚健雄深的生气。在这样的背景下看隋代的两次改革文风的主张，就很容易看出其文学观明显是重功利的，没有反映文学发展的趋势。这一结论大大深化了我们对隋代文学和文学思想的认识。

第二，在强调文学思想史与文学创作的关系的同时，又注意文学思想史与文学史的区别。他指出，文学史的任务是展现历史上文学创作的全貌，而文学思想史则只关心体现一人一地一个流派或一个时代文学思想的文学现象和文学作品。尽管文学思想史有这种视角的限制，但基于深刻的文学史认识，罗先生还是提出不少新问题、新见解，其中最重要的是有关转折期的论述。在时间上，他将转折期的开始提前到玄宗天宝中，从写生民疾苦的创作倾向和理论主张的出现，追求严格的写实方法与主张传神，提倡苦学、功力与讲究声律等方面分析天宝年间文学思想的转变，显出敏锐的历史眼光。

第三，注重从心态史的角度阐释文学思想的变迁。在《宋代文学思想史》序中，他提出“影响文学思想的最重要的因素，是社会思潮和士人心态的变化”。他的《魏晋玄学和士人心态》就是从心态角度进行文化史研究的成功尝试。在《思想史》中，对特定时期作家心态的描述常是最具独创性见解、特别引人入胜的笔墨。尤其是对转折期士人心态的描述，极为精彩。他肯定：“大历初至贞元中这二十几年，

随着创作中失去了盛唐那种昂扬的精神风貌,那种风骨,那种气概,那种浑然一体的兴象韵味,而转入对于宁静、闲适,而又冷落与寂寞的生活情趣的追求,转入对于清丽、纤弱的美的追求,在理论上相应地主张高情、丽辞、远韵,着眼于艺术形式与艺术技巧的理论探讨。”造成这种变化的根本原因,他认为是作家精神面貌的变化:“地主阶级的知识分子在突如其来的大战乱之后,似乎还没有从惊慌失措中振作起来。他们缺乏充足的自信心,无所作为了。他们看不到前途。特别是以文章入仕的这一批人,在锦绣前程已因战乱而希望暗淡之后,他们再也唱不出高昂的歌了。要经过这个短促的惊慌失措的时期之后,地主阶级的知识分子,它的智囊们,才惊觉起来,寻求挽救正在衰落的唐政权的种种药方。”这一描述和分析,至今看来仍是很精辟的,深为学术界所赞同和接受,我本人对大历诗的认识从中受到不少启发。

第四,注意从创作实践来比较理论主张相近的作家的差别。例如,杜甫和元结的文学思想中都有反映生民疾苦的倾向和理论主张,但罗先生通过比较两人的诗歌创作得出结论,杜甫所主张的兴寄与元结所主张的规讽美刺有很大的不同。最根本的一点在于,“杜甫不否定诗歌的感情特征。他虽然多用赋的手法,叙述时事,间发议论,但是这一切都是在感情激发的情况下进行的,(中略)他是赋中有兴,兴在赋中。这是他在创作上的很大创造。而元结则不同,他否定诗的抒情特征,把诗当作表达理念的手段,他是在用理智写诗”。类似这样的比较书中相当多,尤其是关于中晚唐诗,流派与流派、作家与作家的细致比较,最见出罗先生对隋唐五代文学史的深入研究。

应该说,《思想史》是一部包含许多创见和启示,对隋唐五代文学创作和文学理论、批评研究都很有贡献的著作,对以后的隋唐五代文学研究影响很大。尽管随着学术的深入发展,书中的内容逐渐变成一般的知识,变成学界的共识,但仔细阅读这部著作,还是能体会到它独特的魅力,获得不同程度的启示。

(原刊于《书品》2004 年第 2 期)

继往开来的学术总结

——陶敏、李一飞《隋唐五代文学史料学》读后

陈寅恪先生曾说："一时代之学术，必有其新材料与新问题。取用此材料，以研求问题，则为此时代学术之新潮流。治学之士，得预于此潮流者，谓之预流（借用佛教初果之名）。其未得预者，谓之未入流。此古今学术史之通义，非彼闭门造车之徒，所能同喻者也。"（《陈垣敦煌劫余录序》）众所周知，此论是就敦煌学研究而发的，二十世纪初敦煌遗书的发现，直接催生了这门新的学问，同时也给唐代文史研究带来许多新的文献。相对存世文献而言，整个二十世纪，唐代新增文献是最多的。敦煌遗书的发现，墓志石刻的出土，海外流传文献的回归，极大地丰富了唐代文献的数量。当代学者占有唐代文献之丰厚，是清代学者无法比拟的，上世纪的唐代文史研究远迈前代，首先是与这得天独厚的文献条件分不开的，它同时也催生了一门新兴的学科——史料学。

从民国年间开始，以岑仲勉、闻一多先生为代表的隋唐文史学者，就对唐代文史资料进行了富有成果的整理和考证，为当代学术的长足发展打下了基础。八十年代以还，以傅璇琮、周勋初、郁贤皓等先生为代表的唐代文学研究者，又有计划地对隋唐五代各类文献作了大规模的整理和研究。迄今为止，几乎所有基本的、重要的典籍都

被作了细致的整理，在此基础上产生了一批实用的工具书和深度开发的成果。这些成果形式的多样和数量的繁多产生一种全面总结的要求，同时也为一种综合性的研究和理论概括提供了条件，史料学正是应这新材料与新问题而生的学术课题，反映了世纪之交的学术潮流。1996 年，当“中国古典文学史料研究丛书”启动时，主编傅璇琮先生在《总序》中肯定“这将是古典文学研究可持续性发展的基本工程，也是我们这一代学人对于本世纪学术的回顾和总结，对于二十一世纪学术的迎接和奉献。”现在，陶敏、李一飞两先生合著的《隋唐五代文学史料学》（中华书局 2001 年 11 月版，下简称《史料学》）一种，已成功地实现了上述目标，前来迎接我们。

陶敏先生长年从事于隋唐五代文学研究，尤其侧重文献资料的考辨和整理，他出版的《全唐诗人名考证》《唐才子传校笺》第五册（与陈尚君合著）以及《韦应物集校注》（与王友胜合著）、《沈佺期宋之问集校注》（与易淑琼合著），无不具有资料丰富、考辨精慎的特点，赢得学术界的信赖与敬重。李一飞先生曾与陶敏先生合作承担《唐五代文学编年史》的部分工作，此度与陶先生合著《隋唐五代文学史料学》，合两人多年的学术积累，将隋唐五代文学文献及其研究作了一次全面的学术总结，两位作者丰富的史料知识和研究心得由此获得理论的提炼和、升华。首先，《导言》将隋唐五代文学史料的特征概括为内容的丰富性、分布的广泛性和流传的变异性，就准确地抓住了史料的阶段性特征。不过更令我重视的，是全书体现的对史料之细致性的把握。事实上，虽同为史料学，文学较之历史是有很大不同的。文学史料更具有一种细致性，细致到某个不出名的人物，某时某地的一个小官僚，某位作家某年某月的经历。比如第 272 页提到《元和姓纂》所载周氏江陵郡望的人物：

这里提到的周皓，见于陆贽《翰苑集》卷一四及白居易《宴题周皓大夫宅亭》诗，又见于《画断》，为名画《簪花仕女图》作者周昉之兄；周渭，见于《权载之文集》卷二三《唐故朝散大夫守秘书少监致仕周君墓志铭》，字当作渭，周渭与其弟周瀫诗均见《全唐诗》卷二八一；周子谅见于张九龄《酬周判官巡至始兴会改秘书少监见贻之作》诗及《荆州谢上表》，又见柳宗元《故御史周君碣》；周颂见于梁肃《送周司直序》，又参与大历中鲍防、严维等浙东联唱，诗见《全唐诗》卷七八九。周居巢则当作"周君巢"，见于韩愈《送李础归湖南序》《自袁州还京行次安陆先寄随州周员外》等诗，路随《修定宪宗实录错误奏》，又见于柳宗元《答周君巢饵药久寿书》、《叔父殿中侍御史墓表》(亦误作周居巢)、《柳州寄丈人周韶州》诗等；周琮则见于杨炯《庭菊赋序》。可见《姓纂》中涉及的人物，或本身就是作家，或与作家有极其密切的交往。它提供的史料对于我们了解唐代作家和作品中的人物交游无疑有较大的帮助。

历史研究若非治家族史，恐怕不会去注意这些人物如此细致的社会关系，也不会注意某个县尉、某个参军，而这却常常是唐诗考证中无法回避的工作，作品和作者的经历往往藉此得以系年。我很早就注意到这个有意思的现象：唐代的基本文献和重要的工具书都是研究文学的学者整理和编纂的。像郁贤皓先生《唐刺史考》、戴伟华先生《唐方镇文职僚佐考》这样的著作，对唐史研究者来说恐怕很难成为有意义的课题。而这的确就是文学史研究的重要课题，因为大量唐代诗文与此有关。陶敏先生的《全唐诗人名考证》也是同样的工作，这种琐细的积累正是构筑起唐代文学长城的一砖一石。

基于两位作者多年研究唐代文献的经验和知识积累，《史料学》分六章论述隋唐五代文学史料，对别集、总集、笔记小说、诗文评和其他文献的产生、流传、整理、出版情况作了翔实的介绍，第七章介绍隋唐五代文学史料的检索手段，全书结构、体例堪称严密而完善。讲文学基本史料的前四章，大体采用历时性的叙述，按隋唐五代、宋元、明清、二十世纪四个时段来论述史料流传、整理的阶段性特征，而笔记小说和诗文评两类则又根据内容的特殊性作了相应的调整。讲其他文献的五六两章，一列举史书与政书、传记与年谱、姓氏书与谱牒、方志、书目、类书中的文学史料，一介绍佛、道二藏、石刻文献、敦煌遗书中的文学史料与海外收藏的汉籍，材料丰富，论述周详。将宋元时期对隋唐五代别集的整理和研究归纳为重编、辑佚、校勘、注释、编年、汇编资料与点评，非常全面地评价了宋元学者的业绩。在肯定明人保存、传播文献之功的同时，又指出其妄改、讹窜、作伪的恶劣作风，不仅评价公允，也为如何使用明代刊本提出了告诫。对当代的整理、研究成果，《史料学》去粗取精，褒贬分明，在肯定成绩的同时，也对“个别的别集整理者将目光限于一家一集，既不能从整体的、联系的观点来广泛搜集史料，从发展变化的观点来甄别史料，又不去广泛地吸收前人及今人成果”的缺点提出了批评，对今后的研究无疑有一定的针砭意义。

从史料学这门学科的性质来说，基本属于经验学科，以史料研究的丰富成果为基础对一定范围的史料作出全面的介绍和评价，并归纳出一些具有普遍意义和实践意义的原则。这些原则性的结论，是否具有普遍性和指导意义，很大程度上取决于它们依据的具体例证。在这方面，《史料学》两位作者多年整理、考证唐代文献的丰富经验为全书生色不少，书中的大量例证主要取自他们自己的研究成果，广征博引，娓娓道来，在完成隋唐五代文学史料学构架的同时，将大量文献知识和治学经验介绍给了读者。比如以《牟融集》为例讲唐诗流传过程中的作伪现象（第 61 页、第 303 页），以周繇诗的收录和沈佺期、宋之问重出诗的辨证为例讲《文苑英华》的史料价值（第 114 页、第 115 页），以梁肃《送窦拾遗赴朝廷序》为例讲《文苑英华》的校勘价值，以熊孺登《中秋夜卧疾思陆太祝崔法曹登郑评事涉西楼因寄》为例讲《古今岁时杂咏》的文献价值（第 121 页），以沈佺期诗为例谈唐诗的注释中存在的问题（第 89—91 页），以郑氏族谱对郑虔生卒年的不同记载讲家谱资料之不可尽信（第 279 页），以《舆地纪胜》《咸淳临安志》等方志为例讲方志收唐诗之伪滥（第 295 页），等等，许多精当的例证都出于作者自己考证成果的积累，有很强的说服力。第 117 页谈到《文苑英华》抄刻之误导致诗篇重出的情况，举《全唐诗》卷一九〇韦应物集误收戴叔伦《酬秦征君徐少府春日见寄》的例子，也是陶敏先生最早发现的。当年我编校戴叔伦诗集，发现这一错误，诧为创获，后见陶敏先生的论文，已先发其覆。《史料学》翔实的内容、丰富的例证和对隋唐五代文学文献集成性的总结，是和作者丰厚的学术积累分不开的。

以《史料学》作者对文献的熟悉和研究经验之丰富，驾驭材料可以说游刃有余，仅凭自己的研究成果也足以构成坚实的资料基础，但他们在书中却广泛采纳了他人的考证和结论，而提到自己的成果则简单带过，这种谦虚和厚道的作风，在公然掠美、剽窃成风的当今学界实在是很难得的，应该特别加以称赞。

作为对隋唐五代文学史料的总结和介绍，《史料学》从材料、内容到体例都可以说是严谨而妥当的。在我的知识范围内，觉得可以补充的只有两点：一是第125页介绍赵宧光、黄习远增删重编《万首唐人绝句》时，没有提到增入作品中有伪作（如戴叔伦诗）；二是第137页介绍《诗渊》的资料价值时，没有说明此书所收作品在作者署名和归属上问题较多，使用时必须谨慎。另外第235页《中晚唐诗叩弹集》前遗漏编者杜诏名，易滋疑惑；朱育仁《晚唐诗品》或为宋育仁之讹（宋氏有《三唐诗品》），疑为误植，顺便指出，幸读者不以为吹求之苛。

《史料学》是世纪之交一个继往开来的学术总结，拥有千年历史的隋唐五代文学史料研究藉此获得一次全面、细致的清理和淘汰，有贡献的劳作、有价值的成果愈益突显出来，现存的问题和面临的任务也愈益清晰起来。多年来，我们常遗憾地看到，明明有整理完善的材料，时贤的著作仍沿袭文献原有的错误；明明问题早已解决，时贤仍不断地做重复劳动。难道隋唐五代的文献至今还理不清、究不明？《史料学》的出版给隋唐五代文学研究划出了一道新的地平线，提高了学术起点，如果学者们都能读一读这部著作，相信会避免一些低于上世纪研究水平的失误，稳步地推进我们的隋唐五代文学研究。

（原刊于《书品》2002年第6期）

文献整理与唐代文学的学科建设

——读《唐才子传校笺·补正》札记

八十年代以来，唐代文学可以说是古典文学研究中一个成就卓著的领域。这一领域的研究之所以能取得长足的进步，与一批学术带头人始终致力于学科的基本建设，具体说就是努力从事基本资料的搜集整理工作，是分不开的。由一些学者独立完成、或合作完成的一批实用的工具书，如《唐五代人物传记资料索引》《唐诗大辞典》《中国文学家大辞典》（唐五代卷）《唐刺史考》《全唐诗人名考》《唐才子传校笺》《唐人交往诗索引》《全唐诗重篇索引》《全唐诗补编》《元和姓纂校证》《唐方镇文职僚佐考》等，将唐代文学的基本文献作了全面的整理，为进一步的深入研究奠定了基础。

对唐诗研究而言，这批著作中最重要的一项成果是《唐才子传校笺》。这部由现任唐代文学会会长傅璇琮先生创意并主持，二十多位学者合作完成的著作，将唐代近四百位诗人的传记资料从史源学的角度作了一番集成性的整理，为学术界提供了一份齐备而实用的研究资料。有了它，研究者可省却许多搜集原始资料的时间，省却不少翻检之劳，将有限的精力投放到更进一步的研究活动中去。这对改变传统研究小农经济式个体作业的状况，大大提高唐诗研究的社会化程度，无疑是有重要意义的。“学术乃天下之公器”，这一古训在《校笺》中被赋予了新的含义。傅璇琮先生对学科建设怀有强烈的责任感，从八十年代中期以来他一直有计划地组织、领导着唐代文学研究的学术活动，他对唐代文学学科建设所作的贡献，应该说要超过实际获得的赞誉。尽管《校笺》的工作达到相当高的水平，出版后获得学术界的一致好评。但他并不感到满足，鉴于唐代文史研究飞速发展、出土文献大量增加的态势，在《校笺》全四册出版不久，他又提出了继续订补《校笺》，作为其续编出版的设想，并得到陶敏、陈尚君两位唐代文献专家的支持。经过两年的勤勉工作，现在，陶、陈两位先生的订补已作为《校笺》的第五册面世。作为同道末学，捧读之余，我由衷地感到高兴和钦佩！不仅钦佩两位作者的学识，也钦佩主编者虚怀若谷的泱泱风度。

第五册"补正"，在充分吸收新出研究成果的基础上最大限度地展示了陶、陈两位多年积累的资料和考订成果。《唐才子传》收作者近四百人，"补正"约涉及二百八十余人，而且多为重要诗人，其内容之丰富可以想见。陈尚君博闻强记，搜讨极广，在订补《全唐诗》《全唐文》的过程中，他将唐代文献的基本史料及其来源做了一番彻底的清理工作，涉猎所及不光是唐人著述，宋元以来的总集、金石、方志、谱牒、说部乃至敦煌文献、佛道二藏都巨细无遗地筛滤了一遍，域外汉籍的资料也广泛搜罗，使《补正》的工作首先立于丰富完备的资料基础上。陶敏先生的学问以考订精审见长，由于图书资料使用的不方便，陶先生难以像陈尚君那样上穷碧落下黄泉地狂搜博讨，但熟悉基本史料，读书细致，发微抉隐，考辨精致则是陶先生的擅长。如果将陈尚君的作风比作外家功的话，那么陶先生的作风就是内家功，一个见多识广，一个心细如发，一个多补，一个多订，如李端、张仲素、姚合、唐彦谦及诸诗僧条所示，彼此所作的内容虽各有侧重，但同样都补苴详赡，考辨精审，向读者展示了唐代文献研究的最新水平。他们的工作不仅使《校笺》的资料进一步完备，也使诗人生平事迹的考订更臻精密。

通览《补正》一书，参之平日参考两位论著的收获，我感到他们的文献考证有很多地方是值得我们学习和借镜的。傅璇琮先生在"前记"中已提到的利用文物考古材料，掌握材料的面要尽可能广，不轻易下断语三点，前两点是搜集资料的原则，第三点是处理资料的原则。《补正》以成功的实践再次证实了这些基本原则的确不可易。在新材料的补充方面，王勃条介绍了日本钞本《王子安集》的材料，李峤条介绍了日本所藏三个系统的七种钞本《李峤杂咏》，张子容条以《休宁浯田程氏族谱》订正其中进士年月，綦毋潜条用《玉海》引韦述《集贤注记》订正其历官，贺知章条引金石法书资料补其历官，修睦条用宋陈舜俞《庐山记》补其事迹，法宣条据《续高僧传》补其事迹并辨《全唐诗》慧宣、法宣、道恭之误，卢纶条用新出土的弟卢绶墓志订补其仕履，王涯条介绍了复旦大学所藏的《元和三舍人集》，施肩吾条以道书考论唐宋两施肩吾并集中伪诗，王毂条以《永乐大典》所引《清源志》补其事迹，廖图条广采宋籍考其家世亲族事迹，均足以见《补正》采摭之广。尤其值得一提的是，著述考的部分，陈尚君用他准备多年的课题《唐集考》的材料作了大量的补充，弥补了《校笺》在这方面的薄弱。在处理材料方面，首先值得我们学习的，是两位严格甄别史料，不轻信史传记载的严谨态度。平心而论，辛文房的学养和工作态度远不像时下研究者所称赞的那么好，《唐才子传》中随意剪裁原始记载与附会臆说随处可见（如张继传取《杨公谈苑》载宋初内侍张继常事乃其尤者）。原笺虽力求从史源学的角度，搜寻出辛文房载记的来历，但有些笺注由于不注意史料的甄别，不审慎地使用资料，就使校笺的结论出现明显的失误。如张志和传笺谓张志和谒颜真卿在大历七年，张仲素传笺引《光绪宿州志》的张美退，杨衡传笺引《犀浦县令杨鸥墓志铭》所载杨鸥卒年，鲍溶传笺引《郡斋读书志》所载评论误张为为张荐，李廓传笺据《唐诗纪事》姚合《送李廓侍郎赴夏州》一诗谓李曾任刑部侍郎、夏绥节度使，即属所据史料原文有误未加审核而致。《全唐文》卷七九七皮日休《论白居易荐徐凝屈张祜》一文，论中唐诗者多引之，其实本为陆龟蒙文，《唐诗纪事》误引为皮日休，《全唐文》编者不加细考，并计有功语钞为一篇，徐凝传笺沿袭致误。鲍君徽传从唐宋选集留下的资料来看，很可能是将鲍君徽与鲍参军妻张文姬混为一人。李端诗《酬前大理评事张芬》，乃是张芬酬李端之作，因附录于李端集，署名窜入题中而讹为端诗。凡此种种，"补正"均细致地加以订正，避免了以讹传讹的结果。另一点值得称赞的是准确地理解资料。我们知道，考证的结论常基于对资料的解释，对史料的不同理解会得出完全不同的结论，许多作家生平考证的结论差异就是由对材料的不同解释产生的。为此，考证时需要运用多方面的综合知识进行判断，给予史料以准确的解释。鲍溶传谓“客死三川（即河南）”，原即可疑，笺乃谓“鲍溶入川，有诗可证”，引《巫山怀古》《寄峨嵋山道士》诸诗证之，是又误三川为蜀地。张仲素传笺以元和元年六月剑南大破叛军及九月高崇文擒刘辟后张仲素两表作于朝中，断定他时已入朝任职，杨衡传笺据李渤《杪春再游庐山》“萧魏故已尘，符杨亦川驰”之句谓杨衡长庆中“尚在尘世奔走”，薛逢传笺谓逢《送庆上人归湖州因寄道儒座主》诗道儒为柳璟，亦皆属误解原始资料得出错误结论。“补正”不仅一一订正了这些疏误，还通过细致的解读，从一些常见资料发掘出新的内容。如陶先生考孟浩然诗中张明府、张郎中并非张子容，而是张愿，僧广宣俗姓廖，李益性妒嫉，陈尚君考张碧时代，均未用偏僻资料，而以对史料的准确理解、综合判断取胜。

陈尚君曾有《文史考据应有所阙疑》（《文学遗产》1994年第4期）一文强调过考证的原则。我也觉得，在许多情况下，考证不难于提出新说，而难于在证据不充分的时候，抵抗推论的诱惑而保持阙疑的谨慎态度；即使有所推论，也止于据现有资料，作一次可能的推测而已，用陈尚君的话说就是只用一元一次方程，决不搞多元高次方程。这是谨慎可取的态度。细究之，《校笺》中出现的失误，多半是出于好为标新立异之说，而无充分论据。李益传笺见“司空”就认定是工部尚书；王建传笺以建未中进士，就谓其“无所谓释褐”，修睦传笺据李咸用《读修睦上人歌篇》“陈陶赵睦相寻次”一句谓修睦姓赵，即属主观武断。以这种主观的论断为考据的基础，结论自然就缺乏说服力。同样，以孤证立说也是危险的，清代朴学家即已立为考据禁忌，但今人多不注意。《校笺》方干传笺据《全唐诗》卷六四九方干《收两京后还上都兼访一二亲故》诗，断定方干至光启年间仍在，并曾于收两京后往长安访亲故。《补正》据《通鉴》所载当时北方战乱情形，认为诗人以七十余高龄难有此入京之行。再证以史传有关光启中收复京师之记载均无“收两京”之说，而诗题“还上都”亦与方干越人籍贯不合，故疑此诗为中唐人诗窜入方干集中。考方干集中确有中唐诗混入，仅戴叔伦诗讹入即达十三首之多，《收两京后还上都兼访一二亲故》诗孤证，实不可为定论。尤其是清编《全唐诗》中讹乱情况严重，像戴叔伦、殷尧藩、周繇、唐彦谦、张继、方干等集都窜入大量他人之作，举证尤须谨慎。《补正》从正反两个方面加以论辩，与己说不合的地方也作了解释和交待，结论较为审慎。

众所周知，资料的准确是学术研究的基本前提，然而资料的搜集和考订也是最琐碎和枯燥的事，而且需要具备多方面的良好修养，否则就随时会出不该出的错。如《校笺》张南史传笺谓其于长沙遇刘长卿，是未明历史典故；冷朝阳传笺谓其集唐宋书志无著录，是不熟目录之学；熊孺登传笺谓其元和十一、二年间祗役湘中，是不明人物；杨巨源传笺谓“亚相”指中书舍人，是不明职官沿革；伍乔传笺谓乔佐宣州幕，是不明地理沿革；薛逢传笺谓“道儒座主”为主考，是不知释家称谓。反过来说，《补正》在这些细节上的订正就显出两位作者的功力。《补正》这种拾遗补缺工作，看似细小，许多人以饾饤鄙之而不屑为。其实它是最难做的，其难度远过于一般的考证，更超过原题目的创始之作，因为易见的资料，显豁的问题别人早就说过了，作订补需要具备过人的学识。我作大历诗人的考证就切实地感受到，最难的考证实际上是《大历诗人研究》中“大历诗人事迹订补”那一条条零星的考辨。这种订补工作，许多人没能力做，许多人望而生畏，更多的人则不愿坐冷板凳，只想吃浮头食，写哗众取宠的××论、××史。甚至连别人辛勤考证的成果都不利用，闭门造车，自逞臆见，以呓语为别解，以瞽说为创新。如此炮制出的著作，怎么可能有深度呢？所以，当今之时我觉得尤其应该对甘坐冷板凳，默默地作资料整理工作的学者保持特殊的尊敬。也许他们的精神才是学术的真正希望。

（原刊于《书品》1996年第3期）

学术史的另一面及其建构

——朱易安《唐诗学史论稿》略评

对一个学者来说，学术史研究无疑是其毕生学业中十分重要的一部分积累；而对学术本身来说，学术史的反思又是推动技术方法进步，保证知识增长的必要前提之一。正如学者们所指出的，“学术史记录了技术方法的各种无结果的尝试和所有有效的积累，并标志出学术已有的最高水准，任何新的学术研究都必须在承继固有技术方法的基础上，提高已有水准或开拓新的知识领域”①。

长久以来，我们忽略了学术史，忽略了学术史上的大师，同时也就忽略了既有成果的增长和积累。当我们提出问题时，写作学术论著时，没有更前提性的反省，没有方法的自觉，只是无休止地重复着陈旧的话题，在原有的知识水平上踏步。改善这种状况的希望，部分寄托于上世纪九十年代以来的学术史研究，部分寄托于世纪末的学术规范讨论，而后者又是在前者的直接刺激下勃发的。但目前我们尚未在古典文学研究中看到令人乐观的前景——信息“零度写作”所制造的学术泡沫，正在将学术淹没。

学术的仓库已到该清除垃圾的时候了。只有清空垃圾，才能点检储藏，点清储藏，才知道欠缺什么，该增添什么。

清点当然要从老仓库开始。维是之故，当我得知朱易安教授的

① 朱渊清《小议近现代学术史研究的危机》，《世纪书窗》2000年第3期。

《唐诗学史论稿》(广西师范大学出版社,2000)出版时,心头泛起异样的喜悦。古典文学中最引人瞩目的学术领域,的确太需要作一番学术史的总结和回顾了。二十世纪的唐诗研究,已有不少学者在梳理。那么前十个世纪的唐诗学呢?《论稿》虽还不是一千年间唐诗学的全史,但毕竟已做了相当可贵的建构工作。尤其是这份业绩出自一位多年研究唐诗学的专家之手,更应为我们所重视。

近25万字的《唐诗学史论稿》,收入有关唐诗学史的专论十六篇,荟萃了作者多年研究唐诗学史的心得。所涉及的内容包括三个方面:(1)对唐诗学史的理论建构和方法反思,包括《略论唐诗学史的体系建构》《唐诗学批评方法的渊源和传承》《理学方法和唐诗批评的美学趣味》;(2)对唐诗学的历史回顾与总结,包括《格调派唐诗观的形成和发展》《后七子与明末诗人的唐诗观》《细故末节论唐音》《走向艺术本身》《明人选唐三部曲》《〈钱注杜诗〉与20世纪的文化批评》,最后一篇论日本近代汉诗的《比较汉诗学中的乐府传统》也可归入这一类;(3)诗人个案研究的学术史回顾,包括《论李白的文化意义及价值》《李杜比较研究浅说》《元和诗坛与韩愈的新儒学》《中唐诗人的济世精神和宗教情绪》《白居易与诗歌批评视野的嬗变》《"诗家"并非"总爱西昆好"》。统观全书,包举古今,有点有面,既有重大学术问题的细致梳理,又有一般历史过程的宏观描述,形式上虽非严格意义的学术史,但一部唐诗学史的框架和脉络已隐然具现。在自觉的理论意识主导下,作者力图透过历代对唐诗的批评与接受,勾勒出近代以前唐诗研究的学术流变及其背后的诗歌观念和诗坛风气,闳通的历史视野直接给作家批评带来新的视点。

全书内容的安排颇具匠心。开卷《略论唐诗学史的体系建构》一篇是总纲式的通论,从唐诗学的存在基础、形成过程、社会文化背景,唐诗学史的体系建构、诗学方法等几方面,相当完整地表达了作者对唐诗学史的思考。作者首先将唐诗学史的内容概括为如下几个方面:

> 唐诗学发展史叙述唐诗特质形成过程中的理论建树和创作实践;后代唐诗选家的诗歌创作观和诗歌发展观;后人对唐代诗

人轶事的记载、整理、注释唐人诗集的工作；后人对唐诗诸方面的诠释以及诠释方法；等等。

朱易安强调，唐诗学发展史不仅要清理它本身的发展线索，还应当揭示它得以建构的条件及原因，解释唐诗学的发展何以呈现出今天这样的面貌。为实现这一目标，唐诗学研究必须深入到广袤的古代文化史背景中去，因为“文学史的学术史研究只有在注意到与其相关的各种文化背景和文化因素时，才有可能比较客观地描述这个历史发展过程，才有可能合理地解释有关的文学现象”（第 1 页）。她的思考是相当周密的，在后面的篇章中她不断用自己的研究和成果来证明上述学术思路的正确和可行性。

很显然，《体系建构》并不只是对唐诗学史基本框架和理论内容的假设和初步勾勒，它也是作者自己的指导思想，包含她多年研究唐诗史的经验。朱易安认为，唐诗学史的首要任务就是“叙述唐诗特质形成过程中的理论建树和创作实践”（第 1 页）。而唐诗特质的形成乃是一个主观努力、自我反省和批评反馈交相作用的过程，通过对这一过程的全面考察，我们不仅能印证文学史研究的既有结论，还将通过各个时代的接受模式和评价系统的重构，再现唐诗经典化的过程，从另一个侧面重新认识中国古代的诗歌传统——一个不断被阐释不断被认同，逐渐建构、定型的中国古代诗歌传统。这显然是个艰巨而复杂的工程，我们该从何处下手呢？

朱易安首先是从作家评价的历史变化这一角度切入的。她发现李白研究中存在一个难点：“这位唐诗诗坛上的首席诗人，在迄今为止被勾勒的唐诗发展流变画图中，没有找到他适当的位置。”（第 37 页）“人们一面承认李白是一种独特的现象，游离于他所属于的那个时代诗坛之外，一面又努力将其当做那个时代的重要组成部分，从李白及其作品中去寻求盛唐的普遍特征。”（第 38 页）她解决这个疑难，不是去寻求李白诗歌与盛唐的关联，而是探索李白诗中超越性的文化价值，她认为那就是人格的独立性、超越个人利益的社会责任感和异于流俗的价值观。在唐代士阶层的传统价值和地位的普遍失落感中,诗仙李白的这些品质有着突出的现实意义和典型意味。朱易安成功地以历代李白评价的变迁向我们证明:"李白身上积淀着中国士人的传统性格和特征,而李白形象又映衬了中国士人的传统性格和特征。士阶层按照自己的理想价值去寻找李白,重新塑造李白,也通过这种重新塑造来确立自我,获得心理上的满足。"(第 55 页)这一结论无疑是很给人启发的。《白居易与诗歌批评视野的嬗变》一章也取得类似成果,它的题旨准确地说是由白居易讽喻诗评价的变化看诗歌批评视野的嬗变。由辨析"元和体"概念的内涵入手,朱易安考察有关"广大教化主"、"白乐天体"的歧说,勾画出历来对元白诗歌主导倾向的认识、评价和接受的变迁,使白居易诗歌在文化、艺术上的多层内涵得到揭示。这番工作同样说明,"中国文学史上的白居易,是随着文学的发展,文学思潮的嬗递变迁而闪现不同的光彩,最终是一个被后人用各类文学创作塑造起来的形象"(第 110 页)。这一结论于唐诗学者未必很新颖,但它对评论史的梳理并揭示批评视野的嬗变之迹,却为批评史研究提供了一个新的视角。

一般来说,学术史研究有两个视角,客体的视角关注问题和成果,主体的视角关注学者本身①。二者的结合、互补构成学术史的完整景观。然而具体到每一位学者,由于知识结构和禀赋不同,兴趣就可能偏向某个方面。朱易安的研究显然倾向于后者,因为她理解的唐诗不只是诗歌史上一个辉煌的段落,而且是古典诗歌一个活的传统:

> 唐诗的价值,唐诗的魅力,全部体现在它的创造过程中。唐诗是我国传统诗歌发展中一次最完美的创造工程的完成。至此以后,历代的诗歌创作,总是不断地从唐诗中汲取营养。唐诗不是放在祭坛上的供品,而是流动的生命。后代的诗人崇尚唐诗,每一次都与自己时代的诗歌创作有关,这也就一而再,再而三地赋予唐诗以新的生命力。(第 5 页)

① 参看笔者《学术史研究的两个视角》,载《学人》第一辑(江苏人民出版社,1992),收入《学术的年轮》(中国文联出版社,2000)中。

基于这种认识，朱易安考察了自唐至清历代诗论家对唐诗的态度和研究成果，对晚唐五代诗格、宋代理学家诗论及明代格调派这些在诗歌批评史上产生重要影响的著作、诗论家、诗歌流派都做了认真的研究，尤其对明代格调派的唐诗学用功最深。而由各自的批评话语和批评方式推原、分析其诗学观念和文化背景，也成为《论稿》的重心所在。《〈钱注杜诗〉与20世纪的文化批评》一文指出，钱谦益注杜的指导思想也许是要"以诗证史"，但最终提供给后人的成果却是"以史证诗"，这种通过诗歌来解读历史，又通过历史来解读诗人的"诗史互证"的研究方式，不仅开创了清代唐诗本文整理解释的严谨作风，也影响到二十世纪唐诗研究中的文化批评方式。这一高屋建瓴的结论，显出作者融贯古今的通识，这正是学术史研究最难得的素质。

《论稿》在主体视角的研究上固已成果斐然，但可贵的是它同时并未忽略客体视角的研究。作者清醒地意识到，人们在将某一流派的创作主张与其唐诗观联系起来讨论时，往往只注意它受唐诗的影响，而忽略了它的唐诗批评。比如一提到明代格调派"诗必盛唐"的主张，便联想到前后七子的模拟作风，而很少从唐诗批评史的角度去考察他们对唐诗的研究。为此朱易安用三章的篇幅详细研究了明代格调派的唐诗观，不仅弄清明代格调派演变的三个阶段，而且裁量了他们研究唐诗的业绩。这一工作让我们看到，清人乃至今人提出的问题及结论，不少都源于格调派；而今人尚未涉及的问题，格调派也已提出了不少富于启发性的见解。事实上，学术史研究的一个重要任务就是总结现有的研究成果，了解学术积累和前人提问题的方式，以确立当今的学术起点。读一读朱易安整理的有关材料，我们会深感现有的研究是多么肤浅，有多少问题可以开掘。起码我个人已有极大收获，对自己一向信心不足的中唐诗研究有了新的认识，意识到许多可供开掘的问题。

文学研究的学术史，很大程度上会成为文学批评史的有力补充。这一点已为郭英德等著《中国古典文学研究史》所证实。《论稿》再一次向我们展示了学术史的这一功能。作者多年研究唐诗学史，曾与陈伯海先生合编《唐诗书录》，阅读了大量的唐诗学文献。学有所得，厚积薄发，不经意地陈述一些很概括的见解，也颇给人启发。比如她指出唐诗学的诗学形态大致是以如下线索展开的：

结集——感悟式的点评（具体作品或抽象的）——诗话

选诗——注释、评价（作家-作品-流派）——诗学总论

前者是唐宋时期的主要线索，后者是明清时期的主要线索。这结论看似简单，却非人所易道，需要具备闳通的史识。《理学方法与唐诗批评的美学趣味》一文指出，在以选本确立模拟范本的问题上，朱子《答巩仲至》论述诗选的原则、体制及“羽翼”之喻，对杨士宏《唐音》、高棅《唐诗品汇》产生了一定影响。这也同样显出作者的独到见识。面对漫长的唐诗学史，面对见解纷纭的唐诗论著，朱易安注意到“每个人谈的都是非常具体的问题，使用的概念有时虽然相同，但却很难严格界定。有些概念随着时代的变迁，早已不是原先的意义了。所以在解释唐诗学的理论时，一方面要与历代的诗歌创作状况联系起来，另一方面又要十分注意各个时代的社会文化背景”（第 11 页），将审美标准、思维方法的变化与当时的哲学思潮联系起来考虑。这是《论稿》一以贯之的宗旨，已不需要一一举例。

众所周知，学术史是一门艰难而需要多方面知识储备的学问。以当今的学术环境和知识积累，涉猎学术史对学者来说就意味着面临更艰险的挑战。作为通论历代唐诗学的著作，《论稿》涉及的知识和讨论的问题相当广泛，悉臻精深境地是不太可能的。《唐诗学批评方法的渊源和传承》和《理学方法与唐诗批评的美学趣味》两篇，比其他篇章就略显浮泛。《后七子与明末诗人的唐诗观》论王世贞“才生思，思生调，调生格”之说，认为他回避了“性情”或“诗本发乎情”的命题，而采用“诗有别才”的说法，似还可推敲。窃以为“才生思”云云是创作心理学，“性情”云云是诗歌本质和本源论，未可相提并论。当然，这都是细节问题，与我阅读全书所获得的收益相比是微不足道的。

（原刊于《文学评论》2004 年第 3 期）

在宇文所安之后，如何写唐诗史？

——宇文所安《初盛唐》《盛唐诗》读后

在我看来，一位优秀学者的基本素质，除了勤奋和颖悟之外，最重要的就是能对自己的工作保持不断的反省能力，始终意识到自己的局限——研究类型和自身能力两方面的局限，并对成功的模式具有高度的警觉和随时准备摆脱它的决心。

在当今欧美中国文学研究家中，斯蒂芬·欧文可以说是这样一位优秀学者。从1973年出版博士论文《韩愈与孟郊的诗》以来，他的研究从作家研究推向诗歌史、诗歌理论、文学史、文学理论，在研究领域扩大的同时，日益深入中国文学的深层结构。他的著作《初唐诗》《盛唐诗》《追忆》《中国文论：英译与评论》《他山的石头记》《迷楼》已陆续翻译成中文，中国读者和同行无不为作者卓越的洞察力和对文本的独到解读所折服，我当然也不例外，但我更钦佩的是他在学术上的反省能力。他曾说："在文学论著中，如果我们自己的思维习惯已经变得太轻快自如，那就很有必要脱离它们。文学论著所传达的不仅是一种认识的结构，而且还包括个别学者完成这一结构的途径：发现的兴奋，思考解决问题的方式。……但是，即使是最出色的认识结构，如果成了惯例和陈套，就会变得呆板乏味。脱离自己辛苦获得的成果是十分可惜的，但又是必要的。"（《初唐诗》中文版序言）这种自觉使他的研究始终处于独创性的尝试中，保持观察角度的新颖和文本解读的活力，甚至对反省所托足的批判意识本身也抱有警觉——

“这个不断批判的文化本身就应该受到批评的审视”(《微尘》)。

《初唐诗》和《盛唐诗》分别出版于1977年和1981年,贾晋华教授先后译成中文,由广西人民出版社(1987)和黑龙江人民出版社(1992)印行。尽管从八十年代后期,中国大陆的古典文学研究已度过了拨乱反正的转折阶段,进入一个创新和积累的时期,但欧文教授这两部十年前发表的著作仍给中国学界带来一定的刺激。尤其是《初唐诗》,正如作者所说,“八世纪对初唐诗的偏见持续了一千多年,直至目前甚至在中国与日本,有关初唐诗的研究论著寥寥无几”,“没有人试图对这一时期进行广泛的、整体的探讨,追溯此时在诗歌方面发生的重要变化”。事实上,不光是初唐,在唐代其它的时段也没有这样整体的研究,这种研究到八十年代后期才展开。

据作者说,他写《初唐诗》的初衷是为研究盛唐诗铺设个背景,但最终却发现,初唐诗比绝大多数诗歌都更适于从文学史的角度来研究。“孤立地阅读,许多初唐诗歌似乎枯燥乏味,生气索然;但是,当我们在它们自己时代的背景下倾听它们,就会发现它们呈现出了一种独特的活力。”然而众所周知,初唐时期的文学史资料和诗歌作品都远较盛唐以后为少,这对我们理解其时代背景造成了困难。欧文教授的信念是,“在阅读作品时补上这个背景的知识,既需要学识,也需要一种想象的行动,一种‘它在当时应该是什么样’的强烈感觉”。这实际上就是一种历史感,一种进入历史语境中去的能力。在他的叙述中,我们看到,初唐诗是以宫廷诗及其对立面——脱离宫廷诗——陈子昂——武后及中宗朝的宫廷诗——张说与过渡到盛唐这一过程展开的,宫廷乃是艺术趣味和艺术法则的中心,它在宫廷诗人和外部诗人之间设立了一道不可逾越的障碍,尽管这种说法在中国学者看来似过于绝对,但他对宫廷诗歌结构和语言程式的描写和概括还是很准确的。他对诗歌文本的精心解读,都能紧扣文体和题材的要求,使初唐诗写作逐渐从宫廷诗规范中解脱出来的过程清楚地呈现出来,较之我们文学史过于概略和笼统的说明,能给人更多的启发。如果这部著作一出版就马上被中译,相信会给国内学界更多的惊异和影响。

《初唐诗》出版时，欧文教授31岁，能在而立之年就写出这样的著作，应该说是很了不起的。书中洋溢的才气和随处可见的敏锐感觉，使这部著作具有很好的可读性。四年后问世的《盛唐诗》，保持了《初唐诗》论述风格，而更增添一点犀利的论辩。显然，两者要处理的对象是很不一样的，如果说《初唐诗》是为一个被冷落的领域填补些空白，那么《盛唐诗》就是在一个过于热闹的论坛里争取发言权，必须面对前人的许多成说，在质疑中提出自己的看法，而挑战的起点就是从九世纪以来形成的将盛唐看成中国诗歌顶峰的观念，这种观念使得“本来是持续变化的复杂过程，却被看成是天才和多样化风格如同雨后太阳突现，而且其消失也如同出现一样迅速”。确实，“如果我们仅仅满足于从远处观察它，就不能充分赏识其蓬勃生机和多彩丰姿：诗人之间的内在联系被曲解了；这一时代植根于过去诗歌中的根被割断了；一系列简化的、陈腐的词语被用来描绘这一时代的风格特征”。所以，面对“盛唐”这一辉煌的诗歌时代，作者首先就确立这样一个信念：“如果我们想对这一时代及其诗歌进行严肃认真的探讨，就必须将这种辉煌绚丽的神话撇在一旁。”（导论）取而代之的是一种贴近八世纪诗歌语境，深入到唐诗发展历程中去考察的历史眼光，而支撑这种学术观念的仍然是作者擅长的文本细读(close reading)。

在《盛唐诗》的导论中，作者提出三个值得注意的原则性问题：一、不能将这一时代与李白、杜甫两位伟大诗人混为一谈，不应以重要天才来界定时代，而应以这一时代的实际标准来理解其最伟大的诗人；二、不能将时代风格简单理解为有着方便的固定年代的统一实体，要灵活地把握其多面性和可渗透性；三、不能切断盛唐诗的内在发展过程，要考虑到在不同的年代，为天才出现留下的空间是不一样的。带着这些意识进入盛唐诗，欧文教授发现：“盛唐诗由一种我们称之为‘都城诗’的现象所主宰，这是上一世纪宫廷诗的直接衍生物。都城诗从来不是一个完整的统一体，但它却具有惊人的牢固、一致、持续的文学标准。都城诗涉及京城上流社会所创作和欣赏的社交诗和应景诗的各种准则。”（导论）这些准则包括与交际对象的社会地位相联系的文体等级和相应的辞令风格。正是在这一平台上，欧文教授从京城诗的四种社会背景(宫廷、王府、权臣、朋辈)出发,展开了对盛唐诗由无声的变革到全过程的分析。在这沿着时间流序的梳理中,他重构了开元、天宝的诗坛格局,对王维和孟浩然的关系,对高适和岑参的诗史位置,对李白的心理特征和艺术特征,都重新作了解释,还发掘了几乎被忘记的诗人卢象。在这部著作中,同样有些判断很难为中国学者所接受,比如说:"对于开元都城诗人来说,朋友们的作品比文学史上的任何个人体验更为充分地限制了诗歌;讲述共同诗歌语言的需要,远远超过了任何个人创新或'复古'的愿望。"或许和《初唐诗》论宫廷诗一样,他也过分地强调了都城诗的写作训练,他的分析和结论一如既往地显示出机敏和洞察力,只因盛唐诗较之初唐有了更多的不确定性,他对作品的解读也多有超过以往的自由发挥,让读者在欣赏他的独到解会时偶或不免产生一丝怀疑。这是任何富于启发性的著作都难以避免的特性,一些新异的见解往往会冒犯常识,让我们觉得难以接受。没关系,只要新异的见解有足够的说服力,它最终会扭转我们的看法。欧文教授对孟浩然的分析,相信能成为证实这一点的例子。

在《他山的石头记》所收的《瓠落的文学史》一文中,欧文教授曾说道:"我常常拿我自己写的《初唐诗》开玩笑,因为里面把初唐的一切都视为盛唐的先驱。但是,如果我们看一看文学作品产生的具体背景,不管是检视某一个作者还是一个读者群,我们会发现这些文学作品并不是我们为之所设立的大框架的一部分,而且它们完全不知道我们用以赋予它们意义的后代文学。也就是说,现有的文学史所作的解读一直都犯了时代错误。"(第22—23页)他的这种反省在《盛唐诗》中已显示出来,在对盛唐诗的分析中,他更多地注意到开、天诗人对六朝诗的承继和对初唐诗的背离,这固然可以说是他对后设的历史解释模塑我们叙述方式的警觉,但又何尝不是他有意摆脱成功模式的表现呢?

这两部著作的魅力是多方面的,这篇短文无法枚举。我只想指出我最欣赏的一点,那就是作者对中国古典诗歌语言的良好感觉。对于研究非母语文学的外国学者来说,语言的美感往往是难以逾越的鸿沟。即便是同文同种的日本学者，能深入到中国诗歌的语言层面，具有良好的语言美感的人也是凤毛麟角。欧文教授也谦虚地说："在学习和感受中国语言方面，中国文学的西方学者无论下多大工夫，也无法与最优秀的中国学者相并肩；我们唯一能够奉献给中国同事的是：我们处于学术传统之外的位置，以及我们从不同角度观察文学的能力。"但我认为，对语言敏锐的感受能力恰恰是他取得成功的主要因素之一。试读《初唐诗》第 13—14 页对隋炀帝和陈后主两首《饮马长城窟行》的比较，第 28—31 页对虞世南诗作的分析，93 页对陈子昂用来表现视线的三个动词的讨论，包括像第 214 页评《扈从登封途中作》"第六句的'万乘'是皇帝的传统代称，但上下文的描写恢复了这一词语本身的某些力量"这样不经意表达的判断，都显示出他对唐诗语言的良好感觉。第 144 页通过宋之问《陆浑山庄》"源水看花入，幽林采药行。野人相问姓，山鸟自呼名"两联来说明对仗的语义生成功能，也是一段很有趣的文字：

> 对偶对中国诗歌的语言有两个最重要的贡献：其一是使句法实验成为可能，其二是使词类转换便利，及物动词、不及物动词、使役动词、形容词、副词、名词，都可以根据它们在句子中的位置而自由转换，这是中国文学语言的奇特现象。首先，上引第一联诗运用了曲折的句法。第一句最自然的解释是："我看着花，进入泉水中。"但第二句必须读为："我走进幽林采药。"因此，只能重新解释第一句："我进入泉水的源头看花。"一联诗中通常有一句意义明确，它的句式可以用在较成问题的配对句上，有时如同这里的情况，需要重新解释一句诗，有时如同前引上官仪的诗句，需要限定模棱两可的意义。在简单的形式中，直陈的诗句放在难解的诗句前面，这样读者就可以在阅读过程中自然调整。在较复杂的例子中，如同这一首，决定的诗句跟随在难解的诗句后面，这就迫使读者回过头来，对两者的关系产生疑问，校正第一次阅读。在后来的对句大师如杜甫的手中，两句诗可能都是难解的，或一句诗将不合情理的解释强加于另一句。

这实际上也是我们读诗时经常碰到的问题，但我们通常作为语法成分省略而带来的不确定性或对仗天然具有的互文性自然地接受了；而欧文教授的分析则表现出从学术传统之外的位置，从不同角度观察汉语诗歌的独到眼光。在这里我更欣赏的是他对诗歌语言细致入微的体会，是这种基于丰富的阅读经验之上的深入体会，使他洞见律诗的对仗中包含的文本和阅读在语义生成上的多重性互动关系。

欧文教授后来在《微尘》一文中说："偏爱文本细读，是对我选择的这一特殊的人文学科的职业毫不羞愧地表示敬意，也就是说，做一个研究文学的学者，而不假装做一个哲学家而又不受哲学学科严格规则的约束。"在当今学界，坦荡地承认这一点，也快变成一个有勇气的行为。事实上在国内的同行中，我们看到太多的假装做一个哲学家而又不受哲学学科严格规则约束的文学研究者，当然，也不乏假装做一个文学家而又不受文学学科规则约束的哲学研究者。恪守行规乃是维持和提升行业水准的前提，在今天却很少有人意识到这一点。

多年前读到欧文教授的这两部著作，我就对作者洗练明快的学术语言十分佩服。不长的篇幅，寥寥几句话，就将问题说得很透彻，这是一种洞察力和表达力的完美结合。尽管欧文教授的文笔之美在欧美学界有口皆碑，但我还是更愿意将这归结于良好的学术素养，而不是写作才能。我读一些国外优秀学者的论著，比如近年读到的艾尔曼教授的著作，每为他们的这种能力所折服。他们使用的材料并不比我们多，研究方面也说不上有什么特别之处，但看问题之透彻，剖析之精当，寥寥数语就说到问题的点子上，实在让人不能不佩服。反观国内同行的著作，书越写越厚，却常常是满纸浮辞，言不及义。从这个意义上说，国外同行的著作值得我们借鉴的地方还很多，不只如欧文教授所说的"从不同角度观察文学的能力"而已。

我初读这两部著作的准确年月已记不清，总是十多年前了，正当欧文教授写书时的年龄，应该算还年轻，读书总带着挑剔的眼光。做研究的年头渐多，文章甘苦事，得失寸心知，反倒能以欣赏的眼光来看它们，更多地欣赏它们的生花妙笔了。贾晋华教授的译笔，就是今天看来仍是很出色的，能传达欧文教授睿智而有幽默感的文采。经过十多年的海外留学和研究生涯，她的英文造诣已非昔比，修订本不用说会更加精彩。值三联书店新版《初唐诗》《盛唐诗》之际，冯金红女士嘱我撰文谈谈对这两部书的看法，我很乐意将自己阅读的体会写出来，与读者们分享，但同时，一个盘旋在我脑子里的问题也不得不提出来：在斯蒂芬·欧文之后，如何写唐诗史？

（原刊于《读书》2005 年第 4 期）

社会角色：一个考察中唐文化与文学转型的新视角

——评马自力《中唐文人之社会角色与文学活动》

新世纪伊始，古典文学研究颇有些新气象，各研究领域不约而同地进入一个全面开拓的时期，尤为引人注目的是文学的社会—文化研究，举凡文学与政治、经济、宗教、教育、科举、地域、性别、家族、出版之关系的研究蔚然成风，出现了一大批选题别致、角度新颖的专题研究著作。这表面上看是开拓，其实是细化，几乎所有的视角和问题都是前人或多或少已涉及的，只不过更细化了：过去涉及政治风气，现在细化到政治体制和机构；过去涉及教育程度，现在细化到教育方式；过去涉及科举制度，现在细化到某种科举文体；过去涉及地域流派，现在细化到个别社群和家族；过去涉及一个时代的女性写作，现在涉及一个女性社团的文学活动；过去涉及版刻，现在细化到书市和书价。从这个意义上说，古典文学研究的确进入了一个"提高像数"（吴相洲语）的时代，以细化放大历史图像的全部细节，使历史过程在我们的手中进一步提高清晰度。

这是古典文学研究发展的自然结果，也是学术史的必然要求。一个时代的学术发展到一定水准，必然会产生一定的认知要求。当古典文学研究在文本诠释上积累到一定程度后，必然带来对诠释依据的反思，并要求新的诠释依据和更多的诠释向度，而这些却无法由文学自身来提供，这就是文学研究到一定阶段必然要走向社会—文化研究，进行历史—文化批评的内在原因。在长久为庸俗社会学所主宰,而真正意义上的文学社会学始终缺如的中国大陆的古典文学研究中,这种趋势显得更为迫切。在唐代文学领域,近年最引人注目的是文学与政治关系的研究,包括两个方面,一是文学与政局,如卞孝萱《唐人小说与政治》、王汝涛《唐代小说与唐代政治》、孙琴安《唐诗与政治》、胡可先《中唐政治与文学》《政治兴变与唐诗演化》,一是文人的政治角色,如傅璇琮《唐宋文史论丛》甲编所收翰林学士研究系列论文、戴伟华《唐代使府与文学研究》、傅绍良《唐代谏议制度与文人》。仅从这些书名就能感受到,"政治"正在成为学者们热切关注的视角。最近在后一方面的研究中又增添了马自力的《中唐文人之社会角色与文学活动——以职事的考察为中心》(北京大学出版社,2005),它为我们从多方面认识文人和文学带来富有启发性的思考。

从社会角色出发研究文人的创作活动,无疑是一项视角新颖的探索。但令人感兴趣的是,为什么锁定于中唐,为什么锁定于社会角色?作者的理由是近年学术界逐渐认可中唐在文学史转型中的地位,但尚未展开较全面和系统的论证,因此他选取安史之乱以后至甘露之变这一时段,以中唐几种有代表性的、活跃的社会角色——翰林学士、郎官、谏官和州郡官的职事活动和文学创作为中心,由中唐文人社会角色的变迁这一综合性的角度对处于社会和文学转型期的中唐文学作整体的观照,从一个侧面揭示中唐的社会变迁与文学演进之间的互动关系。

这是一项在宏大的历史视野下进行的跨学科研究,作者用社会学的社会角色理论为整个研究工作勾画了一个清晰的认知框架。虽然我们都清楚,古代士人的社会角色主要是官吏,作家只是业余身份,文学创作只是业余的事业,但我们往往是在抽象意义上理解这一点的,很少去具体考察作家对社会角色的承担及由此产生的角色意识。马自力认为,"随着社会变迁的深入,文人的社会角色也往往会发生较大的变化。而文人社会角色意识的强化,又会体现在其文学思想和文学创作中,成为一种外在的或者潜在的指导性纲领,从而在很大程度上决定或影响文学的发展。从历史上看,凡是文学转型时期,无论是魏晋之际,还是唐宋之际,文人社会角色的变迁以及社会角色意识的强化都是十分突出的社会现象”(第 11 页)。他的整个研究表明，中唐文人的社会角色和文学活动之间，确实存在着深刻的本质关联，揭示其间的脉络可以成为理解中唐文学转型的重要突破口。

首先，在中唐时期，若从政治、经学、文学等角度去考察当时那些著名人物，常可以看到，他们在规定性表现角色和开放性表现角色上存在着惊人的一致，用马自力的话说就是中唐文人的政治化和政治家的文人化往往统一于一个主体中。而翰林学士、郎官、谏官和州郡官这四类最活跃的社会角色大抵涵盖了中唐文人社会角色的变迁，反映了文官制度的成熟以及文化下移造成的文化日常化、世俗化的趋势。作者通过这些社会角色在文学活动中所起的作用充分揭示了这一点，这同时成为揭示中唐文学一系列微妙变化的过程，许多新的认识伴随而来。

全书由绪论、正文、余论和结语四部分构成，正文共分四章，分别讨论四种官职。

第一章“翰林学士及其活动与中唐文学”，首先指出翰林学士在科举各环节所扮演的重要角色，翰林学士出院后多掌贡举，在院中还主持更为关键的复试，同时在举荐方面具有重要的影响力；其次从翰林学士为“天子私人”的内臣情结，论述有关作家的讽谕文学和职务写作带来的文体变异及其与当时文风变革的互动关系。对历来谈论较多的白居易讽谕诗和“元和体”乃至传奇小说的兴盛，也从翰林学士这一“具有强烈的政治意识和文化使命感的特殊文人群体”(第 62 页)的独特存在作了独到的解释。

第二章“郎官及其活动与中唐文学”，从唐代“郎官清要”的一般观念入手，分析这一官职的近臣性质及浓厚的文人色彩，着重揭示中唐时期郎官作为特殊群体、特殊角色和特殊个人在社会文化方面所发挥的作用。透过对郎官职位的特殊性的分析，一些诗作所包涵的感慨就显示出特殊的意味，使我们对中唐政治下的文人心态有了新的认识。

第三章“谏官及其活动与中唐文学”，考究唐代谏官组成的复杂性和特点，独到地揭示了中唐文人的泛谏诤意识和谏官尴尬处境的强烈反差，由此强调唐代存在一个谏官的文学设计传统——“文人以谏官的身份或者角度，去思考和设计文学的发展方向和文风构成的要素等”（第144页），中唐谏官的文学活动和创作特色正是在这一传统中凸现出来的。

第四章“刺史等州郡官及其文学活动与中唐文学”，先分析唐人重内轻外的习尚，再考察中唐时期庞大的州郡官诗人群及其“窜逐”心态，由此揭示这一特定的社会角色在中唐贬谪题材中所占的地位，所起的作用。中唐贬谪文学虽已有尚永亮的深入研究，但从州郡官员的角度考察其文学创作，仍引出一些值得重新加以思考的问题。

这是一项真正的跨文学和历史学科的综合研究，全书给人的强烈感觉是着眼于文学的目标，而立足于史学的基础，所有论断都建立在扎实的考据工作之上，显得坚实而有说服力。如第一章讨论翰林学士与中唐文学，就从辨析翰林供奉、翰林待诏和翰林学士的名义入手，厘清了学界对三者解释的纷纭。显然，作者在透过作为社会角色的官职来探讨文学问题时，也未忽视对官职的社会内容及其在中唐时期的变迁本身的研究。像郎官的清望之感、中唐人对郎官的热衷及郎官在当时社会文化中的重要作用，都是以往的文史研究所未涉及的。由于这些问题的被思考，中唐时期郎官的文学活动就自然地浮出水面，显出不同寻常的意义。这正是跨学科综合研究的穿透力所在，马自力的研究很好地发挥了研究方法的所长。

就常识而言，与文学关系密切的职官绝不止翰林学士、郎官、谏官和州郡官这四类，事实上作者在“余论”中也补充论及中书舍人、幕僚、学官与文学的关系，选择翰林学士等四类职官是基于对唐代政治体制的全面把握。在大背景下把握具体的事象，同时随处留意不同事象之间的关系，可以说是本书的一个特点。第三章考虑到谏官并不是一个外延清楚的概念，其构成十分庞杂，有身为谏官而未充分履行谏诤职责的，也有虽非谏官而直言极谏的，因此作者在梳理唐代谏官组成及其特点的基础上，“既考察具有谏官身份的中唐文人的政治和文学活动，又不忽略那些在当时虽无谏官身份而具有谏诤意识并从事谏诤活动的代表人物”（第107页），这就使谏诤与政治、谏诤与文学的关系展现得更为充分，为理解谏官的文学提供了很好的参照。

确实，像这样一个文史交叉的课题，如果处理不好文学和历史的关系，很容易流于胶柱鼓瑟，文史断为两截。本书的成功在于以角色意识——翰林学士的内臣情结、郎官的清望之感、谏官的谏诤意识、州郡官的窜逐心态为文学与历史的交叉点，解析中唐文人在特定官职上的文学活动。比如讲到郎官，作者着力揭示其固有的“郎官意识”，即风流倜傥的形象、踌躇满志的心态，及其反面的怀才不遇之感，还有对儒家诗教的自觉推行。作者对白居易、刘禹锡、张籍有关作品的分析，加深了我们对其作品蕴含的认识，同时也为中唐文学的具体展开提供了一些可供参照的背景。

中唐是唐代历史文献和作家文集都保留得比较齐全的时期，近代以来的研究成果也有相当的积累，如何度越前人独辟新径，是研究者面临的难题。马自力这部专著能在充分掌握前人成果的基础上提出新问题，不仅表现出学风的端正，也显示出学术眼光的敏锐，在当今陈陈相因的低迷气氛中不啻是黄钟大吕的正音。全书引用的大量史传文献，固然可见作者掌握材料的功夫，但更能体现功夫之深的是独到的解读。在自觉的问题意识主导下，纷繁的史料呈现出官职在历史中的微妙变化。比如中唐谏官的身份相比初唐处于很尴尬的境地，就是很有意味的看法，由此追索下去，就看到时事政治及与此相关的人事等因素对中唐文人的深刻制约和影响，触及文学史尚未为人注意的问题，如初唐文风变革的谏政氛围和魏徵等人开创的谏官的文学设计传统等。当然，限于篇幅，有些章节读来给人意犹未尽的感觉，似乎还可以进一步展开。如果非要说本书有什么不足的话，在我看来就是这一点了。

马自力的文笔一向洗练灵动，有才情，有很好的可读性。昔年在硕士论文基础上写成的《清淡的歌吟——中国古代清淡诗风与诗人心态》（苏州大学出版社，1995）一书，虽然篇幅不大，却多有精彩见解，尤其是论及中唐诗的部分。经过十多年的积累，这部博士论文显示出他对中唐文学认识的不断深化。正像“结语”所指出的，“从文人的经历和其实现自身价值的途径来说，中唐文人的社会角色具有不可忽视的意义：它是联系中唐社会变迁和文学演进的中间环节和重要纽带”（第 217 页）。这的确是一个值得探讨的重要课题。以前我在研究权德舆时曾触及以太常博士为代表的礼官在中唐几次重大礼仪之争中所起的作用，从马自力独辟的研究视角看，这也是一个可以继续探讨的问题。另外，中唐也是著名作家集中于达官层次的时期，位居宰辅就有李泌、王缙、常衮、陆贽、裴度、权德舆、元稹、李绅、令狐楚、武元衡、李德裕、牛僧儒、王涯、杨嗣复、舒元舆、李程、王起、王播，官至八座则有鲍防、颜真卿、李益、刘禹锡、白居易、杨汝士、杨于陵、钱徽，侍郎更不待举。这是唐代再也没有过的现象，值得研究。相信马自力这部著作的出版，会有力地推动唐代文学的社会学研究走向深入。

（原刊于《北京大学学报》2006 年第 1 期）

我们应该向日本学者学习什么?

——《日本学者唐诗研究丛刊》前言

这套丛书是十位日本学者唐代文学研究论著的荟萃,约略反映了日本学界中年一辈专家研究唐代诗文的重要成果。

三年前,我与同事张剑兄一起翻译川合康三教授的《终南山的变容》一书,常就日本的唐代文学研究进行一些交谈。正值王水照先生主编的《日本宋学六人集》由上海古籍出版社印行,我收到老友高津孝和浅见洋二教授的赠书,欣抃之余又不免有点遗憾,觉得日本研究唐代文学的学者更多,成果也更密集,却没有这样的机会介绍给国内学界。张剑兄是个有心人,马上同学苑出版社郭强先生商谈,决定推出一套日本学者的唐代文学研究论著丛刊,嘱我组织稿子。这当然是个好事,我欣然从命,马上邀约我熟悉的学者,并请川合先生等资深教授参酌推荐,最后商定请松本肇教授等十位学者各自遴选自己的论文,编为一集,由学苑出版社出版一套日本学者唐代文学研究丛书。

这一倡议承蒙诸位先生慷慨应允,翻译、编集工作很快就开始进行。正当我热切期待各位作者的书稿时,一个不幸的消息突然传来,郭强先生因病猝逝!我与郭强先生素昧平生,自项目开始以来,尚未谋面。乍闻噩耗,惊悼不已,更为他的英年早逝不胜惋惜。学苑出版社在郭强先生的努力下,历年出版不少古典文学研究论著,对当今学术的发展卓有贡献。他的去世,无论对出版社对学界都是个很大的损失。他的工作是值得我们纪念的。

因郭强先生离去，我不得不为这套丛书的出版另外寻找出版社。幸而得到中华书局总编辑徐俊先生和时任海外汉学编辑室主任的李晨光先生的支持，决定由中华书局出版这套丛书，这让我和各位作者深感欣慰。

将日本学者的研究成果介绍给国内学界，是我酝酿已久的夙愿。从三十年前开始研究唐诗，阅读松浦友久教授的《詩語の諸相》，我就不断受到日本学者论著的启发，萌生翻译、介绍日本唐诗研究成果的愿望。1984 年初我翻译了松浦教授的《中国诗的性格》一文，发表于《古代文学理论研究》第 11 辑，从此一发不可收，陆续翻译了三十篇日本学者的论文，除了几篇友人邀约的译稿，多数是自己研究所需的参考文献。阅读日本学者的论文，让我深切地感受到了解海外汉学成果对于我们研究的必要。同事刘跃进研究员多年来曾反复提到古典文学界“补课”的话题，其中亟需补的一门课，就是海外汉学。中国古典文学早已是一门国际性的学问，海外每年都有不同语种的研究著作出版，从不同的视角用不同的理论研究中国古典文学的问题。不了解这些成果，我们不仅会错过许多有益的启发、有价值的参考，甚至还可能出现课题撞车、重复劳作的结果。补海外汉学这门课，的确是刻不容缓的。

但要补海外汉学的课，又不是一件简单容易的事。许多国家、许多语种的研究著作，要去调查、介绍、翻译，这对我们的外语能力、经费和时间精力都是很大的挑战。近年，海外汉学研究逐渐受到重视，出版了一些专业刊物和研究著作。但我们对海外汉学的关注，整体布局还很不均匀，对日本、美国和西欧关注较多，对俄国（苏联）、东欧、北美和其他地区则了解较少。西欧也只是英、德、法、荷几国了解得多一点，其他国家我们还不太清楚有什么学者做出了什么成果。这种情形与当今信息社会的发展趋势是不相适应的，亟需改变。

就当今海外汉学的格局而言，日本汉学历来最受国内学界的关注。这不仅因为日本一衣带水，交流便利，更主要的是日本学者的成果扎实细致，广受各国研究者的重视。欧美学者凡治汉学的，首先必学日语，阅读日本学者的论著。我接触到的研究中国古典文学的欧美学者，基本都懂日语，能看日语文献。作为中国学者，我们更不能不了解日本同行的工作。

日本在古代曾是中国文化的热心学习者、研究者，从平安时代的遣唐使和留学生开始，日本的僧侣、留学生乃至商人来华，无不收购大量的汉籍舶载回国，促进了中国文化在日本的传播。近代以来，中国国势衰弱，社会动荡，大量公私藏书流散市肆，日本汉学家来华游学，悉留意搜罗，满载而去。著名藏书家的藏书也成为日本财阀渔猎的目标，陆心源皕宋楼和董康诵芬室的藏书就分别被岩崎和大仓两家财团购去。丰富的汉籍收藏，为日本学者研究中国典籍和古典文学提供了良好的文献条件，也保证了其研究课题的专门性和不可替代的学术价值。

当然，日本学者的研究更值得我们尊重的还是其专业精神。“他山之石，可以攻玉。”虽然我们常不免将日本汉学成果视为可资借鉴的利器，但许多日本学者，尤其是老一辈的汉学家，他们都是像欧洲学者研究希腊、罗马文化那样，怀着一种亲切的眷恋来研究中国文化的。这使他们对中国文化的研究，历来都投入最大的热情（也许只有明治以后的一段时期是个例外），他们对学问的虔诚和好学的天性，更足以保证其工作及业绩的高水准。西方汉学家素来重视日本学者的成果，不是没有道理的。当今新一代汉学家，虽然较老辈的治学立场已有所不同，更多的是将中国文学当作外国文学来看待，但仍继承了日本传统汉学的专业精神，相比欧美汉学来，其学术特点是非常鲜明的。

与欧美那些疆域广袤的国家相比，日本国土狭窄，资源不足，近代以来一直以技术为立国之本，对新知识的反应和吸取极其敏捷。日本对外国的研究和了解，也明显超过世界上任何国家。在日语里，信息一词的汉字写作“情报”，让人联想到军事和战争。日本学者做研究，确实就像是进行战争一般认真和精准，对与研究对象有关的任何信息都搜集得很完备。日本可能也是世界上翻译外国书籍最快、最多的国家，这使得日本学者总是能方便地掌握世界各国的学术动态，在较开放的视野下开展工作。而视野广阔，对别人的工作了解得清楚，就势必会限制自己的工作范围。就好像纪晓岚，学问有名的广博，同时人都奇怪他不著书，他说自己编四库全书，发现自己要说的前人都已说过了。事情就是这样，学问越深广，可能研究的课题就越细密，钱钟书先生便是个最好的例子。

我常感到，中国学者对日本汉学的议论往往流露出一种偏见，认为日本学者的论文选题狭小，行文饾饤，注重资料荟集而疏于思理分析。这显然是对日本汉学了解太少的缘故。研究课题的具体和细化，是学术成熟和深入的标志。日本研究中国古典文学的学者虽不如我们多，但他们的著作因为用功专精和细致，常达到令人佩服的深度。尤其是国内学术研究中断的二十年间，他们孜孜不懈的工作积累了许多重要成果。即便是这套丛书的作者，许多论文也是在七八十年代发表的，那时国内的研究还处于复苏、起步的阶段，而他们所探讨的问题却已相当深入，可以说领先于中国学者许多年。我在《日本学者中国诗学论集》的前言里，曾提到过自己当时感觉到的国内中唐诗研究方面与日本的差距，以及从日本学者的论文中得到的启发，相信这套丛书仍会给我们许多有益的启示。

唐代文学在中国，因为受到传统评价的影响，一向只有盛唐诗独领风骚，中唐相对来说不太为人重视。直到八十年代以后，历史取向替代形而上学取向成为文学史研究的主潮，中唐文学研究才逐渐受到关注，蓬勃兴旺起来。而日本则不同，由于大诗人白居易与平安朝文学的特殊关系，以白居易为中心的中唐文学研究，一直就在唐代文学研究中占有醒目的位置。1990 年，由川合康三、松本肇等学者发起的"中唐文学会"成立，不仅团结了研究中唐文学的中青年学者，更改变了日本学术纵向延伸的学术传统，将一种与信息社会的特性相契合的学术运作方式带入了日本学术圈。这套丛书的作者大都是中唐文学会的成员，但他们的成果绝不只限于中唐文学研究，而且他们的学术风格和研究方法也是多样化的。

其中既有芳村弘道教授的传统的文献学研究，也有深泽一幸、松圆朗教授那种富有创意的新颖探索；既有松本肇、赤井益久教授的宏大议论，也有下定雅弘、斋藤茂教授的精微辨析，还有户崎哲彦教授那样的现地考察。这些论著，无论其选题立论之旨如何，有一点是共通的，那就是言之有物，论不虚发，绝无人云亦云、了无新意的论说。这是严肃的学术精神加严格的学术训练的结果，也是学术价值和学术水准的保证。有一点特别需要指出的是，日本学者的有些研究相当地生活化，与自己的生活情趣紧密结合。比如丸山茂教授研究白居易的日常生活与饮食习惯，就是中国学者较少注意的。另外，日本学者明显对自然名物感兴趣，这也许和他们中小学充分的自然知识教育有关。孔子论学《诗》的意义，不就有一条“多识于鸟兽草木之名”么？看看市川桃子教授对唐诗中花草果木的研究，就会感觉古典文学研究其实可以和我们的日常生活距离很近，但我们经常都忽略了这一点。

说起来，这十位作者都是我熟悉的朋友，除了松本肇教授去年已荣休，其他九位都是各大学的中坚教授、活跃于当今学界的中年专家。多年来，阅读他们的论文成为我很好的学习机会，由熟悉他们的研究，进而了解了日本的学术。我很高兴有此机会，促成他们的论著在国内以中文出版。在此我要向各位作者和译者表示感谢，同时向中华书局和为这套丛书的出版付出努力的李晨光先生、朴文颖女士致以崇高的敬意。我相信我们都做了一件值得做的事。

我所采获的他山之石

——《日本学者中国诗学论集》前言

这部论集是根据我历年翻译的日本学者研究中国古典诗歌的论文编选的，十七篇文章大致按内容分为三组：第一组是对中国古典诗歌的宏观论述，第二组是有关诗歌史或诗人研究的专论，第三组是关于诗歌意象和语词的具体分析。户崎哲彦《唐代的禘祫论争及其意义》一文，主题与文学无关，但其中探讨的禘祫论争却与中唐文学关系密切，贞元、元和间不少著名文士都介入了这场影响到中唐政治和文化史进程的礼制之争，其背后的思想史意义与市川桃子论文所提出的问题，有着深刻的内在关联，至今尚未得到应有的重视。这十七篇论文的作者，既有已故的前辈大师，也有活跃于当今学界的中年才俊。除斯波六郎和赤塚忠两位前辈外，都是我熟悉的师长和朋友，翻译这些论文成为我向他们学习，熟悉他们的研究，进而了解日本学术的一个过程。

正像我们经常能感觉到的那样，中国学者对日本汉学的议论往往流露出一种偏见，认为日本学者的论文选题狭小，行文饾饤，注重资料荟集而疏于思理分析。这显然是对日本汉学了解太少的缘故。即由本集所收的论文也可以看出，日本学者的研究其实是风格各异，方法多样的。既有斯波六郎《中国文学里的融合性》这样的宏观大论，也有松浦友久《作为诗语的"怨"与"恨"》那样的精微辨析；川合康三《游戏的文学》是长于思理的典型，而高桥良行《刘长卿集传本考》

和《日本现存刘长卿集解题》虽立足于日本汉学重视文献研究的实证学风，却也透露出接受美学和比较文学的理论眼光。这些论文，无论其选题立论之旨如何，有一点是共通的，那就是言之有物，论不虚发，绝无人云亦云、了无新意的陈辞滥调。这是严肃的学术精神加严格的学术训练的结果，也是学术价值和学术水准的保证。读完这些论文，多少必有收获。如果我们中国学者也能像这样写论文，是绝不可能产生如此繁多的“成果”，更不会闹出李清照研究论文多达千余篇，每年还在以上百篇的数量增长的笑话的！

众所周知，研究课题的具体和细化，是学术成熟和深入的标志。日本研究中国古典文学的学者虽不如我们多，但他们的著作因为用功专精和细致，常达到令人佩服的深度。本集所收的论文大多发表于十多年乃至三十多年前，那时国内的研究还处在复苏、起步的阶段。上世纪八十年代中叶，我做大历诗研究时，国内除了傅璇琮先生《唐代诗人丛考》等少数几部论著外，几乎没什么可参考的文献，而日本却有不少值得重视的论文。像市原亨吉对中唐诗僧的论述，河内昭圆对权德舆、释灵一、灵澈的研究，盐见邦彦对大历十才子与谢朓关系的研究，都是仅有的先行成果。赤井益久的中唐诗论文（2004年结集为《中唐诗坛的研究》出版），所探讨的问题也早于中国学者许多年。他们的成果至今还很少被中国学者的著作所吸收，这是很可惜，也是让我们很惭愧的。1992年我的博士论文《大历诗风》出版时，赤井教授的书评不无惊讶地提到我参考了不少日本学者的论著。的确，我的基本想法除了受到先师程千帆先生及傅璇琮、罗宗强、赵昌平、葛晓音等先生的启发，也获益于上述日本学者的著作。比如“时代的偶像”一节，就是受盐见邦彦《大历十才子与谢朓》一文启迪。后来撰写《大历诗人研究》，对刘长卿诗歌意象雷同的分析，又受益于高桥良行《论刘长卿诗的表现》一文。虽然这些论文我并没有翻译，但在阅读和翻译其它论文中，我逐渐理解了日本学者的工作，也愈益激发起对日本汉学成就的尊敬。

“他山之石，可以攻玉。”虽然我们不免将日本汉学视为可资借鉴的利器，但许多日本学者，尤其是老一辈的汉学家是像欧洲学者研究希腊、罗马文化那样，怀着一种亲切的眷恋来研究中国文化的。这使他们对中国文化的研究，历来都投入最大的热情（也许只有明治以后的一段时期是个例外），他们对学问的虔诚和好学的天性，更足以保证其工作及业绩的高水准。西方汉学家素来重视日本学者的成果，是有道理的。回顾我自己的学术经历，在不同阶段也都曾获益于日本学者的研究，尤其是当我整理这些多年前的旧译时。

从 1982 年翻译第一篇日语文章，迄今已 25 年过去，检点所译日文论著竟已逾 60 万字。追忆我从事翻译的始末，不能不缅怀和感谢林焕平先生的教导。都说老人喜欢怀旧，我的感觉是，人到中年以后，可期盼和等待的东西越来越少，于是对消逝的东西也就越发在意。近年我常常怀想往日读书求学的光景，过去的人和事也不断浮出记忆。母校举行校庆的通知，每每将我带回到学生时代。研究生的导师，本科的老师，乃至中小学时代的老师，都一一浮现于脑海。编订这个集子，自然就想起了林焕平先生。我从事于日语翻译，和林老师有绝大的关系。

我的日语是大二开始学的。当时我已确立研究古典文学的志向，恰值江苏人民广播电台开播日语讲座，我知道日本汉学水平高，研究古典文学一定要参考日本学者的著作，于是就跟广播讲座学起了日语。1982 年考入广西师范大学，攻读中国文学史专业硕士学位，因为研究生部没有日语教师，我和文艺学专业李心峰的日语课程就由林焕平教授指导。林先生是有声望的现代文学研究专家和文艺理论家，早年留学日本，对近代日本左翼文艺思潮素有研究，翻译、撰写过不少论著。当时林先生年事已高，又担任人大、文联和学会的许多职务，工作繁忙，但仍定期约我们面谈，指导我们的日语学习。林先生非常重视翻译，认为翻译提高外语水平最快，所以时常让我们翻译些日本学者的论著。我的第一篇译作是批评家进藤纯孝《在桂林遇到的……》，五千字，刊登在《漓江》1984 年第 2 期。不久又翻译了厨川白村《出了象牙之塔》中鲁迅未译的短文《文学家与政治家》。然后是《中国现代文学在日本》，这篇文章后来刊登于《中外文学研究参考》1985 年第 2 期，责任编辑就是我现在的同事孙歌女士。较为正式的学术翻译，先是帮林先生迻译著名左翼批评家藏原惟人的选集，以后是和心峰各译一部专著，他译的是竹内好的名著《鲁迅》，我译的是稻叶昭二著《郁达夫——他的青春与诗》，都于1984年由浙江文艺出版社印行，是我们出版的第一部书。稻叶先生用大量的日本文献，澄清了郁达夫留日经历中的一些问题，书中引用的郁达夫诗作，有21首不见于《郁达夫诗词抄》。为此我与稻叶先生联系，承他寄下若干复印资料，我据以撰写了几篇介绍郁达夫新资料的文章，成为我最早发表的一批学术论文。

看到我们已能胜任一般学术著作的翻译，林老师又提出更高的目标，让我们几个学生合译著名美学家今道友信的代表作《东方的美学》。今道友信师从海德格尔，精通德国哲学和希腊哲学，知识渊博。《东方美学》很大程度上可以说是中日古典美学的比较研究，涉及面相当广泛。我承担的主要是日本古典美学的部分，包含大量的古日语文献，对我来说难度相当大。无奈之下，只得一边学习日语文言语法，一边硬着头皮翻译。每遇到难点，请教外语系的日语老师也解决不了，只好写信向稻叶昭二先生请教。他总是耐心地答复，并寄下参考资料。他的教益一直让我感铭在心，1997年我赴京都大学任教时，曾给他写信，希望前往拜谒。但他回信说自己状况不好，耳鸣得厉害，无法同我见面。一年很快过去，我终究没能拜见这位通信多年，我深为敬重的前辈，当面向他表达谢意。

《东方的美学》是我翻译中最艰难也最难忘的一段经历。一边学文言语法和词汇，一边翻检原典，全部九万字的译文，可以说每一句都是经过反复斟酌才决定的。在这过程中，我不仅提高了日语水准，也获得一些日本文学知识。翻译古日语文献时，凭着对古汉语的熟悉，我还找到了日语文言语法和古汉语句式的对应关系，将古日语翻译成流利的文言文，大致传达出原文的风格。当时我的日语应该达到了自己的最高水准，甚至还萌生将来得闲时翻译芭蕉俳文的念头。《东方的美学》1991年由三联书店出版。后来听日本学者说，今道友信的书是有名的晦涩难读。幸而我再也没遇到那么艰深的翻译对象，因为后来我翻译的主要是和自己研究课题相关的论著了。第一篇选择的是松浦友久教授的《中国诗的性格》，它收在《诗语的诸相》中，我读此书觉得很新颖，便顺手译了这篇压卷之作，刊登于 1986 年出版的《古代文学理论研究》第 11 辑。后来又翻译了《作为诗语的“怨”与“恨”》一篇，再往后翻译的就都是很专门的古典诗学论文了，大抵都收入本书。它们从某种意义上说也是我自己学术经历的见证，原都是为自己的研究而阅读，因多获启迪而翻译的，目的是与学界共同借鉴于这些“他山之石”。事实上，自进文学所工作后，除了应心峰学长之邀，译过今道友信《东西方哲学美学比较》、论文集《国外现代艺术学新视界》的部分章节外，就是 1990 年下陕西“锻炼”时，闲中翻译了和辻哲郎《风土论》部分章节，到年底回京便告辍，再也未重拾旧稿。随着研究和教学工作的日益繁重，翻译的余暇越来越少。近年和刘维治、张剑两位学者合作译出川合康三教授的《终南山的变容》，是我比较欣慰的事，或许也是最后的谢幕了。

（原刊于《人民政协报》2008 年 3 月 24 日）

一个阁和一群人的元代

——邱江宁《奎章阁文人群体与元代中期文学研究》读后

历史从一堆茫无头绪的档案、一堆纷繁杂乱的史料变成我们可以理解的过程,需要经过整理和叙述。这个过程既是淘汰又是保存,既是记忆又是遗忘,一切都取决于选择和发现。发现一些人和事,选择一些场景和时间,完成一个有意义的语言建筑,那就是历史。有许多人和事在时间中存在过,但只有很有限的一部分能成为历史。在这个意义上,文学史上的元代,可以是一个舞台和一本书(《录鬼簿》)的元代,也可以是一个阁和一群人的元代。自王国维以来,学者都在勾绘那个一方舞台一本书的元代,而邱江宁则为我们讲述了一个阁一群人的元代。

如果说文学史研究的着眼点可以抽象为点、线、面三个结构要素,并对应为作家、时段、群体三种研究视角,那么文学史研究的进步,我认为主要取决于面的研究。因为文学史的运动是以群体为基本单位,像冰河那样在冰块的碰撞中奔涌、流淌着的。在以往的断代文学史研究中,元代一直是较薄弱的环节——这不是说研究者对元代文学关注之少,而是指注意力都集中在戏曲方面,诗文很少被触及。而关于元代文人群体的研究,更只有徐永明《元代至明初婺州作家群研究》(中国社会科学出版社,2005)、杨亮《宋末元初四明文士及其诗文研究》(中华书局,2009)等不多的几种专著,学位论文也都集中于江浙一带文人集群的研究。这与六朝、唐宋文学研究中流行的集团、群体研究形成鲜明的反差，也暗示了两者学术积累的差距。

问题还不在于简单的数量对比，唐宋文学中的群体研究不仅涉及作家的地理空间分布，还涉及作家们在政治格局中所占的位置和所扮演的角色。台阁、文馆、州郡、幕府不同层次的官僚文人及其相应的创作活动都得到细致的研究，而元代文人群体的研究只涉及地域。这不是研究方法和观念的问题，完全是学界整体投入的问题。在“一代有一代之文学”的传统观念笼罩下，学界对元代文学的观照长期以来主要投向戏曲，诗文研究明显滞后。但元代诗文被忽略是毫无道理的，经过近年的整理，享国不到百年的元代，诗文作品存世量之富远远超出我们的想象。仅诗歌即有约十四万首，比《全唐诗》三倍还多。面对如此丰富的原始文献，再看现有的元代诗文研究，就不能不感慨现有研究的薄弱。

但最近几年，元代文学研究明显给人趋暖的感觉，有分量的论著不断出现。其中邱江宁的《奎章阁文人群体与元代中期文学研究》（人民出版社，2013。下引仅注页数），是我看到的一项重要成果。奎章阁作为天历中元文宗收藏图书、古董以供他和侍臣讲论、清玩的场所，一向只为治文献学或美术史的学者关注，台湾学者姜一涵著有《元代奎章阁及奎章人物》（联经出版事业公司，1981）一书，考察了奎章阁的官制及相关文献，关注的重点是它作为书画鉴藏机构的意义。而邱江宁在研究中注意到，元文宗再度即位后，为了加强自己的政治势力，有意识地将奎章阁学士院提升为正二品机构，下辖群玉内司、艺文监等职司，人员从六名扩充到八十余名，并领修《皇朝经世大典》，在他执政期间扮演了极其重要的政治角色。虽然随着元文宗的去世，奎章阁被改为宣文阁，职能有了很大的变化，但在天历二年（1329）到至元六年（1340）近十二年间，“这个机构曾经聚集了当时元代文化界、政坛最重要的人物，也曾一度使元代文化建设和文学创作、艺术收藏和鉴赏事业相当繁荣”（第3页）。综观元代诗文的总体发展脉络和创作格局，邱江宁逐渐确立起“元代诗文发展、繁荣的真正主力军和推动者，主要是以馆阁文人为核心的奎章阁文人群体”（第2页）的认识，率先发表《奎章阁文人与元代文坛》（《文学评论》

2009 年第 1 期)一文,对相关问题做了探究。又经过几年的努力,她终于拿出一部厚实的专著,就奎章阁文人群体的文学活动及其对于元代文学史的意义作了全面的论述。

全书的论述流畅而充满自信,让人感到作者对自己的研究有着清晰的意识和明确的定位,那就是立足于描述奎章阁文人诗文创作的时代背景、社会心态以及这个群体对于时人的实际影响,"期望呈现一个非常独特的馆阁群体、呈现他们很不一样的创作内容以及非凡的时代影响"(第 13 页)。这些内容是以往的研究所忽略的,容有较大的开拓余地,但如何在一个较短的时段内展开这些对于元代文学史很关键的问题,仍然是艰巨的任务。邱江宁首先在绪论中辨析了奎章阁文人与元曲作家群活动的年代差异,从而在作家代次及文学趣味上将他们从文学史中剥离出来,为自己的研究对象划出较为清晰的界线。这对于群体研究是非常必要的。然后分上下两编,分别对奎章阁文人群体的文艺理论主张与复古思潮的关系、创作实践的多民族特征与元代中期文坛的南北融合问题展开研究。作者通过自己的论述表明,这两大问题不仅是奎章阁文人群体研究的核心内容,也是整个元代文学史研究的焦点所在。这些在历来研究中较少被触及的课题的提出,不仅凸显了作者的学术眼光,同时也奠定了整个研究创新的可能和基础。

书的上编是由奎章阁文人与元代复古思潮的关系入手,来展开对这个文学群体的论述。作者指出,"元王朝自建国之初从政治哲学到文化思潮再到主流文化圈都主张复古,元中期后更以程朱理学为官学,而程朱理学正以复古、读经为宗,所以元代文艺复古思潮的掀起是从政治到文化、从馆阁文臣到山林遗贤逸士、自上而下、全方位的,几乎没有哪个朝代像元朝一样,朝廷与民间、馆阁与山林、从建元开始到终元之时,始终贯穿和弥漫着浓厚的复古思潮"(第 21 页)。在这一论断下,她从赵孟頫开始,逐一分析其教育背景、文艺思想、创作实践,并注意分辨蒙古人、色目人、南人、汉人不同身份文臣的家学渊源与学术传承,与黄宗羲《宋元学案》所论许衡、刘因、吴澄三派相对应,清晰地梳理了元代中期学术思想和文学思想的承传和流别。

以往的研究，对元四家等著名文人也都有所关注，但很少联系奎章阁文人这一在“那个时代获得最多文化资源、掌握最大文化权力”（第59页）的文人群体的背景来考察。邱江宁在梳理奎章阁几代文人师承关系的基础上，用三章的篇幅分析了他们的诗文理论主张与其创作实践，在诗歌方面着重考察了大量存在的同题集咏诗与纪实倾向、盛行一时的题画诗与意象明晰、出行送别诗与情感平和的关系；在散文方面，则着重分析了以反映现实为旨归、重理性轻审美、重记述轻文辞的写作倾向。第五章“奎章阁文人群体文艺理论在元中叶文坛的深远影响”，则不只限于谈理论方面的问题，也涉及创作方面的实际影响，让我们对一个时代的文学风貌留下全面的印象。

下编讨论的元代文学、文化的南北融合也是历来未受到重视的问题。中国古代南北方经济、文化的发展一直存在北高南低的落差，但到元代，南方的发展开始整体上超过北方，并决定了以后数百年始终北风不竞的态势。在这史上最重大的区域文化消长中，元代社会的南北融合进程以及折射于包括文学、艺术在内的上层建筑领域的南北融合扮演了重要的角色，也可以说“几乎是元王朝有别于其他时代、王朝的显著特征”（第197页）。作为元代中期文化事业重要象征的奎章阁及其中活动的文人，也清楚地显示出南北双向融合的互动态势，用邱江宁的话说就是：“一方面是北人为南方精致文化所吸引，不断学习、不断调整自身文化气质的过程；另一方面是被征服的南方为北方强大的军事力量和恢弘气魄所慑服，不断修整自身文化气质，寻求被吸纳、被整合、被融入的过程。”（第199页）两者反映于文坛，便形成了“北人作南风”和“南人作北风”一对引人注目的姊妹现象。关于前者，作者概括为：“北人受南方文化影响，在创作中或运用南方典型创作手法进行写作、或以南方风物为描摹对象、或以南方时调写北边风情，其间又不失北人气质，显示出南北贯通，不拘南、北地域之限的风格；”关于后者，作者概括为：“南方文人大举北上，为北方气度、景象、人物风俗、异域宗教等所吸引，所作诗文既溢出南方典型意象，又脱略于南方农耕文明的特征，显示出迥异于南方文化气质的创作现象。”（第199页）两者以“上都纪行”与“江南书写”为南北文人共咏联吟的主题,并以奎章阁文人代表的当时一批顶尖作家的创作为契机,成为元代文学南北融合的象征性话题。对此作者不是简单地列举出现象即止,在排开正剧之前,她先讨论了程钜夫这个拉开南北文学交融序幕的人物。正是程钜夫倡议任用南人,并出使南方荐举赵孟頫、吴澄、张伯淳、揭傒斯、袁桷、范晞文等文士北上任职,又身体力行以自己的人格魅力和文章手笔影响一代文风,这才有奎章阁人才济济的盛况。以此为前提,作者先总论奎章阁文人群体的多民族特征、同题集咏对南北文学融合的影响,再分别申论"上京纪行"和"江南书写"的具体内容,线索清楚,纲举目张,足以让人感觉作者从容驾驭问题、把握全局的气度和能力。

从硕士、博士到博士后研究,邱江宁先后师从于俞樟华、章培恒、胡明三位先生。这三位老师都以古今贯通、视野开阔见长,邱江宁转益多师,悉得其学理真髓,而又济之以扎实的文献功夫。先在 2008 年完成了《中国学术编年·元代卷》,然后才在此基础上写作《奎章阁文人群体与元代中期文学研究》。凭着书后三个附录《奎章阁学士院任职人员表》《奎章阁文人核心成员群体表》《奎章阁文人群体重要作家作品知见情况叙录》的扎实考核,她对以奎章阁文人群体为中心的元代中期文学史做了一个扎实而有穿透力的论述。不仅有闳敞的空间结构,也有细腻的历史层次,无论是南方文人的北上,还是他们融入蒙元政权的过程,都可以看到清晰的步骤。读完全书,我对元代中期文学史获得一个有立体感的完整的印象,没有比这更令人愉快的读后感了。

当然,出于对一部优秀著作的尊重和更严格的要求,我也想坦率地谈一点我个人觉得不足的地方。首先是上编对奎章阁文人复古思想及创作实践的论述,稍嫌简略。不仅对虞集诗论的概括失之单薄,未提到近年因《二十四品诗品》辨伪而被挖掘出的《虞侍书诗法》;第 78 页谈到揭傒斯《萧孚有诗序》,认为与虞集的诗歌主张几乎完全合辙,似也失之简单,没有注意到他对韦应物的特别推崇;而对创作实践的讨论,相比理论主张又更显得薄弱,比照第三章"奎章阁文人群体诗歌创作的主要特征"从具体类型揭示写作特征的方式,这里本可对奎章阁文人诗歌创作一般倾向略做概括和分析。根据我的经验，理论主张据作者自述和后人评论，比较容易整理，而创作则需要深入钻研其作品才能谈出自己的看法。这需要很大的时间和精力的投入，而目前的项目管理制度却不给学者这种优游，以致于只能借历史资料的转述和他人的评论来取代自己的细致考察和分析。这也是目前古典文学研究论著中常见的现象，实为学术体制束缚的无奈结果，不足苛求。但作者谈到元代文学去南宋之弊而造大元之新时，则未免沿袭新朝文士的说辞，而搁置了政治层面的反思。历史上每当改朝换代之际，新朝修史编书一定给胜朝涂抹一层负面色彩，以凸显彼可取而代之的合理性。唐初对六朝的抨击，宋初对五代的鄙弃，无不与这种“政治正确”有关。元初人对南宋文学流弊的批评，是可以联系历史上改朝换代之际的文学史论来做话语分析的。以上这些感觉和判断不一定正确，谨在此提出奉作者参考，并就教于专家和广大读者。

（原刊于《东方早报·上海书评》2015 年 6 月 14 日）

成为绝学:朴实与奢华

——扬之水《奢华之色》评介

多年来扬之水以名物研究著称于学界,《诗经名物新证》《古诗文名物新证》等著作,为当代名物研究树立了一个文、物互证的典范。扬之水的学术研究,我们研究室曾拟推荐申请中国社会科学院资助扶持"绝学"的项目计划。所谓"绝学",通常指只有很少人掌握、后继无人、濒于灭绝的学问,扬之水多年来从事的名物研究,虽不能说是很少人从事的学问,但像她那样用文献记载与实物相印证,更由对古器物名、实的考究进而阐释古代文学作品和文学史问题,却是尚无先例的,毋宁说是她的独创。这种研究如果没有很好的传承,或许就成了绝学。但称扬之水的名物研究为"绝学",还有另一层含义,那就是做得绝妙、难乎为继,近似绝活儿之义。作为熟悉她工作的多年的同事,我更愿意在这个意义上使用"绝学"一词来评价她的成就。

名物研究历来是传统学术中的一种专门之学,从陆玑《毛诗草木鸟兽虫鱼疏》到清代的《三礼图考》都是古代的经典著作。时至今日,研究古器物的著作很多,对文学作品中出现的名物加以考究的论著也不少,但有关文学作品的名物研究,尤其是以载籍所记与传世实物相印证,则似乎是扬之水独辟的蹊径,而且做出相当大的规模。我不知道,历来有什么著作像《诗经名物新证》《古诗文名物新证》《终朝采蓝》那样,将文献、文学和器物研究结合得如此完美,给人博雅、睿智而富于生活情趣的多种感悟。如今,扬之水又推出煌煌三巨册的《奢华之色》,一卷论宋元金银首饰,一卷论明代金银首饰,一卷论宋元明金银器皿,将自己的名物研究延伸到金银首饰和器皿方面,再次让学界惊艳并刷新我们对她的印象。

相比以前的著作,《奢华之色》汇集了扬之水关于历代金银首饰和器皿研究的成果。在导言中,作者对自己研究方法的定位是"用名物学的方法所做的金银器研究"。全书虽说是采用逐条考释的方式加以讨论,但因为具体考述都建立在通盘的掌握之上,这就使她的研究整体上显出一种系统性。比如第一卷的第一章宋元首饰研究,既有对首饰类型和样式的概述,也有对具体器物的考察,不少命名和分类都有首创意义,成为对宋元金银首饰的系统论述。第三卷的第一章宋元金银器皿,实际是酒具的全面研究,不仅包括酒具的各种类别,也涉及装饰样式与制作工艺,与第二章明代金银器皿中有关酒具的内容及附录的四篇专论参看,就足见古代酒器史的大概。因而,这套书虽无专史之名,却有专史之实,不仅每卷自具系统性,三卷之间也内在联系紧密,全面展现了中国古代文化成熟时期金银首饰、器皿美学和工艺的历史。

作为同事,多年来我们早已熟知扬之水走访之勤、阅读之广,但每读到她的新著,还是为其中搜罗的繁富的实物和文献资料惊讶不已。这些素材经精心组织,以她特有的隽雅文笔亹亹道来,再配以大量精美图片,就成为令人不忍释手的精美书籍。书中一件件首饰、器皿的形制和类别,叙述得那么清楚,像我这样缺乏有关知识的读者,通览全帙,真正是大开眼界,以前在古书上看到的许多名词从此有了直观印象。这样的阅读,确实是非常愉快的,更不要说获得许多有关首饰、金银器皿的专门知识。

扬之水的名物研究,与一般考古学家或文物研究者最大的不同,就是不仅多识古器物,了解当代考古成果,还博览传世文献,熟悉器物与当时社会生活的关系。《奢华之色》三卷考究金银器物,首先都以古籍载记为据,再证以实物。而所援据的文献,又不只局限于宋元以来的日用类书、营造、博古类书籍,还有大量的诗词、戏曲、小说文本,堪称融考古与文学研究为一体。虽名为金银器皿研究,却随处见出文学研究者的功底，一些器物考证的结论也为我们理解文学作品和文学史提供了饶有趣味的说明。多年来，从书写工具的发展与文学活动的关系，到室内家具的布置与古典诗词的取景特点，我们研究室的同事早已在扬之水的多次报告中获益良多。这次分别附录在三卷书后的《“掬水月在手：从诗歌到图画”》《晚唐金银酒器的名称与样式》《罚觥与劝盏》《造型与纹样的发生、传播和演变——以仙山楼阁图为例》四文，也都是文学与文物互证的绝好范例，为我们理解古代文学作品乃至认识古典文学的接受和传播史都提供了有益的启示。

比如对诗歌作品的接受与经典化，研究者一般都着眼于作品在文献中的流传。扬之水《“掬水月在手：从诗歌到图画”》一文，虽也引证了诗词、戏曲、小说的丰富资料，但同时更广泛地列举了宋代书法、元代首饰、明代瓷器、绘画中的大量实例来说明唐代诗人于良史《春山夜月》一诗在后代的广泛传播，不仅勾勒出一首唐诗的接受史，同时也辨析了这些器物图案的取材来源及命名上存在的问题。器物和首饰在漫长的历史演变中，原先诗意画中的诗意逐渐淡去，仅留下装饰性图案。不是扬之水一番绵密的考证，一度广为流行的“掬水月在手”诗意图，也不免被视作洁手和洗手图，深负古代才人的诗思和工匠的慧心。为此我们不能不说，这篇论文是同时在文学研究和文物考证两方面取得双重成果的典范之作。

平时扬之水总是自谦她的研究只有实证，没有理论，然而无论她自觉不自觉，这种研究都是具有鲜明的理论意识的探索，其结论对于认识古典文学的接受史更具有重要的理论启示。长久以来，国内学界总是斤斤执着于“理论”，且更多地将搬弄一堆概念或征引许多西方人文社科著作视为有理论的表现，不知道学术研究的根本首先在于发现和解决问题，真正有价值的研究必有独创性，有独创性的研究必具有理论价值。扬之水的名物和金银器皿研究，已用自己独辟蹊径的研究给予我们很多关于中国古代文学史、生活史、工艺美术史的理论启示，这方面的成果我以为还有待于学界作进一步的总结。

最后，我还想称赞一句，这套三卷本的《奢华之色》无论是装帧设计或印制都非常讲究，是近年不多见的高品位的好书。这套书改变了我的成见，原来中华书局也能将学术著作印制得如此精美。

（原刊于《书品》2011年第3期）

一部清代文史研究必备的工具书

——读《清人别集总目》小识

读今人所撰通论中国文章学术之书，大体前详后略，不免有虎头蛇尾之弊。心虚的不过缄默不言，含糊带过；那一等打肿脸充胖子的，还要摆出冠冕堂皇的理由，道是明清以后蹈袭陈言，殊少新创，故存而不论。明人姑且另说，至于清代文章则诚足以方驾前贤，学术更陵越百代而达到中国古代的顶峰。那些前详后略、虎头蛇尾的论著，除暴露作者于清代典籍略无知识，还能说明什么呢？当然，如果深究下去，今人论学置清代于度外，或敬而远之，也不全出于价值判断的偏颇，文献浩瀚难穷，无从下手，是一个重要原因。清代文献之多，甚至已多到无法估量的程度。随便问一位清代文史学者，清代文集大概有多少家？恐怕没人能给出一个较为肯定的数字。面对茫无涯涘的文献之海，连对文献数量都没有确切的知识，还谈得上对研究对象范围和问题边际的把握吗？若说清代文史研究目前还处在盲人摸象的阶段，未免过于苛刻，但要说已成竹在胸，大概也是盲目乐观。

十年前，我在调查清代诗学著作，准备研究清代诗学之初，曾发愿编辑清代集部总目，著录所有见于载记的清集，无论存佚。如果我的电脑早买一年，这项工作就可以坚持下来。没有电脑，检核之劳非个人所能胜任，不久我就断了这个念头。然而内心耿耿，一直未能释然。惟其如此，当我从陈书录学长处听说李灵年、杨忠教授主编，王欲祥、陆林、陈敏杰先生协力编著的《清人别集总目》即将完成时，不禁为之鼓舞欣抃。如今，煌煌三巨册《总目》已摆在学术界面前，这凝聚着十年辛苦的成果，值得我们享用者焚香三拜。作为一名涉猎清代文献的学者，笔者在受惠之余更想将这部重要目录向学界大力推荐。

《总目》作为第一部全面反映现存清代别集数量、版本、收藏及作者传记资料的大型工具书，价值首先在于为我们勾画出清代别集的数量规模和收藏分布。张舜徽先生《清人文集别录》叙学人别集六百种，袁行云先生《清人诗集叙录》叙诗家别集三千种，见识精到，令人倾服，然而论撰数量终究有限，一管窥豹，难见全体。《总目》第一次让我们知道，清代别集传世的数量已知有四万种左右，作者近两万名。这意味着我们将处理的清代诗歌作品，是将《全唐诗》《全唐文》的每一篇或断句扩展成一部诗集、一部文集，清代诗文研究的文献边际从此可以确知，我们今后要走的路也从而变得清晰起来。我为研究清初诗学，一直在访求邹祗谟《远志斋集》，曾问过国内外许多专家，冥冥中不知是存是亡。今检《总目》所载，仅《名家诗选》内诗一卷，则全集想已不传，顿释悬念。《总目》这番盘家底的工作，可以说是给清代文史研究者吃了颗定心丸，今后无论是搜集资料，编纂选集总集，心里都有了个底，同时对研究规模和学术质量的估量也有了一个可信的尺度。

《总目》所依据的资料主要是海内外公藏书目，兼及私人收藏，凡引据的目录尽量采用建国后所编的新版，保证了所收书籍现存的可靠性。每种别集除注明已知现存的不同版本，还详列收藏单位，便于就近查找。这于清代文史研究可以说是功德无量。我以前在日本内阁文库看到李宣《东皋诗史》六十卷，印象中未见著录，遂在《东瀛读书记》一文中略加介绍。今见《总目》第744页著录，南京图书馆、白求恩医科大学、中山大学、日本静嘉堂文库均有收藏，可见并不罕见，自家孤陋寡闻而已。清代别集庋藏星散，要找一些稀见的版本，每苦于访求无门。我凡到外单位看书，一一都作记录，以便日后需索可查。现有《总目》在手，按图索骥，平添许多方便。

作为反映现存清代别集全貌的《总目》，在搜罗资料方面下了很大功夫，所引据各种藏目即达 145 种，参考书目 30 种，馆藏卡片还不在其列。约四万种的数量固然不能说已尽当世所藏，比如说没用到中国社会科学院文学所（普通古籍部分）的藏书，没用到哈佛大学的藏书，肯定会使书目有一些遗漏，但相信与四万种相比，能增添的数量已很有限。因为别集的数量主要集中在著述丰富的著名作家，《总目》著录名家别集，吴梅村收 25 种，屈大均收 29 种，王渔洋收 74 种，朱彝尊收 38 种，吕留良收 36 种，尤侗收 28 种，汪琬收 22 种，查慎行收 32 种，方苞收 40 种，袁枚收 80 种，厉鹗收 19 种，孙星衍收 25 种，吴锡麒收 50 种，阮元收 24 种，包世臣收 25 种，梅曾亮收 20 种，龚自珍收 62 种，王闿运收 34 种，李慈铭收 29 种，俞樾收 39 种。这都是扣除重复后的数量，相当齐全。这部分内容扎实了，全书质量就有了保证。事实上，《总目》所反映的文献数量，提供的文献线索，是相当令人吃惊的。不光著名文学家的著述收罗齐备，著名学者的著述也大体罗列，祁寯藻别集光稿本就著录了 12 种，其他如王筠稿本、钞本著录了 5 种，刘宝楠稿本、抄本著录了 12 种，刘喜海稿本、抄本著录了 6 种，阮葵生稿本著录了 4 种，这就为编校全集提供了版本线索。

清人别集经常随年递刻，卷数增删不定，如王鸿绪《横云山人集》康熙刊本就有 4 卷、12 卷、16 卷、27 卷、30 卷、31 卷、32 卷等多种版本，王梦庚《冰壶山馆诗钞》有嘉庆二十年刻 2 卷本、道光刻 4 卷本、64 卷本、金华王氏刻 76 卷本、道光十三年刻 100 卷本五种，吴照《听雨斋诗集》从乾隆到道光有不分卷、10 卷、12 卷、14 卷、22 卷、24 卷、26 卷各版，还有《子良诗录》2 卷本和 49 卷本，《总目》一一著录，全面反映了这些集子的编刻过程。值得一提的是，有些作家别集版本并不多，但在馆藏中反映的形态却很不相同。比如清初丁炜的《问山诗文集》，只有康熙间希邺堂和咸丰四年雁江景义堂两次刊刻，另外还有黄与坚、叶映榴选刻本一种，但如今存世之本却有诗集十卷词一卷、文集八卷、文集六卷、文集二卷、文集八卷诗十卷词一卷、诗文集八卷、诗集三卷文集八卷等多种形态，《总目》悉为著录，从一个侧面反映了《问山集》流传的情形。这就像《全国古籍善本书目》著录顾炎武《天下郡国利病书》多种钞本，显示出该书的流传和影响一样，对研究作品的传播与影响是极有帮助的。吴县商人亢树滋的别集有《随安庐诗集》2卷、9卷，随安庐文集6卷，随安庐诗文集9卷、13卷，随安庐题画诗2卷，邓尉探梅诗4卷，赘翁吟草3卷，市隐书屋诗稿2卷、5卷，市隐书屋文稿1卷、2卷、11卷，市隐卮言1卷、2卷等各种形态的传本26种，由此可以想见，亢氏以拥雄赀，刊刻自己的著作是多么勤，流传量又是多么大。从这个意义上说，《总目》也是一个显示作品传播和影响的晴雨表。

《总目》非仅收录丰富，考订也相当精审。据前言可知，编者在整理各馆藏书目时，除了剔除一些明人别集或总集误为别集的书，纠正一些书名和刊刻年代的错误外，还做了大量同人异名、同书异名的厘清工作，使大量同名作者、同名别集被清楚地区分开来，一一著录。这里应该特别提到，《总目》在这方面的考订之精，是与编者搜集作家传记资料所下的工夫分不开的。许多同名异书、同名异人与异名同书、异名同人的考定分合，只能靠作家传记提供的字号里贯生平资料来判断。如此看来，《总集》在每位作者后附以小传并列举传记资料索引，是很值得称赞的。这虽是古代目录学的传统，但在当代目录编纂中却是个突破性的创举，有不同寻常的学术意义。全书作者十之六七附有小传，开列传记资料目录，不仅包括各种类型的文字资料，还广罗图像材料，供读者作进一步的查考。比如名诗人王渔洋的传记资料就列举了31种文献、11种图像，如此丰富的收录，就是在专门搜集过王渔洋资料的笔者看来，也是相当详备的。正如主编所说，如果将所有这些传记资料汇集单行，就是一部清代诗文作家辞典和传记资料索引。这项工作不仅表现出编者严谨的学术态度，也体现了他们努力进行学科建设的一片苦心。

作为工具书，《总目》的编纂体例堪称精善。它以人系书，同一作者的所有别集以诗集、文集、诗文合集、全集的次序排列，使作家毕生创作、结集、出版的大致线索，一目了然。更可贵的是，著录版本时还尽量保留了原据书目及馆藏卡片提供的有关该书序跋、题咏、辑抄、校注、编选、刊印等时间、地点和人名资料，为研究者比勘版本异同，考究编纂刊印原委提供了方便。对同一别集不同版本的编排，大致以所据资料提供的刊行时间为准，适当照顾到版本的传承谱系，也符合目录学的要求。书后所附《别集书名索引》《别集序跋题咏辑抄校注编选刊行者名号索引》与《别集人名书名首字繁简对照索引》，相当实用。尤其是第三个索引，部分弥补了简体字排版的遗憾。当今类似索引鲜有考虑到这一点的。

总而言之，通读《总目》后，它给我的印象是一部高质量的清代专题文献目录，一部实用的清代别集和作家传记资料检索工具书。有了它，今后清代文献寻访和搜集的难度将大大降低，而清代文献整理的水平则将大大提高。对这样一部在有限条件下编纂成的大型工具书，吹求它在著录上的偶然疏失，或不够完备，显然是不太公平的。但为免传讹，我还是想提一下，由于许多图书馆编目分类的不够严密，总集、诗文评类书经常同别集混在一起，易致误会。《总目》因数量庞大，难以一一检核，也不免有沿原目之误处。如 1403 页《罗鄂州先生小集》程哲刊本 6 卷附遗文，乃是宋人罗愿文集；第 87 页王士禄《涛音集》为王氏所选掖县人诗，第 88 页王士祯《渔洋古诗抄》校本 17 卷、《王文简公五七言诗抄》32 卷、《七言诗》15 卷、《渔洋山人古诗选》32 卷，均为王士禛所选历代古诗，第 1233 页陈枚《留青新集》30 卷、《留青采珍集》12 卷，为陈氏所辑尺牍、应用文集，第 1555 页赵绍祖《兰言集》、第 1793 页顾宗泰《停云集》12 卷、第 1940 页郭则沄《十朝诗》24 卷、《庚子诗鉴》4 卷补 1 卷、第 1966 页凌霄《钟秀集》3 卷，均为本朝诗选，属于总集；第 184 页王增祺《诗缘》4 卷、第 473 页任(应为伍之讹)涵芬《读书乐趣初集》8 卷、第 716 页杨希闵《乡诗摭谈》正集 10 卷续集 10 卷、第 1167 页张修府《湖(应作湘)上诗缘录》、第 1453 页周文在《香山诗评》1 卷、第 2029 页黄承吉《梦陔堂文说》初稿、第 2096 页雪北山樵《花熏阁诗述》10 卷、第 2166 页葛万里《句图》1 卷、第 1611 页查慎行《查初白十二种诗评》、第 2323 页简朝亮《读书草堂明诗》4 卷、第 2363 页廖景文《清绮集》8 卷、第 2422 页鹤尔登《一草堂说诗》、第 2436 页戴文选《吟林缀语》，均为诗文评；第 692 页杨钧《草堂之灵》为笔记；第 2127 页日本江户钟房刊本梁纬《星岩集》，第 2136 页日本松本龙尺水香刊本梁益伟《星岩诗存》乃日本江户名诗人梁川孟纬所著，凡此种种均可删除。第232页方世恭《南唐诗钞》1卷，即233页著录的方贞观《南堂诗钞》，贞观名世泰，以字行，世恭即世泰之讹，应删。第302页叶炜《鹤麓山房诗稿》6卷、《煮药漫抄》2卷，后者的作者是另一个叶炜，光绪间人；《煮药漫抄》也不是别集，而是记述日本游历的诗话，应予剔除。另外，第1190页《覞斋诗集》作者张谦宜生卒年作（约1680—约1752），显然有问题。《清诗话续编》收张氏《覞斋诗谈》，自序末署“时康熙四十九年庚寅八月望日山南书隐老人张谦宜七十二岁自撰”。康熙四十九年为公元1710年，以此推之，张氏当生于1639年。又，第120页《临汀考言》作者王廷抡，生平不详，疑为崇祯十三年（1640）进士。按廷抡字简庵，山西人。康熙三十五年（1696）由户部郎中外放汀州知府。康熙三十八年刻王渔洋《池北偶谈》于署衙，此与崇祯进士恐非一人。

最后，我还有一点看法是，《总目》作者次序以姓氏笔画排列，固然便于检索，但却反映不出历朝作者人数和别集数量的一般情况。如果按出生年代排列，则能反映清代诗文写作的数量和发展趋势，便于研究者考察问题和确定文献范围，于文学专题目录的性质功用或许更相符合。这只是一己私见，姑妄言之。实则对目录而言，任何编排方式都有利有弊，就看编者是如何考虑的。《总目》的宗旨是以检索为主，以姓氏笔画编排的便利是不言而喻的。

第17页，干建邦《湖山堂集》，江西省图藏清刻本，予见武汉大学藏本作于建邦。

第38页，马时芳《二泉遗稿》，二为平之误。

第377页，澹湛居士年谱稿，湛为堪之误。

第304页、第382页，叶燮《己畦集》应作已畦。

第383页，师范字瑞人，号嘉扉，嘉为荔之误。

第835页，李澄宇，宇洞庭，后宇为字之误。

第874页，梁同书撰叔罗庵遗集，叔为频之误。

第886页，留林诗钞，林为村之误。

第891页，吴陈琰，字宇崖，宇为宝之误。

第2203页，蒋锡仁为仁锡之误。

第 1314 页，味某花馆诗，某应为梅字。

第 1498 页，郑光朴，光应作先，予曾在北图阅其《声调谱阐说》。

第 1732 页，荣峰诗稿，荣为蓉之误。

第 1797 页，顾崇槼，顾为颜之误。

第 2363 页，廖景文古檀吟香，香疑为稿之误。

第 2375 页，熊士鹏生卒年由登第之年推之，明显有误。

第 2405 页，潘清应为“潘清撰”，予曾阅其《挹翠楼诗话》。

第 2442 页，戴彦熔《越州诗存》疑为地方总集。

第 2443 页，戴渭清《竹溪诗词抄》疑为地方总集。

第 2451 页，魏世效，效应作儆。

（原刊于《中国典籍与文化》2001 年第 3 期）

一部独具特色的清代人物年谱

——读卞僧慧著《吕留良年谱长编》

古人常说，书之传不传有幸与不幸。想想历史上有那么多作者，或著书数百卷，最终片楮不传；而有些作者仅寥寥几篇文字，甚至零章断句，却名垂青史，不免让人感慨，古人的话真是有道理的。然而更往深里想，古来传世的书籍是否仅凭运气而得以流传后世呢，却又不然。许多书籍经历战乱之劫、水火之灾，经历统治者的疯狂禁毁，仍绵绵不绝，流传于天壤之间，它们的生命力难道仅依托于历史的某种偶然机缘么？

在清代文字狱的历史上，著作遭禁毁最严酷的莫过于吕留良。吕留良的著作，自雍正间被严厉禁毁，直到民国初年才得以重刊。然而在雍正到民初近二百年间，仅据李灵年、杨忠主编《清人别集总目》著录，吕留良诗文集就有刊本 18 种，抄本 25 种存世。论学问和才华，吕晚村在人才辈出的清初实在不能算很突出，在梁启超眼里，晚村大体只是个帖括家而已。其著作所以有那么大的阅读需求，全在于他文章中过人的胆识、犀利的议论和强烈的民族意识。雍正皇帝称“其所著文以及日记等类，或镌板流传，或珍藏秘密，皆人世耳目所未经，意想所未到者。朕翻阅之余，不胜惶骇！盖其悖逆狂噬之词，凡为臣子者所不忍寓之于目，不忍出之于口，不忍述之于纸笔者也”。雍正以九五之尊，竟亲撰《大义觉迷录》驳其说，可想而知，晚村的文字在当时给人多么强烈的刺激。在由满汉之争、朱王之争、汉宋之争、古今之争交织的清代思想史上，晚村文集像一束强光穿透统治者的意识形态禁锢，给灰暗的思想界带来一丝光亮；又像一柄利剑，刺穿士大夫阶层麻木的肌肤，激起思想神经的颤动。不知多少人像曾静那样因读其书而受启发，慕其人而激发民族情绪。雍正甚至由此而切齿痛恨浙江人，说："朕向来谓浙江风俗浇漓，人怀不逞，如汪景祺、查嗣庭之流，皆谤讪悖逆，甚至民间氓庶，亦喜造言生事，皆吕留良之遗害也。"吕留良的著作竟有如此大的影响力吗？

从学术史看，吕晚村是"和清代学术有关系的人"（梁启超语），而从清代思想史来看，吕晚村更应该说是有很大影响的人物，并且其影响越到封建社会末期越发强烈。因此历史进入民国以后，吕留良便成为一个相当吸引历史学家的课题，1937 年商务印书馆就出版了包赉的《吕留良年谱》（台湾商务印书馆 1971 年曾影印），不过限于当时的条件，内容还较简略而已。奇怪的是建国后，吕晚村反似被遗忘了，尤其是与清初其他一些著名人物相比，讨论他的思想和创作的论文很少见到。最近承傅璇琮先生惠赠《吕留良年谱长编》（中华书局，2003）一册，真似闻空谷足音，跫然而喜，快读一过，更觉获益匪浅。

《长编》作者卞僧慧先生，为编撰这部著作，付出了大半生的心血。初稿创始于 1932 年，定稿于 1984 年，迄止出版，前后经历了七十年时间。七十年中，中国社会和学术都发生了巨大的变化，但《长编》的价值没有变，岁月的磨砺只是使它更为充实和完备。全书的四个部分，卷首考姓名字号籍贯，世谱四卷考述晚村世系，年谱七卷排比谱主行年，后谱六卷述晚村身后的影响，其体例和结构在今人所撰古贤年谱中都是很特殊的。对于吕晚村这一特殊的历史人物来说，《长编》这特殊的体例具有特别的意义。它不仅让我们看到一个活在自身生命中的吕晚村，更让我们看到一个活在后人的追忆和解读中的吕晚村。谱主对于清代思想史的意义和影响力由此呈现出来。

《长编》搜集的资料是极为丰富的，从"世谱"开始，作者就为我们展示了晚村先世的丰富资料，这些资料得自众多的史传、方志、别集、家谱乃至诗话，让我们惊讶一个并不显赫的家族竟然也在历史记述中占有如此的分量。这再次提醒我们，明清文史研究的素材有着极其广大的空间,值得我们下力气去挖掘。晚村年谱的部分,不仅详述谱主的事迹,更插入许多历史事件和同时代人物的活动,细致描绘了谱主生活的时代背景。晚村诞生的崇祯二年(1629)正是复社成立的年头,晚村初能文章的崇祯十一年又是三兄愿良举澄社之始,对这一类细节,作者特别加按语揭示其历史意义。比如顺治十七年八月载谱主与黄宗炎的相识,举《友砚堂记》为据,加按语曰:"宗炎此诗作于黄、吕交好之初,已有'义理深究紫阳旨'及'钞经笺传辟邪说'之语。纵'辟邪说'未可即指为辟王,然'深究紫阳旨'亦可证留良崇朱之论此时已为黄宗炎所熟知矣。"这样的提示,对研究吕留良思想的发展无疑是有启发意义的。

做清代人物的年谱或传记,往往不是苦于文献无征,而是苦于文献无边,难以穷讨。像吕留良这样一个名气很大而又地位不显的名士,资料不可能很集中,需要到诗文集、笔记、档案、族谱、方志等各类古籍中去搜寻,如大海捞针,收获全凭勤奋加运气。在编纂《长编》的几十年间,卞先生检阅了多少种文献,我们不得而知,只知道晚村所交游的人物,书中一一都有考证,备征其往来唱酬诗文,以见其交谊。康熙三年载正月四日黄文焕卒一条,系晚村《哭黄坤五》七律二首,复引刘廷献《广阳杂记》两则、吴之振《奉答黄坤五太史集饮寻畅楼六首次韵》其一、六两首七绝。我以前做《王渔洋事迹征略》时,见王士禛的第一部诗合集《阮亭诗选》、程康庄《自课堂集》前均有黄文焕序,知必为明清之交有名的文士,却不详其生平事迹,今读《长编》,根据它所提供的线索,乃知黄文焕(1595—1664),字惟章,号坤武,福建永福人,为藏书家黄虞稷族兄。明天启五年进士,官翰林。明末流寓金陵,卒于浙中。著有《楚辞听直》《陶诗析义》《杜诗掣碧》。这只是一个极平常的例子,其实书中对吕留良平生重要的社会关系、重要的事件,都有详细的考证。像康熙五年吕留良为购山阴祁氏遗书与黄宗羲、吴之振产生的纠纷,康熙九年发生的高斗魁墓志之争,都能博引当时及后人的记载异辞,参酌以断,持论允为审慎。

总计一百七十多页、约占全书三分之一篇幅的"后谱",是《长编》体例上很独到的部分,也是我很感兴趣的内容 。盖晚村其人虽没,但他思想、学说对清代社会的影响从来就没有停止过。观“后谱”所列，终康熙一朝几乎年年都有与吕留良有关的事件，或著作刊行，或当世批评其著述，或后人、门生表彰其学说，尤其是雍正六年由曾静案发迄乾隆二十二年齐周华案结二十九年间文字狱的详细经过，对研究雍正、乾隆间的文字狱及其社会反应提供了直接的材料。事实上，越到后来，吕留良就越成了一个具有象征意味的符号，他的著作绝少流传，人们能看到的都不过是一鳞片甲，难窥全貌，对他的种种议论常常是借题发挥，借一个遭际特殊的历史人物来表达自己的政治、思想立场。我们从袁枚《新齐谐》、纪昀《阅微草堂笔记》对吕留良的议论及阮元、曾国藩等人的题跋文字，还可以看出不同立场的士大夫对吕留良的不同态度和不同的心态。而吕留良也就随着人们的各种解读，时而为久食周粟而自比殷顽，“首鼠两端，进退失据”的狡黠小人，时而为鼓吹异端邪说的大逆罪魁，时而为时文高手，时而为评选名家，时而又是藏书、岐黄乃至书法名家，到晚清则被章太炎一辈革命家景仰为排满的前驱。呈现在思想史和心态史视域中的吕留良，是个说不尽的话题，“后谱”所发掘和排比的史料为我们研究清代乃至近代思想，研究明清之交的士大夫生活史提供了一个复杂的、富于开掘潜力的个案。

正如卞僧慧先生所说，“吕留良一生的活动是多方面的，即以他的学术活动而言，也不仅仅只是利用八股文的评语宣传他的反清思想。他在尊崇朱熹，提倡宋诗，纂修明史，研究医学，以及诗文书法，刻印制砚等等，都有可记述的。他的先世和他身后的影响，也有许多未发之秘”。卞先生穷数十年工夫编纂的《年谱长编》，为深入研究这位历史人物提供了便利，我们有理由期待，在不久的将来能看到有深度的吕留良研究成果问世。

（原刊于《书品》2004 年第 5 期）

有待于重新认识的刘师培

——读万仕国编《刘申叔遗书补遗》

乱世多异才，清末民初波诡云谲的动乱时代更多间世而出的异才。今人论学术史，多举王国维、陈寅恪为民国学术翘楚，可是回顾二十世纪初叶的学术，历数光绪二十七年(1901)到民国八年(1919)二十年间的重要学人，王、陈两位就不得列名其间了，而另一位早逝的博学才子刘师培的学术活动和业绩将占满历史年表，不愧“于吾国学界为有数之人物”。

刘师培(1884—1919)英年早逝，举世以不尽其才而惜之。只因罣名“筹安会六君子”，当今史家评说不免稍加贬抑。然平情而论，以36岁的年纪，胸怀经世之志，并不专意于学术，而能博览群书，著述数十种，广及经学、史学、小学、政治学、社会学、伦理学、逻辑学、历法、音乐、美学、校雠、方志、文学史诸领域，古往今来又有几人堪俦？昔年浏览《刘申叔遗书》，颇讶申叔年少博学，著述之富一至于此。而不知《遗书》74种绝不足以尽其学，欲窥全豹，至少还要读一读万仕国先生辑校的《刘申叔遗书补遗》。

万仕国先生任职于刘师培故里江苏仪征市，先后任市委研究室和人大办公室主任。案牍之余，潜心研究地方文史，除孜孜整理县志外，还出版有专著《刘师培年谱》。我与仕国先生相识有年，早就知道他留意搜集刘氏资料，辑录佚著，但一旦看到煌煌两巨册《补遗》(广陵书社，2008)放在面前，我仍不禁暗自惊诧，编者为此付出多少精力啊，而申叔先生究竟还留有多少未知之谜呢？

刘师培著述，1936 年就由钱玄同、郑裕孚等编印为《刘申叔遗书》。只因条件所限，去取之间不无遗憾。万仕国先生多年从事刘师培研究，奔走四方，广泛调研，考察刘师培著述的各种传本，检视清末民初的报刊，细加考订，采辑遗逸，终于编成这部收录申叔佚著 615 篇（部）的《补遗》。全书以《遗书》未收、确为申叔佚著者为正编，共计 547 篇（部）；他人记录申叔讲义等为附录，而报刊所载未可遽定为刘文者为存疑，两编合计 68 种。这些佚著中，包括刘师培未刊诗作，江南乡试墨卷，历史、地理教科书，已刊未刊论文，还有书籍序跋、按语等等。最早的是光绪二十五年（1899）所作《和阮文达公秋桑诗并序》，最晚的是 1919 年去世前不久的《与陈钟凡书》。其中《国情论》一篇，以前许多学者都曾提到，但没有人引过原文。今收入《补遗》，方见庐山真面目。此外，1907 年的六次社会主义讲习会广告、纪事，固然为国人社会主义学说早期传播史的珍贵史料；《女界宣布书》《女子复仇论》《女子解放问题》《女界吁天录》《女子教育问题》诸文，也无疑是近代女权问题研究的重要资料；而早期论文《富强基于兴学应比较中西学派性情风尚之异同参互损益以定教育之宗旨论》首揭“兵战不如商战，商战不如学战”之旨，百年后读之，更叹其见识一何精警！细读《补遗》中许多论教育的文章，更感觉其先知之明，为今日执事所不及。当然，从学术史的角度说，我更重视《中国对外思想之变迁》《学术》《新史篇》《论白话报与中国前途之关系》等论文，寥寥千余言，至多三四千言，上下古今，纵横捭阖，最见申叔先生过人的渊博和敏锐。

《补遗》收录刘氏所编教材、讲义多种，有些虽非亲笔撰述，而为门人辈所记，但毕竟保存了刘师培的学说，值得重视。其中《中国文学讲义概略》《汉魏六朝专家文研究》《文心雕龙颂赞篇》与《文心雕龙诔碑篇口义》四种，与我的专业研究相关，我读得最为仔细。

《中国文学讲义概略》系 1907 —1908 年在北京大学任文学门一二年级“中国文学”课的讲义，目录包括《尚书》《毛诗》《左传》《国语》《三礼》《诸子》《楚辞》《国策》及周秦杂文，但现存本仅至《三礼》而止，缺《诸子》以下。其体例大致与《中古文学史讲义》相同，先历举唐前人之说，然后加“按语”总结、阐发。后附重点选讲篇章，字句下都有疏释。《毛诗》除举《邶风·燕燕》《小雅·小旻》《大雅·假乐》《烝民》《周颂·武》几篇为讲解之例外，还列有“诗例举要”，以倒文例、错序例、省文例、互词见意例、互省例、反词若正例、上下文同义异例、上下文异义同例、虚词同字异义例、虚词异字同义例、句法似同实异例、两篇同文异义例、后章不与前章同义例、两句似异实同例、连类并称例、举此见彼例、因此及彼例、二句连读例、文平义侧例、偶语错文例、实词活用例、动词静词实用例、单词状物等于重言例、间词例、虚数例诸目，缕述《诗经》的修辞手法，剖析之细，可以说是前无古人。《春秋左传例略》则以 12 页的篇幅阐说经传诸例，集其家三代治《春秋》的心得精要，学术价值自不待言。《汉魏六朝专家文研究》更是让我惊异的著作，此书系罗常培所记，名为六朝文章研究，实际上可看作是一部文章学理论专著。全书二十一章，除了开篇绪论和次篇“各家总论”，略述六朝文章分期及诸名家得失，第三篇“学文四忌”以后都是阐述文章美学问题，包括文体、结构、形神、音节、风格，乃至主客观、与经子的关系、批评标准、地理特征，等等。先根据自己的理解，阐述有关理论，再举六朝文章为例，俾读者相印证。六朝文章在书中，似乎已不是研究的对象，而成了印证理论的文学史经验。这样的写法，较《中古文学史讲义》视野更为开阔，也更具理论色彩。在民国文学史研究著作中，我还不知道有第二例。今后要评价刘师培的文学史研究，此书或许该列为最重要的文献。两篇《文心雕龙》讲义，同为罗常培所记，旁征博引，并时以萧统《文选》相参照，也足以见申叔先生治中古文学的精湛境界。

感谢万仕国先生为刘师培遗著增添了如此丰富的内容。仅以数量而言，他的工作就使刘氏著述豁然增加了一倍。如果我们同意说，历史是叙述建构起来的，那么就可以说，人物是文献塑造出来的。一编《补遗》在手，我们熟悉的刘申叔先生，忽而膨胀得陌生起来，成了一个有待重新认识的人物。他的传奇色彩因《补遗》而刷新，吸引我们更好奇地去窥探，一个生于乱世，享年仅 36 岁的政治家、学者、教授、报人，如何在繁忙的社会生活中治学和写作。难道真的只有乱世才能诞育异才么？

（原刊于《中国社会科学报》2010 年 4 月 28 日）

由学术史回眸我们拥有的传统

——评郭英德等《中国古典文学研究史》

对一个真正的学者来说，而对学科而言，如果说学术史的反思意味着学术研究的自觉，那么规模化的学术史研究就可以说是学科成熟的标志。从学术史研究需要具备的素质来说，它应该是由学者在晚年做的，然而八十年代后期的学术史思潮却是从青年一代学者中涌动起来的。其深层的意指在于通过回顾学术史而清理思想史，审视近代以来文化、思想发展的历史进程，而直接动因则是找寻五十年代以来茫然失坠的学术规范，接续断裂的学术传统，因此在实际操作上它最先在技术的层面得到理解和响应。《学人》创刊号的“学术史笔谈”所以产生相当的影响，就因为它表达了年轻一代学者对重建学术传统，建立新的学术规范的自觉和责任感。这样来看，具有两千多年历史的古典文学研究领域的学术史没有产生在年高德劭的前辈学者中，而是出自四位年轻学者之手，就不难理解了。

中国古代文学研究的历史，从孔子算起，至今也有两千四百年了。在这漫长的时间历程中，伴随着丰富的文学创作，文学研究活动也产生了绚烂的成果。尽管作为严格意义上的学科，古典文学研究直到清末废科举后才进入大学堂，纯然可以说是一门现代学科，但它在两千多年的实践中已积累了十分丰富的经验，形成了自己的传统。长期以来，古典文学界在专注于研究历代文学创作和文学思想的同时，却忽视了古典文学学术史的反思。八十年代后，西学及新方法的冲击，曾引发对古代文论民族特征、古代文学批评方法的讨论和研究，有力地促进了古典文学界对学术传统的反思。作为这股学术思潮的最初成果，近日出版了由北师大四位青年学者郭英德、谢思炜、尚学锋、于翠玲合著的《中国古典文学史》(中华书局，1995)。这部55万字的著作，将中国古代文学研究的历史作了一个全面的回顾，将历代文学研究活动的特征、方式及其成果作了一番历史的总结。这世纪末的回眸，对我们进一步反思民族文学、学术传统，与其他民族文学、学术传统进行交流、对话，进而丰富人类知识总量，都有着不可低估的重要意义。

《中国古典文学研究史》是一部前无古人的独创著作，它的发凡起例充分展现出作者的勇气和识见。对于一门全新的学科来说，古典文学研究史首先是确定研究对象和角度的问题。作者在"绪论"中首先强调，"文学研究史是在同文学史、文学批评史、文学理论史、文学思想史的比较中，确立自身的研究对象的"，通过与上述四个相关学科的比较，他们指出中国古典文学研究史的研究对象"是一定历史时期内的文学研究家、文学研究著作、文学研究活动、文学研究状况及其发展规律"，这项研究"旨在描绘和评述历代文学研究家对古典文学创作和文学思想的研究中，所涉猎的领域，所进行的活动，所采用的手段和方法，以及所体现的思想和观念"。作者对八十年代以来的学术发展有着清醒的认识，从而对古典文学研究史本身的学术意义和超学科的文化建构意义具有自觉的意识。正是这种深远的关怀，使《研究史》在描述古典文学研究史时，不只满足于罗列事实和作出价值判断，而是深入到中华民族思想、文化的发展过程中，从文化传统、学术观念、文学思想的层面揭示出作为精神实践活动的文学研究所体现的文化内涵。即如"绪论"对古典文学学术史几个主要特点的概括，如在操作方法上外部形态多样化与内部形态化单一化的奇妙组合，在发展形态上异于西方文学研究史的向心性、累积型的特征，都可以说是着眼于文化传统的深刻结论。这类独具眼光的见解书中不时可以看到，有时未必完全出于独创，但因发自实证研究，经过具体研究环境的还原，就变得格外充实、醒目，给人留下深刻印象。

就我们学术发展的现状而言，学术史对大多数学者来说都还是个陌生的研究方式。但只要有文学史写作经验的人都知道，怎么将纷繁的历史头绪梳理清楚，怎么找到最佳的切入角度，是作者面临的困难问题。《研究史》提出的目标是：视野要广，取材要精，角度要新，发掘要深。实践表明，作者预设的目标已完全达到。全书基于对中国“文学”概念独特内涵与外延的把握，不仅包揽传统文学观念与现代文学观念中的各种文学体裁，更打通文学与文化、社会及其他相邻学科的间隔，将历代文学研究中涉及的所有问题，政治的、社会的、经济的、哲学的、历史的、宗教的、艺术的，全都纳入研究视野。书中运用的材料不仅包括历代文学研究的专门著作如总集、选集、诗文论、评点等，还从史籍、笔记、杂著中勾稽出大量零星而有价值的材料，使全书的叙述由充实的材料所支撑，真正达到了视野广、取材精的目标。毫无疑问，文学研究史所涉及的内容是比文学史、文学理论批评史、文学思想史都要广泛的，《研究史》所掌握文献的范围和处理材料的能力，我觉得超出了与作者年龄相应的水平。这当然取决于作者良好的学问底子和勤奋的阅读，但同时也与其深邃的理论眼光有关。作者说：“我们在提供有关历代文学研究的详尽而准确的资料，并对这些资料作出简明扼要的阐释的时候，始终把握着一个角度，围绕着一个中心，这就是文学研究者的活动及其心态。”而在我看来，真正统摄全书，使研究史显示出历史的连续性和内在逻辑的，乃是历代研究者的文学观念及其发展。显然，文学研究的对象、视角及研究方法无一不是由研究者对文学的理解即文学观所决定的。比如，汉代的文学观念决定了汉儒对《诗经》的理解，从而也就决定了他们研究《诗经》的视角和方法。《研究史》能以现代文学理论的眼光观照历史上的文学观念，使一些古老的理论命题在呈现其文学意味的同时凸现出它的时代特征：先秦、两汉的文学阐释学，六朝的总集编纂与文体研究，隋唐的《文选》学，宋代的文学笺注与杜诗学，元明的文学总集与流派研究的兴起，清代前期文学文献学给文学研究带来的影响，清代后期传统的研究方法类型的新变与中西比较方法的兴起……，这些关乎时代风气的研究活动都在《研究史》的叙述中被突出，被强调，显示出反射着时代特色的光彩。不难看出，作者在知识准备上是比较充分的，论述各个时代的文学研究状况，都能从文献整理、文学原理、文体论、技法论、作家论、文学史论诸方面全面地综述业绩，衡论得失，具备良史品格。而不少章节的论述，如第三章的“魏晋南北朝的文学观念”，第五章的“宋代的文学笺注与作家研究”，第六章的“元明的文学总集”、“元明的文学史研究”，第七章的“清前期对文学研究方法的反思”，第八章的“清后期的文学研究方法”等，则体现了作者基于研究史视角的独到发现，提出了文学史、思想史、批评史研究中尚未触及或意识到的问题，很给人启发。因为特殊的机缘，笔者曾先睹《研究史》全稿，深为作者在史实梳理和理论阐发上的深入开掘所折服，相信广大读者也会从中获得不少有益的启示。

作为一部草创发凡之作，《研究史》在内容上当然是可以进一步充实的。有些重要的问题未触及，如明清的词谱研究、清代的地域文学研究；有些触及而未能展开，如清代的古诗声调研究。在此我不想谈它在具体问题、具体结论上的可商榷处，而只想就研究方法和角度提出一些看法。我认为，《研究史》注重从文学研究主体的文学观念、理论意识与研究活动着眼，去把握古典文学研究历史的发展过程，这一思路对于勾勒研究史的线索，揭示研究活动形态的变化，无疑是很有效的。不过全书在呈现历代文学研究的成果、类型及其部门分布，换言之就是在展示文学研究的总体面貌这面上的工作做得还不够。这一工作，我想首先需要分门别类地作些目录学的量化研究，列举出各文学部门研究的成果量，乃至某些专题书目。在此基础上展现各个时代文学研究的全貌，进而分析不同时代文学研究的学者队伍状况、动机与兴趣点所在、专题研究的进展、成果的形式特征等。由于这方面内容的相对薄弱，就使《研究史》的核心问题和主要内容偏向于文学观念和批评实践方面，从而与文学思想史、批评史重合，最终使作者在“绪论”中论定的研究史的独特性得不到强化。如果说这在前半段还与事实的匮乏有关，那么后半段面对无比丰富的材料而没有一个量化的成果列举，就不能不说是一个遗憾了。当然，这是从很高的要求来说的，实际上现有的学术史研究积累远不能提供上述参考内容。

平心而论,《中国古典文学研究史》无论对谁都是一个难度极大的研究项目。在文学研究各分野中,反而是历时最悠久、内容最浩繁的古典文学首先写出学术史,这本身就是令人惊异的事。四位作者的成功实践足以让学术界对年轻一代学者的能力和反思历史的深度作出新的估价。

(原刊于《中国社会科学》1997年第2期)

学术史·思想史·批评史

——评张伯伟《中国古代文学批评方法研究》

《中国古代文学批评方法研究》(中华书局,2002)是张伯伟的博士论文,初稿完成于1989年,其中有关"推源溯流"和意象批评的论述早在八十年代初就写成,从大学论文到博士论文到专著定稿,前后经历了二十年时间。以古人治学传统而言,二十年写一部书也可以说是"寻常茶饭",但在当今这"十年磨十剑"的时代,却是凤毛麟角了。其间他在古典诗学研究上积累了多方面的成果:诗学和禅学关系研究有《禅与诗学》(浙江人民出版社,1992),专家和专书研究有《钟嵘诗品研究》(南京大学出版社,1993),诗学文献整理有《全唐五代诗格校考》(陕西人民教育出版社,1996)、《稀见本宋诗话四种》(江苏古籍出版社,2001),禅宗典籍研究有《临济录译释》(台湾佛光文化事业公司,1997),诗词曲综合研究有《中华文化通志·诗词曲志》(上海人民出版社,1998)。多方面的专题研究为《研究》的形成打下了扎实的知识基础,同时也日益开拓和完善了作者的学术思路。

记得先师程千帆先生八十华诞时,同门生以纪念文集为寿。友人陈尚君对我说,从伯伟《略论中国古代学术传统的形成》一文看到一个"大模样"(围棋术语),有贯通古今、建立一个体系的意识。他的看法是很敏锐的。同学诸君术业各有专攻,也各有特点,伯伟的特点是文史哲三方面都有扎实的基础,同时有良好的学术史修养,见识闳通,思理缜密,使用材料,征引文献,极其谨慎。他的研究,贯注着强烈的学科建设意识和人文关怀，对学术特性和方法论有着清醒的认识，《研究》“导言”就综合研究方法提出的文史哲结合、文学与艺术结合、中外结合的三结合原则，清楚地表明了这一点。文史哲相结合原是治旧学的常谈，但辅之以动态的文学和艺术史背景，张之以中外结合的学术视野，再加上以文献学为基础的前提，就形成了有个人特色的“以文献学为基础的综合研究”模式，《研究》是个成功的范例。

《研究》共四十六万字，篇幅不算很庞大，但可圈点评赞处甚多，其中独创性强、学术含量高，是首先应该强调指出的优点。伯伟经过多年研究，从大量文学艺术的实际批评中归纳出三种最能体现传统文学批评精神的方法，即受儒家思想影响，偏重于将作品置于与作者及社会的关系中探讨的“以意逆志”法，受学术传统影响，偏重于探讨作品与作品之关系的“推源溯流”法，以及受庄禅思想影响，纯然就作品本身立论，以考察其独特风格的“意象批评”法。《研究》上编先以近三百页的篇幅讨论这三种批评方法，勾勒出中国文学批评的基本框架，下编再分别研究选本、摘句、诗格、论诗诗、诗话、评点等具体批评形式，描绘出古代文学批评方法的细致肌理。上编抓住中国古代文学批评的基本思想和方法论原则，统摄着中国古代文学批评的基本原理，下编具体的批评模式及其著述形态，又对应着古代文学批评模式的演进——中国古代有关文学批评方法的理论结构就在这动态的综合研究中呈现出来。对每种批评方法，《研究》都从范围、涵义、起源开始探讨，进而梳理其形成过程，分析其形态和功能，有时还剖析经典个案，最后水到渠成地对其理论价值和操作性能进行适当的评估，并对其加诸周边国家的影响和当代意义予以揭示。书中涉及的课题，大多是现有批评史论著很少触及的，具有多方面的开拓意义。有些课题如选本、诗话、评点等，历来虽不乏研究，但从未阐释得如此系统而有深度。比如诗话与古代文化的关系问题，前人很少涉及。伯伟则按时代先后分别论述了宋诗话所反映的党争问题及禅学对以禅喻诗风气的影响，明代诗话写作与刻书业的地域关联及诗话中反映的淫靡风气，清诗话和地域文化的关系及对考据习气的浸染等等，引出诗话研究的一系列课题。这些问题涉及的内容很广，但因被有机地整合在一个理论结构中，就呈现出清晰的思路和条理。上编的纵横捭阖笼罩了下编的内在逻辑，而下编的条分缕析又充实了上编的大议论，其中不乏交叉渗透、互相发明之处。如“选本论”以《瀛奎律髓》为例论述选本的包容性，指出其评语中不仅包括了摘句，而且用摘句法进行作家、时代之异同高下的比较，显示出摘句法与推源溯流法的结合（第 304 页），让我们看到中国古代文学批评方法中一般原理与具体方法的交融并举以及形态的多样化。又如“摘句论”不只讨论摘句批评的起源、形态和功能等问题，还专门论述摘句向其他批评方法的渗透，指出它在选本、诗格、论诗诗乃至对联中的运用，大大丰富了我们对摘句批评的认识。

伯伟在“导言”中强调，他的研究立足于文献学的基础，力求“从第一手材料出发，秉承顾炎武所说的‘采铜于山’的精神，以逻辑为导引，以历史为验证，而最终必以文献为依据”（第 6 页）。我认为《研究》确实是立足于文献学基础上的综合研究，扎实的文献功夫是《研究》给我印象最深的一个特点。它广泛搜集各类文献，包括域外书籍和目录，对问题的梳理和辨析都非常清晰。如论诗格，先从考究“格”字的义训开始，参之前代目录的著录，辨析“诗格”名义与诗话的区别，以见前人对二者关系的理解。在探溯诗格起源时，又就《日本国见在书目》的著录，辨析了《五格四声论》《文笔式》二书的性质，从而将讨论确立在可靠的前提上。迄今为止，有关中国古代文学批评方法，已有若干部专著问世，论文也不断出现。这些成果在文献的搜集和考论上或多或少都有粗枝大叶的毛病，许多属于史的问题不能落到实处。比如关于评点的起源和形态，现有的论述简略而浮泛，张伯伟的“评点论”从章句、论文、科举和评唱四方面综合考察它们和评点的内在关联，细致地剖析了这极具民族特色的批评方法所包含的丰富内涵。可以说，在《研究》中，每个问题的源起和发展都梳理得十分清楚，绝无大而化之、语焉不详的地方。这也正是此稿延宕十三年之久才出版的原因。为了将每个问题的源流始末弄清楚，在文献上处处落实，他用了十多年时间穷尽材料。文献功夫的扎实，使《研究》不只在阐述的深入和穿透力上超出同类著作，它提出的问题也独具特识，显示出对古代文学批评的深入理解。比如诗格一类著作，在古代属于蒙学读物，夙为论者轻视，近代以来除了罗根泽先生的批评史，一般批评史或诗学通论著作鲜有论及。而《研究》却相当重视这部分文献，并付之以翔实的研究。作者写道：

> 诗格一类的书，古人以之为“俗书”、“陋书”，尤其是清人，往往目之为“三家村”俗陋之言而弃之不顾。由于诗格的内容多为指陈作诗的格、法，不免琐屑呆板。再加上此类书的时代、真伪、书名、人名等方面，又存在着种种疑问，所以向来问津者寡。然而站在文学史和文学批评史研究的立场上看，诗格中包含着大量值得人们重视的内容，不宜简单地忽视或抹杀。（第350页）

此说深得我心，我也认为诗格、诗法类著作虽说是蒙学教材，但老生常谈中包含着中国诗学中最稳定也是最基本的专门知识，中国诗学体系的建构，尤其是基本范畴的确立，这类书籍起了不可忽视的作用。对这部分内容的轻忽，已明显妨碍了中国诗学研究的深入（《中国诗学的百年历程》）。“诗格论”富有独创性的开拓工作正好补了这一课，我认为它也是全书学术价值最高的一部分内容。尤其是对诗格中“门”、“体势”、“物象”的阐释，通过揭示其与佛学的关系，使唐宋诗格历来不为人所理解的诸多问题得到发明。例如晚唐五代诗格好言“势”，有所谓“狮子反掷势”、“猛虎跳涧势”、“毒龙顾尾势”等名目，莫解其义。伯伟考证此类“势”的话头源于禅宗的“仰山门风”，最早将其引入《风骚旨格》的齐己正是自幼游于沩仰宗的禅僧，他借用了当时流行的禅宗话头来类比诗歌句法的内在结构，即“由上下两句在内容上或表现手法上的互补、相反或对立所形成的‘张力’”（第374页）。这一创见我以为是很有说服力的，为诗格的进一步研究奠定了基础。自上世纪八十年代以来，宗教和文学的关系一直是古典文学研究中的热门课题，有关论著层出不穷，究其所述，大抵用思想史或佛教史著作提供的知识与文学史知识相比附，其所提出的问题、所使用的材料及所得出的结论，多停留在很表面、很肤浅的层次，我自己的论著涉及佛教问题也不能免俗。但伯伟不是这样,他对佛学尤其禅宗是下过工夫的,故而能找到问题的契合点,从材料出发自然地提出问题,并予以深入的阐述。这是多年前读《佛学与晚唐五代诗格》一文就很让我佩服的地方。

《研究》一书的长处是多方面的,而最显著的特色是从思想史和学术史的角度,进行多方位的考察,特别是"对于每一种(批评)形式的渊源和背景化了较多的篇幅来研究"(导言)。作者认为,研究古代的文学思想,"需要在动态中,即在历史发展中加以认识。但在起源、发展和趋势三者之间,特别应该重视对形成原因的探讨。一个民族文学思想的特质,往往是在其初始阶段决定的,并因此而确立了其发展演变的不同趋向"(导言)。在上编讨论以意逆志、推源溯流和意象批评的部分,伯伟都从思想基础、历史源流、构成模式和类型、批评实践等多方面来分析其发生、形成和被运用的历史过程,使其在整个中国古代文学批评中的位置和意义完整地呈现出来,由此再评价其得失和当代意义。当然,面对不同的具体问题,他的阐述方式是不一样的。对起源很早而成为中国古代文学批评基础理论的"以意逆志",除着力分析儒家人性论的思想背景外,主要是结合历代思想史、学术史的发展来讨论,通过分析汉儒《诗经》学的解释方法、魏晋至唐代经典解释中的义疏之学、宋代理学的心性义理之学,阐明了这一命题在后代的发展演变;对形成于中古时期而一直实践于历代批评中的"推源溯流",着重研究它与古代学术"溯流别"的传统和举本统末的思想方法的关系;至于意象批评,则侧重谈了从庄子"目击道存"、王弼"立象尽意"到庄禅相通的思想方法及品评人物风气的影响,而在庄禅的区别中又讨论了禅宗"二道相因,生中道义"的话语特征。看得出,古代文学批评和佛学的关系是伯伟较为关注的问题,除"诗格论"一章外,"论诗诗论"一章也探讨了禅学对宋代论诗诗的影响。事实上,历来的批评史研究在涉及以禅喻诗的问题时,都会举证宋代发挥"学诗浑似学参禅"之意的论诗诗。但伯伟从考察禅宗言说方式入手,更进一步指出,演绎著名禅林话头的连章偈颂在形式上影响了宋人的连章体《学诗诗》,曹山本寂禅师《对寒山子诗》开创的诗偈问对则诱导了宋人以诗表述写作经验的风气，而禅门“三句”又在思维和表达的逻辑方式上启发了宋代诗论；“诗话论”一章也从禅宗“语录”的兴盛，论述其影响宋代理学家语录体笔记进而波及诗话的过程，并由宋代禅学的门派和禅法之异剖析了其对宋人以禅喻诗的影响。这都是很独到的发见、很有启发性的结论，将诗禅关系的研究大大推进了一步。

伯伟的这些创获，固然基于扎实的文献功夫，但更取决于广阔的理论视野。透过《研究》的独创性结论，我们看到的不只是知识的更新，更重要的是其中体现的理论创新。《研究》的工作不是停留在展示传统批评方法的历史效果，而是要挖掘、揭示它们与别国文学理论、批评相互发明，相互补充，参与建构人类总体文学理论的当代意义。因此作者对中国文学批评方法论的探索，始终立足于中外比较——以意逆志和西方解释学的比较，推源溯流和西方传统观、比较文学观念的比较，意象批评法的经验方式和西方美学形而上学方法的比较，摘句法与俄国形式主义、英美新批评派的比较，论诗诗与西方文论形式的比较……不仅如此，《研究》还独到地将比较研究的触角伸入到域外汉文学的领域，以丰富的日本、韩国文献来印证中土文献，在同类问题、同类现象的比较中，体会中国古代文学批评在方法上的独特性及对周边国家的影响。如“选本论”中指出韩国、日本古代文学选本的批评价值，从编纂旨趣、分类标准及评点文字等方面揭示其与中国选本的渊源关系；“摘句论”列举韩国、日本古代诗话中运用摘句的例子，“论诗诗论”举出清代批评家对朝鲜诗人的批评在东国产生的反响，多方面地展示了中国文学批评方法给予域外汉文学的深远影响。而最集中地评述韩国、日本诗话的“诗话论”一章，在介绍赵钟业《韩国诗话丛编》、池田胤《日本诗话丛书》所收书的同时，还列入了作者自己调查所得的著作，通过对这些文献的总体考察，他归纳出两国诗话在写作态度和内容上与中国诗话的若干不同之处。这是批评史研究中还很少有人涉及的课题，无论对中国诗话研究还是对三国诗学的比较研究，都是极有意义的探索。他的工作提醒我们，域外汉文文献是一个有待开发的宝库，应该充分利用这部分资源。

在今天，衡量一部著作的学术价值，不同的人可能有不同的标准，不同的结论。我的看法是，判断学术著作的含金量，不能只看总体构架和大的结论，还要看具体问题的阐述深度和认识水平。当今许多“专著”都是搭个框架，拉个章节，往里填些常识，书名唬人，章节引人，而内容稀松平常，不具有知识积累的意义。伯伟的《研究》是在专题研究的基础上积累而成，不仅每个章节的结论为作者独到发明，就是许多材料和细节的考论也是出于自家的研究心得。就我所知，推源溯流的研究，是在《钟嵘〈诗品〉的批评方法论》(《中国社会科学》,1986 年第 3 期)一文的基础上形成的，其中举谢灵运为例，又是基于《钟嵘诗品谢灵运条疏证》(写于 1982 年，载《中国文艺思想史论丛》第三辑，1988 年第 6 期)的研究；论以意逆志，举宋人解说杜甫《江村》诗为例，是基于《杜甫〈江村〉诗心说》(写于 1983 年，载《南京大学学报》1986 年语言文学研究生专刊)一文的研究；论唐宋诗格中的“势”，则是基于 1991 年发表于《中华文史论丛》的《略论佛学对晚唐五代诗格的影响》一文的研究。由于淹贯古今，书中考论具体作家、著作，随处可见点滴创见。如杨慎《升庵诗话》卷十一论“晚唐两诗派”分晚唐诗为张籍派与姚合、贾岛两派，为李怀民《重订中晚唐诗主客图》等所本，伯伟在“选本论”中论及方回《瀛奎律髓》时，指出此说实为方回所创(第 303 页)；又如罗根泽先生曾说：“‘诗话’是对于‘诗格’的革命。所以诗话的兴起，就是诗格的衰灭，后世论诗学者，往往混为一谈，最为错误。”伯伟在肯定此说区别诗话、诗格为卓见的同时，又指出宋代以后的诗格仍然很多，至明代尤繁，并引张涣《冰川诗式序》“诗有式，则始于沈约，成于皎然，著于沧浪。若集大成，则始于今公济甫云”,说明诗话的兴起并非诗格的衰灭(第 349 页)。再如沈约“八病”之说，不见于齐、梁文献，前辈学者或以为出于唐人，伯伟据《文镜秘府论》等书的记载，指出“八病”当时通称“八体”,沈约《答甄公论》有“作五言诗者，善用四声，则讽咏而流靡；能达八体，则陆离而华洁”之说，则“八病”说为沈约提出当无可怀疑(第 352 页)。又如皎然《诗式》“明作用”之说，当代学者一般解作艺术构思或创造性思维，伯伟由佛教典籍考究“作用”概念的语源，证以晚唐诗格的用例，论定

"作用"即以象显体之义(第 379 页)。这些局部的知识积累最终凝聚为整部著作的创新力度,读者在获得整体认识的同时,也在许多具体问题上获得了新的知识。不仅如此,由于《研究》考论谨严,每个细节问题都源流清楚,剖析精微,从中往往能引发一些高屋建瓴的结论。比如关于诗话的名义和体制问题,伯伟考究诗话得名之由,参以历代目录的著录,指出诗话之文体和笔记小说关系最密切,前人论述诗话,往往忽略其体制特点,将范围无限扩大。因此他强调,"诗话之所以区别于其它论诗之著,主要的乃在于其形式。因此,如果不从体制上着眼,就无法显示出各种批评形式的特点,也就无法进一步探究中外文学批评在更深层次上的异同。所以,讲诗话的体制,断断不可与其它论诗之体混淆为一,中国文学理论批评史绝不等同于中国诗话史"(第 466 页)。这对当今方兴未艾的诗话研究无疑是有针砭意义的,提醒我们诗话研究的范围和限度。在此基础上他进而指出,"中国古代文学批评中的各种形式,就其表现的典型性而言,实应求之于北宋以前。北宋以后,各种形式之间便趋向于交叉、混合",这对我们把握古代文学批评的走势,不是一个很有启发性的见解吗?

伯伟的论著有一个共同的特点,就是思理缜密,无论解释材料还是推阐理论,都谨慎而周密,很少游谈无根之辞和模糊影响之说。细读《研究》,我没发现什么问题,只是觉得有些分析和论断似还可切磋。其一,伯伟论及"讽喻"时,曾对比中西文学的讽喻传统来进行讨论:

> 概言之,西方文学传统中的讽喻概念,是以二元论(dualism)为基础,它所指向的是某种哲学或神学的思想体系。由于讽喻文学起源于初期的诠释学(hermeneutics)与基督教神学,所以它的言在此而意在彼的"彼",乃存在于"形而上"的超乎现实的层面。但是在中国固有的文化传统中,却没有"来世"或"彼岸"的概念,所以中国文学中的讽喻传统,其所指向的总是在历史或现实的层面,是真实存在过或存在着的人和事。从汉人对《诗经》、《楚辞》的说解来看,其"美刺"、"讽谏"的对象都是确有所指的。

> 然而，如前所述，玄学所讨论的是属于“形而上”的问题，它对现实是超越的。因此，在玄学思想占统治的魏晋时期，“美刺”、“讽谏”的概念既不会在“形而下”的现实中生根，因为这不符合玄学的性格，又不会在“形而上”的层面上伸展，因为它不同于西方的传统。所以，尽管应璩的诗“讥切时事”，尽管阮籍的诗“志在刺讥”，但是解说者却不将其所“讥”的“事”与所“刺”的“人”一一指名坐实。总之，思想上玄学时代的开始，就是批评上讽喻传统的中断。它从魏晋开始，贯穿整个南朝，并延续到唐代。（第 51—52 页）

这里对中西讽喻文学传统的澄清当然是就国外汉学家的辨析而发，但我觉得这两个传统似乎不构成可比性。因为起源于早期诠释学与基督教神学的讽喻文学，用汉语概念似应称象征诗学，到马拉美的总体象征而至其极。而中国的“讽喻”主要是指一种由下而上的批判现实的精神，借助于比喻的方式婉曲地表达，与它构成可比性的应是西方的讽刺文学，而不是象征文学，也许用“讽喻”一词来指称西方的象征文学本身就不太合适吧？如果这么说能成立，那么讽喻传统与玄学思维方式也不一定截然对立，它们是两面镜子，而非一面镜了的两面，一面现则另一面隐。虽然在六朝时代两者的消长，关系十分密切，但讽喻传统中断的直接原因，我想主要还是政治方面的，是魏晋之际严酷的政治环境造成了此消彼长的结果，正像清初的“实学”和考据学并不构成对立，但后来政治环境的作用却影响到彼此的消长一样。

其二，《研究》视上编三种方法为古代批评的基本原理，贯穿于整个古代文学批评中，因此不仅注意其与思想史的沟通，而且常由思想史出发整理批评资料，偶或不免迁就思想史，而忽略诗学史本身的理路。比如论“以意逆志”在宋代的发展时，就显示出对“理”的固执。第 57 页引刘道醇《圣朝名画评序》“且观之之法，先观其气象，后定其去就，次根其意，终求其理。此乃定画之钤键也”一段话，认为这里“求画中之‘理’实即求画者之‘志’，‘根其意’而‘求其理’，亦即‘以意逆志’的另一种说法”。我觉得前后所引几条材料，“理”都与事与形对举，应该是指画理或物理，求其理可以说是究明画理，与以意逆志恐非一事。谈论以意逆志在宋代的发展，当然不能不涉及与理学的关系，但不一定非扣住“理”字，比如理学对“涵泳”的重视，我以为就是以意逆志的一个发展，可以专门讨论一下。在学术史研究中，原理和规律的概括，原有“举本统末”的效用，但过分执着，有时难免强人就我。《研究》用了相当的篇幅论述孔子的学术传统和王弼举本统末的思想方法，以之为“推源溯流”成立的方法论基础，这应该说是很有见地的。但第148页断言“后人使用‘推源溯流’法多未能构成系统，这与他们没有受到‘举本统末’的方法论的影响是很有关系的”，似乎缺乏说服力。事实上“推源溯流”法是有一定局限的，即使在文学传统还比较单纯的时代，钟嵘的论断也不免为人诟病，到大传统、小传统错综复杂的后代，将推源溯流法应用到长时段的诗史描述中，像胡应麟论清淡诗派、古雅诗派那样，很容易导致简单化的弊病，所以批评家们很难像钟嵘那样系统地运用推源溯流法。

以上只是我的一点不同看法，不敢自是，供伯伟和读者斟酌。我对《研究》的一个批评意见，是我阅读这部大著微觉不满足的地方，即写作中思想史、学术史内容和批评史内容的不平衡。正如前文引述的，伯伟注重从思想史学术史的角度考察批评方法、形式的渊源和背景，尤其重视对形成原因的探讨，这是《研究》醒目的学术特点之一。但我觉得作者过于偏爱学术史和思想史内容，为保持知识的完整性，有些地方对一般性知识的叙述不免繁缛。像论意象批评法，第201—216页用16页篇幅介绍庄子、王弼哲学，在我看来有点奢侈。而相反讨论宋人在批评实践中发展以意逆志的两个方面——物象类型和以史证诗，却只有寥寥7页，这原是极有阐述价值的问题，并未得到应有的展开。在分析意象批评时，过多地使用了书法评论资料而较少运用文学批评材料，也有点喧宾夺主。其后果是限制了文学批评问题本身的剖析，以致问题的细部和纵深展开不足。伯伟将意象批评定义为“以具体的意象，表达抽象的理念，以揭示作者的风格所在”（第198页），这是不错的，但意象批评的内容不只限于风格。殷璠

《河岳英灵集》卷上评王维诗"在泉为珠,着壁成绘",就是意象批评一例,着眼于王维诗艺术表现上具象性和鲜明性的特征。有关意象批评的类型及功能,似乎还有一些问题可探讨。顺便提到,《诗经》"吉甫作诵,穆如清风"可以说是意象批评的滥觞,伯伟似乎没有注意到。此外如讲选本的影响,明代以后只提了一下《唐诗品汇》和《古文辞类纂》。要说真正对诗歌批评和创作都产生很大影响的,我以为是王士禛《唐贤三昧集》和沈德潜《唐诗别裁集》,而关于选本的类型和功能,最值得讨论的是宋代的词选和清初的本朝诗选,书中都没涉及,有点遗憾。当然,这么说是很苛刻的,我们不能要求一部著作将什么问题都穷尽,那样的话我们还做什么呢?我只是想说,古代文学批评真正丰富和深化的时期是明清两代,其内容、形式多样化的著述为我们提供了广阔的阐释空间。由于学术界对明清两代文论的不够重视,其丰富的资源尚未进入我们的视野。这是顺便说到的题外话,与伯伟的大著无关。

我从《研究》得到的收获是多方面的,尽管我也研究古典诗学,书中许多内容对我仍是新鲜的知识。我想《研究》可以说是一部对专家也极具参考价值的专著,这样的著作在当今已不多见了。许多题目很吸引人的书,读不数页,只觉陈腐满眼。作者动辄我认为如何如何,据我的研究如何如何,殊不知都是老生常谈,略无新意。学人似乎已忘记学术的使命是积累知识,探究真理,而这积累和探究是要在广泛的阅读和了解上才能实现的。张伯伟的研究涉猎很广,他自己也有相当的成果积累,但他尽量采纳了学界的成果,采纳了前辈学者的定论,说明所依据的文献。这不只是学术品德的问题,也是保证独创性的必要手段。只有广泛了解前人的研究,掌握现有的成果,才知道如何提出问题是有价值的,有独创性的。值此信息爆炸时代,知识生产的速度急剧地加快,同时信息复制手段则日益简便,在这种情况下,学术对规范的要求较以往任何一个时代都更为迫切。我们不能再关起门来自说自话,更不能无纪律地抄袭甚至重复别人,否则我们终有一日会被自己抛出的学术垃圾淹没。谈伯伟的大著,说了这么多,归结起来只有一句话,那就是本文的标题——让学术成为真正的知识积累和增长。这好像是一句多余的话，但我还是想借这个机会郑重提起，与学界同人共勉。

（原刊于《读书》2003年第11期，文字有删节）

游刃于文学史话语和文化政治之间

——陈国球《文学史书写形态与文化政治》读后

一个世纪前，应现代大学制度及文学课程设置的需求，诞生了文学史。一个世纪后，在一些非传统的世代概念——世纪、千禧年的影响下，在汉语学术界悄然兴起对文学史写作进行反思和总结的热潮。它的内在动因可以追溯到九十年代初海峡两岸"重写文学史"的冲动，其外部联系则是几乎同时兴起的学术史思潮。弹指十年过去，在我们的书架上忽然插满了一排以文学史编纂为研究对象的著作，其中包括同事戴燕的《文学史的权力》，董乃斌、刘扬忠主编的《中国文学史学史》。波澜所及，东邻日本也出版了川合康三教授主编的《中国的文学史观》，甚至大洋彼岸的斯蒂芬·欧文教授也撰写了《过去的终结：民国初年对文学史的重写》。谁都可以看出，一门被称为文学史学的学问正在被插入到文学学科的"注册表"中。

在这股学术思潮的兴起中，有一位学者的工作是特别引人注目的，他就是现在执教于香港科技大学人文学部的陈国球教授。1995年，他在科大主持召开了"中国文学史再思"学术研讨会，其中"历史与叙述"的专题集中讨论了二十世纪的文学史观念和文学史编纂问题。2001年他又与王宏志、陈清侨合编《书写文学史的过去》（麦田出版，1997）一书，这也许是汉语学界第一部以文学史观念及其编纂实践为研究对象的论文集。在此同时他撰写一系列论文，有计划地清理了二十世纪的文学史观念及其写作实践，最终结集为《文学史书写形态与文化政治》(北京大学出版社,2004)一书,多角度地表达了他对一个世纪以来中国文学史写作的看法。

作为知识形态的文学史,虽产生于现代大学文学教育的要求,但由于它属于现代"民族国家的想象的继承物",在传统文学和文化的国有化过程中扮演着重要的角色(斯蒂芬·欧文《把过去国有化:全球主义、国家和传统文化的命运》),因而一直贯注着各种意识形态诉求。而中国的文学史写作,更由于很快进入五四新文化运动的历史语境,在新旧文化、文学之争的背景下,与"整理国故"相表里,体现了新兴的白话文学重新解释和建构文学传统的要求。这样,二十世纪的中国文学史写作,自肇兴之日起就一直是意识形态建构和学科知识整合这两种叙事动机的交织。五十年代以后,由于政治格局的改变,文学史叙述更多地为地缘政治和意识形态分歧所左右,而文学史写作也就日益流为权力话语和学科常识的平衡。以至在今天回顾二十世纪的文学史写作,若干文学史著作相比知识谱系来说,更适宜作为话语分析的对象。陈国球正是这么理解的,"文学史书写形态与文化政治"的书名已点醒了他进入问题的角度。

据作者在"前言"中说,书中讨论的问题及其思路是这样的:

> 由晚清京师大学堂《章程》与现代"文学"学科观念的建立,以至与"文学史"草创期书写的关系开始,到"五四"前后胡适以"白话文学运动"建构影响深远的文学史观,再到40年代林庚以"诗心"唤起"惊异"的《中国文学史》,转到由中原南迁的柳存仁和司马长风在50年代及70年代香港进行的两种性质完全不同的文学史书写,最后以两种"进行中"的书写活动为对象,看"中国文学史"要添加"香港文学"部分时,或者"香港文学"要进入"文学史"的过程中,所要应付的各种书写问题。

尽管作者强调本书探索的问题与选定的对象有关,但正文部分的八章实际上包含了书名所提示的两个切入角度:一是文学史的写法,一是文学史与文化政治的关系。有关文学史的写法:

> 以柳存仁一本适用一时的“教科书”，探讨“文学史”的“叙事”与“再现”问题，以林庚的“诗性书写”叩问“文学史”有没有可能靠近文学的经验，以京师大学堂《章程》及林传甲的“国文讲义”看早期“文学”与“文学史”观念的模塑或者错置，以叶辉代表的“文学批评”进路，观察当前的、在地的，另一次“文学史”书写草创期的现象。

而有关文学史与文化政治的关系：

> 各章还试图透过各个文本间的相应或对照——如“五四”时期以胡适为代表所开创的文学史观，在柳存仁、司马长风于殖民地香港的书写中产生的不同作用；又如梁启超、张百熙、张之洞等在构思大学的“文学教育”时，林庚在放弃“诗性逻辑”时，“中国文学史”要把“香港”写入时，所面临的种种抉择——探析“文学史”书写与“文化政治”在不同层次的交缠纠结。

这里所以不厌其烦地转抄作者的自述，不是出于懒惰，而是因为我无法将各章的内容和意义概括得比这更简洁而清晰。读者由此不难理解作者思考问题的出发点，并对可能产生的成果作个预估。

但我相信读者的预估绝对与读完全书的实际收获相距很远，即使你熟悉陈国球的著作，你也很难想到他这些论文用功和思索之深。探讨京师大学堂《章程》和林传甲《中国文学史》的第一、二两章，显示出作者重新清理学术源头的意识。《章程》和林传甲是谈到现代“文学”和“文学史”观念的发生必涉及的问题，无论是前后过程和文献资料，学界都有不少考论，但陈国球对京师大学堂三个章程的课程结构及课程说明的细致分析，不仅为我们勾勒出“文学”学科由边缘化、不成为专门之学到成为一个重要学科的曲折过程，更由此发现现代学科形成中一个有趣的现象：“文学”的现代学科地位的确立，并不是由思想前卫的梁启超来推动，反而是由教育观念保守的张之洞促成的。因为从实用主义的角度推行教育的梁启超，以文学不应时务之急而不免有所轻视；倒是抱着“存古”思想的张之洞，以文学无论从语言、文字乃至表达模式都与传统文化密切相关，反而刻意要在西学主导的现代学制中保留传统的薪火。这真是一个很有意味的发现，它的意义已超出了问题本身。这从一个特定层面揭示的现代性过程中的复杂性和偶然因素，提醒我们在研究和思考近代文化和文学转型问题时，应深入研究历史过程，力戒先入为主的结论和简单化的判断。

陈国球的著作都有占有资料丰富，采纳当代成果广泛的特点，但这部新著更引人注目的是剖析问题的细密和阐释的深入。出色的洞察力，使他能在已有不少论述的问题上，更进一步提出新的见解。比如林传甲的《中国文学史》，研究者都认为“不折不扣地执行了《章程》中有关文学研究”的规定，但陈国球在第二章《“错体”文学史》中首先指出，林传甲为了讲授“优级师范科”的课程，顺手借用另一级别、另一科目的课程说明头十六款，结果就必然要超出《章程》的设计；接着，他又具体指出林氏诸多“不依规矩”的地方，都属于迁就师范科的讲义要求；再经过对林氏文学史意识的检讨，就得出林氏的文学史乃是京师大学堂附设优等师范科的“中国文学”科讲义的结论。林氏的主要目标是编师范教育的“国文讲义”，既要照顾“国文”科的语言文字知识、修辞成文的写作法则，以至经史子集的基础学识，又要兼顾教学法的讲授，以及乘隙推广维新思潮，以期造就“有用”之才，于是就导致体例不伦不类的结果，它实在是一部“错体”的“中国文学史”。这一结论比起说林书是不折不扣地按《章程》编纂的教材、纯属模仿日本人所编的中国文学史，不懂文学史体裁、内容不伦不类等等，不是更切中要害，更有助于认识林氏著述的本意吗？它对我们认识早期文学史写作的原始状态，从而更好地理解以后文学史书写的衍变，是非常有益的。

既然文学史写作很大程度上是意识形态建构和学科知识整合两种叙事动机的交织，学术史的工作就不可回避地要触及文学史写作中的意识形态问题。第二至五章讨论胡适、林庚、柳存仁的文学史写作，前两位作者的著作分别出版于上世纪二十年代和四十年代，柳著出版于 1956 年，由于三人后来分别定居于中国台湾、大陆和澳大利亚，在各自学术圈子里的评价就不同程度地受到意识形态的影响。而居于香港的陈国球倒恰好处在一个相对中立的位置，得以从容评说各自的得失。对胡适的文学史观，他指出“在简单的标语底下，其纠结夹缠的理念层次着实相当复杂”，因此着重分析了胡适文学史话语中主观感受多于客观分析的不足及其理论逻辑上的破绽，进而指出其进化论史观与文学革命的表里关系，最终断言：“胡适的文学进化观是由悬空的概念、零碎的文学现象，加上极度简化的价值判断所串联而成，只宜视作一种信仰，不宜查究。”“他在表达文学主张时所搬弄的文学史事例，主要是为了论说方便，而不一定是对作品的真正认识。”陈国球特别指出，胡适等人在文学传统的价值重估上异于以往任何一次文学变革之处，就在于只强调文学的过去性（pastness）而否定文学的现在性（presentness），过去的重估往往会滋养传统，丰富传统的内涵，而新文学运动的目标则是彻底破坏文言文学的所有功能。经这样一剖析，我们就更容易看清这场文学“革命”的本质与后果了。对林庚的文学史，陈国球认为“它基本上没有离开自新文学运动以来一般文学史著作的论述范围，可是，林庚特有的书写方式，却使这部‘文学史’的面貌不比寻常”。为此他从“文化匮乏”情结、惊异精神、故事性结构几个关键论点分析了此书的诗性书写及其得失，在肯定“它是一个邀请读者参与的文本，我们如果能够投入其间，涵泳咀嚼，就会得到很大的乐趣”的同时，又对比了林庚分别在 1954 年和 1995 年所作的重写，最后进一步追问：“文学史的本质，是否应该限囿在知识的供应、史实的重现上；而所谓‘知识’、所谓‘史实’，明明与‘文学’之指向作者、文本、读者间的感应，指向审美经验等等目标不能比侔？”这显然是陈国球为文学史的诗性书写所作的辩护，从中可以看出他崇尚感性的一面。对柳存仁的文学史，陈国球首先指出它作为高中参考书而采用的简明扼要而突出主线的“叙事体”，继而通过梳理此书与作者 1935 年出版的《中国文学史发凡》的渊源关系，说明它在文学史观念上受五四和胡适的影响之深；最后他再将此书放到五十年代香港的特定文化语境中加以分析，指出它在面向中国文化母体时既有疏离，也有继承；在面向殖民政府的教育机制时，既有配合，也有抗衡的写作姿态。于是这三部文学史构成了一个有趣的学术史演进图景：一种在文学革命的特定语境中产生的片面性极大的文学史及其观念成为主流，而一种有生命力的诗性书写却始终处于另类的位置，在新的文化语境中，前者在续写中再生，而后者却在续写中消亡。至此我们发现，关于文学史书写形态的研究，最后导致的仍然是对文化政治问题的认识。

如果说从胡适到柳存仁的写作呈现了文学史迫于意识形态的特殊要求，在学科常识和强势话语间走钢丝的命运，那么第六章《诗意和唯情的政治》就揭示了文学史来自作者个人的历史局限。司马长风之于现代文学史，就像林庚之于古代文学史，也是有着较多个人色彩的书写。对他那部颇有魅力也颇遭学界非议的《中国新文学史》，陈国球没有过多地为它辩护，而代之以话语分析，从标题"诗意与唯情的政治"所示的视角，去触及司马长风在主观和客观、纯文学和政治之间的自相矛盾：

> 若将他的言说落实（contextualize）于他所处的历史时空——一个南来殖民地的知识分子，处身于建制之外，以卖文为生——就可以知道他只是在做浪漫主义的梦游、怀想。这份浪漫主义的血性，驱使他向当时已成霸权的"文学史"论述做出冲击；他的反政治倾向更有利于他对成说的质疑，在文学评断上，重勾起许多因政治压力而被遗忘埋没的作家和作品；在政治言说上，他痛斥政治集体力量对文人、知识分子的奴役。

陈国球同时也注意到，"他反对欧化、方言化的主张，正好和他所面对的英文与粤语的环境相对应；'白话文'就是他的中国文化身份的投影"。这种见地，不能不让我联想到陈寅恪所说的"同情之理解"。确实，学术史也和思想史一样，在许多场合，只有抱这种"同情之理解"，才能真正认识一种言说的意义。论司马长风的这一章，当年在刊物发表不久，就承作者惠寄，拜读之下，对全文见识之深、陈义之高佩服不已，至今它仍是全书中我最喜欢的一篇。

在关于司马长风的论述中，实际上已涉及作为传递民族集体记忆的文学史与作者个人经验参与的关系问题。这个问题在最后两章讨论香港文学如何“写进”中国文学史时显得更为突出。在八十年代后出版的“中国文学史”中，香港文学一直处于形同“盲肠”的尴尬位置。在大半个世纪中与大陆政治隔绝、文学缺乏正常交流的香港，其所孕育的文学经验是极其特殊的；同时，作为英国殖民地和最自由的贸易港，居民以粤语为日常口语，却用普通话来思考和写作，又使香港文学经验显得格外复杂。陈国球在列举大陆文学史著作对香港文学的忽略（五十年代以前）和狭隘认识（五十年代以后）的同时，细致评价了香港评论家叶辉的工作，并连带介绍了以卢玮銮为代表的香港学人所做的发掘、梳理香港文学史料，建构香港文学史的工作。针对如何将“香港文学”写进“中国文学史”的难题，他提出四条值得思考的路径，而最后一条恰恰是追问：香港七十年代以后出现的现代文学史书写，如赵聪、丁望、李辉英、司马长风等人的著作，如何建构中国现代文学的面貌？与大陆盛行的王瑶、刘绶松或丁易的书写体系有何不同？其异同原因又何在？这表明文学史写作本身就对文学的历史发展产生影响，参与了文学历史的形成。一个文学史研究者，一个文学史的学术史研究者，对自身所处的文学环境抱有这种现实关怀，虽然是很必要也很正常的，但我仍不能不说它是难能可贵的。我相信这也是陈国球身处的语境使然，毕竟文学史书写形态总是与文化政治纠结在一起的，文学史学的研究者也不得不游刃于文学史话语和文化政治之间。

通读全书，我感到作者的论述都有超越现有评论和研究的深度和更闳通的见解，明显可见站立在更高的理论高度上。这一点，只要读了附录有关布拉格学派文学史理论的两篇论文，就自然容易理解。即使我们同意作者的谦逊说法——它们是作为理论准备的学习记录，也应该承认这是很有研究的成果。我们应该注意到，在对伏迪契卡文学史理论的评述中，陈国球随时征调他丰富的中国文学批评史知识以相印证。第四章附录的论林庚诗的《思接千载　视通万里》，或许也是为研究林庚文学史所作的准备，同样以林庚的创作印证了他文学史中传达的艺术观念。研究文学的学术史，无论是关于理论还是关于文学史，都需要具备丰富的文学史知识和对文学的深刻理解，才能做得好。陈国球这部力作再次证明了这一点。它在时下学界泛滥的肤浅而隔膜的学术史写作中树起了一杆标尺，往者不可谏，来者犹可追，后出的著作完全可以用它来衡量一下，免得使学术史写作变成一场没有资格赛的奥运会。

当然，任何一部著作都不可能是完美无缺的，比我更具备专门知识和学术视野的专家可能会提出一些不同见解。但起码我读过此书后，以往觉得头绪纷杂的历史现象及其背后的历史逻辑，一下子变得清楚了。如果说戴燕的著作全面分析了文学史话语生成过程中来自多方面的作用力，董乃斌、刘扬忠主编的《中国文学史学史》展示了文学史编纂的多彩面貌，那么陈国球此书就可以说揭示了文学史叙述的生成机制及其具体作用的结果。虽然作为抽象道理，都是我们知道的常识，但在具体的个案剖析中，它们生动而深刻的呈现还是展示了历史研究的迷人魅力。在这个意义上，陈国球的这部著作于文学史学的研究自有它不可替代的位置。

（原刊于《读书》2005年第8期）

一个中国学者眼中的《剑桥中国文学史》

——略评孙康宜、宇文所安主编《剑桥中国文学史》

虽然最早的中国文学史出自欧洲人之手，在林传甲的文学史(1904)问世之前，起码已有瓦西里(1880)、翟理士(1901)、顾威廉(1902)几种西洋人撰写的中国文学史在前，迄止伊维德、汉乐逸(1985)、施寒微(1990)、埃默力等(2003)、顾彬主编十卷本中国文学史(2010)，外国学者编著的中国文学史无论内容或规模都已相当可观，但中国学界似乎从未郑重对待过这些著作。毕竟以国人的眼光来看，外国学者编纂的中国文学史都太简略，大体属于常识水平。在长久暌别国外汉学家撰著的中国文学通史后，听到孙康宜、宇文所安主编的《剑桥中国文学史》(2011)出版，相信大多数中国学者都会和我一样，抱着异样的好奇和期待，想看看西方汉学在几十年的成果积累后，这部下限迄止于2008年(中译本止于1949年)的中国文学通史，将拿出一个什么样的全新叙述，来向西方读者介绍中国文学。孙康宜教授确曾表示，"《剑桥中国文学史》的主要目的之一是要质疑那些长久以来习惯性的范畴，并撰写出一部既富创新性又有说服力的新的文学史"(三联书店2013年，上卷第2页)，读者不难从她的前言中体会到编著者对这部文学史的编纂所寄予的特别的历史感："在西方的中国文学研究的发展史上，这是一个非同寻常的时刻。"(上卷第1页)

撰写文学通史虽一向不为学者所看重，学界甚至有文学史的学术水平落后于专题研究二十年的说法，但大家都知道，这绝不是一件轻松的工作。我也曾参与中国社会科学院文学所主编的十四卷本中国文学史的写作，深谙撰写文学史的艰难和无法言喻的苦恼。据孙康宜教授说，这部文学史集合了十五六个学者用了五年时间写完；光是编索引这项工作，“让一个人每日埋头苦干，最快也要花上几个月的时间才能完工”。更兼“剑桥出版社的责任编辑对于书中每一个标点，每一个字，每一行都给你发出提问。总之，这个十分繁琐的工作阶段至少需要一年”（李怀宇《孙康宜：重写中国文学史》，《访问时代——十二位知识人的思想世界》，江苏文艺出版社 2012 年版，第 210 页）现在看来，参与撰写的十多位作者，全都是学有专攻、造诣不凡的专家，写作中无不调动各自的学术积累，对相关问题各自作了独到的阐述。虽论述方式和行文风格容有不同，或平实而周密，有扎实的考证基础；或要言不烦，举重若轻，大都材料使用准确，解读精当，显示出敏锐的历史眼光和专题研究的功力，并且保留了鲜明的学术个性。当然，总体看来，随着历史的推延，时代越往后，其叙述也越与国内的文学史接近。这不应该理解为受国内论著的影响，而只能设想是，越往后的时代，文献留传越丰富，对文学基本事实的确认和解释就越容易获得近似的看法。

但就整体而言，这部文学史无论是视角、结构还是论述风格，都大不同于现有的中国文学通史。其最明显的一个特点，就是跳出文学圈子，在文化学的视野中审视文学现象。正如孙康宜教授在下卷总论中所说明的：“与大多数常见的中国文学史不同，本书的编写更偏重文学文化的概览和综述，而不严格局限于文学体裁的既定分类。”（上卷第 19 页）宇文所安教授 2008 年发表的《史中有史》一文，也强调了这种以“文化史思路进入文学史写作”的编纂宗旨。书中很醒目地反复提到“文学文化”的概念，在呼应全书编纂宗旨的同时，随时将作者的叙述引向广阔的文化视野。不仅每个时代或时期的开端都以相当的篇幅说明王朝政治、历史和文化的变迁，同时还对彼时特殊的文化现象予以关注，像西汉的刘向校书，东汉的谶纬之学、经学传授及经典化、字书的编纂，梁代的目录、类书编纂，“南方”和“北方”观念的建构，唐代的慧能与《坛经》成书、圆仁《入唐巡礼记》对唐代生活的记录，宋初四部大书的编纂、印刷术的普及，明代后期图书出版和藏书风气、城市文化和结社，清初士大夫的文化心态、清中叶今文经学的勃兴，等等，类似属于文化史范畴的内容占了相当大的篇幅。这些内容虽不属于文学问题，但或多或少、或直接或间接地都与文学观念、写作意识、传播方式和批评视野有不同的关系，显然有助于英语世界的读者理解中国文学的生态。

事实上，自上世纪六七十年代以来，西方世界整个文学观念和文学史理论都有了颠覆性的发展变化，文学研究面对的对象已由作家、作品扩展到从作家写作到读者阅读的整个活动过程，没有人再能仅围绕作家传记、文类和风格来谈论文学。本书充分体现了这种当代意识，始终将文学作为一个社会活动过程来考察，视野笼罩各时代的文学书写、文本形成、作品传播和接受各个环节。虽然书中没有提到什么文学理论和理论家的名字，但观察角度和立论基准明显可见不同的理论背景。尤为突出的是重视文本自身的形成历史，用孙康宜教授的话说，就是“过去的文学是如何被后世过滤并重建的”（上卷第3页），而用宇文所安教授的话说则是“后世的评判对早期作品的保存发生的影响，以及后世价值取向如何塑造了早期作品”（上卷第22页）。书中非常注意考察不同时期文本谱系的后代建构，如战国本文谱系的汉代建构、元杂剧的明代改编等等。先秦文献就不用说了，南北朝时期，由裴子野《雕虫论》写作年代及原始形态，对国内的梁代文论三派之说提出质疑，是一个典型的例子。关于汉代史书所载的诗歌，则认为：“采诗歌入传，是早期历史编纂的一种修辞手段，为历史叙事增添了戏剧性、真实性。但很值得怀疑的是，这些一次性表演的诗歌，是如何传入历史学家耳中的呢？尤其是如屈原（独自徘徊时赋诗）、刘细君（身处远方）、伯夷、叔齐（隐居山中饿死），还有那些死于囹圄之人。对于早期的历史学家和听众而言，这些诗歌是个人遭遇不幸、面临死亡时的真实表达，所以是合情合理的。很有可能，早在司马迁、班固之前数十年中，这些诗歌就已经成为人物生平故事的一部分，或是书面记录、或是口头传说，因而也是诗歌表演与历史想象这一更大的文化的组成部分。”（上卷第131页）对早期歌谣的类似质疑，清代学者即已提出，不算新鲜，值得重视的是，作者进一步指出："这些诗歌是对'诗言志'这一说法的体现，也是对人类实际经验、特别是面对苦难时自然而然的即时回应。当诗歌被用来戏剧化、真实化历史叙事，并将叙事的精华浓缩为诗歌这一稳定、持久的媒介时，同时也就再次反映了汉代将诗歌视为高度个人化、具有自传性的观点"（上卷第131页）。并且，更联系到汉代的历史编纂"出现了一种从'诵'诗到'现场创作'的重大转折，开始强调原始著作权"（上卷第132页）的现象来看，这就不能不说是触及问题实质的敏锐见解了。在前半段的文学史叙述中，时时可见这样的质疑，对历来习惯于作为结果自然接受的文本或文学现象提出追问，引导读者思考文学现象背后发生的文学观念的变化，很给人启发。

众所周知，分期是文学史编纂中不可回避而又难求一致意见的难点。因为分期是我们理解和把握历史的手段，有什么样的历史认知，便有相应的历史分期。本书基于编者的独到见解，在历史分期上也有其个性化的判断。宇文所安教授曾特别说明，"每一部文学史都从唐朝或唐前短暂的隋朝开始新的一章，以代表新统一的帝国。然而，更有说服力的叙述应该从天下一统前的北方开始讲起，以南方文人、南方文化汇入北方作为界标，一直写到唐朝初年的统治；这种叙述涉及政治上获胜的北方如何面对和接受南方的文化力量，与之达成妥协"（上卷第21页）。所以他将本书所论述的唐朝命名为"文化唐朝"，说："我们的'文化唐朝'始于650年，而不是王朝实际建立的617年；另一方面，我们的'文化唐朝'还包括五代以及宋初的六十年，直到一个新的宋代文化转折清晰显现出来。这种方法的优点超过了它的不便之处。"（上卷第22页）这种以文化的延续性和独立性作为分期依据的观点无疑是很有启发性的，值得我们倾听。不过略觉遗憾的是，全书似乎未能将这一思想贯彻到底。孙康宜教授说："在第六章王德威所编写的现代文学部分，'现代'的开始便定于1841年，而非通常所采用的1919年五四运动。我们写的是文学史，而非政治史，一个时期的文学自有其盛衰通变的时间表，不必完全局限对应于朝代的更迭。"（下卷第14页）然而1841年恰好是一个政治史的分期，无论冠以现代也好，近代也好。甚至早在上世纪三十年代它就被运用于文学史论。新中国成立后的历史分期概以此为近代史的开端，理由是1840年爆发的鸦片战争，使中国失去主权的完整，进入一个半殖民地半封建的历史时期。这显然是个政治史的分期，而并非文学本身“盛衰通变的时间表”，用作文学史分期的依据未必适宜。关于这一点，拙著《清代诗学史》第一卷的导言曾有辨析，我认为同治间士大夫竞讲新学，才意味着一个新文学时期的开始。我的意见未必正确，但起码有自己的理由，而《剑桥中国文学史》显然并未对这一重要年代界标有过郑重的斟酌，被放在这个时代开端论述的龚自珍恰恰在前一个阶段的终结逝去，作为文学史分期的界限和理由没有清楚的交代。

作为一部最新的中国文学史，《剑桥中国文学史》在内容上明显是有突破、创新意欲的。以我有限的知识范围来观察，上卷柯马丁撰写的第一章，对两周铭文内容与形制的论述明显详于国内撰写的文学通史；康达维撰写的第二章，明显细腻地勾勒了两汉、西晋间的文学活动，尤其是文体孳乳的历史；田晓菲撰写的第三章，对六朝时期的杂传做了较全面的论述，特别提到现存最早的佛教灵验故事集谢敷《光世音应验记》，为日本保存的十二世纪抄本；宇文所安撰写的第四章，对“古”的观念作了予人启发的分析；艾朗诺撰写的第五章，特别论述了北宋十分流行的随笔和鉴赏文学、非正式书信（尺牍）的写作；傅君劢、林顺夫撰写的第六章，论述了南宋诗歌的内转向——以自觉汲取诗歌的内在资源为基础，与直接经验隔开一层——的问题、南宋的五部都城记及《钱塘遗事》；下卷孙康宜撰写的第一章，对明代八股文有专门论述，对女性文学的关注更是从前的文学通史所欠缺的；吕立亭撰写的第二章，提出复古观念和印刷业的发展使晚明成为各种文类的经典化时期，戏曲的抒情角色化及语言风格的多样化对当时流于雷同和表面化的诗歌具有补偿意义，并论述了青楼文化与女性文学的关系；李惠仪撰写的第三章，相当细致地分析了鼎革之际的士人心态及生活作风、文化取向的复杂性；商伟撰写的第四章，注意到清代中叶商业出版与精英写作之间有趣的对立，对《儒林外史》

的分析饶有新意；伊维德撰写的第五章，对民间文艺按类作了较全面的介绍，甚至包括女书文学；王德威撰写的第六章，融入了他早年提出的晚清文学现代性的论说。相比以前出版的文学通史，这些内容都给人耳目一新的感觉，让人切实地体会到专题研究的深入和成果的积累。

据主编孙康宜教授说，这部文学史的“主要对象是受过教育的普通英文读者。（当然，研究文学的学者专家们也自然会是该书的读者）”（上卷第2页）。我不太了解英语世界读者的阅读趣味和习惯，无法评判本书内容和结构的安排是否适合他们。作为中译本的中国读者，则有几点小小的不满足，在此提出与主编、作者交流。

一部好的文学史，固然起着指导阅读的作用，如宇文所安教授所说，“作者与读者都是在一个对于写作、阅读而言不可或缺的、虚拟的文学史叙事之中写作、阅读的”，“我们只能在一个传统的文学史叙事之中阅读，这个叙事告诉我们该如何对待某些事物”（上卷第23页）。但调动读者的情绪，唤起他们阅读作品的兴趣，显然也是文学史应有的功能。从这个角度说，全书整体上似乎偏重于对各个时代文学形态特征的提示，而对作品艺术技巧、风格特征及其魅力的描述显得有些欠缺。从上卷第一章起，《诗经》部分既没有提到多样化的艺术形态（比如日本学者赤塚忠提出的剧诗），也没有说明诗歌艺术表现的丰富性和多样性，只是着重介绍了文本流传情况和阐释传统。不可否认，柯马丁的论述非常精当，但对于普通读者来说或许过于专门，而对于专业读者却又都是常识，很可能对两类读者都不太适用。这种情形绝非仅有的例子。

与此相关的是，与文学史叙述相比，书中涉及的作家、作品未免太少。如果对全书出现的作家做个统计，数量将会是令人惊讶的少。论及元杂剧，竟然未出现关汉卿的名字，只在述及散曲时提到他，更不要说《窦娥冤》了，王实甫和《西厢记》似乎也没进入叙述。这或许与作者将这些作品归于明人编定的文本有关，但我更怀疑是文稿编辑出现了技术问题。上卷第七章“元代白话文学”一节论述元杂剧和南戏的形式，甚至用一定的篇幅专门介绍了芝庵《唱论》，但未提到重要剧作家和剧作，只说“元杂剧将在后面的章节中进行讨论，读者参阅相关章节，就会充分了解杂剧这一文类的主要特征”（第673页），然而后文却看不到相应的内容。不该遗缺的内容还包括神话，虽然在文学史的开端有关于汉语和书写系统的介绍，却没有国内文学通史作为文学发轫的神话传说。是因文本产生的年代不好确定或阐释的多歧而放弃，还是什么别的理由，也未见说明。就我个人的阅读经验而言，外国文学史一般都是在接触作品之前阅读的。文学史在某种意义上具有文学阅读指南的功能，通过文学史获知应该阅读的作家和作品，也许是人们阅读文学史的基本动机之一。这么说来，列举作家和作品太少的文学史，就有点像列举景点不备的导游手册，难免会限制读者的收获吧？或许书后附录的众多参考文献能够弥补这一不足。

孙康宜教授介绍下卷的编写宗旨，特别提到“重视从明清直到今日的文学演变”。她认为，“在目前常见的大多数文学史著作中，往往表现出重唐宋而轻明清的倾向，而对于现当代文学，则一概另行处理，从未与古代文学衔接起来，汇为一编。中国的传统文评大都重继承和崇往古，因而晚近年代的作家多受到忽视。本卷的编写一反往常，在作家的选择及其作品的评析上，力图突出晚近未必就陷于因袭这一事实，让读者在晚近作家的优秀作品中看到他们如何在继承传统的同时有所创新和突破。读完了本卷各章，你将会看出，从明清到现在，文学创作的种类更加丰富多彩，晚近的文学已远远超出了诗词歌赋等有限的传统文类”（下卷第14页）。我们知道，现代知识形态的中国文学通史，并不是整体轻视明清文学，而只是受“一代有一代之文学”的传统观念影响，到明清两代重心便转移到戏曲、小说和通俗文艺方面，对诗词歌赋等传统文类有所忽略。要纠正这一偏颇，只有平等地对待各种文类，一并加以细致的考量，才能改变文学史的面貌。《剑桥中国文学史》对现行文学史中明清部分的薄弱显然是有所洞察的，但终因全书所持的文化史视角，决定了它要“尽量脱离那种将该领域机械地分割为文类（genres）的做法，而采取更具整体性的文化史方法：即一种文学文化史（history of literary culture）”（上卷第

2—3 页)。这种历史叙述必然要追随文化潮流的走向,去捕捉一个时代文学的新变,这就使文学史的重心不得不重新落到"一代之胜"上,与传统观念奇妙地重叠起来。其足以显示"文学创作的种类更加丰富多彩",超出诗词歌赋等传统文类的部分,仍不外乎戏曲小说曲艺,等于只是将"一代有一代之胜"换了一种说法。这就使得下卷关于明清诗文辞赋的论述仍旧很简略,并未见得予以重视,有所改观。

更重要的是,正如主编已意识到的,"这种叙述方法,在古代部分和汉魏六朝以及唐宋元等时期还是比较容易进行的,但是,到了明清和现代时期则变得愈益困难起来。为此,需要对文化史(有时候还包括政治史)的总体有一个清晰的框架"(第 2—3 页)。然而这个清晰的框架恰恰是极难构建的,除了历史现象和过程自身的纷繁复杂外,研究成果积累的薄弱也是部分原因,《剑桥中国文学史》下卷的叙述似乎仍未能成功地构建起一个清晰的框架。论述清代文学的有关章节,时而停留在历史变革和文人心态的宏观描述,时而又深入某种文类或作品的细节来说明一个意味着文学精神嬗变的宏大主题,显得缺乏整体结构的清晰和中间层次的充实,或者说在点、线、面三个层次中缺乏线的清晰完整。这又不能不让我们反思全书立足的文化史方法,到底是要将文学史作为文化史来写,还是将文化史作为文学史来写。其间的界线其实是不那么清楚的,换了我也觉得很难以把握。这么说绝不意味着《剑桥中国文学史》作为文学通史,知识有所欠缺。严格地说,一部写给外国人看的中国文学史,如何取材和编写才合适,只有英语读者才有发言权。

但这里我想提到,书中有些不同于通行见解的判断,应该是我们可以商讨的。虽然前文曾肯定,时代越往后文献留传越丰富,对文学基本事实的确认和解释就越容易获得近似的看法。但书中还是有一些论断与学界的一般看法不同,而又未提出自己的论据。比如孙康宜论及高启的影响:"后来到清代,高启虽位居明代的优秀诗人之列,但由于明诗整体上仍受忽视,高启其人及其著作依旧晦暗不彰。直到十八世纪,赵翼才把高启抬举到典范的位置。"(下卷第 27 页)按:高启在清初钱谦益《列朝诗集》和朱彝尊《明诗综》里已经被尊奉为明代诗人之冠，到沈德潜《明诗别裁集》得到进一步确认，似乎无待于赵翼确立其经典性。又如吕立亭论及晚明小品的繁荣，将小品文类的确立归功于五四新文化运动，说："'小品'这一文类的成立是被追认的，这也是 1920 年代新文化运动的一部分。"（下卷第 114 页）按：小品之名当时即有，明末陆云龙辑有《翠娱阁评选十六名家小品》，今存崇祯刊本，当时书坊出版这类小品集非常畅销，小品之名也属于通用概念，似乎不能说是后人所追认的文类。

书中还有一些判断，似嫌武断。下卷第二章谈到日益商业化的写作，"涉及金钱交换时，两位士大夫之间的礼仪套路究竟达致何种程度？礼物交换实为金钱交易，想要弄清这套礼仪的程度，需要重建每一次写作行为的社会背景。时间已经过去了四百多年，这几乎不可能办到"（第 108 页）。按：重建每一次写作行为的社会背景，当然不可能办到，但弄清这套礼仪的套路和价格尺度，并不需要考证每一笔交易。只需考察若干不同身份、地位的文人，即可隅反。明清笔记、诗话中还是有不少例子的，比如王渔洋笔记中就常记载某人求先人墓志、集序，馈某物，时代相去不远，绝非不可考究。这都是细枝末节的问题，顺便在这里提到，希望不算过分吹求。

最后应该提到，全书的译文质量相当高，流畅好读，不过偶尔也有小误。一是从书与类书的混淆，提到"唐代丛书"时应是类书，提到明代诗话收在"类书"中则应是指丛书；二是论及竟陵派时，说是以钟惺、谭元春的家乡安徽竟陵命名，犯了双重错误：竟陵属湖北，明代也没有安徽之名；三是书中提到明初到 1600 年童子试的录取人数提高了二十倍，从三十万人增加到六十万，倍数算错了。这些地方，无论是作者错，还是译者错，译文都应该改过来。

（原刊于《首都师范大学学报》2014 年第 2 期）

历史也是个人的

——读许结《诗囚》感言

人到中年就容易怀旧，正像下山的游客会不断回望曾登历的山峰。怀旧是意识到美好的东西已然过去的一种伴有失落感的心理体验，在某个相对清寂的时刻，这种感触会强烈地占据我们的心胸，以至形于笔墨。莫砺锋教授在台湾任教期间写了怀旧的《浮生琐忆》，许结教授在韩国任教期间也写了同样怀旧的《诗囚》，“异域孤单，夜深寂静，那窗外的月光仿佛澄明的心境，伴随我重读父亲的诗章，如烟般迷茫的忆念渐渐融会起来……”这无疑都是特定心境的酝酿，只不过前者是自传，而后者则是父亲的传记。两位作者都是我熟悉的学长，读惯了他们的学术著作，这两册怀旧文字给我别样的亲切。

收到许结教授寄来的新书，乍看以为书名是“诗人”，那囚字的边框正好成了封面设计的一环，及读题记，才知道是《诗囚》。“诗囚”一词出自元好问，其《论诗绝句》有“东野穷愁死不休，高天厚地一诗囚”之句，许结教授则引据他另一首《放言》：“长沙一湘累，郊岛两诗囚。”“诗囚”本谓孟郊、贾岛以诗自囚的“苦吟”生涯，但许结教授以“诗囚”来概括父亲的诗与人生，更有一番引申：

> 框内禁“人”谓“囚”，即囚禁。父亲曾被囚禁牢狱三年，幽锁茅屋三月，皆缘于“诗”，诚一“诗囚”；而他平生好诗，且背时为旧体诗，以“诗”囚“人”，而不预流，诗心任诞，纯乎天真，以致坎坷

> 一生，一如“诗囚”。然细观“囚”字，又是一大空间站立一“人”，有顶天立地之气概。尸子说：“上下四方曰宇，往来古今曰宙。”“囚”字外框，正合“上下四方”，而由中透视，又如“人”置时间隧道，“往来古今”构成一诗的宇宙。父亲诗云：“我自何处来？来自茫茫情海波涛冲突之曲隈。我在何处住？住在浩浩太空雨露滋润之慈怀。”“我”之为“人”，在“太空”，在“情海”，挺立宇宙间，乃“诗囚”之正解。

读完这段慧心的妙解，让人不能不赞叹作者于古贤哲思体悟之深切，会通之圆融，身为古典文学专家，他的确能超出日常视阈，从父亲平凡而又不平常的一生中，看到传统文化熏陶出的诗的精神、诗性的美，这种精神和美即使历经岁月风霜的摧残，也不失其熠熠光华。

当然，作者对诗囚的妙解首先源于对父亲人生经历的深刻体会。在漫长的岁月中，聆听父亲的回忆，阅读父亲的诗作，让他对父亲毕生经历的磨难感受尤深，娓娓叙述出来，就化为可歌可泣的性情文字。阅读这些文字，我们仿佛亲历了动荡时代一个诗人、学者和父亲的悲喜人生。说实话，我和许结教授熟识多年，早年负笈于南京大学时也听说过许永璋先生一些逸话，但从不知道他竟有如此坎坷的经历。

就阅读的快感而言，当然要数第六章“入幕生涯”和第七章“京师交游”最有趣。其中述及的人物有我熟悉的，也有从未听说的，雪鸿人事，足以见旧时代文人与官僚的关系，诗人的天真和官僚的风雅在今天都已成了难以想象的浪漫往事。但若着眼于传记的价值，则第十二章“游鱼吞钩”、第十三章“牢狱三载”、第十七章“惊度浩劫”、第十八章“遣返故里”、第十九章“草堂诗囚”更引人注意。其中叙述“反右”中劳教三年的经历，催人泪下；追忆“文革”中被遣返原籍的遭遇，更惊心动魄。据我的经验，这些经历当事人通常都不堪回首。《诗囚》这部分内容主要是采自许先生本人的诗作，即为亡妻“泣血倚声”的《望江南》百阕。当我读到述家破妻亡后被保外就医放回的一阕：“逢双十，恩放返家园。摸抚心肝都破碎，强牵儿女共团圆，孤梦在黄泉。”就觉得什么样的文字都失去了表达力，除了先生自己的词作。我从未在今人诗词中读到过像《三断集》（断弦断腿断肠声）这样悲怆动人的作品。百阕《望江南》，真个是字字血、声声泪啊！

《诗囚》实在就是一部诗传，一部用诗词编织的人生记录。许先生以诗吟咏时世沧桑，以诗结缘名流贤达，也以诗记录自己的人生履历，无论于身家于天下，他的诗词都具有真正的“诗史”性质。先生于诗最工五言，时有“五字长城”之目。但他最大的特点，我以为还是在随时以诗人的灵心感受生活，以诗人的情趣应对生活。被遣往农村养鸡，有句曰“空山挥杖影，大野祝鸡声”；三年劳教被放还，有句曰“三年惊隔世，恩怨向谁论？”某日天阴路滑失足倒地，随口吟出“天阴直下高坡滑，一跌横量大地宽”；又曾于上公交车时被挤跌昏迷路旁，醒后却道“一跌街边鬼，醒来隔世人”：这些脱口而出的妙句，兼具哲人的悟性和诗人的雅量，不只需要才华，还需要涵养。讽诵书后附录的百余首诗词，随处都能感受作者毕生治杜诗、研诗学的涵养。但他的涵养绝不只见于诗词，书中附载的书法、手迹，莫不见出深厚的涵养。那是真正的学人之字、诗人之字，尤其是 187 页那幅赠许结的《读杜诗绝句》，最见品格功力。

许先生是桐城人氏，书中涉及许多乡贤，不经意间常溯及桐城文学渊源。说起来我祖上也是桐城人，据说到高祖辈始因太平天国战乱迁居金陵，后遂占籍。桐城于我原先只是个文学史名词，自从听父亲说过这段家世渊源，车过桐城心底就涌起异样的感情。许结教授的《诗囚》再次唤起我对桐城的遐想，由一个人的生平想到一个时代，一个地域的传统。当这些记忆行将消逝时，《诗囚》为我们留下了一些关于个人和时代的片段印象。当然，正像上文说的，最触动我的还是那些记述生命苦难的篇章，因为我的祖、父辈也经历过相似的境遇，相似的苦难，至今镌刻在我童年的记忆中。

历史学家说，历史就是叙述。不错，的确是叙述，但要看是什么人和用什么方式叙述。通常，历史总用国家、民族、人民这些抽象的宏大概念来叙事，然而发生在过去时间中的所有事件却无不是由具体的个人来承担的，历史叙述的大判断难以表达和代替人们经历的实际痛苦。为此，无论出于纪念、反思，还是其他什么目的，作为受伤害者和他们的后人，我们都有更多的理由要求个人历史的书写。我也曾劝父亲写自传，或口述历史什么的，都被婉言推辞。对于他们这一代人来说，回忆大概是一件很残酷的事。那么，二十世纪后半叶的个人历史，就只有靠我们去书写了。“我也希望下一代或再一代仍能知道这段历史，还有那‘人性’的足迹”，许结教授如是说。而我则想说，历史也是个人的。

（原刊于《中国社会科学报》2010 年 10 月 21 日）

逝波集

六月的一个早晨，醒来太早
但回到梦中为时已晚
我必须走入注满记忆的
绿色之中，记忆用目光跟踪我

——特朗斯特罗姆

我的第一位学术蒙师

——赵继武老师散忆

去年是我们扬州师范学院中文系 78 级毕业整三十周年，八月盛暑中，老同学百余人在母校举行毕业三十周年纪念活动。蓦地多年不见的老师们已形衰老，曾华鹏老师还能认识我，是因为几年前在作协全代会上师生曾有一面。孰料仅过半年，曾老师竟已仙逝。闻讣久久不能摆脱沉重的悲怆，同时深深地惭愧。多年来没给老师们写过信，问过安，汇报自己的学习、工作情况。但扪心自问，其实从来也没有忘记老师们当年的教诲，每一位老师的音容笑貌都历历在目，每一位老师讲课的特点和妙趣都能写一篇小文字。

二十年多年前，在陕西山阳县，同被遣在此"锻炼"的我和汪晖，回忆起扬州师院中文系的老师们，不由得好生感慨，那一批老先生学问之好，绝不亚于任何名牌大学的教授。可以数得出的，有现代汉语语法体系自成一家而讲授古汉语课的李人鉴先生，以王国维美学研究名世的谭佛雏先生，与林散之、高二适、费新我并称江苏四老的书法家孙龙父先生，在现代文学研究界享有盛誉的曾华鹏先生……古典文学则有《张溥年谱》和《刘鹗年谱》的作者蒋逸雪先生，《新校元杂剧三十种》的作者徐沁君先生，《唐代扬州史考》的作者李廷先先生，任二北先生当然就更不用说了。当时我们还不能懂得这些先生的学问，多年后直到自己成为学人，见识过各方前辈，这才知道我们那些老师的学问之好。

上面提到的先生其实我都不熟，听过课的只有曾华鹏、李人鉴、李廷先三位先生。在本科三年半（我考取研究生提前半年毕业）时间里，我唯一熟识的老师是赵继武先生。赵老师原籍泰州，七七级戴伟华学长因同乡之谊常上赵府问学，我与伟华兄交好，相从去围炉侍坐，一来二去就与赵老师熟悉起来。

我们班的"古代文学作品选"课唐宋段由赵老师讲授，当时他似乎已六十多岁。面容清癯，长身鹤立，行走常拄根拐杖，背微躬，步履缓慢，但并不蹒跚。与他身形同样显出精气神的是那双眼睛，虽然眼球已微显浑浊，但双瞳却始终闪着一道精光。他看人总是双眼圆瞪，那道目光逼射过来，会让人觉得凛厉。记忆中的赵老师，也的确是锋芒毕露的，讲课的内容基本上与对同行的批评相伴。讲古代文学作品，最常引为反面教材的是"某十三所高等院校"合编的《中国文学史》。记得有一次讲到引书注释，赵老师举一段宋人诗论，说"某十三所高等院校"合编的文学史注出自《高斋诗话》，他指节敲着讲台，说："哪里有《高斋诗话》这部书呀，你找出来给我看看！"当时我已读过《苕溪渔隐丛话》，估计老师这么说，必定是《高斋诗话》已亡佚，只有零星佚文保存在类似的汇辑诗话中。由此懂得，引用存佚不明的古书，要注明所据书籍。

不久我们就知道，所谓"某十三所高等院校"合编的《中国文学史》，主要撰稿人之一正是在楼上给七八级另外两个班上课的李廷先先生。后又听说李廷先先生上课也批评楼下的赵继武先生，不禁觉得很有趣。于是一听到赵老师提到"某十三所高等院校"，大家就忍不住莞尔笑出。当时我们都将此作为文人相轻的笑谈，现在想来，却觉得那一辈的先生还葆有旧日学人的风骨，个性鲜明，敢于坚持且表明自己的学术立场，不像今天的学者，都成了随人俯仰的乡愿。如果说我们这一辈人对学术还有那么一点信念，那一定是与老师辈的熏陶分不开的。

每随戴伟华兄去赵府问学，都能听到老师一些治学心得，时常获得读书方法的启迪。赵老师并不臧否人物，但喜欢针砭学界，看到什么新书新文章，随口都会议论，而且见解犀利，具见学养。但奇怪的是，到现在，除了“之乎者也矣焉哉，七字安排好秀才”两句做古文的口诀之外，那些精彩的见解都已不省记，反而是一二不无迂阔的议论，倒印象深得很。有一次，赵老师很是感慨地说：“现在这学问啊，越来越让人弄不懂了。那个《红楼梦》，竟然也招研究生！《红楼梦》谁读不懂呀？”我哑然失笑，觉得老师还不能摆脱旧文人的保守观念，有点轻视通俗文学。多年后我才知道，赵老师毕业于中央大学，曾是国学研究班的研究生，与沈祖棻先生同过学。中央大学的学风一向是比较正统的，重经史而轻戏曲小说，因而治词曲的吴瞿庵先生就不免感觉到压抑。赵老师从未讲过在中大求学的经历，只有一次课间休息，我听他颇为严厉地训诫一个问问题的同学：“像你这么问问题，要是遇到季刚先生，非骂你个狗血喷头不可！”我猜想是该同学的提问有点不经过大脑，是以招老师恼火。我平时读书有疑问，向赵老师请益，无不娓娓解惑，从未见他疾言厉色过。

我一向不清楚赵老师的履历，后经戴伟华兄托友人查阅档案。方知赵老师 1921 年入东台县第一高等小学校，与戈宝权同学。1930 年毕业于江苏省立扬州中学，同年考入中央大学中国语言文学系，毕业后一度在南京政府审计部任佐理员，后历任东台、扬州、南通、镇江、泰州中学的国文教员。过去许多老辈学者都教过中学，像朱自清、叶圣陶、唐圭璋、马一浮等，都是中学教师出身。1954 年 9 月，赵老师由泰州中学调入苏北师范专科学校语文科任讲师，1958 年苏北师专改名为扬州师范学院，任中文系讲师，1978 年 10 月晋升为副教授，正是我们入学之际。赵老师在中文系教的是唐宋段，仍是老辈述而不作之风，只发表过一些研究杜甫、苏轼诗歌的论文，数量尚待调查。他还曾与李廷先老师合写过一篇论唐代边塞诗的论文，至今还为考究唐代文学学术史的学者提到。赵老师讲解古诗文，大体是传统的教人写作的那种路数，广征博引，切实精到，严肃中时出以诙谐之语，一室哄堂。现在回忆起来，我们那些被追认为“新三届”（七七至七九级）的学生，都不是省油的灯。扬师中文系学生多数原为中学语文教师，而我们古代文学作品课的教材又多取中学语文课本所收的篇目，教过多年中学的学生们对这些作品揣摩之深之细，往往为大学老师所不及。一到下课常有同学围着老师，对课上的某些讲法提出商榷，老师甚至难以应对。赵老师的课很少出现这种情况，他的讲解深切著明，答疑也三言两语，的中肯綮，给出更深更广的见解。到现在我也说不清听赵老师的课学到了什么，很多内容都是潜移默化、润物无声的吧？

赵老师一再鼓励学生写作古诗文，他自己也常做诗。得知我考取广西师范学院的研究生，喜赋一律宠行。诗云："学海鹍遨毕一程，扶摇又展翼如云。三千水击鹏初试，九万培风气益振。参井已扪须揽月，山川周览亦多闻。怀中彩笔仍勤染，春色西南正待君。"对仗不求工，而取意至为妥帖，一结最得古人送别之体。诗中洋溢的殷切期望，后来一直激励我用功学习。虽然之后我在广西师大、南京大学受业于许多老师，在中国社科院文学所、在学术界得到许多前辈的提携奖掖，但在内心深处，我始终将赵老师视为自己学业的第一位蒙师。

读研究生后，我隔一段时间便给赵老师写信，汇报学习情况，多蒙手教奖劝。1985 年 9 月，我正在南大随程千帆先生读博士，中秋前夕陪日本留学生高津孝赴扬州，去给秦子卿先生送一份资料。晚宿母校招待所，离新北门赵老师的居所不远，便偕高津君同往拜访。甫引见、介绍落座，赵老师即往内室携师母过来见礼，很郑重地指着高津君，一字一顿地向师母说："这位，是国际友人啊。"那过于郑重的神情和语调，差点让我笑出来！听过泰州话的朋友们，不妨想象一下老先生用泰州方言抑扬顿挫地说出这句话的效果。上世纪八十年代，外国人来华尚匙，想必赵府也没有外国人光临过吧，所以老师特意请师母出来郑重见礼。师母出身书香门第，气质文雅，很客气地泡上茶，赵老师又拿出月饼款待我们。我品着月饼，突然省悟：这是分享了外宾待遇啊！以前我随戴伟华兄造访赵府，从未喝过茶，不禁心里偷乐一下。

转瞬二十多年过去，从赵老师受业的细节都记不清了，只留下一些碎片的印象。老师谢世后，师母伤悼不已，自书挽联悬于厅壁。后来我去看望师母时曾见到，书法婉秀，辞旨雅切。师母谈到老师生前曾手定诗集，但终究未能出版。为此我曾找过几个出版社商洽，最终都无结果。在那个只有老一辈无产阶级革命家出诗集的年代，普通人想出古体诗词专集，几乎没什么可能。不数年间，师母也追随老师仙去，我遂与赵老师令嗣失去联系，至今也不知道老师的诗集梓行与否，但愿不至于散佚失传。

（原刊于《文汇报》2013年3月16日）

千帆先生手札二三事

今年是千帆先生百年诞辰，张世林先生约写一篇纪念文字，谆谆叮嘱，情殷难却，但又没什么特别的内容好写。打开电脑新建一个文档，竟不知道要说什么。转瞬先生逝去已十三年，可以说的早已在当年的悼念文章说过，有些言之不宜的内容依旧不宜言之。虽然我从千帆先生学习有三年时间，毕业后又受十二年的耳提面命，但我对先生最深刻的记忆，却只与一些特定的时间和事件联系在一起。在我的印象中，老师不是那种迂阔书生，他有着古代贤士大夫以天下为己任的淑世情怀，虽然经历那么多年的磨难，仍不懈地追求真理，正直而有担当，不像许多同辈名家，唯托之空言，甚而仅腹议而已。他对涉世方浅的学生，常诫以谨言慎行，而自己临事持志，大节不亏。在那些非常时刻，他对学生的关爱和信任，超出了世间一般的师生情谊。一些往事于今不足为人道，只能留作他年白首渔樵的闲话。可是除了这些埋藏在岁月深处的记忆外，我还有什么可写的呢？

多年前整理先师遗札时，我曾根据信中所涉及的旧事，写过一篇随笔。近日为做这篇命题作文，又将全部书札检阅一过，看着先生苍劲而飘逸的手迹，许多往事都苏醒过来，浮想联翩。2004 年由上海古籍出版社印行的《闲堂书简》中，给我的信是最多的。这一方面是因为我远离函丈，不能亲承音旨，故老师手教提命尤数；另一方面也是缘于我年轻时极爱写信，经常每天都写信，给老师和同学、朋友。我到北京后给千帆先生写的信，应该超过一百封，经常是我寄上两三封信，先生复一封。有时收到信，未及时回信，先生在寄材料时会在信封上附语嘱回信。

最近因整理东西，竟意外地又翻出几封未收入《闲堂书简》的先生逸札，都是我刚进文学所不久的 1988 至 1990 年间所作。第一封曰：

蒋寅弟：

近南大公布你为新星奖获得者，甚可喜慰。致伯伟书渠已略告。前携京拙著，不知已送毕否？舒芜及绍良二处去过否？未得其信，甚念之也。望告。即颂

著安

千帆

九月五日

这封信写于我刚进文学所工作的 1988 年秋。我赴京就职时，先生嘱我携新刊著作数本分送京中老友。争奈我初到北京，人地两生，两位先生可能没联系上，未及时送到，以致先生着急催问。千帆先生送给京中友人的书，一般都是寄到我这里，由我一一送到各位先生处。我想这一方面是显得郑重，另一方面也是给我一个拜见前辈的机会。在 1992 年 5 月 13 日的信中，附有一纸送书名单，开列有中华书局傅璇琮、许逸民，北京大学金克木、周绍良、陈贻焮、袁行霈、张少康、孙钦善，文学所钱钟书、曹道衡、沈玉成、邓绍基、敏泽，中国社会科学杂志社舒芜，北师大聂石樵、郭豫衡。但正因为赠送对象较多，常不能及时送到。有时与收书的先生联系上，他们又常怜我远路奔走，嘱以其他方式转达，结果欲速反不达。先生 1994 年 12 月 21 日信中夹一封舒芜先生信示我，内容即述此种情形：

千帆兄：

奉 12 月 4 日手教后，又待数日，而书不至，乃发函往询，今

又逾十余日，仍无音信，甚奇。函中开列敝寓电话号码，打电话甚便，不知何以无消息。或者患病乎？出差乎？其他意想不到之事乎？书上写的是“重禹兄”，他不知为何人乎？（我既有信去问，他也该想到了）我信上说相距太远，不敢劳他亲送，请他由本院交换站送杂志社，此法轻便，而迄无消息，甚怪。闻舒諲、吕剑、谋玚诸兄均已陆续收到，而我至今未能捧读，数也，命也。兄托人分送，本以图速，而反不达，亦乘除之数也，一笑。

顷问之许觉民兄，他说文研所人员，星期二例必到所办公，届时可打电话到办公室一询。兹先将情况奉告，星期二询问后，再作函奉告，恐兄怪我久无复信也。耑此布复，顺祝

新年康乐

弟方管上

1994年12月18日

正如舒芜先生所说，书肯定是交社科院收发室，通过院内邮件交换的方式送去的，但转送途中恐怕意外被耽搁了，多日不到。先生在信笺天头批道：“蒋寅弟，这是怎么搞的？我怕你们或孩子有点不舒服，没有来得及办此小事，心中很急，望速告知。”我隐约记得，要转送的书是程先生笺注的《沈祖棻诗词集》，所以舒芜先生急切想看到。虽是一本书迟到这样的小事，舒芜先生信中不惮缕琐，娓娓言之，足见欲读之情殷切，也可见前辈日常交际往来的认真不苟。

其他三封信则都是1990年5月我赴陕西商洛地区“锻炼”期间收到的，涉及我与老师的思想交流。第一封信的内容最为丰富：

蒋寅老弟：

尊公近托人带赠捺山茶四包，使我大为欣悦，此意不敢忘也。幸于家报代致谢意。

能改变环境，读书一年，安知非福，饮食不惯，稍久则习之，不必介介。

参考文献缺乏，写文章可能有困难，但仍可写出大体框架，

以后再设法修改。这一段时间可能完全由自己安排，得之不易。我劝你读一部经典著作，仔细玩味，深入体会，由此触类旁通，再读他书便可于不知不觉中跨越了过去的自己。（培养审美情趣及能力极重要，只能循此途）如何将博涉与专精、广泛的知识与独特的见解融汇起来，恐为你今后值得求索的问题。

默存先生，当世无双，你就所知认真写去，必有可观。但他的体系几乎完全体现（非建立）在其非体系的表现方式之中，因而往能博不能约。他是无锡人，但却近乎（我只说是“近乎”）“深芜穷其枝叶”的北学，而非“简约得其英华”的南学，这也是非常有意思的。

我的几本书，《诗世界》已校过清样，古籍已发征订单。《宋文学史》校过初样，估计今年出不来。《选集》已发到印刷厂，如赶一下，也许年底可出，因字数仅二十万也。

孙望、陈瘦竹二老于六月一日晚及二日晨归道山。我与孙先生交谊尤密，首尾五十八年，从无间言，真昔人所谓“痛心拔脑”者，奈何！

前寄汪先生文集与《文遗》，望其发一介绍，不知已办否？便中见告为感。

复颂

旅福！

千帆

六月七日

信中所述的事情有好几件。首先是收到家父托人捎的茶，嘱家书转达谢意。千帆先生是从来不许学生送礼的，有同学寒假开学给老师带来土产，他都让提回去，所以我们都不敢给老师送礼。我毕业远离师门后，才请父亲在春茶上市后给先生捎点仪征捺山的新茶。先生似乎颇喜欢捺山茶，后来见面时曾说：“想不到仪征出这么好的茶！”这封信主要是针对我信中所述在山阳县锻炼的感受，告诫我要随遇而安，坚持读书，并思考如何培养自己的学术素质，提升自己的学术境界。老师这番话，对任何一位从事文学研究的年轻学者来说都是值得深思的。当时我在粮食局办公室上班，日常工作主要是接电话，大部分时间办公室只有我一个人，可以清闲地看书。赴陕时我带的书不多，有几册收录大历诗的《全唐诗》，还有钱钟书先生的《谈艺录》，我本来就打算用这段时间写《大历诗人研究》，并细读《谈艺录》的。这是我第三次读它，开始能大体看懂，并识得其精妙之处。正巧赶上钱先生八十寿诞，《文学遗产》要发表文章以示庆祝。记不清是怎么沟通商定的，反正编辑部得知我在写读《谈艺录》的感想，便决定用我这篇文章作为纪念文字。我在信中谈了对《谈艺录》的一些感想，因而引出老师对钱钟书学问的一段精辟议论。千帆先生对钱钟书的评价，与许多老辈学者接近，钦佩、赞赏中仍有一点保留。但他对钱先生学术特点的概括，无疑是准确而给人启发的。今人论钱学都推服其“精”，但在同辈人眼中却不免有点“芜”，千帆先生最服膺的前辈学者是刘永济先生，多次听他赞叹洪度先生学问之“精”，那是他们一代人“精”的标准。信的最后提到孙望、陈瘦竹二老之逝，悲痛莫名。程先生夫妇与孙望先生是从青年时代即结下深厚情谊的挚友，曾与常书鸿等四人结土星笔会，创办诗刊《诗帆》，金石之契，白首不渝。我的博士论文答辩，也有孙望先生出席，他那恂恂可亲的慈祥神情至今深印在我脑海。

第二封信主要针对我在撰写的《李杜苏诗中的时间感及其文化背景》一文，谈了对苏东坡的看法。

蒋寅老弟：

寥寂中又苦热，得七月二十五日书，甚慰藉也。

论东坡思想甚是，对个人恬淡，对国事诚挚，此即数千年士大夫顽强抵抗一切不合理的黑暗势力的精神支柱，而其抵抗又非文天祥、于谦式的，而是东坡式的，即以夷然不屑或嬉笑怒骂出之。刘融斋指出东坡凡事俱不甚用力（当然也有八九分），此点了解东坡甚重要，所谓如行云流水，所谓如万斛泉源不择地而出，即其个性与艺术手段之恰如其分的巧妙结合。此为东坡以前所无，东坡后亦少，晚明小品偶有近者，便可惊众而名家，即此知其不易与。弟但见其取譬之巧，觉此外无独绝处，盖尚凝眸于个别特征（此种巧譬，多从佛书中来。在彼法中乃常用手段，今忽移植入诗文，遂颇突出耳），而忽其个性与艺术之高度结合也。此前亦惟有太白。故古今诗人学李、苏者少，学之亦难大成。（如黄仲则学太白，仲则寒乞与太白之豪迈相去万里，乌能似之？）

以上说法是随感，不严密，破绽必多，所谓闲话者也。

南京酷热二十余日，幸逃于中美文化中心有空调之房中，近已迁回。

弟能到《文遗》做编辑甚好，亦可多与人接触，唯亦易招怨，望慎处之。

《诗世界》、《宋文学史》及《选集》均已排就或在排中，今年或可出《诗世界》及《选集》，届时弟或已返京与？

“楼外阴晴未定，尊前哀乐难排”，《涉江》旧有此句，今日似之。祝好！

千帆

八月七日

当时南京大学正筹备唐代文学学会的年会暨国际学术研讨会，这次会议规格之高空前绝后，国内外唐代文学研究的老辈专家几乎都到齐了，计划邀请的专家中好像只有宇文所安因故未出席。千帆先生嘱我与诸位师兄弟一起，都以会务工作人员的身份参与会议，并提交论文，会务组长由莫砺锋师兄担任。我告诉老师，打算由李白、杜甫、苏轼三大诗人的时间意识入手，讨论其人生态度及思想、文化背景。因此先生回信首先谈了苏东坡人格及处世方式的典范意义，又对其诗歌的独特品格和艺术特征作了揭示。先生似乎没有写过有关苏东坡的论文，但熟读苏集，对东坡其人其诗都有自己的看法。我在《立雪私记》中曾记先生语曰：“苏、黄同为大家，但有不同，苏浅黄深。苏尽管学陶，终浅，陶深。苏东坡对一切都满不在乎——要在乎他早死了。坡诗如浪涛澎湃，但较浅，只是在上面翻滚。”将这段话与信中所言合观，东坡其人其诗的本质特征已被清晰地勾勒出来。后来我的论文着重从历时性的角度分析东坡诗文中时间意识的前后差异，由此说明其人生态度随政治遭遇而产生的变化，在会上宣读，博得前辈专家的好评。顺便提到，我们师兄弟几人提交的论文反应都不错，传闻某前辈先生戏言，好论文都是会务组工作人员的。

第三封信是回答我信告的《中国诗学》编委会组成的设想，当时我正和施议对先生筹划创办《中国诗学》，江苏古籍出版社已承应出版，编委会打算全由青年学者组成，不请老先生挂名。先生复函云：

蒋寅弟：

上次复一函，略论东坡。旋即得8月7日来信，搁置未复，忽已四旬余，流光如驶，真可惊也。

刊物编委事，我很赞成以年青人担任，但这些人，在目前情况下，又难以掌握出版及稿酬实权。最佳方案，恐只能新老结合。西哲云：历史往往是妥协之产物。此言大概不假。其实，无论谁办，在老板看来，总是一样，即有利（包括名）可图即可。江苏古籍未曾与我商讨，故一切皆不知也。

十月底反京，亦可谓“小谪”矣。论文如打印有问题，可寄来，与宏生等文一齐打，不费事也。

当编辑亦是一种磨炼，但恐不如研究室之优游。然可增识力、耐心，熟习学术动向。此则其好处也。

复颂

安善！

千帆

九月二十一日

我告诉老师已得通知，我们去商洛锻炼的全体人员将在十月底返京，以防天寒山路不安全。我滞留山阳前后五个月，相比先生被打成“右派”劳改二十年的经历，终究算是幸运的。“小谪”云云，怜惜之余也包含着先生自己多少辛酸的体验。前次信中我提到,《文学遗产》要聘我为特约编辑,为刊物看初审稿,故先生又有关于做编辑的一番鼓励。现在想想,从入学到毕业,从读书、治学到成家、生育,每一个人生关节,先生都给予了慈父式的关怀和引导。训诫虽不多,但无不包含先生自己的人生阅历和经验,在那个特定的年代和我特定的年龄,实在是无比珍贵的教导。

翻检先生手札,还翻出几封信中夹杂的他人文字。先生来信,常将与我有关的友朋书信转给我看,也有嘱咐办什么事的。这次翻出的几件,除了舒芜先生一封陈述寄书未达的琐事外,其他几封都有特别的内容,值得在此略作介绍。

第一封是周祖譔先生的信,下半截裁去,想是与我无关的内容。先生在原函所用厦门大学公笺的天头批了"周祖譔教授意见寄阅蒋寅弟"数字。信文如下:

程老尊前:高弟蒋寅君论文摘要,至前日始收到。究其原因,在于晚十二月至一月二个月时间皆出外开会,印挂通知在系邮件盒中,因时久遗失,或为宵小之徒所毁(此类事已发出多起)。及至前日,信箱再来催来通知,方获拜读,然时过境迁,已成明日黄花,故不拟填写评审意见寄壁,乞谅。论文论述平稳,分析细致,间有鞭辟入里者,洵属不易。然亦似有可斟酌之处。拙见以为既研究大历诗风,于大历之范畴,应先加以说明。盖盛唐诗人如少陵、嘉州、次山辈于时犹多创作故也。此其一。谓安史乱后,"满目疮痍",就中原地区言之,则为实事;而江南荆襄地区,恐未必然,未可以偏盖全也。此其二。前文云:"在创作倾向上,由风骚并举转向独主风雅,继承《诗经》比兴怨刺的传统";而下文则云:"在他们的诗中主要是描述性意象占绝大比重,而比喻性意象……用得较少。"前云"比兴"传统,下言比喻性意象用得较少。似有自我矛盾处。此其三。姑妄言之,未敢自是,请公定夺。

周先生这里所言，是指出我博士论文《大历诗风》行文的不周密处。其中第一点，我在论文开始是有交代的，说明自己研究对象的范围，文后还附录有大历诗人及存诗数量一览表，但周先生收到的似乎不是全稿，而只是论文摘要，所以不知道这些内容。第二点确实是我表达不严谨，未注意说明中原和江南的差别。第三点缘于对"比兴"一词未加限定和说明，我所谓比兴怨刺传统，其实是指唐人对"比兴"的理解。唐人所言比兴，已不是汉儒所言"六诗"的比兴，而转指《诗经》美刺兴寄的精神，与比喻并不是一回事，所以与少用比喻性意象也就不构成矛盾。但因临文含混言之，未加以界定和说明，便引起了误会。周先生审读之细，及对概念使用、文字表述的严谨态度由此可见。千帆先生转给我这封信，自然是让我参考修改，不枉前辈谆谆教谕的一番苦心。我毕业离校前，先生曾将所有评审和答辩委员的评议书都复印给我，让我修订论文时参酌。这按当时的规定是不允许的，不像现在全都公开了，从中我深深体会到先生对学术的严格要求。

1993年6月29日的信中附有一封写给新闻出版署李彦、伍杰两先生的信，《闲堂书简》给我的第38封信中提及此事，但因为是复印件，我想先生已留底，整理先生手札时就没有录入，不料《闲堂书简》竟遗漏此函。信的全文如下：

李彦、伍杰同志：

一别数月，诸想安善。大典文学典进行尚属顺利，高纪言同志想已及时向您们汇报。

我有一件事想请您们向国家版权局了解一下。

该局1990年6月公布的《书籍稿酬暂行规定》第十条说：

支付基本稿酬以千字为计算单位，不足千字的作千字算。诗词每10行作千字算（曲艺等韵文体行数计算从诗词）。旧体诗词稿酬可酌量提高。

但旧体诗词传统写法是连写不分行，只分句的。如一首五律诗是八句，一首《浣溪沙》词是6句，而排印时可按照版式一行排一句或二句、三句、四句……不等。《书籍稿酬暂行规定》并没有说明一行的具体涵义，这样就有两种不同的理解：甲认为旧体诗词一句就是一行，乙认为一行就是版式的一行，可以是两句或两句以上。按照乙的理解，那么，旧体诗词的稿酬就不是由版权局统一规定，而是由出版社版式设计者任意规定的了。似乎有些说不过去。

通观第十条全文语气，也似以甲说为妥。因为它还说到旧体诗词稿酬可酌量提高的话。如不是认为旧体诗词精炼、短小，至少应和新体诗同酬（即一句是一行），就无需加上这一句了。

我近来在整理我亡妻沈祖棻和我自己的旧体诗词集，交出版社出版。商订合同时，就遇到这个问题，因此定不下来。昨天，我已专函版权局请求对此作出法定的解释。想到机关事多，三五个月都不见得有回信，而您们和版权局的同志当有工作上的联系，所以想请您们打个电话询问一下，将他们的解释见告，以免拙著迟迟不能出版，至为感谢。如二位太忙，请秘书同志给我回一简信就行。冒昧请求，不知可否，请酌。

还有，旧体诗词集的出版目前日益增多，这个问题已普遍存在。版权局如果能发文对这问题作一明确解释，使《规定》更加完善，当然更有益于出版事业的发展。这一建议也请代为转达。

顺致

敬礼

程千帆

1993.6.27

这是一封委托询问旧体诗词稿酬标准解释的书信，虽为整理沈先生诗词稿签订合同的困惑而发，却牵涉当时旧体诗词出版稿酬的普遍问题。先生的意思是旧体诗词的行数应以句读为准，而不应以排版所分行数为准。这无疑是有道理的。新诗印刷时不会出现将原分行各句连排的情形，因为那容易混同于散文；而古典诗词因字数句数固定，无混同于古文之虞，经常是通篇接连排印。从稿酬计量方式的角度说，这确实是个需要明确规定和解释的事。也不知道后来有关规定是否有所修改或说明，如果有的话，一定与先生这封信有关。这也可视为当代出版史的一个掌故吧？

千帆先生以诗学著称于世，时常有业余爱好者来信请教，他忙中无暇作答，有时也让我们给求教者回信。我曾经替老师回过几封请教诗词格律和典故出处的信，甚至离开师门后还有过类似的情形。只有一次，情况稍有不同，那是 1998 年 9 月，先生转来北京刘永平先生函，附其《〈渔洋诗则〉及其在诗律学方面的贡献》一文，让我有刘先生联系一下，酌情答复。刘信如下：

千帆吾师函丈：东湖珞珈握别，转瞬四十余年矣。关山契阔，无日不在心中。昨日接到王君淡芳学兄之函（并告知吾师确切地址），寄示《中国文化》刊登之闲堂文六篇，考证精详，足证文献价值，益深敬佩。晚曾于友人处见到《渔洋诗则》，系尘定轩藏版，刊于乾隆乙亥年（一七五五年），卷首刊阮亭王士正著，商丘后学陈淮望之校订，开卷刊出《声调谱》。晚颇为惊诧，此书若系渔洋原著，则赵饴山不得掠人之美也（赵氏《声调谱》刊于乾隆己卯年[一七五九年]，后于《渔洋诗则》四年）。赵氏《谈龙录》自言从司寇处宛转窃得之，但世人未见王氏《声调谱》。今得渔洋弟子陈淮之父得阮亭手授、陈望之尘定轩本，可作铁证矣。未知《渔洋诗则》吾师曾寓目否，兹就晚转抄本复印数页，由吾师鉴定。陈淮此人系商丘人氏，陈淮之父系何人，是否渔洋弟子？把此书定为渔洋声调谱，是否恰当？仰望吾师裁夺，不胜仰望之至。颂

吟安

晚生刘永平

一九九八年九月六日

《渔洋诗则》一书传本甚罕，近代收藏诗文评类书籍最富的刘声木在《苌楚斋四笔》卷八就曾说过："此书不特流传绝罕，且知之者亦甚少，

从未见他人著录。”刘永平先生1982年在《文献》第13辑撰文，根据武晋煊在零乱残书堆中发现的善补过斋藏本，对《渔洋诗则》的版本、内容作了介绍，断定此书出于王渔洋手编，对研究渔洋诗学有重要价值，从而引起学界注意。但由于此书问题复杂，更兼刘先生对清初诗学不太熟悉，其论断与事实有很大出入。我怕刘先生的误解以讹传讹，造成错误的认识，因而撰写《〈渔洋诗则〉的真相与文献价值》一文，与他商榷，论定《渔洋诗则》绝非渔洋手定的诗律学著作，而系他人节取冯班、赵执信著作和删改渔洋门人所编《诗问》而成，对理解、阐释渔洋诗学基本上没什么理论与文献价值，仅仅为考察冯班诗学的影响提供了材料。当时我还不知道陈淮其人的来历，后读蒋士铨《忠雅堂集》，乃知是陈维崧四弟宗石之孙。盖宗石入赘侯朝宗家为婿，遂家于商丘，有子履中、履平。陈淮即履中长子，字望之，一字澄之，号药洲。乾隆十八年(1753)拔贡，捐赀候选知府，二十六年(1761)授廉州，累官至贵州巡抚，以罪回籍。《清史列传》卷六十六有传。后来我修订《王渔洋与康熙诗坛》一书，交凤凰出版社重版，正好充实了这部分内容。我的论文发表在《苏州大学学报》1995年第1期，是我发表的第一篇清代诗学研究论文。印象中是千帆先生转来刘信及论文，我看了刘文才与商榷的。但这次重检刘信，发现所署年月竟是1998年，而先生转该函的信是9月10日，则我的记忆显然是有问题了。刘先生似乎并不知道我的商榷文章，故请教先生将《渔洋诗则》定为《渔洋声调谱》是否恰当。而我又是如何给千帆先生回信的，现在已完全没有印象。

仅仅十五年前的事，前因后果即如此记忆模糊，那些年代更久远的回忆和传闻，又怎么能靠得住呢？所以我不能不认同后现代史学的基本观念——历史就是叙述。但早一点叙述，多保存一些原始的叙述，毕竟是更可接近历史真相的通道。记得读明人胡直的《衡庐精舍藏稿》，内有《刻濂溪先生集序》一篇，慨叹：“甚哉学术之难言也！非学之难言，言之者异也。尝试譬之：祖父之造家，莫不肇迹南畮，树穀务本，然后能操赢以殖其货。此非独人事，亦其势然也。而后之子孙，徒见货殖之利，唯旦夜持筹，课算子母，记籍充栋，而居积自矜，遂捐舍南畮，任其污莱。有务之者，则诋之曰：‘是西鄙野人之事，吾祖父无有也。’力本之论，不胜其逐末之说，故谈者恒难于言。”谁知道多少年以后，我们的学生，乃至学生的学生辈谈起千帆学生的学术，会不会也忘却树谷务本，而唯课算子母呢，所以我觉得有必要将有关老师的点点滴滴回忆都记录下来，以免言之者异而分歧或被歪曲。

（原刊于《东方早报·上海书评》2013年12月15日）

其学百代者，其品量亦百代

——追忆傅璇琮先生

自上世纪七十年代末，中衰20年的中国学术开始复苏，经历三十年的曲折发展，逐渐走上正常的道路，同时积累下一批优秀成果，为海内外学界所重视。在这三十年的学术史中，傅璇琮先生的贡献是极为卓著的，不仅以丰富而精深的著述奠定了他在新时期学术史上的重要地位，更以繁多的学术活动、学术组织和领导工作给近三十年的古典文学研究以极大的推动。

关于傅先生的学术研究及成就，已有不少学者著文作了总结。其中最重要的，我认为是张仲谋《20世纪古典文学研究的沉思——傅璇琮先生学术思想论略》一文。作者将傅先生历来发表的短论文、序言和会议致词作了非常细致的搜集和梳理，从而使傅先生学术思想的发展脉络完整而清晰地呈现在我们面前。其中不少内容我都是第一次看到，不由得惊讶，我们对古典文学研究的很多想法，其实傅先生早就考虑到并提出来了。他对学术问题和学术趋势的敏锐感觉，后来都一一贯穿于自己的研究中，也体现于多方面的学术规划和组织工作中。相比研究成果来说，傅先生在这方面的工作及成就，谈的人还较少。实则傅先生在这方面付出的心血和精力，绝不亚于他自己的学术研究，工作涉及面之广和丰富，也绝非三言两语可轻易述说。我从读硕士时就研读傅先生的著作，到北京工作后更时常请益，多年追随，得他言传身教之多，难以缕述，这里仅就印象最深的一些事，略谈一些体会，以寄追思。

傅先生从北大毕业后，曾在清华做浦江清先生的助教，打下学问基础。调到中华书局后，结合编辑业务开展学术研究，对学科基础建设的重要性深有体会。从文学编辑室主任到总编辑，从中国唐代文学学会会长到国务院古籍整理规划小组秘书长，近三十年间他始终致力于古典文学研究的学科基础建设，并借助于所担任的学术职务和个人声望，尽可能地做了许多文献资料整理的组织、规划工作，对于推动新时期的学术发展产生了最大的影响。就我所知，傅先生主持的属于学科基础建设的重要工程就有《唐才子传校笺》《新编全唐诗》《隋唐五代文学编年史》《海峡两岸唐代文学研究成果汇要》《全宋文》《中国古代文学通论》《中国古籍总目提要》等。通过这些大规模的集体合作项目，他不仅实现了自己从编《隋唐五代人物传记资料综合索引》时就形成的有计划地整理古典文学基本资料，以提高研究效率、推动学术快速发展的抱负，同时也培养了一支得力的研究队伍。回顾新时期以来的学术历程，后一辈两辈的年轻学人，恐怕鲜有未参与过傅先生规划、主持的大型合作课题的。

我个人参与这些课题的收获一言难尽，所得傅先生的薰沐更是难以言喻。很多事情当时不能体会，多年后经历相似的情境，方意识到傅先生言传身教，入人之深。他对学术的虔敬和执著，对世俗名利的淡泊，对同辈的谦逊，对后学的若谷虚怀，如春风化雨，润物无声。多年来，中国唐代文学学会能葆有国内学术组织最好的风气，在海内外学界赢得一致的好评，也是与傅先生及其他多位前辈的表率作用分不开的。

我对傅先生的敬仰更缘于自己亲历的许多往事，它们在我心中留下了不可磨灭的记忆。我在读大学时浏览《全唐诗》，发觉戴叔伦诗中杂有不少很可疑的作品。傅先生《唐代诗人丛考》出版后，我立即购得一册，反复阅读。后来读硕士学位，以戴叔伦研究为题撰写学位论文，考索戴氏与同时代诗人的关系，《丛考》更成为案头随时参阅的书籍。傅先生的学术理念和研究方法深深地影响了我，为考辨戴叔伦作品的真伪，我尽力检阅大量古籍，钩索诗人的生平事迹以为佐证。在论文写作中，我既由《丛考》中获得许多有价值的资料和结论，也发现了一些可订补此书的史料，获得若干新的结论。1985年初，我将学位论文寄呈傅先生，希望得到他的教正。他对年轻后生的异议，非但不以为忤，反而褒奖有加。尤其令我感动的是，他将拙文中主要与他商榷的第二章推荐给《文史》，后来以《戴叔伦生平几个问题的考证》为题，发表在1987年3月出版的第28辑上。这对继续攻读博士学位的我，可以想见是多么大的鼓励啊！而傅先生的提携还不止于此。当时他正主持《唐才子传校笺》的编纂，约请国内众多的唐诗专家对辛书的传记一一作史源学的考索，笺疏其所据文献出处。我很快收到傅先生一封信，嘱我撰写戴叔伦传的笺证。要知道，参与这项课题的作者都是国内有数的专家啊，只有我是一个在读学生！后来我的稿子得到傅先生肯定，让我深受鼓舞，从事学术研究的信心也大为增强。

1988年我进入中国社会科学院文学研究所工作，一个下午快下班时，我到中华书局拜见傅先生。当时他已任副总编辑，在办公室亲切地接待我，询问我学习、工作的情况，甚至还征询我对唐诗研究前景的看法，完全是用平等的姿态谈论学术，让我非常感动。顺便说到，这也是傅先生长久以来始终不变的学者本色。即使多年后他的学术地位和声望愈隆，面对年轻学人，也还是像当年延接我一样，平易而亲切。走出校门以后，我从前辈学者那儿受到教益最多的就是傅先生。不仅学术上多蒙关心、提携，就是日常交往中也常感受到他的厚爱。有一次闲谈中偶然提到我集邮，不久他就寄给我一些信封上剪下的邮票，后来还送给我非常珍贵的前辈学者手写的实寄封，令我感铭不已。

这么多年追随傅先生，我深知他为培养年轻学人、提携后辈付出了多少心血，多少位年轻学者的著作蒙他赐序。在那个年轻人出书很不容易的年代，可以想见他的序言对后学将会是多么有力的提携。1990年夏，傅先生在《唐诗论学丛稿》后记中写道："近些年来，一些朋友在出版他们的著作之际，承蒙他们不弃，要我为他们的书写序。本来，我是服膺于'鱼相忘乎江湖，人相忘乎道术'这两句话的，但在目前我们这样的文化环境里，为友朋的成就稍作一些鼓吹，我觉得不但是义不容辞，而且也实在是一种相濡以沫。”后来他将多年间写作的序言汇为一编，题曰《濡沫集》，正寄寓了这层深心。

从“新时期”过来的学人都不会忘记，在八十年代后期到九十年代初，因为政治、经济环境的变化，学术界曾经历过一段人心涣散、学术冷落的时期。学人对社会环境和自身境遇都异常悲观，坚守学术理想的人越来越少。值此之际，傅先生以他高瞻远瞩的学术眼光和举足轻重的影响力，为年轻学者的著作撰序，无疑是对学术景气的一大激励。后来那一批年轻学者都成了学界中坚，回首往事，无不感念傅先生无私的提携和鼓励。

我自己因熟知傅先生事务繁冗，不忍再给他增添压力，没有请他作序，但多年来承蒙关爱和提携不可更仆数。最让我感铭的是编纂《中国古代文学通论》一事。

早先中国社会科学院文学所承担了一项《中国现代科学全书》文学类的编纂工作，我负责唐代卷。该书的体例近于学科手册，涉及内容广，要求具有总结性和前沿性。如此高的目标，以个人力量显然是难以实现的，为此我约请唐代文学界多位资深专家分题撰写，最终完成一部既有总结意义、又带有一定的前瞻性，足以代表国内唐代文学研究水平的著作。全书三十多万字，作为一部便于初学的学科手册颇为合适。孰料书稿甫完成，项目却搁浅了。徐俊兄建议我将书稿送呈傅先生，请傅先生推荐出版。没想到傅先生阅后，认为内容、体例都很有特点，不妨做成一个系列，于是嘱我拟一个具体的研究、写作规划，并以中国社会科学院文学所特邀研究员的身份，由我协助申报国家社科基金项目，最终作为2003年度重点课题立项。各分卷主持人分别由谭家健、赵敏俐（先秦两汉）、刘跃进（魏晋南北朝）、蒋寅（隋唐五代）、刘扬忠（宋）、张晶（辽金元）、郭英德（明）、蒋寅（清）担任。本来我是负责唐代卷的，清代卷一时物色不到合适的主持人，傅先生嘱我承担。当时我做清代诗学研究时间尚短，对清代文学及研究者都不太熟悉，绝不敢应承。经傅先生再三鼓励，我实在无法推辞，只得勉为其难。

经过两年多的紧张工作，《通论》全稿杀青。在与辽宁人民出版社商谈出版时，傅先生提出让我也署名主编，我感到很惶恐——虽然在项目申请和进行过程中，我做了一些统筹工作，但那都是遵照傅先生的指示，做一点秘书工作而已；况且我在所有分卷主持人中年纪最轻，怎么能与傅先生并列，僭署主编之名呢？我坚执不可，出版社也认为总主编宜傅先生独署。但傅先生坚持自己的意见，最后社方提出一个折中方案，让我署副主编名，各位分卷主持人也予认可，这才议定。谁知几个月后书印出来，封面上我的名字竟然与傅先生并列为主编！不用说这肯定是傅先生坚持的结果。

傅先生对后辈，就是这样的宽厚和奖掖，不遗余力地加以提携，同时对他们的工作也给予充分的肯定和公正的对待。从他的身上，我看到了一个学者的美德和学术领导者的博大胸怀。清代诗论家叶燮曾说过："古人之诗，必有古人之品量。其诗百代者，品量亦百代。"他历数杜甫、韩愈、欧阳修、苏轼乐善爱才、推奖后进的事迹，不禁感叹："自有天地以来，文章之能事，萃于此数人，绝无更有胜之而出其上者。及观其乐善爱才之心，竟若欿然不自足。此其中怀阔大，天下之才皆其才，而何娼嫉忌忮之有？"（《原诗》）我觉得，傅先生的学术造诣和学术境界，除了取决于他的才华与勤奋之外，也是与他过人的品量分不开的。在学术方面，我们同样也可以说：其学百代者，其品量亦百代。

从学生时代拜读傅先生的著作，步踵他的足迹做大历诗歌研究，到参与他主持的项目，在他指导下完成合作研究课题，多年追随傅先生，对他的长者之风感受至深，也从他身上学到许多东西，包括如何对待学术，如何对待批评，如何对待前辈、同侪与后学，如何应对学术环境的异化。多年来，我对傅先生的敬仰和感激一直洋溢在心，没有机会表达出来。2012 年，值傅先生八秩华诞将临，我正在台湾客座，不能躬与盛会，曾撰小文遥献南山之祝，并寄仰止之情。内心默祷先生能健康长寿，永葆学术青春，让我们有更长久的追随！

孰料此后几年，傅先生竟日渐衰弱，听力也明显不济。但他仍旧孜孜不倦地工作着，学术会议和研究生论文答辩也时常出席，仍旧那样乐观开朗。而且无论是会议还是答辩，他都不要人接，自己提着一只布袋，乘公共汽车前往，走也坚辞不要车送。2014 年 6 月，我和傅先生一同出席语言大学韩经太教授三个博士生的论文答辩，傅先生不但根据早年的学术积累对研究生涉及韦应物的论述提出建议，也对一位研究生较新颖的课题谈了自己的看法，让人感到，他真是活到老、学到老，始终未离学术的真正学人。

我想无论为人为学，傅先生都是学界的一面旗帜，学术的一个标杆，学者的一个尺度。他的离去，让我们在悲怆之余，会从内心深处涌出“微斯人，吾谁与归”的凄惶感。从上大学开始，读书、研究、教学垂三十年，本学科的前辈先生很少没见过的，品格清高者很多，学富五车者也不少，才华洋溢、口若悬河者更不乏其人，但像傅先生这样谦逊律己、好学不倦、虚怀若谷、坦荡无私，对学术怀抱恒久的热情和崇高的责任感，毕生致力于学术事业，鞠躬尽瘁死而后已的学者，真是少而又少。这也正是傅先生格外受学界尊敬的原因。我们总说人无完人，但我们想到傅先生时，就会觉得这句话也有例外。闻傅先生仙去，我曾拟一联寄哀：“一代宗师，考据辞章悬北斗；卅年私淑，德行道义沐春风。”这可能也是许多同辈学人的心声。

傅先生，您让我们永远怀念！

（原刊于《中国社会科学报》2012 年 3 月 26 日）

哭昌平兄

21日中午,答辩结束打开微信,赫然都是赵昌平先生猝逝的噩耗。

昌平兄走了?怎么可能?很想冷静一下,“可是泪水,就连泪水,也都不相信”!在回家的公车上,意识中只有哀伤和回忆。与昌平兄交往的一幕一幕在眼前浮动,隔开了炎热、嘈杂的世界。

中年伤于哀乐,诚知人所不免。几年来,哭刘扬忠先生,哭陆林兄,哭李伊白,送胡小伟,送杨镰,都不止作数日恶。昌平兄的逝去,更让我痛感一代学人的凋落。

按学术的代际说,赵昌平先生要高我一辈。对他这一辈的学者,我都是称老师的,像陶文鹏先生、刘扬忠先生、葛晓音先生。独有昌平先生,向来以兄称之。这与尊重程度无关,只是出于一种亲近感。

现已记不清与昌平兄相交始于何时,只记得读硕士时就给他写信,对他建构式的诗史研究表示钦佩,并请教大历诗研究的问题。那时我正研究戴叔伦诗,从此通信络绎。他是喜欢写长信的学者,经常几页信笺写得满满,细述自己的想法。

初次见面可能是1986年南大中文系博士生到上海参观宝钢,同学程章灿教授记得我们曾造访上海古籍出版社,昌平兄带我们找的旅馆。比较清晰的记忆始于1992年厦门唐代文学会。他招呼贾晋华、陈尚君、张宏生和我去他房间聊天,留下几张合影,最近整理照片恰好找出，但登出的这张借自陈尚君教授的图片。在那次会议上，昌平兄介绍我和浸会学院中文系主任陈国球教授认识，后来我们一起出席 1995 年陈国球教授主办的“中国文学史再思”国际学术研讨会。

也是在 1992 年，我的博士论文《大历诗风》由上海古籍出版社刊行，翌年《戴叔伦诗集校注》相继问世。后者是我硕士论文的附录，在读博士时就寄给昌平兄，他回信说经编辑审读可用。可后来并不顺利，几次讨论裁减项目都险被汰除，是他力主保留，最终才得以出版的。多年后闲谈中，提到这段往事，令我感铭不已。

当年程千帆先生将《大历诗风》推荐给上海古籍出版社，曾嘱我可请傅璇琮先生作序。我知道傅先生极忙，不忍心打扰他；同时觉得昌平兄对大历诗歌见地独深，且与我的结论不尽相同，请他作序可阐述他的看法，使读者有所参酌，便驰书相请，结果昌平兄极逊谢不可。我心目中只有他最适合为拙著作序，他既然辞谢，我就没有再请别人。后来我所有的著作也都没有再请人作序。

屈指与昌平兄认识已三十多年，通常这么久的交往都会让我们看到别人的某方面缺陷或不足，但在昌平兄身上我看不到，尊敬有增无减。上世纪 80 年代初，传统学术刚恢复，学界多致力于拨乱反正，反思政治干预学术的恶果，对以往的错谬论断和评价加以纠正。而昌平兄却独辟蹊径，探索一条建构式的诗史研究路径。他发表在《中国社会科学》的论文《“吴中诗派”与中唐诗歌》建构了从王维到大历诗人之间清雅诗风承传的一段诗史，引起学界的广泛关注，我也深受启发。拨乱反正的工作，主要是修正某些评价的偏颇错谬，处理的仍是诗史原有的内容，不会带来新的诗史事实和新的诗史问题。但昌平兄的研究则不然，他所从事的诗史建构工作，改变了我们对诗史过程和事实的认知，是诗史的新发现。

到了 90 年代，理论热、方法热笼罩学界，许多论著以标榜新方法为职志。海外学者的著作也格外引人瞩目，盲目崇拜的固多，狭隘排斥者也不少。昌平兄则能有所取舍，择善而从，曾以美国学者高友工、梅祖麟的研究为例，撰《意兴、意像、意脉——兼论唐诗研究中现代语言学批评的得失》一文，评论其唐诗批评的得失，显出包容开放而又不诡不随的学者本色。事实上,以昌平兄对唐诗史乃至文学史的认识,看当时那些宏观叙事或所谓新理论、新方法,不用说会觉得花哨而肤浅,鲜有理论和方法的效用。记得他曾写过一篇《唐诗演进规律性刍议——"线点面综合效应开放性演进"构想》,发表在《文学遗产》上,后来我问他怎么和以往写论文的风格大异,他不无调皮地笑道:"我就是要给那些人看看,这种东西算什么?我们不玩,不是玩不了。我这篇文章,就是玩一下给他们看看!"但平心而论,这仍是很有价值的一篇大文,对诗史的认知方式提出了透彻的见解,虽然在他本人只是随手戏仿之作。

从厦门会议后,我们就熟悉起来。尽管睽多晤少,但每见面都很亲切。吃饭时要么他招呼我去坐他边上,或他看到我坐哪里,过来一起喝杯啤酒。饭后往往招我去他房间闲聊。和他聊天,从来不涉及人事是非,甚至学界八卦,所谈不离学问二字,间及生活情趣。

大概因为我的研究和他有些交叉,学术观念也比较接近,他喜欢同我讲他最近写的论文和一些想法,我对他学术思想的了解也不断加深。昌平兄读硕士虽然师从施蛰存先生,但学术方面自言承传马茂元先生为多。马先生的学问渊源于桐城,所以昌平兄论诗学也力求沟通文章学的义法,晚年他越来越用心思考这个问题,曾在《中古诗学—文章学的思辨形态和理论架构——从〈文心雕龙〉到〈诗式〉》一文中全面阐述自己的想法。2015年底出席浸会大学的中国诗学会议,回程同在机场候机,曾深谈过这一问题。我感觉多年来昌平兄始终在思考中国古代文论的安身立命之本,晚年已形成系统的想法。

无论从哪方面说,昌平兄都是我认识的学人中最具有高贵品质的一位,是一个真正脱离了低级趣味的人。我从来没听过他议论别人,偶尔对某人的研究不认可,也只讲论学理,不作诛心之论。初见昌平兄,他给我的印象就是相貌堂堂,风度翩翩,很典型的上海MAN。当然,是上海大男人,不是上海小男人。我自幼讲得最好的话是上海话,但平时只同两个人讲,一个是文学所当代室的刘士杰先生,另一个就是昌平兄。见到这两位不能不讲上海话,因为从里到外太上海范儿。

昌平兄注意仪表，对生活品质非常在意，又豪爽好客，常邀请朋友去家中一聚。也曾一再叮嘱我，到了上海要去他松江家中玩玩。但我难得一去上海，且总是行色匆匆，除了一次到社里拜访，他招待我在杏花楼吃饭，从无缘一造他府上。也曾想象过他的家，应该是装潢颇为讲究的。2002年一起到布拉格开会，逛玻璃品店，他买了一套香槟色刻花凉水瓶和水杯，原价要一万多人民币，因有一件微损，不到半价出售。我虽不太懂玻璃，也能感觉是极上品的波西米亚手工制作。引得一拨外国和港台学者说，还是你们大陆教授有气魄，我心说这也就是昌平兄，有这大手笔。他不太喝白酒，能喝点红酒、啤酒，而极嗜咖啡，非常讲究并精通其道，我曾听过他讲咖啡经。

最后一次见到昌平兄，是2016年6月上海师大的陈伯海先生《唐诗学书系》出版座谈会上，也是坐一起吃饭，说些闲话。这一年底，我曾邀请他莅临明年11月我校的中古文学国际会议，他爽快答应。不料10月突然接他电话，说夫人遽逝，身心遭受很大打击，不能成行。我劝他还是出来散散心，暂时离开熟悉的环境，调适一下心境也好。但他说无法接受夫人突然离去这一事实，本来说好携夫人同行，现在一人独来，难免触景生悲，情何以堪。他还说，最近一段时间深居简出，每天吃饭时摆一副碗筷在对面，一如夫人在日……我深知他伉俪情笃，清楚夫人的离去对他意味着什么。但又怎能想到，仅半年间他就随夫人而去！或许，这于他也是较好的归宿，免得经受长久的痛苦和煎熬。但对我们这些眷念他的友人来说，这个日子未免来得太快太突然；而对于学界，这个损失也未免过于沉重。

昌平兄曾对我感慨，说自己苦于事务繁多，没有多少时间读书；有点空闲只能细读《全唐诗》，从作品自身辨析唐诗艺术的发展和历史走向。这种专注功夫，使他对唐诗的认识，深度远远超出时下许多通史通论式的著作。他的每一篇论文，都能提出新问题，有独到的见解和发明。六朝到唐宋的诗歌史也在他的阐述中变得越来越丰富，越来越清晰。我不止一次听他慨叹，一部唐诗史早就在肚子里，就是苦于没时间写出来。“昊天不惠，降此大戾”，哲人其萎，百身莫赎。让学界期待已久的赵氏唐诗史，竟永为绝响！怎不教人憾恨、叹惋！

前两年我任《文学评论》副主编时，鉴于目前学术刊物多不发表书评，而总结四〇后一代学者的成就、经验已迫在眉睫，曾向主编建议开设四〇后杰出学者研究和评价的栏目，并约查屏球教授撰写昌平兄一篇。没想到文章尚未杀青，昌平兄已猝然先去。我相信，以查屏球教授研究唐诗之深，是足以为昌平兄撰写一篇好评传的，但已不能由《文学评论》（不登已故学者评传）发表，而只能由《文学遗产》刊登了。昌平兄的学术确实是值得我们总结、珍重的一笔宝贵遗产，只可惜未尽所蓄，他本可以留下更多的东西啊！悲夫，遂令我侪不能不为昌平兄一哭，不能不为中国学术一哭！

2018.5.26

（原刊于《文汇笔会》2018年5月26日）

在著作中永生

——追怀陆林兄

陆林兄离去已多日，伤悼和怀念所以没有倾注于文字，就仿佛一块沉重的压舱石，搬走它我的心会空虚得没有着落。多年来，喧嚣的学界风生水起，潮涨潮落，只要看见他想起他，心就如驶入平和宁静的港湾。他的存在，是中国学界的骄傲，是中国学界的荣誉，也是对我们的一个无声的激励。陆林兄 60 年的短暂生涯，病患占据了 12 年。从 2005 年罹疾到今年 3 月 9 日委化，陆林兄以常人难以想象的毅力，搏击病魔，黾勉治学，完成了 250 万字的《金圣叹全集》编校，还打算与学生合作整理卷帙庞大的清诗名选《诗观》，已完成小传和评语的辑录定名为《慎墨堂诗话》，交中华书局待刊。12 年间完成的工作量超过了 300 万字！这是什么样的学者？什么样的精神？是视学术重于生命的学者，是将学术等同于生命的精神！对学术的执着支持了他的生命，而他坚强的生命又照亮了学术，多年来他是我们心目中的一个奇迹！

我不能不承认，我对陆林兄知之甚少，只晓得他籍贯安徽望江，生长于戏曲世家，双亲都是著名的黄梅戏剧作家，改编过黄梅戏名剧《天仙配》，著有《黄梅戏源流》。他因此承传家学，一直对戏曲怀有浓厚的兴趣。自就读于南开大学，师从戏曲研究名家宁宗一先生，参加宁先生领衔的《元杂剧研究概述》《明代戏剧研究概述》二书的撰写，硕士论文又以《元代戏曲理论初探》为题，奠定了他戏曲研究的根基。

日后招收研究生，除了古典文献学外，也指导戏剧戏曲学方向。曾为望江乡贤也是清初有名的剧作家龙燮编过一部专集，收入黄山书社版《皖人戏曲选刊》，后来又出版有《曲论与曲史——元明清戏曲释考》《求是集：戏曲小说理论与文献丛稿》两种著作。只不过因为他在清代文献研究方面的贡献更为卓著，学界一般都视他为清代文献专家，而较少注意他在戏曲方面的成就。以陆林兄自视之高及对学术的虔诚，我相信他的两部著作一定不乏独到的见地，很希望研究戏曲的学者能认真读一读这两部著作，对它们的学术贡献做出确切的评价。无论如何，陆林兄都是50后学者中最值得纪念的人杰之一。

我和陆林兄交往不多，甚至始于何时也不能记忆。我们互相知道或认识应该很早，但较密切的接触似乎与李灵年、杨忠先生主编的《清人别集总目》有关，他是此书的四位著者之一。这部书目是清代诗文研究一个里程碑式的作品，学界从此对清代别集的数量和收藏情况有了一个清晰的概念，结束迄今为止的盲人摸象的茫然无着之感。我出于受惠者的感铭和学者的责任感，仔细读完后写了一篇书评，以《一部清代文史研究必备的工具书》为题发表在《中国典籍与文化》2001年第3期上，在高度评价其贡献之余也顺便指出一些著录的讹错，由此得到几位编者的首肯，与陆林兄的通信也是从这个时候开始的。适值拙著《王渔洋事迹征略》和《王渔洋与康熙诗坛》出版，而这两种著作都是我涉猎清代文学的最初成果，不知深浅，很希望请一位学有专攻的学者给予批评斧正，就想到了陆林兄。我给他写信，请他为《王渔洋事迹征略》写个学术式的书评，多予指教、匡正，并说当今书评多为廉价吹捧，无助于学术进步，我辈应力戒此弊，诚心正学，以开一种严肃商榷的风气云云。他回信爽快地答应。

过了相当长一段时间，也许是两三个月后，他信告书评已写就，一共写了三篇文章：《蒋寅〈王渔洋事迹征略〉书评》，这是对拙著得失的全面评价，肯定它用功之勤、搜讨之广、体例之善，在今人所撰作家年谱中鲜见其俦，同时也指出考论未密、时有疏误的问题，后刊于《中国学术》2002年第4期；《〈王渔洋事迹征略〉商订和献疑》，对拙著存在的讹误和混淆之处一一加以考辨、订正，后刊于《南京师范大学文学院学报》2002年第4期；《〈王渔洋事迹征略〉拾遗补缺〉，对拙著考论未晰的疏陋之处加以订补充实，后刊于我和张伯伟主编的《中国诗学》第8辑。三篇文章共计四万多字，对拙著做了全面的订补，其用功之深、考订之细，不啻如自家著书。说实话，当时我治清代诗学也近十年，但相对清代文献之浩瀚而言，只是略及皮毛，对清初史事和史料都不够熟悉，何况彼时我已订下撰写清代诗学史的计划，不可能在王渔洋一个人身上花费太多的时间，所以《征略》中提到的若干不著名人物，生平付之阙如。又因看校样时正值赴日访学，不知道WORD文档转换成方正系统内码字会出错，只粗粗看了行款格式，未细核文字，结果出现一些错字。陆林兄在《商订和献疑》一文中悉为厘正，匡我实多。虽然他在文章导言中也称引我信中所嘱，但能穷数十日之力，以四万多字的篇幅，为一位并无深交的同道写如此严肃的书评，并对原书作全面的订补，我不知道当今还有谁能做这样的事？或许像前人常说的，只能从古人中求之！

从此以后，陆林兄就成为我最敬重的少数同辈学者之一，常有书翰往来。偶或相晤于会议，论学之外，不及他事，可以说是君子之交淡如水。自闻说他罹疾，我深为担忧，每遇南师大熟人，都要询问他近况。但每次见他，却总是气定神闲，问起病情则淡淡地说就是那样，便岔开话题。我只见他脸色越来越灰暗，一天不如一天，他却依旧孜孜不倦地编校《金圣叹全集》，其间黄山书社于2006年出版了《知非集：元明清文学与文献论稿》，后来人民文学出版社于2015年又推出《金圣叹史实研究》。我心里觉得，他完全是靠着对学术执著的信念，才一年一年挺过来的。他长年化疗经受的摧残，与痛魔抗斗的痛苦，除了身边的亲友，又有多少人知道呢？学界知道的只是他虽然重疾缠身，却仍一部接一部地写出他不朽的著作。他确实是我们心目中的一个奇迹！

陆林兄是个耿介的人，刚正的人，甚至也是很自负的人，但也是永不自满的人，更是很低调的人。他的渊博、他对明清之际史事的精熟，不同他讨论具体问题，不读一读他的《金圣叹史实研究》，是很难了解的。中国文学、艺术史上有很多畸人，像唐代的陆鸿渐，生平事迹一直停留在传说的层面。清代的金圣叹也是一个。陆林兄在整理金圣叹著作的同时，投入很多精力从事金圣叹史实研究。最引人注目的成果是《金圣叹早期扶乩降神活动考论》《〈午梦堂集〉中“泐大师”其人——金圣叹与晚明吴江叶氏交游考》两篇文章，令人信服地考证出明清之际出入高门贵邸、名重一时的泐大师，就是金圣叹！由此打开一个重新认识金圣叹的新视角。

2004 年 10 月，我应邀回母校南京大学演讲，23 日上午造访陆林兄，坐谈片刻，中午同学巩本栋兄请饭，一起喝了点酒。这是我和陆林兄聊学问最从容的一次，留下很愉快的记忆。当时我正做金圣叹诗学研究，他问我认为金圣叹诗歌批评最大的特点是什么，我对以置身于具体情境中体会诗意，他再问这是出于什么缘故，我推断出于批戏曲、小说形成的习惯。陆林兄笑道，这正好说反了。他告诉我最近考证清楚，明清之际活跃于江南一代、留下许多传说（最著名的是和叶小鸾的对话）的僧人泐大师，就是金圣叹，当时他有一个班子，出入于豪门贵邸扶乩降神。这种勾当最擅长察言观色、揣摩人意，于是金圣叹练就一套善于体度人情的本领。一番话让我豁然开朗，不能不佩服他的见解有穿透力，后来我在《清代诗学史》第一卷中征引他的研究，将这一假说写到了书里。

这虽是个文学批评的问题，但却得自金圣叹交游考的发现。交游考历来是学界热衷的研究题目，然而许多论文只是毛举人物往来事迹、证据，说明人物之间有交谊关系，其他毫无发明。陆林兄所撰金圣叹相关人物交游考则不然，通过各种资料的细密推考，一个由名、利、势、力关系交织的明清之际江南文坛的“场”一层层、一片片地浮现出来。多年后结合《诗观》入选诗家的生平考证，他逐渐勾画出一个以金圣叹为中心的人际关系圈子，它同时也是清初江南文人的交际圈。我常对后辈学人说，做交游考只有做到陆林先生那样，才有学术价值！

翁方纲《友说》尝云：“友者所以化气质，析疑义，广见闻也。出处之未信，畏吾友焉；言行之或疏，恃吾友焉；鄙僿之未释，须吾友焉。故其友之也，知友之以友道自处，又知其以友道处我也。”陆林兄就是这么一位可以信赖的畏友、诤友。历历回想和他的一次次会晤，都是那么亲切，那么珍贵。除了那次造府上拜访，2008 年 4 月在南图看书，巧遇陆林兄和孙书磊兄，蒙书磊招待午餐，三人座谈甚欢。还有一次在南图看书，也遇到陆林兄和徐雁平君。我们不多的见面居然多在图书馆！我和安徽大学合作举办两届清代文学国际会议，都邀陆林兄出席，第一届是 2012 年 9 月，他出席了，并在闭幕式做了很有深度的发言；第二届 2015 年 8 月，他已虚弱得不能出席，会间大家说起，无不怃然。没想到半年后陆林兄竟奄然化去，我正在香港访问，惊闻噩耗，不及远奔面诀，默诵陆游悼朱子之辞，以寄哀思："某有损百身起九原之心，有倾长河注东海之泪，路脩齿耄，神往形留，公殁不亡，尚其来飨。"同时一句很久以前看到的话久久盘旋在脑际："一些学者人还活着，但他们的著作早已死亡；一些学者人虽故去，但他们的著作将永生。"这正是为陆林兄这样的学者说的。

陆林兄的离去，让学界失去一位杰出学者，更让我痛失一位真正的道义之交，一位不可再得的诤友！我甚至记不清是否和陆林兄有过单独的合影，如果找不到，那将是此生莫大的遗憾！聊可欣慰的是，他惠赠的著作都排列在我的书架上，每看到它们，陆林兄的音容笑貌就浮现在眼前，而他低沉的嗓音也仿佛还会在电话那头响起……

（裴喆教授为核正资料，谨致谢忱！）

（原刊于《文汇报》2016 年 12 月 18 日）

有声有光的流星

——悼张晖

下午4时15分，随着显示屏上张晖的心率由129遽降到0，这颗年轻心脏的跳动永远停留在2013年3月15日，再次的抢救只不过将死亡时间记录推迟11分钟而已。本所十多位年轻同事围守在病榻旁，眼睁睁看着张晖离我们而去。虽然医学已过早地判断，白血病和脑出血交侵的他已无生还之望，但我们还是祈祷死神晚一刻来临，让温度在年轻的身躯上多一刻停留。泪水写满每一张面孔。刚出的新著《无声无光集》仿佛是一个谶言，他竟这么无声无息地去了，甚至没有给这些熟悉的面孔留下一丝忧伤的笑容。

讣闻传出，电话频响，没有人愿意相信这是事实。但四月一日毕竟还太遥远。那个大家认识的张晖，年少有成的张晖，真的走了，真的走了！得年不足36岁。

36岁，在自然科学家或许已达创造力的顶峰，在围棋国手或许已力不从心，但在人文学者，这才是创造力燃烧的开始啊！难道真是天妒英才，予其慧心，予其灵性，便吝不与其耄年了么？苍天呀，我问你！

放眼今日学界，张晖可说是罕见的少年有成的学人。在南京大学文科强化班读本科时，即撰著《龙榆生先生年谱》行世，见称于前辈。后在南京大学、香港科技大学获得文学硕士、博士学位，又到台湾"中央研究院"做博士后研究。十年间出版独著四种，合著一种，编纂、整理文献六种，身后尚留有两部书稿《易代之悲：钱澄之及其诗》、《帝国的流亡——南明诗歌与战乱》——短短十多年的学术青春，竟结出如此丰硕的果实，治学领域涉及清代词学、批评史、近代学术史和南明诗歌。我每读他的论著，都不能不深感后生可畏。

是啊，以张晖的笃学、勤奋兼颖悟，大器岂待晚成？鹏翼初展，虽毛羽未丰，但抟扶摇而薄九万，已是指顾间的事，所内所外的前辈、同侪，也无不期以远大。然而万恶的病魔却猝然吞噬了他的生命。面对无声无息地冷却下去的身躯，我悲痛欲绝，难道夺去张晖生命的，仅仅是病魔么？

在张晖弥留之际，我赶到监护室，夫人张霖呜咽着说："蒋老师，张晖是您带他到文学所的，可他没实现您的期望。"我黯然无语，泪水夺眶而出。是的，是我将他引进文学所，这到今天只能说是个九州之铁难铸的大错！

想当初他来所里咨询我工作的事，人大文学院的聘用正等待着他。我极力劝说他来文学所工作，认为这里更有利于他的学术发展。他信任了我，面试以出色的表现赢得学术委员会的肯定，进入古代文学研究室工作。但结果，随之而来的境遇，是文学所每个年轻学者都经历过的，薪水低，评职称难，各方面待遇差……张晖同样经受着多重压力，而最不思议的是，凭他这么卓异的学行，这么丰富的成果，居然博士毕业六年才晋升副研究员，而他从前的同学已将升任教授！

几年来，张晖一直承受着经济和职称的双重压力，即便没有张霖的泣诉和同学的回忆，我也早由自己的经历感同身受。无奈之余，只能时常宽慰他，一如我宽慰其他年轻的同事。但我不能不自问，我将他引进这个自诩为"国家队"的科研机构，我能给他什么待遇？让他有什么良好的发展？要说国家队，文学所，古代文学研究室，都是中国乒乓球队的水平，不是足球队的水平。但我们有国乒的待遇吗？难道就因为我们是国家队，比谁都强，就只能享受比省队、县队都次的待遇？这个社会，可以养上成千上万的贪官和饱食终日、无所事事的庸才，却不能养几个有才华的学者！

张晖终究走了，留下两岁的幼儿，留下心爱的妻子和老而无养的双亲，留下不知其数的草稿和资料，悄无声息地走了。

面对永远沉默的张晖，群起的恸哭，是物伤其类的痛惜，也是反躬自悼的悲哀。我，一个一日长乎尔的老同事，一个无能为力的室主任，拿什么回答你们的哭声？当第二个张晖倒下时，我还有什么脸面站在旁边，眼睁睁看着他生命之火一分一秒地熄灭！邻床的亲属低声议论："真可怜，才三十几岁，写过几本书哩！"如果他们知道，这年轻人是承受着多大的压力，积劳成疾，用青春的血汗著成那几本文字，就更不知道会怎么想了。普通人也会有朴素的感觉，并不需要有文化才能理解。

几天来，我眼前一直晃动着张晖的面容。躺在床上，几年相处的记忆，点点滴滴都浮现出来，难以入眠。因为张晖的硕士导师张宏生先生是我同级师兄，张晖尊我为师，但我却从来视他为畏友。他的研究计划和设想都同我谈过，新著出版也都送给我看。我常会从他的身上看到自己的过去，但他却已不能从我身上看到自己的未来了。悲夫！

不久前，偶然闲谈，他说，写完《帝国的流亡》后，接着就写《帝国的风景》，下面再做什么还没想好，我顺口说："可做《帝国的记忆》呀。那'二之'先生，钱澄之王夫之，不是现成的材料么？"他喜形于色，连说好，好，写成个《帝国三书》，或叫《帝国三部曲》！那眉飞色舞的神情还历历在目，但"帝国"的风景与记忆已永远成为绝响。

虽说张晖同我也很亲近，但我从来没问过他的家庭情况，只知道是崇明人。他的文雅气质，让我一直以为他出生于书香之家。直到在医院见他尊人，才知道出身于农村家庭。这倒让我明白了，何以他恂恂儒者的文雅气质中又透着一种淳朴。七年负笈于南京，四年留学于香港，一年游学于台北，经受过都市时尚的熏陶，却仍保持着乡土的淳和。这就是张晖给人的感觉，朴实厚道中随时流溢着灵气，爽朗中又略带一点腼腆。

这种气质对于女性显然很有吸引力，我曾听本所的年轻女同事说，她们理想的结婚对象就是张晖这样的。乍听之下我颇为惊异，因为从男性的眼光看，张晖未必称得上是美男子，离英俊潇洒似也有点距离。但仔细想来，张晖给人的感觉是那么儒雅敦厚，却丝毫不呆板；有理想有抱负，却脚踏实地。一如他的文字，平实畅达而有见解，有内涵。这样的男子，为女性所钟情是很自然的。可是，就是这样一个大家都喜欢的年轻人，竟一朝弃我们而去！让我们在感叹生命之脆弱的同时，更仔细地审视自身及所属群体的命运，仿佛有人在我们耳边低语：谁是下一个？

我不想如此悲哀地思想未来，更不想对我年轻的同事们说，张晖就是你们的殷鉴。但我有什么可以安慰他们，说你们绝不会和张晖一样，不会是天际瞬间闪过的流星？我只有以个人的价值观，在内心悄悄地说，流星的光焰虽然短暂，也强似黯淡得几乎失去存在感的恒星。这只是很自私的想法，决不敢说给孤儿寡母听。

直到写下这些文字，我都不知道这篇浸满泪水和怀念的文字，标题是什么。偶然看到同事施爱东发的微博，跟帖提到张晖新著《无声无光集》自序说："正是书中这些有声有光的人与文，陪我度过了无声无光的夜与昼。"

于是我在此一字一字地键入——

有 声 有 光 的 流 星

2013年3月18夜

（原刊于《北京青年报》2013年3月22日）

批评家孟繁华酒事戏说

要写孟哥的酒史，那是一部大书，分量与评价他在当代文学方面的贡献将不相上下。不过在这部伟大的历史中，我个人只参与其中很小一部分，因此，宏大叙事就只能留待大成兄或其他朋友了，这里只做一点纯个人视角的叙事。

我所经历的孟哥酒史，开始于酒协的成立，之前共产主义小组时期的情况可参看大成的回忆和叙述。酒协的成立，肯定是在 1995 年孟哥屈就文学所当代室研究人员之后，但具体是在哪天哪次酒会，却也像中共第一次党代会的日期一样，肯定会有分歧的说法。毕竟谁也料不到，那会成为重要的时刻，载入历史。

1995 年，我进文学所已经有七个年头，因为某个历史的机缘，我和专业相距甚远、本来没什么关系的大成，已由道义之交升级为酒肉朋友，每到周二公休日——社科院的人通常将返所日视为休日，意谓平时蛰在家里发奋用功，到返所这天，才能轻松一下——中午一定是要追呼聚嚣的，但其人、其时和其地都没准定。本来么，事物的稳定形态是要有三个支点的，孟哥正是这第三个支点。

虽然我对传统的性命之说一概拒斥，但最终不能不对缘之一字心存犹疑。只要不是对生活充满怨恨的人，都会感念，我们半生的相与，难道不是一个缘字？我们的生活中如果没有一些人，那将会是多么乏味？这就是孔子感叹的："微斯人，吾谁与归？"

古代、当代、理论，三个不同专业的人能就这么拢在一起，最初的因缘自然是酒。文学所人虽不少，但能喝酒的人不多，这不多的人里面，还要能相看两不厌，这就更难得了。反正是一见如故，自然地就觉得喝在一起，很愉快，很自在。很快，就觉得我们要有个组织，正式名称是中国社科院酒协，简称酒协，对外宣称挂靠在文学所，属于文学所挂靠的诸多协会中唯一没有备案的一个；内定为副局级单位，会长享受副局级待遇。主要领导就是我们三位，大成当然是会长，孟哥是常务副会长，我是第二副会长兼秘书长。后来影响大了，也口头发展了几个会员，担任群工部长、妇女部长，下设白酒局、黄酒局、花酒局，这是后话。但核心成员一直是我们三个人。

老这三个人喝酒不闷么？不闷，其实光三人喝酒的时候也不多，多数还是组团参与各种酒会。所里的会议或讲座、答辩啦，谁来个朋友啦，到谁家聚会啦，一招呼，酒协成员一齐到场。到后来不光是国内学界，连台湾学者见面也问，听说社科院有个酒协？树大招风，因此常不免成为酒桌上的攻击目标，或被当作调侃的话题。主题之一，不难想见，自然是酒量排座次了。我推孟哥第一，孟哥谦让于我，大成则对我俩都不服气。最后我们只好以梁山英雄为例来启发他：宋江武功不济，但坐头把交椅。会长酒量不必最大，主要是以德服人。但大成自认才、胆、识、力四字中，他还占了个“胆”字。

但事实是明摆着的，我和孟哥单独喝酒，基本都是谈心论学，相安无事。若三人一聚，则必有一个醉的，十有八九是会长。凭良心说，真刀真枪地干，肯定孟哥实力第一，大成第二，我居末。但实际结果，通常是大成先铩羽，一方面是他不喝高不尽兴，另一方面则是我极怕喝高。正像前人说的，醉酒说起来很有趣，写到诗里很风韵，但实际如大病一场，难受得要命。更何况，秘书长的职责不还要送会长回家么？

当然，除了我和大成俩喝酒，一般是不用我送的。我住东郊，孟哥和大成都在西郊，一扎啤酒的距离，自然是孟哥送他回府。这么说，会长肯定是不认可的。事实上，他俩究竟谁送谁更多，是酒协成立以来一直悬而未决的著名争端，经过多少次摆事实，讲道理，仍难达成共识。然而结论也是不言而喻的，只消看看后来大成经常不终席而去，以求全身而退，即可知其大概。这不是最重要的问题，关键在于酒桌上的表现，这方面孟哥就为酒协其他领导难以企及了。

如果将酒桌比做一个舞台，开幕时全都是角儿，但没一会儿这个舞台上就只剩孟哥一个演员，其他人都成了观众。这就是有孟哥的乐趣，孟哥的魅力。在文学所的饭桌上，只要有孟哥坐着，总是欢笑不绝。后来我才知道，这老哥是在文艺团体淬过火的，不过我感觉他更像是天生禀赋有表演才能。三杯酒下肚，说个半荤不素的段子，丝毫不下作，却把一桌人乐的，侪辈中真是少有其比。最绝的是他擅长模仿别人的神情动作，之精准，之传神，叹为观止了。一次在饭桌上模仿某位所领导的抽烟动作，绝对是入木三分，传神到了家，把人眼泪快笑出来。

就是这样，虽然常听大成感觉很夸张地叙述过种种故事，但在我的记忆中，几乎没有孟哥醉态的印象，他醉酒的故事于我都是传说，从未眼见为实。酒桌上的孟繁华，仍然是一派著名批评家的风范，激扬文字，挥斥方遒。我对当代文坛和作家的一知半解，太半是在酒桌上听他侃来的，感觉他评价最高的小说家是余华，批评家是陈晓明。余华有一面之缘，作品读过一些，感觉甚好；晓明则同事多年，他对后现代批评的贡献有目共睹，“陈后主”之誉，绝对是实至名归。酒桌上侃文坛，阴晴圆缺，肯定不同于会上，失望之情常形于色。我说如此不堪，你们还莺歌燕舞的，还不骂？孟哥无声长叹：“现实如此，再骂，大家都没意思了！”看上去和光同尘的他，骨子里很清楚，大环境就这样，“众人皆醉我独醒”，又有什么意义，其实彼此的感觉都差不多。

记得有一回，孟哥称赞当年有几部长篇不错，我让他推荐，随口举了李洱的《花腔》、阎真的《沧浪之水》，还有冯唐《万物生长》。我随即找来读过，感觉《花腔》有点落套（芥川龙之介《在竹林中》），《沧浪之水》语言特色不够鲜明，只有《万物生长》颇有灵气。对我的鄙见，他有的首肯，有的不苟同。比如《万物生长》，他说近年正不乏调侃、俏皮的聪明，少的是大气磅礴。倒也是，看看网络上的语言和手机短信，不能不觉得他说得很对。忽焉几年过去，最近见面，却听他称赞冯唐近顷颇成气候。孟哥总能让我感觉到对文坛动向的密切关注和敏锐触觉，这正是一个优秀批评家必具的资质。

从1995年孟哥来所，到2004年移席沈阳师大，杯酒间十多年过去。这期间，酒协走过大江南北，经历过国际对抗，与各地友人有过比拼。虽没有什么可以夸耀的正规成绩，但也留下不少回味无穷的乐趣。最初那几年，多在院部东门贡院东街的馆子喝酒，先是"四合院"，后来是"富丽酒楼"，富丽酒楼搬走，又在"川百味"。记得孟哥刚来不久，就招呼师弟韩毓海过来，在四合院喝啤酒，几圈过去，还没上劲，韩毓海就没影儿了。出去找一圈，原来竟已高了，愣坐大门外地上，一副"我醉欲眠君且去"的派头。

院部大楼东侧，紧挨长安街路口，有一排楼房位置极好，但开饭馆偏就生意不旺，换了一家又一家，最后是一对台姓孪生姊妹承租下来，起名富丽酒楼，才成了气候。这两姐妹，姊丰腴，妹清秀，姊齿牙伶俐，妹腼腆文静，各具风情。孟哥和大成，一个说姐是我的，一个说妹是你的，言语间就将姐俩瓜分了，时不时同她们调笑。那两姊妹多少世故，一眼便知是那种有贼心没贼胆的，遂也凑趣逗他们两句，偶尔还来敬杯酒，知情识趣。不过我们很少在富丽吃饭，一般都是在别处吃了，快两三点才到这儿喝酒。进门店堂已没什么客人，服务员一溜站门口，见这三个客官进来，都忍不住掩口卢胡，知道这仨喝到日落西山，必是勾肩搭背出去，一派"家家扶得醉人归"的光景。后来，那栋楼房被院里收回，拆了盖图书馆，富丽也不知道迁往何处，生意如何，那姐俩也快五十了吧?

她们做梦也不会想到，自己无意间成了别人生命经验中的一段影像，在十多年后的回忆中重播。其实人生中，谁又不是如此?就像卞之琳《断章》所说的："你站在桥上看风景/看风景的人在楼上看你/明月装饰了你的窗子/你装饰了别人的梦。"因为某种因缘，我们无意间参与了别人的人生，同时又因这参与而丰富了自己的时间和生命。

人非圣贤，都会有理想的失落，世俗诉求的失望。微醺的乐趣，沉醉的渴望，有很多得意尽欢的逸兴，也难免一时一事的惆怅。烦恼和忿懑的块垒，本要借杯酒一浇的，有时反更燃起激烈的怒火，把彼此灼伤。幸好酒协成员还都葆有纯真的底质，回过头反思一番，都还是严己宽人，由是金石之谊，历久如故。现在回想酒协近二十年的岁月，一幕幕往事，其实大多平凡无奇，没什么记忆深刻的细节。大抵是在轻松谈笑间开始，在微醺中激动，然后朗诵，然后英文，乃至争吵，最后在昏沉沉中踉跄回家。就这么送走一个又一个周二。

但酒协也有几次重要活动，值得提到。一次是大成约游京西法海寺，仨人在山门前留影，气宇轩昂的，像是非常人物；另一次是孟哥五十大寿，约去府上一聚，又在餐馆合影，虽仍旧气宇轩昂的，可眉眼间已见岁月留痕。真正能够载入史册而惜无存照的重大活动，乃是孟哥刚去沈阳不久的2004年6月，我和大成订了29号的晚车去看孟哥。正值周二，我俩和未经正式任命的花酒局长彭亚非在“川渝信”喝到晚七点，微醺出来，亚非随我们走到北京站，乘地铁回家。大成说，亚非你干脆跟我们一块儿杀老孟那儿去吧，亚非有点踌躇，经不住大成一激励，当即买了张高价票，睡到沈阳。

接下来的四天，昏天黑地，从早饭就开始喝啤酒，中午晚上喝白酒，看完二人转或唱过KTV，再到大排档喝啤酒。紧锣密鼓的活动，多是宋苇在安排。这是个很低调的朋友，喝酒也不张扬，但没少让我们喝酒。刚两天下来，就感觉喝不动了，只想喝点啤酒。第三天晚在大排档喝啤酒到很晚，回到沈师大校园，一片漆黑，怎么也找不到我们住的国际教育学院，晕乎乎地在校园里转悠来转悠去，没有人知道过了多长时间，只记得亚非释放了三回啤酒，这才找到地方。到第四天，感觉真的到了极限，人像是悬浮在不真实的状态中。连大成都急不可耐地闹着要走，说再不走要出人命。中午朋友请客，酒是根本喝不下了，饭后去喝茶，晚只能喝点啤酒，喝到八点多上车。现在想来，这四天是酒协历史上最难忘的经历，也是我记忆最深刻的喝酒经历。没有这样的经历，酒协大概就没什么可夸耀的资本，我们也不敢以酒人自居了。

过去的这些年，我们仨在一起喝了多少酒，无法计量。没有这些追呼买醉的日子，我们的人生，会多多少空白，少多少记忆！英格丽·褒曼在《回忆录》中说，所谓快乐就是拥有良好的健康和不良的回忆。因为酒协，我们的生命之圆有了一个相交相融的部分，凝聚并分享了彼此的快乐，也留下不少江湖传说。

有一次经济学家樊刚在院部大门外看到大成和孟哥坐长安街边马路牙子上喝啤酒，说你们就在这儿喝酒啊？孟哥说喝酒还分什么地方啊！“名士，真名士！”后来樊刚学给许明听，连连赞叹。究竟有多少类似的情形，我等习以为常而被别人目为不拘形迹的逸事流传，只有天知道。

转眼孟哥离所已快十年，随着他的远游，酒协景况日见萧条，活动锐减。虽然时不时还有一聚，但没有孟哥的时候，大成的兴致明显低落。由此感觉，孟哥实在是酒协的主心骨啊，人在酒盛，人去酒衰。最近一次与孟哥喝酒，是在香山饭店的会议上。一向神采飞扬的孟哥，蓦然间也霜侵两鬓，不由得心惊岁月去人之速！酒协三位领导，都快到退休年龄，酒协的事业将面临后继无人的局面，昔日的辉煌将成为传说。但这不是我们所能改变的，无奈之余，只好自祷，愿我们酒协成员，终此生酒情不灭，酒肠不枯，酒兴不老！

（原刊于《文学港》2015 年第 7 期）

我的高考1977·1978

人生总有一些改变命运的机会,很多情况下机会出现时我们都意识不到。但对我们这一代人而言,1977年恢复高考,却是大多数人都清楚意识到的一个机会。在农村插队的,在农场务农的,在工厂上班的,乃至于游荡在社会上的,所有年轻人都意识到,一个改变我们命运的机会正在降临。

高考,上大学,虽然未来的前途尚不分明,但将摆脱目前的处境,走上一条充满希望的路,则是确信无疑的。在所有不满于现有处境、希望改变命运的年轻人面前,一扇门突然打开,一个通过考试获得学习机会并进而实现各种理想的古老的历史传说再次成为现实。成千上万的年轻人,像唐朝武则天推行科举制时一样,顷刻间被欢欣所激动,被梦想所陶醉。

我已记不起是怎么知道恢复高考招生的消息,当时似乎也没有特别地振奋。因为我当时的境遇还算不错。1976年高中毕业,适逢江苏修改了知识青年上山下乡的规定。原本规定老大必须先插队或插(农)场,下面的孩子才能留城,新规定改为家庭可以选择先下或先留。我早已做好下乡的准备,但临了不知道是当时人们固有的对政策的不信任,还是父母对社会变革的先见之明,促使他们将我先留了下来。毕竟妹妹小我五岁,谁也不知道五年内会发生什么。这样,我就在1977年5月参加工作,被分配到江苏仪征造船厂工作。这比起插队、插场来，已是很让人羡慕的境遇，更何况我还很喜欢自己的工作。

造船厂属于交通局，我的档案材料经过局里时，被认为文字通顺，书写工整，有关部门想留我在局里做文秘。有人认识我父亲，转达此意，征求我的意见。在旁人看来，这简直是天上掉馅饼的好事儿啊，但我却不乐意。我生性好动不好静，一想到成天坐在办公室里，那多枯燥无聊啊，觉得还是船厂的工作有意思。档案材料到了船厂，又出现同样的情况，厂里也想把我留在厂部，做点文字工作。我再次要求下车间，最后如愿被分配到金工车间，做了一名钳工。

和其他工厂的钳工相比，船厂的钳工是比较有意思的。平时工作没多少高精尖的技术活儿，却会旁通电焊、冷作、电工甚至开车床、刨床、铣床的本事，装水管和拆装、修理柴油机则是基本技能。日常工作主要是给拖轮安装机动装置，恰好赶上装一条19米拖轮，每天跟随师傅按图纸加工零件，上船安装，直到整条船装完，开出去试航，周期差不多整一年。这种每天内容不同、不断变化的工作显然较适合我的性格。虽然寒冬酷暑、日晒雨淋，工作也相当辛苦，但并不觉得疲劳和厌倦，上班时一空下来就操练基本功。据说钳工学徒三年满师，要考锉六角，没事就锯一段圆钢锉着玩。一年下来，我可以不用尺，光凭眼睛看，锉出极规整的六角，用游标卡量每边差距在四丝以内——一根头发丝是七丝左右！如果不读大学，我相信三年满师时我会是一名优秀的钳工。当时我的理想确实就是成为一名像我师傅吴志军那样的技术最好的钳工。

船厂的业余生活也很丰富，一起进厂的青工凑成了一支篮球队。为参加县职工篮球赛，我们自己平土拉碾，整出一个篮球场，每天下班后训练。虽然第一次比赛成绩欠佳，但我们的训练热情有增无减。我中学球队的教练是县体委工作人员，扬州地区职工篮球联赛时他推荐我去担任裁判，还参加过二级裁判资格考试。应该说，以篮球为中心的业余生活是相当快乐的，工作中也没有觉得知识不够用——中学的工业基础知识（相当于物理）课，已足够应付一般钳工能用到的简单计算，甚至机械制图也能对付（不知现在的中学生能否掌握）。

无论从哪方面说，考大学对我来说都不是特别有诱惑力、特别令人鼓舞的事。但我获知恢复高考的消息时，心头还是涌起去试一试的冲动。因为我隐隐觉得文学是可以学习的东西。

青春与写作是天然相连的。在那个年代，喜爱文学的青年更是无人不想当作家。许多人回忆高考经历，都说在当时，读大学就等于读中文系，而读中文系就是要当作家。我倒没有这样的意识，文学对我来说还是个很朦胧的东西，作家更是遥不可及的存在。

我出生在一个化肥世家，爷爷、父亲都曾在南京化学工业公司工作，两个姑姑和一些表姐表弟也都在化肥厂工作。因此我填家庭成分从来都是工人，其实我父亲是高级工程师，虽然没上过大学，却能看英语资料，还懂点日语，那是读中学时留学生任教和日据时皇民教育的结果。他是获得化工部奖励的对中国化肥工业有贡献的技术人员。我母亲毕业于上海圣约翰女中，曾是上海学联篮球队（相当于今天的青年队）的控球后卫，本可以保送上海体育学院，却一心要考华东政法学院，终因家庭成分的缘故未能录取。她很喜欢看小说，从我记事起家里总有许多小说。即使在“文革”中，她也总能从不知道什么地方借来各种翻译小说，多数是旧版的苏联和东欧作品，还有一些内部印行供批评用的材料，记得有车尔尼雪夫斯基的《怎么办》和柯切托夫《你到底要什么》等。在中学时代，我已读过很多中外小说，包括现代文学史上大量被定为“毒草”的作品，像巴金的《激流三部曲》，欧阳山的《三家巷》《苦斗》，冯德英的三《花》，茅盾的《蚀三部曲》，至于《平原枪声》《烈火金刚》《铁道游击队》《林海雪原》《野火春风斗古城》《艳阳天》《金光大道》这些就更不用说了。

我们这一代人的中小学教育，虽然很不正规，却也有个好处，就是课余没作业，有大把的时间自由阅读，喜欢读书的孩子也可以满腹经纶。尽管缺乏真正的美育，但背诵毛泽东诗词、老三篇、五篇哲学著作，唱语录歌、样板戏，看芭蕾舞剧《红色娘子军》，听钢琴协奏曲《黄河》，总算也接触到了诗词、文章、戏剧、音乐，不至于白纸一张。同辈中大概许多人都能将《红灯记》《沙家浜》《智取威虎山》从头唱到尾，比起现在的孩子也算了解一点京剧唱腔。对文学和艺术的这种非正常的接受方式，最终却熏陶了我们对文学的兴趣，这真是匪夷所思！

我从小除了读小说外，也很喜欢听故事。父母单位里有一位南京知青非常会讲故事，夏天纳凉时，孩子们都围坐听他讲当时流行的手抄本故事。他还是个红学迷，常讲《红楼梦》的话题，我也因此将《红楼梦》读得很仔细。后来我虽不研究红学，但有时与研究红学的朋友聊天，故意问一些冷僻的问题，比如贾芸的父亲叫什么名字，他们也答不上来。

我对诗词发生兴趣，是在 1976 年高中毕业后，偶然在同学家看到一册王力先生的《诗词格律十讲》，借回家照着作诗填词。没多久进工厂，午休时没事，就借一些诗词方面的书来读。第一部就是复旦大学中文系编的《李白诗选》，对李白的喜爱便从那时候开始。将近体诗格律弄清楚后，又将《考证白香词谱》中的词调都抄在一个小笔记本上，全部标画出平仄，等于自己编了一本用⊙●○符号标记的词谱。这么读着读着，对古典诗词的兴趣越来越浓。到 1977 年恢复高考时，我第一个念头就是考中文系。中文系也是当时最热门的志愿，就像王安忆说的："我的那个年代，最好的人才都是读中文系的。"我并不觉得自己是优秀人才，只是很想学文学。

可是没想到，我填志愿却遇到了挫折。由于父亲在"文革"中历经折磨，觉得文学就是舞文弄墨，搞大批判，写大字报，坚决反对我报考文科，无奈之下我只得选理工科，第一志愿报大连海运学院的船舶设计与制造专业，这当然是出于对造船的热爱。

仪征濒临长江，当时有两个船厂，仪征造船厂隔壁还有一个南京航运公司的保养厂，俗称南京船厂，后来成为著名诗人的唐晓渡就是南京船厂的工人。他是我小学篮球队队友的哥哥，认识但不熟悉，临考试时在上班途中偶遇，交流了一点填志愿的信息。我很羡慕他报考了南京大学中文系。他毕业后分配到《诗刊》社任编辑，成为有名的诗人和评论家，我在七年后才成为他的系友。

1977 年的高考，江苏分两次进行，初考只是语文、数学两门，据说 110 分为及格线，合格再参加统考。我读中学时数学成绩虽也不错，但毕竟没学到什么东西。初考成绩不公布，两门总分大概勉强够线，数学成绩肯定偏低。招生办老师来电话，建议我统考时改考文科，正合我意，立即着手复习文科。不料临近考试时，招生办又紧急告知，文理不能转科，我还是必须考理科。结果可想而知，统考数学成绩更低，总分不够线，名落孙山。

经过初试，我已确知数学成绩不可能好，落榜实在意料之中，倒也不至于太气馁，心里只想着如何补好数学。班照常上，复习都用业余时间，晚上和节假日。七七级入学甫定，七八级的考试又在眼前。那时考大学对全社会来说是个新鲜事儿，也是大事儿，全厂好像只有两个人考，厂里对我俩也很优待，在临考前一段时间准许我们休假备考。

这一次我决意不再听家里的意见，非考文科不可，父亲看我数学确实不行，只好由我。第一志愿填报复旦大学中文系，是要实现母亲当年的夙愿。第二志愿是南京大学中文系。那时候中文专业可选院校很少，我又很怕当老师，只拣非师范专业的学校填，甚至报了辽宁财经学院师资班，其实也是师范性质，但我并不清楚。就这样六个志愿还是填不满，实在无可选，最后填了南京师范学院中文系。鉴于去年历史、地理两门合一张试卷，题目也不难，我就没怎么复习史、地，所有时间都花在了数学上。结果本年史、地分为两张卷子，内容多出许多，我毫无准备，都只考了 72 分，数学拼命补习半年多，也仅得 46 分，总分 343。语文和政治各考多少已记不清，语文更高些，应该是 80 多分。想想这个分数真不知道是怎么得来的，因为我记忆中从来没好好学过语文课。

说起来，我的中小学义务教育，经历颇为曲折，说是九年制，实际读了十二年。因为父母双职工，家里没人照看，我五岁就上小学。“文革”开始时已读二年级，所以全过程都记得很清楚。在江苏六合县读到小学四年级，赶上学制改革，六年制改为五年制，本应升五年级的我们被退回三年级，结果重读了三、四年级！这个匪夷所思的结果说起来没人相信，连我自己也一度怀疑是不是记忆有误，后来遇到一个在江苏读书的同龄人，证实情况确实如此。读到五年级，随父母调动工作迁居仪征，将要毕业又逢教育制度改革，夏季毕业改为冬季，这样我小学就读了七年半！初二时冬季毕业再改回夏季，两年制初中又多读半年。到1976年夏天高中毕业时，我的中小学已读了十二年，正好相当于“文革”前的老学制。为此我常觉得自己也等于是一个“文革”前读中学的老三届！

大概因为比别人读书年头长，我的中小学成绩一直很好，主课考试经常都是100分，后来评分方式改为优、良、及格、不及格四等，就都是优秀。读小学时我曾是“小红花”宣传队里跑龙套的，当时读书好点的学生本来就不多，宣传队里的文艺尖子更少有成绩过得去的。考完试宣传队排练，纷纷晾成绩单取乐，一蟹不如一蟹，队长念一个笑一个。这让我很不好意思晾自己的成绩单，可越是忸怩大家越起哄得厉害。当队长拿到成绩单，惊呼：“这家伙三个100！”所有人都不相信，就差把成绩单抢撕了。

其实我上课很少认真听讲，经常是看小说，下课看看黑板就知道老师讲了些什么。数学有不明白的问问同学便了然，实在是由于课堂教学的知识量少得可怜。考试也简单，初中数学课一度曾用口试，每人到老师面前抽三道题，口头回答一下即可，我从来都是优秀。高考的数学题，超出我们课本知识很多，我完全不能应付；语文则靠读了一肚子小说，作文能文从字顺，而且卷面整洁无涂改。改错改病句都无问题，但要说明理由往往讲不清楚，因为没怎么学过语法知识，只凭熟读小说获得的语言感觉，80多分怎么得来的只有天知道。

考完之后，自己的感觉还是不错的，觉得数学没那么难，很有希望及格；语文也没什么大失误，只有历史、地理不太满意，后悔没有认真复习一下，本来可以考得更好一点。整个夏天是在漫长的等待、忐忑的期盼中度过的。每一串自行车铃声都会让我竖起耳朵，屏息静听是不是邮递员的来临。

录取通知书终于寄到。拆开招生办的信函，当看到录取通知书写得是扬州师范学院中文系时，我脑袋轰地一下，仿佛全身的血液都涌到了脑门上！怎么会是扬州师院中文系？我根本就没报这个志愿啊！事实上我的总分只够扬师的分数线，并且我也填了同意调剂。

我乱哄哄的脑子稍微镇定下来，第一反应就是放弃录取资格，明年重考。家里倒是随我，说重考就重考。可是父亲很快获知，招生政策规定，凡师范院校录取不报到的要被取消高考资格。正在纠结中，邻居一位浙江大学毕业、曾被打成右派的叔叔来串门，说："本科读什么大学没关系，将来肯定要恢复研究生招生的。"这话很触动我，觉得以后并不只是当老师一条路。于是，怀着对不可知未来的朦胧希冀，我走进了坐落在瘦西湖畔的扬州师范学院，开始中文系学生的生活。那是 1978 年 10 月，只比七七级晚入学七个月。

后来才知道，我们高中七个班，每班考取大学的只有一两个人，我们班只有我一个。为此我像所有同辈人一样，万分珍惜这个机会，每天学习，学习，不倦不懈地学习。

后来将七七级到七九级这三届称为新三届，与公认中学基础较好的老三届相提并论，不是没有道理的。新三届和八〇级以后，生源大不相同，风气也截然异样。新三届的学生以往届生居多，大都是从工厂、农村、农场考上来的，年龄相差也较大。以我们这个年级而言，年纪最大的 36 岁，最小的 16 岁。从八〇级开始应届生成为主体，一入学就谈恋爱成风，读书氛围也淡化许多。我们年级共有四个班，(一)班为老大哥班，年龄都在 28 岁以上，绝大多数都为人父母；其他三个班都是 27 岁以下，23 岁上下的最多，应届生没几个。同学之间水平差距也很大，(一)班同学中不乏小有名气的作者、写过不少剧本的剧团编剧、工作多年的机关干部、教学经验丰富的中学老师……其他三个班则以知青、工人和民办教师为主，很少上述成功人士。但无论如何，有一点是相同的，那就是他们大多是以第一志愿被扬州师院录取的。像我这样没报扬师而被录取的，大概少而又少。知道了这一点，不仅没让我有半点自得，反而甚觉气馁。

很快大家就知道，有许多同学是以远远高出分数线的总分入学的。虽然当时是先填志愿后考试，无法估量成绩，但为求稳妥、以必中为唯一目标，是出现这种结果的重要原因。扬师 340 分的录取线已是江苏本科院校的底线，许多插队、插场的同学只求考取以改变生活道路，根本就不考虑其他。因此，刚过分数线的我，不用说是班上基础最弱的学生之一。听到同学们这个说在写评论，那个在写散文，我连散文是什么都不清楚，感觉自己和同学们有不小的差距。不过话也说回来，大家对分数其实都看得较淡，起码高分入学的同学并没有表现出什么优越感，相反都一个赛一个地勤奋学习。新三届区别于八〇级以后的特点是非常明显的：都埋头读书，不谈恋爱，男女生之间没什么交往，彼此间言语举止都很拘谨；生活更是简朴，上街除了买书，基本上没有下馆子吃喝的。

现在回想起来，那一代人的勤奋真是今天的学生难以想象的。

很少有人翘课，没课时宿舍空无一人，都在图书馆或教室自习。宿舍晚九点五十熄灯，总有些同学在走廊就着昏暗的灯光读书。虽然兴趣各不相同，但似乎每个人都有自己的爱好。有沉迷于哲学的，有热衷于美学的，有喜爱写作的，有耽于文学批评的，有用功练书法的，甚至还有对遗传学感兴趣的，经常捧一本《遗传学报》在看。更多的则围绕中学语文教学来看书和积累资料，他们多是从中学考来的公办或民办教师，将来的理想是成为特级教师。

我刚进学校时学习并无目标，只是疯狂地读小说。入学第一个月就看了40多种，大多是以前接触不到的西欧小说。从雨果开始，司汤达、巴尔扎克、大小仲马、罗曼·罗兰、左拉、狄更斯、马克·吐温……转眼到二年级，邻居叔叔的话果然成真，研究生恢复了招生。这点燃了我心底的愿望，同时在漫无目的的阅读中，我也慢慢发现自己的兴趣还是在古典文学方面，开始将古典文学作为考研究生的专业方向。偶然看到社科院系统招聘助理研究员的消息，也曾怦然心动，但终究对外语毫无信心而作罢。

我中学时英文学得还算认真，曾担任英语课代表，毕业后就再未看过。高考时外语只是参考科目，不计入总分，很多人都弃考。我考是考了，却不曾复习，28分竟然名列班级亚军，考38分的第一名是下乡一直坚持学英语的一位老大哥。从获知研究生恢复招生起，我就铆足劲儿准备考唐宋文学专业的研究生。了解到日本的中国古典文学研究比较发达，便跟着电台刚开播的日语广播讲座学日语。1981年秋，系里通知七八级可以同七七级一起报考硕士研究生，我们年级共有 4 个同学报考，最后 3 人考取。我第一志愿报考南京大学程千帆先生，未被录取，调剂到第二志愿广西师范学院，三年后再考程先生的博士生，终得立雪门下，从此成为一名古典文学研究者。虽然我从高中毕业后就自学诗词格律并尝试写作，但进入扬师中文系才是我学习文学的正式开始，我对古典文学的兴趣也是读本科期间培养起来的，和老师们的诱导、鼓励分不开。

记得 1990 年，我和同事也是扬师中文系七七级学长汪晖同被遣往陕西山阳县“锻炼”，闲谈中回忆起扬师中文系的老师们，好生感慨。那一批老先生的学问之好，绝不亚于任何名牌大学的教授。其中有现代汉语语法体系自成一家而讲授古汉语课的李人鉴先生，以王国维美学研究名世的谭佛雏先生，与林散之、高二适、费新我并称江苏四老的书法家孙龙父先生，古典文学则有《张溥年谱》和《刘鹗年谱》的作者蒋逸雪先生，《新校元杂剧三十种》的作者徐沁君先生，《唐代扬州史考》的作者李廷先先生，至于任二北先生就更不用说了。我个人则更得赵继武老师亲炙，前几年我写过《我的第一位学术蒙师——赵继武先生散忆》（《文汇报》2013 年 3 月 16 日）一文，回忆从赵老师受业的往事。

当时我们还不懂得这些先生的学问，多年后自己成为学者，见识过各方前辈，这才知道我们那批老师的学问之好和学风之正。最难得的是他们还葆有旧日学人的风骨，勇于表明自己的学术立场，决不乡愿趋时。如果说我们这一代学人，对学术还有那么一点信念、一点不随流俗的崇高感，那是与老师辈的熏陶分不开的。

转眼高考迄今已 40 年，我也从一个文学爱好者成长为一名古典文学研究者和教授。回顾 40 年间最重要的经历，高考仍不能不说是改变我们人生轨迹的第一个重要契机。没有高考，我可能永远不会走上文学研究之路，体会到职业和兴趣合而为一的巨大幸福感。我确实觉得，人生最大的幸福莫过于职业能和兴趣相重合，工作就是做自己有兴趣的事，同时满足了兴趣和谋生的需要。为此，我也像所有同辈人一样，发自内心地感谢邓小平同志果断恢复高考的伟大决定。这一举措不仅改变了我们一代人的命运，同时也加快了中国社会发展的速度。从上世纪 90 年代以来，新三届逐渐成为推动中国社会发展的核心力量，并薪火相传，成为思想、科学和文化上承上启下的重要桥梁。站在现时回看 1977 年的高考，感觉就像打开了一扇自由之门，无数优秀人才由此走上社会的重要岗位，使古老的中国重新焕发生机，洋溢着年轻的活力。此后日益高涨的改革开放热潮、思想解放新风，激发了巨大的创造力，带来空前的政治、经济和思想文化进步，使 80 年代永远成为让人激动不已、深情怀念的时代。近年我越来越多地追怀 80 年代，那是属于我们的青春，而对青春的回望只是意味着迟暮的到来。

怀旧从来是老暮的标志，也是过来人独享的权益。若道未来的岁月无可展望，怀旧足以消遣短暂的时光；而如果确信时间的轨迹仍在延伸，则怀旧的激动也可成为天地回春的一股力量。

（原刊于《传记文学》2017 年 10 期）

回眸学术的青春时代

——《大历诗风》写作记

《大历诗风》是我出版的第一部学术著作，1992 年由上海古籍出版社印行，封面由先师程千帆先生题签。虽然以当时的条件，装帧印制都不算太好，但那特殊的黄色封面始终给我很亲切的感觉。

大约作者对自己的处女作，就像人们对自己的初恋，总怀有一层特别的感情。尽管后来我陆续出版过若干种论著，而且自认为都比《大历诗风》有进步，但在内心深处，《大历诗风》仍有它不可替代的位置。它是我学术研究的真正起步，也是我获得学术荣誉的开始，更主要的是，它是我的博士学位论文，联系着我与硕士导师胡光舟先生、博士导师程千帆先生的学术渊源，其中更凝聚着千帆先生的心血。它还是我负笈南京大学三年青春的见证，我可以坦然地承认，多年来偶尔为写新著而重温昔年的笔墨，仍会为那个前电脑时代久经酝酿写出的文字感动不已。青春的心灵虽然不够丰满成熟，但毕竟是敏感的，旺盛的，活泼的，有着老成持重时不可复得的灵动。十个月时间写出十六万字，在今天更是想也不敢想的事。

1985 年初，我考入南京大学，跟随程千帆先生攻读博士学位。从第一个学期，我就开始酝酿学位论文的选题。因为对拟代体的角色问题有些想法，曾提出作《闺怨诗研究》，先生以为题目太小。我再三考虑，又提出在硕士阶段研究戴叔伦的基础上，做大历诗研究，得到先生许可。在 1985 年 6 月 20 日的谈话中，先生说：“大历、贞元正是两个高峰之间的波谷，很少有人注意，是可以做的。但要设想个好的角度去做，要让人耳目一新。还有，我看要注意到当时文化的各个方面，像树剖开看年轮，看其横断面，也是有意思的。当时的诗和古文似乎并不相关，是各管各地发展着的。《万历十五年》可以读一下，这写法是尝试性的，很有意思。写了四个政治、哲学方面的代表人物，通过他们来展现晚明的腐朽。”老师这段话为我指引了思路，在读过《万历十五年》后，我为自己定下了剖析诗史横断面的基本目标。

但文学研究毕竟不同于史学，诗史的横断面如何剖析，既无前人著作可参考，也无现成模式可借鉴，我只好一边阅读古今中外的文学理论著作，一边研究原始文献，慢慢构想自己的研究模式。凭着做硕士论文时形成的对大历诗的若干想法，我构拟了这样一个研究思路：首先，由分别反映开天和大历诗歌观念的两个当代诗选《河岳英灵集》《中兴间气集》入手，概括当时人对开天—大历诗歌的基本看法，通过其间差异的比较，提出诗风发生变异的若干假说，以此为展开研究思路的起点；其次，对大历诗人的精神偶像和后世有关大历诗歌的各种论述进行分析，提炼出若干焦点命题，确定大历诗风变异的基本趋向；复次，依次从主题取向、时空观念、感受与表现方式、意象与结构、体式与语言等不同层次对大历诗展开分析，并通过与前后时期诗歌的比较，获得对大历诗的基本认识；最后，将这些认识与根据选本得出的假说进行比较，说明大历诗风的内涵、特征及其在诗歌史上的地位。

这一研究思路大体是在综合当时我了解的各种研究角度的基础上形成的，有些是现学现卖，比如对时空观念的探讨，就是受莫砺锋师兄翻译的刘若愚《中国诗歌中的时间、空间和自我》（《古代文学理论研究》第 4 辑，上海古籍出版社 1981 年版）和周裕锴学长《试论杜甫诗中的时空观念》（《江汉论坛》1983 年第 6 期）二文的启示。但在逐渐深入的研究过程中，不同的角度日益显露出相互间的有机关联，促使我从整体上更深入地思考大历诗风的历史特征及其划时代意义。比如大历诗的六个基本主题，起初是各自孤立的概括，但随着研究的深化，分别揭示的一些艺术表现特点，如长于抒情，工于心理刻画，注重写实，擅长白描等，愈益显现其间的逻辑关系，凸现出大历诗在艺术表现上由比喻、描写向象征、暗示演进，风格上由慷慨奔放向朴实平易发展的总体趋向，最终形成我对大历诗的基本认识。到初稿写完，我对大历诗的认识已不再局限于唐诗内部，而是着眼于叶燮所谓的“百代之中”，力图从整个诗歌史的高度来审视这段诗史的特殊意义了。论文题目《大历诗风》是我自己定的，取其简洁明了，其实论文所包含的内容，已超出这段诗史的综合研究的范围，而触及整个中唐诗乃至古典诗歌范式演进的重大问题。这是我不曾料及的，大概也是出乎老师意外的。论文先得到邓绍基、陈伯海研究员、吴孟复、郁贤皓教授四位同行专家的评议，后于1988年3月23日通过答辩，答辩委员会由孙望、霍松林、王运熙、沈玉成、罗宗强、程千帆、周勋初、郭维森八位教授组成，先生们对论文的思路和基本观点尤其是开阔的诗史视野给予一致的肯定。

现在回过头来看，这部论文的意义大约表现在三个方面。

第一，作为国内第一部综合研究一个诗史时段的著作，它将历来不受重视的大历诗歌视为唐诗史的一个特殊时段，通过与开元、元和两个时期的比较，揭示了它独特的审美价值及作为由盛转中的转折点在唐诗乃至整个中国诗史上的特殊意义，使诗史的内在脉络愈益清晰地凸现出来。以往的文学史研究较多地关注个人，即所谓重要作家。而其实文学史是由作家群体的板块构成的，文学史的演进也是由这些板块的变异推动的。二十世纪八十年代以来，关注中小作家和作家群，尤其是关注大历诗人的创作，发轫于傅璇琮先生的《唐代诗人丛考》。《大历诗风》在傅先生研究的基础上对大历诗的诗史意义作了进一步的揭示，引起学术界对文学史转折时期的关注。其象征性的标志，就是在新出版的文学史中，大历诗歌由以往附庸于中唐的一节上升为独立的一章，并有了内容较为丰富的论述。

第二，论文以全新的诗史研究思路和研究范式给学界带来一些新鲜感。以诗人的感受方式、表现方式为核心，心态史、时空观念、意象结构等诸多新的视角构架了一个适合于对象的研究模式，整个分析过程和结论突破原有格局，达到了新的深度。论文在研究方法上的开拓，曾得到评审专家沈玉成研究员的肯定："在众多的优点之中，我个人印象最深的是作者的研究角度和方法。……他立足在坚实的材料基础之上，具有敏锐的艺术感受，力图综合马克思主义的反映论、中国的传统文论以及西方的文艺心理学、古典美学、接受美学等等学科中某些理论和观念，经过自己的过滤、消化、吸收，融为一体。作者对自己的方法具有充分的自信；作为读者，在读完论文以后，我认为他的自信是有理由的。全文从不同角度和层面深入开掘，逐步递进，形成一个完整的结构，准确地描出了大历诗风的整体和细部。"其实在答辩前，我对自己的分析模式能否为学界接受，心里是没底的。千帆先生向来很少称赞学生，对我的论文也只是提出修改意见，偶尔在他觉得写得好的地方批个好字。得到答辩专家的一致肯定，我心里才踏实。

第三，论文从对大历诗的探讨中提出一些虽幼稚但值得注意的假说。我自己认为较重要的有两个，一是第六章由写作动机来看作品的构成方式，根据大历诗运用移情、烘托、象征手法的空前自觉，提出古典诗歌情景交融的美学特征定型于中唐诗的假说；一是第六章结尾指出的："到宋代以后，司空图追求'象外之象'的诗歌美学与僧克勤的'绕路说禅'的风气相融合，最终就形成了中国诗含蓄暗示、'不说破'的美学趣向。"前者由于对古典诗歌的美学特征乃至"情景交融"内涵的理解与学界一般看法相去甚远，在论文答辩时未获得评审专家的充分认可。这是个很复杂的问题，至今我还没找到很好的论证方法来说明它，一直在思考和准备资料；后者已在十多年后的2001年写成《含蓄概念的成立及内涵的增值过程》一文，将简单的判断发展成论述充分的观点，在捷克查尔斯大学国际汉学中心举办的中国诗学研讨会上发表。

据周勋初老师回忆，罗根泽先生常告诫年轻助教："你们年轻人要多写东西，要趁着年轻写。年轻人顾虑少，年纪大了，顾虑多了，也就不太好动笔了。"周老师回顾自己写作《九歌新考》的经过，不禁也感叹如今写文章"不像当年写《九歌新考》时那么浮想联翩，新见迭出"（《由〈九歌新考〉所想起的》，《中国图书评论》2006年第3期）。年轻时读书少，固然难免陷入主观武断，但敢想能想总比不想好。《大历诗风》中使用的一些概念，像“吏隐”，像意象性状、意象结构、叙述结构等，便是年轻气盛、自由驰想的结果，当时未加斟酌就用来讨论问题了，不料却引起学界注意，引发进一步的探讨。比如“吏隐”的问题，我并未注意学界有无研究，率尔作为官人心态的典型用来讨论谢朓的心态史意义。日本学者赤井益久教授在书评中肯定了这个问题的启发性，并撰写《关于中唐的吏隐》(《国学院中国学会报》第 39 号，1993 年)一文专门考察了中唐“吏隐”观念的源流。甚至本出于我的臆造、其实并不妥当的“主题取向”一词①，后来也频见于今人论著，成为文学批评的一个专有名词，这实在是一个历史的误会。

作为博士学位论文，《大历诗风》在体例方面，如注释的完备，对海内外先行研究的征引，附录课题涉及作家作品数量表、参考文献一览、征引书目等，也受到兄弟院校博士生导师的赞赏，每作为学位论文的规范文本指定研究生阅读，多年来不断有后辈学人对我提到这一点。论文摘要在《文献》刊登后，《人民日报》海外版曾予转载，1992 年由上海古籍出版社正式出版后，《中国社会科学》《文学遗产》《中国文学研究年鉴》《博览群书》等刊物发表了书评，日本的《中国文学报》《东方》也刊登了有关专家的评论，对全书的内容和见解给予较高的评价。1995 年荣获中国社会科学院第二届青年优秀成果专著二等奖。多年来，《大历诗风》提出的问题和结论基本已为学界所认可，文学史教材和有关论著的征引足以说明这一点。尽管如此，作为作者我很清楚，这部书的缺陷还是很明显的，最重要的一点就是对大历诗与佛教的关系探讨得不够。我深知大历诗与当时的佛教关系十分密切，但自觉佛学知识不足，没有能力解决这方面的问题，写作时征得老师同意，没有立专章讨论佛教问题，只是在第六章略微涉及诗学中对艺术幻像的认识与当时佛学思潮的内在联系，在赵昌平、贾晋华论

① “取向”一般用于对举的场合，如伦理取向和审美取向对举，指采取倾向于道德或审美的立场，是用取向的内容作为定语的，我用“主题取向”指作家在主题选择上的倾向性，从构词的角度说是不妥当的。

文的基础上对佛学影响于诗学的途径提出一些更具体的看法。后来日本国学院大学赤井益久、香港城市大学刘卫林、新加坡大学萧驰等学者，都在这一问题上有所创获，将研究推向深入。其次一点是，当时我读古典诗歌尚少，判断力有限，对大历诗的艺术造诣认识不足。现在我对大历诗人的艺术表现力和艺术技巧，评价要更高一些，他们那清畅、洗练、雅洁的语言，对古典诗歌艺术的贡献是难以估量的，后代诗人也都很重视这一点。许多号称学盛唐、学杜甫的名诗人，其实都是由大历诗入手的，骨子里仍贯注着大历诗的神髓。这就是后代诗人的许多作品，诗话中摘录的名章隽句，常会让我们联想到大历诗的缘故。

从 1983 年作戴叔伦研究开始，到完成《大历诗人研究》，治大历诗前后十年。这是我学术的青春时代。这段研究为我打下了诗学和诗歌史研究的基础，至今我关于古典诗学的一些看法还得益于对大历诗歌的细致研究，大历诗人的作品常为我讨论古典诗学基本命题和概念提供具体的例证，也让我更深地体会到诗学研究必须立足于诗歌文本和诗歌史的基础之上，否则一定会流于肤浅和表面化。转眄二十年过去，《大历诗风》的黄色封面尚未褪色，作者却已步入中年，虽不至于说像扬雄那样悔其少作，但想法确已有不少变化，尤其是近年略微涉猎元和诗，又读了一些清诗后，对大历诗和前后诗歌的关系有了新的看法。现在让我来论述大历诗，有些问题可能就不谈了，有些新的问题会引进来。但今后或许没机会再论大历诗了，只能在其他论著中修正或发展以前的见解。那么就让少作成为学术青春时代的纪念吧，将全新的论述托付给后人。学术史毕竟是要不断进步的。

（原刊于《中国图书评论》2007 年第 3 期）

我与《文艺研究》的学术因缘

作为艺术类的权威学刊,《文艺研究》一直保持着很高的学术水准,并葆有其鲜明的理论品格。

更早的情况已不太记得清,方宁先生执掌刊物的近十几年间,《文艺研究》始终以精审的选题和严谨的编校给我留下深刻印象。虽然从我涉足学术研究起,《文艺研究》就是我非常关注、经常阅读的学术期刊,但给它投稿是较晚的事,就因为在我心目中它是重视理论品格的刊物。

我从大学本科起,就喜欢文献学,对文献考据有浓厚的兴趣,如果不是跟程千帆先生读博士,或许我就走上唐代文史考据的路上去了。程先生培养学生,重视学术能力的全面发展,正像他主张文学研究要文献学和文艺学并重一样,培养学生也注重各种基本能力的训练,编纂专题资料,编年谱,整理古籍,写书评,做专书研究,做平行比较研究……并要求学好外语,关注国内外学术动态,还要加强理论学习。这样就让我逐渐形成阅读理论书的习惯,培养起较自觉的理论意识,在研究中力求用理论去解决实际问题,而不是理论先行,机械地套用理论。

尽管如此,我撰写的文学史研究论文还是常给人没有理论的感觉。一位著名学刊的前辈编辑,每次开会遇到,都嘱我给他们投稿,但稿子寄去总被退回,说缺乏理论性。我非常困惑,同时对所谓理论性心存敬畏。平时投稿，对《文艺研究》这样的倾向于理论研究的期刊也敬而远之。

我第一次给《文艺研究》投稿，是在1999年，寄上《至法无法：中国诗学的技巧观》一文。这篇论文写于1997年在京都大学研究生院任客座教授期间，曾在日本中唐文学会上报告。当时我做王渔洋研究告一个段落，并根据以前做大历诗引发的一些理论思考，开始写一些研究古典诗学概念和命题的论文，后来结集为《古典诗学的现代诠释》一书。这些论文相比以前的研究，都是探讨由诗歌史研究生发的带有普遍性的问题，因此显得比较有理论色彩，这才有向《文艺研究》投稿的勇气。后来论文发表在《文艺研究》2000年第6期，随后又被《中国社会科学文摘》2001年第2期转载，对我鼓励很大。就是在这同一年，《中国社会科学》第1期发表了我的《古典诗学中"清"的概念》一文，《文学评论》第4期又发表了我《对王维"诗中有画"的质疑》一文，让我对这个系列研究充满信心。

我第二篇在《文艺研究》上发表的论文是《冯班与清代乐府观念的转向》(2007年第8期)这是撰写《清代诗学史》的副产品。虞山冯班的诗学，虽然学界已有研究，但未注意到他的乐府论。冯班的乐府论述不是发明了什么新问题，而是澄清了一个观念，即自从汉乐府的音乐失传后，再谈论乐府的音乐问题已没什么意义，写作中再顾忌音乐性乃至转而讲究声律，都是走入歧途。澄清这一问题，无疑为后人看待乐府的音乐问题、写作乐府诗指出了一条切实的路径。因此，在他之后诗学中很少有人再纠结于乐府的音乐问题，都转而从语言和风格层面去讨论和把握乐府体制。

这两篇论文的责任编辑都是我尊敬的学者型编辑赵伯陶先生。我和赵先生认识很早，他还在中华书局工作的时候，我就认识他了。赵先生文献功底深厚，写得一手好骈文，在当今学者中罕见。他编著的普及性选本，也都注释精当，流畅好读。赵先生编审我这两篇论文时，都提出过细致的修改意见，让我很受益。《文艺研究》在赵先生负责古典文学栏目的多年间刊发论文一直能保持高水准，我想是与严格负责的工作作风有关的。

从2015年到2017年三年间，我接连在《文艺研究》发表《纪昀诗学品格及核心理念再检讨》（2015年第10期）、《“正宗”的气象与蕴涵》（2016年第10期）、《在中国发现批评史》（2017年第10期）三篇论文。这时陈斐先生加入了《文艺研究》编辑部，负责古代文学栏目稿件的编辑。而我撰写《清代诗学史》第二卷接近了尾声，开始对乾隆间主要诗论家的核心观念加以诠释和评述。我和陈斐先生认识有年，他是拥有古典文学专业博士学位的年轻学人，而且对文学理论和当代诗词创作问题都有广泛的关注，具有当代年轻学人理论素养好、学术视野开阔的特点。他就任没多久，就和我联系，了解我近年的研究，认为我的研究涉及古典诗学一些基本观念的重新认识，便约我论文写成可寄给他。

我寄给他的第一篇论文《纪昀诗学品格及核心理念再检讨》，讨论纪晓岚诗学的文化品格与核心理念，纪晓岚虽然撰写了多部试帖诗评说，留下多种前代诗歌的评点，但让人奇怪的是学界很少注意他在诗学方面的贡献，而只将他作为《阅微草堂笔记》的作者来研究。我通过梳理乾隆朝诗学的历史进程，发现在沈德潜告老还乡到袁枚出道之间，有十多年的时间，正是纪晓岚依托朝廷功令试诗的风潮，凭借一系列试帖诗学著述和评点占据了诗学的主流。对其诗学的文化品格和正统观念的研究将让我们重新认识乾隆朝诗学的走向，对乾隆中期以后蒙学诗法的勃兴及对诗坛的深刻影响产生前所未有的新看法。第二篇论文《“正宗”的气象与蕴涵》则是对沈德潜新格调诗学的理论品位的检讨，沈德潜诗学虽然一向被贴上格调派的标签，但他的诗歌观念吸收了神韵概念以提升其理论品位，以折中的思维方法避免明代格调派的极端主张和狭隘倾向，以襟抱、学识充实主体蕴含，突出伦理性要求，最终从美学的高度阐发了诗学原理问题。这两篇论文都试图在更广阔的视野下考察具体的诗学问题，对它们在清代诗学史上的意义加以充分的揭示。陈斐先生在审稿过程中提出了很好的意见，使我将问题呈示得更为清楚，将自己的看法表达得更为透彻，他的意见我基本上都接受了，并在修改稿中作了相应的改订。

在审编往来的通讯联络中，我深感陈斐先生是一位对学术事业有抱负、有自己想法的学者，他对问题的关注远远超出了个人的专业或工作范围。他能敏锐地察觉稿件中隐伏的值得深入讨论的问题可延伸发展的学术话题。我 2016 年投稿的《在中国发现批评史》一文，是凝聚了十多年思考的结果。针对海内外学界流行的对中国古代文论的三个偏见：一、中国文学批评属于感悟式、印象式的；二、没有成系统的理论著作；三、缺少真正科学意义上的理论范畴，没有严格的意义上的理论命题。我从一向被忽视的明清诗文评著作中举了大量的例证来说明这些说法的偏颇，论证通过清代诗文评重新认识古代文学理论和批评传统的必要。论文的基本思路和论证材料早就齐备，为了表明我的看法有针对性，我持续多年在海内外学人的论著中搜集反面材料，陈斐先生很快就反馈肯定意见，过一段时间又寄来细致的编审意见稿，对拙稿的细部提出修订建议，让我避免了行文格式上的不妥。论文发表后，《人大复印报刊资料·文艺理论》(2018 年第 1 期)、《中国社会科学文摘》(2018 年第 2 期)和《新华文摘·论点摘编》(2018 年第 7 期)都予以转载和摘编，在学界引其广泛的反响。这对于论文的责任编辑来说，应该可以满足了。但陈斐先生没有止步于此，他认为文中提出的一些问题，涉及如何体认古代文学理论和批评的传统、如何对待海外汉学的论断、中西文学理论的沟通和对话、当代中国文学理论的建设等重要命题，还有可深入探讨的空间，他希望我就这些问题约请合适的对话者，开展有针对性的理论对话，从不同的立场、不同的方向引发更深入的思考。我认为这个提议很有建设性，便邀请加拿大维多利亚大学的诗学研究专家林宗正教授，尝试进行下一步的对话，希望能由此产生更多的理论果实。

《文艺研究》自 1979 年创刊，至今已四十周年。四十年来它发表了大量的优秀论文，对学术研究的贡献、对学术风气的引领有目共睹，赢得学界的广泛尊重。值此创刊四十周年纪念之际，我作为一个结缘十九年的老作者，谨以小文聊表谢忱，并祝刊物越办越好，始终站在学界的前列，引领和推动中国文学、艺术研究的潮流。

(原刊于《文艺研究与我的学术写作》，文化艺术出版社 2019 年 11 月版)

我的求学、治学与教学

——香港浸会大学《饶宗颐国学院院刊》访谈

孟飞:蒋老师您好,有幸聆听您精彩的演讲,感觉获益匪浅。此次我受国学院的委托,代表国学院的同学,也包括我自己,就学术研究中遇到的疑问和困惑向您请教,请不吝赐教。首先,您能简单介绍一下您读书求学的经历吗?

蒋寅:我本科在扬州师范学院中文系读书,这个学校历史不长,但我们老师都是老一辈学者,学问很好。我经常请益的一位老师是赵继武先生,我后来写过一篇文章回忆他。赵老师是中央大学国学班出身,和沈祖棻先生是同班同学,后来他到泰州中学教书,再调到扬州师院,当时教授我们文学作品课。那时候的老师非常有个性,他们都很有看法,表达自己的意见决不含糊,自己怎么看就怎么讲。有次我跟戴伟华去他家聊天,他说现在这个学问真是让人搞不懂,《红楼梦》也招研究生?!他说那书谁看不懂?老先生还是老派的学问——经史之学,小说在他们眼里是不算学问的,可以看出老先生很有个性。还有一次,下课的时候我们同学去问他什么问题,老师听完了说:"你要是向季刚先生(黄侃)这样提问,季刚先生会骂得你狗血喷头!"意思是你不动脑子,随便提问。这样一些小事,对我们无形中都会产生影响。我硕士是在广西师范学院读的,后来改为广西师大。这个学校有历史,它是老的广西大学,抗战的时候桂林是文化城,很多有名的学者在那里做过教授。它们中文系资料室非常好,大约有七万多册藏书，主要是冯振先生捐的藏书。唐诗方面、诸子方面的书特别多，还有许多他（冯振先生）同辈人的著作，比如廖季平、唐文治的书，都是全集，而且对学生开放，在里面看书很方便。我们当时是四个老师指导四个学生，一位老师是彭泽陶先生，他是黄季刚先生武昌高师时代的学生，其他三位老师，两位是夏承焘先生的研究生，一位是王力先生的研究生。给我们讲授的知识都原原本本从老辈学者那里传过来。指导我论文的胡光舟老师，他不在四人小组里面，因为四个人里面没有做唐诗的。胡老师是朱东润先生的学生，他给我们讲版本学、目录学，用的都是当年听王欣夫先生课记的笔记。当时开的课也很全，有古汉语、文字学、音韵学、目录学、版本学，诸子中几个主要的子一家一家地读，还有工具书使用法。教外语的林焕平先生是现代文学的专家，他指导我们日语，直接就让我们翻译，翻译今道友信《东方美学》，翻译研究郁达夫的书。我硕士论文做的是戴叔伦研究，论文大概五万字，附录是戴叔论诗集校注，后来在博士期间修订出版。戴叔伦集是《全唐诗》中最特殊的集子，其中混入了很多伪诗。

孟飞：感觉您读博之前偏文献考据，读博以后研究的路数似乎发生了变化，您能简单介绍一下程千帆先生是如何指导您读书的吗？

蒋寅：按我的兴趣，确实是很喜欢考据的。但程先生不一样，程先生是比较重视理论的。他自己教过文学理论课，在老辈学者里面理论意识比较强，包括做研究的方法，包括对当代学术的关注。在我接触的老辈学者中，程先生是最具有现代学术意识和现代学者素质的。他对学生的外语要求很高，要求有国际视野，做学问要严谨规范，这在当时都是很超前的。而且程先生对指导学生有一套想法。最早让他指导博士生的时候，他不敢接受，他说不知道博士生应该是什么样的，你们最好找一些论文给我看一看。后来就把港台的博士论文找给他看，他一看就说，哦，博士论文就是这样的，那么我可以指导。后来他关于培养博士生、研究生有一些讲话，在山东讲过一次，在其他大学也讲过。这些关于培养研究生的意见，后来教育部都是作为文件发给学校的。程先生指导两个研究方向：一个是文献学，一个是唐宋诗学。他曾讲过，文献学专业不可以用古籍整理来做论文，不可以用标点一部书或注释一部书作为博士论文，一定要有个研究，古籍整理只能作为一个附录，这些后来都成为原则性的指导意见。程先生指导学生的方法，他自己说就是两条腿走路。他早年和沈（祖棻）先生合出过一个论文集《古典诗歌论丛》，沈先生在后记就讲到，“千帆和我尝试要运用一种把考据学和批评学结合起来的方式”，后来大家将其归纳为文献学加文艺学。程先生要求一个学生文献要好，理论也要好，这两方面都强，才能做一个合格的文学研究者。他要求我们在博士论文写作之前要读六本书。根据将来做研究的方向，我和张宏生、曹虹三个人，每个人的书目都不一样。这些书读完，要各写一篇水平达到省级以上刊物发表的论文。这相当于在写博士论文之前已经做了六篇文章，这对后来博士论文的写作是一个很好的训练。有了这六篇文章，后来写博士论文心里就比较有底，可以驾驭比较大一些的题目。直到现在，我也觉得这是一个很好的方式。

孟飞：给您开的书目好像是《诗经》《楚辞》《左传》《庄子》《史记》《文心雕龙》。这六部书是要求一个学期读完再来写六篇文章吗？

蒋寅：情况是这样的，程先生希望我们在一年半内完成作业，六本书六篇作业。后面一年半写博士论文。程先生一入学就跟我们讲，他反对有的学校一入学老师就要求学生准备写博士论文。他认为这样培养的人才可能视野很窄、没有基础。

孟飞：我注意到您每次都会把和程先生的谈话记录下来，当时有录音设备吗？

蒋寅：基本上就是凭着记忆。

孟飞：那您的记性真得很好，可以原汁原味地把程先生的话复述出来。

蒋寅：对，基本上连他的语气词都保留着。我们几个人都记了，张伯伟、程章灿、巩本栋，只不过所记内容不一样，后来合起来编了一个学记。我记的基本上是前一年半，后来写论文的时候，讲的都是论文的具体情况，就没有再记了。

孟飞：程先生当时对江湖诗派、大历诗人好像都很关注，后来张宏生老师做的是江湖诗派，您做的是大历诗人。这其实也是我们比较关心的一个话题，就是现在博士论文找一个合适的题目不太容易，尤其是在一些研究特别多的领域。请问您当时的选题是怎样考虑的，以及对我们现在选题有何建议？

蒋寅：选题最好的方式就是自己通过阅读发现问题，然后提出选题。一开始我是想做一个从六朝一直到唐代的诗歌里描写女性的题材，程先生看了觉得这个题目太小。如果现在学生跟老师提这样的题目，老师一定会说题目太大，可见程先生的眼界。于是我就改做大历诗人研究。我以前硕士做过戴叔伦，虽然只做戴叔伦，但大历前后的文献我都很熟悉。我觉得大历正好是一个波谷阶段，好像大家不太重视，文学史都简单带过，程先生觉得这个题目还是蛮有意思的。他说文学史上总是有这种波谷，总是有这种历史转折期，这个研究对于文学史研究有举一反三的意义，于是同意做这个选题。八十年代初，学术处于刚恢复阶段，还有很多空白，而且处于一个观念转变时期。我们用一种新的观念来看，能看到好多老辈学者不注意的地方。今天博士论文选题我也觉得很难，学生在读书的两年中压力比较大。我们那时候有助学金，虽然钱不多，但比一般工人的工资还要高，这样经济上就没有压力，可以专心读书。另外也不存在找工作的压力，现在学生花费很多精力找工作，写博士论文时还要四处应聘找工作，因此很难靠自己读书发现问题。你要提出一个具有博士论文要求的独创性，又有相对量的要求的题目，靠自己读书去发现确实很难，所以我们经常给学生出题目。但是我后来发现也不好，我出的题目不一定对他们合适，或者他们不一定能理解你的意思，所以效果也不是太好。

孟飞：您是在一定学术高度和学术视野之下提出的题目，学生很难达到您的高度和视野。

蒋寅：因为现在空白点越来越少了，所以必须达到一定的深度，才能发现问题。仅靠一年多的时间去读书，是很难穿破那层茧的，很难达到那种深度。

孟飞：您现在指导学生和当年程先生指导您读书，有什么不同之处？或者说您对学生有什么新的要求吗？

蒋寅：我们现在指导学生，肯定比不上老师那时候对我们的指导。因为我们那辈老师的学问可以说是什么都拿得起放得下，学问比较广。我们现在只能在很小的一个方面指导一点。老师那个时候，诗文辞赋都拿得起，但像我的话就只能教诗歌，所以我的招生方向就是诗学，比较狭窄。第二，我们老师那个时候开课，课程相当扎实，但现在像社科院文学所，比如古汉语方面的课就开不出来，可能要自己到语言所去上。社科院的体制又比较松散，很多老师是在家上课，甚至有的老师是不上课的。从上课这个角度讲，可能是有不利的。我指导学生，以前是一星期一次，带学生一起读一种书。现在因为比较忙，有时也经常不在北京，只好集中一段时间，在七月底、八月初这段时间，和学生住在一起，读半个月的书，每天上午、下午都读，每年只读一种书。有选本，也有理论的书，有总集，也有别集，内容也不相同，还有一次是读《大戴礼记》。通过这样的细读，把一些平时自己研究的东西都讲出来了。我是用这样一种方式教学的。学生提交作业我都会很认真的批改，对他的写作提出一些要求。在做学问路数方面，当然还是秉承了程先生的教导，要求学生文献和理论两方面都要好。而且他们在做作业的时候，我会要求他们做不同类型的作业。比如做考证的作业，做一段文学史的研究，专书的研究，或者做手稿的研究，包括书评的写作，总之各种学术类型的写作都要尝试。

孟飞：程先生好像是将自己学术上没有完成的想法，寄希望于学生，学生们各攻一端。您现在指导学生，也会像程先生一样吗？

蒋寅：我希望学生有自己的爱好和兴趣。学生有自己的研究方向，我当然是最高兴的。如果学生没有，我会给他提供一个参考，根据他的才性，根据学术界学术发展的趋势、潮流，在哪方面将来研究拓展的余地比较大，要为他考虑以后学术的进步与发展，几方面结合起来选题。另外我也有意识地让学生不要集中在一个领域，有的学生我会建议他去做明代的研究，有的学生去做元代的研究，还有做唐代的。现在我的学生，基本上做各个朝代的都有。

孟飞：我们通过学术训练，在写作论文时，发现问题、搜集资料，都还勉强可以应付，感觉最困难的是理论的提炼和升华。您是如何指导学生培养理论思维的，可否指点一二？

蒋寅：我觉得理论思维可以分成几个方面：站的高度，发现问题的能力，思维的能力，判断力，概括和提炼理论、命题的能力。我要求学生要尽量多看理论书，多看相关学科的研究，多看人文科学中各种各样的理论。理论的重要性在于，它会教给人一些思考问题的方式，尤其是当代的文学理论。每种理论就是一个研究视角，前人看文学问题时有盲点，后来的理论就填补了这些盲点。王小波曾作过一个比喻，说爱情就像一颗果实，两人钻孔吸里面的蜜汁。学术也是如此，所有的理论都是在这个果实里面打的一个个孔。但是理论都会有盲点，新的理论是新打了一个孔，增加了一个新的理解的角度。所以你懂的理论越多，将来你发现问题的可能性越大。等到你去具体论述的时候，理论又成为你的一个工具，就像一个医生要有很多的手术刀，你不一定都要用，但你一定要会操作这些刀，遇到什么问题你就用什么刀来解剖，所以理论又会成为一个你把问题说得很清楚的工具。

孟飞：现在学术论文很多，充斥着大量粗制滥造、没有创见的论文，我们在写作论文回顾前人研究成果时，会耗费不少时间和精力，您认为应当如何处理呢？

蒋寅：只能披沙拣金。很多东西你不去看，不知道它有没有价值。我要求学生看《人大报刊复印资料》，每期哪怕正文不读，一定要把后面的索引看一看，浏览一下，知道最近有什么论文发表，心里要有数，等到你做研究的时候，你就知道哪些人做过什么。当然临时检索也可以，但临时检索和每期浏览效果是不一样的。我跟研究生讲，只要你一读书，就开始关注学术动态，等你毕业的时候，你就对行业的发展很清楚了。有些论文一看题目就知道它有没有价值，不需要通读，可以很快地处理。虽然多花点时间，但这个过程是不能少的。我认为读书分两个阶段，在学生学习的阶段，是打基础的时候，要多读经典著作，多读老辈的著作，不要去看今人著作，因为这个时候还没有基础，容易被误导，老辈的著作平实，但不会乱说，看了以后是一种正的积累。但到研究的时候，要看最新的东西，因为中国的学术在八十年代前后有很大的差别，老辈的著作虽然很扎实，但今天来看，很多地方还是做得比较粗。中国从二十世纪以来，学术始终没有一个很好的积累，文学研究的技术层面始终没有得到生长。等到八十年代，新的“主义”一股脑涌了进来，西方一两百年发展起来的理论变成一种混乱的堆积状态，文本研究和文学的技术性的问题仍然没有生长，马上又被文化研究覆盖了。所以我觉得中国文学研究技术水平始终处在比较低的一个层面。这样来看前辈的著作，就会发现可资参考的东西比较少。我们现在的学术，最大的变化就是资料丰富，八十年代以后，资料丰富了，整理得好了，学科基础性的工作做得比较好。唐代文学为什么大家公认做得好？就是唐代文学的资料工作和基础工作做得特别好，学者可以省很多的时间和精力，可以把起点提得比较高。这样看来，今人的成果还是不能忽视的。我做研究，会征引最新的文章，就是因为你要不看到那个文章，起点就会比较低。现代哪怕是一个年青学者写的文章，对他做的基础工作，也一定不能忽略。尤其是做明清以后，一定是最新的研究是最值得参考的。

孟飞：谢谢您的提醒。您觉得在读的学生应当如何分配读书和写作的时间？

蒋寅：在任何人的一生当中，尤其是学者，肯定是书读得越多越好，尤其是人文学科。多看书可以弥补很多的不足，天分不高没关系，多看书自然就知道得多，知道得多就有判断力，看得多了就知道什么是老生常谈，什么是有价值的东西，读书可以培养你的判断力、眼界。古人讲将勤补拙，渊博可以弥补很多东西。我要求学生首先多看书，看书多了自然对很多问题就有看法。三年当中如何处理这个问题？我认为必要的书要看，打基础的、让你了解学术史的，这部分基础的书要看。比如研究古典文学，那起码要对版本目录学要有一个了解，对学术思想史要有一个了解，对你研究的这段时期内的重要著作必须要了解，重要学者著作也要了解。这是必读的书。在此基础上，还要泛览一些书，不一定要通读，可以去图书馆翻一翻，知道这些书什么内容，将来写作的时候需要就引用，不需要就不用。至于期刊论文，做研究的时候根据课题写作临时浏览即可。我的写作方式和钱钟书先生颇为相似，我读钱先生的《旧文四篇》，就体会到一个学者要读多少书才敢发言。看到一本书，产生想法，我会记下来，等攒到很多资料之后再写。我现在一年写好几篇论文，一篇论文甚至引用一百多种书，论文的题目可能十几年前就已经在我电脑里了。我电脑里现在就有很多这样的题目，都是慢慢地自然形成的。我上次演讲关于诗美概念的“老”，那个题目在我电脑里起码十几年了。过些天我还要讲“厚”、讲“涩”，这些都是很多年前的题目，资料只能靠看一点积累一点，慢慢就瓜熟蒂落了。我觉得写不写是一回事，如果有想法一定要记下来，要勤于动笔，写下来以后可以不断地去深化你的想法。

孟飞：我注意到您在 2000 年发表过关于“清”的论文，原来您在十几年前已经开始关注这方面的研究。

蒋寅：对，以后我可能一年再写一两篇，说不定过若干年会出一本类似《古典诗学的现代诠释》的续集，我已经又写了五六篇。

孟飞：期待您大著的完成。另外您讲王渔洋“神韵”的概念，以及讲座中您两次提到纪晓岚的“意境”说，感觉您的研究很有系统。

蒋寅：其实也并非如此，学问是自然生长、相互发明、慢慢蔓延开来的。比如像“意境”，我以前觉得翻来覆去讲得太多了，后来感觉还是有些问题未被触及。我在读博士时就写了第一篇讲“意境”的文章，讲“意境”的本质特征和存在方式，1987 年写的。有人讲“意境”是文本里的，有人讲“意境”是作者脑中的，有人讲“意境”是读者脑中的，我的基本结论是，“意境”是属于文本的东西，就是一个意象结构，不然无法谈它的规定性。如果说是作者脑中的东西，那么作品生成的意义都不一样，你能说一个作者同时创造了五十种意境吗？不可能。他们创造的只是一个文本。最近学者又关注“意境”问题，古典的概念和现代的概念纠缠不清。我看到清人使用“意境”概念和现在讲的都不相同，就又写了一篇文章。以后有可能还会写一篇，来讲“意境”的本质属性。所以说，一个人的学术道路有时是自己无法预料的。还有像上次讲韩愈谈到“现代性”，我之前也是很不喜欢学界动辄谈这个问题的，但可能有一天会变成自己不得不面对的问题。你的研究有一天不知道它会到什么地方，它互相之间会发生什么关系。

孟飞：这就好像立足一个点，学问不断生长和激活。您对未来的学术研究有一个规划吗？

蒋寅：规划是有的。规划和学问的生长有一个自己的趋势，也是互动的。比如我最明显的一个调整就是在九十年代初，《大历诗风》写完以后，程先生觉得我应该做一个系列——程先生觉得研究要系列化，像莫砺锋，做一个江西诗派研究，编一个江西诗派研究资料，做一个江西诗人的合谱，然后再整理江西诗派作家的集子——程先生讲究这样的系列化。他当初对我也是这样要求的，编一个大历诗人研究资料，做一个大历诗人合谱，然后再整理大历诗人的集子。但后来我发现大历诗人的资料编不出来：资料太少，评论太少。另外，编大历诗人合谱，之前傅璇琮先生他们都做过一些研究，做一个合谱大部分都是别人的考证，我觉得那样写成一本书太取巧，觉得没必要那么做。后来我就写了《大历诗人研究》。罗宗强先生说我的研究好像是拆卸式的，建议把中唐再拆下来研究一番。我发现也不可能，大历诗人都是些小作家，群体色彩比较鲜明，个性不太突出，所以我可以把他们当成一个整体来做一个综合研究。但到了中唐，全是大作家，每个人体量都很大，每人都不一样，没有办法当成一个整体的对象来处理。而且写完《大历诗人研究》以后我有一种被掏空的感觉，就像扬雄写完赋大病一场，感觉自己需要充电。这时就面临一个对自己下一阶段学术进行规划的问题。我的第一想法就是要研究诗学，加深对诗歌的理解，从事理论方面的工作。正好社科院文学所收藏诗话特别多，清代的文献特别多，也很少有人利用，我就去看这些书。清代诗话文献当时还没有人专门加以整理，我就去做目录。这一工作完成之后，又想写一部清代诗学史。这是一个很大的题目，必须用一个适当的方式进入它。我的想法是先搞清楚一个作家，像王渔洋这样的人，通过把他搞清楚来带动这一个时代的研究。就这么一环连着一环，很多东西都是自然地生长的。一边做一个作家研究，一边关注整个诗学史，又会带来很多的问题，比如一些文学理论概念的源流。现在就变成几块研究同时进行：一方面继续做清诗话资料的整理，一方面做清诗学史，另外就是思考一些诗学理论问题。

孟飞：关于唐代文学，您曾提出群体研究及在此基础上形成的时段和范式研究将会是此后一个时期内最有意义的研究取向。请问您是如何理解"范式"的？

蒋寅：国内讲"范式"问题比较早的是王兆鹏教授，他最早用范式讲苏词，提出一个"东坡范式"。在一个时代，不同领域的学者，他们都会遵循一种共同的理念，研究方法也大致相同，这就是科学史研究中所谓的"范式"，指的是一种研究方式的普遍性。在文学研究中使用，大多是指创作的普遍性，就是说一个时代的人，遵循一种共同的理念来写作。"范式"主要讲的是一种时代的风气，指写作里面的"范式"，它在当时不一定占据统计学意义上的优势，但会被后来的作家所追随，形成一股群体意识。

孟飞：韩孟、元白两个诗派诗风截然不同，您认为他们也是遵循共同的"范式"进行创作吗？

蒋寅：我觉得很难下结论，但这是可以研究的。他们之间，是否可以用"范式"来概括，也许可以斟酌，但他们确实会遵循某些共同的原则来写作。比如韩孟都追求表达一种超日常的经验，这就不同于白居易他们，元白是要发掘一种日常的经验。这两种倾向在当时都是创新，但路向并不一样。创新决定了他们取材、风格，甚至艺术表现里的某些倾向性。

孟飞：可以说是理念相同。

蒋寅：对，"范式"首先就是一种理念。比如说结构主义曾经是一个时代的"范式"，运用于文学、心理学、神话学、民族学等多个学科，那个时候大家都认为，在任何事物里面都是结构决定了它的本质，就形成一种共同的理解，研究的方法都是一样的。但过了一段时间，大家发现有问题，于是又换了新的范式。

孟飞：一些大作家，比如李白、杜甫，他们意义似乎是超出那个时代的，那么对大作家的研究您有什么提醒的吗？

蒋寅：关于这点，我在台湾发表的论文《家数·名家·大家》里谈过。最能代表一个时代的不是伟大作家，反而是二流作家，二流作家最典型地代表了时代风貌。一流作家、超一流作家他们是无所不有的，在他们身上，时代的特色反而比较淡。一流作家所以伟大，就在于他有一分是所有人都达不到的。因此伟大的作家不太好研究，对研究者要求非常高。我觉得现在的研究，有些作家确实很遗憾，他们没有遇到好的研究者。一个伟大的作家，遇不到一个好的研究者，他的光辉难以被发掘，甚至会被湮没。我之前没怎么研究李白、杜甫这样的大家，除了偶尔写文章涉及，没有对他们做过很正面很全面的研究，也是这个原因。随着自己年龄变大，慢慢有了一些感觉，说不定哪天我也会写点文章。但确实，如果年轻学者一开始选题，我忠告尽量不要选一流的作家，因为即使你有才华和能力，要想在很短的时间超过前辈，也是不容易的。当然，借助于时代的转变、学风的转变、观念的转变，也可能带来一个全新的观察，但这是一种机遇。像八十年代初就是一个机遇，当年汪晖的论文，很多老先生一看都很佩服，就是因为他用了一种全新的视角来看鲁迅。但那一种机遇，是可遇不可求的。现在学界又到了相持阶段，这个时候如果没有质的改变，很难带来一种新的思维，很难一下子超越前人。

孟飞：程千帆先生反复提醒，博士论文最好不要做作家研究。程先生当时是出于什么考虑呢？

蒋寅：我自己也有这样的体会，做作家研究其实挺难。研究作家是全方位的，尤其是研究一个大作家。假如你选择研究一位顾炎武、黄宗羲这样的作家，要涉及经学、理学、史学、地理学、思想史等多个领域，一个人很难懂得这么多东西，最后评论的时候，很可能在文学方面谈论得比较多一些，其他方面会比较弱。相对来说，研究一段文学史就不要紧。只要把资料搜集齐全，把文学史说清楚，基本上就成功了。作家研究就是八面受敌，要应付很多方面的问题，对研究者的能力要求真的很高。作家研究要想做得好的话，一定要等才力、知识积累得比较厚实的时候，才能奏效。

孟飞：现在想要选一个切实可行、能保证顺利完成的博士论文题目，是不是只能找一些相对冷僻的题目？

蒋寅：倒不是这个意思，做大作家可以做他的一个方面，不一定去做他的全面，不要做通论式的作家研究。比如只研究他的骈文，或只研究他的某一部分，这样就会好一些。做一个冷僻的题目也可以，因为没有人研究过，自我作古，从原始资料做起，可以得到一个很好、很完整的训练，独创性已经有了，稳妥地讲是可以的。但有一个前提，冷僻的东西，别人没有注意它，不是因为别人不知道，而是很可能别人认为它没有价值。所以事先一定要有权衡，一定要确保对象是有研究价值的，这样才不会啃了半天都是骨头没有肉，要避免这样的结果。

孟飞：有些题目并不冷僻，只是因为难做，找不到合适的方法来研究。记得袁行霈先生曾说，像韩愈的文章就很难下手研究，因为没有一套像诗歌研究那样的话语。您对此有何看法？

蒋寅：我基本上不涉猎文章学。只有两次偶然，一次是在台湾参加一个文章学的会，我写了一篇关于权德舆的赠序的文章，还有就是我过去写文学史的时候，唐代文学史陆贽那一章是我写的。我也认为，研究文章确实要比研究诗难，袁先生所说确实是甘苦之言。研究诗我们已经有一套比较成熟的批评话语、理论话语，拿到一个东西知道如何去说它，但文章我们好像还没有建立起这样一套批评话语。古人当然是有的，但古人的东西，一是没有得到较好的整理，另外，我们研究得也不够。所以，看当今关于文章学的论著，你会发现谈来谈去谈不出什么让人觉得可以清晰把握的东西。而且研究文章学要有童子功，必须要有背诵的功夫，很多文章的差别，比如《史记》的文章，唐宋八大家的文章，桐城派的文章，它们的差别很可能就在虚字的使用，在句子的长短，在笔调转折等细微的差别上，真得要求背得很熟，否则就难以体会。

孟飞：以前老师教导我们，尽量少写商榷文章，您是如何认为的？

蒋寅：商榷不是一种方法，是一种写作的策略。做研究有的问题你必须面对他，和他讨论才行，但有的问题是不需要的。比如前几天我的学生发给我一篇文章，他说发现唐宋诗之争里面问题很大，很多人的论述都似是而非，很多问题都讲得不对头，他想写一篇文章来厘清。我同他说，那些书都出版得比较早，而且当时资料看到的比较少，那时人的观念很多时候都停留在比较低的水平上，你现在和他们商榷，很可能费了很多劲，出来是一笔糊涂账。像这种问题，你如果要讲的话，可以直接做一个新的论述，并非不管前人，而是顺便提到他们的问题所在，但不要去商榷，商榷就会纠缠其中。我写《清代诗学史》，如果出现这种情况，我会点出他们的问题所在，但不会与他们商榷，那样会把你的问题拉得比较低。但有的问题是绕不过去的，就事论事，商榷只是一个是非问题。

孟飞：您觉得香港学术研究和内地有什么不一样的地方？

蒋寅：我对香港的学术其实了解不多，我熟悉的几位学者都是大陆或台湾过来的，也不能代表香港的学者，其他香港学者除了邝健行、陈国球、刘卫林等几位先生以外，我都不太熟悉。因为我研究的清代，香港学者做这方面研究的比较少。但从我在香港参加的学术会议来看，香港学者多为国外名校毕业，都有很好的学术训练，谈问题的方式、理论意识，包括对资讯的掌握，我觉得都非常好。另外，香港的研究条件也很好，虽然古籍文献不如大陆丰富（主要指元明清以后，唐宋以前不存在这个问题），但香港的参考资料很齐全，图书馆所藏海内外研究著作都很多，做研究有时我感觉比在大陆还方便。

孟飞：上次座谈会您和国学院同学有过交流，您对同学们的学习有什么建议吗？

蒋寅：我听学生反映，这边研究生课程比较少。如果到博士阶段，我觉得可以自学，只要定期和导师交流心得即可。但硕士生我认为需要开一些课，有很多基础课程，包括文献学的课程，版本、目录、校勘、文字、音韵，还有思想史的课程，文学理论的课程，包括工具书使用等，需要老师教授，仅靠自己摸索可能事倍功半。

孟飞：感谢您的赐教。最后，请问您有什么近期思考的问题想要和我们分享吗？

蒋寅：我最近在做清代乾隆一朝的诗学研究，越发感觉到，有很多问题现有的研究还是很浮泛的，只要稍微花一点工夫，稍微用点力气，就有一些发现。我也跟学生讲，不要被现有论著的数量吓倒，做研究还是应该充满信心。只要稍微用一点心思，就可以超过现有的研究。一方面要不断地阅读，提高判断力，让自己的视野更加开阔，另外就是要认真地下工夫，还是有很多问题可做的。这是我的一点感想。

我在文学所的日月

今年六月我正届还历之年,如果一直在文学所工作,现在已是荣休之人。每天悠闲地读一些喜欢读的书,写一些想写的文字。每年以老干部的身份去所里一次,听听通报全院发展的大好形势,再和古代室新老同人聚一次餐,聊慰契阔之情。如果愿意继续做研究,也可以在院里申请课题,获得资助出书,评奖,老干部和在职学者享受同样的待遇。这就是社科院学者紧张工作几十年后自然的放松,也是他们安享的幸福晚年。也许正因为太自然了,大家或许都体会不到这种悠闲的可贵;也许只有隔开一段距离,才能看清社科院这样一个特殊的学术机构,所形成的学风,所造就的学人。

值改革开放四十周年纪念在即,承吴光兴兄重嘱,回顾一下自己在文学所工作近30年的经历。对文学所的学术传统而言,我的学术算不了什么,但对我个人来说,在文学所的工作却是履历表上的主要内容,对我学术和人生的意义不言而喻。人事倥偬,指顾之间,已为陈迹。现在回顾这一段颇为漫长又似十分短暂的时间,竟至百感交集,一部二十四史,不知从何说起。

我是1988年3月在南京大学通过博士学位论文答辩后,到文学所报到的。此前程千帆先生在开会时见到刘再复先生,推荐我来文学所工作,所里经过研究,接受我进古代文学研究室,做一名助理研究员。当时经办此事的是古代室副主任陆永品先生。主任沈玉成先生则是我的博士论文答辩委员，之前他到南京师大出差时，曾专门约我去宾馆面谈，也算是考核的一个程序吧？后来程先生请他出席答辩会，沈先生在赞同其他先生的评价之余，特别指出论文鲜明的理论意识和研究方法的独创性，让我深感知音，觉得文学所的专家眼光毕竟不同，更有学术前沿意识。我们读硕士、博士的八十年代，正是新理论、新方法最热的时候，许多前辈学者视之为不接地气的花架子。通达如程千帆先生，虽也鼓励各种探索，但总体认为提倡新理论、新方法者空洞口号多、成功实践少，沈先生在其他先生肯定论文的具体分析、论断之外，更肯定了理论意识和方法创新，这就意味着本文也是新理论、新方法的成功实践，这样的肯定，对任何一个年轻学人来说都会是深受鼓舞的。

我进古代室工作的时候，全室人员虽不及鼎盛期的40人之多，但也有25名研究人员，老一辈学者是曹道衡、刘世德、邓绍基等"文革"前入所的先生，中年一辈是施议对、石昌渝、董乃斌等本所培养的第一届研究生，俗称"黄埔一期"，剩下就是刚过40的杨镰、不到30的郑永晓和我三人算是青年研究人员。退休的老前辈或许也有见过的，但不肯定。我那时经常一个人在研究室工作，偶尔有先生进来，只是点头致意，看看信箱拿了邮件就走了，我也不知道是谁。现在想来可能是吴晓铃先生或余冠英先生。在职的先生，虽然乍到不太熟悉，加上每周只是周二返所日见一面，很少交流，但我还是感受到前辈学者们的关爱。当时正值室里编撰14卷本中国文学史，唐代下卷主编吴庚舜先生知道我博士论文题目是《大历诗风》，便嘱我撰写第一章大历贞元诗歌，我根据自己研究中唐前期诗歌的积累，用了几个月时间写出了四万多字文稿，得到吴先生首肯。后来人民文学出版社担任责编的宋红女士，也说下卷审稿时读到我写的第一章，感觉颇有新意。但实际上，写文学史受体例的限制，有很多想法写不进去，而程先生也曾嘱我继《大历诗风》的综合研究之后，要进一步对中唐前期诗歌做一个整体性的历史研究。为此，我申请了国家社科基金青年项目《大历诗派和诗人》，并获得立项。由此开始做大历、贞元诗歌的全面研究。

在古代室工作没多久，就出现了一个小插曲。一天施议对先生找我，说所里要成立一个诗学研究室，由他牵头，他预定的成员首先是理论室陈圣生先生和我两人，问我是否愿意加入。我已将自己的研究方向定位于诗学，心底又存有创办一种《中国诗学》丛刊的夙愿，觉得诗学研究室是所里体制创新的探索，专业方向明确，施先生又很有想法，且交际广泛，将来或许能按自己的意愿做一些事，便毫不犹豫地答应了。可是没过多久就知道，所里虽然有刘再复所长支持这个想法，并正式宣布诗学研究室成立，但硬件不能落实，没有办公室，施先生和我仍只能在古代室行走，大家也觉得我们还是和古代室的人一样。尽管如此，我们很快就按事先的设想，做了两件事。一是编辑出版当代学人诗词丛刊，出版了旅美学者李祁和萧劳之子萧豹岑的诗词集，二是创办《中国诗学》丛刊。八十年代毕竟是个有理想有热情的时代，有许多现在看来很天真的想法。我们的总体计划是出一套诗学丛书，分为三个系列，除了当代诗词丛刊、《中国诗学》之外，还包括诗学研究资料丛刊，我心目中有计划还没提上议事日程的是创办《中国诗学》译丛，而施先生描绘过愿景的是诗人咖啡馆，说可以由家属来经营，为联络学界和创作界提供一个沙龙，我心里想这个角色基本上是为施太太量身定造的。

但好景不长，不久就爆发了1989年夏的政治风波，学术活动无法正常进行，我除了写一些大历诗人生平事迹的考证，如独孤及、梁肃年谱补正，权德舆作品编年考证之类，就是将博士论文《大历诗风》修订完毕，由程千帆先生推荐给上海古籍出版社。1990年5月，我和汪晖奉命到院扶贫点陕西商洛地区山阳县锻炼，我被分配在粮食局办公室工作。白天坐班，办公室经常没人，也可以自己看看书。但事实上没什么书可看，带去的书很少，除了《全唐诗》收录大历诗的几册外，就是一本《谈艺录》，还有一本岩波文库本的和辻哲郎《风土》，及大厚本的小学馆《国语大辞典》。钱钟书先生的《谈艺录》，我以前就读过两遍，但不太懂，想趁这段时间清闲细读一下。《风土》是我很喜欢的书，一直想译成中文，在山阳陆陆续续翻译了两万多字，年底一回京就再没时间接着做。后来商务印书馆出版了陈力卫先生的译本，我那两万多字译稿便懒得发表了。

倒是读《谈艺录》颇有心得，以前读作品少，看钱先生的议论只是喜其涉猎广博，譬说风趣，等自己研究了一番唐诗之后，就能欣赏钱先生的一些真知灼见，理解其深刻隽永的意味了。这一年正值钱先生八十寿诞，《文学遗产》拟发一组纪念文章，得知我正读《谈艺录》，便约我就《谈艺录》写一篇文章。以辍业废学之身，远放商洛山中，阅读这“侍亲率眷，兵罅偷生”的忧患之书，不免心有戚戚焉。文章写就，题作《〈谈艺录〉的启示》，刊登在《文学遗产》1990 年第 4 期上。文中对钱先生超然的学术态度、不随波逐流的学术品格、深刻的洞察力和透彻的表达能力列举了丰富的例证加以推崇，同时对照我们一代人的切身境遇作了些意在言外的发挥。也不知小文是否为钱先生寓目，知我罪我，当时并不在意。倒是日后有所里前辈先生私下里对我说：“你对钱先生的评价有点拔高，你还不太了解他的为人。”这是很自然的，那时我真是很欣赏钱先生对学问、对世事的超然态度，除了学问之外，我对他确实一无所知。我生性腼腆，拙于应酬交际，从来不拜访名人。有一次程千帆先生嘱我送一本书给钱钟书先生，我听说他不喜欢被人打搅，一般不开门见客，便将书放到院里，由他秘书转交，并附一札，大意说本应登门送呈，因怕打扰，且我住处甚远，与其两不便不如两便云云。不知道钱先生是否会责小儿无礼，但他只是回了一信，说没有程先生的地址，一封复函嘱我代寄。九十年代初，钱先生身上还没有那些光环，完全是电视剧《围城》的热播，使钱先生和他的学问妇孺皆知，并渐成为一个神话，各种流于庸俗的研究也层出不穷。为此我写了《在学术的边缘上》一文，希望还原他一个读书人的本色，孰料《南方都市报》(1996 年 11 月 1 日)发表时径取小标题充作题目，改为《解构钱钟书的神话》，某报转载又改作《请还钱钟书的本来面目》，一个比一个更耸人听闻，引起很大反响，后来甚至被翻译成日文，刊登在大阪女子大学《国际文化》第 2 号(2001 年 3 月)上。当时钱先生虽健在，想来不会在意媒体上的这些波澜。但他在钱粉眼中已是神一样的存在，任何批评都会被视为大不敬，一时对拙文的讨伐之声四起。针对各种反应，我又在《博览群书》2001 年 11

号发表《对〈如何评价钱钟书〉的几点“声辩”》表明我对钱钟书学术品格的认识，其中根据我对大师的理解，认为钱先生不能算是大师。这一下又是一石激起千层浪，各种讥诮、鄙斥之辞蜂起，许多认识不认识的人都目我为无知狂徒，但也颇有不少人赞同我的看法。无论如何，彼此都很少意识到我是钱先生同一研究室的后辈学人，我写这些文章时也很少意识到这一点，只是就事论事。吾爱吾师，吾更爱真理。就是程先生，我也没有称他为大师，我们师门里好像也没见有人称过千帆先生为大师。

1990 年 11 月，我们结束锻炼回京，恢复正常的研究院生活。年终，我以 27 篇论文的业绩申请副研究员，由于所里积压的待评人员太多，我们几个新入所的博士都是以承认副研资格的方式对待的。即名片上可以印个副研究员了，但没有相应的工资待遇。这也没什么，比我们年长的“黄埔一期”也还有不少人没晋升副高。只是半年过去，人事全非，由于刘再复所长离任，诗学研究室就自然归于无形，施先生和我仍旧在古代室工作，仿佛那个诗学研究室根本就没存在过。

那时候因为没有经费，要做一点事很难，当代诗词丛刊的两种基本是作者自费出版的。没有经费支持，《中国诗学》第一辑稿齐后，一直不能落实出版。我曾与江苏古籍出版社商谈，社方已同意接受，还打算争取台湾方面的资助，在两岸分别出繁、简字两种版本，可始终未能落实。不久，施议对先生到香港就职，我孤掌难鸣，更无办法。后来听到江苏古籍出版社要出版《文学遗产》，我更觉得《中国诗学》希望渺茫。同学张伯伟闻知此事，建议交由南京大学出版社印行，蒙他同门左健副总编的支持，创刊号终于在 1991 年 12 月问世，比《学人》晚一个月，同为当时最早的民办学刊。开始几辑都以约稿为主，带有同人刊物的性质，为的是提倡一种扎实而有积累意义的学术。慢慢地它在学术界越来越为人瞩目，年轻学者投稿踊跃，逐渐就变成多发表年轻学者论文的诗学专门刊物。80 年代是丛刊遍地开花的时节，当时涌现了很多不定期丛刊，《学人》是最有影响力的一种，但它只出到 15 辑就停刊了，其他短命的刊物更多，没出几辑便悄无声息，只有《中国诗学》坚持下来，影响越来越大。这是后话不表。

从 1991 年到 1993 年，我一直在做“大历诗派与诗人”的研究工作，每年发表约 10 万字的论文。除了课题内容外，还涉足于三个不同类型问题的研究，成为我后来倾注精力的三个研究方向的开始，一是《〈渔洋诗则〉的真相与文献价值》，辨析一部与王渔洋有关的汇编诗话的真伪与文献价值，这是我涉足诗学文献考索的开始；二是《明清之际知识分子的命运与选择》，由明清易代之际士人的文化选择思考文学与精神史的关系，这是留意文学的精神史研究的开始；三是《一代有一代之文学》，思考唐代文学繁荣的机制，以现代文学社会学的眼光重新诠释古代文论的基本命题，这是我从事古代文论基本概念和命题的现代诠释最初的尝试。

1992 年博士论文《大历诗风》由上海古籍出版社出版，翌年《戴叔伦诗集校注》续由同社刊行，都受到学界好评。1995 年《大历诗风》获本院第二届青年优秀成果专著二等奖。那个时候，在上海古籍出版社出版著作是很不容易的，我大概是当时最年轻的作者吧？《大历诗风》能被接受当然与千帆先生的推荐有关，《戴叔伦诗集校注》是我硕士论文《戴叔伦研究》的附录，读博士期间加以修订后自己投稿。当时社里积压书稿很多，经赵昌平先生力保才没被裁减，最终得以出版。为此我对赵昌平先生一直心存感激。后来我晋升副研究员就是以这两部著作申请的。从 1990 年获得副研资格后，翌年并没有机会转正，1992 年不知道什么缘故全院不评职称，所以我到 1993 年才正式晋升。

这时，我发表的唐代文学论著和古典诗学研究论文开始受到学界关注，日本学者赤井益久在《中国文学报》第 47 期（1993 年 10 月）发表《评蒋寅著〈大历诗风〉》一文，对拙著提出的有价值的问题一一作了评述，而罗宗强先生《我们非常需要不尚空谈的书——读蒋寅〈大历诗风〉札记》（《文学遗产》1994 年第 5 期）一文在当时竞谈方法论的风气下，对《大历诗风》的创新所给予的充分肯定及对年轻一代学人群体的远大期许，更让我受到莫大的激励。我先后被中国唐代文学学会和中国古代文学理论学会这两大学会增补为理事，当时同为两个学会理事的只有程千帆、詹锳、王运熙、罗宗强、陈伯海等几位前辈学者，我是唯一的后辈学人和副教授。

“大历诗派与诗人”课题于 1993 年结项，后与历年所撰大历、贞元诗人事迹、作品考证成果合编为《大历诗人研究》上下两卷，共 50 余万字，托傅璇琮先生和徐俊兄的福，得以在 1995 年由中华书局出版。当时我大概也是中华书局最年轻的作者。这部专著后来在 1997 年获得第二届全国青年社会科学成果奖专著优秀奖（最高奖）。这部书稿完成，让我的唐代文学研究告一段落，转而开始清代诗学文献考索和古典诗学概念和命题的研究。

从山阳锻炼回京后，我就开始阅读历代诗话，一方面为研究大历诗歌寻找评论资料，一方面充实自己的诗学修养。从 1982 年读硕士开始研究唐诗，十年下来越做越觉得有一种学术储蓄被用尽的感觉，很想通过阅读一些诗学论著来充实自己。文学所图书馆收藏的诗文评类书籍异常丰富，有几个书架装满了清诗话。除了国家图书馆外，文学所可能是国内收藏诗话最丰富的单位。历代别集、总集的收藏也很丰富，多有珍善之本。看到这些书很少被使用，不免让我有一点明珠暗投的感叹，心想既然要读点诗话，何不趁此机会做一点清代诗学研究呢？当我考察了一番文献目录后，这才知道清代诗文集和诗文评文献竟然还没有专题目录，便打算先编个清诗话目录再说。于是从 1992 年开始，我就有计划地浏览书志、目录类书籍，搜集清诗话文献。到 1993 年“大历诗派与诗人”课题结项后，更是全力投入到清诗话的访求和阅读中，不光翻阅大量的公私图书收藏目录，还尽可能地到各大图书馆查卡片，阅读原书。那两年间，只要不是周二返所日，把孩子往幼儿园一送，我就去图书馆看书。北京各大图书馆，除了不对外开放的北大图书馆外，我都读完了它们收藏的清诗话和作者的相关著述，每读一种都做详细的笔记，不断补充资料，慢慢写成提要。所里的普通古籍因为可以借出，每次上班都装满一个军用防雨行李包，用自行车驮回家，一周换一包。就这样，到 1994 年底，我已编成一个收录见存书 700 余种的《清代诗学著作简目》，翌年刊登在《中国诗学》第 4 辑上，另外还记录了数百种亡佚书籍的资料，存目待访。

随着清代诗学书目的编成，对清代诗学文献心中有底，一个通盘研究清代诗学的计划日渐浮现出来，准备一面考索、搜罗清诗话文献，一面做著录和提要，一面从清初入手研究清代的诗学史。由于对清代文史研究夙无基础，不知道从哪里下手，就选了清初诗学著述最丰富且影响力最大的王渔洋为突破口，希望以他为中心切入清初诗坛。要熟悉一个人的生平事迹和交游关系，最方便的莫如编年谱。鉴于王渔洋的资料过于丰富，多数也不难找，我采取了不同于一般年谱的编纂方式：凡出自本人著述的资料，仅记出处不录原文，只有集外资料才采录参证。这比起一般年谱的体例来能收"文省于前，事增于后"之效，书名也定为《王渔洋事迹征略》而不名年谱。

工作虽一直在做，但毕竟王渔洋著述量太大，集外资料更多得难以一网打尽，因此我没有急于成书，倒是就手边的一些论文加以拓展，想做一个与心态史相关的研究。我从读博士期间就对心态史问题感兴趣，《诗经》《楚辞》作业都是从心态史的角度加以考察，提出问题的。于是我在1995年以"中国古典诗歌的心态史研究"为题，申请了院青年基金项目。因为有一部分前期成果垫底，只用了两年就完成课题，但结项后自觉比较单薄，就放弃了出版专书的打算，只将新写的一些论文收入《中国诗学的思路与实践》(广西师范大学出版社，2001)中。不过这个题目一直在心头盘旋，想着总有一天要好好做一下。当时我对文学的认识还停留在内容、形式二元化的传统观念上，始终有一种意识，要将文学的内容和体裁分开来研究，各成一个系列。

研究清代诗学，首先遇到的问题就是文献浩瀚，要经过一段时间的摸索才能进入其中。1994年和1995年，两年内我都在埋头读书，读了大量的清诗话和清初别集，除了诗话提要之外，没写什么论文。到1996年，两年读书的积累开始开花结果，古代文论、清代诗学乃至已疏离几年的中唐诗歌，都在这两年的阅读中酝酿出丰富的成果。古代文论研究有《至法无法：中国诗学的技巧观》一文，中唐诗研究有《韩愈七古的声调分析》《权德舆与唐代的赠内诗》二文，清代诗学研究有《古诗声调论的历史发展》《〈逃禅诗话〉与〈围炉诗话〉之关系》二文。《古诗声调论的历史发展》是迄今为止无人做过的对清代古诗声调学说及其文献的完整梳理,《韩愈七古的声调分析》则是上文的副产品,我想通过韩愈作品的细致分析来验证一下清人的论断是否能成立。这是有开创意义的工作,我设计的分析模式为后来研究唐宋诗人古诗声调的学者所沿用。同年我受邀出席台湾政治大学举办的第三届唐代学术国际研讨会,这也是台湾唐代文史研究界第一次正式邀请大陆学者参会,文学方面四位代表,傅璇琮、周勋初、葛晓音先生和我,后来傅璇琮先生因病未能赴会。我在大会报告的论文就是《韩愈七古的声调分析》,多位学者提问,引起热烈的讨论。王基伦教授在会议综述里提到,这篇论文虽然篇幅不大,却颇有学术价值,用从来没有人用过的方法,对韩愈诗歌提出了不少新的见解。

1996 年应该说是我学术道路上的一个里程碑,不仅应邓士梁先生之邀访问香港中文大学,接着赴台湾出席国际学术会议,秋天又收到京都大学川合康三教授的邀请函,希望我来年能去京大担任一年研究生院客座教授。接到川合先生的信,我很惊讶,我的职称还是副研究员啊!幸运的是,我在年底的职称评聘中,凭《大历诗人研究》两册和若干论文破格晋升为研究员。其实前一年评职称时,所里就通知我们可以申请破格,但我和汪晖以为要占所里的指标,就不愿意去争。临时得知不占指标,却又没考外语,无法申请了。为此我们马上考了外语,第二年都得到晋升。当时我俩都是 37 岁,在社科院大概也是最年轻的研究员了。这一年院里推行学术体制改革,要求所学术委员会吸纳年轻学者参加,以反映青年学者的意见。我和汪晖就这么成了所学术委员会委员,评职称时扮演了一个非常奇特的角色,一方面要作为投票人参加投票,一方面又要作为候选人回避投票。可能这种情形立即被觉察到了吧?后来再没有副研究员出任学术委员的情况。

1997 年 1 月,我东渡扶桑,赴京都大学,开始为期一年的客座教授生活。这一年是我学术生涯中最重要的经历,第一次到异国任教,第一次深入地了解一个不同于国内的学术生态,第一次有如此高效的研究条件。我只担任一门中唐文学讲义,每周上半天。本来我只需要讲大历诗人研究就好了,但不愿意炒冷饭,另写了一个元和诗歌研究的讲义，一边读元和诗歌一边讲，自觉比较肤浅，好在这是硕士生的课程，选修的学生从本科生到博士生都有，基础不同，勉强能对付。中国文学专业的四位老师兴膳宏、川合康三、平田昌司教授和木津祐子副教授都对我很照顾。我除了上课，每天都在研究室读书、写作。没多久文学部搬入新楼，图书馆就在楼下，所有书籍包括古籍都可以任意借出，拿到研究室去用，工作效率极高。我利用这个使用图书最方便的机会，将《王渔洋遗书》中的资料全部录入电脑，初步完成了《王渔洋事迹征略》的初稿，又在此基础上撰写了几篇王渔洋研究论文，同时还写作了几篇有关古典诗学基本概念和命题研究的论文，慢慢形成一个持续多年的系列研究。

京都大学是国际著名的汉学重镇，文学部和人文科学研究所拥有一批享誉国际汉学界的学者，更以丰富的汉籍收藏吸引各国学者前往访问、交流。日本的大学以前没有客座教授制度，只有以外国人教师的名义招聘的外籍教师。1996 年文部省开始在研究型国立大学的研究生院设立客座教授职位，京都大学文学部有两个职额。我是中国文学专业首任客座教授，兴膳宏先生在京大的中国文学会年会上郑重地介绍我，说今年我们迎来了中国文学专业首任客座教授蒋寅先生。另一个职位先是以研究中国绘画史著名的德国学者雷德侯教授，接着是一位来自波兰的历史学家，再后来一位研究英美当代文学的批评家约翰·斯泰普先生。我至今仍以这段学术经历为自豪。一年间见到许多不同国家和港台地区的著名学者前来访问，访问是很方便的，只要申请就可以来，但受聘为客座教授却是不平常的礼遇。2002 年李鸿镇教授邀请我去韩国庆北大学文学院客座，教授会讨论时李教授介绍我是中国社会科学院文学所的研究员，大家面面相觑，不知道中国社会科学院是个什么机构，李教授接着说我几年前在京都大学任过客座教授，其他教授马上同意，说那就没问题。

在京大任教的一年间，我多次参加各种学术会议、演讲会、读书会，也受邀到不同的大学演讲。刚到京都不久，大阪市立大学的斋藤茂教授为我举办一次关于大历诗研究的演讲会，中唐文学会及日本各地学者前来出席的人之多出乎我意料，也许有近百人吧，一个中型教室坐得满满的，据说是很少见的盛况。后来我受邀参加川合康三、加藤国安、丸山茂等教授主持的读书会，以及川合先生主持的共同研究课题“中国的文学史观”，认识了许多日本学者，结下长久的友谊。与日本同行的亲近交往，让我对日本的中国文学研究有了较深入的了解，不仅认同他们对古籍原典的深入解读，后来形成以读原典为主的研究生教学方式；也认识到日本学术的精深和厚重，促使我在日后的研究中更加关注日本学者的研究成果，并有意识地加以翻译介绍。前后做了三件事，一是将历年翻译的日本学者的论文编为《日本学者中国诗学论集》出版，二是约请刘维治、张剑两位学者合作翻译了川合康三教授的力作《终南山的变容》，三是策划了一套《日本唐代文学研究丛刊》，将日本中唐文学会 10 位中坚学者的论著译介到国内。我想这些著作会改变国内学界对日本学术的一些偏见，看到日本学者在很多问题研究上的领先意义和启发性。

1999 年 4 月，我被任命为古代文学研究室副主任，做刘扬忠先生的副手。我和刘先生原是酒友，性格相投，平时我尊重他，他信任我。搭档几年，我包揽了各种事务性的工作，不让他费心，合作非常愉快。有什么活动，室里的年轻人都能分担各种杂务，也减轻我不少负担。担任副主任后，有两件影响深远的事是我倡议的。第一件是创设每月一次的本室学术论坛，从入所以来，我在喜欢时间宽松之余，又不免感到同事之间有点疏远，对彼此的研究不太了解，缺乏应有的交流。更有的先生说自己写论文，从来不看别人的文章，保证全是自己的独到想法。我觉得这是不对头的，有必要以某种形式来增加大家的交流，于是向刘先生建议每月搞一次论坛，大家轮流报告、讨论，刘先生认为很好，就定于每月第二个周二返所日举行。几年下来，举行了一百多次，浏览目录，真是颇为可观。通过论坛的报告、讨论，彼此对所从事的研究有了了解，讨论中也培养起善意的批评风气和有建设性的论争方式，一篇篇论文讨论下来，大家都有所收获，报告人更是收获了众人的意见，使论文水准多有提升。我至今认为这是整体提升研究室水平的有效措施。第二件是为退休的先生举行一个纪念仪式。我出去开会，经常有人问我，某先生退休了吗？我往往答不上来，只能凭印象，说好像有一阵没看到来上班了。想想一个人在这研究室工作几十年，到了退休就是人事处把名字往老干部那边一划，悄不声地谁也不知道，未免太没有人情味了。我在京大客座时，受邀出席人文科学研究所梅原郁教授的荣休纪念会，同事门生济济一堂，梅原教授演讲后，老同事老朋友即兴发言，讲很多梅原先生的逸事，一座欢笑不绝，晚上再举行恳亲会，亲切气氛令人难忘。我向刘先生建议，以后每位先生退休都搞个纪念会，刘先生非常赞许，后来就成为定例，常假论坛之日举行，纪念演讲后一起去吃饭庆祝。

九十年代潜心读书的收获，进入新世纪后形成较集中的出版，2001 年我就出版了《中国诗学的思路与实践》《王渔洋事迹征略》《王渔洋与康熙诗坛》三种著作。后两种作为清代诗学研究的初步成果，博得学术界的一致称赞。《征略》虽存在一些疏误，但专家们还是对它搜集资料之勤、体例之善给予了相当高的评价。《诗坛》则以提出“进入过程的文学史研究”的学术理念为学界所赞同和响应，其中关于王渔洋与清初唐宋诗消长的论述为学界所采信，有关王渔洋藏书与其诗学的关系的探讨在当时也是有创新意义的。2003 年《古典诗学的现代诠释》，2005 年《清诗话考》相继在中华书局出版，基本上总结了我迄此为止的三个研究系列的工作。一是清代诗学文献考索，二是清初诗学，主要是王渔洋诗学研究，三是古典诗学基本概念、范畴研究。这也是我学术积累和研究问题的自然状态的结束，此后事务性工作渐多，同时又陷入集体项目和课题的泥淖中，日益不得自拔，就很难得做一些自然积累、从容写作的研究了。

本来我有了研究王渔洋诗学的基础，在 2000 年申请所重点项目“清代前期诗学史”，还是顺理成章的，开始也很顺利。但两年后就被横插进来的两个项目冲乱了我的计划。一个是和刘扬忠先生共同主持的“古典文学与华夏民族精神的建构”，另一个是和傅璇琮先生共同主持的“中国古代文学通论”。

2002 年初，我从科研处获知，院里计划在全院遴选 30 个左右的研究室加以重点扶持，每年提供一百万元经费。这无疑是非常诱人的消息啊！严平处长认为本所只有古代室和理论室比较有希望，但古代室有个短板，就是没有院重大课题。我马上与刘扬忠先生商量，古代室无论如何要申请一个院重点课题。此时正值国家推动社会主义精神文明建设之际，我提议不妨以古典文学与华夏民族精神的建构为题，申请院重大课题立项，刘先生欣然认可，并马上议定参与课题组的研究人员，经征求各位意见后，确定本室为王学泰、韦凤娟、王筱芸、刘倩四位，外单位为北师大李山、清华大学谢思炜两位，共八卷。我草拟了项目申请书，经刘先生改定，最终以“中国古典文学与华夏民族精神的建构”为题获得当年院重大课题立项，课题经费39万元，计划四年完成。这笔经费看似比较丰厚，可是八个人一分，还不如个人申请一个所级课题多，至于院重点课题就更不能比了。再加上课题内容毕竟不是各人的兴趣所在，做起来都比较勉强，积极性不是很高，我自己也是勉为其难。我承担的是第一卷，是全书的总论，因为涉及问题比较大，除了导论粗略地回顾了历史学和文学中的心态史、精神史研究，全书的框架也找不到一个很好的构架。书名起了《镜与灯——古典文学与华夏民族精神》，镜与灯虽与艾布拉姆斯的书同名，但取意并不一样。我的想法是，文学同时具有镜和灯的双重意义。镜意味着它是华夏民族精神的投射和反映，灯意味着它具有一种辐射力和影响力，照亮了华夏民族精神发展的方向，引导着华夏民族精神的建构。这么重大的问题，我不知道如何建立一个好的论述框架，最后决定从个人和宗族、个人与社会、男性与女性、故国与新朝四个角度来展开人们所要面对的四个基本关系，以及它们在相应历史时期的文学表现，由此呈现古典文学和华夏民族精神的建构之间复杂的互动关系。因为这些宏大叙事只能通过具体的人物和作品来认识，所以论述触及的都是古典文学研究中的一些老生常谈和人所共知的人和事。我想既然课题是在一个新的研究视角下展开，就必须从这个独特的视角谈出一点新的东西，所以写起来很费脑筋，以前的成果只有很少一部分可用，大部分内容都是新写的。在这些章节中，我力图提出自己的问题，谈出一些新想法、新判断。我基本上是做到了，即使是曹植、阮籍、陶渊明、谢灵运这些经典作家，我仍然从民族精神建构的角度揭示了他们在文学史和精神史上的双重价值。《镜与灯》是我迄今为止写得最为艰难、最费心思的一部书,拖了很久未结项。因为很难持续地写作,一方面是问题比较复杂,一方面自己也没什么兴趣、没什么动力,写得很勉强。当然,其中所有章节,都在学术刊物甚至在许多重要刊物上发表了,结项和出版后也受到好评,2016 年还获得中国出版工作者协会颁发的第六届中华优秀出版物奖图书奖,但是我自己对这部书实在不是太满意的。

和傅璇琮先生一起主编《中国古代文学通论》,也是很偶然的事。当时不知道是些什么人,以人大常委会的名义编一套《中国现代科学全书》,相当于一套当代各科学领域的学科概述。文学的部分由文学所承担,古代文学又让古代文学室负责。隋唐五代文学一册,本来是请陈铁民先生主编的,陈先生因为忙,辞不能承担,最后让我负责。我觉得这个项目还是有意义的,可以借这个机会将本世纪唐代文学研究的成果,尤其是新时期以来学界所取得的成绩,好好做一番总结。当时我想,如果能约请一批优秀学者,各就自己研究的领域写一个章节,合成一本唐代文学研究概述,一定很有价值。作为一种学科入门书,对于想研究唐代文学的年轻学者,对于研究生,都是一个很好的引导。因此我对这项工作还是蛮有兴趣的,也很用心。后来果然约请到学界一批学有专攻的优秀学者,共同来完成这本书。全书分为上中下三编,上编是分文体来概述唐代文学的总体风貌,其中诗是主体,按初盛中晚四段来写;中编分别从唐代文学与政治、传统思想、宗教、科举、艺术、交通、幕府、妇女的关系来论述唐代文学的文化生态;下编介绍唐代文学的基本文献,分为文学、历史、敦煌、海外、工具书几章。书后附录一个很详细的参考文献目录,无形中也是对唐代文学研究成果的一个检阅。因此,全书不仅代表着当今对唐代文学的认识水平,也具有一种学术史总结和综述的意义。

因为约请的都是真正的专家,每人承担的字数又不多,书稿很快就完成。我写了绪论、上编第三章“中唐诗歌概述”及结语“隋唐五代文学研究的回顾与展望”三部分。书完成后却不知道往哪里交稿,一问说是项目已黄了,编委会的人也找不到。这让我很懊丧,请了那么多前辈和同辈的专家一起来写,怎么向大家交代呢?徐俊兄建议我把稿子送给傅璇琮先生看看，或许可以推荐给什么出版社。没想到傅先生看了稿子颇为称赞，觉得体例很有特点，完全可以做成一个系列，就约一些学者谈了谈，征求意见，大家都赞成并建议申请国家社科基金项目。于是傅先生嘱我以这部书稿为蓝本，拟一个七卷本的《中国古代文学通论》研究计划，并以中国社会科学院文学所特聘研究员的身份，由我协助申报国家社科基金项目，最终作为 2003 年度重点课题立项。各分卷主持人分别由谭家健、赵敏俐（先秦两汉）、刘跃进（魏晋南北朝）、蒋寅（隋唐五代）、刘扬忠（宋）、张晶（辽金元）、郭英德（明）、蒋寅（清）担任。本来我只负责隋唐五代卷，清代卷一时物色不到合适的主持人，傅先生便嘱我承担。当时我做清代诗学研究时间尚短，对清代文学及研究者都不太熟悉，不敢应承。经傅先生再三鼓励，我实在无法推辞，只得勉为其难。经过两年多的紧张工作，全稿七卷杀青。在与辽宁人民出版社商谈出版时，傅先生提出让我也署名主编，我感到很惶恐——虽然在项目申请和进行过程中，我做了一些统筹工作，但那都是遵照傅先生的指示，做一点秘书工作而已；况且我在所有分卷主持人中年纪最轻，怎么能与傅先生并列，僭署主编之名呢？我坚执不可，出版社也认为总主编宜傅先生独署。但傅先生坚持自己的意见，最后社方提出一个折中方案，让我署副主编名，各位分卷主持人也予认可，这才议定。谁知几个月后书印出来，封面上我的名字竟然与傅先生并列为主编，这不用说肯定是傅先生坚持的结果。自走出校门以后，我从傅先生那儿受到的关爱、教益、提携是最多的，我在《其学百代者，品量亦百代——追忆傅璇琮先生》一文中曾谈到这一点，行文及此，借这个机会再次表达对傅先生的感谢和缅怀！

如上所述，进入新世纪以后，我就逐渐陷入到集体项目中，不同课题多线作战。2011 年担任研究室主任后，行政工作和学术活动越来越多，很难集中精力做自己想做的研究，虽然自己从未松懈，但“清代前期诗学史研究”和“古典文学与华夏民族精神的建构”两个课题都逾期几年，迟迟不能结项。如果不是 2008 年受聘为台湾逢甲大学客座教授，得以在课余从容写作，四个月内将两个课题各写了七八万字的初稿，还不知道何时能结项。的确，近十多年来，感觉事情越来越多，人越来越忙，各种各样的会议，论文、项目评审，带研究生，接待博士后、访问学者……种种事务使做研究的时间大为压缩。因为社科院薪水远低于大学，我还不得不去大学兼职，先后担任北师大"京师学者"特聘教授、华侨大学华文学院特聘教授、安徽大学文学院特聘教授，也分占了一部分精力。到后来几年，我学术著述的写作基本都得益于到港台的大学客座、访问，只有在境外客座的学期，我才能静心写作一批论文或部分书稿。上面说了，《镜与灯：古典文学与华夏民族精神》和《清代诗学史》第一卷各有七八万字是在逢甲大学客座期间写的，《原诗笺注》是 2012 年秋在台湾东华大学客座期间完成的，《清代诗学史》第二卷主要是在 2013 年、2015 年两度在香港岭南大学客座及 2016 年在浸会大学访问期间写作的。随着院里搞"创新工程"，研究室逐渐空心化，以研究室为单位的学术活动越来越少，我获得首批"长城学者"计划资助，也和室里的创新团队分道扬镳，成为标准的单干户。除了策划和编集《海外中国古典文学研究》第一辑（凤凰出版社，2016）算是室里的集体成果，此外与林宗正教授合编《川合康三教授荣休纪念中国文学论集》（凤凰出版社，2016），与张静、唐元合著《权德舆诗文集编年校注》（辽海出版社，2013），与宋清秀、刘美燕合作点校《全浙诗话》（浙江古籍出版社，2015）就都是随机而作的临时性课题了。而与此同时，父母年高多病、女儿在港就学，老老小小都要照料，我也无更多精力过问研究室的事务。事实上，年届耳顺，自己也确实感到应该退出学术舞台，让更年轻的学者去担当重任了。

从 1988 年 3 月进入文学所古代室工作，到 2016 年 7 月调离，前后 28 年多，我享受了社科院学者的清闲，也品尝过社科院学者的清贫，更目睹了社科院由超然于学界各种繁文缛节到主动追随高校的各种无理规则甚至变本加厉的经过，盱今抚昔，不禁感慨系之。回顾近三十年的工作经历，我对社科院对文学所始终是心存感激的。这里毕竟是一个最好的从事学术研究的机构，在那个古籍图书可以自由借出使用的年代更是如此。除了图书以外，文学所始终有一批学者维持着学术至上的正气，有一批杰出的前辈在各方面做出楷模，有一批优秀的同事互相砥砺，还有什么比这更好的学术环境呢？我们这一辈学人赶上了改革开放的宽松环境，成长在80年代自由探索的求知风气中，培养起不同专业学者经常切磋交流的习惯，这是文学所留给我的最深刻的印象。如果说我的研究和同门师兄弟、和学界同道相比，还有什么个人特点的话，就缘于与所里不同专业的朋友们的亲密交往。从担任北师大"京师学者"特聘教授、正式在大学任课起，我就体会到社科院学者不同专业之间的交流和熟悉是大学教师很难相比的。在大学里，学术交流都以教研室为单位，不同专业的老师很少有交流的机会，同一教研室的老师平常也难得见面。而社科院的学者每周都见一面，平时各自在家里忙，上班的这一天倒像是休息，借书、论坛、读书会都在这一天，各研究室毗邻，串门聊天很方便。读书会上，不同专业的年轻学人，一起读福柯的《什么是作者》；过一段时间，就聚在谁家喝酒神聊，脸红脖子粗地争论，电光火石地交锋；评职称、评奖时的个人陈述，学术委员的介绍评议，都是不同专业切磋交流的机会。能与不同专业的优秀学者保持如此频繁的交流，是我深感受益的难忘的经历。每周二返所日的聚餐，更是朋友们亲密交流的例会，它使我们始终保持对彼此学术研究的关注、熟悉和尊重，同时蒙受无形的启发和影响。置身于一批杰出的理论家和批评家之中，你想要拒绝来自现代文学理论和批评的影响都是不可能的，更不要说怀抱开放的心态互相倾听了。许明、汪晖、孟繁华、陈晓明、赵京华……从文学所走出去的朋友，对文学所的怀念可能都集中于此。伟大也要有人懂，我们最初获得的认可和肯定都在这里，都在这群朋友中间。至于我，从各位身上学到的一定更多。关心理论问题、重视批评方法、留意文学史问题及相关学说，我的学术倾向与文学所这一学术氛围有着密切的关系。

我博士毕业将赴文学所就职时，周勋初老师曾叮嘱："你到文学所工作，自己一定要抓紧啊。不要看社科院的人时间多，都写不出东西的！"当时我还不明白，后来才慢慢知道，文学所的研究人员的确是著述偏少的，古代室也只有少数几位先生勤于著述，大多数学人身后都没留下多少论著。至今我也不清楚是什么原因，或许时间宽松真的容易让人懈怠吧？就是现在的年轻学人，在我看来也写论文太少。我入所后对自己的要求是一年发表10万字的学术论文，28年来基本是做到的，最多的一年曾发表13篇论文。都是长篇论文，不算随笔、札记之类的短文。这不是说写得多就好，但多写肯定比少写好。除了老师强调的勤奋之外，我更将写作视为一个知识酝酿和思想激发的过程，肤浅的认识和粗糙的想法可以通过写作过程的充实、磨砺、锤炼而臻深厚精善。对于学者来说，不带有问题的广泛阅读和抓住问题思考、写作都是必不可少的。不广泛阅读，思维空间就狭隘；不带着问题思考、写作，知识就浮泛而不成系统。我所有的论著都是在论文基础上形成的，虽然写得慢点，但比较结实，有学术含量，因此也有较高的征引率。我的论文至少被《中国人民大学复印报刊资料》全文转载过55篇，专著和论文先后在院内外获得二十多次学术奖，除了前面提到的《大历诗风》和《大历诗人研究》外，还包括：《王渔洋事迹征略》《清诗话考》获得院优秀成果奖专著三等奖，《清代诗学史》(第一卷)获院优秀成果专著二等奖，《古典诗学的现代诠释》获本所首届"勤英文学奖"优秀论著奖，《原诗笺注》获第十八届华东地区古籍优秀图书一等奖，《镜与灯：古典文学与华夏民族精神的建构》获第六届中华优秀出版物奖图书奖。这无疑得益于社科院和文学所宽松的学术环境，有弹性的项目管理制度，鼓励发展学术个性的多元化学风，重视基础研究的正确思路。这一切都保证了学者能以从容的心态踏实地从事长时段课题的深入研究，使各类研究成果的质量普遍超出学界的水平线上，多数成为相关领域的一流成果，成为学界引重的必备参考文献。为此，我很感谢社科院和文学所为我提供的研究条件及给予我的荣誉，感谢所有帮助过我、支持我工作的同事和各级领导。借这个机会，容我将长久酝酿在心中的尊敬和感谢献给这个拥有优秀传统的学术机构，愿这优秀的学术传统能够薪火相传、常葆青春活力！这里将永远是我学术的故里、心灵的归宿。

（原刊于《传记文学》2019年第4期）